《柏杨全集》限量版二百套之第 031 号

张香华：柏杨夫人　　潘凯雄：人民文学出版社社长

柏杨全集

人民文学出版社

作者像

曰：以貧窮故耳。賊護我出。今俗人議者，率多類此。

唯貧困飢寒，犯法為非，大者群盜，小者偷穴。今乃結謀連党，以千百數，是叛亂之大者，豈飢寒之謂耶。七公其嚴敕卿大夫，急捕殄盜賊，有不同心并力，疾惡黠賊，而妄曰飢寒所為，輒捕繫請其罪。於是群下愈恐，莫敢言賊實情，州郡又不得擅發兵，賊由於是遂不制。

欲外示自安，乃染其須髮，進所徵天下淑女杜陵人史諶女為皇后，聘黃金三萬斤，封史諶為和平侯，定後宮位号視同公卿大夫者凡一百二十人。

紀元二三年，舂陵人劉玄稱帝，復用號曰漢。先是，青州徐州賊衆雖數十萬人，訖無文書號令，及漢兵起，皆稱將軍，攻城略地，移書傳檄，王莽聞之始懼，遣大司空王邑、共司徒王尋，擊劉玄，發諸郡兵百萬，會者四十三萬，餘在道不絕，車甲士馬之盛，自古出師，未嘗有也。單撓昆陽，圍之數重，漢兵自上谷王常、諸將軍劉秀內外夾攻，新兵大潰，奔走相踐，伏屍百里，王邑等輕騎逾逃、

No

(24×25)

作者手迹

出版说明

《柏杨全集》分为杂文卷、历史卷、小说卷和其他卷四部分，共计二十五册八百余万言。

各卷所收主要内容如下：

杂文卷共十册，包括“倚梦闲话”（十辑）“西窗随笔”（十辑）及“柏杨专栏”（五辑）三个系列，此外还有他的著名的“丑陋的中国人三部曲”——《丑陋的中国人》《酱缸震荡》《我们要活得有尊严》以及《新城对》《奋飞》等。

历史卷共十册，主要包括他在狱中读史所撰的三部作品《中国人史纲》《中国帝王皇后亲王公主世系录》《中国历史年表》以及出狱后的读史札记《柏杨曰》《帝王之死》《皇后之死》。

小说卷共三册，收录长篇小说《旷野》及中短篇小说集《莎罗冷》《怒航》《秘密》《凶手》《挣扎》《天涯故事》《古国怪遇记》《打翻铅字架》等。

其他卷共两册，计有《柏杨回忆录》《柏杨诗》《柏杨在火烧岛》《柏杨说故事》《路，要你自己走》等内容。

在编辑整理过程中，我们尽量保持作者文字的原貌，确需修改处，在征得著作权人的同意后，进行了部分的加工和整理，大致包括如下几个方面：

一、外国人名、地名的翻译尽量改用中国大陆地区的通行译法，部分实在不好核实的，如《天涯故事》等作品中涉及的神话人物的名字，则保留了作者的原始译法；

二、对于历史纪年、断代与中国大陆学界不同的地方，也只是对一些容易引起歧义的地方，作了加工修正，一般则不动；

三、对于一些常见词语的用字，在同一部作品中作了统一，对于作者习惯性的用字，我们则给予了最大程度的尊重。

柏杨版《资治通鉴》和《通鉴纪事本末》，因不属于先生之原创作品，“全集”则不收入，须向读者一并说明。

这是迄今为止柏杨先生的原创性论著第一次最完整地在中国大陆地区集中推出，为广大喜爱柏杨先生创作的读者朋友提供了一个全新的版本，但由于文字量大、涉及面宽、编辑时间紧，或有疏漏者，敬请广大读者不吝赐教。

人民文学出版社编辑部

2010 年 4 月

总 目 录

1

杂文卷

柏杨全集

人民文学出版社

图书在版编目(CIP)数据

柏杨全集:限量版.1/柏杨著.—北京:人民文学出版社,2010

ISBN 978-7-02-008000-7

Ⅰ.柏… Ⅱ.柏… Ⅲ.①柏杨(1920~2008)-全集 ②杂文-作品集-中国-当代 Ⅳ.C52

中国版本图书馆CIP数据核字(2010)第048950号

责任编辑:常雪莲 马玉梅　装帧设计:翁 涌
责任校对:王玉川　责任印制:张文芳

柏杨全集:限量版

柏杨 著

人民文学出版社出版

http://www.rw-cn.com

北京市朝内大街166号 邮编:100705

北京瑞古冠中印刷厂印刷 新华书店经销

总字数8306千字 开本640×960毫米 1/16 总印张676 插页29

2010年4月北京第1版 2010年4月第1次印刷

ISBN 978-7-02-008000-7 定价5000.00元(全二十五册)

如有印装质量问题,请与本社图书销售中心调换。电话:01065233595

1 杂文卷

柏杨全集

玉雕集

怪马集

堡垒集

目　　录

玉雕集

怪马集

堡垒集

玉雕集

提　要

《玉雕集》写女人，自顶上之发，脸之眉、眼、鼻、唇、牙、耳，身体之颈、乳、腰、手、肌肤、腿，以至女人的高跟鞋、玻璃丝袜、口红等等。描述女人用心力于其上的辛苦，男人观感如何，反映出西风东渐与中国文化的交会。

总体来说，本书的特点有三：第一，笔调幽默辛辣，诙谐有趣，引用古事今典，调侃女人，也涮了涮男人。第二，作者勇敢揭开“圣人”的假面目，凡传统观念中以不合理理由束缚女人的，以假道学面貌训诫的，皆一针见血，直指核心。第三，女人种种，此类话题人们多有禁忌，只在心里想，不会提出来谈，即使提出来，也脱不去礼教偏见对女人的压力。柏杨敞开心胸，谈得详细，教人仔仔细细地正视女人的眼耳鼻舌，是大大的学问。他在轻松、趣味之中，剥除了传统观念对女性的桎梏。

序

柏杨先生在台北《自立晚报》上写《倚梦闲话》，自1960年5月起，迄今整整二年矣。最初每天七百字，后来每天一千字，再后来版面扩大，水涨船高，每天乃写一千七百字。此皆该报总编辑李子弋先生之赐，盖柏杨先生穷极无聊，正要做贼，李先生恤老怜贫，挤掉别稿，以安置鄙人大作。

想不到自刊载以来，好像是甚得佳评。来信表示敬意者有之，提出问题请教者有之，索取玉照以便瞧瞧者有之，要求出单行本以便翻阅者有之，但警告我小心点亦有之，劝我“何必呢”亦有之。使我隆重发现，国家大事，食肉者谋之，谈谈女人，也是养生之道，乃自1961年12月起，至1962年2月止，零零碎碎，写了三个月。现在将其付梓，一则是供有志之士，大开眼界，以展鸿图。一则是希望能赚几文版税，为老妻头一床毯子过今年之冬也。

是为序。

1962年端午节于台北柏府

1. 天生尤物

圣人曰:“人之异于禽兽者,几希。”这“几希”到底是啥,言人人殊,大学问家对此解释甚多,汇集起来可写一火车书。有人说其差别在于“火”,人类知道用火,禽兽则不知焉。有人说其差别在于“工具”,人类知道用工具,像造个汽车坐坐,禽兽则不知焉,只好仍用四个蹄子乱跑。又有人说其差别在于“言语”,人类会哇啦哇啦讲话,或谈情,或造谣,很是热闹(试想,一个人类不会讲话的世界,将是啥模样哉?),禽兽却只会干嚎,什么话都讲不出来,谈情靠磨鼻子,造谣则根本不可能也。

这类说法,太多太多,三天三夜也说不完,皆有其真理在焉。于是,柏杨先生再加上一条曰:其差别在于“爱美”。人类爱美,禽兽则不然。这一点“几希”,非常重要,不信的话,谁见过哪一只公鸡非闹着要做一套全毛料西装不可?又哪一只母鸡非闹着要买一件貂皮大衣不可乎耶?爱美似乎是人类之所以成为人类的重要特质之一,而以女人为尤甚,连我们这个讲道德说仁义的国度,从前口头上硬是不敢谈女人,不敢谈美,现在也败下阵来,大谈女人,大谈美了矣。一个中国女孩子在英国伦敦当选为第二名世界小姐,使全世界中国人和华裔外国人,对英国人的观感,都为之一变,这真是五千年传统文化中所没有的。无怪有些年高德劭,道貌岸然的圣崽们龇牙,盖他们善于偷偷摸摸,鬼鬼祟祟;一旦成了艺术,便受不住。

其实一个“世界小姐”根本算不了啥,想当年特洛伊城之战,打了个天昏地暗,血流成河,那一战乃人类历史上唯一可赞扬的一战。盖所有的大战,人们往往不知道到底为了啥,政治领袖和军事领袖总是把真正的目的隐藏在背后,嘴巴猛喊为了正义,为了救国,弄得战死的人见了阎王爷都不好报到。只有特洛伊城之战，人们心里明白——硬是为了一个漂亮的女人。看起来，俄国没有用飞弹进击英国，以报选出中国小姐的一箭之仇，已经很客气啦。

漂亮女人，可以把男人的魂都勾走，元微之先生称这种漂亮女人为“尤物”，而评之曰：“大凡天之所命，尤物也。不妖于身，必妖于人。使崔氏子（崔莺莺小姐）遇合高贵，乘宠娇，不为云为雨，则为蛟为螭，吾不知其所变化矣。昔殷之辛，周之幽，百万之国，其势甚厚，然而以一女子败之，溃其众，屠其身，至今为天下僇笑。”元微之先生这家伙对天仙化人的崔小姐始乱终弃，还振振有词，这种恶棍嘴脸，教人恨不得头往南墙上撞。但在另一个角度看，他阁下这一段话，却有其道理，盖一个女人如果太漂亮，那简直是不得了，如果再遇上有元微之先生这种毛病的人，那就简直是更不得了也。

爱美是人类的天性，尤其是女人的天性，连老天爷都束手无策。但首当其冲的，似乎不是她们的玉貌，而是她们的玉脚。其中学问，研究起来，深奥难测。盖谈到女人的脚，中国女人可以说倒了天下之大霉，中国人最喜欢吹五千年传统文化，跟一个破落户爱吹他八代老祖宗当过宰相一样，谁听过破落户吹他八代老祖宗有羊痫风乎。是以对于女人缠小脚一事，中国人吹五千年传统文化时，从不去碰，偶尔一碰，也汗流浃背，恼羞成怒。偏偏英格丽·褒曼女士主演的《六福客栈》里，亮出小脚镜头，这一揭疮疤，揭得大人先生受不住。先是拒绝在台湾拍，继是拒绝在台湾演，结果啥也没有用，只好来个阿Q，剪了几个镜头。呜呼，该片在洋人国演时，小脚已暴露了个够，而在台湾演时去掉它，不是掩耳盗铃是啥哉。现在中年人的母亲，哪一个不是小脚？即以柏杨夫人而论，亦是三寸金莲，柏杨先生早已看得头昏脑涨，便是再在银幕上多看几眼，也不觉得有什么特别也。

每一想起女人小脚，我就觉得中国人实在有点异禀。一个画家朋友曾告诉我曰：中国人思想飘逸，洋大人思想实用，君不见东西神仙不同之点乎？土神仙腾云驾雾，洋神仙则笨得多矣，必须在背后生上两个翅膀。实在说，那两个翅膀生得实在别扭，第一，睡觉不舒服。

第二，飞得久啦，岂不太累？土神仙腾云驾雾，就惬意非常，想到哪里就到哪里，不出门则和常人一样的可以大玩特玩。

我想论神仙中国占优，但论到女人的玉脚，则洋人占优。为了爱美，首先在女人脚上打主意，中外华洋，人同此心，心同此理。只是中国人却想不出一点高级的办法，竟把光致致的双足缠得稀烂，不但肉烂，而且骨烂，不但骨烂，而且还跟有些大家伙的训词一样，臭而不可闻也。

柏杨先生认为中国人有点异禀，与爱不爱国无关，务请王孙公子们勿气，我说的有点异禀，乃指缠小脚而言，在这方面，洋大人比较高明。他们发明了高跟之鞋，真是令人脱帽。虽然高跟鞋同样有它的毛病，像挤出鸡眼、磨出老茧之类，但总比缠脚有学问。而且回到家中，穿上拖鞋，也可舒散舒散，轻松一阵。故曰：高跟鞋是有期徒刑，因它仍有自由的一日。缠脚是无期徒刑，永远在痛苦之中。

高跟鞋的妙处是使女人的双乳猛挺，盖不猛挺不行，不猛挺则非摔斤斗不可。而且一旦挺出，直指臭男人双目，使臭男人油然生出捧而咬之之念。这非关猥亵，女人们的目的就是如此，臭男人们的希望也是如此。你不如此，女人说你木头，同类说你木瓜也。而小脚则达不到此目的焉，试看哪个老太太走路，不是八字斜拧，百美全失乎？

女人穿高跟鞋，风度翩翩，走起路来登登登登作响，能把臭男人的心都要敲碎。迄今为止，男人有橡胶底鞋，而女人一直没有，恐怕有其心理作用在焉。哪个漂亮女人昂然而过时，不想惹人多看几眼，而宁愿默默无闻耶？

但在脚的美化上，中国人的脑筋似乎有点僵硬；尤其是在高跟鞋上，中国人更不可原谅。古时女人穿的是木屐，为了漂亮变花样时，不是高其跟，而是脚尖脚跟一齐高，看一看日本的木屐便可恍然大悟，盖前面有一齿，后面也有一齿，穿到脚上，仍平平如故，与平底鞋无啥异也。后来到了宋王朝，大概金兵南下，国势殆危，木屐全部运到日本传种（以目前情形看，准是如此），中国人才改穿鞋子。但在高跟方面，仍无特别贡献；顶多鞋底加上一块木板，以取其响，并用二色相杂，名之曰“错到底”，以取其艳，如此而已。其实，这种鞋子，闭起眼睛一想，恐怕实在没有啥了不起。

清王朝的满洲人士，比较进步，在女鞋底下弄了一根柱子。问题是，不知道他们是怎么搞的，没有把那根柱子弄到脚跟底下，而竟弄到脚掌底下，和木屐恰恰相反，成了脚尖脚踵两不着地的奇景。结果是高则高矣，其平照旧，除了走路怕跌倒，不得不小心一点，因而显得娇小可人外，别无其他苗头。呜呼，我们五千年传统文化，在鞋子上竟大败于洋大人，真叫人伤心落泪也。

无论承认不承认，洋大人的穿鞋文化确确实实已把黄帝子孙征服无误，我们如果不赶紧想出别的花样，恐怕万世不得翻身。正人君子不信的话，不妨到街上瞜瞜，准叫你油然而生“试看今日域中，竟是谁家鞋的天下”之感。不要说穿中国固有的“靴”和“凤头鞵”啦，便是穿大陆上还流行的布帮鞋，有几人耶？即令有人大胆穿出，其土豹子之相，也将笑掉假牙。

高跟鞋已成为不可抗拒之物，纵是义和团诸同志从坟墓里揭竿而起，都没有用。这玩意儿既属舶来，自然被洋大人牵着鼻子走，洋大人鞋头尖，中国人也尖之。洋大人鞋头圆，中国人也圆之。洋大人穿五寸高者，中国人也五寸高之。洋大人在鞋上绣些珠宝，中国人无珠宝，玻璃片是有的，也挂上一串，以闪闪发光之。俗语称落后地区的老百姓为“老赶”，指夸父追日，老在屁股后赶之谓也。五千年传统文化，到女人脚上，先轰然而垮，恐怕还要气喘如牛地赶一些时也。

2. 俏伶伶抖着

以小看大，鞋的文化是整个民族文化的一个环节，鞋的文化既垮，其他文化自然站不住，非被搞得稀里哗啦不可。中国女人缠足之术，不太高雅，从五六岁缠起，受尽各式各样的酷刑和痛苦，才能达到“美”的境界（现在看起来美不美，那是另一回事，一个时代有一个时代美的标准，说不定后人看我们现在的高跟鞋亦颇可笑，甚至还十分恶心也），未免本钱下得太大，而且往往缠成粽子脚，成了四不像，与原意相违，那就更惨。然而主要的缺点还是怎么洗也洗不干净，永远奇臭，便是洒上十桶八桶巴黎香水，都不能使它香喷喷和喷喷香。

高跟鞋的优点便在于此，随时随地可以穿将起来，婀娜婀娜。遇到上山上坡，一点也不假地能够如履平地；遇到空袭警报，或涉水过河，也可脱了下来提之抱之，拔腿就跑。缠足的美人儿，便无此项便利也。何况穿高跟鞋的脚，还有办法避免臭味乎！不过，话又说回来，女人乃十分奇怪而又十分奥秘的动物，为了漂亮，什么可怕的事都做得出，自残身体的缠足便是一例。西崽先生们可能说这是中国人贱，其实洋人也同样有此贱病，很多女明星为了使玉脚穿到高跟鞋里看起来瘦削，以便男人们兴起“不胜盈握”的荡漾之情，硬把小脚趾割掉（当然是请医生安安全全地割掉，不会自己用斧头砍下，我们大可放心），你说爱美这玩意儿，害人不害人哉。

鞋文化的精华集中在“高跟”上面，高跟的妙处在于它可以使女人那双雪白的玉腿俏伶伶地抖着，那一抖真不可抗。想当年木马屠城记，说不定就是海伦女士穿高跟鞋的玉脚抖出来的。而现在到处选美，恐怕那股抖劲也占重要地位。中国小姐在英伦一举而名震世界，是不是跟这俏伶伶的抖着有关，报纸上没有报导，我们也不知道，但我想她的双腿如果像木棍一样插在那里，恐怕不致如此光彩。

跟越高而那种抖也越美，也越抖得男人的心脏大鸣大放，它所引起的爱情力量，连火车头都开得动。这一点很重要，此所以高跟鞋的跟，一天比一天高，一天比一天细也。抗战时，中国流行穿满高跟之鞋，那是从巴黎传来的样式，早已落伍，因海运被日本切断，洋风吹不进来，所以一直保持了八年之久。等到抗战胜利，一看细跟的早已出笼，不禁大急，慌忙赶上，已土豹子了多时矣。

高跟鞋后跟之高而且细，曾在世界上造成严重威胁，很多名贵的地毯,女人走过,步步莲花,一个坑跟一个坑,坑得主人叫苦连天。而且全身重量全部压到一根细柱之上,它也吃不消,不是今天断啦,便是明天秃啦,烦得要命。于是,就在1960年冬季,来一个大大的反动,出现了酒杯跟。当时柏杨先生就断定它流行不起来,无他,粗似一块焦炭,女人穿上,只能稳如泰山,不能俏伶伶地抖,谁还喜欢它也。

果然不错,1961年的跟,不但更高,走起路来如不飞跑,双脚尖尖,就非摔个狗吃屎不可;而且更细,而且跟是钢铁做的,不但其声登登登登,可敲出男人之魂,复不秃不断,永保朕躬康泰,你说妙不妙哉?如此尖锐的文化侵略,抗得了乎?

除了脚上的高跟鞋,女人身上变化最最多端之处,恐怕要数到头发矣,俗语云:"大丈夫当顶天立地",高跟鞋立地,各式各样的发型则顶天焉。一个女人,如果有一双使玉腿俏伶伶抖着的高跟鞋,又有一头乌黑光亮,日新月异的头发,虽不教男人发疯,不可得也。

高跟鞋有大学问在焉,但女人花费的时间,似乎仍以头发占得最多。对待玉足,顶多往脚趾上抹点蔻丹可矣。柏杨先生幼时,有人从上海来,说上海女人穿鞋,不但将脚丫全露了出来,而且把十个脚趾,涂得红红可爱,听者一个个目瞪口呆,盖太超出常识之外,我们那群乡下佬梦都梦不到天下竟有如此奇景。不过根据文献和柏杨先生的亲身观察,女人在脚上玩的花样,也到此为止。

只有头发则大大不然,有一则故事说,妻子对丈夫曰:"以后交通方便,从上海坐火箭,只五分钟,便可到迪化。"丈夫曰:"再快也得两点零五分。"妻问何故,答曰:"你做头发就得两点钟。"做头发几乎是女人化妆的主要阵地,描眉能描几分钟乎?涂口红又能涂几分钟乎?便是打黑眼圈和往脸上敷粉,也不过一杯茶功夫。独对头发若有不共戴天之仇,整了又整,梳了又梳,卷了又卷,烫了又烫,不达目的,誓不甘休。诗云:"水晶帘下看梳头",应是人世一乐。试想明窗净几之下,小童捧巾、丫环捧水,有美女焉,在那里桃脸对镜,微歪其颈,双手如玉,在发浪中柔和梳动,而樱唇噙着发夹,情人则埋身于沙发之内，心跳如捣，喉干如烧，那当然是一番销魂图画。可是，有这种福气的有几人耶？差不多都是孩子在一旁闹，老爷在一旁叫，天大诗意，都被闹叫得净光。

女人对头发的注意，可在广告上得之，常见报上有广告曰：“黑玫瑰的八号某日起到玛丽厅”，“凤凰飞的一号某日起到新保罗”。柏杨先生很久才弄懂其中奥妙，原来太太小姐，日常无事，有三种消遣，一是打打麻将，一是造造别人的谣，一是做做头发。跟银行一样，各有其固定户头。差不多的太太小姐都有七日之痒，也有的则是五日之痒和三日之痒，靠色相吃饭的女人——像酒女、舞女、明星，则更有每日之痒，那就是说，她们天天都得把头发做上一遍。

做头发最大的学问在于认定户头，张小姐一到头痒便去找五号，王太太一到头痒便去找九号；五号在一乐厅，她便去一乐厅；五号在华盛顿，她便去华盛顿。九号亦然。好像响尾蛇飞弹一样，在屁股后紧追不放，而身为五号九号者，每有移动，自然得大登广告，以代通知，小姐太太一旦看见，便是铁丝网都拦不住。常听道貌岸然的圣崽们叹息人心不古，世风日下，婚姻简直成了儿戏，丈夫死后，尸骨未寒，女人就再嫁而去；其实不是这么回事，她们对其理发师，却是从一而终，贞洁不二者也。

做头发之所以成为太太小姐的一乐，大概和每个女人潜意识上都有的“公主情绪”有关。美利坚最喜欢去日本观光，除了那些东方景致使他们大开眼界外，日本人的礼貌，恐怕也是最主要的因素之一。盖美利坚人人平等，再大的官和再富的商，离开他的窝，便跟掏厕所的工人没有分别。但一到日本，就不然矣，东洋人精于鞠躬，其躬鞠得既深且繁，如奴隶之奉王子；女人尤甚，其声之和，其貌之柔，其词之顺，其态度之曲意承欢，如女奴之奉王后。使得美国佬飘飘然欲羽化而登仙，便是五分利息借钱，都得去过过干瘾。

太太小姐做头发，大概有同一滋味，年头不同，仆佣如云的时代已成过去，作一个正正派派的女人，最安全最纯洁的刺激，也就是最性感的艺术享受，莫过于找一个男理发师抓抓头，摸摸脸，揉揉脖子。

君不见那些被认定户头的理发师乎，不但在广告上登号数，还登上其英俊的照片，一则是使其户头验明正身，再一则就非常有学问啦。人生最舒服的事有三焉，“抓痒”占首位，其次是“挖耳”，再其次“捏脚”。太太小姐昂然高坐，理发师用其有力而异样的男性巨手，搔来搔去，杏眼惺忪，在镜中看到该男人卖命之状，芳心无不大悦，而有神通的理发师紧紧地把握这个机会，和主顾谈天说地，感情乃增。

古中国人之奇异，不但表现在缠足上，也表现在头发上，无论男女，统统辫子一条，结婚后再往上盘。满洲人尤其是绝，还在周围剃了个圆圈，只留下当中一撮，便是猪都不能如此之混账也。幸亏革命成功，中华民国建立，否则现在大家头上都盘着那个玩意儿，你说窝囊不窝囊吧。然而，从前那一套，混账则混账矣，却简单明了。自剃辫以来，男人头发变化还少，女人头发简直跟新式武器一样，花样翻新，层出不穷。民国初年，着实流行了一个时期的“刘海”，弄几绺覆住前额，发端紧接眉边，使得男人看啦，如痴如醉。大概是“九一八”事变那年，发型进入一个空前未有的时代，从前大家差不多都力求画一，你梳辫子我也梳辫子，你梳刘海我也梳刘海，有小异而仍大同；一旦刘海衰微，统一江山破碎，女人们各自为政，单独作战，你梳的是龙戏凤，俺梳的是原子弹；瘦子的头发蓬松而后收，使得脸蛋丰满；胖子则头发高耸，使得脸蛋俊俏。于是，有长发焉，有短发焉，有不长不短的发焉，有条理分明的发焉，有乱七八糟的发焉，有马尾巴的发焉，有孔雀开屏的发焉，有使人销魂的发焉，有使人呕吐的发焉，有一碰就垮的发焉，有丝网罩着，永打不烂的发焉。

《子夜歌》曰：“伊昔不梳头，秀发披两肩，婉转郎膝上，何处不可怜。”这真是男人们寤寐以求之的情调，或为娇妻，或为情人，伏到怀中，秀发如水，泻地三尺，怜惜以抚之，拼老命以爱之。然而问题也就出在这里，有些女人每到临睡，就把头发卷将起来，满头都是齿轮，好像麻风病到了三期，裂开而冒出脓血的烂疮一样，做丈夫的如果每晚都要面对着有此癖好的老婆，真是前世作孽之报。

3. 西洋文明

头发既是女人们在她自己身上唯一可露一手之处，当然会全力以赴。河南坠子有《小黑驴》一曲，叙述一对新婚夫妇，新郎送新娘回娘家，骑着一头小小的黑驴，全曲十分之一的篇幅形容那头小黑驴，而以十分之九的篇幅形容新娘的头发。那真是一篇掷地有金石声的杰作，先说她的头发是如何的好，继则洋洋洒洒地描绘她梳的花样。年久月长，忘记其详，大概说她梳的是一场庙会，有庙宇一座，香烟缭绕，三姐妹相携前往进香，大姐头上梳的啥，二姐头上梳的啥，三姐头上又梳的啥，因梳得太过逼真，以致招来了许多蜜蜂蝴蝶。

呜呼，一个女人的头上竟能梳出这么多玩意儿，真是伟大的艺术工程，理发师如果学会这一套，包管可大吃大喝一辈子。听过这一曲坠子的人，再睁眼看看目下那些招摇过市，自以为了不起，自以为可以把男人弄昏头的发型，就哑然失笑。但由此可见，在头发上用功夫，古已有之，甚至较今尤烈，我们可惜没有赶得上时代，否则把慈禧太后那拉兰儿的御头，搞过来研究一番，必有可观者矣。

男女间的差别是天生的，但表现在人人可一目了然上者，只有头发。女人如果没有长长的秀发，犹如一朵木头雕刻的花，理会她的人，恐怕几希。只有老光棍阿Q先生才打尼姑的主意，便是杨玉环小姐，如果剃得个秃秃青青，势也不堪入目。于是，我就忽然想起台湾中小学堂的女学生来矣。不知道是哪个缺德带冒烟的家伙，规定她们梳成现在这种样子，好像一块西瓜皮硬生生地扣到石桩上，前面齐眉，四周齐耳，而且“齐”得可怖，像用东洋刀砍过一样，使一群聪明伶俐的小娃，显得既笨且呆。这是人类有史以来最丑陋的发型，最斲丧自然的发型。假使有人在伦敦举办发型选丑，我们随便抓一个女学生去参加,准可夺标而归。

世界上什么事都可忍耐,只有俗不可忍耐,我每看到那种扣瓜皮型的头发,便为孩子们落泪。这玩意儿似乎又是东洋遗风,日本人就如此,好像非如此不足以表示其天质拙陋。报上常有救救孩子的呼吁,救救孩子之道非一,头发似应列入首位,还是让她们自己随意生长吧。官崽们管的事也太多啦,饶了她们的头发,可乎?

头发因人种而有异,黑种人的头发生下来便不必去原子烫,曲曲弯弯,好不漂亮,可惜人被歧视,祸延其发;黑朋友拼命想办法把它弄直,以便弄得跟白人一样的直,然后再像白人一样把它烫得曲曲弯弯。于是有些中国人在屁股后跟进,柏杨先生曾看见几位酒吧间的女人——但也有大学生焉,硬把黑头发烫成黄的或红的,背后一看,俨然美利坚,不过最怕绕过看脸,也最怕头发渐长,成了一半黄一半黑,就大煞风景。

不过,好在有一喜讯可告中国同胞者,金发虽美,却是隐性,黑发虽糟,却是显性,再过一亿年,金发宣告绝迹,便是我们黑发的天下矣。

女人的发型日新月异,基本出发点不过是爱美而已,似乎和道德无关,更和国家兴亡无关。犹如一个小偷之被捕,和他的眼皮跳无关一样,如果小偷只怪眼皮跳,不怪自己偷,你说他有道理没道理耶。

然而,圣崽们却对眼皮跳颇有兴趣,殷纣帝子受辛先生把国家弄亡,不敢说他应自己负责任,反把责任往女人身上推,妲己一个人能亡一个国家乎?褒姒、杨玉环,统统皆然。夫社会风气之坏,乃由于政治风气之坏,与女人的头发何干?却有圣崽大声疾呼,认为只要把女人发型一改,社会风气便也一改矣,大作家何凡先生已为文辟之,不过说得温柔敦厚,不太过瘾,且柏杨先生还有自己的意见,忍不住要勇猛一吐,以求一快。

女人发型可以转移风气,此高论如果成立,全世界社会学者就得集体自杀,以谢其所学。国家现在情况实在是不太好,然而凡是圣崽,皆明哲保身之辈,或被胆量所限,不敢探求问题的真正原因;或被知识所限,不能探求问题的真正原因。无论是啥,反正怪罪到发型上,不能不说是一大发明。俗云,乱世妄人多,大概就是如此这般。最明显的是,美利坚发型最乱七八糟,你听说他们第二次世界大战时打了败仗,向谁投降了乎?何以对洋大人没有影响,对黄帝子孙却有影响哉?!

圣崽们最精彩的一段言论是:目前妇女居家蓬头垢面,一副疏懒相,一经外出,马上变成花枝招展,他奇怪这些女人的目的何在。呜呼,她们的目的何在?恐怕真要问一下圣崽矣。一个可怜的妇女,在家里像牛马一样地服侍丈夫上班,孩子上学,做饭洗衣,补裤子,晒被子,打扫天花板,拖地板,连洗脸漱口的时间都没有,好容易熬到一个星期天,积蓄了一百块钱,打算全家大小去新公园小坐,轻松轻松。女主人洗梳既毕,涂一下唇,描一下眉,扶老携幼,蜂拥而出,你说她目的何在?该圣崽大概人老心不老,天天在暗中胡思乱想,以致见了漂亮的太太小姐,就神魂飘荡。假设不是如此,则一定是希望全中国女同胞,在家蓬头垢面,出门亦蓬头垢面矣。不管是啥,反正其用心既如此之不可告人,我们还说啥。

圣崽们第二个精彩的言论是,追求少女,乃天经地义的事,追求少妇,则属违法的行为。呜呼,违的这个法,不知是不是埃塞俄比亚法也。追求少女固不违法,追求少妇,似乎也和法无关。就在柏杨先生写稿之时,有一少妇在门前经过,我心大动而目送之,满脑子古怪主意,紧要之处,还吹一声口哨,不知该圣崽将判我何罪也。盖这是"礼"的问题,不超过法律认可的界限,都不违法,超过该界限,便是追少女,同样得吃官司。

第二次世界大战时,英国男人多服兵役,兵工厂只好大用女工,规定每人必须把头发包住,以防机器把秀发卷进,掀掉顶瓜皮。而女工们宁可没有顶瓜皮,也不肯包住头发,以损其美。这是人类的天性,圣崽的娘也包括在内,谁都阻挡不住。

西洋现代文明,不但搞垮了中国女人的脚,和中国女人的头发,也搞垮了中国女人原来对嘴、眉、眼,甚至对"丰乳"的美感观念,和美感表现。在这一方面,我们又是全盘皆输,一星点儿五千年传统文化都没有保持得住,可谓惨重。

无论中外华洋,美丑的分际和演变一向都差不太多。君不见希腊城邦时代诸神的裸体雕像乎?美丽绝伦的女神,若维纳斯,若雅典娜,其腰莫不肥如水桶,其乳莫不悬如木瓜,其小腿亦莫不粗如石柱,用现代眼光去看,除了脸蛋儿外,既没有三围,又没有曲线,实在没有啥美可看。盖时代不同,那个时代讲究的和我们现时代讲究的标准不一样,犹如古中国人以女人的脚缠得越烂越小,走起路来都得扶着墙壁,战战兢兢,男人才能过瘾;而今则非天足不可,非健步如飞不可矣。这里面没啥是非,更没啥道德也。

历史上不知道是谁先提出"性感"来的,此公一箭中的,使得旧社会阵营大乱。盖从性心理学上研究,人类文明的进化,全靠着性的推动,每一个男孩子在潜意识上都有杀父娶母的念头。最高的艺术境界,如舞蹈、绘画、音乐,无一不是性的升华。于是,对别的影响如何,我们不知道,对女人爱美的影响,确实是大而且巨,如果让现代人再去雕刻维纳斯和雅典娜两位女神的裸体像,准雕得腰细如蜂,乳耸如弓。从前人被"无知"和"性的崇敬"二者蒙住眼睛,对女人鬼鬼祟祟,隐隐藏藏,不如今天大家敢于和乐于面对现实。

凡是叫人看着舒服的东西,皆有性的潜意识在焉,这道理自有专书,有志之士,不妨一读。我们所谈的是,在美的变化上,最使人触目惊心的,莫过于女人的嘴,这方面古中国人是有自己一套的。跟古希腊人以腰粗为美一样,我们想当年则是以口生得越小越美,口红涂得也越小越美焉。

相传有一故事,宋王朝举办绘画高等考试,集天下画家于一堂,皇帝老爷赵佶先生出题曰:"万绿丛中一点红,动人春色不须多。"结果某人大笔一挥,位列第一,他画的是:丛林中有一小楼,楼上有一凭窗美女,唇上有一点口红。

这个故事流传得相当广,几乎到了无人不晓的程度。然而大家都注意该画家的灵感意境,而忽略了两件大事:一是美女的嘴,即令在圣崽的眼睛中，也是动人的，而且充满了春色；这和性心理学上的学说不谋而合，一下子露出狐狸尾巴，道貌岸然不起来啦。二是古时候认为最美的口是樱桃小口，小口者，口小也。那么天生其嘴甚大的女人，该怎么办耶？便只好在化妆术上下功夫，用口红在樱唇上涂一个小点，以乞灵于臭男人的错觉。

4. 吃死孩子

"口红"这玩意儿是洋人发明的，中国土货曰"胭脂"，女人用来抹到唇上，以示娇艳欲滴。在这一件化妆品上，胭脂又告落伍，不得不跟缠足小脚一样，被淘汰无误。口红自然比装到瓶子里的胭脂便利异常，无论何时何地，都可拿将出来，大动干戈。最常见的莫过于进餐初毕，无论小姐太太，一放下筷子，便打开手提包，一手执镜，一手执管，轻咬小嘴，微咧唇角，那是一种使男人们眼睛发直的镜头。

古时胭脂，只在嘴唇当中涂一下便可，看所有佛像，和敦煌壁画中的仕女图，便可知其梗概。那大概是从印度传出来的花样，习惯成自然，大家都当成了中华民族固有的美德。等到印度亡国，欧风东渐，现代文明规定口红一定全涂，中国女人也只好跟着全涂。

这是一个剧烈转变，和任何旧事物被扬弃时一样，新事物准被圣崽嘲骂一番。柏杨先生幼时进城，在大街上偶见一摩登女人涂着口红，简直吓得魂飞九天，归语父老，详述其状，亦莫不大惊，盖那不是刚吃了死孩子是啥？一个经常吃死孩子，吃得满嘴都是血的女人，其不祸国败家者，未之有也。

后来看得多啦，老顽固抵不住时代潮流，才觉得现在这种口红的涂法，较之"万绿丛中一点红"的时代，果有其性感之处。不过也正因为如此，口红的颜色，也随着男人的口味而日益繁多，除了没有绿颜色和紫颜色的,几乎啥颜色都有,有大红口红焉,有淡红口红焉,有粉色口红焉,有浅黄色口红焉,有深黄色口红焉。在时间上,则有一挨就褪色的口红焉,有把嘴唇吻烂也吻不掉的口红焉,有可以印到男人脸上,作为太太揍之把柄的口红焉,有用手帕再擦也擦不掉的口红焉。

不过,天下不掉色的口红不太多——好像是根本没有,有些女人在必要时用生汞代之,虽然不掉,却红而不艳,好像阴沉沉的天气,男人望之生畏,自非上品。而说实在的,假使美国人真的发明了什么不褪色的口红,恐怕也销不出去。试想,当一男一女要畅吻时,女的掏出手帕,递到男人手中,然后仰脸闭目,让男人为她先擦去口红,这情调谁肯易之耶?

柏杨先生有一朋友,风流自赏,女友如云,但太太管得奇严(呜呼,太太越是管得奇严,老爷越是有毛病,这道理也真他妈的怪)。无奈他很有两手,太太用尽千方百计,总抓不住丈夫小辫子。一天晚归,倒头便睡,第二天醒来,太太伤心地哭哩,屡诘之都不回答,随着她的玉手一指,方才发现衬衫上有口红在焉,暗咒自己粗心。不过,好啦,这一下精彩节目全部推出,他跪在水门汀地上达四小时之久,太太把所有可摔的东西统统摔光,还请了一大堆亲友,当面逼丈夫将其女友姓名供出,立下永不再犯的悔过之书,最后作哈巴狗状,摇尾乞怜,拭去太太的泪珠,赔了千言万语的不是,才算了结。事后他才知道,那口红竟是他太太自己印上去硬栽之的。八十岁老娘倒绷孩儿,还有啥话好说。据柏杨先生考证,此法甚效,在紧要关头行之,准可拷打出一点实情。写出以教太太小姐,善用之可也。

女人在嘴唇上用的功夫,可以说最细也最繁,而且也最为公开。你见过有几个太太小姐在众目睽睽之下整理乳罩者乎?但鼓起小嘴涂口红者,随时随地都会出现。她们为啥一定要如此地干哉?恐怕和口红容易走样有关,有些太太小姐,往往把口红染到牙齿上,不要问,她懒的程度一定可观,盖天下最使人不舒服的,莫过于此,所以太太小姐吃东西的时候——好比,以吃汤团为例,她不得不把娇滴滴的红唇张而努之，其状活像一个刚下了蛋的鸡屁股，以便汤团连边都不沾地送进口腔。柏杨先生闲来无事，最喜去饭馆遥望，这个节目，动人心弦。

嘴唇是女人身上最性感之处，涂口红的目的大概在于使男人看了之后六魂出窍。在美国，女人不涂口红是被认为不礼貌的，只有在故意表示轻蔑对方的情况下，才不涂抹。在中国则略微有点不同，一个从不涂口红的女人，可能被恭维朴素呀朴素，不过这种赞誉实在有点违背天良，如果他的娇妻连口红都不知道涂的话，他伤心至极，势非打别的女人歪主意不可。

女人嘴唇除了涂满口红，以悦男人外，第二个功用，恐怕就是接吻啦。我们这里说的接吻，固然说的是爱情的接吻，但也说的是亲情的接吻，你如果告诉朋友，发现他太太和一个男人接吻了一个小时，你的朋友必然大惊，但如果说明该男人也者，不过是他三岁大的小娃，他准甜然而笑。父母吻子女，有时候比爱情上男女的接吻，还要缠绵激烈。柏杨先生常看到很多年轻的母亲，不但吻婴儿的嘴，更吻其颊，吻其脚，后来索性吻其屁股，上帝赋给她们伟大的母爱，借其动人的红唇表达出来，假设有孤儿旁观，定将热泪盈眶。

爱情上的接吻却是后天的，这由孩子们往往拒抗大人接吻上可看得出来，他们小心灵实在讨厌那些男人的胡子嘴和女人的油滑脸。但那真是一桩悲哀的事，对一个男人而言，当他小的时候，有无数漂亮年轻的妇女吻他；等他长成大人，却只好吻那些根本不喜欢他的婴儿。一个孩子的成熟，在接吻上可以判断，无论男孩子女孩子，一旦觉得渴望着和异性接吻，便到了诗人所说的“负义的年龄”，父母的爱便关不住矣。

中华民族自从汉武帝刘彻先生罢黜百家，独尊儒术，便开始了悲惨的命运，人们的思想被拘限在以孔丘先生为主，以及后来居上的朱熹先生为辅的狭笼子里。别的不说，即是接吻，我们文学作品中便从来不提，其他文献中更没有一字涉及，好像中国男女一个个都道德得不像话，从不接吻似的。幸好到了清末，《红楼梦》问世，才有贾宝玉吃胭脂之事，吃胭脂比接吻更美艳和更高级，一个女人闭目含羞地让男人把她嘴唇上的口红舔个干净，真叫人魂魄全融。我们只学会了洋大人那一套，吻起来天摇地动，竟没有将贾宝玉先生吃口红的温柔蚀骨的艺术发挥光大，弘扬世界，真是可叹得很也。

中国古风，夫妇间最理想的关系，是举案齐眉，相敬如宾，所以两个人走到街上，一前一后，若不相识。不要说二十世纪初叶，就是到了二十世纪三十年代，日本在沈阳已发动事变，东北三省都没有啦，而中国人那时候如果看见有一对夫妇在街上走路时手挽着手，仍会大骇不止。记得彼时报上还有正人君子为文以惜之曰："从前的人，夫妇在街上走时好像不亲热，心里却很亲热；而今夫妇走路时好像很亲热，心里却很凉。"这些话不知道有啥根据，不过却可看出圣崽们确实气得要命。这就使人想起一桩事矣，一对男女从台北乘公路局车去新店，在车上情不自禁，大接其吻，车上的人轰轰烈烈，闹了一阵，连记者也认为"这算什么话"，在报上发了花边消息。卫道之士的模样几乎一直都是从一个窑里烧出来的，对新生事物一律反抗，天天叹人心不古兼世风日下。

要说孔丘先生和朱熹先生从不跟女人接吻，这话恐怕有点使人疑虑万状。孔丘先生如见了女人连心都不动，他的后代从哪里出来的耶？而朱熹先生还为了争一个女人，那女人不爱他，他就把她下到监狱，官司一直打到皇帝老爷那里，其风骚可知。不过凡是圣人者，都碰不得，从前碰之则坐牢，如今碰之则有被戴上"不爱国"或"侮蔑中国文化"等沉重帽子的危险。只是无论怎么说，接吻这玩意儿，还是欧风东渐后随着洋枪洋炮打进来的，现在在大庭广众间拥而吻之的镜头虽然还很少，但电影上多啦，文学作品中多啦。台北的朋友，晚上如果去新公园参观一下，恐怕更是多得不像话。看样子，再过若干年，势将更为普遍，说不定在街上走着走着，就来一个嘴对嘴，再不会全车大哗，也再不会劳动记者发新闻也。君不见，夫妇在闹市挽臂而行，四十年前可能使全城为之爆炸，如今谁肯多看一眼耶。

接吻，并不简单，有它至高的文化在焉，好比一个男人和一个漂亮小姐,相偕出过游矣,相偕看过电影矣,相偕跳过舞矣,走起路来也偶尔肩挨一下肩矣,然而是不是就可接而吻之乎?夫接吻者,好像一个电钮,不按这个电钮,你再努力,即令急得上吊,爱情之光也不会亮。也好像人的咽喉,便是再高贵的山珍海味,不通过它硬是到不了胃,这就有很大的机密埋伏其中。不该接吻的时候而硬接吻,除了吃耳光外,爱情也得垮。天时,地利,人和,缺一不可,在淡淡的灯光和月光星光下,在静静的房子中,拥而吻之,受用无穷,如果小姐刚在街上摔了个斤斗,或刚考了"托福"而不及格,你贸贸然吻之,岂不砸锅?

呜呼,第一吻最难,过此则一泻千里,无往不利。不知道是哪一个大诗人说的:"当她希望你吻,你不去吻,其罪过比她不希望你吻,而你硬去吻更大。"男人为了避免罪过"更大"起见,勇气也应该特多,但如何能准确无讹地判断出对方心中的想法,则不简单。

吾友岳飞先生曰:"运用之妙,存乎一心。"据柏杨先生考证,就是指的接吻而言,有志之士,不可不察。

5. 颤巍巍耸着

女人的乳房,在年轻人眼睛中,似乎除了供男人们抚摸把玩之外,别无用处。君若不信,不妨找一个大学生谈谈,恐怕就是给他一块钱的奖金,他也想不出第二个用场是啥。必须等到生了孩子,才会恍然大悟,原来那玩意儿还可以拿来哺乳婴儿。

"美"与"丑"的标准因时代而异,谁也别笑谁。1959 年英格丽·褒曼女士演《六福客栈》,因为有缠小脚的镜头,中国人脸上挂不住,纷纷起义,大闹了一通。其实我们的老祖宗们却是十分爱那个调调,认为莲足之妙,妙不可言。民国初年,政府派员下乡"查脚",

有些地方还几乎引起民变,可知那一堆烂骨烂肉,有其文化的背景。说不定五百年后,后人看我们现代女人的打扮,也满面含羞。彼时如果有洋人想拍"中国小姐传",看她们卷得乱七八糟的头发,短到膝盖的旗袍,鞋后跟顶了一个擎天柱,前端尖得足可踢死人,嘴上又抹着一种胶质的红颜料。说不定中国人脸上也挂不住,也来一个纷纷起义,也大闹一通。

古人对鼓起来的双乳,认为奇"丑","丑"者,大概指性感而言,一见之便想到那个,心中谓之美,口中谓之丑。这种心口相反的行为,常出之于太太小姐的玉嘴。男人每赞女人如何如何的美,美得像西施,美得像貂蝉,赞到精彩之处,女人就用一种唯恐不被说服的声调骂曰:"你坏死啦!"坏死啦者,你教她高兴死啦之意。她越亲亲热热地骂你坏,她越愿你坏,你如果不继续坏,准看你是一个木瓜头。女人口心二者既往往不一致,则对其双乳的处理,自也是这个原理在其中领导。

因嫌其"丑",从前女人只好拼老命用衣裳把它掩住。二十世纪之前,以平胸为美,衣服既宽又大,想不平也不可能。研究起来,真是一件有趣的事,盖今之女人,从脚尖到发尖,无一处不求性感,性感者,使男人们头昏脑涨,想入非非之感也,这种搞法对不对是一回事,而现在大家努力往这方向走,则是铁打的事实。古之女人,在脸上努力追求,"女为悦己者容",颇费工夫地梳发描眉,擦白粉涂胭脂;在脚上也不放松,不惜成本,将一双玉足缠得稀烂,以求男人把玩之余,性心理大乐。但独独对脖子以下,腹部以上,包括四肢和整体躯干,却完全置之化外。道理何在,谁也弄不清楚,非有圣人出,不能加以解释。

平胸时代和缠足时代一样,已成为过去,现在是突胸时代矣。从被压迫五千年之久的桎梏中解放出来,在乳房史上确实可以大书特书。假如鸦片战争不发生,还是大清帝国,我们哪有这么多眼福也。

1959年,台北曾上演过一部电影,片名曰《海南风光》,以南洋少女的双乳为号召,观众如醉如痴,其中且颇有道貌岸然者流。双乳和红唇虽都是最最充满性感的地方，但红唇一年四季暴露在外，除了吻之以外，早看腻啦。只有双乳，虽没有福气摸摸，便是看一下电影，依然过瘾。不过那个电影并无啥口碑，盖基于人类的性心理，彻底拿出来赏玩，不若半开半闭、若隐若现的劲头大，两个乳房赤裸裸地摆在那里，有啥后劲？

所以，怎样把乳房搞得使男人一见便脑充血，乃女人最大的努力方针。自从洋大人流行大乳房以来，大乳房便成为可羡的目标。从前科学不发达，只好用棉花往胸脯猛塞，而今有海绵做的义乳出现，前端还有一个小小突出的乳头，真是巧夺天工；扣到肋上，再裹以袒胸的上装，双乳如巨峰般上翘，其尖隐隐在望。有学问的男士找个机会假装无意中碰那么一下，软绵绵焉，紧绷绷焉，而将碰那么一下的爪或肘，反弹起来，其不余味绕梁，三天睡不着觉者，柏杨先生敢和你赌一块钱。

无论如何，双乳是只可乱看，而不可乱摸的圣地，等到臭男人一旦可以乱摸，和那位太太小姐的关系，便十分奥妙。仅仅接吻，尚有停止的机会，一旦进步到摸乳，一泻千里，轻则打官司，重则动刀子，就不可收拾，有戏可瞧的也。因之，还是看看为宜，看看不但不犯法，也颇为迎合女士的心意，她费那么大的劲束之兜之，尖之鼓之，就是为了教你看，且教你看了舒服；你假使根本不看，或者看啦跟没看一样，她势必非恨你入骨不可，一旦你被分尸，说不定她就是凶手。

一个女人有丰满的乳房，是上帝对她的特别恩典。其美何在乎，大概在于它可颤巍巍地在胸前耸着之故，真能把男人的魂都颤得出窍，都耸得出壳也。而最使男人要命之处还有二焉，一在乳腋之间，雪白的乳边隆起如坟。一在两乳之间，乳沟下降，不知延伸到何处。女人打扮得如此这般，年轻男人只好昏昏然过日子。

有一件事非常奇怪，百思不得其解，洋大人文学作品中，描写男女相爱到极处一律拥之吻之，中国人也渐渐学会这一套。可是，摸乳比接吻更性感，更能表示其不可开交，却没有描写。若说摸乳猥亵，则当初对接吻何尝不认为猥亵乎？看情形若洋大人文学中不写摸乳、不演摸乳，我们便再过三千年也摸不成，洋大人一旦摸起来，恐怕我们才能跟着摸。

柏杨先生老矣，对新文艺一无所知，愿以提供诸大作家参考，请垂鉴焉。

《列子》上有一个故事，说出来人人皆知。有一位画家在墙上画了一条龙，跟活的一样，惟妙惟肖，只是没有眼睛，有人问他为啥，答曰："不能画，一画便飞啦。"那人不信，画家就画上去，当最后一笔点上之后，只见它四足生云，蓦然间霹雳一声，墙倒屋塌，该龙竟真的腾空而去。世人惊叹之余，乃留下"传神写照，正在阿堵中"两句成语。

阿堵者，在此成语中，指的眼睛而言，尤其是指的眼睛那股劲而言。有眼无睛也不行，必须有眼有睛，而且更要有那股劲，龙才能破壁而飞；否则只好仍贴在墙上，任凭风吹雨打。呜呼，眼睛之重要，对一条不过是画在墙上的龙，尚且如此，对以爱美为天职的女人，则其分量不卜可知。世界上有麻美人焉（少少的白麻子适增其俏，据说杨玉环女士便有之；大而黑的麻，不在此限）；有瘸美人焉（脚跛不碍其面貌姣好）；有半截美人焉（有些太太小姐，玉腰以下，殊无可观）。但从没听说过有瞎美人焉，不特没有瞎美人，便是连戴眼镜的美人，也不多见。

盖眼镜之为物，意义有二，一是帮助视觉，一是摆阔，阔者，包括物质之阔与精神之阔。有些年轻小伙子，戴着金边眼镜，招摇过市，乃表示他有钱，我要没有钱，能戴金边眼镜乎？一旦向你伸手借贷，你就无法拒绝。同样有些中年人虽然顶多只会看看报，也弄一个眼镜戴之，以表示他有极高的道德和极高的学问，平常文质彬彬，若学者、若老板，太太小姐如果不慎被人摸一把，绝不会疑心是他。眼镜之妙有如此者，不可不察。

但眼镜用到女人身上，便大大有损于美。女士们道德学问，只有她的父母兄弟姐妹丈夫及子女才关心，其他男人则一点也不在乎；甚至恨不得天下所有的漂亮太太小姐都没有道德观念，越浪漫越好，以便我一勾即上。是以女人戴上眼镜，即令是十分人才，也成了九分人才。《列子》上那条龙,一定没有眼镜,否则绝飞不了那么快。

不过女人到了非戴眼镜不可时,只要选择得好,也有其迷人之处,最近流行的那种 V 字形状,便着实很媚。上帝造人,不知道当初是怎么搞的,竟把人的双眼造成水平一条线,如果他老人家稍微细心一点,使女人眼角再向上撩一丁丁点,则男人可能发疯——不过也可能上帝有好生之德,为了避免男人发疯,故意造成水平一条线。只是这一下麻烦可大啦,不管你什么理由,人们还是以眼角稍稍往上撩一丁丁点为美,唱京戏的小旦拼命把眼兜着,便是为的叫观众看了目不转睛,心荡魂移。而真正的人生,既不能天天兜起来,则只好买一个向上撩一丁丁点的眼镜戴之。

6. 无声胜有声

中国五千年传统文化,虽然在女人的脚上、发上、嘴上、乳上,都被西洋文化击溃,一笔勾销。但在眼睛上,却仍保留着传统的一套。从盘古立天地,迄今二十世纪,都不稍衰。《诗经》上便兴致勃勃地赞曰:"美目盼兮",盼,那股劲儿之谓。当日耳曼民族正在罗马耍野蛮的时候,中国已被女人的美目"盼"得非写诗不可,自胜洋大人一筹。

眼睛要大,乃美的第一要义,再漂亮的面庞,再使人心跳的三围,配上一对小眼睛,便输了一半。若干年前,美国一位飞行员在海上孤独地漂流了三个月丧生,后来经人找到那尚未翻覆的橡皮艇,艇上有每天的日记,他唯一不忘的是他的"大眼睛",他在最后几天写给他的"大眼睛",告诉他爱她。呜呼,如果那位女孩子(该飞行员并未结婚,"大眼睛"乃其未婚妻)生着一对眯缝眼,若老鼠然,恐怕事情有点两样。君不见父母之抚摸孩子乎,昵曰:"乖儿子多可爱,多有趣呀,小鼻子、小耳朵、小手、小脚,一双大眼睛!”假使脱口而喊成“一对小眼睛”,岂不十分扫兴。孩子有知,恐怕一定会提出强烈的抗议,否则的话,那孩子虽不丑不远矣。

东洋人和西洋人,基本上的差别,人类学者可举出很多,但柏杨先生则以为似乎主要的还在眼睛。西洋人的眼珠是黄的,目光好像显得有点涣散,和有点不太传神。有很多西崽朋友除了把头发烫黄外,还努力想把眼睛变黄。呜呼,黄种人而黄眼珠,恰恰是“青光瞎”,色素构造,各有各的一套,勉强不得也。唯东方人差可告慰者,跟头发一样,黑眼珠也是显性,黄眼珠则为隐性,黑黄二眼珠的人结婚,生下的孩子依门德尔定律,黑眼珠的要占三分之二,这样下去,不出千载,天下无黄眼珠矣。

在摄影上可看出东西方人种不同之处,洋大人不管多丑,照出相片却美奂美轮。中国人则不然,很漂亮的女人,往往不上镜头,以若干当选的中国小姐为例,有些照片实在不敢恭维,如不指明她是谁,真是无人相信。而上镜头的,又往往长得没啥了不起,像有些电影明星,很多在银幕上明艳照人,对面一看,泰半失望,大呼“阿保桑”焉。何哉,这个问题只有眼睛可以解答。

不知道开天辟地时是怎么搞的,东方人的眼睛和双颊,平平如也,而且很多人还微微上凸,状若金鱼。三国时代张飞先生的豹头环眼,环眼者,大而突出的眼也,这类眼睛,东方多的是,读者先生不妨抬头看看贵同事和贵同学,或者到街上看看行人,便知如此这般。而突出也好,平平也好,即令再美,光学上的反射作用却不帮忙,使之硬不上相,照片往往比人逊色。西洋人的眼睛天生地下凹——从骨骼上可以了解,他的眼睛很深,眼珠不得不陷下去。而陷下去,又是光学的反射作用在作怪,拍出的照片,就漂亮得多,这真叫黄脸皮的太太小姐气掉银牙。无怪东方人信佛祖不信上帝,恨其当初偏心,为啥不教眼眶也凹一点儿。

东方人因为天生的眼睛和脸部平平如也,照起相来很难漂亮,于是有些靠灯光或靠照片吃饭的女人,如电影明星或话剧明星,不得不另生枝节，在眼睛周围，大涂其黑墨。涂黑墨有其科学原理在焉，眼圈一黑，便显得眼眶深邃，在灯光下看起来，或是拍起照来，眼睛就比原来大得多矣，这是一种错觉，利用错觉去产生美感，可见科学不但能救国，亦能救丑。

不过，一个女人如果连白天也涂上黑圈，不用打听，她非是"名女人"不可，天下最奇异的化妆莫过于之。有些半老徐娘，在光天化日之下涂着黑圈，心里便觉得不是味道，盖再好的化妆品都不如上帝的杰作，黑墨初涂上去，对镜细看，还不觉什么，可是过了半个小时，眼皮因不断眨上眨下之故，涂到上面的黑墨被眨得成了火车上的铁轨，一条一条地纷纷横裂，实在大煞风景。一个男人如果和这种女人为妻为友，恐怕真要叫苦连天。当然，玩玩则是例外，这又涉及"名女人"的问题矣，名女人之所以没有几个能找到理想归宿者在此，男人总是如此之"贱"，和你风骚则可，如果明媒正娶，向别人介绍曰："这是我的太太"，那又是另一回事。

（柏杨先生按：事隔二十年，现在的窈窕淑女，闺秀名媛，也都涂上黑圈，前言隆重作废。）

有一次，柏杨先生参加一个宴会，对面是一位香港归国的电影明星。柏杨先生早已声明过，为了自尊，向不看中国电影，故不知其为谁何，但其睫毛却使我大吃一惊：它不但长，而且状如罗马帝国的仪队，其戟森森然地一齐向前猛翘。询之邻座，告曰："那睫毛是假的，贴上去的也。"呜呼，我今年七十有五，只知有黑眼圈，不知有假睫毛，于今算真正开了眼界。俗曰"长到老学到老"，洵不诬也。因知此中亦有丰富的哲学基础，不可等闲视之。西洋女人的睫毛无不长而翘，益增其美，东洋女人眼睛与脸部平，已是一大憾事，再加上睫毛短而直，便不可救药。

但是，上帝造人，有其细心之处。他老人家当初一定很忙，只顾得实用，忽略了审美，西洋人骨骼上眼眶下陷，眼珠自不得不跟着下陷，其睫毛也自然非长而翘不可，若也像东洋人的短而直，那就刺进了眼珠，弄成瞎子了也。

俗曰:“睫毛长,厉害王。”眼睫毛长的人脾气一定不好,有贬之之意。其实凡是有点才干的人,均多少有点性格,只有奴才脾气才软如面条,骂之则木然而受,打之则木然而挨。大官用人时,不妨看其睫毛,需其办事者,睫毛宜长;只不过作为弄臣,用之以来娱乐者,则睫毛愈短愈妙。这是柏杨先生最新发明,就在这里申请专利。

东方人眼睛的特征是平,在平之中,亦有大小之分。柏杨先生有一位韩国朋友,有一次,他嘲笑曰:“你们中国人嘴大。”我大怒曰:“你们韩国人眼小。”中国人嘴长得特大,自己从不觉得,不经外人提及,谁也不注意,经他一提,左看右看,果然觉得到处都是大嘴,要比日本人、越南人、韩国人都大,但韩国人眼小也是事实。我在韩国时便曾亲自观察,真的一律都是眯缝眼。不过,漂亮还是漂亮,有些韩国的太太小姐,眼小不但不损其美,而且更有其迷人之处。

人身上能说的器官,只有一个,就是嘴巴。耳朵会说话乎,曰不能。鼻孔会说话乎?曰不能。头发会说话乎?曰也不能。然而,眼睛却会说话。妙就妙在这里。

我们说眼睛会说话,不是说它真的能哇啦哇啦发表言论,而是从美学的观点论之,其冲力有时比嘴巴还要厉害。世界上只有眉目可以传情,其他东西则不能也。有些人的耳朵可以耸之使动,那有啥意义?说不定异性看见你耳朵抽筋,会落荒而逃。有些人的鼻孔像风箱一样,会张之鼓之,异性看啦,恐怕也将脚底抹油。乌丝千缕,随风飘荡,拂到男人鼻孔里,不但传不了情,恐怕还要连打喷嚏,被疑心患了伤风感冒。只有眼睛可以传情,她只要含情脉脉地向你一瞟就够啦。呜呼,有几个正人君子受得了也。从前战国时代有一位柳下惠先生,坐怀不乱;该事有点蹊跷,恐怕不是那么轻松简单,有暇时当另为文论之,因其太违反人性耳。不过,即令果如宣传家所言,我想那女人一定是个瞎子,她如果用眼睛攻势,不要说柳下惠先生,便是再大的圣崽,和自以为为万世开太平的柏杨先生,都得溃不成军。

眼睛是没有声音的嘴巴,它能说没有声音的言语。嘴巴所能说的,它统统能说;而它能说的,嘴巴只能说其一半;无它,嘴巴只能老老实实地一个字一个字往外吐,又要考虑措辞,又要考虑音调,又要考虑地点。好比,众目睽睽之下,太太能向其丈夫猛叫"我爱你"乎?大庭广众之中,小姐能向其男友猛喊"昨晚那个吻真销魂"乎?但用眼睛去说则游刃有余。再拥挤的人群,再喧哗的场合,只要飞去一个不容误解的眼神,便等于千言万语。

"此时无声胜有声",有其定律性。一男一女,平常在一起说说笑笑,打打闹闹,有些甚至不拘形迹地你捏我一把,我搔你一下;看起来有点不妙,其实,说二人不庄重则可,说二人不妙则不可。一旦到了二人正颜相对,在公众场合上,若不相关,甚至理都不理,一切都靠眼睛,那才真正的不妙。男女之间一旦进入"无声"阶段,恐怕就是用老虎钳都难把他们拉开。

诗人形容美女的眼睛曰:"一顾倾人城,再顾倾人国",只有眼睛有此巨大威力,想一想原子弹核子弹,以及啥辐射尘,那算老几?洋大人提倡三围,再大的乳房能"一顾倾人城,再顾倾人国"哉?《西厢记》上张君瑞先生受不了的挑逗有二,一是莺莺小姐的脚,一是莺莺小姐的眼也。曲云:"若不是衬残红芳径软,怎显得步香尘底样儿浅,且休题眼角儿留情处,则这脚踪儿将心事传。"今日穿高跟鞋的玉足,能如此动人心弦欤?又云:"饿眼望将穿,馋口涎空咽,空着我透骨髓相思病染,怎当她那临去秋波一转。"呜呼,用不着开口讲话,只那临去时的秋波一转,多少英雄好汉,都被转得轰的一声,头都大啦,何况张君瑞先生一介书生哉。

7. 明眸皓齿

眼睛不但会说话,而且还可以表达一个人的内心,人身上也只有眼睛能如此,其他器官谁都没有这种本领。孟轲先生曰:"胸中正,则眸子瞭焉;胸中不正,则眸子眊焉。”瞭,明亮也;眊,昏暗也。明亮和昏暗的分别,在天候上最容易察觉,用到眼睛上更难得多矣。不过那只是技术问题,原则上固无错的也。一个人一旦倒霉,两眼必然无光,不但无光,而且也有点发呆。记得抗战时,柏杨先生老当益壮,在日本占领区打游击,有一次被朋友出卖,打了个落花流水;乃化装成一小贩,随一群卖私盐的车队逃走,因忧心如捣,一路上真是茶不思饭不想。一个同伴小贩猝然问曰:“客官,我看你像是中央军。”听后吓了一跳,他笑曰:“我可不是皇协军,你放一百八十个心。但你这模样准脱不掉,全队人马,都嬉皮笑脸,只你两眼发直,不是中央军是啥?”我这才恍然大悟,立刻作心中无事状,终于跑出封锁线。噫,眼睛乃一奇异的潜望镜,固可将外面的东西看个清楚,也可将里面的东西泄漏无余。

漂亮的太太小姐铁定的都是“明眸皓齿”,眼明乃第一要义,诗人称之为“秋波”,简直妙极,盖其必须水汪汪,才能发出光彩,才能发出照人光艳;若是枯干得像两粒来年的桂圆,恐怕什么风致都没有矣,太太小姐不可不知也。《老残游记》上王小玉说书登场那一段,精彩绝伦,她只用她的媚眼轻轻一瞟,台下便立刻鸦雀无声,使每个人都觉得她在看着自己。一个靠群众生活的小姑娘,有此一绝招,叫人击节三叹。

女人的眼睛宜大,宜明,宜水汪汪,宜双眼皮,有此四者,虽不赛天仙也差不多。但仅有“大”“明”“水汪汪”“双眼皮”,似乎还不太够。柏杨先生曾看到有些女人,美则美矣,慧则慧矣,可是那光耀照人的眸子却像飞机上的螺旋桨一样,不停而剧烈地在那里团团转动,不禁屁尿直流。这种女人盖属于绝物之类,避之为宜。不灵活的眸子固使一个女人看起来傻傻的,太灵活的眸子则使一个女人充分地显露其妖。柏杨先生积七十年的经验,有此发现,据实写出,以便读者先生展卷有益。

除了眼睛,女人身上还有一种更奇妙的东西,就是眼泪。

眼睛的力量固然大矣巨矣,不但可倾人之城,而且还可倾人之国,一个爬格子动物如果被一个漂亮女孩子含情脉脉地看了一眼,恐怕至少要摇头摆尾写十万字的爱情小说,和一千首爱情诗。如果换上一个武夫,说不定简直挑起一场大战。当初拿破仑先生在欧洲横冲直撞,别人以为他是为这个为那个,其实他只不过是为了他那美丽的娇妻约瑟芬女士。他写信给她曰,每当他想起她的大眼睛,他的仗就打得特别漂亮。

但眼泪的力量,则更为可观。太古时代,虞舜帝姚重华先生翘了辫子,他的两个妻子娥皇和女英,伤心痛哭,眼泪滴到竹子上,连竹子都起了斑点,这就是斑竹的由来,你说可惊不可惊也。上古时代,吴国灭楚,兵力强大,眼看就要吞为已有,幸有申包胥先生,此公赤手空拳,既没有枪,又没有笔,又没有奇计妙策,但他却有两行眼泪,到秦国一哭就是三天,哭得秦国上下,心烦意乱,不得不发兵为楚复国,你又说可惊不可惊也。

人皆曰眼泪是女人的秘密武器,非也。秘密武器者,必须秘密才算数,而现在哪一个人,包括五岁的男童在内,谁不知道她们这种武器的厉害乎?有一个孩子诘其母曰:"你不是说要爸爸给我买一辆单车乎?"妈妈笑曰:"我说过啦,但他不肯呀,他要你再等几个月再说。"孩子失望曰:"我知道你并没有为我尽力。"妈妈急曰:"我已尽了力呀。"孩子曰:"那么你为啥不像叫爸爸为你买皮大衣时,那样哭上一天一夜哩。"这孩子年龄虽小,学问却大。呜呼,女人之泪,谁能抵挡?

眼泪不但可以攻,而且还可以守。其攻也,无敌不摧;其守也,便是原子弹都爆不破。女人要买一件皮大衣,一哭便可得之。女人理屈,只要一哭,也可变成理直。这叫做眼泪逻辑,不可不知也。五胡乱华时汉赵皇帝刘聪先生的妻子靳皇后,美得不像话,可是却偏偏喜欢偷人。以皇后之尊,做出此等之事,简直有点糟,大臣陈元达先生乃奏了她一本。刘聪一看大怒,将奏章掷给她看,靳女士跪在他面前求情,刘聪不允,她只好自杀。想不到自杀之后,情势变卦,刘聪做梦都梦见她"一枝梨花春带雨",继而一想,俺老婆偷人与你陈元达他妈的何干,乃找个借口把他干掉。噫!天大的忠贞都抵不过女人的眼泪,本来是恨她入骨的,经她一哭,却变成了爱她入骨,这种逻辑,可惜陈元达先生不知,如他也有柏杨先生这么大的学问,一定不去那是非之地捅马蜂窝。

和刘聪先生有异曲同工之妙的,还有一男人焉,他的妻子也偷人不误,经他发觉,在从前时代,丈夫有权把红杏出墙的妻子砍掉玉头。无奈他乃文明之士,不肯用刀,只逼她上吊。该太太向其母求救,其母教她如此如此。当天晚上,她花枝招展向他求情,书上说,她的两行眼泪均匀而迅速地从大眼睛中滑出,若两行珍珠然,那老儿一见,一把抱起曰:"没有啥了不起,一顶绿帽子压不死人。"绿帽子在本质上是可以压死人的,而忽然竟压不死人,是眼泪使它浮起来,浮得轻轻如叶。

女人眼泪能改变形势,中外皆然,举一件洋大人之事,可触类旁通。美国有一对夫妇,其妻驾其夫刚买来的华贵汽车,撞到一堵墙上,撞了个一塌糊涂,向修理匠请教,问他能不能修理得和从前一样。修理匠曰:"恢复原状已不可能,但我有办法使你不挨丈夫的骂。"急问何法,修理匠曰:"你可把车子拖回家,明天清早,鼻涕一把泪一把和他大闹,问他怎么把车撞成这个样子。"盖这乃彻底的攻心战术,一个男人被这么一闹,其不嗫嚅然自动招认各种罪状者,未之有也。

所以,眼泪乃女人最原始的武器,亦为男人唯一无法抵抗的最厉害的武器,谁要不服气的话,是他没有碰上过;其劲如狂奔着的火车头,只要碰上,无不身摧骨折。《聊斋》上有一文,题目偶忘之矣,描写一忠贞仁孝分子,听见他的爸爸在对街被贼掳掠,勃然大怒,拔剑而起,看样子要露一手,结果被其妻拉之曰:"亲爱的,你要一死,奴将靠何人?"眼泪一淌,他一想对呀,立刻回转头来,闭关自守,亲爹都放到屁股之后。

天下事真怪,凡是有用场的东西,凡是能赚钱的东西,都有赝品,都有人伪造。名画有假,古董有假,钞票有假,眼泪既如此伟大,自然也有冒牌货。故事书上不是说过乎,有一个阔佬恋一个妓女,在妓院中一住就是经年,每逢说要走,她就泪如泉涌,婉转娇啼,感其至诚,不忍去也。可是有一天他忽然恍然大悟,她的眼泪来得何其快耶。乃用一点锅灰涂到手帕上,又说要走,该妓一听,急忙用手帕擦眼,手帕上有妙药焉,擦之自然落泪,想不到这次泪水中和着锅灰,阔佬明白是怎么回事,拂袖而去。那位弄巧反拙的名妓张皇失措,急回房洗净铅华,大概这次想到有钱的大爷要走,真的伤心起来,流下真正的眼泪。阔佬一看,心中一软,就又住下。据说此公后来床头金尽,被鸨妓联合阵线,乱棒打出,皆此一把眼泪之功。

怎么能在必要时一下子就流出真正的眼泪,可不简单,忠贞分子每以哭示忠贞,女人则每以哭示委屈,她们的眼泪闪电战术,使人甘拜下风。想当年,柏杨先生翩翩少年,向一位漂亮的女孩子表示相思之苦,曾努力压迫泪腺,并用拳以击之,希望泪如雨下,结果一滴也无,反而被她疑心我有偏头风,从此自知在政治上无前途,在风月场中也无前途也。

不过,任何力量都有其极限,无限制地使用,未有不自食恶果者。女人固可用眼泪把男人摆布得晕头涨脑,服服帖帖。但你如果动则用之,恐怕日久就会不对劲。盖妻子的眼泪,往往是丈夫的罪恶,当一个男人每一行动都惹女友或娇妻泪洒空庭,积久了恼羞成怒,恐怕非反叛不可。太太小姐,慎之慎之,莫辜负柏杨先生一番教诲。

8. 倒悬葫芦

三围,乃最严重之物,中国人每曰:“我们中国女人向不讲三围。”这是典型的自欺欺人。谁说中国女人不讲三围乎?连柏杨夫人白发苍苍,穿的旗袍都是倒悬葫芦式,经常因一分之宽,或一分之瘦,跟裁缝店老板吵得口沫四溅,面目狰狞。阿巴桑尚且如此,年轻的女孩子不问可知。柏杨先生曾屡发牢骚，大骂世风日下，道德沦亡，结果也没有用，该倒悬葫芦，仍倒悬葫芦。

呜呼，胸欲其隆，腰欲其细，臀欲其肥，不仅是于今尤烈，而有其丰富的历史渊源。以细腰而论，便是自古皆然的，在这一点上，中国不愧为文明古国。前已言之，君不见希腊神话中诸美丽的塑像和画像乎，她们的容貌虽过得去(其实以中国人的眼光看，似乎也不见得高级)，但其腰则实在没有一点曲线，臃肿得像一个水桶，于是柏杨先生颇为疑心那位为她掀起十三年大战，且屠杀一城的世界美女海伦女士，她的腰围恐怕准是直通而下，不见得会凹进去。如果生在现在，不要说没有男人肯为她洒热血而抛头颅，恐怕连希腊小姐都选不上。

就在洋大人对女人的腰围尚愚昧无知，搞不出啥花样时，中国却是先进之国，已发现这个玩意儿，固越细越美。和罗马皇帝尼禄先生同时代的韩非先生，在其大著《二柄》章中云："楚灵王好细腰，而国中多饿人。"还有别的书中亦有同类记载，像《墨子》《管子》《楚策》均曾提出，且越来越厉害，说他阁下因爱细腰之故，宫女为了取媚，有的简直活活饿死。在美学史上，诚是最辉煌的一页，洋大人再了不起，都得对中国人脱帽致敬。

女人恐惧的东西甚多，如蛇如鼠，如没有衣服向其同伴炫耀等等，但最恐惧的，莫过于腰粗。这和美学有关，也和光学有关，弯曲而下，硬是比直通而下顺眼得多，细细的腰每使男人生出"搂一搂"的胡思乱想，粗如桶的腰则使男人万念俱灰矣。这是上帝赐给人类的特别心理，其他动物则没有焉，象先生追象小姐时，他不管她的腰细不细也，而女人的腰则非细不可，每见太太小姐进餐时只一口两口，实在使人恻然。有一次柏杨先生在宴席上，旁边坐了一位漂亮的小姐，腰细如蜂，乃使人昏迷之腰也。上菜之后，我因难得吃到油大，乃是来者不拒，可是她却自始至终，不过夹了三五筷子，一再劝她再吃一点，她坚称曰："已经饱啦!"不禁大疑，便是麻雀的胃恐怕三五筷子都填不满，何况人乎？后来宴散，柏杨先生人老而心甚年轻，抢着为她穿大衣,在穿大衣时只听得该小姐肚子里传出咕噜噜一阵雷鸣,其声之大,连堂倌都听得见。此乃甚饥之象,大家相顾失色,主人尤其感到抱歉。但由此可以看出楚灵王的宫女,所以饿死之故。

在美学观点上,曲的总比直的悦目,古人云:“文如看山不喜平”,看文章尚欲其曲,看山亦欲其曲,何况看女人的身段乎?故用力以束之,减食以饿之,都成为太太小姐们最重要的日常工作,这工作干起来比啥都吃力。唇不红,抹一下口红便可;乳不隆,弄个假的扣上便可;眉不细,剃之描之便可。虽不能说一劳永逸,至少一劳之后,几个小时或一天之内,不必再去担心。可是腰却完全是另外一回事,硬是得时时刻刻提心吊胆。朱柏庐先生治家格言中,指出居家必须时时防火,盖星星之火,可以燎原,一个扔到字纸篓里的香烟头,就可把一栋高楼巨厦烧得不成体统。同样道理,女人必须时时防胖,胖的意义,在太太小姐们讲起来,就是腰粗。跟防火一样,星星之肉,可以燎腰,说不定一块铜板大的肥肉,在肚子里发的热量,就能使脂肪大增,腰窝渐平。所以可敬的女士们不得不随时随地少吃少喝,苦遂在其中矣。柏杨先生顶头老板的夫人,有一天,降贵纡尊,驾临寒舍,老妻紧张万分,努力巴结,向邻居借得咖啡一撮,煮而献之。想不到该贵夫人喝了一口,问曰:“有糖乎?”老妻赔笑曰:“有有有。”贵夫人急曰:“啊呀,我不能喝,糖的热量最大,喝了要发胖(她不说喝了腰粗,乃有修养之人也),换杯冷开水吧。”呜呼,一个女人陷于如此恐惧之境,惨不惨哉?因忆及一漫画焉,上面画着一个狗熊背着一个漂亮女人往山里走,那女人高兴得笑嘻嘻,后面两个傻男人伫立叹曰:“女人们为了一件皮大衣,啥事都做得出。”事实上是不是如此,有关女性尊严,未便置评,但我们可以把这话套起来曰:“女人为了美,啥事都做得出。”古之女人不惜把双脚弄残弄烂,以取悦男人;今之女人心甘情愿地一辈子陷于饥饿状态,其理都是一也。

女人的眼泪可以征服一切:慈母的眼泪有神圣的力量,情人的眼泪有暴君的力量,女儿的眼泪有挖心的力量,无一不所向无敌。但她们对自己的腰却毫无办法,除了饮食的威胁,还有生育的威胁,上帝造女人,在这方面可能是有点心狠手辣。虎魄女士生了两个孩子而其腰仍纤细如蜂,诚人杰也。书上对这个现象有解释曰:一半是她保养得好,一半是靠她的运气。有些天生的尤物,硬是得天独厚,可惜这种尤物大半都得靠自己保养。毛姆先生有一篇小说写他自己年轻时一件丢人砸锅的事。他阁下那时穷得响叮当,倾其所有积蓄,请一位如花似玉吃馆子,他以为她为了保持三围——其实也就是保持纤腰,一定不敢多吃。谁料到该雌竟然是一头饿猫,左来一碗,右来一盘,她一面吃,毛姆先生一面心跳如捣地暗中计算口袋里的钱。后来,毛姆先生说,上帝终于替他报了仇,五年后再见她时,她已圆圆得像一个脂肪球。

对女人的惩罚莫过于使她腰粗,跟女人有不共戴天之恨者,不妨在这上下点工夫,诱其吃之喝之,看她的腰一天比一天发达,那就够啦。

腰,可以说是一种人欲其细,天欲其粗的东西,好像上帝整天啥事也不干,坐在他的宝座上,只虎视眈眈地注视下界芸芸众生中女人的中间地带,动不动就教她们肥之粗之。一对婚姻美满的夫妇,如果再卜下一辈子的姻缘,差不多男的都恒愿为男,女的也都恒愿为女。然而女的仍有苦恼,此苦恼不是月经,也不是生育,而是腰围,假使有人能写"保单",保证其腰不粗,恐怕都要去当女人矣。呜呼,"杨柳小蛮腰"的身段,扭来扭去,婀娜多姿,不要说摸之搂之,就是在街头看看,心旷神怡之余,再去力疾从公,势必也事半功倍。

腰的两大威胁,前已言之,曰饮食,曰生育。君不见英国女皇伊丽莎白二世加冕典礼乎,万事俱备,无一不妥妥当当,偏偏她的腰不争气。盖以女皇的待遇,据我所知,总比台湾的公教人员要好,我们三年都难沾唇的牛奶鸡蛋,看样子她天天都有得吃;再加上已经生了两个孩子,她既没有虎魄女士那种天赋腰权,而肚子膨膨然,祖传下来加冕时一定要穿的那套蟒袍,就硬是穿不进去。无可奈何中,只好减食,几乎有三个月时间,只吃白开水和少量的橘子汁,以及一点面包。要是换了我这个穷措大,真是宁愿顿顿吃饱,干女皇不干女皇都无所谓也。

减食是使腰细的治本良法，于是，贪口福的女人有祸啦，上帝必使其腰发生巨变。除了减食，尚有治标之术，那就是以帛束之。《飘》那个电影上便有这个镜头，美丽的郝思嘉小姐一嫁、二嫁、三嫁，生了三个孩子之后，教她的嬷姆为她用白绫勒腰，怎么勒也勒不下去，急得她跳高，嬷姆满头大汗曰："小姐，不行啦，纵把腰勒断，也勒不到当小姐时那模样啦。"这真是当女人的唯一悲哀，无怪法国女人，硬是不肯结婚，或是结了婚硬是不肯生育也。盖生育是毁灭女人纤腰最残酷的武器，太太小姐，以提高警觉为宜。

女人束腰，有很大的学问，傻男人们以为一定都是郝思嘉小姐的形式，其实那是美国南北战争时古老的干法；连武器都从彼时的铁铸古炮，进步到而今的原子弹核子弹，更何况区区一腰乎？腰本来不细，以帛束之，几层下来，跟原来的差不多矣。十年前有以弹簧束之者，弹簧，是客气话，其实是铁丝，不过细一点，外表美一点而已，其硬绷绷如故，好像造纸公司用钢条裹轧纸张一样，只听喀喀嚓嚓一声，勒了个结实。这几年则进步为尼龙的矣，勒上去之后，在外面一摸，好像啥也没有，而且因箍得太紧之故，且软软如棉，其妙真是难言得很也。赝品赝到如此程度，这世界上，当一个未婚男子，似乎也不太乐观。

9. 闺房之私

文明有两种，一种曰男人文明，一种曰女人文明。西洋的男人文明洋枪洋炮，把中国男人打得头昏眼花，说来话长，姑且不论。西洋的女人文明也随着洋枪洋炮排山倒海而来，把中国女人所有的玩意儿，一古脑并吞，上自头发，中经乳房，下至双脚，稀里哗啦，全部大溃,便是八国联军把那个亡国之妖的那拉兰儿女士赶得乱跑,都没有如此之可观。幸而在这场大战中,有两件东西疾风知劲草,板荡识忠臣,为中国女人作起中流砥柱。其一为前已言之细腰,其二则为画眉焉。我们老祖宗在洋大人还茹毛饮血的时代,便懂得这一套。谦虚点说,起码我们中国也有自成体系的一套,不是硬生生地全部接受西洋女人的文化。

眉之为物,可以说实际没啥用场,生物学家说,眉生长在眼睛之上,是造物者一奇,用来专门保护眼睛,如遇流汗之时,流到眉毛那里,顺着眉毛便从眼角流下来。如没有眉毛,岂不一直流到眼睛里乎?这种解释出自有学问人之口,我们无话可说。不过如果这种逻辑可行,男人的胡子一定是保护两片嘴子,以免鼻涕流下时流到口里的矣,然而女人何以无之耶?鼻涕最多,最需要胡子以挡之的儿童又何以无之耶?何况真正大汗如雨时,眉毛并挡不住。

上帝造眉时是一种什么心情,没有原始文件可供考证,我想他阁下可能有意把洋大人的眼珠也染得黑一点,提笔手颤,一不小心,弄到眼眶子上面去啦,将错就错,致有今日这种结果。是以人身上的东西无一没有其伟大功能,连盲肠都有内分泌任务,过去那些土豹子医生一知半解,认为它算老几,割而掷之,免得它发炎时惹麻烦,这种砍掉头以免将来患头痛的作风,现在都懊悔不迭。

眉既无啥功能,则其生也,显然的专为漂亮而生。一个女人没有眉,好像一个对象没有阴影,使人越看越觉得不对劲,这不是习惯,而是建筑在性心理上的美学观点。我想造物者一定有高度的幽默感,《圣经》上曰,上帝有一次大发脾气,暴跳如雷,向人类诅咒曰:"你们必须汗流满面,才能糊口。"大概事后一想,何必如此小家子气,弄个小玩意儿叫他们娱乐娱乐,漂亮漂亮可也,就赐下了两条眉毛,以供女人画之,男人看之。

这里面只有一点难以解释,既赐给眉毛叫大家欣赏,为啥不爽爽快快毫无瑕疵乎?可能是为了使性心理有所发泄之故。汉王朝大官张敞先生画眉,被挑拨朋友向皇帝老爷打了个小报告,罪状是"无威仪”,张敞先生曰:“闺房之私,有甚于画眉者。”这答话像一把利刃,直戳道学家的心窝。夫画画眉乃是乐事之一,为人生最大的享受,使得张敞先生有足够的勇气向皇帝老爷顶嘴。画眉若是一种苦刑,或是一种猥琐,恐怕他不敢如此理直气壮。

世界上圣崽最多之处,莫过于中国。这跟程颐先生以及朱熹先生有关,一脉相承,到了今天,仍未绝种。所以一提到“性”,虽然他们照干不误,却硬是要表示花容失色,盖非如此不足以自我宣传也,当一个女人,最怕遇到这类朋友。南宋时候,名妓严蕊小姐便挨了这根闷棍,朱熹先生想要她,唐仲友先生也想要她,而她却爱上了唐仲友先生。朱熹先生立刻露出原形,小报告直抵皇帝老爷御座,把严小姐逮捕坐牢,打得皮破血流。这是典型的圣崽嘴脸,小民小心为妙。

于是,张敞先生为太太画了画眉,便几乎兴起大狱,可知他们的厉害,真是明察秋毫。其实女人身上,眉是最纯洁和最神圣的东西,漂亮的眉使人生出的是真正的美感,这美感和理论上的美感最为接近,不包括生理上的快感,也不包括经验上的欲感,而是净化到崇拜圣母一样的美感,女人的眉可以使一个暴躁的男人趋于平静,可以化一堆戾气为一团祥和。

女人们天生秀发十尺者有之,天生面如银盆者有之,天生三围恰到好处者有之,但天生眉如弯柳者,却硬是没有。于是描眉成了必修之学,最彻底的办法是先剃了个光,然后想怎么画就怎么画。不过毛发之为物,愈剃则愈长,愈拔则愈浓,刮掉之后,留下的是青青的一条痕迹,而且过了一下工夫,就又渐渐冒出。这种情形用来演戏拍电影当然无可奈何,如果用来在家庭中或社会上行之,为其夫或为其男友者,恐怕得常去精神病院检查一下身体,盖总有一天要被搞疯。

大部分太太小姐都是顺其自然的发展而涂之的,缺毛露肉之处填之补之,尾巴杂乱之处束之长之。于是,眉的花样多矣,有秀眉焉,有翠眉焉,有蛾眉焉,有浓眉焉,有黛眉焉,有柳眉焉,有浅眉焉,有新月眉焉,都是看起来非常舒服之眉也。而女人画眉时,运笔墨于眉毛之上,戳来戳去,其快如飞,可叹观止。

真正的乐趣似乎在男人之画。柏杨先生的官邸是一座公寓式的楼房，对窗一家，住着一对恩爱夫妇，两人都上班办公，每天早上，丈夫必为其夫人画眉，娇妻斜倚窗台，半仰其面，微闭其目，长发拂槛，臭男人弯腰低头，鼻尖几乎碰到鼻尖，战战兢兢，细抹细描。呜呼，我敢赌一块钱，人类中能享此艳福者，有几人耶？不过似乎也有些女人不描眉的，吾友虢国夫人好像便是如此，杜甫先生曰："淡扫蛾眉朝至尊"，有人谓杜甫先生替她吹牛；有人谓淡扫者，轻轻描一下，仍是要描的；唯据柏杨先生考察，她阁下似乎只用一种扫眉刷子，刷一下而已，盖她总得有点特别之处，否则李隆基先生绝不致如此如彼地神魂颠倒。

眉是神圣之物，绝无杂念存在其中，不过，做家长的却不可因此便小觑了它，一旦一个女孩子每天对镜描眉，那便是一个信号，她要恋爱了矣，你再以小女孩视之，是你该死。

女人真是一种有趣的动物，对自己的身体无一处不动手术。好好的头发，卷之烫之；好好的脚，缠之裹之；好好的腰，束之勒之；好好的乳，隆之鼓之；好好的脸，涂之抹之，用尽心思，使每一个细胞都不得平安。一个女人如果每天只在镜子前坐一个钟头，她的丈夫真是前辈子修下的福。这里有一则故事可供参考。一个平庸的男人在结婚十五年后，忽然成了史学博士，当颁发证书之日，记者询问他读书之道，他曰："说穿啦也没啥，我和太太一块出门之前，她在闺房化妆，我就在客厅看点历史书。"十五年之久，竟看出一个专家，可见女人对化妆乃一种长期抗战也。我有一位朋友和某电影明星有一手，据他告知，电影明星出一趟门——或登台，或赴宴，那真要比重新塑一个人还要费工夫，从头搞到脚，再从脚搞到头，便是画，也画出来一个美女。

然而，女人身上只有一件东西，虽位居要冲，却从不修理，那就是她的鼻子。太太小姐如何独独放过鼻子，使它以本来面目与观众相见，其中有啥奥秘，我不知也，恐怕连太太小姐自己也说不出道理。人概看人家不在鼻子上玩花样，自己也只好不玩花样；也大概鼻子长得太单调,想不出什么花样好玩。只有非洲女同胞在鼻子上有创造性的贡献,跟穿耳环一样,在鼻子上也凿出一个洞,挂上铁制的鼻环。呜呼,谁说非洲同胞落后乎?对鼻子的装饰上,却遥遥领先。

人力既不能也不肯奈何鼻子,则鼻子的好坏,便只好完全靠老天爷。乳小可扣上一个义乳,腰粗可勒之使细,鼻大鼻小,或鼻歪鼻斜,硬是束手无策。而且最讨厌的是,鼻子恰巧长在门面正中,瞎眼和斜眼可以戴个墨镜遮一遮,劣鼻则不能挂块布挡一挡也。这是女人身上最弱的一环,全听上帝安排,毫无补救之道。女人如果没有一只漂亮鼻子,那真是天下最大的悲痛。柏杨夫人有一天坐公共汽车,见一女人,其鼻庞然,柏杨夫人站着而该女人坐着,却连该女人鼻孔中的鼻屎都看得清清楚楚,而且咻咻然像火车头一样在那里出气哩,不禁失色,归而告我,我大惊曰:“阿巴桑,你不看看自己。”结果茶几都被踢翻。盖柏杨夫人的鼻子也不太高明,属肉鼻子型,两个鼻孔像驴鼻孔一样,一张一缩,至为精彩。生着这两种鼻子的人,是吉是凶,是祸是福,我不知道,但有一点我是知道的,起码在美学上,它站不住脚。

10. 宁可牺牲耳朵

漂亮的女人生一只不相称的鼻子,所有的美便被破坏,蒜鼻头最容易被人认作商标。盖鼻这东西,跟神仙一样,疑心不得,你越疑心神仙不存在,神仙就越不存在。好好一位美人,如果有人忽然发起神经,指出她的鼻头如蒜,你就会看她的鼻头果然像一颗蒜,而世界上再也没有比蒜鼻头更使观众失望,好像巨炮的撞针一样,大无畏地指向男人,随时随地都可能把男人轰个粉身碎骨。

和蒜鼻头相反的,有塌鼻头焉。鼻头原来天生的要一枝独秀,向前突出。突出得太过分固然可怕如撞针,而根本不突出,也十分反常，使人闭气。这种鼻头，相书上谓之缩鼻，倒霉之鼻也。柏杨先生有一次在火车上看到一位小姐，其鼻尖与双颊几乎成为水平，好像送子娘娘跟她有仇，在她出生时，把她放在压轧机下压过，以致将鼻头压了进去。这种小姐，好像除非出国嫁华侨，或出国嫁心如火烧的留学生不可，如果待在国内，恐怕只好阴阳怪气一辈子。

幸好在这方面，是唯一可想办法挽救的一点，那就是有名的"隆鼻术"。供应由需要而生，由那么多包治隆鼻的广告，可知塌鼻的不限于我所见的那一位非出国便嫁不出去的小姐。不过动这种手术实在不好受，钢刀从牙床往上硬切，像掀锅盖一样，掀起上唇上颊，然后用塑料把鼻子填高。好在女人为了美，啥心狠手辣的事都做得出，开刀不过小焉者耳。问题是，填隆的鼻子总免不了出毛病，不是有一天那块塑料和肌肉接触处忽然发了炎，就是有一天起了鬼才知道什么化学作用，弄得脓血直流，痛疼难忍，恨不得跳井。或者有一天那块塑料忽然脱了槽，使得鼻子模样大变，连门都不敢出。我有一位如花似玉的侄孙女，一天用被子蒙着头去求医，初以为她害天花，谁晓得她竟是害的鼻子塌也。

真正的漂亮鼻子是直三角形，杜甫先生诗曰："高帝子孙尽隆准"。以隆准为美，自古皆然，可上溯汉唐，否则杜甫先生的诗岂不成了"高帝子孙尽塌鼻"乎？这是古文学唯一对鼻头赞扬之词，其他作品中，还似乎没有。鼻子不但要"隆"，而鼻子上的皮肤也应该要细，尤以鼻头两侧的皮肤，每每毛孔特粗，星星斑斑，难以入目。从前皇帝老爷选妃选嫔选宫女，第一关要检查的便是先瞧瞧鼻头两侧的皮肤粗细如何。太太小姐对镜时如果多注意及此，给人的美感，才能完整无缺。

鼻子的功用当然是呼吸，但对于女人却另有一件，那就是必要时掩之以示不屑。从前楚怀王宠一美女，大老婆郑袖女士吃醋，心生一计，告美女曰："大王爱你当然爱你，美中不足的是，他嫌你有点口臭。"美女大忧，郑女士乃教之曰："你再见他时，不妨用手帕掩住嘴。"美女一想对呀，再三拜谢。可是楚怀王却觉得不对劲，向郑袖女士打听缘故,郑袖女士乃小报告曰:“她嫌你老人家有口臭,在那里掩鼻哩。”楚怀王七窍生烟,砍掉美人的玉头。

呜呼,掩鼻所给人的侮辱大矣哉。我有一友,其女友见他即行掩鼻,我就警告他赶快撤退,他嫌我书生之见,结果垮了下来,人财两空。盖女人一经掩鼻,便表示从心窝对你厌恶,你口臭不口臭没有关系,反正她是嫌你口臭啦,学理上有此定律,不服气不行也。

女人们对自己的玉体,虐待备至,好像一个野蛮民族对其血海深仇的敌人一样,为了达到美的目的,用尽所可以想得到的酷刑,整之搞之,死而后已。其中以双脚所受,最为可观,中国人在这方面所表现的传统文化,也最为彻底,真正做到“削足适履”的标准,为了娇小,不在工具——鞋上动脑筋,却硬把脚弄了个稀烂,使人吃惊。洋大人之国则比较高级,发明了高跟鞋,虽有长鸡眼之危,幸而此危并不普遍。而且即令人人长鸡眼,鸡眼的痛苦和缠脚的痛苦比较,犹如针尖戳一下和在屁股上责打一百大板的比较一样,差得太大。

除了双脚,女人身上第二个受苦之处,似不是胸,亦不是腰,而是耳朵焉。胸腰二者,普通人或以义乳隆之,或以布帛束之,均可避免刀光血影。唯有耳朵,可以说是女人身上最不受注意之处,却不得不为美而流血,诚可哀也。盖耳朵之为物,实在没啥了不起,上帝造人,包括盲肠在内,什么东西都不可或缺,柏杨先生已言之甚详。唯有耳朵,在女人身上似乎有亦可,没有亦可。有一位漂亮小姐,秀发沿双鬓披肩而下,随娇步而颤动,顺清风而兴波,使人看了忍不住还想再看。一次她兴奋过度,仰面大笑,我才赫然发现她的一只耳朵没有了焉,原来幼时被树枝所伤,化脓溃烂,不可遏止,谨遵医嘱,索性干掉,垂二十年矣,那一天她如果不大笑,仍无人知之也。

假使上帝叫女人必须指定割让其五官四肢中的一个,我想她宁可牺牲耳朵,其不重要的情形,实在令人酸鼻。你阁下见有几本书和几篇文章上,形容耳朵的乎?古之美人,曰脸如何,曰眉如何;今之美人,曰三围如何,曰眼睛如何,从没有一个家伙提到耳朵如何的,鼻子还偶尔有人咏之,只耳朵如老处女,冷冷清清,无人理睬。

女人并不因为它不重要而放过它,从前流行穿耳洞,在厚厚的全是脂肪的耳垂上,用针硬通一洞,以挂耳环。通一个洞的手术,不是人人可以行之的,多半出于年纪稍大,而又下得狠心的妇人之手。清末穿耳之风最盛,彼时我见到的多矣,先把小女孩像牵猪一样牵过来,用糖一块哄她不哭,然后向她晓以大义——穿了便漂亮啦,长大了易寻婆家啦,犹如现代学堂里的精神训话,把小女孩训得晕头晕脑,狠女人就用两粒黄豆或绿豆,一边一粒,用手捻之,为了防小女孩再闹,一面捻一面训,捻到皮很薄很薄时,用带线的针猛的一戳,小女孩哎哟一声,已通了过去矣。然后将线结成一个圆环,涂上麻油,典礼乃告完成。等过了一月半月,取下棉线,俨然一个洞,就可随意往上乱挂。

穿耳之术,写起来虽不过三言五语,但真正干起来,却大有危机埋伏其中。盖穿得好啦固好,穿得不好,细菌随着针线或随着麻油浸入伤口,不出三天,有脓出焉,有血出焉;耳垂肿大如杯,一声咳嗽都会震得疼痛难忍,如果不小心碰了一下,包管粉泪如雨。中国五千年传统文化既然有如此后患,洋大人的那一套一进口遂被全部征服。洋大人者,肯用脑筋之人也,他们闲来无事,不知打打麻将,造造谣言,而硬是乱发明东西,大焉者发明氢弹、汽车、电灯泡;小焉者发明义乳、高跟鞋和不穿孔仍可照戴不误的耳环,此皆中国圣人所努力斥之为"以悦妇人"的"奇技淫巧"。由此我们可以看出中国圣人的特征,中国圣人所有的教训都是教人安于现状,甘于贫苦的,任何认真的思考,都属大逆不道。

无论如何,作一个中国女人,对洋大人应该由衷感谢,要不是洋文化所向无敌地打进来,她们今天还得用小脚在街上拧来拧去哩。至于穿耳之苦,更不能免,而洋大人发明的不穿耳而仍可戴之耳环,真是了不起的贡献,只要轻轻按弹簧便可,奇妙至极。不过,说到这里,柏杨先生又要叹气,环顾宇寰,发现最近女人们的耳朵,好像有点努力复古,似乎又流行起穿耳孔来矣。有一天我走到摊子上研究一下,不穿孔的耳环占三分之二,穿孔的耳环竟占三分之一,不禁大骇。

卖耳环女人告曰:"现在小姐们又走回头路啦,以耳朵上穿洞为荣啦。"怪不得邻居那些正在读大学堂的女生,前天咭咭呱呱前来向我借敖尔买训药膏,原来现在穿耳孔用的棉线不再抹麻油,而改抹洋大人的药膏啦。

穿孔是一种武功,穿孔的太太小姐无不骄傲其耳孔,每每向其他女人诉苦曰:"穿的时候好痛,早知道宁可不穿。"盖她希望天下女人只她一人有耳孔也。除穿耳孔之外,还有耳环的花样,柏杨先生有两点发现,一是,女人的衣服没有两人是一样的;另一是,女人的耳环也没有两人是一样的。衣服各人做各人,有的把扣子开到前面,有的把扣子开到背后(当初发明把扣子开到背后的那个家伙非进天堂不可),有的多上一折,有的少上一条,不相同还可以解释。而耳环则属大量制造,何以便不同欤?有圆的耳环焉,有方的耳环焉,有白的耳环焉,有红的耳环焉,有在灯光下闪闪发亮的耳环焉,有大得几乎可以碰到肩膀的耳环焉,有小得像米粒刚刚把耳孔堵住的耳环焉,有叮叮当当作响的耳环焉,有淡泊明志闷不吭声的耳环焉,有一见便心跳的耳环焉,有一见便恶心的耳环焉。种类繁多,不及备载。

11. 耳朵的灾难

西洋人曰:发明火的人,是大智慧的人。其实,发明往女人耳朵上挂东西的人,更是大智慧的人。那位先生真了不起,试想人身上还有别处能挂得住东西耶?只有耳朵,似乎专门为挂东西而生。女人之妙,于此又得一证明,对自己身上一草一木,一丘一壑,都加利用,能隆者隆之,能束者束之,能描者描之,能挂者挂之,真是人尽其才,地尽其利,物尽其用。

耳环何时才有,历史家没有考证,未便瞎说,但总跟古代抢婚之风有关。呜呼,古时的男人真有福气,看上一位漂亮小姐,用不着介绍,用不着恋爱,也用不着请她看电影跳舞,更用不着辛辛苦苦写情书,亦用不着天天担心她去美国。只要拿刀拿枪,呼啸而去,捉将过来,像我们现在穿鼻拴牛一样,用铁环穿耳锁之,她便一百个不愿意,都逃不出手心。惜哉,到了后来,男人地位渐渐没落,女人不但没有被抢被拴的危险,反而把男人踩到脚下。但为了表示她的娇弱温柔,仍照旧弄个玩意儿戴之,使男人悠然怀古,以便死心塌地地被踩。

女人在其俊俏的脸蛋两旁,戴上耳环,戴得得法,能使男人忽冬一声,昏倒在地。《长恨歌》上曰:"云鬓花颜金步摇,芙蓉帐暖度春宵,春宵苦短日高起,从此君王不早朝。"步摇者,耳环也,等于现在的"车站",将动词当名词用。杨玉环女士真有一手,沐浴既罢,赤条条的立刻就上了牙床,一丝不挂,玉体横陈,只戴着勾魂魄的一副耳环。此情此景,使李老儿的头轰然而鸣,连早朝都懒得主持啦,你说耳环的力量大不大也。

戴耳环乃是一门极大学问,杨玉环女士在这方面,恐怕一定受过特殊训练,否则不致把李老儿搞得国破家亡。不过,耳环永远只是一个配角,脸蛋才是主角。圆圆的脸蛋,如杨女士那么丰满("丰满",意即肥胖,可是你如果对小姐太太曰"你肥啦""你胖啦",后果堪虞。如你曰:"你丰满啦"她准又笑又乐),圆圆的脸,宜戴长形耳环——不长,它能"摇"乎,它能把唐朝江山摇垮乎?长长的脸,如赵飞燕女士,宜短型耳环,否则圆脸短耳环,岂不衬得横过来,长脸长耳环,也岂不衬得越发其长乎?不过天下事也很难说,尤以女人的化妆为然,也有圆脸短耳环,长脸长耳环,看起来十分美者,盖耳环是配角,单独好不起来,亦单独坏不起来也。

听说洋大人之国最近又有新发明出笼,耳环中装着豆粒大电池,可发十分之一度粉红色温柔的光焉,在黑暗中能隐约看出太太小姐的粉颊。将来舞会也好,情人约会也好,不需要灯火,亦不必暗中摸索,就可把她阁下半推半就的模样摄入眼帘。增加情调,莫此为甚,特隆重推荐于此,以便后生小子,有志淑女,急起直追,盍兴乎来。

昨天下午，接到台北余淑英女士一信，对穿耳之学，有所阐明，身受身感，比作为一个男人的柏杨先生，刻骨镂心得多矣。介绍于后，以供国人垂鉴。

余女士曰："在我记忆中，大约五六岁的时候，母亲请外祖母来替我们姐妹穿耳。在大人软欺硬吓之下，先把耳朵搓得热热的，然后用冰冷而尖锐的针猛地刺进，像刺到心上一样，痛得大声哭叫，想逃又被大人紧紧地连手带头抱住，简直无法挣扎。停会儿第二针又穿进另一只耳朵，比上次更痛，哭没有用，逃又逃不走。我的妹妹倒是逃了，还是被抓回来强制执行。然后一根线穿到耳孔，慢慢的伤口收缩，变成一个小洞，再戴上一副小金耳环，俗不可耐。"

穿耳经过，大致如此，问题是五六岁的小女孩有些还在吃奶哩，根本不知美为何物，所以乱叫乱闹。如果是十七八岁大姑娘，便是痛死都会认账。然穿孔之后，一定要戴金耳环，盖据有学问之人言，戴其他金属的耳环，如铁环铜环，往往使伤口三五个月都不痊愈，或者是虽痊愈矣，却把耳环也长到上面，使人哭笑交加。余女士的令嫒现在不是也穿了耳孔乎，务请严重参考。

余女士又曰："在学校里受尽同学的讥嘲：'乡下人上课戴耳环！'后来上中学，因学校规定不准戴，因之一直到现在，我始终不戴耳环，但是此疤在耳朵上不能消失，像在我心上不能消失一样。"

"时尚"的力量，真是大矣巨矣，而且也有点莫名其妙，我想余女士年纪不大，而又偏偏碰上那个不准戴耳环的"美的反动时代"，可谓运气不佳。君不见现在又流行戴耳环了乎？几乎无人不戴，连幼儿园的小学生，都被穿得血流如注。说到此处，真是时代不同，现在女孩子们进步得多了矣，我的邻居有一个小女儿焉，年约六岁，在幼儿园读大班，其家长于上月特地请了一个硬心肠的女人穿之，我在侧考察，不觉心惊肉战，以为她定要大哭一场，却料不到该小女孩乖乖的像嘴里含着巧克力糖，一针下去，不但不哭，面部反而严肃得跟正在加冕的女王一样，连哎哟都没有。后来一不小心，竟然化脓，但迄今为止，她仍哼都未哼一声。噫，你说这年头怪不怪哉。从前女孩，要到十七八岁才知打扮,而今女孩,会说话便知打扮矣。余女士如果有兴趣,不妨到左邻右舍察访察访,准吓一跳。

其实,我想根本用不着左邻右舍察访,仅只在令嫒身上,便可有惊人发现。

余淑英女士又曰:

"事隔三十年,我的大女儿,她就读铭传女子商业专科学校,她问我:'妈妈,同学们都穿耳洞,戴耳环,请你也替我穿吧。妈妈,台北市最流行的玩意儿呢,你不是也穿过吗?'我不觉呆了。"

余女士之所以发呆,是由于没有学问之故,假如有柏杨先生的学问,恐怕连眼皮都不抬一抬。盖女孩子为了美,不要说穿耳孔,更可怕的怪事都敢去干。其中有道理乎?当然有道理焉,那就是令嫒那一句"最流行"三字;人家都穿耳,我也穿之;人家都描眉,我也描之;人家都缠足,我也缠之,彻头彻尾一窝蜂。西藏有一种牦牛,凶猛蛮横,连老虎都不怕,每逢外出,成百成千,成群结队,由一老牦牛领导。它东,则众牛东之;它西,则众牛西之,从没有一个家伙问问底细的,一旦它失足栽下悬崖,全体也都照栽不误,你说它们可怜乎?它们还说女人可怜,盖女人对美的盲目,比群牛对老牦的盲目更甚。

余女士接着曰:"我想阻止她,没有成功,偷偷叫别人(花钱上所谓美容院)去穿。结果耳朵发炎,烂了快两个月,耳朵洞因此也塞满。我想她一定因此罢休,我的天,谁知道她一天返家,把头发盖在耳朵上,我觉得很奇怪,仔细一看,原来又有线穿着,的确伟大。"

其实在自残运动中,穿个耳孔算啥。柏杨先生年轻时,正逢载湉皇帝坐龙廷,有些太太小姐们为了使脚更小,竟亲自动手用碎磁盘在自己的脚趾脚心上猛割,一面猛割一面哀号,一面哀号而仍一面猛割,家人邻居围观,啧啧赞叹之声,可闻十里。盖痛苦不过一时,可夸耀者终身也。辛弃疾先生有《念奴娇》词曰:"闻道绮陌东头,行人曾见,帘底纤纤月。"山西大同一带,每逢新年,有小脚展览会,家家在大门悬挂布帘,妇女坐在布帘之内,在布帘底下露出她那已腐烂成肉干的"纤纤月"臭脚。称之为"纤纤月"者,因骨折之故,非弯如月、弯如弓不可也。由男人评为“金莲”，评为“盈握”，比现在在耳朵上穿个洞，更不可一世。

余女士最后曰：“我每天下班的时候，一定要经过博爱路一带，首饰摊林立，顾主穿梭不绝。我曾看见一位太太，年纪比我大得多，也照样站在首饰摊边，被卖首饰的小姐，拧着耳朵，用手搓着，然后用针穿进去，待完毕后，老人家勉强扮着笑脸对围着的人说：‘一些不痛，一些也不痛！’真的吗？她自己知道，我也知道。我也曾看见一个妇人带了两个女孩子，大概五六岁的样子，也替她们强制执行。”

上了年纪的人硬赶时髦，为了爱美而发疯，谓之“老来俏”，柏杨夫人虽然高龄，同样有这种毛病，上个月也穿了耳孔，不足怪也。盖穿耳孔不比奇装异服和抹脂涂粉，只增其美，不增其丑。

最后，特别介绍电影明星沙沙嘉宝女士一句话，她曰：“年轻的太太要有诱惑其丈夫之术。”这术是啥？沙小姐曰：“我每天晚上上床，都是一丝不挂，而只戴耳环。”呜呼，她真是杨玉环女士的忠实信徒，对一个妻子而言，穿啥戴啥，无不碍手碍脚，只有耳环例外，灯下看美人，越看越美，此中有了不起的学问，不可言传。

12. 吻颈之交

脖子在人身上的地位，实在可怜至极，一个穷凶极恶的人，无论其心多么坏，其手多么辣，结果受害的准是脖子。自己走投无路，必须自缢时，从没有用麻绳往脚上套、手上套，而都是往脖子上套的。一旦被官府捉住，判以死刑，喀嚓一声，也是脖子倒霉。或者像美国殖民时期那样动不动就“问吊”，问吊者，拴住脖子吊到树上之谓也，脖子也是首当其冲。

脖子对女人的功用，似乎较对男人的功用为大。盖男人上吊，不过是许多自杀的方法之一，而女人恐怕是最佳的一着。历史上是不是有这一类的统计，我不知道，但据“自由心证”估计，女人自杀，好像以上吊为最多。跳井的、吞金的(《红楼梦》的尤二姐便是吞金而亡，惜哉，那一锭金子)，总占少数，且不普遍，盖有些地方无井可跳，有些人无金可吞，有金还不上吊哩。现在文明进步，女人一时想不开，有知识的多服安眠药，无知识的多服巴拉松，脖子总算有得救的一天，否则，只脖子一处担当其苦，天下不公平之事，无逾于此。

颈之为用，除供被砍、被绞和自动自发的上吊之外，长在女人身上，还可作撒娇之用。从前男人最怕女人“一哭二闹三上吊”，太太小姐要买皮大衣，或是要去美国耶稣出生地朝圣(谁要说耶稣的出生地在以色列伯利恒，谁的智慧便有问题)，你要不肯，第一步粉泪如雨，继则找你的尊长，访你的长官，闹得你心中轰轰然，最后再去买条麻绳，扬言不活啦。呜呼，她们要没有脖子，不知道这最后一着是啥。

脖子对女人既负有如此重责大任，则把它打扮打扮，自属理所当然，这就要看各人的先天造化矣。有些太太小姐的脖子，其白如玉，名副其实的“玉颈”。有些太太小姐的面貌虽然很白，可是，脖子以下，却黑得要命，此乃属于“猫洗脸”之类，洗脸时只洗“脸”，耳根后和脖子上，都管他娘也。有些太太小姐的脖子和其脸同样焦黑，看起来使人扫兴。但更扫兴的却是有些太太小姐短而粗的脖子焉，看了恨不得抓住她的脑袋硬往上拔一拔。真正漂亮的玉颈，是白而长，长而细的颈也。

跟鼻子一样，诗人似乎也没有咏脖子的，大概脖子长得比鼻子还要单调，左看右看，看不出啥哲学，勾不起啥灵感，无法落笔之故。其实脖子的学问也颇大，即以接吻而论，脖子便是了不起的里程碑，而且比嘴唇更性感。男女青年接吻，在我们这个社会，固然叫老头两眼发直，但在洋大人之国，接吻和握手一样的普遍，稀松平常，已不能表达爱情。而表达爱情之吻，则全靠脖子。到了相当时候，男的吻了女孩子的玉颈，而女孩子也准许他吻其玉颈，里面就大有文章啦。

脚可缠之,耳可穿之,唇可涂之,脖子则玩些啥花样哉?既无法缠,又无法穿,光光如柱,束手无策。粗心大意的人准以为这一下太太小姐可以休矣,却想不到她们照样的一点都不肯放松。用到其他方面的手术,限于形态,固无法施展,于是,不知道是哪一个缺德的家伙竟发明了项链之物,这一发明,把女人发明得如醉如痴,把男人发明得要疯要狂。

女人在其雪白的玉颈上戴上一条恰到好处的项链,本有九分美的,则增为十分美,本是十分丑的,则减为七分丑六分丑矣。项链跟耳环一样,大概都属于想当年抢婚制度流传下来的余孽,柏杨先生每一想起男人竟可以把漂亮小姐锁住脖子锁到床头上,便乐不可支。可能抢婚之初,锁新娘脖子的一定是光秃秃的铁链;等到后来,怜香惜玉,可能用布包着,以免擦伤玉肌;演变下来,乃到了今天这个局面——竟用起黄金的和钻石的。大错全由男人铸成,小不忍则受大苦者也。

莫泊桑先生有一篇小说,名《项链》,家喻户晓的杰作,说的是一对年轻夫妇去参加宴会,硬要摆阔,玉颈上没有项链岂不寒酸,乃向有钱的家伙借得一条钻石的戴之。不知怎么搞的,竟弄丢啦,二人像牛马一样工作了二十年才还清,想不到还清之后才发现,当初的那条项链,竟是假的,你说糟不糟乎。

呜呼,这当然是小说,而且充满了禁不起研究的漏洞,但不影响项链的伟大,盖太太小姐们逛街,最发生“挂钩”作用的,莫过于项链。大衣固有吸引力,其他首饰亦固有吸引力,然而都没有项链精彩。女人们正在走路,突然像被钩子挂住似的挂在玻璃窗外,里面准摆着项链。此时也,粉脸变化多矣,忽青焉,忽红焉,忽眉飞色舞焉,忽愁眉苦脸焉,忽不知不觉摸自己的脖子焉。胆小的或钱少的,怪状百出之后,依依不舍而去。胆大的或钱多的,则昂然而进,叫店员拿出,战战兢兢,戴到玉颈之上,就好像抽筋一样,弯腰弯背,站在镜子面前,其颈则向左伸之,向右伸之,其目则往左盼之,往右盼之,神驰魂飞之状,旁边无论是丈夫或是男朋友,若不赶紧掏出血汗之钱,面不改色地立刻买下,则虽碎尸万段,都不能赎罪于万一。

戴项链并不简单(本来,女人化妆之事,无一简单),柏杨先生亲眼看见一位小姐,仅戴项链,便戴了三十分钟,盖不仅花样要恰当,色泽也要恰当,衣服是蓝的焉,高跟鞋是蓝的焉,耳环是蓝的焉,假使项链这时也是蓝的颜色,你说土不土吧。问题就又回来啦,太太小姐为了不土,就势得一件衣服一件项链,而且钱值得越多越好,一个戴钻石项链的女人是天下最骄傲的女人,据说一旦戴上,仪态就自然的万方,走起路来,腰杆笔直——似乎是项链可治驼背之病。

项链不但使得脖子更美,而且还使太太小姐特别显得雍容华贵——太太则像皇后,小姐则像公主。几乎所有的项链都会发亮,在阳光月光或灯光之下,闪闪烁烁,连她们自己都意乱情迷。尤其是到了夏天,双乳以上,颈项以下之处,平滑如镜,丰润如脂,一条项链恰恰垂到乳沟上端,真不知作这种打扮的太太小姐,是何居心,简直专门和男人过不去。

有一个牧师在一个宴会上,遇见一位漂亮的小姐,该小姐戴了一条项链,项链上挂着一个金质的小小飞机,垂到胸前——即上文说的乳沟上端。牧师看了又看,汗出如浆。该小姐问曰:“怎么,你喜欢我的小飞机呀?”牧师喘曰:“非也,我喜欢那飞机场。”连牧师都成了那个样子,则芸芸众生,都是凡夫俗子,你要他不心跳,可乎?

女人胸脯的面积比男人要小,因女人的胸脯去掉双乳,便所剩无几,但这所剩无几之处,却有其可观的魅力在焉,不但可停金质的小飞机,且可停男人冒火的眼。在这方面,又是洋大人的文明高过一切。有一个小孩子参加宴会回来,其母询之曰:“谁坐在你对面?”答曰:“劳伯森夫人。”询曰:“她穿的啥衣服?”小孩子想了半天,答曰:“不知道。”其母曰:“怎么会不知道?”小孩子急曰:“我没有往桌子底下看呀。”盖双乳以上,除了项链,啥都没有。我国女人在别处固拼命追赶,独在露胸上畏缩不前,偶尔也有干那么一票的,但总没有洋女人那样胆大包天。大概中国男人的心脏都不太好,恐怕他们受不了,因而慈悲为怀之故。

女人脖子,除了上吊和戴项链外,还有第三种用处,那就是擦香水焉。这学问就更大。柏杨先生原以为,十块钱买上两瓶花露水,往身上乱洒一通,便功德圆满,不料长到老学到老,真正了不起的香水,其价钱之昂,能吓死人,岂可乱洒乎?且香水的名堂和花样之多,即令写一百本巨著都写不完,因时因地因人而制宜,不能胡搞。有一闻便热情如火的香水焉,有一闻便柔情如水的香水焉,有一闻便非谈情说爱的香水焉,有一闻便棒子都打不走的香水焉,有参加宴会时用的香水焉,有乘飞机时用的香水焉,有去借钱求职时用的香水焉。而这些香水,擦到哪里乎?曰:擦到脖子上,只用纤纤玉指,沾上一星,在耳之后、颈之上,轻轻一点,便异香终日,受用无穷。常见有些太太小姐,东也抹之,西也抹之,那是猪八戒吃人参果的办法,太淡固不发生作用,太浓反而能把男人轰跑。

脖子的功用也就在此,不管男人吻你何处,总距之不远。

13. 提袂故伸大腿

在谈女人的"颈"之后,现在可以谈女人的"胫"矣。胫,小腿是也。为了方便,我们不如索性连大腿带膝盖,全体一同,统统研究研究,以节篇幅,而开茅塞。

上帝在天上如果举办一项"腿意"测验,柏杨先生愿出一块钱打赌,恐怕都愿生到中国女人身上,或退而求其次地生到西洋女人身上,恐怕没有一个肯生到日本女人身上。想当年女人装束,采取的是掩盖主义,中外皆然,阿拉伯国家更甚,不但衣服穿得一层一层又一层,而且还用一块纱布或粗布之类的东西,没头没脑地裹住,可谓严密至极,再漂亮再风骚的太太小姐,到了阿拉伯便等于渊盖苏文遇见了薛仁贵,虽有九把柳叶飞刀,也施展不开。除了阿拉伯,穿着之多,还有日本和中国,日本一直到今天都仍以和服为主,而中国则随着西洋文明,起了变化,这一变化之巨,惊天地而泣鬼神,前无古人,后无来者,彻彻底底地大翻其身。

前已言之矣,在露胸上,中国女人不知道怎么搞的,胆小乎耶?抑脸皮薄乎耶?或是长鸡胸的朋友太多乎耶?反正不知道因为啥,畏畏缩缩,毫不痛快,看起来不但比洋女人的道德高,亦比洋女人的格调高也。然而问题也就发生在这里,中国女人虽不堂而皇之地大露其胸,却硬是堂而皇之地大露其腿焉,而且露得一塌糊涂,淋漓尽致,全世界都要响起警钟。就美感论之也好,就性感论之也好,较之西洋女人之露胸,更为左道旁门。但在效果上,则二者却有同样奥妙,一律的逼得男人连气都出不来。

露胸最大的诱惑在乳沟,露腿最大的诱惑则在旗袍开衩之处。中国人见了西洋女人赤裸裸的前胸,无不老眼昏花,头轰的一声猛叫。西洋人见了中国女人旗袍开衩处的大腿,也会口干舌燥,眼花缭乱,连呼“王豆腐”,坐卧都不能安。然而研究起来,我们这一套的力量似乎较西洋人大得多矣。关于洋女人的胸硬往下露,中国女人的腿硬往上露,这门学问,柏杨先生在台北《自立晚报》上,曾有言论,掷地有金石之声,读者先生不妨拜读一下,便知其中奥秘。盖这种拼命往外露大腿之风,是中国五千年传统文化到了今天唯一可跟洋人抗衡的东西。试想一想,除了在开衩处隐隐现出的丰满的冰肌玉肤外,还有啥玩意儿是中国所独有,拿得出来的哉?《苏丝黄的世界》最中国化和最能代表中国的,就是黄小姐旗袍的高开衩焉。大腿之为物,必赖开衩方可显出其伟大价值。盖大腿也者,属于高度机密,一旦中国女人突破藩篱,硬送到洋人尊眼之前,他们怎能不晕头晕脑乎?

然而最大的冲击却发生在坐下来的时候,不论太太小姐,只要穿的是旗袍,一旦坐将下来,大腿上的雪白嫩肉在开衩处紧紧绷着,隆隆然跃之欲出,此情此景,男人欲不销魂,不可得也。女人常痛斥男人色狼,如果她们再这样露下去,当男人的,真是一件苦事。

女人大腿，在西洋似乎专门作支持躯干之用，在中国则兼作展览之用。柏杨先生有《满庭芳》词焉，中有名句曰：“提袜故伸大腿，娇滴滴，最断人肠。”君不见那些太太小姐乎，马路上也好，榻榻米房子玄关那里也好，楼梯口也好，众目睽睽之下也好，常常半弯纤腰，将旗袍或裙子向上微掀，稍跷其腿，然后徐徐地提其长统尼龙的或麻纱的丝袜。呜呼，一条玉腿，从根到梢，全部出笼，姿态优美，曲线玲珑，男人怎么能正心诚意地当正人君子也。

而最不堪设想的是旗袍开衩处竟露出三角裤——有些女人开衩开得奇高，硬是高到露出三角裤焉，于是，不必查户口，准可判断她是干啥的。更进一步，还有左右开衩一高一低，变化莫测，反正中国女人对大腿肯如此牺牲，也算领导群伦，对得起男人们的眼睛矣。将来总有征服世界的一天，届时我们又多一牛，可以在报上猛吹。

和大腿恰恰相反，膝盖似乎是女人身上最差劲之处，再漂亮再美丽的太太小姐，其膝盖好像都没啥诱惑力。对于膝盖，大而化之的不太细瞧，还不觉得啥，假如有考古精神，详细地苦缠不放，大肆研究，你便会发现柏老言之不谬也。具体地说，膝盖那里又黑又皱，若动物园大象先生的屁股然，使你越看越不愿再看。因之再短的裙子都不能短到膝盖之上，表面上是为了健康，实际上是为了遮丑。美国有一女子学堂，为了争取露出膝盖的自由，大闹特闹，罢起课来。盖学堂规定裙子一定要盖住膝盖，女学生则非盖不住膝盖不可。这场纠纷的结果如何，我不知道，但即令是学校屈服，我相信用不了多久，膝盖仍会被盖，实在是它的模样，有点使人太难为情。最使男人心猿意马的脱衣舞，舞娘们啥都可以贡献出来，唯独对膝盖深表遗憾，在美国她们已开始用特制的饰物把它包住，一个太太小姐如果真能了解到这一点，作她丈夫的人准有相当眼光。

（柏杨先生按：这是二十世纪六十年代的预测，二十年后的今天，理应自打嘴巴。迷你裙一起，简直短得几乎看不见，膝盖也有美感之处也。）

台北1960年流行长旗袍长大衣焉，长到可以盖住小腿；1961年则突然流行短旗袍短大衣,邻居太太小姐们纷纷把去年做的衣服翻出,找成衣店剪之裁之,好好的衣料硬被截去,以求跟膝盖看齐,怎不叫拿钱的男人心痛。可是,如果不改短的话,又没有一个女人肯穿,拿钱的男人心就更痛得厉害。两害取其轻,与其做新的,改之还是上策。其实短裙短衫,也有其了不起的功勋,女人们一旦坐下来时,无论在公共汽车上,或在国宾宴会上;无论是三五知友小酌之际,或是办公室写字间之内,反正是,只要坐将下来,她再也做不完的事,就是硬往下拉其旗袍,或硬往下拉其窄裙,以盖那永远都盖不住的膝盖。动作之柔和,往下拉时纤手不断提醒你注意她那迷人的玉腿,你敢保证你不发喘乎?

女人身上真正动人之处,和真正纯粹美感之处,应该是她们的小腿。在研究高跟鞋那篇敝大作时,已经说过,高跟鞋可使小腿俏伶伶地抖着,魅力便是如此抖出来的,没有几个男人受得住这种抖。但小腿如果粗细适度,则虽不抖,男人亦同样的受不住。有一部电影,名《火车情杀案》,多年前的老片子矣,详细情节亦忘之矣,只有一点却记得清楚,男主角是一个销货员,进了某一巨宅,女主角闻声下楼,下楼时,银幕上演出她那美丽的小腿,包括她那美丽的足踝和美丽的高跟鞋在内,一步一伸,一伸一阶,不慌不忙,只听噔、噔、噔、噔、噔,徐徐而降,那推销员在下面仰头细看,一一收入眼底,于是,就是那两条小腿,使他发疯,非占有她不可。

当一个女人,小腿不美比耳朵不美要糟得多,日本女人以和服包之,粗细都没有关系,中国女人则不然矣。小腿不美简直活不下去,盖它终日暴露在外,恁人观光,无法做个假的也。据说电影明星某小姐,其小腿便粗得可怕。凡这种小腿奇粗的女人,我们可实至名归地上尊号曰"半截美人"。看脸尚可,看腿则不行矣,所以某小姐的影片从不拍膝盖以下,有真理在焉。

小腿和脖子一样,短而粗者为下乘,上面如果再有乱七八糟的疤斑,则更等而下之,根本不能入流。而台湾这种腿却似乎特别的多,常看到很漂亮很风韵的太太小姐,却拖着两条红豆棒冰的腿,柏杨先生每次见之,都恨不得备钢铡一口,将其铡掉,以示薄惩。

有人云,男人有三大乐事,一曰吃中国菜,二曰住西洋房,三曰娶日本太太。呜呼,若说日本女孩子温柔和顺,我们没有话讲,若说日本女孩子漂亮,则绝非事实。仅只她们那两条小腿,便叫人万念俱灰。盖日本房子为榻榻米式——榻榻米也是中国五千年传统文化之一,自大分裂时代五胡乱华十九国之后,传统文化不要啦,见洋大人的床甚妙,乃改为睡床。只有日本人食古不化,硬是还要继续睡榻榻米,无怪他们在第二次世界大战时被打垮。榻榻米的优点固多,但它最大的缺点,也是最不可原谅的缺点,就是可能使女人的小腿短而且粗,有时候还要弄出个罗圈腿展览。一个人天天把身子坐到自己的小腿上,它怎能不短?怎能不粗?又怎能不罗圈乎?幸亏有和服配合,再粗再短再罗圈都看不到,大而宽的衣衫一遮,你还以为她的小腿纤细如腕哩。

日本女人具有天下最丑之腿,犹如中国女人从前具有天下最丑之脚一样。我们的小脚已成过去,而她们的粗腿苦难,却不知何时可已。西洋女人在这方面,又胜了一筹,大概和先天的骨骼构造有关,也和后天的锻炼有关,洋女人的小腿大多纤细,大多笔直,较之东方的腿文明,真不知要高上几百倍也。

14. 胫链之用

西洋女人有一种毛病,不但影响其腿的美,简直使全身的美都受影响,那就是她们的汗毛太多,汗毛孔也太粗。1959 年在美国有玉女之称的电影明星伊丽莎白·泰勒女士,经过香港,围观者甚众,一致评曰:“美是绝美,无可挑剔,只是汗毛太多太粗,不像玉女,而像毛女。”这句话不是一人之言也。

洋大人一过二十岁，男的便拼命长胡子，女的则拼命长汗毛，汗毛实是洋女人的顽强大敌，化妆品中唯一对中国女人无用场的，就是剃腿毛的小刀。面对着汗毛众多的洋女，不小心细看，还以为她们穿着毡袜子哩。然怪也就怪在此，愈长则愈剃，愈剃则愈长，恶性循环的结果，"野火烧不尽，春风吹又生"，便是咏西洋女人汗毛之诗也。而中国女人却是另一个境界，中国男人腿上长毛的已不太多，女人腿上长毛的更寥若晨星，君不见，哪个太太小姐的腿，不是光光滑滑，温润如玉乎？仅这一点，洋女人再狠，都狠不过中国女人。

和耳环、项链同样道理的，足踝也有链焉，我们姑称为"胫链"，一个女人如果有一双没有毛的美丽小腿，而又唯恐怕别人不注意时，戴上胫链，是三十六计中第一等妙计。盖脚白如霜，胫纤盈把，有一条小巧的金玉链条套在小腿之下，足踝之上，烘托得其脚其胫，更加娇艳，逼得男人大兴摸之、捏之、握之的遐思。呜呼，这种饰物，乃使人患高血压的饰物。

女人戴耳环时，定是戴一对，你见过有谁戴一只的乎？独胫链不然，却是只戴一只，很少左右开弓戴一对者，这是属于何种奥妙，我们就不知矣。大概古时候和耳环一样，也是成对成双，且当中还有一链相连，和现在监狱里杀人犯戴的脚镣一样，唯一不同的是：囚犯是被动地戴，女人是自动地戴也。

胫链实际上最为性感，至少比那专门在乳沟处晃来晃去的项链要性感。罗马时代，只有处女才准戴之，结婚之日，始将当中的链弄断。当帝国衰微时，汉尼拔将军曾屯兵城下，据说指名要当时最美貌的安娜公主当面和谈，交换条件是不破城而入。罗马那时毫无办法，只好要命不要脸，派安娜公主前往，前往之后发生些啥事，用不着说啦，反正公主返回之后，初时还不觉得什么，可是等到看见自己的胫链已断，不禁羞愤交集，自杀而死。真正宽衣解带并没啥了不起，而象征性的胫链，却有如此大的冲劲，叫人肃然起敬。

不过问题又说回来，任何装饰品都是配角，如果主角嗓子发哑，配角唱得再好都没有用。柏杨先生曾见一个女人戴一闪闪发光的胫链,其链甚美,可是她阁下的那小腿却未免太巨,加上其脚太肿,其浑身的肉又太多,不由赶紧闭起眼睛,无他,只是看不下去罢啦。

呜呼,胫链乃专门勾引男人胡思乱想之物。不过,如果有本钱,固可把男人勾倒勾昏;如果没有本钱而硬勾之引之,就有十三点之嫌。

中国女人之硬往外露大腿的作风,其勇敢程度,令人咋舌,西洋女人要想超过膝盖,比当年搞妇女参政运动都要困难,美国女孩子仅不过想露一点点而已,便闹得校长发气,学生罢课,美联社发专电。如果企图跟中国女孩子一样,再往上露,真不知要闹成啥样子也。

还有一点是西洋女人吃亏之处者,她们穿的是裙子,窄裙也好,宽裙也好,底摆整整齐齐,要提高便不得不全体提高。于是,提高的结果,"四角裤"代替裙子,闯关而出。四角裤者,比三角裤多一个角,虽形式四四方方,而其长短则与三角裤一样。于是,下自足踝,直线上升,直抵盲肠,整个玉腿,全部裸出。好吧,你说,哪个男人受得了吧?想当年刚果共和国便是被这种四角裤搞得天下大乱,奸淫烧杀,惨绝人寰。黑人大兵对前往采访的合众社记者曰:"那些白种女人都是贱货,整天露着大腿,勾人上火,有机会当然放她们不过。"这就是四角裤惹出的奇祸。其实,凭良心说,不要说是刚果,便是有五千年文化的中华民族,见了四角裤,不雄心勃勃者几希。

(柏老按:"四角裤"是我老人家发明的,十年之后,洋大人名之为"热裤",以示看了它,男人心里热得难受,于是"四角裤"覆没。)

这也恰恰的是洋人差劲的地方,裙子非盖住膝盖不可,是"不及";四角裤索性露个彻底,是"过之"。不如中国女人只在旗袍旁边开一个高高的衩,来得迷魂阵也。你说看见欤,并看不完全;你说没看见欤,玉腿却硬是往你眼眶里塞。盖洋人只是性感,中国这种露腿之法,还是一种艺术。

女人的腿不仅性感,不仅艺术,而且具有天下最顽强的抗寒力。君不见,再冷的天气,太太小姐们上半截拥重裘而戴皮帽,下半截仍是夏天时的老样子,顶多穿一双莫名其妙的玻璃丝袜。那丝袜不要说御寒,便是连一口气恐怕都御不住,想必是亚当先生当初造夏娃女士时,对她的玉腿,用的是特别材料。因之柏杨先生最近正在考虑,申请御寒良法专利。盖将来万一北极大战发生,三军将士在冰天雪地之中,对敌人作战,岂不指堕肤裂,在那零下十度甚至八十度地区,连头都会冻掉,汽油都会冻冰,大炮都会冻缩;拿破仑和希特勒便失败在那上面,可不哀哉。然而只要采用柏杨先生的妙法,包管暖和如春,士气大振。无他,把女人的玉腿砍掉,剥其皮制成手套、耳套、皮袄、皮靴,使兵老爷穿之戴之,再冷都不在乎。此项专利一经核准,柏杨先生就可捞上几文,以后就不再写稿啦。

问题是女人的腿不怕冷,出自先天者少,出自后天者多。柏杨先生在东北时,隆冬零下二十度,洋女人照样光着其腿,中国女人看到眼里,心里发痒,也跟着光之。于是,有一天,我那个漂亮的侄女儿回家,飞奔进屋,双手乱捶,落泪如雨,口中哎哟哎哟,念念有词曰:"冷死啦,冷死啦。"脱袜视之,果然青斑累累。呜呼,洋女人出则汽车中有暖气,入则房间中亦有暖气,只上车下车的几步路,单薄一点,没有关系,中国女人怎有资格效法乎哉。硬讲摩登的少女少妇,到了老年,准得"寒腿"之疾。噫,何苦来也。

女人穿袜,不知道是谁出的主意。发明穿鞋,已是了不起的贡献,发明穿袜,则其贡献更大,盖穿鞋只不过是为了护肤御寒,穿袜则进了一步,同时还为了美感,为了性感。李白先生曾有咏赤脚的诗曰:"六寸圆肤光致致",惜哉,这首诗竟成了千古绝唱,李白先生之后的作家和文学作品,再没有提到过女人赤足矣。这不是以后的作家不如李白,而是女人都把脚装到袜子里去,想咏也咏不出来也。

袜子对女人最大的恩惠,莫过于偷情。想当年南唐皇帝李煜先生跟他那美貌绝伦的小姨幽会时,小姨为了躲避姐姐耳目,乃"划袜下香阶,手提金缕鞋"。试想她纤手提着高跟鞋,用穿着玻璃丝袜的玉脚,一步一步,慢慢下楼,这种镜头,用不着她真的"一晌偎人颤""教君恣意怜",便是想一想都会发羊痫风。

古袜与今袜有其本质上的不同,从前的袜是穿到脚上,如今的袜则是穿到腿上，古袜顶多高到脚踝，今袜则像抗战时的物价一样，扶摇上升，直抵大腿。如果将小周后“刬袜下香阶”时穿的那双香袜，拿来和目前流行的丝袜比较，一个短如一块砖，一个高如摩天大楼，不可同日而语。人类各方面文明固然都进步得很快，但像袜子这样一下子进步到如此程度，恐怕数得上第一。

（柏杨先生按：这是二十世纪六十年代的古话，那时的女袜直抵大腿，柏老已经惊为奇迹。现在二十世纪八十年代矣，“裤袜”出笼，直抵腰窝，真不知伊于胡底，谨此鞠躬。）

鞋也、发也、耳也、眉也、乳也，既然都有花样，袜子自不例外。抗战之前，流行麻纱袜子。依柏杨先生老脑筋之见，麻纱袜子紧包玉腿，可以说集天下之至美。但玻璃丝袜兴起之后，麻纱袜子像义和团遇到八国联军，不得不全军覆没。现在如果再想找一双麻纱袜子，真得费点工夫。记得玻璃丝袜初流行时，我在重庆，一个女学生来访，蒙其告曰：“玻璃丝袜是透明的，穿了跟没有穿一样。”言毕指其玉腿以证明之，不禁大惑——此惑至今未解，既然穿了跟没有穿一样，则又何必穿之耶？女学生又言，玻璃丝袜最容易破，动辄得咎。她告辞之后，我一夜都没有睡着，盖我住在山顶，她拾级上下，不知道她的大拇脚指头把她那穿了跟没有穿一样的袜子，戳了个洞没有也。

我这担心不是没有道理的，一直到今天，太太小姐们穿玻璃丝袜时，都好像如临大敌。即以老妻柏杨夫人而论，每一出街，她老人家仅穿袜就得二十分钟，先将袜子恭置案头，再戴上手套，然后再像捧眼镜蛇一样，把它捧到面前，细细翻转，慢慢往腿上细套，屏声静息，唯恐怕出气稍微一粗，跳了线也。盖玻璃丝袜断虽不易，一旦跳了一根线，便面目全非。除了用指甲油涂之，暂保现状外，简直一点办法都没有。这个缺点不改进，三天一修，两天一织，钱去如流水，对做父做夫的人而言，真是一大灾难。

15. 袜缝哲学

有钱而不用钱的人，遇事穷兮兮。想用钱而没有钱可用的人，遇事也穷兮兮。这两种人岂不是相同乎哉？曰：现象上相同，盖都是穷兮兮也，但实质上却不相同，一则是自己的安全感不同，二则是社会上的观感不同。再吝啬的富佬，到处都有人拍他的马屁，希望拍出几滴油水来；而再慷慨的穷光蛋，绝不会有几人看重他也。

玻璃丝袜也是如此，穿了既然跟没穿一样，何必穿之耶？虽没有穿却假装穿啦，岂不是也可以乎？跟上面举的那个例子仿佛，现象上可以，实质上有其不同之处。玉腿上巨大疤痕，像牛痘、像疮痂，玻璃丝袜固掩盖不住，但玉腿上小的疤痕，像搔伤，像小疖子，玻璃丝袜却是可以净化它们，看起来光洁无瑕。

太太小姐们一年四季暴露其腿，任凭风吹雨打，和胸和臀相比，腿真是倒了大霉。北方不必讲矣，即令台湾，到了冬天，因斲丧过度，玉腿上往往会浮起一层皮屑，观之如霜，用手摸之，随指而落。如果穿上玻璃丝袜，则这种毛病便谁也看不见矣。且袜子颜色发亮，穿到腿上，光鉴照人。呜呼，修长而光鉴的玉腿，便是上帝的杰作。

前不是引用过圣人之言乎："心中正，则眸子瞭焉；心中不正，则眸子眊焉。"柏杨先生套之而以言玉腿，曰："女人整齐清洁，则袜缝直焉；女人窝囊懒散，则袜缝歪焉。"玻璃丝袜上那一条缝，重要至极，穿得再漂亮再华贵，如果她的袜缝曲曲弯弯，甚至扭到前面去啦，奉劝男士，远之为宜。我敢用一块钱打赌，她的内衣准脏得可观；而她的家庭和卧室，也准乱七八糟；做丈夫的每天恐怕都得张牙舞爪，杀条血路，才能冲出去上班。

玻璃丝袜已流行了二十年，最摩登的一种已将袜缝取消。噫，古人云，天衣无缝，今天真正做到了此点，而且缀以亮晶的珠子焉，挂以晃荡的穗子焉，别的样子似乎也在陆续出笼。关于这一点，女人的警觉最高。邻居有母女二位，一天女儿回家曰："现在流行黑袜子啦，今天看一位同事穿着，漂亮得很，问她哪里买，她说是从香港带来的，快托人呀，妈！"该老母是不是马上就坐出租车去拜托亲友，我不知道，只知道第二天该女儿回来，手执黑袜叫曰："那死女人骗我，街上有的是，二十块钱一双。"

黑袜是不是较肉色而透明的玻璃丝袜更性感，目前还在未定之天，不过我发现男人们见了裹住玉腿的黑袜，似乎都要多看一眼，这对女人是一种鼓励，且等着瞧可也。

臀，音"屯"，不音"殿"，然而很多人硬是念"殿"，足证他对屁股没有研究。臀者，指腿之上背之下那块肥肉而言。译文言为白话，像译"溺"为"尿"，译"欲"为"要"，译"至"为"到"，译"舆"为"轿"，译"冠"为"帽"，都比原文显得亲切，只有译"臀"为"屁股"，却似乎有点邪门，尤其用到女人身上，不够尊严，真是叫柏杨先生为难得很也。

中国人的屁股，有两大功用，一是坐之，一是挨官老爷的板子。民国以来，后者免去，展览的机会被剥夺，地位遂一落千丈。但女人对之却另眼相看，渐渐的成为美的主角。盖三围者，胸腰臀，三分天下，屁股占其一焉。假使屁股瘦而且小，恐怕胸脯再大，也没有用。《易经》上有言曰："臀无肉"——屁股上没有肉，为不吉之兆。为不吉者，具体地说，便是不够漂亮，缺少魅力。既没有人请看电影，也没有人送项链，甚至没人求婚，自然吉不起来。当然，除了审美观点，屁股大小，还象征骨盘大小。骨盘太小则不易怀孕，不易生产，一个没有子女的女人，不要说在五千年前，便是在今天，如不速谋对策，恐怕亦很难吉之的焉。

柏杨先生不是生理学家，不懂男女在走路时，为什么先天的就有很大差异。古时有很多女扮男装的故事，像《龙凤再生缘》的孟丽君小姐，扮成男人，官拜宰相之职；花木兰小姐更是叫座，代父从军，把洋大人打得落花流水。别的方面不说，仅只在走路上，我便怀疑她们有啥办法不启人疑窦。孟丽君小姐当然是假的,至于花木兰小姐,似乎确有其人。而男人走路,其直如松;女人走路,左扭右扭,左突右突,若刚下过蛋的鸭子然,一眼都可看得出来也。

前数年有一个电影,曰《飞瀑怒潮》,其中玛丽莲·梦露女士走路那个镜头,曾风靡了不少男子汉。玛小姐在那个镜头上,背向观众,向前走去,她的屁股在包得紧紧的窄裙(中国则是旗袍矣)的里面,左右摆动,其扭之剧,其拧之烈,其旋转之猛,其幅度之大,臭男人看啦,连喉咙都要发干。

于是,乳欲其隆,有义乳。臀欲其隆,则自然有假屁股焉。有些电影明星游泳时都戴着义乳假臀,自有其不得已的苦衷,但亦可看出男人对女人要求之苛。好在这两处都是禁地,即使是电影明星和名女人,也不是每个人都可实地考察的。真真假假,无从证实。不过我真为屁股叫屈,坐的时候固受最大压迫,走动的时候又得拼命摇晃,以便男人欣赏,实在太辛苦了也。

称臀为屁股,在潜意识上,觉得不太高雅,我们可以问太太小姐曰:"你的臀围多少?"她不会以为忤,假使我们问曰:"你的屁股多大?"则有吃耳光的危机。不过,耳光再厉害,屁股仍是屁股。

从前的裙子,裙底甚大,中世纪以前,西洋女人的裙子更大得可怕,必须时时提之。在如此这般的裙子之下,再伟大的屁股都无法发挥威力。而今宽裙子渐渐绝迹,变成窄裙子矣;中国旗袍的下摆也小得要命,和窄裙的功用一样,其目的就是为了要使屁股亮相。

俗称"臀无肉"的女人,就是"没有屁股"的女人,非科学上的没有屁股,乃艺术上美学上的没有屁股也,窄裙旗袍乃没有屁股女人的大敌,穿到身上,看起来清汤挂面,使人叹息。柏杨先生有一个朋友,前去参观中国小姐选拔,开了眼界之后,回来告人观感,有警句曰:"她们硬是漂亮,身材亭亭玉立,该粗的地方粗,该细的地方细。"大哉斯言,一个女人的身材如果成不了葫芦,而成了橄榄——当中腰围粗,两端胸围和臀围细,那就简直他妈的也。

中国文学作品对女人身上任何地方,包括鼻子耳朵,都有或多或少的描写吟咏,独对屁股无之,一则是道貌岸然的人太多,一则也是女人对它保守得太机密。眼不见,心不烦,根本看不见它,灵感也就无从产生。而今既已登大雅之堂,则行且见巨臀与双乳齐飞,屁股与面孔一色,《飞瀑怒潮》那一段不过是刚刚滥觞耳。

为迎合人类爱美的特性,各地都有美容院整形院之设。你是个单眼皮,他可为你双之。你的鼻子低,他可为你高之。你的乳房小,他可注射一种药剂为你鼓之。医的好医的不好,那是另一回事,但女人们如欲在玉体上加以美化,总有医生可找。只有屁股,跟台湾的"看天田"一样,一切全凭老天爷做主。叫你"臀有肉",是你的福;叫你"臀无肉",是你的命。迄今为止,尚未听说有隆臀之术者,可不悲哉。义臀虽可治标一时,外表上露一手,但心里总有缺陷,总不如根本治疗为宜也。

属于美容的任何手术,都有其越治越糟的危险——柏杨先生年高德劭,见得多矣,很少有好结果者,例子太多,写三天也写不完,且可能被美容医师一状告到衙门,故不再详赘。究其原因,是病人不肯和医师合作乎?像医师吩咐不可吃辣椒,病人硬是非吃不可乎?曰:非也。然则是医生饭桶,只知利用人性弱点乱搞钱乎?曰:亦非也。盖任何一个为美而动手术的人,死都肯干,绝不敢对医生的话大意。而再坏的医生,无不望病人痊愈,无不望猪八戒都能变成赵飞燕。

问题似乎在于,所有需要动手术的地方,全都属于高级细胞,移植困难,痊愈不易。我想将来隆臀之术流行,准不会出什么乱子,无它,屁股上的细胞乃低级细胞,即令有什么毛病,亦可消于无形,不知道有没有人考虑挂个招牌,专门医太太小姐的屁股,包管既无危险,而又利市百倍。

16. 牙必其白

若干年前,高雄市举办过“美齿小姐”,无论哪方面讲,都是了不起的贡献,可惜无以为继。一届以后,成为绝响。然玉齿之被公开承认其在美感上的地位,不能不算是一大收获。

听说有一位“中国小姐”的牙齿是假的,不但牙肉黯然无光,且天长日久,里面还发黑霉。事态严重,未敢断言批评。但如果是真的,就实在有点为德不卒之感。牙齿之为物也,其主要功用在将食物咀嚼细碎,以便胃囊再精密消化。如果牙齿不坚,胃的负担过重,不患胃下垂,便患胃溃疡,其身体必不可能健康。《红楼梦》上贾母见了刘姥姥,第一句话便问:“牙齿可好?”足说明牙齿之重要。可惜这种重要性,年轻人不知道,一直要到成了老太婆或老头才知道,却悔之晚矣。

上帝造人,真是奇怪,皮肤的颜色有黑有红,头发的颜色有黑有黄,眼睛的颜色则有黑有蓝,只有牙齿一律雪白。尤其妙者,越是黑种朋友,其牙齿越白。君不见“黑人牙膏”乎?在一团黑漆漆的皮肤烘托之下,更显得牙齿如玉。论及女人的三围,该粗的地方粗之,该细的地方细之,论及牙齿,则势必“该白的地方白之”,才是第一等人才。

然而,天下事也很难讲,泰国女人有她们的逻辑。显然不过,“狗的牙齿才是白的”,人如果也保持白牙,岂不硬跻身于群狗之列乎?为了有异于狗,乃咀嚼槟榔,将之染得漆黑,方称心快意。这是美的另一标准,且有哲学的准则,我们无可奈何。而且,我们之所以不能接受这种标准者,并不是我们的见解比他们高,而是他们的炮不够凶,假使泰国人统治全世界,中华儿女以崇拜美国人的精神崇拜之,届时吃槟榔恐怕都嫌来不及,说不定口袋中还要带一锭黑墨,一有空暇,就对着小镜,咧嘴而涂之,涂得一片乌乱,连舌头都成了猪尾巴。

幸亏泰国没有统治全世界,是以我们迄今为止,仍以白牙为美。为了其白,还天天刷之。刷牙之术,中国历史书上没有记载,大概五千年传统文化中不包括刷牙。记得清王朝末年,柏杨先生尚属新派人物,新派人物最大的特征是每天早上起床后一定刷牙。那时还没有牙膏,用的是牙粉,满塞一嘴,挥动右臂,上之下之,左之右之,有时用力过猛,连血都刷将出来;刷毕漱口,水在喉头喀喀作声,气势之壮,见者无不肃然起敬。有一次返乡省亲,照样在院中刷牙,亲友睹状大惊,一会工夫,围观如堵,我的一位堂嫂,拧其小脚亦来,作恶状曰:“你把什么东西弄了一嘴,脏死啦!”

盖彼时的太太小姐一辈子都不刷牙,而且跟我这位堂嫂一样,以刷牙为脏。盖刷牙势必刷去元气,智者不为。于是,我真怀疑历史上的四大美人,西施、王昭君、杨玉环、陈圆圆,她们的牙齿是不是一片焦黄,牙缝里平常是不是常有菜梗饭屑塞着也。

牙必欲其白,犹如腰必欲其细一样,为美的最低要求,违之者不祥。民国初年,北方一度流行“黑牙根”,以牙根那里黑黑的为漂亮,这跟泰国女人全黑牙,不过百步与五十步之差,但一时蔚成风尚,几乎凡是有点脑筋的太太小姐,都得黑上一黑,不黑也要弄点树叶之类的东西,榨出汁液,猛往上涂。河北、河南、山东一带民歌中形容女人美貌时,必强调其黑牙根,可见一斑也。柏杨先生有一朋友,受新式教育,毕业于京师小学堂,有人为他说亲,告之曰:“那家姑娘,标致得很哩,小脚,黑牙根。”朋友不等说完,便双手掩耳,后来说亲者不断,“小脚”“黑牙根”也终日不断,天天聒噪,把他搞得柔肠寸断。

无论什么事体,物极必反,从前的脚太小,现在则任凭其大。从前掩盖太甚,现在则拼命暴露。从前旗袍长度盖住玉足,现在则短得要高上膝盖。从前穿手工缝的布袜,现在则尼龙的出现。牙的道理固相同也,几千年前都是白的,大概白得发腻,泰国女人乃玩个新花样使它全黑,中国北方女人则玩个新花样使它半黑。于是,用不着到大学堂读逻辑学这一课,即可推测其发展。

白牙齿的最大反动,而迄今仍有余威的,为金牙齿焉。牙齿坏啦,用金镶之(其实只是 K 金),因为它的硬度大,可支持得久一点。但女人对之却另有看法,继"黑牙根"之后,大家乃把牙齿弄得黄黄然。有些太太小姐为了赶时髦,不惜把好生生的牙拔掉,换上金的;小家碧玉换不起金的,乃用铜片代之,朱唇启时,露出澄澄颗粒,使人浑身爆出鸡皮疙瘩。但在那个时代,却以为美得不得了啦,而且也竟然有男人为之销魂,可知很多女人打扮成稀奇之状,有人虽不欣赏,却硬是有其他的人欣赏也。

跟金牙齿基本上一致的,还有别的牙齿焉。抗战时柏杨先生因事经过洛阳,在火车站上吃牛肉泡馍,一个二十几岁的女子姗姗而来,无论面庞与身材,均秀丽可餐,柏杨先生与之搭讪,她也相就,眼看郎才女貌,就要风流千古。可是,她阁下一张樱口,突露出一颗翡翠牙。该翡翠牙正当门面,以金边包之,绿兮惨惨,若《聊斋·画皮》上的那个夜叉,不禁毛发倒竖,立即落荒而逃。呜呼,看样子世界上定有男人喜欢绿牙齿的,否则怎么出现如此奇景哉。幸亏这种男人为数不多,否则群雌粥粥,有黑牙齿焉,有绿牙齿焉,有红牙齿焉,有蓝牙齿焉,有青牙齿焉,有五光十色牙齿焉,像头发一样,各有各的独特一套,这世界就更乱啦。

最美的牙齿不但宜白,而且宜小;不但宜小,而且宜密;不但宜密,而且宜排列整齐。白小密齐,美齿的四大要素,缺一便全盘皆输。这个标准,现在固如此,恐怕自盘古立天地,直迄二十世纪,千万年间,莫不如此也。东方朔先生上汉武帝刘彻先生书,便自吹自擂曰:"臣朔目若悬珠,齿若编贝。"这几个字奇矣妙矣,淋漓尽致矣。贝壳受海水经年累月的冲洗,洁白无疵,而且像用线把它"编"起来,其整齐可知。女孩子如果长着这样的牙齿,真是上帝对她特别恩典,无怪东方朔先生对镜自览之余,连皇帝那里都要自夸一番。

有些太太小姐天生的大板牙,尤其是门牙之巨,像一头年逾三十岁的老马，给人的第一印象，实在很深。盖门牙若丑，其补救的可能性实在太少，因其地位显明，无从着手也。幸而所有毛病中，以大板牙的毛病最小。如果不够洁白，那就更糟。说来也真奇怪，太太小姐们的牙齿，不知道是啥缘故，全白如雪的少，有黄渍的却如恒河沙数。山西陕西一带，有些人甚至半个牙齿都泛乌黄，刷固刷不掉，刮亦刮不去，盖珐琅质已变，根本无可奈何，真是一场悲剧。

牙齿要密，要一个挨一个。常见有些女孩子，牙与牙之间，竟有相当距离，好像公墓里的石碑，稀疏林立，使人有一种孤苦伶仃之感。然而最伤心的牙，乃是乱七八糟的牙，不知道是上帝当初为她装牙时打了一个喷嚏，因之失手装乱了欤？抑是她在投胎途中，一不小心，栽了斤斗，栽乱了欤？或是被一个小鬼将铁锤误捣其香口之中，捣乱了欤？反正是，有些太太小姐美则美矣，却硬是张口不得。呜呼，其他地方再差劲都没有关系，只牙齿差劲，最为紧张。柏杨先生每天坐公共汽车，最喜观察太太小姐们的牙，遇到合乎四大要素的牙，不由得羡之爱之。遇到黄黄的牙，便想为之一洗。遇到疏疏的牙，或是遇到排列得乱七八糟、上下参差的牙，便想一一为之取下，重新再装。盖不堪入目的牙，使人浑身不舒服。

于是，为了使人舒服，女人们唯一的对策是拔之。拔了之后，装上假牙。有魄力的女人索性一不做二不休，宁愿将来害胃病，也要重新安排。娇笑时微露其牙，白小密齐，男人越看越爱。不过不宜于前仰后合，大笑时轻则露出牙肉，重则"笑掉假牙"，卡到嗓子里，可能卡死。

17. 握之摸之吻之

《吊古战场》文曰："如足如手"，实际的意思是"如足与手"，手足相连,模样儿相似,其代表的气质亦相似。脚不常见,手则经年累月露在外面,和门牙一样,掩也掩不住,盖也盖不久也。

脚有鞋袜,手则有手套,其功用在于保护,亦在于藏拙。再不美观的脚,除非大趾骨太大,否则塞到高跟鞋里,再配上粗细均衡的小腿,立刻令人倾倒。玉手自然也是如此,手套功能虽不比鞋袜,但其增加女人之美,则固一样的也。仔细研究起来,女人手套的花样不亚于女人鞋袜的花样,有夏天戴的白手套焉,有冬天戴的黑手套焉,有春天戴的黄手套焉,有秋天戴的红手套焉,有统子可到腋窝,跟玻璃丝袜一样的长手套焉,有只到手心似乎只是"指套"一样的短手套焉,有四指合而为一的棉手套焉,有露孔露洞,玉肌斑斑外泄的花手套焉,有五光十色,上边满布晶晶珠子的富贵手套焉。

手套在事实上没有袜子那么普遍,但是有钱有闲,或注意美感性感的太太小姐,对自己身上从不放松一点,玉手之保护及美化,自不能例外。既不能例外矣,一双一双又一双买将起来,今天见邻居有一绣花者,妒火中烧,非买双绣花的不可;明天见同事有一貂皮者,醋意上冲,也非买双貂皮的不可。手套虽是小小之物,其开支也够瞧的。

手套的妙处在于戴之的刹那。再漂亮的玉手,你拉过来看之摸之,可乎?——咦,会相面的朋友有福啦,一位道貌岸然的家伙,朱熹先生的门徒也,一向都非礼勿视,非礼勿听的。但他一见了美丽的女人,不管她是太太也好,小姐也好,其相面之术,就突然爆发,非义务为她效劳不可。于是,该太太小姐端坐如观音,且为了不失礼或忍俊不住的缘故,杏脸往往还含微笑,该圣崽除了猛看一通之外,还用手猛抚其香腮曰:"有福!"猛按其前额曰:"有福!"然后拉住玉手,猛揉猛掐,猛玩猛捏,曰"聪明",曰"仁慈",曰"刚强",曰"明年可去美国",曰"后年定嫁菲律宾华侨"(太太则有离婚再嫁的可能)。于是,各取所需,皆大欢喜。

普通情形下,猛拉玉手而观之,其可能不限于吃耳光,恐怕还要闹到警察局,有大名上报的危险。但只要她备有手套,看她熟练地戴之的表情,照样可以过瘾。当其要戴之时,玉掌徐徐展开,纤纤焉,白白焉,尖尖焉,再徐徐插入那该死的玩意儿之中,观众在侧,如果没有点哲学修养,恐怕真要跳将起来,握之吻之矣。

从玉手上,可以判断一个女人的经济情况。贫苦家庭的太太小姐,天天洗衣洗碗,抓尿抓屎,肌肤在凉水中泡了又泡,复在充满了碱性的肥皂水中浸了又浸,泡浸不足,还要搓之擦之;几个月下来,死皮密布,老茧如云矣。幸亏现在流行一种皮手套焉,乃救手的恩物,一方面固可当好主妇,一方面又可保持玉手之美。

皮手套者,医生动手术时戴的那种薄薄如纸的化学手套也。有一次一位相识的年轻太太,在药房里选了又选,试了又试,共购三副,不禁大疑,不知她何时学了医,要给哪一个倒霉的病人开肠破肚也。上前询之,方知原来是这么一回事,洗衣洗碗,抓尿抓屎时戴之,不但可以防脏,且可以防玉手裂破。欣佩之余,写出来以供有志仕女参考,此法如果推广,无论对男人或对女人,均功德无量。

粗糙,是玉手的第一大敌;短秃则为玉手的第二大敌焉。女人的手必须修长,必须十指尖尖;若十指短而且秃,便啥劲都无。而指甲的处理对此有重大关系。从前女人的指甲成何形状,历史书上只记帝崽王崽以及官崽之事,很少记民间习俗,无法考证。不过现在流行的锐角形指甲,有深奥的道理在焉。盖把指甲修得如此之尖,使玉手的长度,悄然增加,看起来既纤且俏,动人心弦。而且必要时可抓丈夫的脸——遇到吵架,不必另找武器,只要伸手便可,包管他第二天打电话到办公室请病假曰:“得了流行性感冒”,然后去跌打损伤科请医生看爪伤也。

柏杨先生幼时,风气未开,去理发店理发,乃一种奢侈败家的豪举,普通都是和邻居们互相剃之的。后来看上海报纸上的小说,一个在巴黎留学的女作家,说她去理发店修指甲,一肚子憋气,那算啥子搞法也。想不到而今理发店修指甲,成了家常便饭,而指甲必须那般化妆,才够标准。否则,甲内有污,甲周之肉凌乱,倒甲皮刺刺然沿甲丛生,再漂亮的太太小姐,伸出如此之手,风景全煞。

把脚指甲和手指甲涂得通红,中国五千年传统文化中有这一套。

女孩子采凤仙花瓣加盐捣碎，置于指甲上，包而裹之，约一二小时，其红如醉。这办法当然麻烦，于是随着洋枪洋炮，西洋女人文明的蔻丹打了进来，把凤仙花打得万劫不复。蔻丹好处自较凤仙花的好处为大，除了“快”这一点不算外，颜色可随意选择，跟唇膏一样，有大红的焉，有浅红的焉，有桃红的焉，有姜黄的焉，有深黄的焉。呜呼，迄今为止，幸好还没有绿蔻丹紫蔻丹的，否则玉指如魔爪，男人魂迷魄散还不够，恐怕更得魂战魄抖。

从蔻丹上，也可看出勤惰，一个女孩子玉手上的蔻丹如果经常的斑斑剥剥，若古寺的山门然，你最好别向她求婚，她准把家搞得一团麻。

一个女人的肌肤颜色，对于她的美丑，有决定性作用，俗曰：“一白遮百丑”，千锤百炼，击中要害之言也。世界上固有黑牡丹，却是没有黑美人。中国历史上的尤物，她们如生在今日，可能连看都没有人看。像杨玉环女士，她因丰满之故，其腰恐怕甚粗。像赵飞燕女士，她的双乳一定既小且瘪，盖她是有名的瘦，瘦得可作掌中舞焉。像陈圆圆女士，用不着分析，读者闭目一思便得，她准是缠足，有一双烂而且臭的三寸金莲。不过，无论如何，有一点是她们所共有，历千古始终如一者，那就是玉肌雪白。

一白遮百丑，只要肌肤如雪，纵是眼斜一点，鼻塌一点，嘴歪一点，乳小一点，腰肥一点，腿瘸一点，甚至有几颗麻子，都没啥关系。白是主帅，具有雪白肌肤的女子，真应天天焚香感谢她的父母，这一份礼物，胜过去美国的飞机票。盖肌肤白给人一种玉琢冰砌的圣洁之感，对着大理石雕刻出来的美女，便是西门庆先生，也会油然而兴顶礼之念。君不见贾宝玉乎，他看见薛宝钗双臂上的雪白玉肌，不由发呆，暗想如果生在林妹妹身上多好。盖生在林妹妹身上，他就可以摸之，生在薛姐姐身上，就只好流口水矣。

想当年杨玉环女士和李隆基先生在华清池洗澡（李老儿此时已六十多岁，而杨小姐才二十多岁，叫人跺脚），一黑一白，煞是好看，宫娥宦官在门缝里偷偷地觑，有曲以咏之，录而释之于下，可知她的魅力何在也。

曲云：

悄偷窥，亭亭玉体（亭亭，修长也，矮而肥便完蛋），宛似浮波菡萏（菡萏，荷花，有红有白），含露弄娇辉（白而且发亮，所谓“光艳照人”，才能把男人搞昏），轻盈臂腕消香腻（杨女士在那里擦身子），绰约腰身绿碧漪（下了水啦）。

明霞骨沁雪肌（杨女士的皮肤如雪），一痕酥透双蓓蕾（指乳，乳必“酥透”才算美，太太小姐可参考焉），半点春藏小麝脐（中国文学史上咏女子肚脐眼的作品，似乎只此一句，可喜可贺）。

有这样美的肌肤，怎能怪李老儿头昏脑涨耶。曲又云：

你看那万岁爷啊，凝睛睇，任孜孜含笑，浑似呆痴。见惯的君王也不自持，恨不得把春泉翻竭，恨不得把玉山洗颓，不住的香肩呜嘬。

这一段柏杨先生不再诠释矣，如果诠释，便嫌太黄。一个男人如果拥有这样的一个妻子，真是十辈子烧香念佛修来，连老命不要都可以，何况江山乎。问题在于佳人难觅，黑肌肤的女子多，白肌肤的女子少也。

18. 一团猪油

女人们身上，什么都可以化妆，什么都有假，头发有假，睫毛有假，眼有假，鼻有假，乳有假，屁股有假，只有肌肤是“硬头货”，一点假的都没有，而且也假不起来。白的就是白的，黑的就是黑的焉。美国流行一种“黑变白”特效药，宣传说，黑种朋友吃之，皮肤可以变得和白种人一样。结果药房老板发了大财，黑种朋友服了之后，白固然白了些，却觉得浑身发软，有些人为了白个彻底，便是软成面条也干，仍然大量服用,弄得全身中毒,无效而死。

也有往肌肤上硬涂一种油的,女子拍裸体照时,便非涂一层油不可,不涂则照片黯然无光。但平常涂油,除了把衣服弄得脏兮兮外,别无好处。另有民间传说的美肌妙法。记得民国初年,有人攻击某大官崽之妻浪费奢侈,说她:“洗澡都用牛奶。”她是不是用牛奶,谁也不知道,但这个观念显然基于营养上的观察:牛奶喝到肚子里能使人又白又胖,如果内外夹攻,定将美不可言。邻居有一少女,一向都是用牛奶洗脸的,见而劝之,她不但不领情,反而骂柏杨先生老不正经,偷看她化妆干啥。结果她的脸越洗越黑,特此附带写出,免得有些太太小姐再蹈覆辙。肌肤遇到牛奶,不知道起什么化学作用,美容专家应特别研究一番。

肌肤要白而亮,白固重要,亮亦非等闲之辈。便是黑朋友,他们对肌肤的要求,虽不在其白(只有在美国的黑人想白),却拚命求其亮。真正的黑美人,黑中亮出光彩,如果亮得能照出别人的影子,那才算绝顶娇艳。台北街头黑朋友甚多,你不妨跟在屁股后考察考察,黑而亮的为上品,假如黑而发暗,好像一层灰撒在肌肤之上,那是下等的焉,就是回到刚果,都不吃香。

形容肌肤最绝的文学作品,莫过于白居易先生的一句诗,诗曰:“温泉水滑洗凝脂”,说的是杨玉环女士在华清池洗澡的那一段。呜呼,“凝脂”,真不知白先生当初是怎么想出来的,仅此两个字就可以得诺贝尔奖。柏杨先生隔壁有一家小杂货店,有炼好的猪油出售,每次上街,必伫立观察,观察到出神之时,虽老妻在旁咆哮如雷,也不觉焉。盖猪油颜色之白,质料之细,润润然,柔柔然,光光然,滑滑然,一尘不沾,几乎吹口气都吹得破,便不由得想起白居易先生的诗句,亦不由得想起美女们的肌肤也。同样情形,我有时候看见美丽的太太小姐,其肌之白,其肤之细,其青春之火跃跃然要往外燃烧,心动之余,不由得也想起一堆猪油。

肌肤的重要,似乎还有更进一步的作用,男女之间,一旦达到“肌肤之亲”的境界,便藩篱尽撤矣。贾宝玉和薛宝钗的关系可以说够亲密啦,但仍不能摸之,于是我们不难想象他和林黛玉的交情。《红楼梦》到底是古典文学,不是新潮派,对正派角色不作猥亵之笔,但有一回却写出林黛玉摸贾宝玉的脸,这就可以深思。假如他们没有肌肤之亲,林小姐肯摸一个野男人乎?

记不得是谁的大作矣,有《浣溪沙》一词焉,前阕云:“隐约怀中闻喘息,香衾轻裹见肌肤,问郎还恨薄情无。”(此词大约如此,记不太清矣。)这首词真是天下最好之词,不仅形容得惟妙惟肖,且有至高的哲理。男人们身上所含的兽性似乎天生的就很大,和女子一旦相恋,便想一亲肌肤,女子稍微矜持,他便跳起脚来,骂她“薄情”,逼得她非表示一下厚情不可。醉心柏拉图理想国,认为爱情可以纯精神为之的太太小姐们,应着实警惕。

肌肤之迷人,不仅在其色泽,亦不仅在其丰润,肌肤上那股味道,也足可以使男人倾家破产,杀身以报。据科学家们研究,这股味道,各人不同,犹如狗尿一样,狗靠着撒尿,虽行千里,不致失落,因它有独特的气味也。肌肤上的味道亦然,有人谓之体香,有人谓之体臭。一个幼年失父的女人,如果在男人身上闻到烟草及汗腥那种父亲身上才有的味道,恐怕芳心必然生爱。一个年华老大的女人也会因相反的道理,爱上乳臭未干的毛头小伙子;他越不成熟,她越爱得厉害。君不见,足球员出场时,他的女朋友硬是往他的怀里钻乎。柏杨先生便亲眼看见一位如花似玉的女郎舔她男朋友咸咸的汗珠,嗟夫。

肌肤上的味道,一半来自内分泌,一半来自化妆品,像香水味,麝香味,熏香味(贾宝玉把鼻子凑到林黛玉袖口,闻个不休,即此味也),爽身粉味,以及其他只有女人才想得起买得起往身上抹之的味。街头上有妇孺卖茉莉花者,太太小姐争购之,购来之后带到身上,其目的就是为了增加体香,以便男人着迷也。

根据经济学供和求的因果关系,从洋大人使用香水之多之繁上,可知香水对洋女人的重要。外国香水的种类,花样百出,闻之咋舌,有早上起床时用的香水焉,有上班时用的香水焉,有吃下午茶时用的香水焉,有夜色朦胧时用的香水焉,有刮风时用的香水焉,有下大雨时用的香水焉,有下小雨时用的香水焉,有下毛毛雨时用的香水焉,有陪中年人时用的香水焉,有陪老家伙时用的香水焉,有上楼时用的香水焉,有下楼时用的香水焉,有月初时用的香水焉,有月终时用的香水焉,有幽会时用的香水焉,有吵架时用的香水焉,有栽斤斗把腿跌断时用的香水焉,有自杀时用的香水焉。呜呼,她们难道是发了疯,非用这么多香水不可乎?

这就不得不感谢天老爷矣,中国人虽体格不如洋大人魁梧壮大,尤其是中国人因眼高鼻低之故,最不适照相。但中国人却有洋大人羡慕得要死的优点,不可不知。盖洋男人一到成年,便遍身生毛,严重者像一头猩猩,轻微者亦教人望而生畏;而洋女人一到成年,外表上看起来再美,除了皮肤比较稍粗外,据说,还往往有一股特别的味道,不得不拼命抹香水以遮之,中国女人便不需如此手忙脚乱矣。

柏杨先生有一朋友,风流才子,拥有厚资,在巴黎住了十四年之久,承见告曰:"各国女人我都有过一手,不敢领教。我若结婚,定娶中国女子,非关爱国,而是洋女人叫人受不了。"诘之,答曰:"她们身上都有一股膻气。"呜呼,这就是内分泌矣。大概洋女人从小吃牛羊之奶,成人之后,稍一出汗,膻腥之味,破衣而出,不用香水,便不可收拾。这种说法的真实性如何,我可不知道,只知道另有一朋友焉,娶一比利时小姐为妻,平常接近,因香水之味扑鼻,一点没啥,但"香囊暗解,罗带轻分"之后如何,便难说啦。有几次想向该朋友悄悄打听一下行情,因怕挨揍,也就作罢。

女人的体香通常藏在衣服之内,不到拥之抱之,或者不到挤在一起,很难闻及,一旦闻及,再了不起的男人,都得全军溃散。《阅微草堂笔记》上便有这么一段,一位有道行的老僧,用咒语解开一个美女的衣服,悬崖勒马曰:"五百年修炼大不易。"可是,一股体香扑鼻,不由又曰:"再炼五百年也值得!"《西厢记》曰:"软玉温香抱满怀",即令老僧有五千年道行,到此时也得屈服。

最常见一种骂人之语,曰:"你乳臭未干。"盖吃奶的孩子口中都有一股奶味,别人闻之甚臭,但其母其父闻之,却硬是甚香,爱使之然耳。这就可以研究狐臭矣。狐臭应是人类第一大敌,一个女子,如果不幸身有狐臭,她的脸再美,她的三围再标准,她的身材再修长,她的手脚再纤细,恐怕都没有用,谁受得了那股奇味哉。

不过,据说只要一旦爱上啦,就跟奶臭一样,在情人鼻子里,会忽然变得很香。是不是如此,因柏杨夫人到现在为止,尚未发现她有狐臭之故,无法现身说法。但据说历史上那个把弘历先生弄得迷迷糊糊的香妃,有很多人都说她便是身有狐臭,偏偏该老帝崽喜欢这股味道,就自然而然的难舍难分。

19.美貌是第一

在京戏里最最主要的角色,总是在最最之后出场,所谓压轴戏是也。连台演出,全凭这压轴戏叫座,真正的知音,就专门欣赏这压轴戏。初开锣时,戏院里热闹哄哄,台上唱些啥,谁也不关心,到了压轴戏,院内立刻寂静如水,连一根针掉到地下都听得见。于是,一声女人尖叫,梅兰芳出场了矣,没有他出场,前面那些小伙子小女人们蹦跳得再卖力,都没有用。盖梅兰芳才是主角,只要他一个人演得好,别人差劲一点,都没有关系。否则,即令别人演得天花乱坠,他却差了劲,乃真正的一下子错,全盘皆死,这戏便倒找钱恐怕都没人看。

我们对女人身上各部门研究了一阵,并自以为很有心得之后,现在大轴戏出场。女人身上的压轴戏者,乃她的容貌。容貌本来应该包括耳鼻口眼眉睫,但我们的定义是狭义的,只指“脸”这一部分,其他的都讨论过,现在只讨论双靥和轮廓。

在“中国小姐”们的身上,可以看出一个现象,那就是,三围和长腿,重要至极,必须倒悬葫芦,有粗有细,甚至规定比例曰:胸大三十二,腰细二十二,臀肥三十一,腿长为身长的一半;合乎此才算美,不合乎此不算美也。既有科学的根据,“中国小姐”们身材的美,自然没话可说,你要闲嗑牙,你敢来比比乎?于是,在这方面大家都心服口服。

但在她们的容貌上,却争执迭起。有一位没啥学问的朋友愤愤告我曰:“她们才不过十九岁二十岁,相片还可入目,远看也差不多,可是一近看就不行啦,一个满脸疙瘩,一个眼角竟然布满了鱼尾纹,一个别看她相片上眼睛那么大,却全凭眼眶上抹黑墨,一个的脸真像砚台那么方,一个的嘴角往下拉。”我喝之曰:“你说她们不美,我却看她们硬是美,你有啥办法,尽管使出来可也。”把他气得张口结舌。呜呼,在国际上遇到这种争执,通常的解决之道是一场大战,谁胜啦谁就是对啦。在社会上遇到这种争执,通常的解决之道是谁有权谁有钱谁就胜利。在三围上遇到这种争执,解决之道更是简单,用软尺一量,立见分晓。可是遇到女人的容貌,便无解决之道矣,女人身上任何部分都有标准,三围不过是其中最显著者而已。只有容貌,没有啥可以遵循的。评判委员中,各人有各人的眼光,各人有各人的癖好,各人凭各人的自由心证,就自然而然的出入甚大。

我们常说“某小姐漂亮”“某太太艳丽”“某美女真天人也”,这种“漂亮”“艳丽”“美”“天人”,指的固然是身段和玉腿,但主要的仍是指的容貌。古人形容美女曰:“沉鱼落雁”“闭月羞花”,是她的三围使鱼儿一见溜乎?抑是她的纤手使飞雁看了发昏,就一头栽将下来乎?又抑是她的玉腿玉臂使月亮都难过乎?或是她的双足使百花都自愧不如乎?如果把那“鱼”“雁”“花”“月”叫到跟前审问审问,其答案恐怕是一致的,那就是,女人漂亮的脸蛋儿使它们灵魂出了窍。

柏杨先生前些时,和几个老不修朋友在大街上行走,前面有一姣娘,穿着三寸半的高跟鞋,小腿如玉,双臂如雪,十指尖尖如刀削,屁股至少三十八,胸脯至少也三十八,腰窝顶多二十一焉,无领旗袍(即今之“洋装”也),粉颈长长外露,一条幸运的金项链围绕一匝,乌发柔而有光,衣服与胴体密合,肥臀左右摇之,小腿轻微抖之,体香四溢,便是画上的美女,不过如此。柏杨先生心中怦然而跳,其他朋友更是坐不住马鞍,张口者有之,结舌者有之,涎水下滴者有之,手颤者有之,神授色与,几乎撞到电线杆上者有之,有的还一面发喘一面嗫嚅自语曰:“和她吻一下,送老命都干!”眼看要爆炸之际,该姣娘猛的一转身,竟是个大麻脸,肌肤狰狞,青红相间,大家一声哀嚎,抱头鼠窜。呜呼,这种女人乃属于“不堪回首”之型,一辈子遗憾,使人油然生出一种“喀嚓一声”之念。

“喀嚓一声”者,有其来历,和上述情形大致相同。昔柏杨先生办公室中,女职员如云,其中一位小姐,身段之美,无以复加,真正的“望君之背,贵不可言”,惜哉,她也是不堪回首之型,容貌难以入目。有人便曰:“我一见她就恨不得手执钢刀,喀嚓一声,把她的头砍掉,再换上一个。”呜呼,《聊斋》一书上便有换头之术,使人感激涕零。柏杨夫人最大的特征有二,一有惨不忍睹的三寸金莲,另一便是她的尊容实在看不下去。因之我对这方面有特别的心得,前天偶尔不小心,露出要把她阁下也“喀嚓一声”,结果连眼睛几乎被她抓瞎,几天未曾写稿,真是好心人不得好报。

不过,一个女人如果一旦被归入“不堪回首”的档案,最好还是能喀嚓一声换之。《聊斋》上那位判官先生能来到阳世间开一个“换脸美容院”,包管大发其财,盖世上只有“面目可憎”,还没有听说粗腰可憎也。

有一部电影,名《金屋泪》,剧情奇劣,可是里面却有一句千古至理的话,不可不知。男主角的朋友告男主角曰:“美丽的女人躺到床上都是特别的。”诗不云乎:“天下女人都一样,只在脸上分高低。”(其实这只是一句流行在黄河流域一带的民谚,因原文太黄,乃略微改之引用,以免被扣诲淫诲盗之帽。)容貌美才是真正的美,三围和手足,不过附件而已。

看中国画的人常有这么一个感觉,画中的女士,无论她是皇后也好,妓女也好,因都是穿的“和服”,身段全被湮没。是粗是细,固然统统不知道,即是她们的容貌,也简直都差不多。书上说杨玉环如何,王昭君如何,可惜那时没有照相机把她们照将下来。仅就画论人,她们的脸蛋实在并不高明,可能那个时代看那种模样硬是顺眼,也说不定。

洋女人的脸以何种轮廓为美,柏杨先生未有考察,但天下之男人一也,以华测夷,大概相差无几。似乎有二焉,一曰瓜子,一曰鸭蛋。一个女人如果天老爷赐给她一副瓜子脸,或天老爷赐给她一副鸭蛋脸,不用发电报到阴曹地府打听,她准做了三辈子善事,才有此善果。拥有这般容貌的女人,便拥有人类中最可怕的武器,小焉者可以倾人之城,大焉者可以倾人之国。即令她阁下心存忠厚,不打算颠倒众生,这种容貌也是她最大资本,善自为之,可以大大地快乐一生。

容貌固无标准,但只是没有三围那样科学的标准而已,却固有其艺术的标准,瓜子和鸭蛋便是标准焉。柏杨先生每逢面对美女,便想到瓜子鸭蛋;而每天追随老妻之后,上市场买菜,看见瓜子鸭蛋,也必凝视半天,想到美女。兹在这里向画家们建议,诸位先生画中国小姐当选图时,先画一个瓜子或先画一个鸭蛋,然后扩而大之,再加上眉目鼻口耳,准使人销魂。

即令是洋女人,恐怕对瓜子鸭蛋,也另眼看待,君不见凡是有"玉女"之称,或凡是"玉女型"的电影明星,其容貌统统如此乎,没有一个玉女是方脸的,更没有一个玉女是棱形脸的也。盖瓜子脸、鸭蛋脸最易使人接受,其他的脸型则居第二位。方脸的比较不耐老,如果天老爷当初赐脸之时,稍不小心,使两腮外鼓,那更属于魏延先生的"反骨"之类,不被诸葛亮先生杀掉已算运气啦。棱形脸更糟,两个颧骨昂然高耸,额小如尖,颚瘦如削,那算个啥? 还有圆脸者,俗话说:"团团若富家翁",可见富家翁都是圆脸。问题是,一个女孩子的脸如果是介乎瓜子和皮球之间,还算天老爷手下留情,如果索性圆得硬跟皮球一样,柏杨先生愿用一块钱打赌,不要说一顾倾不了城,再顾倾不了国,便是千顾万顾,男人的心恐怕连动一下都难。

(柏杨先生按:还有一种娃娃型的脸,永不老的脸也,只要有办法控制住皱纹,便青春久驻。)

20. 有红有白

现在世界上最吃得香的，莫过于白种人，因他们发明了机关枪和铁甲船，把黄黑红棕各色人等，打得皮破血流，望风披靡。但说良心话，白种人者，实在是有色人种，盖白种人的血素最容易涌入皮肤，君若不信，不妨到马路上一看便知，白种人身上往往是白的地方少，红的地方多焉。

这样讲起来，白种女人脸上有白有红，岂不是天下最漂亮的女人乎。问题就出在这上面，上帝既赐给洋男人机关枪和铁甲船，使其称雄称霸，对洋女人的容貌，便不得不略微吝啬一些，一百个洋女人中恐怕至少八十个患有雀斑。雀斑和胖一样，为白种女人第一大敌，不要看她们的照片非常娇艳，其真面目却往往有一段距离。柏杨先生抗战前在美国，曾亲自瞻仰过好莱坞电影明星多乐丝·戴女士，她那副银幕上看起来甜如蜜糖的双靥上，除了皱纹之多不算外，好像是谁用喷雾器把墨汁喷了她一脸，如果不仔细观察，简直分不清是在黑脸上洒白粉汁乎？抑是在白脸上洒黑墨汁乎？

雀斑对中国女人的威胁，较洋女人为少。白种女人血液中大概先天的含有雀斑素苗，不管你怎么保养，一旦时机成熟，就勇猛地往外直冒，连原子弹也拦不住。常有美容院以包治雀斑为号召，恐怕不太可靠，如果花大钱能够治愈它，多女士固是有名的富婆也。

中国女人的雀斑似乎来自铅粉。提起铅粉，心中便觉得一凉，柏杨先生幼时，在乡下私塾攻读诗书，每见有货郎者，挑着杂货担，手执“拨浪鼓”，进得村来，厉声喊曰：“铅粉！”妇女们各拧其小脚奔出，围而疑之，货郎则指天发誓曰：“它要不是真铅，我出村便跌死。”生意极为兴隆。二十年后，读了学堂出版的新书，才悟到乡下妇女们为啥每个人都满脸雀斑之故。呜呼,天天把铅粉往脸上抹,铅毒中肤,不烂掉鼻子,而只烂出几百粒雀斑,已经很客气啦。

只要不胡乱擦粉,黄种女人似乎没有生雀斑之虞,有些太太小姐或为了掩盖其较黑的肌肤,或为了填塞与年龄俱增的皱纹,拼命擦粉,结果黑皮肤还是黑皮肤,皱纹还是皱纹,既抹不白,也填不平,反而把雀斑搞了出来。为了掩饰雀斑,又不得不再用更厚的粉。于是,恶性循环,一张女人的脸,涂成一张玩猴儿戏的假面具矣。大诗人徐志摩先生曾论及日本女人,批评她们"浓得不可开交"!到过日本的朋友恐怕均有此感,据说全日本女人每天往脸上抹的粉,集中起来,至少有五十吨之多。叫人叹为观止。

和雀斑同样使人泄气的,还有皱纹,包括眼角上的鱼尾纹,和额上的抬头纹。试观儿童的小脸蛋上,绝没有这些插曲,可知它乃渐老渐衰的象征,不但使人厌,而且使人惧。

民国初年,在青岛执教的一位德国女教习,忽然爱上了一个中国青年,非嫁不可。那时德国的世界地位,比今天美国的世界地位烜赫多矣,该青年固然受宠若惊,该德国却认为莫大羞辱。驻青岛的德国领事老爷,招女教习至,问她为啥昏了头。她答曰:"西方青年一过了二十岁,脸上便到处是胡子,只有中国青年的下颚光光,所以爱得紧。"

此事以后发展如何,不问可知,女教习被押送回国嫁胡子,丢下黄种小白脸空喜欢一场。这使我想到一点,男人到了成年,正当英俊,却冒出胡子,实在扫兴;女人虽没有胡子可冒,但到了某一天,却忽然大批生起皱纹来,则不仅是扫兴而已,简直使人痛哭流涕。盖皱纹是年华的里程碑,再科学不过,女人的年龄,骗得了户籍员,骗不了仔细观察的眼睛。据柏杨先生研究的结果,发现自古以来,兽医们调查马的年龄,从没有听说要它们出生证明过,而只要撬开其嘴,数一下有几个牙便知。因之,男人如欲知女人的年龄,似乎也不应尽信身份证。我今年七十有余,前天和我同庚的堂妹来访,朋友询其健康如何,答曰:"俺才五十五岁,什么事都做得。"客人去后,我责她说谎,她嚎曰："你懂得屁，告到法院都没人信你的话。"说毕，嗖的一声，从怀里掏出她的身份证，以她的身份证上出生年月计算，果然只五十有五。原来敝堂妹乃有心之人，来台湾的那一天便布下埋伏，以便锁住青春。

身份证固不可靠，她们的口头报告更不可靠，不是说得太小，便是故意说得太大——太大则你不相信，可发生心战上反作用之效。而一般太太小姐的应付方法，则往往是笑眯眯地曰："你猜我几岁？"噫，仅只她那充满了盼望的一笑，便是铁石心肠，都不忍把她的年龄往大处猜。于是，男人曰："我猜你顶多二十四。"该四十二岁的女人，乃用一种连自己都不相信的语气否认曰："哪里，哪里，老啦，老啦。"但她心中一喜，包管留你下来吃一顿油大；你如开口借钱，恐怕她当被子都得给你。

查验女人年龄之法，看牙齿当然不行，她们能给你看乎？只要略微用点心思看看她们的抬头纹和鱼尾纹，便虽不中亦不远矣，能摸之抚之更好，否则用眼细细扫瞄，也可发现奥秘。太太小姐们自然也知道皱纹在拆她们台，补救之法，传统的一套是用粉硬往上涂，使人老眼昏花，发生错觉。不过问题在于塞之填之之后，不敢发笑，一笑则粉落，粉落则脸上条条铁轨，至为凄凉。所以，太太小姐们身上都备有一镜，便是准备随时观察这些铁轨并消灭之的。历史上只有虢国夫人不抹粉不涂胭脂，天生的有红有白，光艳如镜，杜甫先生有诗赞之曰："却嫌脂粉污颜色。"只是这种得天独厚的女人太少，有这样的容貌，就可走遍天下，不怕男人不婢膝奴颜，哀哀降服。

除了用粉硬塞硬填之外，新法疗皱，还有按摩之术，乃摩登太太小姐最喜爱的享受之一也。不过据说效果不太理想，盖一旦按摩成了习惯，便非天天按之不可，否则肌肤松懈，条条下垂，就更要倒霉。道理非常明显，君不见运动员乎，肌肉结实紧绷若弹簧，可是等到年龄渐老，跳不动，也跑不动时，便废肉横生，不可遏止。女人不察，只单独地在脸上乱搞，怎能下得了台哉？

最精彩的疗皱方法是开刀，把顶瓜皮切开，抓住脸皮硬往上拉，使皱纹展平，拉了之后，虽八十老媪，望之亦如三十许人。现代科学对女人的贡献，可谓至矣大矣。五六年前，香港有演电影的一男一女来台结婚，并度蜜月。那女的很有点名气，也很风骚，只有一点，天稍微一凉，她必戴上帽子，原来她的顶瓜皮在日本曾挨过东洋刀，见不得风，受不得寒也。一旦风浸寒蚀，便奇痒酸痛。柏杨先生跟她在一起时，一直担心万一刀口线断，脸皮刷的一声如帘子般跌滑而下，那才叫人吓一大跳。呜呼，涂粉则易长雀斑，按摩开刀则非小市民所能办到，中等之家便似乎只有靠鸭蛋青矣。据说想当年把清王朝搞亡了的那个慈禧太后那拉兰儿，便天天用鸭蛋青敷到她阁下老脸之上，利用凝固后的绷力除皱。至于为啥用鸭蛋而不用鸡蛋乎？大概鸭以鱼虾为主食，其蛋多荷尔蒙之故也。不过一旦太太小姐对鸭蛋青有兴趣，这个家庭一定冷冷清清，像一座冰窖。有一天晚上，我去拜访一个朋友，他太太献茶之后，退坐一侧，粉脸板得像一个讨债精，顷刻之间，他的三个读大学中学的女儿出现，她们粉脸板得度数更高，纵有杀父之仇，都不致有如此严肃的表情也。当下心中不安，起身告辞，朋友曰："你不要紧张，她们刚敷了鸭蛋青哩。"盖敷上鸭蛋青之后，嘴角连动都不能动，一动即破，绷不成矣。

最漂亮的容貌，应具备下列条件：瓜子形或鸭蛋形的轮廓，然后有白有红——当然还得细腻如猪油。不过白皮肤一定都很细腻，天下好像没有白皮肤而粗糙者。有麻子固然糟糕，有雀斑有皱纹也不高明。所以茫茫人海中，漂亮的太太小姐实在太少，无怪李延年先生叹息"佳人难再得"也。尤其是，求肌肤白尚较容易，求面貌上泛红，简直难如上青天。君没有读过小说乎，大作家们笔下美人的俊俏脸庞儿，铁定的全都有白有红，缺一不可。有一次在台北街头，看见一娇娃，脸上白中透红，娇嫩欲滴，看样子用针扎一下，准有蜜滴出来，不禁目瞪口呆。呜呼，这才是美女，能看上一眼，便已经很有福啦。

白种女人脸上红红的，前已言之，不足为奇，因她们天生的要露出血素。黑种女人则黑漆一团，伸手不见五指，根本红不起来。只有黄种女人，遇到漂亮绝伦的太太小姐，其肌如雪，雪中泛着桃花——

或称之为泛着一抹红霞，那才叫真正的美。男人们一旦和这种有白有红，简直要滴出蜜的娇娃相遇，不要说人格道德，恐怕连自己的老命都要抛到九霄云外。

女人们也深知此点，所以在自己脸上，下的功夫也最大。然而，除非真正的天姿国色，多半靠胭脂伪装。京戏里的旦角对此道发扬得最为到家，一张好好的脸，抹得竟像猴屁股。现代女子多以口红代替，口红比胭脂细腻得多，淡淡地涂到颊上，有时简直跟真的"桃花面"一样。柏杨先生每遇到这种美人，心跳喉干之余，必定找一个接近的机会细看，考察一下她那秀靥上所泛的红，是真的乎，抑是假的乎？真的润泽有光，假的红白相间处较不自然，用不着摸，便可判明。如果是真的，心就更跳，喉就更干；如果是假的，我就喟然而叹，叹天下美女固太少也。

世界上只有两个地方的瓶瓶罐罐最多，一是药房，另一则是女人的梳妆台。宣统年间，我老人家毕业于京师大学堂，赴上海旅行，去拜见一位父执，他儿子方才完婚，顺道往贺。进得新房，只见一张桌子，上有一个大镜，桌作矩形，甚窄，铺着玻璃，既不能切菜，又不能擀面，心中顿起疑云。继再观察，桌子里满装着瓶瓶罐罐，有大的焉，有小的焉，有高的焉，有低的焉，有装水的焉，有装膏的焉，有装汁的焉，有装粉的焉，有白色的焉，有红色的焉，有水晶做的焉，有铁皮做的焉。简直是洋洋大观，五花八门，不禁更为惊骇。归而询诸教习，才知道那就是梳妆之处，太太小姐们每天危坐其前，东涂一下，西抹一下，前揉一下，后捶一下，少则十分钟，多则两小时。早晨起来搞一遍，午饭后又搞一遍，晚饭后又搞一遍，外出时再搞一遍，临睡时搞得更厉害——卷起头发，点上去痣之药，涂上保嫩防皱之油。呜呼，再倔强再伟大的男人，和她对抗，能不一败涂地乎？

俗云："远看脸，近看脚，不远不近看腰窝。"这是五千年传统文化看女人之法。为啥在距离很近时，不能看脸乎？盖看三围看不出毛病，看脚也看不出毛病，看有红有白的猪油脸蛋儿，最易发疯。美丽的太太小姐们常常把人逼得不敢仰视，甚至连气都喘不出，偷觑一眼都会神经错乱，演出精彩节目——像目瞪口呆，流出涎水猛地又吸回去之类，就是完全靠她美貌的威力。

21. 女人经

光阴似箭，日月如梭，研究太太小姐，已研究了两个月有余。发表途中，写信来鼓励者有之，表示要为我立铜像者有之，捧我博学多才，前途光明者有之，责我老不正经、自毁声誉者有之，索我签名玉照，以便悬挂，日夕焚香顶礼者有之。柏杨先生年高德劭，有官崽风，对毁誉之来，根本无动于衷。且自问即令再写上三月，也要挂一漏万。一则，女人身上如诸葛亮先生的八阵图，奇妙之处甚多，我的学问虽然已经够大，仍觉隔靴搔痒，越想越糊涂。二则，柏杨先生每天写一千字，既无腹稿，又无数据（写杂文全凭信口开河，如果参考起数据，恐怕连肠子都饿没有啦），笔尖横冲直撞，连自己都不知道写的是啥，等到凑够一千字，从头再看一遍，居然通顺，不禁大喜，盖天纵英才，又一明证。不过，这种写法如果能写出点名堂，也真是没啥天理。但仍可名之曰“女人经”；盖一谈到“经”，便有严肃之感，连纯是民歌的“诗”都成了《诗经》，圣人可以拆烂污，我也可以拆烂污。

凡来信恭维者，我一律接受，并一律信以为真，以资陶醉。凡来信道貌岸然者，我则一律作佩服状。凡来信责备者，我则一律不理不睬。然凡来信质询指教者，在这最后尾言之中，再提出讨论讨论，一以解惑，一以补漏，一以搪塞，诚三便之举也。

一

孙守侬先生曾指出尼姑问题，这问题可以说是大问题。盖头发之为物也，当初上帝造人，在顶瓜皮上栽了些蓬蓬乱草，当然是为了保护他创造物的脑子，不但可以防太阳晒，且万一失足落水，别人抓住你的小辫子，就可救你不死；若你是个秃家伙，便老命休矣。而且万一有个石块木棒之类，迎头痛击，本来要把你打全死的，因有头发衬着之故，顶多也不过半死焉。

不过头发真正功用似乎还在美感上。记得抗战之前，中国青年被强制剃成光头，在营官兵们自然也是如此，结果是如何耶？只要一有机会，便起而反抗，短短的寒暑春假，就有人留将起来，气得教官暴跳如雷。到了今天，风气所趋，大家全成了油头粉面，头发对于男人，尚是如此严重，对于女人，其严重性，更不用说矣。

一般人称天主教的神父为洋和尚，称天主教的修女为洋尼姑，其实不太一样，称修女为女道士当更恰当。盖真正的尼姑必须把头剃成秃子，有的为了表示货真价实，还在天灵盖烧了六个戒疤，修女和女道士便没有这种展览。一个女人到了尼姑的地步，诚所谓“棉线提豆腐”，千万别提，即令提也提不起来也。修女则头发仍在，不过密密包住，不示凡人。女道士亦然，这大概是对佛教那种“赶尽杀绝”的剃女人秀发办法的一个猛烈反击。站在美感观点和性感观点上，尼姑可以说分数最低，只有阿Q先生穷极无聊，才觉得飘飘然。

孙守侬先生有兴趣的是，武曌女士到底当过尼姑没有耶？武女士真是人类历史上最伟大的女人之一，按一般惯例，一个美貌绝伦的女人，脑筋多半不太够用，盖她用不着去绞脑汁，自有男人们甘服劳役，作犬作马。而武女士则不然，不但漂亮，而且有一般男人所没有的智慧，把南周帝国治理得风调雨顺，国泰民安（只是冤狱太多），这大概是上帝造人，造到她的时候，一时高兴，故意放了些特别材料。史书上是说她当过尼姑，但没有肯定她剃光了头。对于这种既爱漂亮又要出家的女人，佛教有解决之道，曰“带发修行”，真是一举两得的绝妙办法，武女士恐怕是这般炮制。退一万步讲，即令她当初剃光了头，以她那种不甘屈服的倔强个性，也势必整天用布包着。后来，李治先生思慕她的美色，招她进宫，如果她是带发修行，梳洗一番，自可马上动身。如果她已剃发,我敢跟你赌一块钱,她一定坚持着要等到乌丝长了出来才往,否则第一印象竟是光秃秃而铁青青,恐怕啥都别说啦。聪明绝顶如武女士者,她肯冒这个险乎?问题是,当皇帝的都是急色儿,李治先生能等她长一年的头发耶?是以她"带发修行"的可能性最大,且彼时佛教尚未大行,说不定她当的不是尼姑。

(柏杨先生按:这一段是1962年写稿时的学问,现在——1980年代剪贴选集时,学问已增,又要自己打嘴。查武曌女士当时确实剃光了头,等头发长了之后才跟李治先生再见面的。这不关李治先生的忍劲,而是宫廷阴谋的一部分,说来话长。)

历史上和头发有密切关系的后妃,还有一个杨玉环。她阁下有一次恃宠而骄得罪了丈夫兼衣食父母李隆基先生,李把她赶了出去。杨玉环绝望之余,计上心来,乃剪了一绺秀发送去,李公睹物思人,果然中了圈套。呜呼,于此又可发现头发之妙用矣,那就是说,必要时可以剪之寄之,以拴男人。太太小姐们读到这里,应谨记心头,永不可忘。杨女士乃绝顶聪明之辈,盖女人身上,只有头发剪之不痛,且可再生,剪过后用盐水洒上几滴,硬说是思君得泪落如雨,不要说李隆基先生老矣耄矣,便是年轻小伙子,恐怕都受不了也。如果杨女士是一个死心眼,剪了一大堆手指甲或脚指甲,甚至索性把鼻子剪掉,或剪掉一个乳头(李隆基先生最喜欢她的"鸡头肉",史书俱在,可供考证),你说那结果岂不一塌糊涂。

剪发寄发,属于"嗲"的一种,妥善用之,无男不摧。

二

乐矣先生来信谈到照片,说有些女人很漂亮,可是照起相来很不漂亮,而有些女人一团糟,照起相来却美得不得了,是眼睛不可靠乎?抑是照相机不可靠乎?

这问题很严重,柏杨先生也有这种困惑,没有办法找到解答。记得随片登台之风最盛之时,曾晤及数位女明星,皆曾如雷贯耳。若某某小姐,脸上除了皱纹便是粉,尤其可惊的是,其脸上的皮甚松,摇摇然,晃晃然,使人毛骨倒竖。但上得银幕,或上得画版,或照出来的签名照,竟俨然姣好女子。

不仅电影演员如此,京戏演员亦是如此。有很多太太小姐,爱上那个调调儿,谁晓得台底下虽娇艳如花,上得台来,却不堪入目。演后直问别人:“我的扮相如何?”别人嗫嚅以应,致使她粉泪满脸。有一次,我看《拾玉镯》,台上的孙玉姣又娇又俏,又柔又媚,惹得观众坐立不安,朋友曰:“她下得台来,一定把人爱煞。”戏毕径赴后台,亲睹芳容,该女士竟脸方方而布满雀斑,而且声如流沙。(凡用喉的女子,或歌星,或声乐家,其歌甚美者,其说话的声音似乎都要有点毛病,怪哉!)

镜头脸者,洋文曰“砍麦拉非死”,是女人能不能从事电影、电视以及戏剧等,所有必须靠脸蛋儿漂亮才能吃饭的主要关键。如果没有镜头脸,你便再努力都没有用(如果扮演牛头马面,则自属例外);如果有镜头脸,则基础已俱,只等盖高楼大厦矣。如果扮相美下妆后也美;台上美,台下也美;银幕上美,面对面谈心或跳舞时也美,你的前途包管灿烂如锦,有大福享的。

同是桃花人面,竟有上相不上相之分,大概是什么线条作怪,肉眼看不见,镜头上却显示出来。京戏演员虽不拍照,可是在额角上勒之提之,在两颊上贴之黏之,再好的脸都被弄得不成样子矣。而真正不成样的脸,反而被遮盖成一个瓜子形状,妙不可言。

当一个男人,往往会碰到一种场面,太太小姐执其玉照,殷殷相询曰:“你看像不像我?难看死啦。”这时候,就要看你的神通矣。你如果曰:“这像比你本人差得多啦!”准有甜笑供你欣赏。如果你老老实实曰:“这像比你本人漂亮得多啦。”呜呼,从今以后,你她之间,便结下了大仇,不可不慎。

三

女人之袜和女人之腿，密不可分，叶敬之先生来信痛诋黑袜，其实不要说诋，便是弄个原子弹，都挡不住。利之所在，市人共趋，美之所在，女人赴汤蹈火，在所不辞。

玻璃丝袜独霸腿坛，已三十年，其妙处前已言之，在于穿之跟没有穿之一样。现在黑色长统袜出现，基于人类喜新厌旧的心理，黑色似乎比肉色更能引起男人的高血压。尤其是，黑袜稀疏，肌肤隐约外露，有些太太小姐穿着一身黑，黑衣黑裙，黑袜黑鞋，活像一个小寡妇。噫，天下有比小寡妇更动人心弦的哉？

黑袜流行，已成必然趋势，阴历年拜年时，我还赫然发现有红色长统袜者，大骇，当时就看了半天。说不定到了明年，红袜大行，人人看了红袜都不再稀奇，而轮到看了绿袜稀奇矣。女人身上的花样变化最巨，一年一个样，一月一个式，以便男人们应接不暇，爱不忍释。因之似乎将来还有长统黄袜、长统蓝袜、长统花袜，以及长统的其他什么乱七八糟的袜问世。问题不在于流行啥，而在于有没有福气消受啥也。

22. 补　遗

柏杨先生对女人的高跟鞋谈得够多啦，前些时胡适先生抨击缠足，某圣崽立刻反攻，在报上发表谈话，把高跟鞋和缠足相提并论，以证明洋大人也跟中国人同样的惨无人道，并振振有词曰："此乃五十步与百步之分也。"阅后不禁又要发风湿。哀哉，中国之一直弄不好，与这些圣崽有关。盖缠足是生理上的变形，而高跟鞋仅不过是一种化妆术而已，相差岂仅五十步哉？现代女人，不想穿高跟鞋时，穿一辈子平底鞋都可，且想高时高之，想低时低之。缠足的太太小姐，能如此乎？抗战时日本飞机滥炸，警报一响，女人们把高跟鞋脱将下来，抱之鼠窜。缠足的太太小姐，又能如此乎？譬如该圣崽的女儿，穿了十年高跟鞋，发现其坏处，马上脱掉，依然故脚，若是缠了十年的金莲，便没啥办法也。

孟轲先生是有名的雄辩家，其词汹汹，好像很理直气壮，其实往往经不起考验，盖"五十步"与"百步"，到底不同。有人抵抗了三天便垮，有人却抵抗了三百年才垮，你能说差不多哉？时代一天一天前进，不要说五十步之差，便是一步半步之差，悬殊便大，结果就不得了啦。

谈高跟鞋谈得太多，非故意如此，实在是可谈之处层出不穷，读者先生纷纷责以何薄于平底鞋，为啥不肯一开尊口？夫平底鞋乃中国的国粹，古诗词上吟咏女人鞋的，便属此鞋，不但性感，而且充满佳话，似乎比高跟鞋更一言难尽。

性心理学上，男人有一种"拜脚狂"，郁达夫先生便有一篇文章，写他的女友"老二"，每逢吃饭时，看见盘里的藕，就想到二小姐的脚，就食欲大振，就多吃几碗。把女人的脚硬生生缠成残废，乃这种心理发展到极致的一种反动。由拜脚狂自然会连带产生"拜鞋狂"（性心理学上似乎无此名词，乃柏杨先生所独创，吃美援饭的教授圈，有良心未泯者，将此送往瑞典，得了诺贝尔奖金，你一半，我一半，绝不食言），见了女人的鞋便气喘如牛，高跟鞋硬邦邦而庞庞然，无此苗头，平底鞋恰盈手握，才有此魅力。

从前文化人欢宴时，常脱下漂亮侍女的绣鞋，把酒杯放在绣鞋里行酒，那情景叫人恨不早生两百年，盖现代人只知灌黄汤，无此雅兴。纪晓岚先生在《阅微草堂笔记》中，对此特别杜撰一文，大加痛斥，曰某家大族，在祠堂祭祖时，其中一个酒杯忽然爆炸，盖该杯曾在绣鞋中放过，老祖宗怒其子孙不敬，故裂之以示警。我想那老祖宗也属于圣崽之流，小伙子荒唐起来，比这要精彩百倍的花样都会演出，仅只把酒杯放在绣鞋里,有啥了不起乎?恐怕老祖宗年轻时,搞得更烈。孔丘先生的"恕道",一到了圣崽手里,便宣告破产。

《青楼艳妓》电影,有一个镜头,女主角伊莉莎白·泰勒从床上爬起来,用脚趾挑起地板上的毛巾。伊女士是有名的玉女,艳丽盖天下,然而她的那双玉足,实在不太高明,和她的脸型及身材,迥然不同。贵阁下曾留意过那镜头乎,她的脚掌甚宽,而大趾骨凶恶突出,属于最劣一型,不知导演先生怎的瞎了眼,硬让它往外露也。她的脚天生只能穿高跟鞋,穿平底鞋准砸,盖高跟鞋可以遮掩,无论你是啥脚,塞进去都差不多。而平底鞋则是最典型的势利眼,对漂亮的脚固是锦上添花,对丑陋的脚则落井下石。那就是说:平底鞋穿到漂亮的脚上,益增其美,穿到丑陋的脚上,却益增其糟焉。最漂亮的玉足和最漂亮的身段一样,必须瘦削,脚趾宜长,脚背宜平,脚掌宜狭,穿到窄窄的绣花鞋中,姗姗而行,圆肤一步一溢,不要说张君瑞先生要跳花墙,便是柏杨先生,恐怕也都要跟着跳花墙。

所以穿鞋是一种天大学问。有些太太小姐深知自己的脚很美,除了大典或非常非常正式的场合外,平常都以平底鞋为主,既舒服,又能吸引男人的眼。然而也有些太太小姐,看别人穿平底鞋妙不可言,便不管自己脚的模样,硬也穿之,弄得小腿以下,像拖着一双鲇鱼,叫人看啦,恶心也不好,龇牙也不好,大伤元气。

平底鞋的种类多矣,从古老的布鞋到最新流行的皮鞋,花样之多,不亚高跟,而且还另有独创。在缎子面上绣龙绣凤,是最古老的一种。而最近则在上面缀着五光十色的亮片,日下或灯下,发着亮亮闪光。然而无论如何发展,总不过在零件上用功夫,其形式固古今中外,都差不多,有圆口的焉,有方口的焉,有尖口的焉,有微露趾缝的焉;有浅帮的焉,有深帮的焉,有不浅不深的焉。最近台北市面上忽然又流行起来韩国鞋,鞋尖之处,状如一钩,昂然翘起,好像武侠小说上练武功的江湖女郎,书中交代,有谁惹她,她只一踢,那钩子里有浸过毒药的钢针,当者无不丧命。奉劝年轻朋友,小心为妙。

平底鞋最温馨的一种,为睡鞋焉,有《睡鞋词》曰:"红绣鞋,三寸整。不着地,偏干净。灯前换晚装,被底勾春情,玉腿儿轻翘也,与郎肩儿并。"惜哉,这种情调今人没有了矣。现代女人,不要说叫她们穿睡鞋,便是叫她们穿袜睡,恐怕都不干。美国《查普曼报告》上便有一段,一小姐曰:"只有娼妓才穿袜睡",两只大脚丫在床上乱踹,怎如一双瘦削削的红睡鞋耶。

23. 最后几事

"补遗"之后,仍有一些大函,或未复,或续来,整理归纳,再分别讨论,以垂千古。

一

刘克勤先生指出,为啥不研究研究女人的"皮包"乎。我想这应该划入另一范围,该另一范围将包括全部服饰,若皮包、若披肩、若套鞋、若别针、若足够普通人家吃一辈子的貂皮大衣等等,而我们现在研究的,纯属肌肤之亲,不能相混也。

不过皮包似乎与其他服饰有一点不一样,那就是皮包跟乳罩差不多,为现代女人不可须臾离也之物。除了拥有巨大"本钱",那个女人不戴乳罩乎?即令是侍从如云,亦从无一个女人不带皮包者也;上自英国女皇,下至市场满嘴"格你娘"的女菜贩,无不人手一包,其重要可知。

有人说女人没有秘密,其实她们只是没有别人的秘密,对于自己的秘密,则保持得固紧不通风,像一个太空舱。其秘密藏在两处:一处为肚皮,一处则为皮包。一个人如果贸贸然翻看女人的皮包,那简直非倒霉不可。相反的,一个人无论男女,如果随时都可翻她的皮包,那份交情,就别往深处再打听。盖女人皮包里啥都有焉,若镜子、若梳子、若发夹、若口红、若粉盒、若香水、若眉笔,这是“见得人”的一类。另有“见不得人”的一类,若包着鼻涕的纸,若当票(刚把丈夫的西服当掉,买了一件披风,正在夸口,被你掏出当票,她还能混哉?);若刚接到手,尚未找到机会毁之的情书(一旦被传扬开,岂不要白刀子进去,红刀子出来?);若已经写好,只欠贴邮票便可投邮的赠给某人的玉照;若一双臭而不可闻的丝袜;若两张撕过角的电影票;若其他女人们特有的乱七八糟的东西。最严重的是,里面竟偶尔的没有一个钱,或偶尔的有两粒避孕丸,使女人丢脸,莫过于此,她怎能让你开之看之哉?

俗曰:“人心不同,各如其面。”我们可以套一句曰:“女人之不同,各如其皮包。”柏杨先生曾作过广泛调查,没有两个女人的衣裳是一样的,甚至皮鞋亦然。一鞋店老板曾告我曰:“女鞋最难做,新花样兴不到一个月,街上穿的人一多,便再也卖不出去。”盖乡下人老在潮流后面赶,都市的太太小姐则是一直走在潮流尖端也。皮包的情形也差不多,每人都喜欢独特表现,最好是工厂只做出她持有的那一只,才可骄傲群雌。于是皮包的样式便不可胜数,大的大到可装进一个小孩,小的小到只能装一面镜子和一管口红,顶多再装一张小纸条,上写电话号码。其他方的圆的,长的短的,蛇皮树皮,鸡皮漆皮,均不在话下。中古时候,欧洲骑士常把他们仇敌的皮剥下,制成皮包,以赠情人。感染所及,贵夫人们也往往如法炮制,对付她的情敌,将另一美女杀而剥之。据说把这种皮包置于丈夫枕头之下,丈夫就会忽然老实起来,俨然成了柳下惠。太太小姐有志于此者,不妨参考参考,学学剥皮之术。

二

程织景及华洁二位先生以女人长裤相询,真有心之人也。盖谈到裤子,中国又得甘拜下风,五千年传统文化中的裤子文化,于今被洋大人的裤子文化，全部征服，手段毒辣的卫道之士，可能飞出一顶帽子，说我不够爱国，那就得请他没事时检查一下他太太的和女儿的裤子，恐怕他就非把头缩回不可。因之我乃发明一种新药，即将申请专利，药曰："女人的裤子，可治卫道之士的顽固病。"

中国女人传统的裤子，上及腰，下及小腿，末端用带束之——请参考韩国女士的裤子，便知道啦。盖韩国女士之裤，乃中国传统之裤。自欧风东渐，裤子猛缩，不知道是谁出的主意，竟缩到几乎看不见的程度。进步之快，变化之速，使人跺脚。人类已进化到可以去太空观光，连月球上有啥东西，都知道得清清楚楚，可是，再伟大的科学家，却无法知道他面前的那位女郎，穿裤子了没有。中国女人穿的是旗袍，开衩甚高，有运气的人还可偶尔看到三角裤的边缘，但如果她真的和古时候的宫女一样，根本不穿裤子，你亦木宰羊。古时宫女不穿裤，为了人己两便，今之太太小姐不穿裤，当然是为了摩登，为了艺术。

有不穿裤之实，但无不穿裤之名者，为透明裤焉。太太小姐为啥要穿透明裤，其心理恐怕只有天晓得。玻璃丝袜不掩肌肤，为的是叫男人看之爱之，尼龙裤不掩肌肤，搞的是啥名堂哉？前几年台北街头，有一擦皮鞋的小童，正在为某女士擦鞋，偶一抬头，哎呀不好，她穿的竟是透明之裤，遂头晕眼花，把鞋油都擦到膝盖上。呜呼，将来说不定索性连裙子都成了透明的，那才要天下所有男人的命也。

《易经》曰："物极必反"，女人的裤既短到不能再短，一旦反动起来，便拼命地长，而且长得不可收拾，越膝而下，连足踝都行超越，眼看就要把玉足都行包住。尤其精彩的是，不但长，而且窄。当这种长裤初流行时，宽窄还有中庸之道，之后便越来越不像话，一窄再窄，初是裤脚管窄，接着是膝盖窄，再接着是大腿窄，把两条玉腿紧紧绷住，玉肌丰满，简直要破裤而出。有些太太小姐更穿上有弹性的毛裤、绒裤之类，曲线毕露，男人们看得多啦，心脏难免衰弱，损害国民健康，莫此为甚。在美国，这种风气更凶，太妹们穿着窄裤，仍嫌不够性感，更故意地用水泼而湿之，使裤管紧贴玉腿，以便更能诱惑。此乃原子弹之术,幸中国女孩子尚未学会,否则台北社会风气,就要更进一步矣。

三

洋大人谚曰:“群山比平原美”,女人的玉貌亦然,能有酒涡出现,必更为娇媚。“一读者”先生询以其中道理,大概有曲线总比没有曲线使人心旷神怡。不过曲线不能太多,酒涡深陷,观者固然动容,如果尽是小如米粒的酒涡——一脸麻子,那就不可收拾。

麻子是美的克星,古时有“麻美人”之称者,显然是一种无可奈何之词,不足取法。幸好洋大人发明了种牛痘之术,否则十个女人九个麻,这个世界还有啥意思哉?酒涡和麻子恰恰相反,女人脸上有了酒涡,那才是最优良的设备,柏杨先生敢拿一块钱打赌,大多数美女,恐怕差不多都有或大或小的酒涡,以便盛男人的钞票。而且和她的漂亮成正比,她越美,她的酒涡越是无底洞,再多的男人前仆后继,都填不满。

酒涡这两个字就使人心醉,上帝当初不知道是怎么搞的,大概一时高兴,在女人双颊上用铁锥凿了一下。白里透红的脸颊,有两个一笑便出笼的坑坑儿,在其上若隐若现,真是绝妙之姿。民国初年,老牌电影明星胡蝶女士,只有一个酒涡,每逢有人给她照相,她就立刻露之,虽千篇一律,枯燥无味,但已够她吃饭的矣。酒涡既有其如此伟大之处,被上帝漏凿的女人,便只有自己动手凿之,美容院中有“专制酒涡”的医生,便是为此而设。然而巧夺天工的事不多,自己凿的结果,往往一见便知。台北有某歌星焉,左右开弓,凿了两个,好像是酱油店用的漏斗,不但看了不起美感,反而起鸡皮疙瘩,照起玉照,两颊上两个黑洞,大煞风景。

四

另一位“一读者”先生特别提醒应该谈谈女人的舌。呜呼，不提其舌，倒还罢了，提起其舌，使人汗流浃背。从前张仪先生在楚王国被打得体无完肤，家人哀之，他曰：“看看我的舌还在否?”答曰：“在。”乃曰：“有舌在就有办法。”果然当了秦国宰相，大破六国合纵联盟，舌的力量岂不大哉。而生到女人口中，比生到张仪先生口中，还要厉害，张仪先生的舌不过把六国搞垮而已，女人们的舌则简直能使平地起浪，山崩地裂。

中国有句话形容搬弄是非的女人，曰：“长舌妇”，言其舌之长，可以伸到人家灶底舐出锅灰来宣扬也。洋大人亦有形容词焉，曰：“她的舌头可以修剪路旁的小树”，那简直比钢剪还要锐利。柏杨先生每逢遇到哇啦哇啦讲个不停，不是附耳过来，告以张太太和李先生有一手，便是做神秘状，说王小姐拍有裸体照，前天悄悄地去找她的上司拉关系。我立刻就想到埃及的金字塔，盖当初法老王建金字塔时，把工人的舌头全部割去。噫，法老王如果也来中国一趟，包管中国天下太平。

不善辞令，不搬弄是非的女人，乃是吉人，遇到这种的太太小姐，向之顶礼，绝对没有错也。

24. 再补充三点

“女人经”有点欲罢不能之象，盖读者先生来函中精彩之处太多，简直非谈不可，兹再论三点，以表学问庞大。

一

凡是漂亮的女人,似乎多半没有脑筋,不是她根本没有脑筋,而是贱骨头的男人太多,无论啥事,都为她设计周全,并赴汤蹈火以服务之,用不着她去用脑筋也。我有一个侄孙女,乃美丽的大学生,看电影向来不排队买票,只要走到窗口,拣一稍有人性的臭男人,嗲曰:“先生,对不起,能不能请你带两张。”言毕再娇而笑之,准如愿以偿。有一次柏杨夫人不自量力,也去娇而笑之,结果成了人间绝响,毫无反应,不得不排在最后,站得两腿发酸。

这不过是芝麻小例而已,聪明之士,可举一反三。敝侄孙女在学堂考试时,不知道巴拿马运河在哪一洲,马上就有一个纸团,趁教习扭头发呆之际,飞了过来,告以种种。如果是一个难以入目的女郎,恐怕就是急得脑充血,也没人去管。于是,面貌稍微差劲,便不得不拼命用功,一则以求自保,一则以求在学识上取得补偿,你们不是嫌我不漂亮不理我乎? 嗨,我学富五车,不由你不多看我一眼。

洋大人之国,有一新郎焉,逢人便吹他妻子的烹饪之术,吹得她自己都过意不去,有一天责问之曰:“亲爱的,你怎么说我会做菜?你知道我其实啥也不会。”丈夫答曰:“可是,我总得找一个跟你结婚的理由呀。”这女郎总算有福气,自己虽毫不出色,幸有丈夫疼爱,捏出一个借口,而普通女子便不得不自己努力,以供给男人去借口也。

有这么一个现象,不知读者先生注意及之否,漂亮的女子,结婚的都很早,盖有各色人等环绕四周,手执捕网,眈眈而视。你喜欢文学,有作家焉;你喜欢唱歌,有声乐家焉;你喜欢理工,有科学家焉;你喜欢图画,有画家焉;你喜欢学位,有打狗脱、马死脱焉;你喜欢银子,有足可以把太阳都买下来的富翁焉;你喜欢美貌郎君,有小白脸焉;你喜欢静,有十棒子都打不出一个屁的人焉;你喜欢玩,有白相人焉;你喜欢去美国,有留学生和华侨焉;你喜欢高鼻碧眼,有擦皮鞋的焉。呜呼,要想不被掳去,简直不可能。婚后因自己美如鲜花之故,丈夫怜之爱之,最后索性畏之如虎,后来子女长大,当了婆婆或丈母娘,当然更为吃香,她这一生永远站在上风,实在用不着努力。

姿色不太突出的女子便不能如此安逸矣,君如不信,不妨稍微留意,凡是女事业家,十个有八个,长相都有点平凡。为了表示敬意,即令不能说她们很丑,但总不能昧着良心说她们很美。有一位记者去访问某女大亨,一时顺口,赞扬她貌如天仙,结果被撵出大门,盖她以为他吃她的豆腐哩。

我们说女事业家们多半都不太漂亮,乃千锤百炼之言,读者中如果不太服气,不妨屈指一数,若某女社长焉,若某女董事长焉,若某女校长焉。然而我们毫无轻视之意,谁要说柏杨先生对她们瞧不起,谁便是大混蛋,犹如我说漂亮女人多半没有脑筋一样,也无轻视之意,只是指出社会上有这种现象,美不美和爱不爱无关,和敬不敬更无关也。

美而慧的女子千不得一,如果有之,能娶则娶之,不能娶时,则千万多看几眼,以资纪念。

二

关于饰物,我们谈的不多,关于衣服,根本未谈,无怪读者先生中有不满意的朋友,来信骂阵。实在是,除了甄别专家,谁也弄不清女人的首饰衣服是怎么回事,盖今天有一种出笼,刚买到手,明天又有另一花样问世,连名称都不知道。据说美军顾问团在外国担任军事训练的教官,每隔两年,总要回国一趟,盖武器日新月异,两年不回国学习,再运来的新武器,他认识都不认识矣。女人的首饰衣服亦然,一月一样,一年一变,谁也摸不清头脑,反正男人的口袋倒霉就是啦。

太太小姐们热热烈烈聚在一起,如果不是谈张家长李家短,准是谈首饰衣服,谈到热情之处,眉飞色舞,搔首弄姿,美不胜收。柏杨先生乃租房而居,房东小姐,留洋生也,她的女朋友每一次来,她都翻箱倒柜,像钦差大臣查抄家产一样,把新衣新饰全部搬将出来,供人一观。于是,来客摸之抚之,问之询之,唏嘘感慨者有之,自叹命薄者有之,指天发誓回去定要也买一件做一件者有之,吹牛说她有更好的亦有之。群雌粥粥,半夜不休,有几次我都想买包巴拉松送去,封住她的玉嘴,以清耳目。

最使太太小姐意乱情迷,如痴如狂的,美国货第一,香港货第二,日本货又次之,菲律宾货第四;若中国自己做的,属于土产,最最下等,有身价的女人向不穿戴。尝见一群长头发的动物,咭咭呱呱,第一人吹曰:“我这旗袍,是中本外销货。”盖市场上如也买得到,就显不出她有特权也。第二人吹曰:“我向来不穿本地造,瞧我这夹上衣,上星期我表哥才托人带来的。”原来那料子也是中本货,新从香港回笼,但仍挡不住该女人洋洋得意。第三人吹曰:“我姐姐在日本,这照相机便是日本名牌子,一千八百元,好便宜,日本照相机天下第一。”其实市上一千四百元就可买到。第四人接着也吹曰:“我先生在美国是打狗脱,昨天从美国寄给我一双高跟鞋。”先生者,非指老师,乃指丈夫,言语方了,全体肃立起敬,有起敬过度的,还把握不住,口中发出怪声。

大仲马先生曰:“百货公司是一个使女人什么事都做得出的地方。”这话一点不刻薄。不信的话,你不妨送一件价值百万美金的貂皮大衣给一位小姐,恐怕她就非爱上你不可,连棒子都打不出门也。大仲马先生是法国有名的作家,因有钱之故,女友多如牛毛,可能因此看穿了女人的心,容易轻蔑。不过中国有一句俗话曰:“千里去做官,为的吃喝穿。”做官尚且如此,何独责备一女子乎?有两洋女人焉,甲女曰:“亲爱的,你那件大衣至少值十万美金,真叫我羡慕,我挣扎了这么多年都没挣扎到手。”乙女大惊曰:“老天,你挣扎?你不要挣扎呀。”

呜呼,仔细一想,我们还说啥。

三

至于“浑身都是假”问题，说来说去，使人如坐针毡。洋大人之国，夫妻间盛行“分床睡”之制，讲起理由，振振有词，可写一大本书。然究实际，似乎与浑身是假有关。盖男人跟如花似玉的妻子同床共枕了一夜，第二天睁眼一看，咦，眉毛没啦，睫毛脱啦，眼睑上抹得黑墨，和眼屎结合在一起啦，嘴唇上青紫如靛，脂粉全退，皱纹密布，牙未刷而口臭，头因滚而发乱，望之不似人君，好像刚从海里爬到岸上的金色夜叉，你能不神经崩溃，少活十年哉？如果分床而睡，早上沐浴更衣，披挂整齐，然后相见，便无此弊。

浑身是假的故事很多，最有名的一次发生在若干年前，台北市中山堂某一酒会上，一个有什么美人之称的电影明星，银幕上固美，台下相见，尤美不可言，影迷们蜂拥而上，最初她酬酢应对，尚能中节，可是到了后来，有人喊曰：“嗨，她的屁股歪啦！”她一紧张，胸前又出现四个奶头——两个小的是真的，两个大的则是脱落了的乳罩。当时全场大哗，她只好狼狈而逃，大骂观众没有教养。中看不中吃，此之谓也。

世界上只有天姿国色最了不起，可惜天姿国色只限于少数人，虎魄女士生了两个孩子，还能把英王迷倒，这种人跟柏杨先生一样，乃天赋异禀，世间不多。普通女子便不得不靠假的混世。最假的地方，莫过于乳罩，凡是女人，几乎都要戴上一个，连游泳时都不肯丢掉，从无例外，君若不信，不妨到台北衡阳街上逐个扫描，我敢跟你赌一块钱。

因为浑身是假，当男人的便苦啦，俗云：“太太是人家的好”，有一次一个道貌岸然向我大怒曰：“人心不古，我就是认为太太是自己的好。”我不禁失色，当时就推荐他去当说谎大学堂的校长。盖这不能怪男人，女人浑身都是假，怎的不鼓励丈夫去追求真耶？

所幸的是，中国女人除了乳眉唇外，其他各处都尚能维持现状，只有少数杰出的太太小姐，才有假睫毛、假屁股，并在腰中紧勒钢丝，且剖掉小脚趾焉，这不能不说是天佑中国也。

怪马集

提　要

《怪马集》中柏杨借镜时事、电影以及古今中外典故以作为议论的基础，论辩人们认为理所当然之事，特别显现此类观念于中国文化的植根之深与破坏力之强大。传统文化逐渐成为柏杨的火力焦点。此外，他又借李宗吾之“厚黑学”——中国官场之心黑脸厚、逢迎做作，仿拟古典语法叙写今事，不但达到以古讽今的效果，亦同时解构了经典的权威性。其街间巷弄式的嘲弄，遂与其严肃的心志形成庞大的张力，加强了正义之怒的强度。

序

柏杨先生的杂文所以能够出版问世，完全受读者先生的爱护和支持，否则，谁肯冒本利皆消，全军覆没的危险，去印无名老汉的作品也。当初猛写时，和现在的心情一样，不过为了糊口，毫无雄心大志。后来写得久啦，偶有来信鼓励者，心中稍喜。后来鼓励日多，才正式觉得有点不同凡品。回忆起来，柏杨先生当初诞生之时，准有什么异象。但谈到出版，却仍不容易，当第一辑《玉雕集》剪贴好了之后，曾和几位出版商接头，均大败而归。他们都是老经验，曰："读者都是瞎嚷，平常看时或可叫好，可是等你出了书，动了真刀真枪，便没人买啦。"后来自办平原出版社印行，销路奇佳。可见读者先生没有在紧要关头出卖朋友，否则一本也卖不出，弄得丢盔掼甲，不但无脸见人，亦无法活下去也。

现在《怪马集》又出版矣，柏杨先生手中没有现成剪稿，辛辛苦苦，重新觅贴，每当夜深人静，老妻在旁便劝我曰："老头，语不云乎：得意不可再往，《玉雕集》虽有销路，不是你有一套，而是读者先生同情你罢啦。"呜呼，我相信这个集子会同样得到支持，假设你觉得敝大作没啥可看的，那就作罢。假设你觉得看看也无妨，而且手中也不缺十二块钱，那么，就请惠购，以示敬意。

《怪马集》选的全是议论性的大作，篇篇精彩，有口皆碑，用不着自己再擂大鼓矣。至于为什么叫《怪马集》,其意义如何,我也不太清楚,好在书名和人名一样,不过一个符号,没啥意思,不理可也。但一定要问的话,则柏杨先生答曰:“怪马集者,怪马集也,似乎有点不同于白马、黑马、蓝马,以及其他不怪之马的集也。不信的话,一看便知。”

是为序。

1962年10月于台北柏府

1. 党进先生

一

《通鉴长编》载:宋初太尉(三军总司令)党进先生,天寒地冻,大雪纷飞之夜,拥炉酌酒,大醉大饱,满身是汗,摸着肚子走来走去(原文为“扪腹徐行”,得意满足之状,比白话文更能表达)。叹曰:“天气不正。”门外站岗的士兵应声曰:“小人这里,天气却很正。”盖门外风雪交加,该士兵正冻得发抖。

柏杨先生曰:那士兵显然是一个不满现实的危险家伙,满腹牢骚,语带讽刺,胆敢猛唱反调。党进先生是否因此飞了他一帽,拘之杀之,书上没有交代明白。但该小人将来之没有好结果,则固可断言者也。

二

同上书载:一天,党进先生吃饱了饭,摸着肚子(又是摸着肚子)曰:“我不辜负你。”左右曰:“将军不辜负肚子,可是肚子却辜负将军,竟没给你出一点主意。”(原文是:“将军固不负腹,此腹负将军,未尝稍出智慧也!”)

柏杨先生曰:这是“腹负将军”典故的来源。“左右”是什么人,已无法查考。噫,现代的“腹负将军”虽多,但现代有这种胆量的“左右”却很少。语带调侃,便是大逆不道。党进先生的这些“左右”,恐怕也危险万状。

三

宋《事实类苑》载：党进先生巡视京师，看见小民有养鹰鹞的（“鹰鹞”，名禽），一定叫宪警放它们飞走，还大骂曰：“不去买肉奉养父母，反去喂鸟，简直不是人也。”偏偏亲王赵光义先生（稍后当了皇帝）在花园里也养了几只鹰鹞，很多佣人伺候它。被党进先生看见，勃然大怒，下令放之。佣人亮出字号，曰：“它是亲王赵光义养的呀。”一面飞奔向赵光义先生报信。党进先生连忙拉住，不但不再叫放啦，而且连父母也不提啦，反而给了很多银子，叫去买肉，还殷勤地嘱曰：“你们好好看顾，别叫猫狗伤了它。”

柏杨先生曰：党进先生不识一个字，如果再没有几下马屁功夫，能官拜太尉乎？这件事虽然“小民传为笑谈”，但小民笑谈有何妨哉？赵光义先生听了小民的“笑谈”，对党进先生的谄媚之态，恭顺之状，反而更加欣赏，虽不想高升，不可得也。假设他竟真正地以维护国法为天职，把赵匡义先生的鹰鹞放掉，他就完啦。

四

《湘江近事》载：学士陶谷先生，买了一个婢女，原来是党进先生家的。经过定陶县时，陶谷先生命取雪烹茶，曰：“党太尉家欣赏这个乎？”婢女答曰：“他是一个粗人，怎能欣赏此景？他只会在销金帐下，浅斟低唱，饮羊羔美酒罢啦。”

柏杨先生曰：这一段对话之后，书上云：“谷愧其言”，盖“富贵家气象，其与穷措大，自是不同”。陶谷先生当然非愧不可。俗云：“笑贫不笑娼”，宁可作买肉喂鹰的党进先生，不可作煮雪烹茶的陶谷先生。古今的社会都是一样，有钱的就是大爷，不管钱是从哪里来的也。

五

《邻几杂志》载:党进先生欣赏他自己的画像,忽然大怒曰:"有一次画老虎,还用金纸贴作眼,难道俺连金纸贴作眼都不配。"原来画师为他画像时,没有把他画成火眼金睛,被认为瞧他不起。

柏杨先生曰:记得是前年吧,台中市公园门前一个艺术塑像,被某大官批评曰:"那是啥?我看不懂。"台中市长惶恐之余,立刻下令拆除,虽千万人呼吁不可,仍挡不住他硬是贴金作眼。盖做官要紧,艺术算啥?中国人无不骇然。看了党进先生的杰作,可知中国因有五千年传统文化的缘故,几乎是一切都有所本的,一点都不奇怪。

六

《麈史》载:宋神宗赵顼先生参观太庙,教把开国功臣们的肖像都画到两厢墙上。党进先生家属报告曰:"家里没有祖父党进的绘像,但城南什物库土地像便是。"赵顼先生就命把那尊土地取来,照着画上去。

柏杨先生曰:党进先生活着的时候当大官,死后自然当神仙,中国的"官"和"仙"本来是不分的,一个人想要成仙,往往只需要皇帝金口玉言地封赠就行啦,可见官的伟大。我们从没有听说过小民这么容易成仙的故事,连孔丘先生都得当了"素王"之后,才能大显天下。不过,党进先生屈就土地之职,似乎很有点垮了台的现象,可能是他活着时"买肉喂鹰"的那一套,在天国行得不太顺利所致也。

2. 丑陋的美国人

《丑陋的美国人》是一部由美国作家贝尔·李德拉、尤珍·柏里二位先生合著的巨书，柏杨先生曾经很用心地看了五遍（其实没有五遍，而只是翻了翻罢啦，不过常听官崽训人读书时，往往以“我看了几遍”相勉，忍不住效上一法）。呜呼，那是一部非常可怕的偏激的书，贝尔和尤珍以一个美国人的身份，竟然这样地猛揭美国驻外使节的底牌，暴露美国驻外使节的过失和丑态，显然的是在打击美国国际声望，和破坏美国政府威信，我相信他们该多少“有点问题”，或被联邦调查局扣押，或被苦刑拷打，自动自发的惶恐认罪，才合乎逻辑。

奇怪的事就发生在这里，美国政府不但准许他们活着，甚至连关起来都没有。对该书的发行，不但没有查禁，反而把它拿到国务院大肆研究，认为它是一部“确实刺激思想”的评论，开始逐步改进。噫，未免离谱太远啦。如果换到别的国家，该两位作家恐怕早被请去“约谈”，不知谈到何时也。同时该书也绝不可能准许它流通，早派人逐户搜查，作为犯罪证据，大做起诉书来矣。

此乃美利坚合众国悲哀之处，亦是洋作家道德堕落之处，叨在同盟，言之痛心。兹随便摘出几段，以例其余。如有英文甚好的爱国同胞，将柏杨先生的见解译成英文，寄给美利坚，使其全国上下，迷途知返，则对国际和平和美国国内安定的贡献，将和我一样的大。

一

当沙尔斯先生被征求当阿富汗大使时，他的第一句话是问：“阿富汗在哪里？”挖苦得未免太凶，不合中庸之道。而在他到任之后，为了一幅《东方星报》对他的讽刺漫画,竟把阿富汗国闹了个天翻地覆。但对于一个被冤枉挨了打的柯尔温先生,却大大地不耐烦,且看他对柯尔温先生说的是啥,他曰:“嗨,我的新闻官告诉我,你和坏女人打架。现在,你记住我的劝告,你这种行动会使美国蒙受不利的,我准备一俟你能够行动的时候,就送你回国。”

——中国作家决不敢描写中国驻外大使如此颟顸,一则是,中国作家比美国作家爱国。二则是,难道中国作家是傻瓜,不怕坐牢乎哉?

于是,阿富汗的总理奴安先生发表评论,他曰:

“美国人,我看不出有啥理由,为什么派这么一个愚蠢的人做我们的大使。”

“千万不要低估这个人,他本来是一个比大多数大使都要愚蠢的家伙。但对保护他的人,他却是很能干的。”

——呜呼,这真是沙尔斯先生的不幸,他如果被派到台北,大家巴结他都来不及,怎能招到如此重大的不敬耶。

二

一个典型的外交官崽卓宾先生,风度翩翩,口舌流利,在“海外就业会”上,向一群可能申请去阿富汗国的听众,发表美国驻外人员的特点和要求,他曰:“你们要和外国人一起工作,但我们不希望你们因和他们一起工作而和他们同样的脏。不管你们派到哪里,你们都是要和衣冠整洁的美国人相处的。同时大多数是未婚的,如果你们是未婚的话,在海外也不会寂寞。”

一位在七个国家做过领事的阿普顿先生感慨曰:“我们征募海外工作人员的制度,一定有些错误。除了一个人之外,其他每一个申请的人,都比他们现在的工作可以获得较多的收入。”

“那位老工程师怎样啦?”卓宾先生问。

“我想他可能有神经病,放着每年十五万美元的收入不要,却要到海外低度开发国家去工作。”

——作者贝尔和尤珍两位先生，显然要借此讽刺美国高阶层的昏庸。其实误矣，真正昏庸的还是该老工程师，出国不但无美金可赚，还要赔账，天下有此呆子乎？而美国竟然有之。

三

一位最受柬埔寨人民欢迎的养鸡专家汤姆先生，向安全分署要求进口几千只美国小鸡和雄鸡，和花几千元发展一种用来把甘蔗研成粉质的机器。但主席厌恶地拒绝了他，并且告诫曰：“汤姆，去年已经告诉过你了，美柬两国政府所需要的是一些大的东西，那才是目前对人民真正有帮助的东西……好的，好的，上级不重视，你还是放弃。”

——“上级不重视”，这句话好耳熟。

经过激辩，汤姆先生要辞职，书上描写主席在核准时的心情曰：“主席注视着汤姆，心里想，如果汤姆和他上司接近，可能会发生反应的。但他又想，他在国会议员中会获得比汤姆更多的支持时，他就微笑了。”

——看样子主席先生也读过“后台学”，否则不会如此英明也。

“两天之后，汤姆返美，尚有两天可抵达的时候，他坐下来把他的意见写下来，以便向国会陈情和向新闻界发表，当时他内心非常愤怒。可是时过境迁，很多事记不起来了，写了三个钟头，仅只写了半页，结果决定登岸后再写。八个月后，当他回到他自己的农场时，他认为一怒而离开柬埔寨，似乎是幼稚的行为。”

——“实干硬干，撤职查办”，美国也有。

四

书中最精彩的一段是关于布朗参议员的，虽然他在年轻的时候，还不知道柬埔寨究竟是在非洲或在亚洲,但当他当选了美国参议员,并进了参议院外交委员会之后,他的常识立刻大丰。

——此固是布朗参议员天纵英明,但却是非常符合中国传统,盖中国的传统是:权力就是知识,就是学问。

在布朗参议员决定访问越南时,美国驻越南大使克莱先生,事先开了一次全体会议,紧张而严肃的布置就绪。等布朗参议员来了之后,他曰:"我没有准备任何访问日程,也没有准备任何访问计划,只请参议员告诉我们对什么有兴趣。"

——柏杨先生一向都认为美国在做官之道上是落后地区,看样子他们简直要迎头赶上。中国如果不再发明点新花样,真叫人担心要糟。

布朗参议员的访问,书上曰:"(在参观越南士兵训练时)参议员对巴尔博士曰:'问他射击这种步枪有多少次?向什么目标射击?'巴尔博士很快地和那位越南士兵谈了几分钟,越南士兵答道:在今天以前,他从没有见过无后坐力的步枪,实际上,他不是士兵,而只是一个伙夫,他对这种工作感到困惑,但觉得高兴,因为厨房里很热。于是,巴尔博士向布朗参议员翻译曰:参议员,他说他使用无后坐力步枪已有好几个星期了,他没有射击过,因为这种枪弹非常缺乏;然而,他说他希望有机会练习射击,并用它对抗共产党。"

——柏杨先生已开始打听巴尔博士,和命令他如此如此的克莱先生的通讯处,以便"做官大学堂"请他们当教习。这一套功夫,想不到洋大人也会,且有青出于蓝之势,叫人觉得后生可畏。

五

最后,贝尔和尤珍二位作者先生提出两点:

第一、他们主张,派驻外国的使节一定要会驻在国的言语。

——误矣,美利坚人一生下来就会英文,诚是上帝的恩典,如再学其他言语,岂不自损尊严?

第二、他们指出,亚洲留美的学生,都是来自一个阶级,即亚洲较大城市的少数富有阶级的子弟,而共产党在云南的国际学生训练,却恰恰相反。

——作者又在为敌张目啦,美国竟有这些败类,怎不令人扼腕。而最使人不平的,美国国务院还拿来研究,用以改进外交。呜呼,置政府威信于何地?美国之没有前途,不卜可知。

3. 身份证功能

国民身份证是为了啥而发明的,恐怕很难查考。二十世纪三十年代抗战之前,从没有这玩意儿。抗战期间,重庆虽然也出笼过,结果却是一塌糊涂。盖身份证只是一种户籍的标识,户籍办不好,身份证自不会办得好也。来到台湾后,身份证才确确实实地发挥起作用。领钱,要身份证焉。搬家,要身份证焉。升学,要身份证焉。出国,要身份证焉。结婚、离婚、生子、害病住院、法庭打官司,无往而不要身份证焉。这几天台湾全省正在举行户口总校正,那更是非要身份证不可。身份证的功能,可以说大矣哉大矣哉。

然而,身份证最惊人的功能,恐怕还是在供给父母或养父母"扣留"之用。政府费了那么多心血,以便父母或养父母"扣留",不得不拍案叫绝。

报载,一个可怜的小养女,想去投考初级中学堂,因没有身份证,竟投考不成。养父母扣留之后,狞笑曰:"你跑不出我的手心!"闻者悚然心惊。记得若干年前,在一家外国杂志上读到一则嘲笑身份证的幽默。约翰曰:"我就是约翰,我家在这里住了近三百年,每一个人都知道我是约翰。"警察曰:"那没有用,约翰先生,全世界都知道你,也没有用,没有身份证,怎能证明你就是约翰呀!"

那个小养女投考的是哪个学堂,我们不知道,但那个学堂的答复和这位洋警察的答复准是一样,则可预卜。不过我们并不怪那洋警察和中国的土学堂,他们诚有不得不如此的苦衷,也正因为他们有不得不如此的苦衷,身份证才有资格变成父母或养父母整子女的工具。柏杨先生有一个女学生,便跟那小养女一样,自从不听父母要她嫁给某甲之命,而偏嫁给父母最最反对的某乙之后,她父母便在"哪有不爱子女的父母"大旗掩护之下,用种种打击敌人的手段打击她。其中之一便是扣留她的身份证,使她的婚姻一直没法报户口,一对正式夫妇遂不得不一直姘居,女儿既不能继续读书,也不能去谋工作。老家伙的目的是:把女儿和女婿逼得穷困潦倒,饿死沟壑,以实其当初"嫁给某乙一定受罪"的预言。

4. 争执最多

美国内华达州雷诺中学堂的女学生,发起了一项轰轰烈烈的运动,以争取"露出膝盖"的自由。原来,她们的校长芬奇先生,禁止女学生穿露出膝盖的裙子。那就是说,禁止女学生穿短裙子。芬奇先生是不是道德重整会的会员,我们一时查不出来,但他这种措施所惹起的轩然大波,恐怕是大出他的意外。女学生们投函给当地一家报馆,呼吁曰:"在我们国家(美国)里,有言论自由,有宗教自由,为啥没有穿衣服的自由?"乃发起一个"表现你独立性——露出你膝盖"运动,还没有等到学堂答复,她们有志一同的,一律穿上短裙。男学生们为了响应她们的要求,也把裤管高高卷起,以示支持。

"争自由",提起来这三个字,就有点胆战心惊,但这一次美国女孩子们争的露膝自由,迄今未止,还没有听说有谁坐牢流血,而且连开除一个学生都没有,看样子芬奇先生已向那些女孩子的"膝"屈服了矣。我们不难想象该老头在他的办公室里,看着满校园都是些女学生的大腿,他会悲哀到什么程度。除了“人心不古”这句话外,我们还能用啥去安慰那位芳心都碎了的卫道之士乎?

女孩子是不是一定要露出膝盖才算有“独立性”,只有大学问家才能答复。不过有一点是可确定的,膝盖那地方恐怕是女人身上最不美的部分,一般人看半裸或全裸女人的时候,眼光往往全被大腿吸过去。假如一直看她膝盖的话,其不皱眉者,则几希矣。不过,美丑的标准很难确定,尤其是大腿有它的副作用,露膝自然成为必争之举。东方人不太了解西方的那一套,学她们可,不学她们也可,各有国情,不必也像芬奇先生一样,大生其气也。

但我们可以发现,世界上变化最多的,恐怕莫过于衣服矣。男人的衣服事实上也在不断地变化,以中国来说,二十世纪二十年代,是一大变,把长袍马褂,变得无影无踪,大家一律改穿西装革履。其实长袍西装,各有千秋,在寒带地方穿西装,简直等于受苦受难。试想西装里能套几件毛衣、几件皮衣耶?一袭长袍马褂,温暖如春,真是一百套西装都不肯换。而西装的硬领和领带,据柏杨先生的考证,那是上帝为了西洋人乱发明杀人利器,而加给他们的一种惩罚,使他们的脖子上永远挂着一条处绞刑时用的带子,以便随时上吊以谢世人之用。而且其领硬得像一把圆锯,随时都有把脖子锯下来的危险。可是,中国长袍马褂仍然抵不过西装,非是长袍马褂不行也,而是船不坚炮不利也。一个国家跟一个人一样,打败了仗,倒了霉之后,便有百非而无一是,长袍马褂自然也跟着垮了下来,有人痛骂它是落伍的东西。呜呼,一旦中国人手握死光武器,我这里一按电钮,敌人便死亡三千万,那时,你就可知道长袍马褂的价值了矣。

不过,有一点却是中外一致的,那就是,男人服装,变化最小。女人服装,变化则奇大焉。中国人自从被西装征服得心服口服后,倒有一点好处,辛辛苦苦做上一套,只要质料尚可,穿十年二十年都没关系,普通人一下子看不出你身上的是十年前或二十年前的货色。但女人的衣裳便不然矣,从前那种一陪嫁便数十箱的战术,完全瓦解。

今年最流行的式样,明年就宣告落伍。即以旗袍一项而论,四十年代流行的是低领子,玉颈可以自由转动。现在却高得可怕,好像脖子已断,非用奇硬的高领支起来不可,否则头就要掉下来啦。呜呼,高领的旗袍,应该是上帝赐给中国女人的一种可怕的苦刑,这苦刑何时才能取消,我们不知道,但我们敢确定一点的是,如果领子不低下来,旗袍只有被淘汰一途。很多太太小姐,都非常喜欢旗袍,但却宁穿开领洋装,以争取脖子转动的自由,真不知中国女人上辈子造了什么孽,今生非受这种罪不可。

但旗袍也有它精彩之处,那就是它的"开衩",想到旗袍开衩的妙用,真需要向那拉兰儿女士献上一面锦旗致敬,若不是她们满洲女人发明旗袍,今天哪里来的开衩也。洋大人对中国旗袍攻击最力的,也是开衩。两三年之前,那位因嫁给洋大人而既有钱又有势的某某女士,从美国回到台湾,看见旗袍开衩太高,勃然大怒,乃为文痛斥其有伤风化。文中特别强调一点曰,连洋大人都认为不可,而中国女子硬是要可,自然是野蛮非凡。

柏杨先生对旗袍开衩问题,自认没有研究,但对洋大人因看见开衩里露出的大腿,便心惊肉跳,则不禁大惑不解。盖中国人见得太多,见怪不怪,其怪自败,与风化有啥关系乎哉?某作家三十年前更有文曰:"中国同胞,见了女人半个裸臂,便想到整个裸臂;想到整个裸臂,便想到整个裸体;想到整个裸体,便想到性交;想到性交,便想到私生子。"呜呼,那是二十年代女人们刚露出半截胳膊时代的病态现象。现在,即令旗袍开衩再高,也不会有人想到私生子矣。而洋大人却口水都流出来,我们有啥办法也。某某女士是典型的洋大人本位主义者,只看到从下往上开的不像话,而外国女人那种从上硬往下开的作风,却认为正当而合理。

一个美国杂志曾有这么一段对话,可看出洋大人那种"向下开"的严重趋势。父亲曰:"孩子,今天宴会上,伯爵夫人坐在你对面,她穿着啥颜色衣服?"孩子曰:"不知道,我没有往下看。"盖伯爵夫人袒胸露背,开衩低得要命,乳沟深陷,双乳隐隐在望。中国人见啦,准会发瘫,却未听某某女士以及感慨旗袍开衩太高的人,发表一点议论,何耶?如今,美国女孩子已高喊着要露出膝盖矣,看情形,旗袍开衩已得到洋大人支持,谁也抵挡不住。

孟轲先生曰:"上下交争利,而国危矣!"我觉得衣服也是如此,中国女人从小腿拼命往上开衩,外国女人从胸脯拼命往下开衩。往上开的已越过"膝盖"防线,往下开的终有一天要越过"乳头",那才真正是:"上下交争开,而女美矣!"

反正是,有眼睛的男人有福啦。

5. 埃玛·甘吐雷

《孽海痴魂》影片,原名《埃玛·甘吐雷》,不知道是哪一个有学问的人,硬译成这种低级得不能再低级的名字,可谓丧尽天良。前些时,也曾有人把《约克军曹》译成《神枪手》,致使神韵全失。"电影检查处"剪刀在手,天天剪这个剪那个,倒应在片名上也剪一剪,以免原意被亵渎,艺术被强奸,也是积德之事。

抛开片名不谈,这个影片应该是至少十年来,数一数二的好影片。柏杨先生甚穷,故向不赶热门电影,盖排队无时间,黄牛又太贵耳。《孽海痴魂》大概上演了不少日子,朋友纷纷推荐,乃偕老妻前往一观。观后回家路上,与老妻讨论剧情,深夜未已,讨论到激烈处,几乎饱她一顿老拳。经邻人劝解,决定再看一遍,以研究争执的焦点。

呜呼,昔《后窗》一剧,震动台湾,使有些自以为很伟大的导演,脸上挂不住。今《孽海痴魂》,使那些已经挂不住的脸,更挂不住矣。没有千军万马,没有幼稚噱头,纯靠剧情和性格,紧张而严肃地提出灵和欲的问题。听说原著是禁书,影片也曾禁演过,那是可能的。因为该影片的主旨是讽刺,是深刻的讽刺,讽刺到骨髓之中,使所有的伪善人物,恐惧战栗,当然要禁它。因它撕掉了他们的假面具,把戏可能再玩不下去。

男主角甘吐雷先生给我们一面镜子,也给我们一个典型,那就是,假货色比真货色伪装得更真,假信仰比真信仰表演得更狂热,奸慝比忠良表现得更忠心耿耿。甘吐雷先生是一个酗酒、玩女人、狂嫖滥赌、说谎话如流水的流氓。他不信上帝,不信宗教,除了钱外,他啥都不信。可是,他看上了女传教士莎朗小姐,莎朗小姐的美貌,使他着迷。为了要把她弄到手,只刹那之间,竟啥都信啦,他像神仙附体似的,眼冒圣洁之火,口吐义愤之言,一脸正经,高举耶稣大纛,把吃喝嫖赌的人,抨击得一文不值。幸亏他只不过当一个女教士的助手,如果他大权在握,混到可以"致训词"的地位,那种忠贞的表演,真要搞得民无噍类。

甘吐雷先生在台上狂热的结果是,听众吓得做狗叫者有之,抱柱痛哭者有之。然而,一转眼工夫,他便大打女教士主意,大抽其烟,大喝其酒。这跟训诫其部下不得收红包,要求别人为国牺牲,有啥分别哉欤?环顾四周,甘吐雷先生何其多也。看过这部影片,再去看有些大人物们的嘴脸,能不哑然失笑者,我输你一块钱。

在《孽海痴魂》中,表演最精彩的,当然是男主角甘吐雷先生,然此一影片并非单纯的讽刺,如果仅仅单纯的讽刺,那就是说,如果仅仅一味暴露人性的弱点,而没有指出人性的坚强之处,此片仍没有一看再看的艺术价值。盖人性的光辉,在新闻记者吉姆·莱弗士先生身上,全部表达出来。和甘吐雷先生成尖锐对比,莱弗士先生是真理的化身,他诚实,埋头苦干,不辜负他所得的荣誉,我们与其崇拜那遥不可及的孔丘先生,不如崇拜莱弗士先生。

当甘吐雷先生后来越搞越不像话的时候,莱弗士先生在报上撰文提醒市民两点。一点是,女传教士并不具备传教士资格。二点是,她把捐来的钱都弄到哪里去啦。这种提醒是对的,但也因之使女传教士的营业大落。甘吐雷先生凭其狡计和狂热,以及三寸不烂之舌,在电台上猛烈反击,把自己所做过的坏事,原封不动地,统统罩到莱弗士先生头上。于是形势倒转,反而使莱弗士先生抬不起头。有一天,妓女小姐拿了一张她和甘吐雷先生接吻拥抱、丑态毕露的照片前来求售。呜呼,要是换了柏杨先生,我早高兴得口吐白沫,天网恢恢,你可总算落到我手心里,我不报复,难道我是地瓜乎?却料不到——恐怕没有一个观众料到,莱弗士先生却拒绝刊登。他明白地表示:这是敲诈,报纸不能供歹徒利用,而去毁灭一个人。噫,大丈夫有所为,亦有所不为。中国人天天讲大丈夫,讲君子,讲了五千年,有几个大丈夫?有几个君子耶?我们向莱弗士先生顶礼。最近新闻界不是要自律乎,我认为记者公会应雕刻大批莱弗士先生的塑像,请每个记者先生恭置案头,朝夕膜拜。

妓女小姐可谓极尽奸险之能事,然而她并非对甘吐雷先生无情。恰恰相反,正因为她还爱他,才不能忍受一个比她高贵的女人战胜。女传教士的圣洁和美丽,使她自顾形惭,妒火中烧,才一脚踢去巨款,宁分文不要:她要使他们身败名裂,是一种"锅砸了大家吃不成"的心理。我们如果了解失恋者差不多都有这种心理,就会容易同情她们,血案便可大大地减少。

甘吐雷先生在惨境中能转败为胜,不靠他的邪恶,不靠他的口才,也不靠他的运气,而靠他潜伏在内心深处的善良本质。他疯狂地把那位妓女小姐一直追到楼上,任何人都会想,他会杀了她,至少也会狠狠地揍她一顿。但他宽恕了她。假使他杀了她和揍了她,会使局势更糟。而他的宽恕使她天良发现,终于向报纸吐露真言,拯救了他。不知道这世界偏偏为什么到处都是苦苦相逼的镜头?看此片叫人心酸,甘吐雷先生是一个漂亮的流氓,柏杨先生愿交这种朋友。

此片值得一看再看,它给我们的是健全的理性和坚强的人生态度。

6. 李宗吾之学

天下有很多奇缘的事，使人无法解释，柏杨先生之得来《厚黑教主传》和《厚黑学》合订本，便属其中之一。此乃绝版之书，曾托许多朋友代觅一读，以便豁然贯通，结果全归失望。不料前天接寒爵先生电话，告曰："你下午在家等我，我有一本好书借你。"届时驾至，原来他以五百元巨金代价，在书摊购得之也。大喜过度，留吃晚饭，以示谢意。这本书之好，在于告诉中国人，一位盖世奇才，对日非的世局，其内心的悲愤和痛苦，是如何的沉重。李宗吾先生一生为人做事，比柏杨先生不知道高级多少，直可惊天地而泣鬼神。而他鼓吹"厚黑"，硬揭大人先生和鱼鳖虾蚧的疮疤，其被围剿，自在意中。在全部《厚黑学》和传记之中，有两点值得大书特书，读者先生不可不知。

其一，他曰："大凡行使厚黑之时，表面上一定要糊一层仁义道德，不能赤裸裸地表现出来。凡是我的学生，一定要懂得这个法子，假如有人问你：'认识李宗吾否？'你就要板出最庄严的面孔，说道：'这个人坏极了，他是讲厚黑学的，我不认识他。'……"

其二，有一个道貌岸然之官，闻李宗吾先生提倡厚黑学而义愤填膺，写了一本《薄白学》，在《成都报》上发表，痛斥李宗吾先生狼心狗肺，贻害苍生。结果，该官因贪污渎职，奸淫扰民，被处死刑，其尊头悬挂少城公园，以观其薄白学之风行于世。

这两件事，给我们很多启示，现在且介绍一二。此中学问甚大，不可等闲视之也。

在全部《厚黑学》中，李宗吾先生以谈三国英雄开始，他曰：

> 三国英雄，首推曹操，他的特长，全在心肠黑，他杀吕伯奢，杀孔融，杀杨修，杀董承，杀伏完，又杀皇后皇子，悍然不顾，并且明目张胆

地曰："宁我负人，无人负我！"心肠之黑，真是达于极点，有了这样本事，当然称为一世之雄。

其次要算刘备，他的特长，全在脸皮厚，他依曹操，依吕布，依刘表，依孙权，依袁绍，东窜西走，寄人篱下。而且善哭，著《三国演义》的人，更把他写得惟妙惟肖，遇到不能解决的事情，对人痛哭一场，立即转败为胜。所以俗语云："刘备的江山，是哭出来的。"这是一个大有本事的英雄，他和曹操，可称双绝。当他们煮酒论英雄的时候，一个心肠最黑，一个脸皮最厚，一堂晤对，你无奈我何，我无奈你何，环顾袁本初诸人，鄙卑不足道，所以曹操曰："天下英雄，惟使君与操耳。"

此外还有一个孙权，他和刘备同盟，并且是郎舅之亲，忽然袭取荆州，把关羽杀了，心肠之黑，仿佛曹操。无奈黑不到底，跟着向蜀请和，其黑的程度，就要比曹操稍逊一点。他与曹操比肩称雄，抗不相下，忽然在曹丕驾下称臣，脸皮之厚，仿佛刘备，无奈厚不到底，跟着与魏绝交，其厚的程度，也比刘备稍逊一点。他虽是黑不如操，厚不如备，却是二者兼俱，也不能不算是一个英雄。他们三个人，把各人的本事施展出来，你不能征服我，我不能征服你，那时的天下，就不能不分而为三。

后来曹操、刘备、孙权，相继死了，司马氏父子乘时而起，他算是受了曹刘诸人的熏陶，集厚黑学之大成。能够欺人寡妇孤儿，心肠之黑，与曹操一样。能够受巾帼之辱，脸皮之厚，还更甚于刘备。我读史见司马懿受巾帼这段事，不禁拍案大叫："天下归司马氏矣"。所以到了这个时候，天下就不得不统一。这都是事有必至，理有固然。

诸葛武侯，天下奇才，是三代下第一人，遇着司马懿还没有办法，他下了鞠躬尽瘁死而后已的决心，终不能取得中原尺土寸地，竟至呕血而死。可见王佐之才，也不是厚黑名家的敌手。

以上是李宗吾先生的《厚黑学》部分原文。接着他更追溯而上，举楚汉争霸的事来证明。盖项羽先生不厚不黑，所以失败。刘邦先生既厚且黑，故能成功。刘邦先生的心肠之黑，是与生俱来，可谓

"天纵将圣";至于脸皮之厚,还需加点学力。他的业师,就是三杰中的张良先生。张良先生的业师,就是那位圯上老人,衣钵真传,彰彰可考。圯上受书一事,老人的种种作用,无非是教张良先生脸皮厚也。张良先生拿来传授刘邦先生,一指点即明。试问不厚不黑的项羽先生,怎能是他的敌手乎?韩信先生能受胯下之辱,可说是脸皮很厚,无奈他心肠不黑,偏偏系念着刘邦先生"解衣推食"之恩,下不得毒手。后来长乐宫内,身首异处,夷及三族,都是咎由自取。范增先生千方百计想叫项羽先生杀死刘邦先生,可以说心肠很黑,无奈他脸皮不厚,一受离间,便大怒求去。结果把自己的老命和项羽先生的江山,一齐送掉,活该活该。

李宗吾先生结论曰,他把这些人的故事,反复研究,才将千古不传的成功秘诀,发现出来。一部二十四史,必须持此观点,才读得通。这种学问,原则上很简单,运用起来却很神妙,小用小效,大用大效。故他以"厚黑教主"自居,努力说法,普度众生。

7. 且看其"经"

有"学"便有"经"。经,在中国人眼中的地位,万分尊严。李宗吾先生乃奉天承运,发明了《厚黑经》,以阐扬《厚黑学》的奥秘。

《厚黑经》开宗明义曰:

李宗吾曰:不薄之谓厚,不白之谓黑。厚者天下之厚脸皮,黑者天下之黑心肠。此篇乃古人传授心法,宗吾恐其久而灭也,故举之于书,以授世人。其书始言厚黑,中散为万事,末复合为厚黑,放之则弥六合,卷之则退藏于面与心。其味无穷,皆实学也,善读者玩索而有得焉,则终身用之,有不能尽者矣。

正文套《中庸》句法,曰:

天命之谓厚黑,率厚黑之谓道,修厚黑之谓教。厚黑也者,不可须臾离也,可离非厚黑也。是故君子戒慎乎其所不厚,恐惧乎其所不黑。莫险乎薄,莫危乎白,是以君子必厚黑也。喜怒哀乐皆不发谓之厚,发而无顾忌谓之黑。厚者,天下之大本也,黑者,天下之达道也。致厚黑,天地畏焉,鬼神惧焉。

李宗吾曰:厚黑之道,本诸身,征诸众人,考诸三王而不谬,建诸天地而不悖,质诸鬼神而无疑,百世以俟圣人而不惑。

李宗吾曰:天生厚黑于予,世人其如予何。

李宗吾曰:刘备吾不得而见,曹操斯可矣;曹操吾不得而见,得见孙权斯可矣。

李宗吾曰:如有项羽之才之美,使厚且黑,刘邦不足观也已。

李宗吾曰:厚黑之人,能得千乘之国,苟不厚黑,箪食豆羹不可得。

李宗吾曰:有失败之事于此,君子必自反也,我必不厚。其自反而厚矣,而失败犹是也。君子必自反也,我必不黑。其自反而黑矣,而失败犹是也,君子曰:反对我者,是亦妄人也已矣。如此则与禽兽奚择哉!

另外是一种变体,在《厚黑经》正文之内,自加说明,例如:

李宗吾曰:"不曰厚乎,磨而不薄。不曰黑乎,洗而不白。"后来我改为:"不曰厚乎,越磨越厚,不曰黑乎,越洗越黑。"有人问我:"世间那有这种东西?"我说:"手足的茧疤,是越磨越厚,沾了泥土尘埃的煤炭,是越洗越黑。"人的面皮很薄,慢慢地磨练,就渐渐地加厚了。人的心,生来是黑的,遇着讲因果的人,讲理学的人,拿些仁义道德,蒙在上面,才不会黑。假如把他洗去了,黑的本体自然出现。

有一种天资绝高的人,他自己明白这个道理,就实行奉行,秘不告人。又有一种资质鲁钝的人,已经走入这个途径,自己还不知道。故宗吾曰:行之而着焉,习矣而不察焉,终身由之,而不知厚黑者,众矣。

除了《厚黑学》、《厚黑经》,李宗吾先生还著有《厚黑传习录》问世。共包括三大项目,一曰“求官六字真言”,二曰“做官六字真言”,三曰“办事二妙法”。他严肃地指出,发扬厚黑学有其必要。并举出几个伟大的例证,然后假托一位想求官做的人,向他问业,乃授之以三套法宝。

三套法宝之一为“求官六字真言”。六字者,空、贡、冲、捧、恐、送是也。

空,空明之义。又分为二:一指事务而言,求官的人,必须把一切事放下,不工不商,不农不贾,书也不读,学也不教,一心一意,专门去求。二指时间而言,求官的人,要有耐心,不能着急,今日不生效,明日再来,今年不生效,明年又来,日晃于大人先生眼前,以加强印象。

贡,四川方言,其意义和钻营的“钻”字相同。李宗吾先生下定义曰:“有孔必钻,无孔也要钻出一个孔!”呜呼,不钻哪里来的官乎?有孔者扩而大之,无孔者也当取出凿子,开一新孔,以便去钻。否则遇坚即馁,一辈子做不了官。

冲,“吹牛”是也。冲的功夫,亦有二焉,一为口头,二为文字。口头又分普通场所及上峰面前两种。文字亦分报章杂志及说帖条陈两种。至于何者为宜,运用之妙,存乎一心。

捧,捧场的捧,戏台上曹操出来,那华歆的举动,便是绝好的模范。

恐,恐吓是也,如将“捧”字做到十二万分,而仍不收十二万分之效时,则定是少了“恐”字功夫。盖凡是当轴诸公,都有软处,只要寻着他的要害,轻轻点他一下,他就会惶然大吓,立刻把官儿送来。不过要紧的是,用“恐”字要有分寸,如用过度,大人先生们老羞成怒,作起对来,不但啥官都当不上,还有杀身之祸。

送,乃送礼之谓。有大送小送之别:大送者,黄金美钞一包一包的送。小送者,如春茶、火腿及请馆子之类属之。至于所送的大人先生,也分两类,一类是操用舍之权的人,一类是其人虽未操用舍之权,但却能予我以助力的人。其他平凡之辈,官再大也不要理他。

李宗吾先生曰,只要做到这六个字,包管发生奇效。盖那些大人先生,独居深念之时,自言自语曰:“某人想做官,已经说了好多次(这是‘空’字之效)。他和我有某种关系(这是‘贡’字之效)。其人很有点才气(这是‘冲’字之效)。对于我很顺服(这是‘捧’字之效)。且此人有点坏脾气,如不安置,未必不捣乱(这是‘恐’字之效)。”想到这里,回头看见桌上黑压压的焉,白亮亮的焉,堆了一大堆(这是“送”字之效)。也就无话可说,发出公文,某缺着某人署理,功德圆满。

8. 又一发明

一介平民,如果想当官的话,自然要靠李宗吾先生的“求官六字真言”,一番努力之后,把官——无论是市长也好,局长也好,部长也好,县长也好,委员也好,主任也好。反正是,既把官弄到了手,则必须懂得保官之道。否则一年半载,垮了下来,岂不前功尽弃乎哉?李宗吾先生有鉴于此,在《厚黑传习录》中,除了发明上述的“求官六字真言”外,还发明了“做官六字真言”,录出于左,以供有志之士参考。

做官六字真言者,空、恭、绷、凶、聋、弄是也。

空,此“空”非空闲之空,乃空洞之空。一是文字上之空,遇到批呈词,出文告,一律空空洞洞,其中奥妙,一时难言,多看各机关公文,便可大彻大悟。二是办事上之空,随便办什么事,都活摇活动,东倒也可,西倒也可,有时办得雷厉风行,其实暗中藏有退路,如果见势不佳,就从那条退路悄悄地抽身,溜之乎也,绝不至于把自己挂住。

恭,卑躬折节,胁肩谄笑是也。有直接的恭焉,指对上司恭而言。有间接的恭焉,指对上司的亲戚朋友工役恭焉。学问之大,难以形容。

绷,恭的反面,即对小民或对自己的属下,把面孔绷得紧紧的若猴屁股。又分两种,一是,在态度上"绷",看起来好像赫赫大人物,凛凛然不可侵犯。二是,在言谈上,俨然腹有经纶,盘盘大才,实在说来,肚子里的墨汁却硬是不太多也。

——对于"恭"与"绷",李宗吾先生发挥得最淋漓尽致。他曰:"恭"者,是恭饭碗所在地,而不一定恭上司,如果上司不能影响饭碗,恭他干啥?"绷"亦如此,凡是不能影响饭碗的人,不妨统统一律"绷"之,不一定非绷属员或绷小民不可,对有些无权的大官,照样可以绷他。

凶,凶狠之谓。只要能达到自己的目的,别人亡身灭家,卖儿贴妇,都不必去管。但有一层应当注意的是,凶字上面,定要蒙一层仁义道德,最好大喊铁肩担道义,大叹人心不古,才能杀人如草不闻声。

聋,即耳聋,也就是笑骂由他笑骂,好官我自为之。对舆论的攻击,民意的指摘,都当作春风吹驴耳,毫不在乎。同时,聋者,还包括"瞎"的意义,对文字上的责备,看见也等于没看见。

弄,呜呼,此为主要的一着,即弄钱是也。常言曰,千里来龙,此处结穴。前面的"求官六字真言"中的六个字,和本篇介绍的"做官六字真言"中的前五个字,共十一个字,都是为此一字而设。不为弄钱,谁去费那么大的劲求官做官乎哉?且此处之"弄",与求官之"送",互相辉映。有人送,便有人弄,不弄无送,不送亦无弄也。

李宗吾先生《厚黑传习录》三大法宝中的两大法宝"求官六字真言"、"做官六字真言",已经分别介绍无误,现在再介绍第三大法宝"办事二妙法",内容更为叫座,非有绝世之资,简直领会不动。

二妙法者,一曰"锯箭",一曰"补锅"。

锯箭法者,有人中了一箭,请外科医生治疗,医生将箭杆锯下,即索医药费,问他那箭头怎么办乎哉?答曰:"那是内科的事,你去寻内科可也。"李宗吾先生曰:现在(柏老按:非二十世纪六十年代的"现在",而是二十世纪二十年代的"现在",理合声明,以免误会)各机关的大办事家,多半采用这种妙法,例如批呈词:“据呈某事某事,实属不合已极,仰候令饬该县长,查明具报。”“不合已极”四字,是锯箭杆;“该县长”是内科。抑或“仰候转呈上峰核办”,那“上峰”又是内科。再例如有人求我办一件事,“这件事我很赞成,但是,还要同某人商量。”“很赞成”三字,是锯箭杆;“还要”就是内科。——柏杨先生拟增广曰:“开会”亦可列为一“例如”,盖“原则可行”是锯箭杆,“提会讨论”和“技术上尚待研究”是内科也。

补锅法者,煮饭的锅漏啦,请补锅匠来补,补锅匠乘主人不备,用铁锤往破锅上一敲,于是该锅不但破矣,而且简直要碎。乃宣称曰,该锅破得太厉害,非多补几个钉子不可,价钱自然很大。然后把锅补好,主人锅匠,两大欢喜。郑庄公姬寤生先生纵容他的弟弟姬段先生,使他多行不义,才举兵征讨,就是用的这种补锅妙法。历史上此类事件甚多,例子一辈子都举不完。

李宗吾先生对此二法的总评是:“前清官场中,大体上只用锯箭法。民国以来的官场中,锯箭和补锅互用。”

厚黑学发展到传习录,可谓登峰造极。但到二十世纪四十年代抗战中期,李宗吾先生把传习录内容更加扩大为四编,一曰厚黑史观,二曰厚黑哲理,三曰厚黑学的应用,四曰厚黑学发明史。其立论的形式是,自由自在,想说啥就说啥,口中如何说,笔下如何写,或谈时局,或谈学术,或追述平生琐事,高兴时就写,不高兴时就不写,或长长地写一段,或短短地写几句,不受任何限制。下笔时候,想引用某事件或某典故,偏偏历史上从没有这种事件,或从没有这种典故。那么,李宗吾先生凛然曰:“我就自己捏造一个。”盖思想家与考据家不同,思想家为了说出他的见解,平空难以开口,不得不顺手牵羊,以增强力量。连孔丘先生都得托古,以求改制,何况可以跟孔丘先生媲美的思想家李宗吾先生乎?

李宗吾先生不但有惊世骇俗的著作,而且有自己为自己祝寿的征文启事,他生于光绪五年(1879)一月十三日,到1939年,正满六十岁。自己做了一篇征文启事,乃世间至文。恭录于左,以飨读者,盖其与厚黑学诸书,有同等价值。

启事全文曰:

鄙人今年(柏老按:“今年”,1939 年),已满六十岁,即使此刻寿终正寝,抑或被日本飞机炸死,祭文上也要言享年六十有一上寿。生日那一天,并无一人知道,过后我遍告众人,闻者都说与我补祝。我说,这也无须;他们又说,教主六旬圣诞,是普天同庆的事,我们应该发出启事,征求诗文,歌颂功德。我谓,这更毋劳费心,许多做官的人,德政碑是自己定的,万民伞是自己送的,甚至生祠也是自己修的。这个征文启事,不必烦劳亲友,等我自己干好了。

大凡征求寿文,例应铺叙本人道德文章功业。最要者,尤在写出其人特点,其他俱可从略,鄙人以一介匹夫,崛起而为厚黑圣人,于儒释道三教之外,特创一教,这可算真正的特点。然而其事为众人所共知,其学亦家喻而户晓,并且许多人都已身体力行,这种特点也无须赘述。其欲说明者,不过表明鄙人所负责任之重大,此后不可不深自勉励而已。

鄙人生于光绪五年己卯正月十三日,次日始立春。算命先生谓,己卯生人,戊寅算命,所以己卯年生的人,是我的老庚。戊寅年生的人,也是我的老庚。光绪己卯年,是公历 1879 年,爱因斯坦生于是年三月十九日,比我要小一点,算是我的庚弟。他的相对论,震动全球。而鄙人的厚黑学,仅仅充满四川。我对这位庚弟,未免有愧,此后只有把我发明的学问,努力宣传,才不虚此生。

正月十三日,历书上载明,是杨公忌日,诸事不宜。孔丘生于八月二十七日,也是杨公忌日。所以鄙人一生际遇,与孔丘相同,官运之不亨通,一也;其被称为教主,一也;天生鄙人,冥冥中以孔丘相待,我何敢妄自菲薄。

杨公忌日的算法,是以正月十三为起点,以后每月退二日,如二月十一日,三月九日……到了八月,忽然发生变例,以二十七日为起点,又每月退二日,如九月二十五日,十月二十三日……到了正月,又忽发生变例,以十三日为起点。诸君试翻历书一看,即知鄙言不谬。

大凡教主都是应运而生,孔丘生日现为八月二十七日,所以鄙人生日非正月十三日不可,这是杨公在千年前便注定了的。

孔丘生日定为阴历八月二十七,考据家颇表异词,改为阳历8月27日(柏老按:抗战时的孔丘诞辰,也就是教师节,是8月27日。后来因为该日恰在暑期,无法"放假一日,以示庆祝",乃改到9月28日,读者先生不可不知其中曲折也),一般人更莫名其妙,千秋万世后,我的信徒,饮水思源,当然与我建个厚黑庙。年年圣诞致祭,要查阳阴历对照表,未免麻烦。好在本年(1939年)正月十三日是阳历3月3日,兹由本教主钦定阳历3月3日,为厚黑教主圣诞,将来每年阴历重九登高,阳历重三入厚黑庙致祭,岂不很好乎?

四川自汉朝文翁兴学,而后文化比诸齐鲁,历晋唐以迄有明,蜀学之盛,足与江浙诸省相埒。明季献贼蹦蜀,杀戮之惨,亘古未有。秀杰之士,起而习武,蔚为风气。有清一代,名将辈出。公侯伯子男,五等封爵,无一不有。嘉道时,全国提镇,川籍占十之七八。于是四川武功特盛,而文学蹶焉不振。六十年前,张文襄建立尊经书院,延聘湘潭王壬秋先生来川讲学,及门弟子,井研廖季平,富顺宋芸子,名满天下。其他著作等身者,指不胜屈。朴学大兴,文风复盛,考《湘绮楼日记》,1879年正月十二日,王先生接受尊经书院聘书,次日鄙人即行诞生,明日即行立春,万象更新,这其间实见造物运用之妙。

帝王之兴也,必先有为之驱除者。教主之兴也,亦必先有为之驱逐者。四时之序,成功者去。孔儒之兴,已二千余年,例应退休。皇矣上帝,乃眷西顾,择定四川为新教主诞生之所,使东鲁圣人,西蜀圣人,遥遥相对。无如川人尚武,已成风气,特先遣王壬秋入川,为之驱除。此所以王先生一受聘书,而鄙人即嵩生岳降也。

1912年,共和肇造,为政治上开一新纪元。同时,鄙人的厚黑学,揭载《成都日报》,为学术上开一新纪元。故中华民国元年,亦可称厚黑元年。今年为中华民国二十八年,也即厚黑学纪元二十八年。

所以四川之进化,可分为三个时期,蚕丛鱼凫,开国茫然,毋庸深论。秦代通蜀而后,由汉司马相如,以至明杨慎,川人以文学相长,是为第一时期,此则文翁之功也。有清一代,川人以武功见长,是为第二时期,此则张献忠之功也。中华民国以来,川人以厚黑学见长,是为第三时期,此则鄙人之功也。

1912年而后,我的及门弟子和私淑弟子,努力工作,把四川造成一个厚黑国,于是中国高瞻远瞩之士,无不大声疾呼曰:"四川是民族复兴根据地!"我想,要想复兴民族,打倒日本,舍了这种学问,还有什么法子?

所以鄙人于所著《厚黑丛话》内,喊出"厚黑救国"口号,牵出越王勾践为模范人物。其初也,勾践入吴,身为臣,妻为妾,是之谓厚;其继也,沼吴之役,夫差请照样地身为臣,妻为妾,勾践不许,必置之死地而后已,是之谓黑。"九·一八"以来,中国步步退让,是勾践事吴的方式;"七七"事变而后,全国抗战,是勾践沼吴的精神。中国当局,定下的国策,不期而与鄙人的学说暗合,这是很可庆幸的。天下兴亡,匹夫有责,余岂好厚黑哉,余不得已也。

鄙人发明厚黑学,是千古不传之秘,而今而后,当更努力宣传,死而后已。鄙人对于社会既有这种空前的贡献,社会人士,即该予以褒扬。我的及门弟子和私淑弟子,当兹教主六旬圣诞,应该作些诗文,歌功颂德。自鄙人的目光看来,举世非之,与举世誉之,有同等的价值。除弟子而外,如有志同道合的蘧伯玉,或走入异端的原壤,甚或有反对党,如楚狂、沮溺、荷蒉、微生亩诸人,都可尽量的作些文字,无论为歌颂,为笑骂,鄙人都一一敬谨拜受。将来汇刊一册,题曰:《厚黑教主生荣录》。你们的孔丘,其生也荣,其死也哀,鄙人则只有生荣,并无死哀,千秋万岁后,厚黑学炳焉如皎日中天,可谓其生也荣,其死也荣。中华民国万万岁,厚黑学万万岁。

厚黑纪元二十八年三月十八日,李宗吾谨启。是日也,即我庚弟爱因斯坦六旬晋一之前一日也。

看了这一份征寿文启,我们乃恍然大悟,李宗吾先生把一切歌功颂德,都看作不过是自己搞的把戏,观察入微,洞烛肺肝。不过他硬揭疮疤,也够砍头的矣。而他将中华民国纪元改为厚黑纪元,更是胆大包天。那时候幸亏是在四川,否则,殆矣。盖这种直抵巢穴的搞法,大人先生绝受不住。

李宗吾先生之能够寿终正寝,而未被绳捆索绑到公堂,岂真是天眷之也欤?

9. 另一发明

厚黑教主李宗吾先生除了以上正正经经的"学""经""录"三大巨作外,平生尚好写短篇文章,或出之以杂文,或出之以小说,无一不嬉笑怒骂,鞭辟入里。故有人曰:"厚黑教主在世,是天地间一大讽刺。"盖他不但讽刺世人,也讽刺自己。不过当他讽刺自己的时候,更也是深刻地讽刺世人。厚黑一词,明明用以揭世人的底牌,他却一身独当。曾有人质问之曰:"你为啥骂人?"他答曰:"我怎敢骂人,我骂我自己!"正人君子只好闭嘴。

除了"学""经""录",他还有《怕老婆哲学》一文,并附《怕经》,以调侃儒家学派的《孝经》。这种对圣崽的冒犯,可说鲜血淋淋。他自己怕不怕老婆,我们不知道,但他却是极力提倡朋友们应设立"怕学研究会"的也。

《怕老婆哲学》内容是,大凡一国的建立,必有一定的重心,中国号称礼仪之邦,首推五伦。古之圣人,于五伦中特别提出一个"孝"字,以为百行之本,所以曰:"事君不忠非孝也,朋友不信非孝也,战阵无勇非孝也。"全国重心,建立在"孝"上,因而产生中国特有的种种文明。然而自从欧风东渐,"孝"首先垮台,全国失去重心,国家焉得不衰落乎?李宗吾先生曰:五伦之中,君臣是革了命的,父子是平了权的,兄弟朋友更早都抛到九霄云外,所幸尚有夫妇一伦存在,我们应当把一切文化,建立在这一伦之上。天下儿童,无不知爱其亲也,积爱成孝,所以古时的文化,建立在“孝”上。世间丈夫,无不知爱其妻也,积爱成怕,所以今后文化,应当建立在“怕”上,“怕”自然成为中国文化重心矣。

李宗吾先生曰:怕学中的先进,应首推四川。宋王朝的陈季常先生,就是鼎鼎有名的怕界巨擘。河东狮吼的故事,已传为怕界佳话。故苏东坡先生赞之以诗曰:“忽闻河东狮子吼,拄杖落地心茫然。”陈季常先生并非泛泛之徒,乃是有名的高人逸士。而高人逸士,都如此的怕老婆,可见怕老婆之事,乃天经地义。

李宗吾先生曰:时代更早的,还有一位久居四川的刘备先生,他对于怕学一门,可说是发明家而兼实行家。新婚之夜,就向老婆下跪,后来困处东吴,每遇不得了的事,就守着老婆痛哭,而且以下跪为家常便饭,无不逢凶化吉,遇难成祥。他发明的这一套办法,真可说是渡尽无边苦海中的男子,凡遇着河东狮吼的人,可把刘先生的法宝祭出来,包管顿呈祥和。

李宗吾先生更用史事来证明,东晋而后,南北对峙,历宋齐梁陈,直到隋文帝杨坚出来,才把南北统一。而杨坚就是最怕老婆的人,有一天,独孤皇后大发脾气,杨坚先生便吓得跑到山里躲避,躲了两天,经大臣杨素先生把皇后劝好了之后,才敢回来。《怕经》曰:“见妻如鼠,见敌如虎。”杨坚先生之统一天下,谁曰不宜?

李宗吾先生不但从历史上探讨怕老婆哲学的基础,而且更从当代(柏老按:“当代”,乃二十世纪二十年代)政治舞台人物身上去考察,获得结论曰:凡官级越高的,怕老婆的程度也越深,官和害怕的程度,几乎成为正比。于是,由古今事实,厚黑教主乃归纳出若干定理,名之曰《怕经》,以垂后世。

《怕经》原文:

教主曰:夫怕,天之经也,地之义也,民之行也,五刑之属三千,而罪莫大于不怕。

教主曰:其为人也怕妻,而敢于在外为非者鲜矣。人人不敢为非,而谓国之不兴者,未之有也。君子务本,本立而道生,怕妻也者,其复兴中国之本欤。

教主曰:唯大人能有怕妻之心,一怕妻而国本定矣。

教主曰:怕学之道,在止于至善。为人妻止于严,为人夫止于怕。家人有严君焉,妻子之谓也。妻发令于内,夫奔走于外,天地之大义也。

教主曰:大哉,妻之为道也,巍巍乎唯妻为大,唯夫则之。荡荡乎,无能名焉,不识不知,顺妻之则。

教主曰:行之而不著焉,习矣而不察焉,终身怕妻,而不自知为怕妻者,众矣。

教主曰:君子见妻之怒也,食旨不甘,闻乐不乐,居处不安,必诚必敬,勿之有触焉耳矣。

教主曰:妻子有过,下气怡色柔声以谏。谏之不入,起敬起畏。三谏不听,则号泣而随之。妻子怒不悦,挞之流血,不敢疾怨,起敬起畏。

教主曰:为人夫者,朝出而不归,则妻倚门而望。暮出而不归,则妻倚闾而望。是以妻子在,不远游,游必有方。

教主曰:君子之事妻也,视于无形,听于无声。入闺门,鞠躬如也。不命之坐,不敢坐。不命之退,不敢退。妻忧亦忧,妻喜亦喜。

教主曰:谋国不忠非怕也,朋友不信非怕也。一举足而不敢忘妻子,一出言而不敢忘妻子。将为善,思贻妻子令名,必果。将为不善,思贻妻子羞辱,必不果。

教主曰:妻子者,丈夫所托终身者也,身体发肤,属诸妻子,不敢毁伤,怕之始也。立身行道,扬名于后世,以显妻子,怕之终也。

右经十二章,李宗吾先生诠释云:“为怕学入道之门,其味无穷。夫为夫者,玩索而有得焉,则终身用之,有不能尽者矣。”

10. 隆重崩殂

柏杨先生介绍厚黑教主,已历十有二日,为的是该书得之不易,择要报导,以求奇文共赏。李宗吾先生笃于友情,道义千古,他一生不轻易推许人,择友也十分慎重,可是交友之后,却以生死相许。他有两个知已的朋友焉,一位是张列五先生,1912 年推翻满清政府后,被推为四川省第一任都督,后充总统府顾问,被袁世凯先生所杀。李宗吾先生曰,此人赤胆忠心,有作有为,如他在世,四川绝不会闹得乌烟瘴气。一位是廖绪初先生,任审计院院长,后见国事日非,郁郁而死。李宗吾先生曰,此人做事,公正严明,道德之高,每使敌党赞叹不止,如他执政,世间哪有贪污乎?李宗吾先生生平未了的心愿,便是没有为他的这两位亡友作一个传,当日本飞机轰炸重庆最猛烈时,他还数次给《厚黑教主传》的作者张默生先生去函,说到"张列五的衣冠冢在浮图关,此时想必成为焦土!"其慎重择交如此,其敦笃友谊如此,谁能相信"求官六字真言"、"做官六字真言"是出自他手耶?伤心人每以冷笑代呜咽,嗟夫!

李宗吾先生于 1943 年 9 月 28 日,病逝四川省自流井本宅。(亦即新定的孔丘诞辰之日,岂冥冥中自有主者耶?)五月间,他的身体还很好,后来忽得中风不语之症,终于不治。次日,成都各报即用"厚黑教主"的称谓,刊布他逝世的专电。自流井各界人士,亦为他开会追悼,备极哀荣。我们且抄几副当时的挽联,作为介绍教主的结束,也作为盖棺的定论。至于他的二子,早都先他去世,但孙儿孙女当时业已长大,教主有灵,对家事可以安心矣。然而,对于国事,既一塌糊涂如故,他能不再狂歌以当痛哭也哉。

汪瑞如先生挽曰:

教主归冥府，继续阐扬厚黑，使一般孤魂野鬼，早得升官发财门径

先生辞凡尘，不再讽刺社会，让那些污吏劣绅，做出狼心狗肺事情

李坚白先生挽曰：

寓讽刺于厚黑，仙佛心肠，与五千言先后辉映

致精力乎著述，贤哲品学，拟念四史今古齐名

扬仔云先生挽曰：

品圣贤常作翻案，抒思想好作奇谈，孤愤蕴胸中，纵有雌黄成戏谑

算年龄逊我二筹，论学问加我一等，修文归地下，莫将厚黑舞幽冥

李符亨先生挽曰：

定具一片铁石心，问君独尊何在，试看他黑气弥天，至死应遗蜀猷憾

纵有千层桦皮脸，见我无常倏到，也只有厚颜入地，招魂为读怕婆经

其婿杨履冰先生挽曰：

公著述等身，愤薄俗少完人，厚黑一篇，指佞发奸挥铁笔

我惭为半子，念贤郎皆早世，嫠孤满目，临丧迸泪洒金风

关于厚黑教主李宗吾先生的主要学问，介绍完毕，柏杨先生乃想到自己的地位十分困难。李宗吾先生曾经指出，凡是痛骂他或对他嗤之以鼻的人，都是他的得意弟子。那就是说，他的真正弟子，提起来他，或提起来他的厚黑学，一定要痛骂之或痛嗤之的。故尔，我乃不得不有“妾身未分明”的现象。盖对十分崇敬他、景慕他的人，却未指出应列入哪一类也。

11. 顶礼拥戴

酒除了可以使一个人丑态毕露外,却有一种不可抹杀的优点,俗语云:“越赌越薄,越喝越厚!”再知己的朋友,如果天天在一起打麻将打梭哈,终有一天会打得翻了脸。朋友有通财之义,金钱来往是对友情的信任。但赌起博来,却硬是一块钱都不放过,斤斤较量。初时有趣,久啦自然发生毛病。美国对于从事危险工作的工人,向有禁止赌博的严厉规定,即是预防输的那一位,在必要时,暗下毒手。柏杨先生便亲见一个官崽,在其属员借条上大批不准,盖昨晚三缺一,拉该属员凑角,官崽汗流浃背地做了一副清一色,对门“砰”的一声打出,他大喜若狂,却被坐在其上家的属员截去,和了个屁和。人间可恨之事,未有逾于此者,拒其借钱,尚是宽大为怀,如气量稍小,不祭顶帽子让他戴戴,未之有也。

喝酒便恰恰相反,可使友情更为增厚,尤其是酒量相当大的人,黄汤下肚,即显出本形,推心置腹,真诚相见,盖天下未有比酒更容易剥去人类假面具者也。吾友诸葛亮先生便曰:“醉之以酒观其德!”大学问在焉。

对一个人个性和品格的观察,仅从表面上判断,不容易得到结论。但若请他打个小牌,便很容易看得明明白白,有些人一夜不和牌都不动声色,有些人两圈不和牌就像光隆轮一样,浑身冒起烟来,爆炸一次又一次。不是怪上家不该打二条,便是怒下家有什么好碰的?再不然拼命地在桌子上磨牌,把红中都磨成白板。更精彩的是起牌的姿势,或探身而往,手舞若疯;或把牌弄到口中呵之有声,然后大骂打出;或两指轻拈,作不在乎之状。至于赢家,一旦坐了两个连庄,则口中嗫喃不绝者有之,训人打得甚陋者有之,推翻牌摇头摆尾一和一和地慢慢算者有之,表示不在意赢几个钱,但你若少给一文,他三辈子都忘不了者有之。

在各色举动中,可以看各色人等。虽不中,不远矣。

从牌桌上观察一个人,可以说其灵如神。惜哉,三国时代,既无麻将,又无扑克,诸葛亮先生只有求之于酒。实际上酒的力量比赌更大,其表演也更传神,即令是披甲戴盔,也挡不住他现出原状。

最有修养的人是沉醉之后,呼呼大睡。次者便各露各的一手,有的大呕大吐,躺在地下耍死狗——抗战期间,重庆曾发生一事,一位少将军官醉后,被人缚于川东师范大道上,一面打滚,一面骂曰:"狗熊,狗熊!"看者千万人,柏杨先生也适逢盛会。他醒后是否愧恨自杀,我不知道,只知道当时确实是一件了不起的杰作。有的则只需要喝个半醉便口吐真言,连原子弹的方程式都能源源本本告诉对方。有的则大谈黄话,某小姐抱到怀里如何过瘾啦,某寡妇看见便流口水啦!跟其平常致训词时道貌岸然相较,准叫你大吃一惊。总而言之,酒乃二郎神杨戬先生的照妖镜,一切藏在人性深处,平常打死都不肯露出来的妖精,到时候全都摆出展览,任君参观选择。

喝酒固然有喝酒的学问,敬酒也同样有敬酒的学问,君不见乎,筵席上常有人张其牙而舞其爪,非"敬"对方喝一盅不可,不管对方喝下去受了受不了。如柏杨先生,只要喝一点,便会全身如裂,但是你如果不喝,便是不够朋友。想当年秦琼先生为朋友两肋插刀,而你连一盅酒都不肯喝,这种朋友还能交乎?而且,"平常你可不喝,今天日子特别,不能不喝"。柏杨先生在日本时,还经常遇到下列可怖的场面:东洋大人立起身来,不由分说,三杯下肚,用杯底在你眼前大晃特晃,你如果不也三杯下肚,简直是丢中国的人。把"朋友"逼到痛苦得要上吊的地步,那种"敬"只能够算"屁敬",只是有虐待狂的人借题蹂躏别人一下的"敬"。十年来酒量如海而不强灌人,有酒仙之风者,就我所知,得两人焉,一为已逝世的臧启芳先生,一为仍在世的叶明勋先生,值得顶礼拥戴,歌功颂德者也。

固可从喝酒上看品,同样也可在敬酒上看品,不信的话,一试便知。

12. 射程和糖浆

吾友魏子云先生,在某一个衙门当秘书,一日狼狈而至,暴跳如雷,把在办公室不敢发的脾气,易地猛泄。原来为了庆祝广播节,代大官拟讲演词,其中有言曰:“广播传递最远,可达世界每一角落!”该大官大笔一挥,将“传递”挥掉,改为“射程”。魏子云先生力争,位于他和该大官之间的上司,好言慰之曰:“算啦算啦,射程就射程吧,谁敢叫他不高兴。你好容易谋到这份差事,别砸掉饭碗。”魏子云先生急曰:“此非有权就有学问乎?”

魏子云先生所以差劲者在此,无怪其上司叹曰:“初入社会的人,都要经过如此阶段,等到日子一久,便见怪不怪。不要说只改两个字,就是把巴拉松当茶叶用,也不会认为稀奇。”洋大人之官做事,往往听从专家的意见,故办事甚缓,中国之官做事,则痛快舒服得多啦。盖一旦当官,便成了专家,你不是听专家的意见乎哉?俺就是专家,虽然官垮专家也跟着垮,但官未垮前,则照专不误,不要说冒出什么“射程”,便是光隆轮,明明只可装糖浆的,老子硬是叫你装高级汽油,你敢不装?

“传递”也好,“射程”也好,只不过造成个人的笑柄,如韩复榘先生当年“你们来了三分之四,我非常感冒”而已。而高级汽油则不然,看情形光隆轮虽到中国甚久,仍跟魏子云先生一样,没有习惯中国这一套。假使它要习惯该多好,但它却迄未习惯,甚至一点也不维持官的威信,硬是非爆炸不可,叫人愤怒不止。幸亏汽油本身未被波及,否则就更精彩。一个人当了几年博物馆长,找人翻译了几篇文章,署己名以发表之,乃俨然历史学者兼博物专家矣。一个人主持几年石油公司,自可有同样造诣,只不过馆长失败,顶多成不了“学者”，董事长经理失败，高雄市便完了蛋。

柏杨先生乃有诗曰：“传递已随射程去，此地空余光隆轮。馆长都可成学者，油糖自是一家人。”

13. 专门输出

每年五月的第二个星期日，是母亲节，这玩意儿是洋玩意儿，凡是洋玩意儿弄到中国，无不如疾风之摧衰草，土玩意儿无法抵挡。不过这个节日总算有相当意义，曾有一则小幽默曰，母亲节那一天，儿女们商量怎样为母亲庆祝，一人曰：“我提议买一条新围裙送给她，送她的时候请镇上的摄影师来拍照！”全体附议。因之，我们可以看出母亲的好处很多，其中之一，除了做母亲的可以有一条新围裙外，还可以使有些官崽圣崽，忽然想起了他也有娘，乃条谕秘书老爷，代他杜撰一篇怀念文章，以表示他也很孝很孝。盖求忠臣于孝子之门，我既然如此地很孝很孝，老板不给我官做，给哪个乎？

我们这个时代似乎是两副面孔的时代，往家里一坐，是一副面孔；往办公桌后一坐，又是一副面孔。我有一位朋友便是如此这般而名列学者，位跻要员。该大人先生下班之后，坐到沙发之上，口品香茶，手拿报纸，老母为他脱下皮鞋，换上拖鞋，一面向他诉说媳妇打牌去啦，已一天不归，老三有点发高烧，已请医生诊治；赵部长来过电话，钱委员送来两部大著，孙主委及李经理，先后来辞行赴美。大人先生不耐烦曰：“我知道啦，我知道啦！”下女抱着老三进屋，孩子口中正吃着棒棒糖，大人先生怒曰：“谁叫他吃棒棒糖？”下女曰：“是老太太给的。”大人先生更怒曰：“吃那么脏的东西，不发烧也会发烧，一点常识都没有，叫你带孩子，都得死光，混蛋！”因有客人在座——按，那客人就是柏杨先生，一时下不了台，该“混蛋”乃双手掩面，走进内屋。可是,母亲节之日,虽然天气不良,我们仍有机会恭聆他对该“混蛋”怀念的讲话,在办公室里,召集三五部下,谈到亲情如海,杀身难报万一之处,不禁落泪如雨。众部下为了饭碗,也着实感动,一齐叹息慈母伟大,其声盈耳。一齐赞扬大人先生孝思可风,其声亦盈耳。大家退出后,四看无人,乃一齐不觉大笑。

呜呼,你孝我也孝,“孝道”是金字招牌,每人扛了一个,招摇过市,和“恕道”一样,都是专门输出请别人用的也。

德国有句谚语曰:“上帝不能与每一个人同在,所以赐给他一个母亲!”母亲的爱,不是笔墨所能形容。而且母亲要比父亲苦得多,也比父亲更能付出自己。假使说父恩可以报尽,那么母恩是报不尽的,千千万万感人泣下的故事,说十年也说不完。

不过天下事没有绝对的,假使你不怕扫兴的话,我便要举出《杀子报》为例。做母亲的为了通奸,竟然把亲生儿子干掉,大卸八块,装入瓷罐。喜欢看京戏的朋友,大概都有相当印象。柏杨先生小时候看此戏时,对那个妖艳女人,就感到浑身不对劲,暗暗祷告上帝,自己的母亲务必不要把自己也如法炮制。

到了现在,我虽然长大到再没有被母亲分尸之虞的年龄(按,吾已七十有四,老矣耄矣!),但有时候看见有些做母亲的,仍不禁生出看《杀子报》时所兴起的那种最大的恐怖。我曾亲眼看到我的邻居,那位雍容华贵的阿巴桑,用竹条抽她女儿的脸,盖她的女儿年方十四,去年以三千元卖给老鸨,不堪蹂躏,逃了回来,老鸨问罪,她恨她的女儿竟敢背叛母亲也。我曾傻里傻气地去报告警察,三作牌曰:“妈妈打自己的女儿有啥,老头,你怎敢多管闲事!”

打开报纸,几乎每隔几天都可看到这种“慈母”的杰作,姑念她们没有学问,不足为训。但有学问的母亲,有时也着实使人毛骨悚然。有一天柏杨先生前往台北万盛里访友,看见两位顽童从污水沟里掏人家抛弃的锅巴吃。小店老板告曰:他们是一个名叫夷光的女明星的孩子,该女明星飞泰、飞菲、飞日、飞美(现在则飞香港不归矣),做丈夫的空帏难受,不常在家,孩子们把给他们的饭钱,都吃了零食,饿得发慌,便只好到污水沟里打主意。最初邻居们尚同情喂之,天天如此,明星架子又奇大,也就没人管矣。这种母亲,真不知其恩何在,其爱又何在也。至于其他以麻将为生命,连女儿被奸杀了都不知道;另外还有一位大学堂毕过业的母亲,一高兴就把她那脏脚丫让她那一岁大的幼儿吸吮。真是欲不难过,不可得也。

14. 两件怪事

中国拥有五千年传统文化,不能说不悠久,然而怪事也就因此越多,妇女缠小脚便是伟大的怪事之一。把女人一双天足,硬生生地断筋碎骨,缠成一团废肉,纵是禽兽,都不致如此残酷,独中国的传统文化,硬是这般。甚至歌颂之声,不绝于耳,历史上到处都有赞美"莲瓣"的文献,却无一篇反对的大作。究其实际,小脚不但不方便,而且也不美——既不悦目,又奇臭难闻,真不知道中国女人像疯了一样去大缠特缠,原因何在。

现在,小脚这回事总算已经过去,当时人们严肃得不得了的事,今日一想,怎么也禁不住汗流浃背,而且再也弄不明白,为啥一定要那样。不过,前面已声明过,历史越久,怪事也越多。小脚虽去,武侠小说却逼面而来。武侠小说之对于小脚,固为小巫之见大巫,算不了个啥,但其劲头却足可以望当年缠小脚的项背。大人先生提倡于上,亭子间文人呐喊于下,苦矣哉的只是一些女人和读者,小脚不过摧残人的身体,武侠小说却摧残人的心灵,小巫好像更高一着。

最近一期的《文坛杂志》上,有一专辑,曰:《在科学法治的时代下,谈谈武侠小说的风行和影响》,由各家笔谈,约二万余字,言简而意赅,我想仅这个题目就可说明武侠小说是怎么一回事。"科学"和"法治",是中国人连做梦都梦不到手的境界,看见美国的科学,看见英国的法治,有时候简直羡慕得连口水都要流出来。好容易一点一滴建立起的心理基础,却被武侠小说迎头痛击,怎不叫人生出一种无聊之感乎哉。

武侠小说最大的特点就在不科学上,越是武功高的女侠,越是漂亮得不像话的二十岁左右的少女;越是了不起的祖师爷,越是又脏又烂又弱的老头。但一旦动起武来,口吐红丸,手掷飞剑,百里之外,取敌人首级,如探囊取物。而且气功绝伦,在水面上乱跑,如履平地,从喜马拉雅山一跳,只听耳旁风声呼呼,睁眼一看,已跳到了长安城。其次的特点则是“反法治”的焉,虽然那些可敬的侠客们杀的全是贪官污吏,看了使人心里舒服万状,但其置国家法律于不顾,则是事实。本来,这年头也真叫人盼望有大侠出现,以平民愤。但武侠小说却导人以躲避现实,平愤反而成了次要,有点得不偿失。

问题是,连那些曾经指天誓日,提倡“战斗文艺”的官报,都在大载武侠小说,则既无权无势,又无地盘的穷作家们,瞎嚷嚷个啥。

俗云:世界上有两“端”绝不可犯,一是武人的锋端,一是文人的笔端。盖你得罪了武人,免不了把你弄去修理一番,然后将头割掉,以示薄惩。你得罪了文人,当你威力足可杀他关他时,他乖得像真的一样,可是等你一旦死亡,或一旦失势,他随便揭你两张底牌,大笔一挥,能使你活着无脸见人,死后子孙蒙羞。尤其是文人对文人,更很少挺身而出,择善批判。无他,恐惹祸上身,招架不住。

1960年胡适先生曾对武侠小说表示轻蔑,发表了一段“武侠小说荒谬”的谈话,盼望改写“推理小说”。结果引起一批武侠小说的作者大肆咆哮,幸亏那些咆哮只限于窝里反,没人听见。但其有撒泼之意,昭然若揭。盖胡适先生希望他们写“推理小说”,这是一种典型的“挟泰山以超北海”,非不为也,是不能也。犹如希望三轮车夫改行去开喷射机一样,他如有此本领,早不武侠了矣。

一个武人最低的条件,他应该分辨出什么是大炮,什么是步枪。一个文人亦然,他至少应该文字通顺。自从盘古立天地,从没有听说有文字不通顺而竟敢写小说的。然而奇迹也就在此,有些武侠小说却硬是不通得出奇，这种人写武侠已经吃力，再叫他去推理，真能推掉老命。

推理小说在某一个角度来看，比文艺小说都难。莫泊桑先生的《项链》，乃上乘之作，可是，如改为推理小说，却失败得惨。玛蒂尔特夫妇在丢掉项链，并借款赔偿之始，为啥不向原主人说明详情，而必须等还完了债之后才说？文艺小说可如此剪裁，推理小说却必须交代明白，四面八方都需要照顾周到，而无一句懈怠。如常山之蛇，击首则尾应，击尾则首应，刻刻扣情入理。于是，恐怕把目前这些武侠小说的作者打得稀烂，他们也写不出。胡适先生之议，无怪行不通。

15. 白杀时间

对武侠小说，人们谴责得似乎太多，朱介凡先生在《文坛杂志》上举了两件事，曰：

有位老弟，写了武侠书，生活得饮酒食肉，衣冠楚楚。但是，他从不肯把自己姓名印在那畅销的书上，他总是含有羞愧地与我相见，而期期自许，要另外来写使他心安理得的书。但是，他难以自拔，他说：他欠了一屁股债。

然而，另有一硬骨头的老弟在失业，他穷得几乎没有裤子穿，他的笔锋爽利，却不愿写那清夜自省，良心发抖的东西，那是大可改善生活的。

这两位老弟台，都引起我最大的关爱，我希望，在不久的日子，宣布他俩究竟是谁！

柏杨先生盼望朱先生能早日宣布，使我们得以识荆，前者可爱，后者可敬,都使人愿致拳拳之意焉。不过,武侠小说到底有利还是有损,从这两位作家的态度上——无论是写与不写,可看出端倪。呜呼,天下只有武侠小说是开卷无益的书,值得深思也。

胡适先生认为与其读武侠,不如读侦探,那是求人更上一层楼的办法,其行不通,不卜而知。另一位作家则更痛快,他在《文坛杂志》上曰:"饱食终日,无所用心,为什么不去赌钱下棋?"盖退而求其次,下棋也可消磨时间,赌钱也可败坏品德,其功能与武侠小说相等。他希望武侠小说至少不要以"玄之又玄"的"武功"取悦读者。噫,有啥读者,便有啥作者;有啥客人,便有啥菜碟,这是读者自己不争气,作者为了活下去,怎能管得了许多。

又一位先生的感慨,似更深远,他在《文坛杂志》上曰:

> 武侠小说终于会被淘汰而没落的,一如内幕黄色书刊终于为武侠小说所代替而没落。武侠小说泛滥到作者江郎才尽,内容千篇一律的时候,自会被另一新起者所代替。此一新起的替代者为何?也许是"新张恨水体"的摩登"故事新编"罢?——从"潘金莲""李清照"被某一有力者大力提倡,我们可以看出一些渺茫的迹象。

这是一个预言,会不会不幸而言中,只好走着瞧。

徐白先生有信致柏杨先生,对武侠小说于大家纷纷讨论之余,再进一解。这是最最必要的,盖道理越说越明,是非总在人心也。

徐白先生认为现在的武侠已不是武侠,已不是"人"的故事,而成了"神仙""怪物"的故事。试思哪一个"人",能一掌下去,只听一阵隆隆巨响,把山都劈下一半?又哪一个"人",在练了少则三天五天,多则十年八年之后,便可移形换位飞檐走壁?只有神仙或怪物,才有如此这般的本领。徐白先生曰:从前武侠小说作者,如向恺然先生,赵焕亭先生,他们本身就会一些三脚猫四门斗,故笔下写来,一招一式,尚有来源。然而已有一部分不经,如向公的《近代侠义英雄传》,十有六七,每有"超人"表现,不过尚多少知道自制。不像现在的武侠小说作者,只会闭眼造谣也。今日人心苦闷,读武侠小说和打打麻将牌一样,有逃避现实之功,似不必苛求,但总应将其“性别”弄清楚,不可使它再继续挂羊头卖狗肉。武侠是武侠,神怪是神怪,美国的西部武打片是武侠,中国的《封神榜》便是神怪。徐白先生以为,如果和《封神榜》联了宗,它再荒谬也没人说话。

其次,关于“故事新编”,徐白先生精通日文,故以日本小说为例曰:日本人写“时代小说”(即古代故事),书中人物一切,包括衣冠服饰,动作言语,无一不吻合当时的时代,绝无中国这种古人说现代名词的奇事。如内容属于讽刺,猪八戒逛孔夫子庙等,那当然例外,否则必须正正派派地写。现代“故事新编”作者,在一般人眼光中看起来,似乎比“武侠小说”的作者高一级,起码他们的文字通顺,而且形式是新的,有时候也来点哲人式的议论对话。因之,它的危害也似较武侠小说更大,不能放松一点也。

最后,徐白先生曰:“我于此两种,皆绝对不看,盖怕看得心烦意乱。”柏杨先生亦是如此,非自以为了不起,而是看下去完全是白杀时间。

(柏老按:二十世纪七十年代,我老人家却大看武侠小说,盖身囚绿岛,度日如年,用以麻醉残生。不过对于“故事新编”,无论如何,仍难入目,所以一直坚拒到底。)

16. 新相对论

爱因斯坦先生发明了一个小小的相对论,竟名震寰宇,令人不解。《相对论》本身不过薄薄一小册,而研究相对论、介绍相对论的书,却多如牛毛。据爱因斯坦先生遗著整理会说,已达四千一百二十一种之多,这还是去年(1960)调查的,今年(1961)恐怕要到五千种。不过爱先生生前曾有言曰:“世界上懂得相对论的,只有十一个人!”

盖哇啦哇啦叫得虽夥,叫到谱上的却很少也。

不过,我想爱先生最大的缺点还是不懂中文,假如懂得中文,他便不致说出如此没学问的话。中国人才多得是,君不见洋大人无论有啥玩意儿,中国必有其专家耶,连干宣传的都可以对人造卫星发表言论,则相对论算啥。套句最流行的话,乃中国“古已有之”的玩意儿。《三字经》不云乎:“曰南北,曰西东”,南北,西东,便是相对之意。《诗》不云乎:“参差荇菜,左右流之”,左右,亦相对之意。再好比,有大就有小,有大道就有小道,有大同就有小同,有公就有私,这有啥奥秘,值得爱先生著书立说乎哉。

不但《三字经》《诗经》是相对的,其他文章亦然。惜世人昏庸,不能察耳,必待大学问家如柏杨先生者出,方可大显于世。兹举“大道之行也”一例于后,愿与仁人君子共勉之。

《礼记》曰:“大道之行也,天下为公,选贤与能,讲信修睦。故人不独亲其亲,不独子其子,使老有所终,壮有所用,幼有所长,鳏寡孤独废疾者,皆有所养。男有分,女有归。货,恶其弃于地也,不必藏于己。力,恶其不出于身也,不必为己。是故谋闭而不兴,盗窃乱贼而不作。故外户而不闭,是谓大同。”

柏杨先生曰:“小道之行也,天下为私,选权与钱,讲媚与谄。故人不独骗其亲,不独骗其子,致老无所终,壮无所用,幼无所长,鳏寡孤独废疾者,皆无所养。男无分,女无归。忠,恶其不忠于己也,不必忠于国。爱,恶其不爱于己也,不必爱民。是故谋兴而不闭,盗窃乱贼而不绝。故量窄而不广,是谓小同。”

呜呼!你不妨说,现在是大道之行也乎?抑小道之行也乎?且问爱因斯坦先生,听听你说啥。

17. 海明威之死

海明威先生终于翘了辫子。同样是作家,美国的便比中国的吃香,连死都死得了不起。报上云,海明威先生擦枪走火,与世长辞。国际社发专电,大总统去吊唁,远在一万里外的一个名叫"台湾"的小岛,报纸上都占大大的一块地盘。而且有很多有学问的朋友,把海先生的身世摸得透熟,长篇大论地一一为文哀悼,当作家的,不应该如是耶?

要说作家之死,中国也不是没有过的,当年鲁迅先生逝世,确实震动一时,迄今不见此盛况矣。大家来台湾十有二载,死的作家,已有数位,无不都可怜兮兮。即以消息而论,不但出不了这个小小的岛,就是在这个小小的岛上,如果不拜托拜托,拿拿言语,也上不了报。盖现代人最大的特点是气量狭窄,编辑记者都是文人,既都是文人矣,你那两套算啥?尤其是我们的社会形态,文人靠稿费不能生活,必须有一个职业作底子,以维持不致饿死。于是,校长曰:"海明威呀,他在我手下当教习。"处长曰:"那个姓海的,他在我手下当科员。"委员曰:"海啥,啊,海明威,他进区公所还是我招考录取的。"主任更曰:"作家?啥叫作家?我手下多得是,我那里第九科的一个办事员便出过书,他还是什么协会的理事哩。"《圣经》上有言曰:"先知在故乡总是不值钱的。"这句话用之于东方,有真理在焉。盖在台湾,任何本地造东西,如科学家、艺术家、舞蹈家,都不值钱,作家不过是很多不值钱东西中的一种而已。

海明威先生死矣,我到处打听,尚未听说他身后萧条,有募捐的消息,不禁大惊。呜呼,中国文人之所以受人轻视,无他,只不过太穷耳。海明威先生猎枪走火丧生,而中国作家想这样死都不可得,盖一辈子都没见过猎枪是啥，不要说跑到非洲打猎，就是去碧潭散散心，有这笔银子乎？而海先生所写的《战地钟声》，是站在西班牙当时政府那一方面的，而那一方面却是左派，仅此一点，必有一脸忠贞之士，义愤填膺。他还能自由自在，到处乱跑找材料乎也？

美国作家死而中国作家悲，乃虎死兔悲，物伤其大也。悲夫！

18. 无心无肝

柏杨先生所看过的电影中，凡是由名著改编的，往往电影不如原著。但十年来，却有三部电影，硬比原著高明，至少也不亚于原著。其一曰《珍妮的画像》，原著简直读不下去，电影却感人至深。其二曰《战地钟声》，海明威先生那种笔调，有点不合中国人的胃口。其三曰《苏丝黄的世界》，较原著简练明晰。

苏丝黄那个角色演得好极，一位作家先生曾感叹过，认为港台明星都应学习。柏杨先生则认为，港台所有演电影的男女固然要学，而尤其应该学的，莫过于有些导演。开枪开炮，坐飞弹上天，中国人目前暂时搞不过洋鬼子，但连搞电影都搞不过洋鬼子，则殊使人感到泄气。但这些人却一直把持影坛，不拉屎而占茅坑，再过三千年也搞不出啥名堂。因之，兹隆重建议，最好请一些港台明星和导演，集体看之，连看两遍，闭幕灯亮后，如发现尚有未羞死者，一人发麻绳一条，就在门口上吊。

不过，除了演电影的和干导演的之外，有些观众也同样使人泄气。《文星杂志》上曾有一文，曰《半票读者》，对有些读者先生，颇表意见。该文轰动一时，看了《苏丝黄的世界》，则不仅发现中国的读者固是半票，中国的观众，更是半票得严重。

苏丝黄这一影片，使人愉快的大笑之处固然甚多，然有几处却沉痛万分。像苏丝黄女士拿出一包钱给罗勃,告之曰:“这是我给孩子准备的上学钱,现在你可拿去用,等你将来赚大钱时还他。”这几句话活生生地道出了她对他一片幼稚而纯真的痴情,我实在看不出有啥可笑的,而座位上竟报了个哄堂,是何缘故?

当苏丝黄女士被斥,开门欲出时,她头顶着门,口中嗫喃自语,曰:“我是个处女,我父亲是百万富翁!”这是最扣人心弦之处,她不是处女,她没有百万富翁的父亲,但她善良的本性和自怨自艾的愿望,使她投身到那纯洁崇高的境界,和安徒生童话中街头大雪里那个卖火柴的小女孩,在火柴光中看见烤鸭一样,稍有天良的人都会为她落泪,而半票观众仍然哄堂,又是何缘故耶?

最精彩的是,到了最后,众妓以车船金帛,罗勃以介绍信,投入火炉,这是悲痛欲绝的天下父母之心,而若干观众竟仍然嘻嘻嘻嘻,而且笑声之大,上震屋瓦,又是何缘故耶?

说这些人是半票观众,似仍不能尽其意。洋大人常讥中国人残忍而缺乏同情心,恐怕不是,而是天良已昧,无心无肝。

19. 三代以下

三代以下,无不好名者,谁也别说谁,不过好名好到不要脸的程度,似乎有点使人背皮发麻,台北市政府大小官崽,率领一大群人马,在快车道上呼啸而进,为的是啥?不过为了拍点活动电影,以图宣传而已。则我们于背皮发麻之余,复肃然起敬。

盖活动电影之功用大矣哉,记得抗战时有一个大官,此大官现在台湾,大家一想便可知道是何许人。一则日机轰炸得太厉害,二则他眼看中国要完。别人看中国要完没办法,有钱有势的人看中国要完则有一套——他把全家送到美国。中美相隔万里,又是战时,来往不易，双方相思，全凭活动电影。大官将他在重庆的日常生活，包括向部属慷慨激昂，叫他们杀身报国，毁家纾难的训话，和到各地视察被盛大热烈欢迎的场面，一一摄入镜头。而其妻其子其女，则将她们在美国的日常生活，包括坐抽水马桶在内的种种优美姿势，一一摄入镜头，交换演之。抗战胜利后，该大官乃飞到美国，一切都按照计划进行，好不快乐。却再也没有料到，千算万算，不如天老爷一算。其子其女初赴美时，大者十岁八岁，小者尚在襁褓。洋大人讲的是独立自主；子女既长，大官一副旧脑筋，你们总该养活我老头吧，怎料得儿子娶了妻，女儿嫁了夫，竟纷纷向老夫妻"拜拜"，顶多每逢过年过节，双双莅临，向两个年迈力衰，整天咳嗽的糟老头、糟老太婆献上一束鲜花，然后"拜拜"不误，人生还有啥活头乎。只好卷行李返国，度其寂寞晚年，唯一安慰自己的，便是放演当年烜赫一时的活动电影，过过老瘾。

呜呼，读者先生到此应该知道活动电影的妙用，若无此妙用，台北市政府那一群能如此献宝乎哉？盖这年头最流行"眼前欢"，诗不云乎，能拍照时且拍照，莫待垮台拍不成。不要说快车道，便是茅坑，也得赴汤蹈火。

厚黑教主李宗吾先生画龙点睛，发明了"锯箭杆"之学，乃百年来最大的一种学问，可永垂后世，万载不朽者也，一个倒霉的家伙，中了一箭，医生把外面那一段锯掉，拍拍巴掌曰："好啦，下一个病人上台！"而那个深陷心窝的箭头如何，则一律不问。

台北市延平南路发生的车祸，破有史以来死难者官位最高的纪录。盖过去压死的全是穷人，穷人为谋升斗之粮，每天在马路上跑来跑去，面因借不到钱而焦瘦，脚因吃不饱饭而发软，压死便压死，报纸上嚷嚷一阵也就拉倒。想不到这次首开洋荤，压死了个局长，官老爷始大震。盖官和民之间最大的区别在此，官出必乘用小民血汗纳税钱买的汽车，绝无被压死之虞。却不料如今搞什么民主玩意儿，再大的官有时候也得步行两下，以示与民同乐。局长都被压死的例一开，等而上之，众官危矣，能不大肆咆哮乎。于是，有人主张重惩那司机矣，有人主张禁止杂牌汽车矣，好像万方有罪，罪在别人，只要把那个箭杆隆隆然大力锯掉，便可保证永享平安。如果能把这次出事的司机先生执行枪决的话，则将来任何开汽车的，在煞车失灵时，都应先打听一下对方的身份，以便只往穷人的身上撞。年来多少车祸，多少穷人惨死轮下，都没有这次热闹也。

五代词人顾敻先生有《诉衷情词》云："换我心，为你心，始知相忆深。"假使把官老爷换到司机的地位，正在快车道上奔驰，转弯处蓦地发现大群人马，在地头蛇那种"谁敢撞我"的神气领导之下，正在热闹非凡，不知官老爷将做何措施耶？——赶紧念动咒语，使汽车飞起来乎？抑向大法官请示一下，快车道的定义如何，是供汽车走乎？抑供群崽拍活动电影，以便骄其妻妾乎？哀哉，如果锯箭杆是解决问题的不二法门，那么将司机杀之可也。不过幸亏只压死一个局长，如果压死的是市长，或是更大的官，那司机恐怕非五马分尸不可。

造成这次惨剧的原因，锯箭杆的说法，当然怪司机。然而如果研究研究箭头，恐怕把大群人马领到快车道上拍活动电影的那位先生，应负全责。他若不负全责，以后我们小民都可到快车道上照照相，过过瘾矣。柏杨先生故乡有铁路一条，每天火车轰轰而过，令人心惊胆战。我自幼学问就很大，知道火车那玩意儿一下子是停不住的，拜托父老小心。一位前辈先生喝曰："你小子懂个啥？我不信它停不住，叫一个总司令搬把椅子坐到铁路上试试，看它停不停？"当时颇以为然。不过自从发生这次车祸，始知再大的官，都没有用。

听说现在有关方面在追查责任，前已言之，责任总是落到最渺小的可怜虫身上，如果这次追查的结果，认为官老爷也有责任的话，我输你一块钱。

20. 天生万物

听说铨叙部正在办职务分类。什么是职务分类,我不知道,大概仍不外瞎忙一阵,好像真的一样,以便收入几文,润润肠肚。柏杨先生致力于研究官场,凡六十年,深知任凭你说啥,没有人事关系,都等于瞎抓。人事关系者,派系及门阀是也,说来一言难尽,不必提之。现在提之的,乃柏杨先生之分类。盖官者,依我看来,应分为两大类,一为供给制的官,一为薪给制的官。前者包括大官和总务官,上自汽车洋房电冰箱,下至擦屁股草纸和娘儿们用的月经带,全由公家负担,便是送子女前往美国传种,也由公家报销。后者则全是中小之官,除了贪污便束手无策的官也。这类薪给制的官,一个月有两千元的收入,便够羡煞人矣,但以五口之家而论,两千元能活得下去乎?李耳先生曰:"天地不仁,以万物为刍狗!"而今又是谁不仁,以薪给制的小公务员为刍狗耶?

抗战时,重庆某报,曾刊有小官自祭文一则,特录于左,以供一些既无前途,而又死要面子的薪给制参考。如不幸翘了辫子,不妨就地取材,也用它自祭一番,免得再费手脚。文曰:

呜呼哀哉!天生万物,汝竟为人(声泪俱下,供给制的官儿垂鉴及之)。非但为人,位列缙绅。上有所教,唯命是遵(不听话,就得滚)。下有所效,作则以身(硬撑苦撑,强支门面)。循规蹈矩,不卑不尊(不尊有之,不卑则从未听说过焉)。披衣而起,每在朝暾。安步缓归,多以黄昏(奉公守法也)。且恭且敬,允武允文。耻为顺民(来得早不如来得巧,来得巧才能大吃其香),堪为忠臣(历史上忠臣有几个好下场的)。乡土虽变,国岂无人。亡秦必楚,此志长存(人为希望而活着)。自尔播迁,湘粤黔川。衣履散尽,四体犹全。陋巷养志，箪食养廉。既领眷粮，还有俸钱。糙米味香，菜根味甜。聊可自慰，何用人怜（只有被人笑，何来有人怜）。中原未复，骤尔长眠（死啦）。

呜呼哀哉！我目既瞑，鬼车来迎。遥念妻子，孰能忘情。妻啼子哭，啜啜嘤嘤。茕茕家室，谁为经营（大官小官都忙着往上看，谁管你孤儿寡妇）。食米既杳，俸金亦停。衣衫典尽，旧债未清（生前你越不要红包，死后你越惨）。一念及此，有所不平。魂兮归来，抚我幼婴。儿若成人，莫求令名。为商为贾，钞票盈庭。囤积居奇，莫惧时评。钱能通神，遇祸休惊。操纵物价，谁敢不平。既富必贵，显亲扬名。莫效尔父，愚蠢忘形。愿佑吾子，死而有灵。呜呼哀哉，尚飨。

读完之后，如有欲哭者，可来柏杨先生处登记，以便准备眼泪瓶，供后世史家化验，看看是什么年头也。

21. 互相干你娘

骂者，唯人类才有的发泄愤怒的方法也。有啥不顺心的事，骂上两句，也就顺心；有啥不如意的事，骂上两句，也就如意；尤其妙的是，有啥下不了台的事，骂上两句，也就下了台。想当年阿Q被小D揍了一顿之后，面子磨不开，骂一声儿子欺负老子，世界既是如此之糟，便没有啥磨不开的矣。

中国的国骂是“他妈的”，有至理存焉。柏杨先生幼时曾窃听大人谈话，道貌岸然的塾师对道貌岸然的叔父曰：“我操那妞儿的妈！”心中大惊，想不到望之似人君的人，跟我们顽童一般口出脏言。后来年龄渐长，在大衙门当差，有一次，伺候钦差大臣和省长逛花街，酒酣耳热，省长对钦差大臣套交情，骂别的大官要人曰：“他阔气个啥，我丢他妈的！”是不是皇帝生了气，也丢他妈的皇后一番，文献不全，无法考证,但“他妈的”三字,经名作家品题,脱口而出,顺理成章,确是国骂,则无疑焉。

有国骂必有省骂,四川省骂曰“格老子”,辽宁省骂曰“妈拉巴子”,河南省骂更精彩,曰“妈的×”,台湾省骂则不得不推崇“干你娘”矣。柏杨先生说的这些省骂,并未经立法机关通过,亦未经政府明令认定,自可言人人殊,亦自可死不承认。但一省应有一个省骂,却似乎有此必要。二十世纪二十年代,张作霖大元帅率东北军进关。横行霸道,乘火车向不付钱,语云:“后脑勺是护照,妈拉巴子是免票。”盖查票员向你要票时,你答一句“妈拉巴子”,他发现对象原来是个红胡子,便不再向你问第二句矣。而二十世纪一十年代,河南的“妈的×”,也曾烜赫一时。当时袁世凯先生八方威风,由总统而皇帝,大干特干,他是河南人,于是操河南口音的人有福矣,无论干啥,都有优待,人力车夫一听叫车子的满口“妈的×”,就马上丧胆。

由国骂到省骂,可知中国因有五千年古老文化之故,连骂也离不开原始本钱,一味绕着女人的生殖器团团转。“他妈的”下边好像还少了一个字,特地去掉它,以便稍微高雅一点耳。而台湾省骂“干你娘”,则赤裸裸的仿佛更为结实。洋大人开骂,说你是“猪”,是“猴子”,是“驴子”,是“懦夫”,是 Damn,从未涉及对方母亲或姐妹的性生活。而中国人则不分三七二十一,这大概是中国人进步之处。柏杨先生有 位朋友, 次和 法国人对骂,他祭出中国特产,痛詈其母其妹,该洋人大惑曰:“只要她们愿意,我无意见!”遇到这种对手,只好认输。

际此“干你娘”横飞,且有官崽因它坐牢之际,台湾省骂似有严格规定的必要。兹隆重建议:在议会中互相干你娘的议员,不妨研究研究,制定法案,通令周知,以期一体遵行。如何乎哉?

22. 千古疑案

有这么一回事，四十年代抗战胜利后，新疆维吾尔族男女青年组成的歌舞团，到北平演出。北平各大学堂康乐团体，举办欢迎大会。在大会上，维族青年唱的是中国歌，而北平大学生则唱洋大人之歌焉。维族青年不禁目瞪口呆，当时没说啥，回去后却向《新疆日报》记者发表谈话曰："早知道中国人是以自己文化为耻的，则我们何必以做中国人为荣乎也。"

这种精彩节目，柏杨先生方以为空前绝后，不会再有。却想不到前天晚上，在台北什么之家，又开了眼界。这一次献宝的男女主角，虽不是大学生，略嫌差劲一点，但其使人起鸡皮疙瘩的程度，与大学生则一样焉，报导于后，以开眼界。

前天晚上，该什么之家举行慰劳日本东方歌舞团聚会，这应是一个隆重的聚会，它不仅代表客人和主人联欢，也代表两个国家文化交流。在这种场合中，国家意识应超过个人的风头。呜呼，甲午年中日之战，广东省向日本索取被扣的军舰，说广东省可没有参战呀，贻笑天下。而今中国艺人，也搞出这一套，只因无知，所以也无自尊。

话说聚会开始时，一个女人上得台来，开腔便唱日文歌，急探听她是何许人耶？别人告曰：张小姐。该雌大概事前也没打听一下，台下东方歌舞团中的低音歌王逖克峰先生，唱歌唱遍了全世界，每晚要美金两百元一场（读者沉着气，以防吓一大跳）。张小姐音既咬不准，字又念不清，听得日本小姐们面色苍白，汗流如浆，便是张献忠先生杀人，也不过如此残酷也。张小姐好容易下台，又一女人扭扭而上，她又是何许人耶？告曰：李小姐。该雌唱的则是英文歌焉。呜呼，柏杨先生若是学的牙医，准可大发一笔横财，盖当时定有不少人掉了大牙也。然而最使人如丧考妣的，还不是她唱得美妙无双，而是当时聚会不过刚刚开始，李小姐却不管天塌地陷，“撒油拿拉”起来，东洋人无不大惊，以为要驱逐他们出境哩，这种最起码的社交常识都没有，真应上吊一次，以谢国人。

聚会到了此时，大家全都受不住啦，幸而天无绝人之路，有人推荐记者之家驻唱歌星隽玉琴小姐登台，隽小姐唱了两支中国歌：《梦里相思》《绿岛小夜曲》，场中方才鸦雀无声，落下一根针都听得见，唱毕掌声如雷。逖克峰先生急要求介绍和隽小姐相识，对她的音色之美，音量之广，有深刻印象，并如获至宝曰：“日本流行的正是这种歌曲，中国是一个音乐国土。”在座的中国人闻之，心情稍快，我想张小姐也好，李小姐也好，多少都会有点屁眼痛。

想不到，刚刚正常了的气氛，又被一个异军突起的女人搞了个一团糟。该女人贸贸而出，直奔台上，也唱起英文歌焉，询之左右邻座，答云：“洪小姐是也。”听说该雌和前张李二雌出身差不多，都是演话剧电影的。洪小姐的英文歌，中外人士，无一人能听得懂，小说家上官湖露先生，立予七字之评，曰“荒腔走板不协调”，尤其要命的是，在最最紧要关头，硬是漏了一段，全体听众乃大乐。她在猛唱时，脚下还猛动，东洋人甚奇之，纷纷加以研究，说她是打拍子乎？并不合拍子。说她是发了羊癫风乎？又不像是羊癫风。历史上本来就有很多事是一个谜，此事只好成为千古疑案矣。

一个有重大意义的中日两国艺人的聚会，被三个女人各献其宝，无论主人和客人，几乎都要痛哭流涕，盖中华民族自尊心丧失到如此程度，诚大出东洋大人意料之外。

然而不能该三雌专美于前，别的人也照样露了一手，忽然有个家伙提议泉京子小姐唱上一段，这真是一种不可原谅的戏弄，充分显示出中国人茫茫然的特点。噫！假使说他是恶意的，那对东方歌舞团是一种侮辱；假如说他是善意的，那说明他的无知，反正无论哪一点都不能使中国人光彩。盖东方歌舞团以逖克峰先生为台柱，且逖克峰先生又是低音歌手，戏院老板把比排骨还瘦的京泉子小姐硬捧成肉弹,是生意眼而已。实际上她既不会歌,也不大会舞,她唯一的特点有二:一是曾演过电影,二是个子高一些。等于柏杨先生和斯义桂先生组团去美国淘金,洋大人能先教柏杨先生唱一段乎?柏杨先生又敢去唱一段乎?反过来,如果玛丽莲·梦露小姐,和平·克劳斯贝先生组团来华,盛大欢迎会上,我们总不能先请玛小姐唱上一段也。

于是,京泉子小姐死也不肯登台,拉拉扯扯,结果还是另选了一位中国小姐,而那小姐登台唱的啥?——曰:又是日文歌。呜呼,柏杨先生当时便老泪纵横,盖如今才发现日本这个国家为啥没有前途,而中华民国迄今仍为四强之一的缘故。

那一天下午四时左右,台北衡阳街曾有一场令人流汗的镜头,一位韩国人买东西,店员胁肩谄笑,大讲其日本之话,韩国人以中国话告之曰:“你是中国人,为什么讲日本话?我会中国话,请讲中国话,好不好?”当时在场驻足围观的人很多,反应的嘴脸各异,瞠目不知所云者有之,敬佩者有之,反对者有之,毫无惭愧,以该韩国人有神经病者有之。呜呼,盛哉。

若干年前,柏杨先生曾陪同过日本老友,参观某家工厂,厂老板屁股朝天之余,大讲他的设备如何进步,而且“亚洲第一”,东洋人诧曰:“看你们的机器全是俺日本制的呀!”老板又吹他的工程师到过美国日本深造,甚为得意,东洋人又诧曰:“你们既这也进步,那也进步,难道连一个深造的学堂都没有,必须到外国跑一趟?”柏杨先生急得乱跳脚。无他,深知洋大人既不吃中国的饭,便不必装糊涂,而敢于揭疮疤。他讲过溜之,留下柏杨先生,何以抵挡该厂老板的迁怒耶。

至此,你说吧,这个有五千年传统文化,天天讲孔孟的中华民国,到底是个啥国?仁款一元以待,诚征答案,如张李洪三小姐应征,则奖金倍增,以资鼓励。

23. 用啥交流

我们整天在叫和外国文化交流,用啥文化交流乎?积五十年之经验,知法宝有二,一是把古董运到外国展览展览,让洋大人知道中国人的祖宗如何如何了不起。二是花几万元买一部二十四史送之。这大概是一种以量取胜之意,嗨,你看,当我们中国大圣人孔丘先生在陈国饿得两眼发黑时,你们还在那里茹毛饮血哩。

此二法宝,似乎应归类于破落户心理,盖现代的既马尾提豆腐,提不起来,只好提"想当年"矣。古董搬来搬去,真有啥意义乎?如果我是搬来搬去委员会的主任委员,食其饭而忠其事,我可写出两大册书,以证明搬来搬去的重要性。而如今我是一个小民,便觉得搬来搬去,花了不少钱,其效果恐怕只有耶稣知道。人家瞧起瞧不起,是看你现在搞的啥名堂,不是看你祖先搞的啥名堂。一个姓柳的犯了强奸罪,他向法官吹曰:"俺祖宗柳下惠,想当年连坐怀都不乱!"法官能肃然起敬,下来跟他握手,请他喝一盅乎?

清干朝光绪年间,柏杨先生年轻力壮,一天因为赶路,错了店铺,下榻一庙宇之中,夜间风雪交加,忽闻山门处有二妇人相语。一人曰:"我结婚时,凤冠霞帔,流水席开了三千桌。"一人曰:"我出嫁时也差不多,嫁妆便摆了五条街,每个箱子里都装着四个金元宝。"柏杨先生天生的势利眼,一听此言,知二妇来头非凡,急披衣下床,索灯索火,准备前往说几句马屁之话,以结后缘。却不料竟是两个老女乞丐,大为扫兴。寺僧知我夜起,赶来问讯,我曰:"你紧张啥,我不过拉屎罢啦。"寺僧肃然曰:"公子真不同凡品,夜行必烛,将来定卜大贵。"我因没有大贵之故,对此事一直讳莫如深。

可是,每逢我听说有古董出国,或赠人家一部影印的二十四史,便不由想起当年盛举。便是洋大人看得懂二十四史,便是洋大人很起敬,起敬之余,恐怕也哑然失笑,笑我们这些不争气的子孙太窝囊也。呜呼,一切都在于“古”,现代的东西啥都没啥。山门外那两位,若不是丐妇而是贵妇,衣服华丽,腰缠万贯,在美国既有房屋又有存款,则即令她们当年结婚时是披麻包片,满身虱子,柏杨先生也会去胁肩谄笑,何致享我的掉头不顾哉。

问题还在于送他们的那些二十四史二十五史,有几个人看得懂?就是想敬都敬不起来。美德法英,还有一二汉学家,可能翻阅一下,其他那些芸芸众生和芸芸众国,恐怕送了去不过往墙角一堆,供蠹虫便饭之用而已也。

专送给人家连中国人自己都不能普遍了解的东西,也是一奇,不可不大书特书以志之,以便后人有凭有据地哀悼。

24. 国　粹

昨天晚上,有美利坚人来访(柏杨先生也有碧眼金发的洋朋友,坐汽车而说英文,读者中如有西崽先生,就原地挺胸致敬,刮目相待可也,不要磕头啦),一进门便唉声叹气,好像大祸光临。诘之,洋大人紧张曰:“我办公室里,有一位小姐,肚子大起来啦。”我曰:“那有啥值得奇怪的?”洋大人听后不语,面色惨淡,一直摇头,我乃恍然大悟曰:“一定是你和她谈恋爱谈得下不了台。”洋大人急曰:“我怎能做出那种危险之事。”

说了半天,原来,他的中国籍女秘书之一,一位芳龄二十一二岁,其貌如花的张玛琍小姐,忽然肚子膨胀。“小姐”而怀了孕,怀了孕还不算,不但没有一点羞惭,反而满面红光,同事不断向她道喜,而且过了不久,竟向洋朋友开口借一个月的薪。洋人乃终日忧虑,废寝忘餐,那薪水不但有借无还,恐怕以后还要永无止境地往下借,不是往他身上赖是啥? 走投无路之余,特来向柏杨先生请教。

呜呼,该洋大人最大的误会发生在称呼上,在洋大人之国,没有结婚的是小姐,结了婚的则硬是太太,从没有结了婚而仍假冒小姐的,便是影都好莱坞,女明星以嫁人嫁得越多,身份越高,都不例外。你今天嫁詹姆士,便是詹姆士太太;明天嫁托德,便是托德太太。所以,对于美国女人开口招呼时,应先打听一下她先生姓啥。否则,你叫她葛来芬太太,而她早已和琼恩先生结了婚,岂不糟哉?

我们无意批评谁是谁非,而只是说,洋女人对小姐的称呼非常严格,战后的德国,男少女多(天乎,我们目前的情况恰恰相反,教人羡慕),女孩子们成天梦想有一天忽然没有人叫她小姐,而叫她太太。太太的身价,似贵重得多矣。

中国则不然,"小姐"要比"太太"吃香,君不见新公园那些卖香烟糖果的小贩乎,向一个满脸皱纹,牙都快要掉光的阿巴桑,猛叫曰:"小姐,买一包瓜子吧!"她不买他两包才怪。无他,叫她小姐,叫得她从脚心往上舒服也。而当你去某机关某单位接洽事务时,见了女职员,不管她是啥,一律称之为"小姐",准没有错。如果你看她年已四十,而且在办公桌上喂孩子,而呼之曰:"太太,请问总务科在哪里?"她不报你以白眼,告诉你总务科在第八层地狱,未之有也。柏杨先生有一友焉,一日,他的八岁儿子下学,去办公室找他妈妈,听到人呼其母为"小姐",不禁大惭,回家后头都抬不起,第二天并拒绝再上学堂,所有的医生都查不出病源,一再盘问,他痛苦地告其父曰:"妈妈原来不是太太而还是小姐,小姐怎能生我这个儿子哉,同学要笑死我啦。"

看样子,小姐的称呼太滥,不仅洋大人不懂,便是中国孩子亦不懂也。

洋大人因不懂中国国粹之故,见"小姐"怀孕便大惊小怪,并列为观光奇闻之一。其实,其中道理研究起来,三年都毕不了业。柏杨先生且发明两条格言,以便华洋人等,一致遵守应急。

格言之一曰:“见女人便喊小姐,无往不利!”即令对八十岁的老太太也照喊不误。当然你必须察言观色,这在“做官之道函授学堂”的“一脸忠贞学”讲义中,有详细说明。盖你的态度,必须使该老太太相信你出自真心,也自信她确是小姐才行。否则,她以为你吃她的豆腐,事情就要急转直下。

格言之二曰:“对小姐绝不可称太太,称者必败。”必败者,非碰钉子不可之谓,我想这用不着再加诠释啦,如果你有地头蛇气质,硬是不信的话,不妨跑到女子中学堂或女子大学堂里,找那些如花似玉,满肚子学问的女学生,叫她一声“太太”看看,其后果不卜可知。盖把太太当小姐叫没有错,把小姐当太太叫,就要发生天灾。

不过天下事有原则就有例外,好像台湾银行董事长尹仲容先生发行大钞一样,有有印章号码的,便有无印章号码的,没有啥了不起。太太小姐也是这般。如果你去日本或德国,把小姐喊成太太,恐怕她非报你以勾魂的微笑不可,盖她心里想,我漂亮仍在,足可找一个丈夫。同时,即令在中国,也因时因地因人而异其效果。柏杨先生有一次在新公园打太极拳(人一上了年纪,便喜欢这个调调儿,无可奈何),见一小贩尾追一对情侣,明眼人一看就知道不是夫妇,可是该小贩硬向该小姐叫曰:“太太,买一包口香糖吧。”小姐自然大怒,不过结果该小贩不但卖了一包,而且卖了十包,盖她的男朋友心花怒放,必须多买十倍,才能表示谢意。

和“小姐”有异曲同工之妙的,还有“夫人”一词。一个女人既已嫁人,不好意思再充小姐,或无法再充小姐,则都希望越过“太太”,跳上“夫人”宝座。柏杨先生每天回家,必向老妻曰:“夫人,你好。”夫人方才将饭菜端上,若曰:“太太,你好!”准天下大乱。此举虽有点肉麻,却可说明“夫人”的地位似乎比“太太”伟大。不信的话,可到什么新开张的公司行号,参观一下便知,剪彩的女人如果不是小姐,准是夫人,从没有一个太太的。大概嫁薪给制的女人皆为太太,嫁供给制的女人始可称夫人,其中奥秘,自非一语可尽。

25. 异乡人

山川名胜，固为观光事业最大的一环，但仅靠山川名胜不行。刚果共和国即令有再好的山川名胜，除了探险家外，恐怕没有什么旅客上门，盖面对着妇女随时有被奸，男子随时有被剥皮的危险，没有太多的人肯兴兴头头地前往那地方试运气也。何况，地文和人文有密切的关系，地文非人文不名，老天赐给你再好的奇景，如果你一塌糊涂，再奇的景都会被淹没。我曾悲哀地想，如果日月潭、阳明山落到美国佬的手中，恐怕早面目一新矣。

中国五千年传统文化一直缺乏灵性，很多道貌岸然闻之大怒特怒。但别的东西上有没有灵性，那是另一问题，若仅论观光事业，固实在是看不出啥灵性也。观光过中国复又观光过洋人国的人，恐怕心中定有一个比较。有些卫道之士，著书立说，常曰："我们中国人好客。"这种美德汉唐之世有没有，我不知道。孔丘先生言论集上有没有，我也不知道。但有一点我是确知不误的，乃二十世纪的中国同胞，实在并不怎么好客，而且非常地"欺生"，欺你是个生客也。

抗战时大家流落四川，四川为天府之国，比台湾大矣富矣，可是他们对非四川人一律称之为"下江人"，西康省明明居于上江，也硬称之为下江，以便简化。你到街上买东西，一听你是下江人口音，便自然而然地涨上一倍，有时和本地人起冲突，有人登高一呼曰："打下江人呀！"真是耕者放其锄，骑者下其马，一拥而上，头破血出。抗战胜利后，我到东北，乃忽然一变而为"关里人"，乃山海关里边的人也，到东北的四川哥子此时也瞪了眼，初次尝到异乡人滋味矣。关里人的遭遇似乎比下江人更糟，不仅有挨打的危险，有一次我和某一位本地人打架，他告诉他的喽啰曰："把那老头丢到野地里喂狼。"盖杀人易,灭尸难,东北地冻天寒,野狼如海,不要说一个尸体,便是一个活人,落入狼爪,一刻工夫,骨头都没有啦。再后则来到台湾,不用多加解释,又成了“内地人”矣。回首前尘,实在找不出中国同胞好客之道,故中国诗人作诗填词,每多伤离思乡,如果真的宾至如归,则乐不思蜀,何来那么多难过乎?

这种不好客和欺生的气度,用到中国自己同胞身上,只好自叫倒霉,无话可说。但却不能不使人愤慨,愤慨积得太多,仇恨便油然而生。稗官野史上曾记载一故事曰:张献忠先生年轻时,推独轮车去四川做生意,被一群四川流氓推入谷底,把货抢走,他爬出来赴乡长那里理论,一口陕西土腔,众人竟反咬他一口,乃挨了一顿臭揍,驱逐出境。于是,不到十年,张先生成了贼大王,率兵屠川矣。欺生的结果竟至如此严重,而迄今仍有些地方照欺不误,你说人们能接受历史教训乎?

对仅仅是异乡人尚且如此,对洋大人更不用说矣。鹿特丹号的洋旅客在基隆停留六个小时,前来台北参观手工艺品中心,其价钱之高,足可把人吓跑,市价不过值三五十元,该中心硬要卖二百元,使洋大人大摇其头,洋竹杠敲到如此无耻程度,还搞啥观光事业?索性开个屠场,见洋大人即掳而烹之,岂不更简单明了。

其实,这种毛病,不单手工艺品中心一家才有,几乎没有一家商店没有,洋大人到了有五千年文明的中国,简直如置身亚马孙河吃人部落,每一个人都想从他身上发一点洋财。被骗得晕头涨脑,回到船上,能对这个地方有好感乎哉。

26. 绣花兜肚

诚实是做人的第一要件,这不是说柏杨先生忽然也道貌岸然,打算参加道德重整会出国捞几文。而是说,诚实是最简易的做人处事的方法,用不着太大的脑筋就可干得很好。做生意亦然,很多中国同胞一见洋大人,便立刻打算敲他一票,以便过一辈子。呜呼,洋大人以商立国,算盘何等精明,我们这些半农业半封建社会上的土豹子想讨便宜,岂不是鲁班门前弄大斧乎?我们所发的“洋财”,乃洋大人牙缝里的东西,欺他们言语不通,亦欺他们城里人下乡而已。从前台湾洋大人之车和电冰箱,价格之低,简直叫人笑得合不住嘴,可是现在你再买不到了矣。手工艺品中心不知道是官办的抑是私办的?这种发洋财的心理如不改正,它会连累我们整个国家,都被洋大人瞧不起,更不要提观光事业矣。

近百年来,大日本帝国欺负中国,着实欺负得厉害。但说来也怪,他越欺负中国,中国人越对他们轻视,试看中国人有入美国籍者,有入英国籍者,有入菲律宾籍者,然而,有几个心甘情愿入日本国籍的耶?到了今天,两国敌对的形势已不存在,我却硬是佩服日本人,即以日本的待客态度而论,中国人便得羞死。台北的商店一见外国人,无不食指大动,本来五毛钱的东西,硬卖五十元美金。抗战期间,政府实行限价,报纸上大肆宣传,且有专书问世,说得头头是道,当时便有人曰:“如果这种办法行得通,经济学这一门可以取消矣。”而欺生政策亦然,如果这种办法可以发财,经济学这一门亦可以取消矣。盖最高的价格决定于最大利润,不因华洋而异。像市政府办的自来水,如果水费定价每度一千万元美金,生意虽是独占,恐怕没人用得起,如果抱定宗旨曰:“我只要卖出去一度,就一辈子不愁。”我敢和你赌一块钱,包管连一度都卖不出。手工艺品中心定那么贵的价格,不知道他们开铺子的目的是赚钱乎,抑是专门参观洋大人摇头乎?

卖给洋大人的东西,应比卖给本国同胞更为便宜,才是招揽之道。凡把洋大人看成傻子者,恰恰证明自己是木瓜。中国人在日本买照相机比日本人买都要便宜,去过日本的同胞,都有此记忆也。为啥只一海之隔,洋大人到台湾,便倒了霉。

物价不过是其中一端,比这更重要的不胜枚举。但有一点必须特别提出的,对待外国旅客,中国货最为吃香。有一次我在台北衡阳街,见有一洋大人焉,要买两件中国的绣花兜肚,店员大概读过外交系,当时便迎头痛击,另提出一卷连乳罩的胸衣,眉飞色舞曰:“你看,那兜肚手工太粗,这是从美国新到的走私货,样式最新,自带海绵,各种尺寸颜色的都有。”该洋大人表示仍要兜肚,该店员则苦口婆心,硬加开导,结果洋大人受不了聒吵,悻悻而去。柏杨先生适在旁边,一幕活剧,全收眼底。

柏杨先生曾于前年去韩国一趟,临返时忽然想要买一件东西,必须上面有韩国字的,以便光宗耀祖,向亲友吹牛,自抬身价。可是走了两条街,都看不见足以表示“来此一游”的商品。橱窗里不是中国货便是美国货,我如果买了一个双喜牌的热水瓶,或买了一架顺风牌的电扇回来,凭它证明去过韩国,你肯相信乎哉?结果跑了个满头大汗,才发现一个眼镜盒,上有一排韩文,大喜购归。搞观光事业不知道这种心理,不过一个三流西崽耳。

27. 爱情不是买卖

上月,有一对男女结婚,新郎为了预防新娘变心,当场把新娘爱他的话用录音机录下来,宾客大为惊奇。套一句官崽的口头禅,可谓之曰:“深具教育意义”。一旦过了三年五载,爱情褪色,那女子芳心大变,要开溜时,做丈夫的第一件事,恐怕就是爬到阁楼上找出录音带放给她听,你从前既然说“永远”爱我,“一辈子”爱我,“誓死”不二地爱我,现在你听听自己的话吧。

问题是,她真的如此这般,要投入别的男人怀抱时,这种干法就能使她悬崖勒马乎?恐怕未必。而且不但恐怕“未必”,简直会弄得更糟,本来还有一线挽回的希望,一听录音带,准连那一线也都弄断。

“爱情”这玩意儿乃天下最奇妙之物，她爱你时，你的缺点也成了优点，不爱你时，你的一切，包括你的高贵品德，都会成为可笑可嘲的蠢动。假使你痛痛快快向她“拜拜”，她还对你有点怜惜。假使你死缠不放，连录音带都搬出来，她能念及你的痴情乎？恐怕她不跟另外那个男人商量杀你灭口，已算你祖宗有德。盖爱情乃交流之物，一旦一方面不接受，你越爱，她越厌。

诗人们常歌颂爱情是永恒的，年轻小伙子和黄毛丫头，对爱情的伟大更五体投地。诚如胡适先生说，凡是金字招牌，最好不要去碰，爱情固金字招牌也。柏杨先生如果去碰，准有年轻朋友破口大骂。不过有一个现象却是非常有趣，那对新郎新娘，两人如果不相爱至深，他们能结婚乎？然而其不相信爱情是永恒的，固甚明显。他如果相信爱情是永恒的，就不会弄个录音机矣。

这不是否认爱情的价值，谁要否认爱情的价值，谁的脑筋一定少一条皱纹，或少若干细胞。如果我们有盘古先生那么大的力量，把世界上所有的爱情挖掉，那么，闭目思之，这个世界还剩下啥？文明的发展，文化的进步，以及个人的前途事业，不受爱情驱使者，几希。我们可以认为，天下固然有永恒的爱情，但不能说每一个爱情都是永恒的。新郎搬出来录音机，其内心的恐惧可知，如果他相信爱情是永恒的，何必录妻子的音耶？如果他不相信爱情是永恒的，他自己本身便不可靠，谁又录他的音乎？

报上说，菲律宾某女议员在国会上提出议案，要求禁演伊利莎白·泰勒女士的电影。伊女士这人，我们不批评，但有一件事，却硬是敢打一块钱赌的，假若全世界都禁演她的电影，包管可以医治她的滥病，再也不会视婚姻如破鞋，视爱情即性欲也。这可以说明一点，廉价小说上最喜欢强调曰：“爱情是纯洁的”，其实，天下没有比爱情更千头万绪的东西，只看人持之如何耳。西洋有一则小幽默，其对话如下：

玛丽曰：“亲爱的，约翰病得那么重，你怎么把他看顾好的？”

爱丽丝曰：“每逢我一想到有谁要我这个已有四个孩子，年已四十岁的寡妇时,我就不得不拼命看顾他。”

呜呼,君不见女人哭丈夫时:“你死啦,叫我依靠何人?”这固然是至性至情,但叫人听啦,却好像如果她有人依靠就不伤心似的,怎不出冷汗也。

第二次世界大战初期,德军横扫欧陆,希特勒先生得意之余,信口开河,今天曰:“毁灭英国。”明天曰:“德军不知失败为何物。”后天曰:“德国上空永不会有敌机。”到了大战末期,英国电台恶作剧,把希先生当年的讲演,重新广播。以致希先生不得不下令不准收听他自己的广播,你说窘不窘乎哉?盖非他不愿实践诺言,形势不许他说话算话也。丈夫录下妻子的山盟海誓,到时候她不兑现,只要一句话便可打发,曰:“我那时爱你,可是现在不爱你啦。”

爱情不是买卖,当作买卖干的人,苦在其中矣,不要说立契约,留录音,便是杀头都没有用。

28. 情　杀

高雄又发生了情杀案,情节简单不过,一男热恋一女,那女子不肯嫁给他,他就杀了她全家,然后自己再把自己头上射一个洞。在报上看到这则消息,似乎有一种索然无味之感,盖情杀案的内容差不多都千篇一律,好像从一个模子里浇出来的也,所以这种案件一天比一天不能叫座,报纸也因之有点厌倦。记得前年南投情杀案,报纸以头题出之;去年桃园情杀案,报纸以二题出之;今年这个情杀案,报纸便搬到版中央;明年恐怕将放到报尾巴,后年恐怕顶多两栏题甚至一栏题矣。

爱情之为物,一言难尽,一个男人竟会为一个女人发疯,我看全是上帝捣的鬼,他老人家当初如果不给人类以情愫,要想发疯亦发不起来疯也,你听说哪个男人为了爱一个金丝雀而发疯乎?

为一个女人发疯,固无足为奇焉,然而为了一个女人杀人如麻,便有研究的必要。每一次情杀案发生,社会上反应纷纷,高喊严惩凶手,治乱世用重典者有之;叹息人心不古,世风日下者有之;大骂凶手没有良心,禽兽行为者有之。这些言论虽然很是热闹,但似乎对解决问题无大帮助。主张严厉惩凶,治乱世用重典的人,好像天生的瞎眼,只躲在办公室里嚷嚷,不敢伸出头看一个仔细。凡是这类情杀案,凶手如稍有自知之明,都会自杀,南投案如此,桃园案如此,高雄案亦如此,弄得你根本无法严惩,亦无法重典。叹人心不古者似也大可不必,两千年前孔丘先生在春秋时代,早就叹过人心不古,不得不托古改制。孔先生最佩服姬旦先生,而姬旦先生最佩服"先王",反正越古似乎就越好,真正古到创世纪,《圣经》上说得明白,该隐先生就杀了他的嫡亲哥哥,也不见得比现在优秀到哪里去也。至于兽性和良心,那更抽象,爱情发展到极致,任何人都会陷于禽兽之境,连大圣人孔丘先生都不能免,否则他早断子绝孙了也。

我们说这些话,不是同情凶手,而是说这个问题过度严重,不是用哪种方法就可以克服。卷在情杀案中的男女主角,把事情弄得如此之糟,和如此之惨,恐怕连自己都莫名其妙。报上千篇一律的说男主角恨女主角无情,女主角怪男主角单恋。呜呼,柏杨先生从不相信这一套,如果说女主角无情,她能陪你玩,甚至陪你睡乎?如果说男主角单恋,天底下因单恋而害病者有之,因单恋而顿萌杀机,血流成河者,不多乎焉。往往是一分爱产生一分恨,大致不爽。

一个失恋的男人,必须想办法使他不丧失理智。一旦等到他丧失理智,不要说民主时代的重典严刑他不在乎,就是专制时代杀头剥皮他都不在乎。男人们恋爱失败,多如恒河沙数,年轻的一代,谁没有失过恋耶?有的是真失恋,和女孩子有过海誓山盟,忽然半路里杀出一个程咬金,该程咬金先生有钱有势,又可把她弄到美国,便不得不痛苦万分矣。但有的年轻人却是假失恋焉,辛稼轩先生词曰:"少年不识愁滋味,爱上层楼。爱上层楼,为赋新词强说愁。"强说愁,硬说愁也,于是,某小姐昨天没有看我一眼,是变了心也;某小姐今早见我翻了斤斗,没有来扶,是狠了心也。

无论是哪一种失恋,既失恋矣,难过一阵子也就作罢,动手杀人者固不多也。为啥不多乎?在于赤手空拳没有武器,假如青年朋友们人各一枪,恐怕惨剧还要层出不穷。在台湾这个社会,能动刀动枪凶杀的人,皆非平常之辈,若柏杨先生想杀人,去哪里弄刀枪也哉?

人的本性是不是善的,圣人们研究了五千年都没有研究出道理,但有一点却应注意,一个人如果有致命的武器在手,千万不要把他激怒。常见有些人向正在喷火中的对方嘲笑曰:"你开枪呀,你手里拿的那东西摆什么样子呀,你要是顶天立地的好汉,就打死我呀!"呜呼,无论是仇人嘲仇人,无论是妻子嘲丈夫,无论是女主角嘲男主角,被嘲笑的一方,除非是白痴,或除非是韩信先生者流的英雄,恐怕是非杀之不可。杀人者固罪无可逭,但逼他非杀人不可的人,其恶行也不应宽恕。

对枪械子弹的加强管理,固是治标之法,但鉴于治本之不易,自应先从治标着手。而治本方面,莫过于有情人都成眷属。退而求其次,我们希望失恋的朋友,能不丧失理智。手边无枪,也是使他不丧失理智的一法。几乎所有失恋的男人都想同那个"无情无义"的"婊子"同归于尽,如果没有枪,过了几天,或是又遇见一张更漂亮的脸,或是自己豁然贯通曰:大丈夫只患事业不立,何患无妻?到那时,你便拜托他去行凶,他也不干。

29. 性格与悲剧

柏杨先生早就不谈时事和新闻,盖一脑筋儒家思想,而儒家思想者,明哲保身,安贫乐道的思想也。有权势的人物最欣赏儒家思想,如果每个人都明哲保身,都安贫乐道,他们便可以畅心所欲地乱搞矣。可是最近看报,凶杀案之多,实在心惊肉跳,并不是怕也挨刀挨枪挨手榴弹,这年头死虽容易,可是如果混到挨刀挨枪挨手榴弹,没有深仇大恨,谁肯费那么大的力气对付你乎?我之所以心惊肉跳者,盖时代的气压逼人如此,再严厉的刑法都没有用。气压不改,这类案子还要层出不穷,胆小如鼠的小民,还继续有可看的也。

昨天下午,柏杨先生往访某大官,他正在向一个泪流满面的科员发脾气,拍案詈曰:“我最痛恨你这种自命不凡的人,明明獐头鼠目,却以为一表人才,我这小庙敬不了你这大神,今天就滚。”事后向他探询,他曰:“他离开这里,就饿死他,他以为啥啥局可以收他,我一个电话,那边连报到手续都不会叫他办。”当时我就用种种言语劝之,盖开革不开革是一回事,何必那么损其自尊,又何必那么展示威风乎?该大官纵声笑曰:“叫他杀我好啦,报上不是天天杀人乎?我不怕。他敢?哼!”

呜呼,这种地头蛇嘴脸,便是造成惨剧的主要动力,哪一个挨刀挨枪挨手榴弹的大人先生,事前相信他会惨叫而死的?都是怀着“他敢,哼”的心理,结果才满身鲜血地抬到殡仪馆。一个人竟凭空有这种“必胜信念”,认为绝对可以战胜那些见了他都发抖的小人物,毫无怜悯同情之心,毫无戒慎恐惧之意,不把人当人,乃是天夺其魄。

从前有人向老僧请益曰:“师傅,进一步则死,退一步则亡,我应如何?”老僧答曰:“那么,你往旁边让一步如何?”噫,君尚记得台北永和镇那个教习杀校长的凶案乎?我们对那凶案无所评论,对被害人和凶手的人格,也都十分崇敬。但如果研究社会问题,便不得不借这个例子。那位校长先生,真是了不起人物,他曾说过,法院有朋友,警察局有朋友,报馆有朋友,警备总部也有朋友,反正是对方所有可以申冤的地方,他统统有朋友,然后拍胸笑曰:“你奈我何?随你的便!”如果你阁下不幸也弄到这种凄惨地步,你像猪一样活下去乎?抑奋博浪之一椎,跟他拼命乎?地头蛇既把人前走之路堵住,又把人后退之路堵住,最后更堵住旁让之路,便是一个人人得而诛之的独夫矣。

一个人的悲剧,与人格无关,有些被人像剁烂泥一样地剁死,其人格固完整也。但一个人的悲剧,往往与性格密不可分,无论被害人或凶手,都是如此。张飞先生应该是一个典型,读者因受《三国演义》的影响(小说的力量大矣哉),对张飞先生颇有好感,不过,幸好我们没有和他同生在一个时代,否则恐怕有罪受的。陈寿先生对他的评语为"暴而无恩",一个人"暴",已够人发指,再对人无恩,那成了啥东西?岂不是一个凶恶愚昧的土匪头?其最后终于被刺,够人警惕。

所有的凶杀案,恐怕都跟被害人"暴而无恩"有关,尤其主要的是:"暴"尚可谅,"无恩"则不可忍。范雎先生当了秦国宰相,终于饶了他的老仇人贾须先生不死,乃在那一袍之赠耳。如果贾须先生在长安市上看见范雎先生衣不蔽体,自觉伟大起来,训上几句,或索性鼻中嗤之,扬长而去,或到处说范雎先生思想品格有问题,绝不可用,恐怕他的老命早完蛋了。

分析的结果,似乎逃不出下列范围:部下杀长官(或老长官),仆人杀主人,地位低的杀地位高的,没钱的杀有钱的,没办法的杀有办法的,一言以蔽之曰:"光脚的杀有鞋穿的。"有鞋穿并不就是罪恶,但有鞋穿的人如果去故意猛踩那些光脚的朋友,仅在道德上讲,做人便不够厚道。报纸上一遇到某人被杀,千篇一律地都说他很好——他生前这也好焉,那也好焉,好的程度,连孔丘先生在文庙里都坐不住。实际上果如此乎?我们的社会风气是只论市场价格,而不论是非的,一个人出了纰漏,同样千篇一律地说他王八蛋。前年某站的副站长诱奸了一个村女,铁路局某官崽立刻说他有神经病——这一类的事多矣,只可自娱,不足服人也。

问题是,被害人却往往罪恶滔天,记者先生们去现场采访时,听到的并不是叹惜之词,甚至邻居亲友们还有些人在那里"大快人心"哩,把记者老爷窘得无法下笔。他总不能据实地把被害人说得一钱不值,那岂不是鼓励动刀动枪动手榴弹乎?

有学问的人总是责备光脚的人为啥不法律解决,柏杨先生也是主张法律解决的。可是,我们的法律能替光脚的申冤乎?有鞋穿的人一鞋遮天,到处都有“朋友”,把穷苦之人逼得只有同上西天的一条路可走,被害人和整个社会,恐怕都不能辞其责。

30. 官性兴旺

很多凶杀案,往往有其“不可忍”,和连旁让一步都被堵住的隐情。不过凶杀案发生之后,凶手或就逮,或自杀,舆论一致指摘,就把被害人说得可进圣人庙吃冷猪肉,把凶手说得天生坏胚。一个非常严重的社会问题,遂被表面上的泛道德观念所埋葬。真相既不能明,徒勃然大怒曰:“此风不可长。”徒对凶手百般唾骂,判以严刑。哪能止住“再来一个”乎哉?如果仅靠这一套便可以止住凶杀,世界上的社会学家都要跳井矣。

柏杨先生并不反对治乱世用重典,当然更不主张把凶手一律释放,然后再发给他一纸“杀得好”的奖状。他触犯了法律,自应接受适当制裁,或杀之,或囚之,悉凭处理,我们一概不问。我们问的是,如何希望不再有凶杀,则有赖于有鞋穿的人不再把人逼得走投无路,光脚的人不再想不开也。

有一种现象是有目共睹的,那就是与日俱增的暴戾之气。有鞋穿的人暴戾,光脚的人也暴戾。有鞋穿的人的办法是压之饿之,逐之辱之;光脚的人的办法则是跟他同归于尽。双方各走极端,世人便有精彩的新闻好看。这种暴戾之气似乎一天比一天厉害,因为台湾地方太小,机会太少,使得有鞋穿的人肚子里,不但装不下船,甚至连针都装不下。同样的环境,也使光脚的人发现,离此一步,即无死所,等是死耳,我死你不能独活,给你来一个刀枪手榴弹可也。

《水浒传》一书,是被迫害者发出的怒吼,厚厚的一大部,四个字可以说明其主旨,曰“逼上梁山”。世界上哪一个人天生的肯为匪为盗,又哪一个人天生的就喜欢杀人放火耶?一种力量相迫,真是“进一步则死,退一步则亡,旁让一步也活不成”,不动刀动枪动手榴弹,就铁定的被杀、被囚、被诬、被辱,稍微有点人性,都不能忍受。君不见林冲先生乎?君不见杨志先生乎?君不见卢俊义先生乎?君不见打渔杀家里的萧恩先生乎?他们想不。铤而走险,不可得也。谈到这里,柏杨先生想起一事,前些日子看了一本文艺评论集,中有包遵彭先生的大作,把《水浒传》上那群被逼上梁山的可怜人物,说成一群犯上作乱的匪徒,一一加以痛斥。噫,这就是中国社会的传统气质——人性泯灭而官性兴旺。为了做官,啥事都干得出。不去探讨铸成那个社会问题的原因,而只一味的作忠贞君子之状,典型的官崽嘴脸,无怪他阁下一连串飞黄腾达。

我们之所以谈到《水浒传》,是深信凶杀案中的凶手,至少有一部分确实是处于绝境,如果换了某些圣崽官崽,不要说迫害他,就是不给他官做,都会翻脸。这些处于绝境的穷朋友,血泪齐飞,悲恨同发。悲夫,对于他们,我们还有脸谈啥?

问题在于,发生在最近的这些凶杀案,《水浒传》上所述的情形少,而大多数凶手,都是有路可走,而误解为无路可走的。固然也有好事之徒,若某校长,若某主任,手执鞭棒,锲而不舍,逼人反噬。但大多数人,都忙着工作——或努力做官焉,或努力拍马焉,或努力吃喝嫖赌焉,或努力请别人写稿自己署名发表以冒充学者焉,打出一记,踢出一脚,也就算啦,固没有时间紧衔不放者也。柏杨先生有一世侄,大学堂毕业生也;年约四十,吴国桢先生当台湾省政府主席时,他在省政府人事处供职,吴公飞到美国去后,他便垮了台,非因吴国桢先生而垮了台,而是因一种他到今天仍含糊其辞的原因垮了台,迄今八九年矣,手执大学堂同学录,像流行歌曲所唱的:“从南骗到北,从北骗到南”,柏杨先生乃其老户头焉。每月至少两次,光临舍下,索钱索衣,眼珠频转,故神其秘。有一段时间,他每来必告我曰:“你不知道他们那一帮人多么坏,仍不肯放松我。我到什么地方去,总有人跟着。我到馆子里,刚刚坐下,旁边桌子上准有一个人也坐下。我上公共汽车,刚踏上车厢,也准有一个人斜刺里抢着也跳上来。我刚进你的家门,就有一个人盯梢。”

每次他这样一讲,柏杨夫人就吓得花容失色,好像大祸即将临头。有一次我实在忍不住,当面吼之曰:“贤侄,你这次要多少?十元?二十元?五十元?我只给你五块钱,请滚到市场买面镜子,好好地照一下你的尊容,就凭你这模样,也配有人跟踪?你太往自己脸上贴金啦。”他分辩曰:“老头,你不知道!”我曰:“我知道得很,你在用这种自撰的情况争取同情,还是刚才那一句话,快买镜子。”那一次他狼狈而去,以后虽然仍每月必至,每至必“暂借”若干,但不再谈有谁迫害他矣。

该世侄是聪明之人,采取此策,我不怪他,盖这里有两种可能,一是他明知没人迫害他,但没人迫害为啥没饭吃乎?乃不得不制造出假想敌以提高身价。一是可能他真的受过委屈,而将假想敌加以固定,于是任何一个稍不如意,都以为是那假想敌在捣鬼。这是一种生物的原始嫁罪本能,君不见小孩子跌倒乎?明明是自己不小心,却要打地。

有些凶杀案里的凶手,仔细分析起来,实在没有动刀动枪动手榴弹的必要,而竟自以为他是《水浒传》里的人物,悲剧便由此而生。柏杨先生有一友焉,执教某学堂,和同寝室的某教习势如水火,他发誓非揍之不可,我怎么劝他都不听。他曰:“我宁愿坐牢。”我曰:“宁愿如何者,自信它不至于如何也,阁下宜手下留情。”他不服气,结果把那教习头上打了一个洞,法官要收押他,他才发慌,到处借钱赔偿医药费,看他那可怜之状,真不知当初何苦来也。

前已言之,个性是造成悲剧的原因之一,被人杀如此,杀人亦如此。有些凶手往往自己不成材,像拴到木桩上恶凶不驯而又甚为聪明的番狗一样,在它眼中观察,这也不对,那也不妥,见人就咬,见影就叫，搞来搞去，转来转去，绳子都缠到木桩上，天地也随之越来越小，终有一天自己把自己勒得出不来气。但它却硬是怪那些过路之人，和日月所照射的影子。如果恰巧有一只猫在屋背上晒太阳，也要将之恨入骨髓。曰："老子在此受苦，你在那里舒服，不下来把我的绳子咬断，我不宰你宰谁？"

呜呼，这一类人可以说很多，皆凶手的预备军。改变之法，在于多读书，在于社会给他可以维持其自尊的希望。然而，问题是，变化气质，谈何容易，大智慧的人才有能力见善而迁。个性既成，原子弹都无办法，故凶杀案才层出不穷也。

31. 布衣之怒

谈凶杀案已数日，余意未尽，再说两点，作为补充。

其一，光脚的人既无顾忌，则有鞋穿的人真难再穿下去矣。昨天有一朋友，也是大小之官，告曰："照你的意思，要从根本着手，从气质上解决，即令行得通，不知哪年哪月才收到效果，我们现在将如何哉？"盖在上月之末，因分配房子问题，一个科员老爷曾指其鼻骂曰："干你老母，你只给我八个榻榻米，我叫你白刀子进去，红刀子出来。"余悸仍未消也。柏杨先生曰："你回报他一耳光没有？"曰："我怎敢惹他？"我曰："蠢哉，阁下，揍之准没有错！"一则是该科员有妻有子，有职业有房子，也是有鞋穿的人，只为了宿舍太小，便口出狂言，是借潮流而拣便宜也。二则分配宿舍，乃同阶层的同事抽签而定，合法而公平，他仍胡闹，事后一想，自己都会发现自己站不住。

合法而公平，是有鞋穿的人治事唯一秘方，如再能在态度上保持和善，则根本不会有什么凶杀案。《韩非子》上有这么一则故事曰：某城大乱，大官狼狈出奔，可是跑到城门，已下锁矣，再一看那守城门的家伙，不由魂飞天外，原来该家伙当初犯法，由该大官审理，判处刖刑，把双脚生生剁掉，这一下子冤家聚了头啦。想不到那守门的人竟不记旧恶，开了门放他一条生路。大官诧而问曰："你捉住我不但可以报私仇，且可富贵，为啥不如此？"答曰："我虽受刖刑，是我自己犯法，怪不得审判人员。当你判我刖刑的时候，我在堂下见你呻吟不语，面有痛苦恻隐之色，知你已为我尽了最大力量。"

我想这故事应大量印刷，置于每个有鞋穿的人的案头，不但有助于他的做人，且可预防其被人在身上乱捅刀子。盖只要合法，他便口服；只要公平，他便心服；如果再能把人当人，同情之，怜悯之，开导之，原谅之，在可能范围内诚恳地帮助济助之，即令事与愿违，对他无补，人心是肉做的，我不相信上帝会特别加料，造一个专门忘恩负义的人，故意摆在你的面前。即令他蠢蠢然不会感激，亦不易生仇生恨也。

其二，还有一种现象，有其普遍性焉。那就是有鞋穿的人，再也唬不住人啦。文化水平日益提高，使人对事物都看得比从前更为透彻，观察得也比从前更为清楚。从前那种对长官、对老师、对长辈的尊敬，多少含着一点江湖义气，所谓父要子死，子不敢不死；君要臣亡，臣不敢不亡。四十年代之前，这种气质固然已经很淡，但仍多少存留一些。而今恐怕是没有这回事，代之而兴的是民主社会所有的权利义务观念，大家都是一样的观念。甚至堕落成为一种势利眼气质，像你给我官做，我才对你忠贞，你给我权势，我才提起你就肃然起敬。但有一点是一致的，当你对他过分要求的时候，他便不能忍耐。而一般有鞋穿的人竟仍照旧地认为他的金钱权势无往而不利，自然要糟。前些时上演的一部电影《娇凤痴鸾》，其中有好镜头焉，老板打开窗子，叫一个无辜的小职员跳楼自杀，以挽救他自己的错误。他曰："你全靠我提拔，怎敢违抗我？"又曰："跳呀！我加倍给你恤金。"那位小职员跳不跳，不卜可知。我们这个社会的有些有鞋穿的人，却硬是以为靠他的那一点点权和一点点钱，就可叫人乐意去跳，不出凶杀案，难道出桃色案乎？

自己嫖妓女而把一个嫖妓女的小职员撤了职；自己一切都是“供给制”，却把一个贪污了一百元的小职员送进监狱。形式上看起来，你犯了法，当然如此之办。但促起叛心杀机的，也莫过于此。从前尚有那种“谁叫人家是部长呀科长呀”的想法，现在则大家平等，盖一般人对大小官崽以及有钱的官僚资本家，敬意有日渐衰退之象也。

《战国策》上有一段故事，魏国唐雎先生去见秦王，为了一块土地，着实顶撞了几句，秦王的地位比现在台湾岛上任何人物都权威得多矣，自然认为有损威严，乃曰：“你知道天子之怒乎?”对曰：“不知。”秦王曰：“天子之怒，伏尸百万，流血千里。”唐雎先生曰：“然则，你知道布衣之怒乎?”秦王曰：“布衣之怒，剃发光足，以头碰地。”唐雎先生曰：“非也，布衣之怒，伏尸二人，流血五步。”呜呼，布衣者，译成白话，就是光脚的人。一个人一旦有此观念，凶杀案便免不了也。这年头不是那年头，每个人心里都像玻璃球一样地明亮，啥都看得清清楚楚，只不过有言有不言而已。所以自己必须立得正，站得直焉。奉劝有鞋穿的人，如果自己不是正人君子，千万别牺牲别人以表示自己是正人君子，否则布衣一旦兴起布衣之怒，便是再多人向你鞠躬，都救不了你的命。尤其是那种动辄悻悻然曰：“叫他们来找我，来问我好啦。”恐怕只能致乱，不能致太平也。

32．英文万岁

谈起来“原文”，真是中华民族的一场浩劫，不知道五胡乱华，以及元初清初时，中国知识分子是不是也同样手捧“原文”而猛读？六朝便有诗云：“汉儿学得胡儿语，站在城头骂汉人。”这种丑态似乎只限言语，现在看来固无足奇也。如今胡语吃不开，英文取而代之，中国人骂中国人，只好用英文矣。前年报载，复兴航空公司总经理陈文宽先生在酒楼请洋大人的客，警察前往执行任务，他觉得有损门面，乃以洋话激洋大人之怒，洋大人就把该警察揍了一顿，壮哉。这一类“学得胡儿语”的事多矣，任何一个国家的国民，若美利坚、若日本、若韩国、若阿尔巴尼亚，从没有两个本国人在谈话时用洋文者，只有俄国在托尔斯泰时代，以说法语为荣，如今则只剩下中国有这种表演矣。其实乱讲洋文本来没啥了不起，但以变态心理出之，便叫人有张君瑞先生搂住崔莺莺小姐之后的感觉，“醮着些儿麻上来”矣。

这里有一则柏杨先生亲身经历的故事。我常去耶稣教会做礼拜，每逢星期日，必手执《圣经》，昂然而往，因而结识了一个时代青年。有一次偶尔谈到《圣经》文字太差，既不通顺，读起来别别扭扭，又欠真实，有些地方且不对劲得很，例如有一句曰：“唯真理可以得自由”，如译为“唯真实可以得自由”，当更恰当。该时代青年曰：“你可看原文《圣经》，那文字流畅多矣。”我曰：“我看不懂原文。”时代青年听了之后，脸上立露怜悯之色。我自顾形惭，嗫喃辩护曰：“没有几个人看得懂原文《圣经》的呀。”时代青年像被踢了一脚似的一跃而起曰：“我就看得懂。”不禁大惊，询他可以见示之乎？他拍胸作声，允明天带来，以便我大开眼界。当天晚上，柏杨先生在床上翻来覆去，一夜未能合眼，想不到该时代青年学问竟如此之大，连原文《圣经》都看得懂，我们老一辈的真该吃巴拉松矣。到了第二天，时代青年来访，夹了厚厚一册，打开一瞧，原来是一本英文的，乃问曰：“原文《圣经》何在？”他曰：“这不是原文是啥？”呜呼，这年头，恐怕把“原文”解作英文的，不限于该时代青年一人。而《圣经》中旧约原文，固希伯来文也，新约中一部分为希伯来文，一部分则为古希腊文，连现代以色列人、希腊人都看不懂。中国人中，似乎还没有听说有几个懂得希伯来文和古希腊文的，只有一家《圣经》函授学堂教希伯来文，教习则是匈牙利人焉。

柏杨先生当时实在不好意思把该时代青年的尴尬嘴脸拍下照片，我想他这一辈子都对“原文”留下深刻的印象。

使人“麻上来”的那股劲，无论在哪一方面，都好像在证明中华民族因为作孽多端，气数如缕。去年女作家张雪茵女士去台湾疗养院看病，医生诊断了一半，便跑出去（鬼知道他为啥跑出去，不过他既跑出去啦，病人有啥办法？）。张女士一时无聊，把病历表拿过来细看。一个白衣天使走来，一把抢去，曰：“你怎么乱翻？”又曰：“你看也看不懂。”凶恶之状，若黑寡妇然，把张女士气得头昏眼花。柏杨先生也有一次，送朋友去某私家诊所求治，该医生胡乱摸了一阵之后，说打一针便好，我以眼斜视他的病历表，见上边有英文“维他命丙”字样，不禁大惑，询之曰：“这玩意儿能治头痛乎？”我以为该医生定有一番解释，想不到他咆哮曰：“谁叫你偷看病历表？”

其实我只能看得懂“维他命丙”而已，普通情形之下，便是把病历表塞到眼眶里都木在羊也。呜呼，英国人看病，医生在病历表上的处方，用的是本国文字焉。德国人看病，医生在病历表上处方，用的是本国文字焉。日本人看病，医生在病历表上处方，用的也是本国文字焉。恐怕世界上只有劣等的堕落民族，或山窝里吃人肉的野蛮民族，本国医生给本国人看病，却写的是病人看不懂的文字也。柏杨先生偶尔违和，找医生诊断时，便如一种投入屠场的感觉，被乱整一阵不说，最可怖的是呆坐一旁，看那医生振笔疾书，写的全是洋大人之文，横看竖看都不认识。然后药剂师按方配之，或口服焉，或打针焉，左手执药瓶，右手按屁股，茫然而归，固不知自己吃的是啥药，也不知道挨的是啥针。有胆大皮厚的病人冒险问之，医师则曰：“退烧药，消炎药，镇定剂。”而各种药均有千百种，用的是哪一种乎？他不肯说，病人仍不知也。犹如法官对待囚犯，判死刑乎？判有期徒刑乎？判几年几十年乎？统统不言。为何如此判乎，其理由如何乎？亦统统不言。囚犯连判决书都看不见，已送到监狱执行矣。即令来了好运，如张雪茵女士有机会翻一翻，或如柏杨先生瞥了一眼，却看不懂写的是啥。呜呼，假设中国法院的判决书和诊断书一样，也用的是洋大人之文，你说打官司的人活着还有啥意思，而诊断书上固都是如此者也。用洋文写药尚可解释为免得翻译，有其方便；但有些地方实在并不方便。前天我抱小孙女求医,年龄八个月,我想如果那个穿白衣服的女人用中文写“八月”,决不致影响其可敬的前途,可是她硬是来了一个 Eight Moonth,即令以笔划而言,也没有中文省事,她为啥如此?恐怕说来话长。从学堂教育到社会风气,每个人都这般这般。奴性充斥到了见怪不怪的程度,人性的自尊必然一天比一天消失。思一思想一想,又何止医生为然也。

33. 奴才群

其实患这种毛病的,并不限于某几个人,而是一种时代的标志。台北最近便发生一个故事,有一位美国上尉,在美国国防部当一个类似从事调查业务的官,颇有实权。他阁下祖籍中国,一口流利的北平话,上月从东京来台北公干,满街看到的都是黄脸皮,满耳听到的都是中国话,龙心大悦。着实游了个够,然后去美军顾问团办他的事。进得门来,便用中国话叫保艾送一杯咖啡,该中年保艾把他上下打量了一番,频摇其头。上尉以中国话质问他为啥不理,他以英语曰(天晓得他说的是啥英语):“我们这里不招待中国人,请你快走,美国视察就要来啦。”上尉仍用华语曰:“我不是中国人呀,我不过看你是中国人,才说中国话罢啦。”保艾露牙而笑,以英语嘲之曰:“啊,天老爷,你竟然是美国人,有没有啥证件咱们瞧瞧。”上尉气得浑身发抖,掏出证件,赫然国防部,赫然就是那个视察,保艾这才屁尿直流。事后该上尉叹曰:“我几乎走遍全球,到任何地方,会说当地言语的人,都会受到亲切而尊敬的欢迎。只有台湾例外,连我这个华裔的美军都感到羞耻,但我知道我的祖父却以他是中国人为荣的。”

这件叫人麻上来的事,我们还可以推托曰,工友的知识不够。然而大学生的知识该够了吧,也同样有此精彩的一麻。这个例子发生在若干年前,吾友陆懋德先生,留美学人也,专研历史,归国后一直教书。此公是一个怪人,他在台湾的朋友甚多,可资证明。盖他跟柏杨先生一样,年老而气盛,刻留大陆,生死不知。他从美回国之后,在某大学堂教西洋历史,奇癖大发,上课时绝不用一个英文,即令是英美的地名人名,也是中国发音,写到黑板上,更是中国字焉。呜呼,现在想起来他这一手简直连台北各广播电台播音小姐都不如,君没有听过西洋歌曲节目乎,歌名和作者全是英文发音。陆先生既不能使人麻,大家乃瞧他不起。有一天,班长起立,要求他用英语授课。陆严拒之,班长威胁他说,他如不用英语,他们就罢课。陆这才弄明白原是奴性作祟,从此他就再也不用中文矣,把那些大学生一个个讲得晕头涨脑,视若神明。我劝他不要和年轻人一般见识,他曰:"你懂得啥,没有几个学生听得懂的,错了也无人知,省事得多。这年头你唬我,我唬你,此之谓坑死人不抵命也。"

现在台湾的大学生有没有这种现象,我不知道,但因电台上的广播,连一首歌都英语发音,恐怕情形仍然不妙。一个堕落的气质固有其强烈的传染性,中国真不可为了欤?

这种一面倒的奴才劲,乃打击民族自尊心的有力武器。信不信由你,无论古今中外,当内奸和出卖国家民族的家伙,都是这一类人。盖他在观念上先否定了自己,认为自己国家可厌可卑,一旦洋大人出笼,他自会心甘情愿地伸头效忠。洋大人没有丝毫强迫,他自己也没有丝毫不舒服,如水之趋下,如火之趋油,是一种必然的发展。

1961年台湾有一场学术论战,学术是啥,柏杨先生不懂。但到了后来,由学术论战,成了人身攻击,学者专家,齐露原形。柏杨先生对这种较低级的一套,却懂得很,其中最精彩的是一位高呼"学格安在"的居浩然先生。此公出身极大之官之家,有的是可怜小民血汗之钱,质量自然不凡,故有资格大唱"学格",讲得头头是道。呜呼,这年头能有一个人敢讲学格,且俨然自己就是学格,能不浮一大白乎?结果寒爝先生有一文曰:"学格哪里去啦?"刊于台北《反攻》杂志,读者如不拜读该文,真该严重抱歉。居学格指责人时,最得意的一着是:某人没有留过学！某人不会洋文！曰:“他的日文,连日本人都听不懂!”“他的英文不行,岂能研究学问?”呜呼,仅只这一类论点,便可看出一个西崽嘴脸,有好爸爸的人真是福气冲天矣。居学格先生如果也生于贫寒之家,足不出国门,他这一辈子岂不也没有学格乎哉？此公本以阴谋夺产闻名于世,现在更以学格闻名于世,而学格的基础却是建筑在会不会洋大人的语文上,壮哉。

居学格先生不过一个典型,其行尖锐,其言惊人。我们对他本人毫无恶感,犹如我们对复兴航空公司总经理陈文宽先生也没有恶感一样,而是充满了看热闹之情。盖他们如洪水中的木屑,身不由主,便是柏杨先生处了那个环境,说不定表演得更叫你受不住。尤其是来到台湾之后,人心大变——我们不探讨人心为什么大变,而只说出,人心大变的结果是,每个做父母的(包括柏杨先生在内),都盼望子女小学毕业入中学,中学毕业入大学,大学毕业去美国,在美国娶妻(或嫁人)生子,找个差事,成为美国公民。年轻人似乎也发现,只有这一条路,才是光明大道,小学毕业上中学,中学毕业上大学,大学毕业千方百计去美国,洗盘子焉,擦汽车焉,半工半读,弄到手一个博士硕士,找个职业,然后见了女人就猛追,追不到就大骂祖国不强大,追到啦就结婚生子,老死黄金之国,或回国光宗耀祖。呜呼,老小两代,把人生的价值弄得如此之奇特,而且成为一种谁都拒抗不住的潮流,此日耳曼民族和大和民族之所以终于沉沦,而中华民族之所以终于伟大的原因也。

34. 人生以出国为目的

出国焉,留学焉,成了这个时代的特征,不可不大书特书。五十、六十年代的出国留学,和二十年代的出国留学,其本质上大大不同。

从前留学,基于爱自己的国家,以便学得手艺,回来改善自己的国家;而今留学,基于厌恶自己的国家,以便学得手艺,就在外洋落户,不再要自己的国家。这区别非常重要,只有对知心亲友,才肯吐露这种心理上的动机,把屁股打烂都没有人肯形诸文字也。前些时台湾"教育部长"黄季陆先生去美国玩了一趟,归来后发表谈话曰:"看到在美国的很多留学生,我很高兴,将来不愁没有建国人才。"这种话小民听啦,真要连心都感激成灰,留在国内的呆瓜流血流汗,有的还要破家送命,万一闯出一个腕儿,留美朋友浩浩荡荡,踏着呆瓜鲜血而回,建起国来。呜呼,二十年代国民政府北伐时便是要的这一套,要得甚好;抗战时再要之,就不太灵光,以后恐怕再无灵光的一日矣。不过,天下竟有如此的如意算盘,怎能不建立"出国人生观"乎。

没有生理以外的抱负,是这种人生观的必然产物,很多留学生只希望把英文搞好,搞好了之后不是为了贡献,而只是为了餬口。文明点说,只是为了改善生活。改善生活并没有不对,生活当然应该努力改善,但如果人生的目的只限于改善自己的生活,似乎有点太单细胞矣。而从台湾去的留学生,却一直在这个窄小的酒杯里陶醉,真叫洋大人哑然也。而且为了出国,不择任何手段,有一位女声乐家,已经结婚生子,执教于某某中学堂,本来过着平静日子,后来不知道怎么搞的,看着丈夫儿女都不顺眼,大闹一阵而离了婚,一直打着女光棍,发誓非出国不可,不管是啥样男人,只要能把她弄出国,她就嫁他,而现在她终于出了国矣,有一个男人把她弄出去,但迄今还没有嫁他;可能留着再用一次,以便取得公民权。另外还有一位女学生,某某大学堂的系花也,这位小姐是一个善良而正派的女孩子,不幸有一次,被一个过气的老官崽征服,条件是和你同居可以,但大学毕业后,送我出国,过气老官崽有的是钱,对此自然一口答应,如今那女孩子也出了国,且在新大陆结婚而生子啦。

我们对这两位女子,毫无责备,但不得不有点感叹。盖不是少数人如此,而是多数人都如此焉。柏杨先生不禁为美利坚悲,现在似乎有这么一种现象,世界各国的垃圾人物,和一些使人麻上来的老老少少，都以各式各样的方式，甚至不惜参加朝圣团，不惜参加道德重整会，在神圣外衣下，挤到美国安家落户。呜呼，这股蚀腐的力量，美国固有它的社会堡垒，但日子久啦，能抵挡得住乎，真叫我担心。

我们为洋大人担心，并不是失惊打怪，想当初 1928 年，国民政府北伐成功，何等威风，可是再威风也挡不住腐败政治的侵蚀。谚曰："军事北伐，政治南侵"，固然自己必须先有致命的弱点，别人才侵得进来，但被侵的结果如何，现在大家都看到啦。记得韩复榘先生倒冯玉祥先生的戈时，有计划地把他弄到汉口，招待了几天(他也是在汉口被枪毙的，巧哉！)，美女如云，佳酿似泉，一天三大宴，两天一特宴，用不着说话，只须哼哈一声，就有人把他服侍得舒适入骨，韩复榘先生慨然曰："当到总司令，如今才弄清楚人生的真谛。"这类腐蚀人类灵魂的故事甚多，三年都写不完。渣滓和奴性强烈的移民，如果太多，洋大人恐怕终有受不了的一日。

呜呼，中国人的自卑感，简直到了就要凉啦的温度，全民族都快要被这种自卑感害得翘辫子。最妙的是，骨头一经软下去，一时想硬都硬不起来。有一则故事曰：一个黄鼠狼以偷鸡为生，实在感到委屈，便见玉皇大帝，请求变成狮子。玉皇大帝曰："变狮子容易，可是你的屁最多，动则放之，岂像狮子乎？"黄鼠狼曰："不然，我当黄鼠狼，不得不常放屁，以臭追我之人。如果变成狮子，便用不着去臭谁，自无屁焉。"玉皇大帝看其情有可悯，乃把它变成一个狮子，黄鼠狼大喜。过年的时候，洋洋得意，随同群狮，前来朝拜，一路上有说有笑，俨然一头真正的狮子也。一进金殿，守门的金毛犬冲着群狮乱叫，以表欢迎。于是，忽听冬的一声，臭气弥漫，黄鼠狼放了一个大屁。玉皇大帝召而责之，黄鼠狼曰："实在是狮子毛太长，兜得肚子紧。"玉皇大帝大怒曰："明明是贱，却有许多说辞。"挥之使出，恢复它黄鼠狼的面目。

35. 萧长贵

兹隆重推荐一则故事。这故事载于《官场现形记》第五十五回，读者中如想出类拔萃，宜一字一字，仔细拜读。圣人云："书中自有颜如玉，书中自有黄金屋。"指的便是此书也。

话说这么一天，有人飞跑到海州（江苏省东海县）州政府报告，说是来了三条外国兵舰。洋大人原来前来打猎，别无他事，但州官梅飏仁先生不知也，乃大吃一惊，头上的汗珠，立刻如雨而下。而且连远在南京的总督（制台），也慌了手脚，立派兵舰往迎，一番天下大乱之后，故事于是开始：

这个当口，恰巧省里派来的军舰（兵船）到了。舰长（管带）是个总兵衔参将，姓萧名长贵，到了海州，停轮之后，先上岸拜会州官。梅飏仁接见之下，萧长贵把来意说明，又说："兄弟奉了元帅的将令，叫兄弟到此，同了老兄，一块去到船上，禀见那位外洋来的军门。兄弟这个差使，是这位老帅到任之后才委的，头尾不到两年，一些事儿不懂，都要老大哥指教。"梅飏仁道："岂敢。"萧长贵道："兄弟打省里来的时候，老帅有过吩咐说，那位外国来的带兵官，是位提督大人，咱们都要按照做属员的礼节去见他。你老人家还好商量，倒是兄弟有点为难，依着规矩，他是军门大人，咱们是标下，就应该跪接才是。"梅飏仁道："现在又不要你去接他，只要你到船上，见他就是了。"萧长贵说："兄弟此来，原是老帅遣了兄弟来到此地接他来的，怎么不是接？非但要跪接，而且要报名，等他喊'起去'，我们才好站起来，这个礼信，兄弟从前在防营里当哨官，早已熟而又熟了。大约按照这个礼信去做，是不会错的。"梅飏仁道："要是这么样子，兄弟就不能奉陪了，我们地方官，接钦差、接督抚，从来没有跪过。如今咱俩去，我站着,你跪着,算个什么样子呢?"萧长贵说:"做此官,行此礼,我们不在乎这些。"梅飏仁道:"就算你行你的礼,与我并不相干,但是外国人,既不懂中国礼信,又不会说中国话,你跪在那里,他不喊'起去',你还是起来不起来?"萧长贵一听这个话,不禁拿手扶着脖子,为难起来,连说:"这怎么办?"梅飏仁说:"不瞒老兄说,这船上本来我兄弟也不敢去的,我这儿翻译去过两趟,听说那位带兵官很好说话,所以兄弟也乐得同他结交,来往来往。况且又有总督(制台)的吩咐,兄弟怎好不照办?现在定不好叫你老哥一个人为难,兄弟有个好的法子。"萧长贵忙问:"是个什么法子?"梅飏仁道:"你既然一定要跪着接他,你还是跪在海滩上,等我同翻译先上了船,见了他们那边的官,我便拿你指给他看,等他看见了之后,然后我再打发人下来接你上船,你说好不好?"……

《官场现形记》续曰:"萧长贵听说,立刻离坐,请了一个安说:'多谢指教,兄弟准定如此。'梅飏仁道:'可是一样,外国人不作兴磕头的,就是你朝他磕头,他也不还礼的,所以我们到了船上,无论他是多大的官,你也只要同他拉手就好了。'萧长贵道:'这个又似乎不妥,虽然外国礼信,不作兴磕头。但是咱的官,同人家的官比起来,本来用不着人家还礼。依兄弟意思,还是一上船就磕头起来,再打个扦的为是。'梅飏仁见说他不信,只得听他。马上吩咐伺候,同了翻译上船。刚上得一半,这里萧长贵早跪下了。等到梅飏仁到船上,会见了那位提督,才拉完手,说过两句客气话,早听得岸滩上锣声,只见萧长贵跪在地下,双手高捧履历,口拉长腔,报着自己的官衔名字,一字儿不遗,在那里跪接洋大人。梅飏仁在船上瞧着,好气又好笑,忙叫翻译知会洋官说:'岸上有一位两江总督派来的萧大人,在那里跪接你呢?'洋官听说,拿着千里镜,朝岸上看了一会,才看见他们一堆人,当头一个,只有人家的一半长短。洋官看了诧异,便问:'谁是你们总督派来的萧大人?'翻译指着说:'那个在前头的便是。'洋官道:'怎么他比别人短半截呢?'翻译申明:'他是跪在那里,所以要比人家短半截。'又说:'这是萧大人敬重你,行的是中国顶重的礼节。'洋官至此,方才明白……萧长贵上了大船,立刻爬在地下,先给提督磕了三个头,起来请了一个安……又向什么副提督、副将见礼,仍旧是磕头请安……只听他朝着洋提督说道:'回军门大人的话,标下奉老帅的将令,派标下来迎接军门大人,到南京盘桓几天。我们老帅晓得军门大人到了,马上叫洋务局老总,替军门大人预备下一座大公馆,裱糊房子,挂好字画,张灯结彩,足足忙了三天三夜。总求军门大人,赏标下一个脸,标下今日就伺候军门起身。'说完之后,翻译照样翻了一遍,洋提督道:'我早已说过,再过上一个礼拜,就要走的。'萧长贵听洋提督不肯进省,忙又回道:'军门若不到南京,我们老帅,一定要说标下不会当差使,所以军门动了气,不肯进省。现在求军门无论如何帮标下一个忙,给标下一个面子,等我们老帅看着欢喜,将来调剂标下一个好差使,标下一家大大小小,都要供你老人家长生禄位的。'……萧长贵却不敢径赴南京,天天还是拿着手本,早晚二次,穿着行装,到洋提督大船上请安。洋提督本来说是七天就走的,却不料到第五天夜里,萧长贵正在自己兵船上睡觉,忽然听见外面一派人声,接着又有洋枪洋炮声音,将他从梦中惊醒,直把他吓得索索的抖,在被窝里慌作一团,想要叫个人出去问信,无奈上气不接下气,挣不出一句话。"

《官场现形记》最后曰:

萧长贵正在发急,忽然一个水手,慌慌张张来报信道:"大人,不好了,有强盗!"萧长贵一听强盗二字,更吓得魂不附体,马上想穿裤子逃命。急忙之中,又没有看清,拿裤脚当作裤腰,穿了半天,只伸下了一只腿,那一只腿抵死伸不下去。他急了,用力一蹬,豁拉一声,裤子裂开了一条大缝,至此方才明白穿倒了,拖一双鞋。手下的兵丁还当是大人出来打强盗哩,拿了手枪上前递给他,只听他悄悄的同旁边人说道:"强盗来了,没有地方好逃,我们只得到下层煤舱躲一会去。"说完就往后跑,幸亏又有水手赶来报道:"好了,好了,所有的强盗,都被洋船打死了,还捉住十几个人,请大人放心。"……

接着是一场精彩的关于总督(制台)大人的言论,和强盗的就地正法,惜哉篇幅太长,不能一一照录,且将画龙点睛处,再抄一段,务请仔细参观。那就是州官老爷和翻译先生,请洋大人给总督(制台)写一封推荐的信之后,有以下发展:

总督(制台)接到梅飏仁的禀帖,那洋提督的信,亦同日邮到,说道:"海州州官某人,及翻译某人,他二人托我,求你保举他俩一个官职,至于何等官职,谅贵总督自有权衡,未便干预,附去名条二纸,即请台察。"总督看完,暗道:"州官、翻译,能够巴结洋人写信给我,他二人的能耐也不小,将来办起交涉来,一定是个好手,我倒要调他俩来省,察看察看。"次日司道上院,总督便提到此事,藩台(民政厅长)先说:"这些人走门路,竟走到外国人手里,也算会钻的了,唯恐此风一开,将来必有些不肖官吏,拿了封洋人信来,或求差缺,或说人情,不特难于应付,势必至是非颠倒,黑白混淆。依司里的意思,州官某人,巧于钻营,不顾廉耻,请大帅的示,或是拿他撤任,或是大大的申斥一番,以后叫他们有点怕惧也好。"谁知总督听了,大不为然,马上面孔一板道:"这两人会托外国人递条子,他的见解,已经高人一筹。兄弟就取他这个,将来一定是外交好手,现在中国人才消乏,我们做大员的,正应该舍短取长,预备国家将来任使,还好责备苛求呢?"藩台只好答应:"是",退了出去。这里总督,便教行文海州,调他二人上来。二人晓得是外国信发作之故,自然高兴得了不得,立刻束装进省。到得南京,叩见总督,总督竟异常谦虚,赏了他二人座位,坐着谈了半天,无非奖励他二人,很明白道理。次日总督便把海州州官,委在洋务局当差,又兼制造厂提调委员。那个翻译,升为南京大学堂教习,仍兼院上洋务委员。萧长贵回来,升了统领(舰队司令)。

36. 西　崽

看了萧长贵、州官、翻译三位先生的灿烂前程，再有不恍然大悟者，真是不可救药。然而这里面的关键人物，却是总督大人。如果遇到的是那位藩台先生，或是遇到了柏杨先生，他们不要说升官发财，恐怕叫他们吃不了兜着走。不过藩台先生不是碰了钉子乎？而柏杨先生这一类的人，又一辈子都是可怜小民。呜呼，普天之下，莫非都是总督的势力范围；率土之滨，莫非都是总督之类的官崽，你要想挺一下腰，不挺出麻烦才怪。有啥官崽，就有啥官场；有啥官场，就有啥官崽，小民不过是其中一颗沙粒而已。总督大人那种使人发麻的毛病，于焉光芒四射，不可抵挡，凡抵挡的无不头破血出。吾友郭衣洞先生，十年之前，便有一段惊人艳遇，他那时在台北中山北路一家洋大人机构做事。1951年的元旦，大好节日，洋大人统统都去风光，中国人却不放假，照常上班。别的人只敢忍气吞声，在洋大人背后唧唧哝哝，零星开骂。独郭先生发了驴性，拒不上班，聊示中国人的尊严，于是人心大快。问题是人心大快固然人心大快，洋大人岂能罢休。第二天，不由分说，下令开革，洋饭碗一碎，全办公室的人都心战胆惊，满脸圣崽相的人还惋惜曰："你看，使气任性，有啥益处乎哉？"郭先生乃找到洋大人理论，告曰："中国现在固可怜兮兮，微不足道，但总算没有亡国，元旦之庆，不可夺也。"洋大人有那么一点好处，不像中国官崽之处处要顾虑威信（中国官崽之有没有威信，只有上帝知道），他们自觉理屈，当时就收回成命，表示歉意，要他继续上班，并给三天休假。郭公也是一个奇怪之物，他在三天假满之后，仍拜拜而去，把洋大人气得直叫，盖他来华垂四十年，这种不开窍的中国人还是第一次遇到。

这本是一件普通的写字间纠纷,用不着一提,可是跟着而来的麻烦,却值得一提。不久郭先生新服务的那个单位,就接到治安机关移过来的密告,说他思想有问题,盖他竟然“反美”,这还得了哉?这一告不打紧,几年下来,跳到黄河里都洗不清,把他告得焦头烂额,忧心如捣。噫,五十、六十年代的台湾,反美便是自杀,不要说前途,连老命都可能送掉。有一次他向我叹曰:“老哥,我媚美还媚不及哩,岂敢反美乎耶。”潮流如此,我想他稍微有点脑筋,都不致这般糊涂。有一天,美国大使馆隆重招待台湾作家,我问他为啥不去,他曰:“没有收到请柬。”为啥没有收到请柬?他说当然是他不够格之故,我告之曰:“阁下何其发昏,你不是反美乎,办事的西崽,怎敢招待反美的朋友?”这当然是揣测之词,但无论如何,洋大人之不能乱碰,乃天经地义,否则猪八戒照镜子,里外不是人。

阁下读过宗臣先生的《报刘一丈书》乎?才德相乎——道德学问和能力,都同样高强的男主角,日夕策马候权贵分子之门,千方百计,见到大亨,呈上寿金,大亨假装不要,结果当然还是要啦。于是,告辞出来之后,遇到朋友,即吹曰:“适自大亨家来,大亨厚我厚我。”且虚言状,(——比如说大亨“骂”了他一顿之类!);又于是,该大亨稍稍告人曰:“某也贤,某也贤。”某也就真贤了起来。呜呼,男主角之如此不要脸,非他天生的无廉耻。而是他想上进,想在人生途中有发展,便非仰赖大亨的赞扬不可,形势固如此也。

宗臣先生是明王朝人,那时的大亨,指的是财势双绝的家伙,若官崽圣崽是也。呜呼,现代小民比明王朝小民有福气得多啦,彼时只“权者”一途,现在则除了可照样走权者的路之外,又多了一条路,那就是洋大人之路焉。无论你干的是啥,或干的是自然科学的焉,或干的是种庄稼的焉,或干的是唱歌跳舞的焉,只要洋大人心血来潮,张金口,吐玉音,立刻就身价十倍。这例子举起来可以举三万箩筐。某作曲家,作了一辈子曲没人理,一经洋人品题,马上成了奇葩,现在已去法国,如果不是洋大人,他非老死沟壑不可矣。某画家,画了一辈子画,不过小小有点名气,可是洋人一看,不错呀,“某也贤,某也贤”,就从此成为中国最大最大的大师,无人能敌矣。当官的更需要洋大人的“厚我”,清王朝末年,干这一行的,曰“办洋务”,洋大人如果不喜欢其人,还办啥洋务乎?现在则处处都是洋务,只要洋大人一句话,其效便立竿见影。萧长贵、州官、翻译,便是典型的时代人品,一个官能干得“连洋人都说好”,自然非大升特升不可,如果干得“连洋人都摇头”,那就糟了天下之大糕。当然也闹了不少趣闻,记得若干年前,有一位某公司的小职员,因手里执有爱因斯坦先生的几封信而身价百倍,连“教育部”都慌了手脚,全岛报纸也好像他一个人开的,天天登他的消息,结果披红挂绿去了美国。而今,他阁下安在哉?盖他除了洋大人“某也贤”外,啥都没有;归又归不得,留又留不下(数理科那玩意儿,不像文法科可以瞎混),其出路不问可知矣,这不是害了一个人乎。

有一件事我敢打赌一块钱,不要看柏杨先生活到如此这把年纪,一月工钱只有可怜的九百元,天天饿得发昏。一旦有位洋大人拍官崽之肩而言曰:“你们贵国迷死脱柏杨,真是大作家,其才上冲云霄。比较起来,莎士比亚、海明威给他提鞋都不配,真你们的国宝也。”不信试试看,包管既颁我奖状,又请我当委员,七八个大专学堂都聘我当教习,然后“美国国务院之邀”也会跟着出笼,我就阔起来啦,连讲话都开始夹起英文字来啦。

问题是,文字不比图画,洋大人不借翻译,无法了解,想磕头如捣蒜都不行,此爬格纸动物之所以悲哀也。

37. 司徒雷登

阅报,司徒雷登先生逝世,虽然小小刊出,却是大大新闻。四十年代时,他的名字在报上简直是层出不穷,一言一动,都有记者作详细报导，那时如果死啦，当比今天热闹得多矣，盖报纸乃天生的势利眼，你越有办法，他越登你的新闻。若我们这些小民，除非谋财害命，或被分尸，上报的机会少得很也，故当初司徒雷登先生的分量可知。“台风命名”之后，忽遇司徒先生之死，真是天造地设，应附骥尾。盖司徒先生是一个中国通，一口流利的中国话，当初他老人家翻手成云，覆手成雨，功过如何，自有公论，我们不必瞎插嘴，但有一点却是非常重要的。柏杨先生以为，最坏事的，莫过于他会中国话，若他根本不会中国话，似乎对中国可能另有观感。

柏杨先生和洋大人交朋友，最喜交那些不识中国字也不会中国话的，他既不会中国之话，我也不会洋大人之话，二人相对若木瓜，固不能互叙衷曲，但他绝不敢瞧不起我。我道貌岸然，正襟危坐，俨然君子，他知道我肚子里有啥玩意儿？说不定他会对我佩服得紧。如果他会中国之话，那就非砸锅不可，盖相交之下，我的媚态大批出笼，或者虚骄并发，稍微有点见识的洋人，受得了耶？谈起话来，我既俗且陋，状如幼儿园小班，稍微有点见识的洋人，又忍得住耶？柏杨先生便是浑身解数，恐怕都获不到他的尊敬。中国同胞常有一种错觉，认为只要洋大人会华文华语，对中国就有深刻了解，便最容易打交道。其实恰恰相反，他不会华文华语，在洋书上获得知识曰：中国者，大国也，有五千年悠久历史，更有五千年传统文化，当洋鬼子还在多瑙河畔光着脚丫，手执木棍，吆喝着追赶野兽时，中国人已会很多“奇技淫巧，以悦妇人”，叫那些开国仅一二百年的后起之秀，若美利坚者，怎能不肃然起敬？然而一旦他会了中国话，认得中国字，等于茅山道士戴上照妖镜，百年来中国内内外外的烂疮血疤，全部呈现到他的尊眼之前。呜呼，昔尼赫鲁先生来一趟重庆，便看不起中华民国的官，知中华民国不足惧，亦不足敬也。印度那时尚是一个殖民地，眼睛都如此雪亮，何况如今强甲世界的美国佬乎？更何况他又通华文，晓华语乎？那简直是如虎添翼，把我们这个时代的丑恶气质，看穿十丈。

常有朋友叹曰：“会说中国话的外国人，最难应付。”非难应付也,咱们的这一套他统统了如指掌,你一翘尾巴,他就知道你要拉啥屎,而中国人的嘴脸又是如此这般。不是过之,就是不及。他怎能和你一字并肩耶?请读者先生赐一答案。

38. 方块字

名作家方以直先生在报上谈"病院语文",举了一个介绍信的例子曰:求名医看病,依例先求名人写信介绍,介绍信如用中文来写,便和英文大不相同,其效果自也大不相同。中文必曰:"兹介绍某君前来求诊,请惠治为祷。"英文则准是:"我现在把某某介绍给你,看你能给他些什么劝告……"呜呼,记得抗战期中,英军在利比亚沙漠打了一个胜仗,英王颁勋章给其统帅蒙哥马利先生,其褒奖状上便写了一大堆,曰:"你,蒙哥马利将军,在利比亚和埃及交界沙漠地带,以只有敌人三分之一的兵力,在两个星期内,阻止了德军隆美尔将军大军的强烈攻势。并在最后反攻,迫使敌人向西撤退,保障埃及的安全。去年瓜太尔之役时,你,蒙哥马利将军,在狂风暴雨中,没有雨具,站在海滩上指挥撤退,为时达二日夜之久,在敌人来袭前一天,全部撤退完竣,拯救了英军四千六百人的生命和装备。前年……"如此这般,桩桩件件,细说分明,当时便有人在报上为文自嘲曰:"若是换了中国官文书,八个字便缴了卷,'历经战役,迭著功绩',够啦。"

和这有同样之妙的,还有一则由吾友丘吉尔先生签署的对英国人的文告,那是诺曼底登陆前夕,风雨满楼,眼看说干就干。文告上曰:"我吁请大不列颠全体臣民注意,假使你没有特别重要的事,那就是说,假设你没有必须亲自前往才能办的事,请你千万留在家中,不要外出。登陆欧洲大战的日子,马上就要到来,我不能告诉你那一天的确实日期,但我警告你的是,说不定当你舞会结束的时候,或是当你走出郊区别墅地窖的时候,发现全国所有的交通工具,包括停在你门口的你的汽车,都被政府征用,你将一个月甚至好几个月买不到火车票,也买不到汽车票。假使你一定要回家的话,只有步行一途,而且你将发现皇家陆军的士兵已和警察并肩站岗,对你不断地盘询,甚至还要搜查……”当时也有人在报上为文自嘲曰:“若是换了中国官文书,恐怕是:‘盟军登陆在即,希居民减少外出,以免因交通不便,滞留他乡为要。’”

方以直先生很希望摸透其中道理,岂是方块字本身毛病乎?抑是被文言文酱住了乎?或是礼不下庶人的古老观念在作怪乎?答案是他不知道。我想方以直先生是知道的,不过他不肯用针把它戳破而已。方块字当然是一个根本问题,方块字一天不改革,阻力便一天存在。洋人儿童进了小学堂,只需三四年,便能给爸爸妈妈写一封通顺的信。中国孩子读了六年,小学堂毕业,甚至上了初中,对中文都很难搞通。事到如今,竟然仍有人说方块字不难,其嘴之硬,乃祸国殃民之嘴也。

即以写文章而言,洋大人一时兴起,拿起打字机,啪里啪啦,洋洋洒洒的大作,马上问世。中国人则必须爬到格纸上,一个字一个字往里堆砌,其慢如牛。再好的汽车走到淤泥地上,都飞驰不成。再流畅活泼的思潮才华,遇到方块字,亦同样要大大地打起折扣。抗战胜利后,中美记者并肩采访军事调解委员会消息,美国记者一面听一面打字,讲演或会议一完,他的文章也完,夺门而出,跑到电报局,立刻拍发,报馆收到后,用不着再加改写,就可付排。等到《纽约时报》已经印了出来叫卖时,中国记者还爬在格纸上哼哼唧唧往里填哩。圣人曰:“工欲善其事,必先利其器”,好像锯一段木头,洋大人用的是电锯,中国人用的却是钝斧,方块字和思想互相影响,结果双方都滞如糨糊。方以直先生之怀疑方块字,不为无因也。

文言文到了今天,已是末日,根本用不着我们担心它再发生作用,现在只有柏杨先生这一代,在写信时还偶尔用用外,文言文简直啥用处都没有。不过,阁下小时候读过童话书乎?人虽然死啦,僵尸却能复活,复活的僵尸固没有灵魂,但它却能把自己家搞得乱七八糟。古文虽死,其僵尸却一直不断出现,有时在中学课本中,有时在大学课本中,有时则在官崽圣崽们的讲演中。好像下定决心,非把中国人酱得万劫不复不可。盖文言文不彻底死绝,中国人的脑筋永远酱在酱缸之中,不能松绑。阁下不妨买一部《古文观止》《古文辞类纂》之类的玩意儿看看,五千年传统文化,在文学方面,似乎只有那么一点精华,说议论不是议论,说散文不是散文。中华民族不是倒了霉是啥?而到如今却仍有人抱着它不放,且使年轻人也抱着不放,真是心怀叵测。古文之害,我想用不着再宣传矣,其中最主要的是,它把每一条脑折纹都涂上了油,滑出来的全是些使人在心弦上不能起共鸣的句子。不是四平八稳,毫无内容。便是咬文嚼字,毫无感情。写信时自然非"兹介绍"不可,你说它错乎,它没有错,但你说它有力量乎?它却没有力量。

文言文这一关不突破,中国人的文章和中国人的脑筋便永远像个干屎橛。在洋大人之国,"我"就是"我",连皇帝也自称为我。但在中国,花样就多如牛毛矣,称"吾"焉,称"余"焉,称"予"焉,称"俺"焉,称"愚"焉,称"本人"焉,称"本席"焉,称"个人"焉,称"鄙人"焉,称"在下"焉,称"不佞"焉,称"下走"焉,称"本大元帅""本总司令"焉,看起来很活泼,实际上只是特权思想借着文言文产生的狗屎花招,能熏死人。

世界上最不堪卒读的莫过于中国官府的文告,其精彩处是,如果把它送进文章病院,会教群医瞪眼,用啥仪器恐怕都检查不出毛病,你说它啥都没有说乎?它啥都说啦。你说它文理不通顺乎?它简直通顺得很,还可以作"观止"之文读。你说它没有思想乎?它每一句话都可以引申出一本书。但你看了之后,却觉得人生空虚。这种毛病必须做大手术检查才行,不信的话,抽血试试。呜呼,包管抽不出来血,盖它根本就没有血,这是最最致命的问题。忽然想起一事,阁下接过政府机关的官文书乎,看他们的称呼,就可窥知一二。凡是官崽,都好像具有祖宗遗传下来的瘪三传统,视他人蔑如也。在"受文者”栏内直书“张三”二字，信封上亦然，好像加上点称谓，他的社会地位就会猛落，政府的威信就会荡然无存。有些人则念古文念得甚熟，书曰：“张三君”，这真是一字千金，你说“君”字不太礼貌乎？他马上搬出辞典叫你瞧瞧。可是你如果也称他为“君”，恐怕他能跟你不共戴天。无他，没有血的人，总难免小度量，小心眼，小聪明。

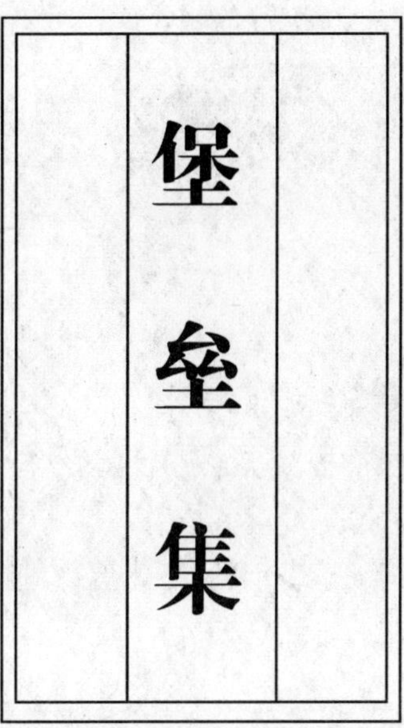
堡垒集

提 要

《堡垒集》主要论述男女婚姻的种种现象与问题。“社会是一个战场,家庭则是一个堡垒”,“爱情的本质是自私的,也是不合乎逻辑的,同时也是虚荣的焉”。

作者以许多小故事,现实的、历史的,或是虚构的,摘去男女在爱情之下伪装的假面具,透视做作、高姿态、无理的心态与行动,指涉爱情本质的多变与不稳定,妙语如珠,直指人心。

序

吾友莎士比亚先生曰:“上绞架和讨老婆都是命中注定的。”这种话叫人听了,实在伤心落泪。人大概一过中年,便相信命运,不是他忽然老朽,而是事实俱在,桩桩件件,分分明明,不相信不行焉。我想莎先生的太太一定不见得有啥了不起,否则他阁下不会发出这种沉重的感叹。不过,话又说回来,也许他的太太美丽绝伦,故意这样嚷嚷,以免别人打她的歪主意。

中国有句俗话曰:“谋事在人,成事在天。”这和基督徒“人神同上”的教义,一模一样。月下老人可能一时吃醉了酒,也可能因赌博输了钱,一气之下,把他手中的红线乱七八糟地瞎拴,看起来无人可抗。问题是,神的意思,必须靠人的行为去完成。只要有相当的智慧和勇气,即令拴好的红线,也可踢断;拴不上的红线,也可硬拴;眼看要完蛋的红线,也可用万能胶黏上一黏,黏得连锯都锯不开。

柏杨先生所研究的,便是这种智慧和勇气。是以,已结婚的朋友,不可不看;还没有结婚的朋友,亦不可不看;婚姻上或爱情上出了别扭,出了麻烦,出了问题的朋友,更不可不看。从前,赵普先生以半部《论语》治天下,今则柏杨先生以半部《堡垒集》理家庭。凡因拜读《堡垒集》而转祸为福,转危为安,由不舒服而舒服,由没有前途而有前途者,皆吾之功,尽管努力送红包,以表感谢可也。

是为序。

癸卯年春王正月于台北市柏宅

1. 爱屋不及乌

《纽伦堡大审》那位年高德劭的法官,曾告诉因这一影片而得金像奖的男主角曰:“你讲的都合乎逻辑,但合乎逻辑的并不都是合乎真理的。”这两句话的学问大矣,谁说文学家容易干乎,仅这两句话,那个剧作家便应被供进圣人之祠,恐怕中国目前的作家,挤不出如此这般的见解。但我们却可套之曰:“凡是真理,也不见得统统是合乎逻辑的”也。

爱情尤其如此,盖爱情和魔鬼一样,不受人为的规律所拘束,性质异常地怪,你不承认不行。圣人曰:“爱屋及乌”,此典故在《辞海》上一查便知,但不妨再加说明:你新盖了一座房子,美奂美轮,忽然一只乌鸦先生站在屋顶上哇啦哇啦乱叫,一怒之下,能给它一个手榴弹哉?盖那准把屋顶轰垮,真是天下最大的笨蛋也。跟此同一道理的屋和乌,则是女儿和男朋友、女婿,儿子和女朋友、媳妇焉,有些岳父母公婆把女婿媳妇简直看成眼中钉,无他,一点也不逻辑,一点也不“爱屋及乌”。不但不爱屋及乌,反而爱屋恨乌,像《孔雀东南飞》焦仲卿先生的娘,便是一个典型,把媳妇恨得要死,非赶她走路不可,结果媳妇固赶走啦,儿子也翘了辫子。老太太听到儿子上吊消息时,心里是啥滋味,外人不知。但我跟你敢赌一块钱,如果这里面没有爱情,而仅只是屋子和乌鸦,绝不会弄成那个下场。

爱情使人自私,柏杨先生有时听广播,有时看小说,常听到和看到一些诠释爱情的话,曰:“爱情是不自私的。”呜呼,离开自私,还有爱情乎哉?不自私的爱情,像没有体躯的人一样,有此可能乎哉?你不妨研究一下,凡是到处宣传爱情不自私的人,危险性都很庞大;千金小姐也好,风流寡妇也好,最好不要惹他,否则准有戏可瞧的。

柏杨先生最讨厌青蛙，我的幼孙却硬是喜欢，家有一箱，专供其贮蛙之用，偶忘关闭，则床上桌上，遂成了蛙老爷天下，叫人怒火冲天。可是既然幼孙爱之，我们老两口只好也因而爱之。数学上有那么一个公式，甲等于乙，乙等于丙，则甲准也等于丙。于是，甲爱乙，乙爱丙，甲因之也非爱丙不可，还有比这更结实的逻辑乎？然而爱情上却不一定如此，丈夫爱太太，太太爱姘头，你总不能说丈夫也爱姘头吧。恐怕不但不爱，多半都白刀子进去，红刀子出来。我的邻居有一位正在读大学堂的女儿，男友如云，最近被一殷实富商包她前往美国，乃将所有户头统统斩断；有时深夜不寐，听她在门口和那些纠缠不清的男孩子们窃语，她每每哀怨曰："你不是说你爱我乎？愿为我死乎？愿叫我快乐乎？你不再理我，不再打扰我，不再爱我，成全我去美国的念头，你就是爱我，就是叫我快乐啦。"我听了立刻毛骨悚然，她这一辈子如果平安无恙，真是上天特别照顾她。她的话再合逻辑不过，我想就是教逻辑学的教习都无法抬杠，可是逻辑用到爱情上，就可能使人冒出杀机。不要说男士听不进去，即令听得进去，被说得哑口无言，垂头丧气，恐怕也是口服心不服。

爱情是自私的玩意儿，只有在自私获得满足之后，才能表现出爱情的伟大。没有自私，便没有爱情。你阁下有一女友，平常她一咳嗽你就心跳，可是上个月美国钢铁大王那位如花似玉兼腰缠万贯的女儿，非嫁你不可，专机一架，接你去纽约结婚。二十年后，你从前那位女友又有咳嗽，你的心还跳不跳乎？你至爱你的太太，而你的太太却去旅馆和别人乱搞，你又是啥想法哉？如果爱情的本质不是自私的，反正有妻大家睡，那你应哈哈一笑也。然而，这种男人，又算啥东西？

爱情不但不能转嫁，而且也没有必要的发展途径。一个科学家把氢二氧一弄到瓶子里，用不着任何甜言蜜语，结局一定是水。爱情则不然，本来你种下去的是西瓜，如果你不用培养西瓜的方法去培养，将来说不定长出来的是嗞牙菜。像魏平澳先生的婚姻，当初爱得要命，经过如彼之坎坷和如彼之奋斗挣扎，才争到手的爱情，按逻辑说，还能不珍惜、不长久者乎？那个瓜子不能说不大不巨，不能说肥料不足，然而长出来的仍是龇牙菜，其中道理简直跟耶稣基督一样的奇妙，够我们吃惊的矣。

爱情既不是逻辑的，自然而然也不是永恒的。严格讲起来，天下没有永恒的东西，连石头都会氧化，连太阳都会熄灭也。可是比较起来，石头和太阳固永恒之物也，百年前太阳是太阳，百年后太阳仍是太阳，你小时候兀立在你庭院中的那块花岗石，等你老大回乡时，那花岗石包管依然存在，没啥异样。爱情恐怕不能这么简单，吾友伊丽莎白·泰勒女士，不惜冒天下大不韪，拆散费雪先生的家庭而嫁之；魏平澳先生和纪翠绫女士，当初简直闹得天翻地覆，等于杀开一条血路，才算结成连理。这些爱情，其浓其烈，其以生死相许，就是把人类中典型的傻瓜司马衷先生从坟墓里拖出来，他都会拍胸脯保证，绝不会再有什么变化。问题是，怪就怪在这里，爱情跟月球一样，向阳的一面，固然热得要发疯，背阳的一面，却冷得硬要冻成僵尸。

不要看情侣们在一起如漆投胶，等过了两年，你再去打听一下，恐怕谁也不认识谁矣。再严重的海誓山盟都没有用，盖无论男女，在紧要关头，啥惊心动魄的话都说得出，这些话能作得了准欤？不要说在紧要关头的话作不了准，便是在正常情况下，说了都很难作准也。如果都能一一兑现，天下还有婚变哉？还有失恋哉？还有桃色新闻以饱读者的眼福哉？在美国有一个小故事，某大亨和他漂亮的女秘书打得火热，人人都知道他们不可开交，可是却忽然告吹，朋友询之，大亨曰："那女人太厉害，她把我说爱她的话用打字机一字不漏地打下，叫我签字，那岂不要我的老命。"洋大人大概太重然诺，如果换了中国人，恐怕你叫我签字我就签字。某新郎就把新娘爱他的话当众全部录了音，新娘也照录不误，这就比洋大人胆大得多。其实，签名也好，录音也好，只可保障经济，一旦等他变心，用它敲一笔竹杠，以便再找别的户头；恐怕不能保障爱情，因爱情本质上就是多变而不稳定的，仅凭几句甜言蜜语的海誓山盟，成不了太阳和花岗石。

一个女孩子如果要嫁给一个抛弃过妻子的男人，家长亲友，每每警告之曰："他能抛弃他太太，也就能抛弃你，他太太就是一个活榜样,你怎么执迷不悟?"一个男人如果娶一个风流女子,朋友也会警告之曰:"她把前面那个男人一状告到法院,连血都榨罄尽,你玩得过她乎?前面那个男人比你精明得多啦。"这一类的警告,有其至理存在,一个人如果没有智慧从别人痛苦中吸取经验教训,那真是蠢猪。但问题却在于,如果他们说的话不关爱情,可能成为定律;不幸他们说的话竟关爱情,便没有那么科学。张三先生第一次娶玛丽小姐踢之,第二次再娶丽莎小姐亦踢之,第三次娶海伦小姐,你敢肯定他也踢之乎?说不定恩情如蜜,终身不渝。李四小姐第一次嫁约翰先生离之,第二次嫁乔治先生亦离之,第三次嫁韦伯先生,你敢肯定她也非离之不可乎?除了上帝,谁都难预料也。

纪晓岚先生在《阅微草堂笔记》上有一则记载:某一位妇人,前夫死时,她没有一点戚容,甚至还挂上红布,以示普天同庆。嫁人后过了几年,第二个丈夫也伸腿瞪眼,她阁下披麻戴孝,哀痛逾恒,截发自矢,为夫守节。别人见而奇怪曰:"你已是再嫁之人,还守啥节?何况不为第一任丈夫守节,而为第二任丈夫守节,那算啥理?"她阁下答曰:"第一任丈夫虐我打我,毫无夫妇之情,他死了我很高兴。第二任丈夫不以再嫁轻我卑我,反而爱我敬我,我自然报答他。"

呜呼,这则笔记,人人应该一读,爱情之多变和不按逻辑进行,可增一说明。他可能一向乱搞,她可能也一向乱搞,却在最后一次改邪归正,谁都不能肯定有其一必有其二,有其三必有其四。廉价小说上对此发挥得最淋漓尽致,凡是背夫私奔的妻子,或是背父母私奔的女儿,铁定的都没有好下场,真是见了他娘的鬼。爱情如果那么简单,有其必然结论,可以用数学公式算出来,那叫人工受孕,不叫爱情。盖背夫私奔也好,背父母私奔也好,其结局糟不可言的固多,但异常美满的亦有得是。柏杨先生说这话,不是奉劝太太小姐快点收拾铺盖,假使老妻或爱女跟野男人跑掉,我恐怕要大打出手。然而我为此言者,只在研究一下爱情的特性,以便说明很多爱情纠纷的真相,望有学问的朋友察之也。

爱情的本质是自私的,也是不合乎逻辑的,同时也是虚荣的焉。

一谈到爱情的本质是虚荣的,准有人暴跳如雷,说我对爱情横加污蔑,简直不当人子。然而事实归事实,不承认归不承认。假使柏杨先生临老入花丛,明天也谈起恋爱,我也会咬定牙关,跟圣崽站在一条战线,而且谁要说爱情是虚荣的,说不定还要揍以老拳,用以表示我这个人最坚贞可靠,你放心陪我上床可也。然而,我现在既不谈恋爱,自无所顾虑,心情平静,脑筋清楚,不妨口吐真言。

圣人曰:“人之既衰,戒之在得。”盖普通人一旦成了老头老太婆,往往发现世界上啥都是假的,妻子丈夫儿女都靠不住,唯有钱才是真的,可解决任何疑难杂症。于是,父母和子女之间——尤其是和女儿之间的冲突开始。杜牧先生诗云:“商女不知亡国恨,隔江犹唱后庭花。”我们可套之曰:“少女不知钱重要,硬要嫁给穷光蛋。”父母和女儿的纠纷,多半由此而起,父母根据一生惨痛而宝贵的经验,对女婿的要求,只要有钱就行。而女儿则不然,喜欢音乐的,则要嫁音乐家焉;喜欢诗的,则要嫁诗人焉;喜欢看小说的,则要嫁小说家焉;喜欢跳舞的,则要嫁跳舞师焉;喜欢白相的,则要嫁花花公子焉;喜欢去美国的,则要嫁留学生焉。偏偏把“钱”的问题置于大脑之后,甚至连饿死都不在乎。

于是,一场激烈的家庭内战遂白热化,父曰:“你嫁给张三,张三一个月多少钱?能养活了你乎?”母曰:“张三那小子银行里多少存款?有房产乎?你们将来有了孩子怎么办?”女儿愤愤口:“钱,钱,钱,你们就知道钱,好像要卖女儿。我只要人,不要钱。”呜呼,基本观念竟如此之相异,纵是谈三十年都谈不拢,结果不是女儿和该穷小子一溜了之,便是果真嫁给一个有钱的。后者还好,前者自然搞得轰轰烈烈,把父母气得九死一生,父母之所以九死一生者,一方面气女儿不听话,一方面气女儿不知道钱中用也。

有人就在此歌颂起爱情的伟大和纯洁了矣,不过问题似乎不能如此简单地就可找出答案,一个千金小姐爱上一个穷小子,往往因该千金小姐对“穷”的意义并不真实了解,我常听有些富家少女向其男友发誓曰:“我啥苦都能受。”便不禁想上去打她一个嘴巴,盖她根本不知道“穷”是何物,“苦”又是何物耳。她以为穷者,顶多是不天天做旗袍;苦者,顶多是不天天跳舞;穷苦者,顶多不雇人擦汽车而自己擦之也。这种少女娶到家,当丈夫的只好整天挨打受气,终于自尊心丧尽,抱头鼠窜。

除了对“穷”的误解,主要的还是虚荣心在作怪,那就是:她不相信她的男朋友会永远没有钱,现在固然穷兮兮,而总有一天,钱多如山,足可以堵住父母亲友的嘴。试问哪个少女肯承认自己天生的受罪命,死心塌地地专找穷到底的丈夫过一辈子也。

第二次世界大战初期,美国私生子凭空增多,一个私人资助的研究所,调查一年之久,发现一项使道貌岸然吓一跳的结论,报告书上曰:不知道什么缘故,少女们对一些穿着窄窄军裤,屁股因包得太紧而膨胀的年轻小伙子,简直是着了迷;每逢有部队经过和开拔时,军营附近无法下手,她们就蜂拥到火车站,向那些队伍已经解散,零乱候车的阿兵哥大飞媚眼,然后就在野地表演一阵,才算罢手。这个报告发表后,迫使美国政府不得不颁布严令,即使在候车时间,队伍也不准解散,防小伙子被诱惑得昏了头。

这是可以解释的,基于爱情的自私本质,女孩子既不为你的钱,一定得为你点啥——或者爱你老实;或者爱你英俊;或者爱你文章写得好,天下闻名;或者爱你的官大,到处有人恭维;或者爱你长的小白脸,女人见了都要欲火中烧;或者爱你的学问大,连埃塞俄比亚文都精通,而且又会发明原子弹;或者爱你交游广,连去舞场都不花钱。总而言之,她一定得为点啥,绝没有一点啥都不为的爱情。最常见的现象是:她和她心爱的男朋友或心爱的丈夫,并肩而行,她一定有点骄傲之感,她才快乐;如果没有骄傲之感,则事情就要糟糕。有一天我在街头遇到一个女学生,介绍其夫与我,是一知名之士焉,我连表敬意曰:“久仰久仰,报上说你最近要去英国讲学?”女学生听之大喜。如果她的丈夫是柏杨先生,我想她介绍时便不可能如此利落,盖骄傲不起来也。

2. 虚荣和荣誉

虚荣有时候和荣誉简直很难弄清,一个人宁可卖掉被子,出门硬是要坐计程汽车,你说他是虚荣,他说他是荣誉。一个人为国牺牲,你说他是荣誉,遇到乡愿,却会说他是虚荣,泄尽了你的气。

任何爱情上的骄傲都有虚荣的成分,纽约一个女人有一天从街上归来,进门便落泪如雨,其夫问之,她伤心答曰:"我走到街上,连清道夫都不再偷看我啦。"想当年她一定美艳绝伦,步履所至,清道夫都忍不住仰头一觑,可知其魅力之大,而如今清道夫首先发难,不再看她,一叶落而知秋,一人不看而知老,伤魅力之减,哀年华之增,怎么不一哭乎?诋之者责其虚荣,同情之者认为她为荣誉而奋斗,公说公有理,婆说婆亦有理焉。

在爱情的领域中,荣誉和虚荣简直从头到尾混淆。有这么一种现象,男女恋爱,女子比较富有,男子穷得就是吊到绞架上也绞不出一滴油水,如果女子爱他至深,或者是女子昏了头,一娶一嫁,当然没有问题。如果女子父母提醒了她,或她自己恍然大悟:"嫁了他吃啥?"这场恋爱恐怕要完蛋,那个小伙子准跳起脚来,大骂那女人虚荣。

哲人们对"钱"的问题,已经说了不少格言,在这方面,柏杨先生则另有高见。族孙某某,今年二十三岁,追一董事长女儿,眼看就要吹吹打打进洞房;不知道从哪里刮出一股斜风,把恋爱的船刮离航线,再去访她,看门的人手持铁棒,就要动武。年轻人以我的学问奇大,特来请益,来时鼻孔冒烟,声言要一刀把她杀死,我乃问曰:"她不理你,原因何在?"答曰:"嫌我没有钱。"我曰:"然则你有钱乎?"答曰:"没有。"我曰:"那么她没有错,而是对了矣,你还有脸闹啥?"答曰："爱情是纯洁的，她太虚荣。"我曰："凭你这句话就该活埋。我问你，你一月多少银子？"答曰："九百元。"我曰："公家有宿舍乎？"答曰："没有。"我曰："然则一旦你们结了婚，便非得租房子不可矣。除了正薪，你还有外快乎？"答曰："兼一个家庭教师，月入三百元。"我曰："那么一月一千二百元矣，还有其他收入乎？"曰："没有。"我曰："能贪污揩油乎？"答曰："不行，我管的是设计。"我曰："这就叫糟，你结婚后需要租房子，六席榻榻米两间，至少五百元，剩下的七百元，不买肥皂乎？不买牙膏牙刷乎？还有袜子、衣服、应酬，请问不足之数，你将怎么办哉？"答曰："既然相爱，就应共同受苦。"我曰："好小子，说的全是狗屁之话，对自己心爱的女孩子，还没有结婚哩，便打定主意叫她受苦，真是蛇蝎心肠，再不快滚，看我打断狗腿。"该年轻人趁我找棍子之际，飞奔而逃。

呜呼，现在的女孩子们懂事多啦，不要说比十年之前或甚至百年之前，便是比五年之前，其见识都不一样。五年之前，女孩子以嫁洋人为荣，自从有一个姣娘嫁了一个美国擦皮鞋的，弄得非常扫兴后，女孩子乃改变目标到华侨头上。我有一个朋友，其女正读高中，美人儿也，追之者恒数十人。有一天其女带了一个窝窝囊囊的角色来访，介绍曰："美国华侨。"当时尚无异状，可是下星期日忽接喜帖，他们竟然结上了婚。近来此风固然茂盛如昔，但已更为精密，仅只"华侨"二字，已不如当年那么唬人，必须经过函件往返，打听底细，如果真有店铺有农场，那当然是非嫁不可，如果只是一个空心佬倌，凑了几个钱回国跑单帮，仍是棉花店失火——免谈。

在这上面可研究一下虚荣和荣誉的分际。一个女孩子挑选丈夫，非百万富翁不可，非把她弄到美国或弄到罗马不可，非有汽车洋房不可，我们指摘她爱好虚荣，还说得过去；如果她的目的只在避免冻馁而求温饱，一个男人连这最低的要求都不能做到，反而拉着嗓门吼她虚荣，便说不过去也。举一例焉，张先生月入千万；李先生月入五千；王先生月入一百，如果玛丽小姐要嫁张先生，王先生抨击她虚荣，还沾一点儿边，如果她要嫁李先生，王先生便没有资格责备她，更没有资格逼着她非跟自己一块活受罪不可。

贫穷是一种罪恶，如果社会不允许你发财，这罪恶归于社会。如果你自己不努力，则这罪恶归于你自己。自己连养活妻子的力量都没有，不去努力奋斗，反而口口声声诅咒那些不愿跟你一块受活罪的女孩子；是自己迷了心窍，看样子就是骂掉舌头，只能献自己的宝，不能讨到老婆也。

柏杨先生不是提倡女人们都应势利眼，而是促请小伙子们注意，先自己检查检查，努力上进；坐在十字路口一味抱怨女人爱钱，徒显得自己是个混蛋。

3. 爱情如火

求偶是一种艺术，其妙只可意会，不可言传，甚至比真正的艺术还要艺术，有些人无师自通，花样翻新，有些人却钻研一辈子也搞不出一点名堂。去年美国各地光棍，纷纷成立“打倒霍斯顿俱乐部”，盖霍斯顿先生，是一个极平凡的海员，他在纽约娶了一美丽的太太焉，在旧金山又娶了一美丽的太太焉，在夏威夷也娶了一美丽的人人焉。最后一次，则是在洛杉矶，正和一漂亮的女郎结婚，被旧金山那一位太太掩至，打了个鸡飞狗跳，这种公然重婚案子，经电视、广播、报纸，一齐报导，自然天下皆知。于是，纽约太太赶了来矣，夏威夷太太也赶了来矣，她们柳眉倒竖，杏眼圆瞪地聚集一堂，但其赶来非为打架，而是前来看护丈夫，深怕别的女人把他抢走，法庭之上，谁也不肯离婚，而那位还没有举行结婚典礼的新娘也宣称，他如果不娶她，她就要告他。结果那个艳福冲天的家伙拥着四个太太，买了一辆汽车，招摇而返。报上说，他自任司机，一出郊区，四个太太还唱歌哩。

这种事不要说发生在美国，便是发生在我们中国，也会使光棍七窍冒烟，故各地均有“打倒霍斯顿俱乐部”产生。可看出一个要命的问题，有些人对求偶——包括交友、求婚和结婚，特别具有天才；有些人却硬是束手无策。惜哉，霍斯顿先生对他的那一套不肯写一本书传授给大家，以便普度众生。（他说他还要娶第五个太太哩，真把人活活气死！）

不过，问题严重性也就在此，霍先生如果真的写了出来，也许会因其公开之故而全部失灵。昔隋炀帝杨广先生宠杨贵儿，对其他千万宫女看也不看，萧皇后大急，有一天，把杨贵儿找了来，问曰：“你能把皇帝迷成这个样儿，一定有你的一套，我们是姐妹，告诉我听听。”若换了霍斯顿先生，恐怕萧皇后再巧言花语，他都不会露一点口风，可是杨贵儿到底年轻，禁不住萧皇后一再拜托，竟全盘端出，于是糟啦，当天晚上，杨广先生还要找杨贵儿，萧皇后嗤曰：“你以为她真的爱你乎？”乃一一告之底蕴，杨先生失望之余，从此跟杨贵儿断绝邦交。

呜呼，杨贵儿当时到底说了些啥，我们不知道，但她的那一套，和霍斯顿先生那一套一样，一定很有点学问，否则不会把对方吃得死脱也。现在台湾最大的社会问题，不在怨女，而在旷男，再丑陋，再没有学识，再年华老去的女人，都不愁嫁不出去。在国内没有人要，去了美国，猪八戒也变成杨玉环矣。你听说有嫁不出去的女子乎？即令有之，责在自己，是自己不肯嫁，不是嫁不出也。而臭男人便不然，小自二十岁起，老至七十岁止，光棍林立，其数目本已超过女人多多，不成比例，便是两个男人娶一个太太，恐怕有人都得望妻生叹，娶不到手。更何况有些女子天生的怪毛病，不肯嫁人乎？于是，男人比女人苦得多啦。记得十年以前，光棍朋友求偶，先讲上一大堆条件，曰年如何，曰貌如何，曰学识如何，曰籍贯如何。十年之后，所有条件全化为乌有，只要是女人就行啦。而天下奇怪的事也就在此，臭男人总以为降低条件，定无问题，谁知道却是越降越糟。一个大学生，十年前非高中毕业生不娶，五年前初中毕业生亦可，而今小学毕业生也成。可是想当年初中毕业生嫁高中毕业生，她已很满意，如今小学毕业生嫁大学生,她还不肯干哩。

这种事与人心不古无关,乃典型的经济学上供求律,女人多而男人少,男人当然值钱。美国的女孩子,星期六晚上彻夜守候在电话机旁,全家若逢戒严,父母兄弟统统不得使用,唯恐男友约会的电话打不进来也。第一次约会之后,男朋友要吻她,就得给他吻,一个做母亲的曾向报界诉苦曰:"我女儿如果不叫他吻的话,他第二次便不约她。"噫,真叫中国男人吐血,就凭这一点,下辈子都得投生到美利坚。

(柏杨先生按:男多女少,是二十世纪六十年代现象,二十年风水轮流转,现在到了二十世纪八十年代,女多男少,形势乃倒了过来,成了女孩子整天惶惶的世界,嗟夫!)

中国男人的危机,既如此严重,可是仍有的男人今天娶一个,明天又娶一个;有的男人女朋友一大群,争着都要嫁他;有的男人妻貌如花;有的男人妻子的学问大得可怕。他们都是"有一套"的人物,在求偶艺术上有其高深的造诣,为光棍朋友所不及也。

求偶的学问博大精深,有这种学问的人,便有资格拥娇妻而抱爱子,痛享家庭之乐;没有这种学问的人,只好焦头烂额,生趣全无。这种现象,不仅人类如此,其他动物也是如此。光棍之士,如果稍微留意观察,当有心得,对自己不无裨益也。

君不见凤凰乎?有漂亮尾巴的乃是男凤凰,见了女凤凰便来一个孔雀开屏,把全部家当都亮了出来,于是女凤凰晕头晕脑,非嫁它不可矣;这跟男人在女人面前故露美钞一样,盖有些女人一见美钞就浑身发痒,事便无不成也。君又不见狮子乎?有漂亮鬃毛的乃是男狮子焉,女狮子见了那鬃毛标记,芳心大动,不要说结婚,便是同居也行;该鬃毛跟"华侨"二字有异曲同工之妙,柏杨先生常看到有些归国的男士,唯恐怕别人不知道他是华侨,没谈上三句,他就掏出洋大人之国的护照(目前情形看,菲律宾华侨最吃香,泰国次之,美国又次之,刚果华侨最说不响);而女孩子一旦交上华侨朋友,表演得就更卖力。你和她见面,三分钟之内如果还没有谈到她的男朋友是华侨，并作羡慕之状，她准恨你一辈子。

凤凰和狮子，其求偶在于“露一手”，而蜘蛛和螳螂求偶，却是拼老命地干，至为惨烈。凡是举网以待飞蛾的蜘蛛，都是小姐，不知道当初上帝是怎么搞的（我想他老人家当初造蜘蛛螳螂时，夏娃女士一定刚被亚当先生修理一顿，气愤之余，代捏了几个，自然把男性捏得如此的苦兮兮），女蜘蛛一见了男蜘蛛，就捉而吃之。呜呼，事情竟糟到如此地步，假如人类也是如此，小姐太太们见了男人就杀了清炖，恐怕男人们早逃得净光。可是男蜘蛛不然，它阁下一旦动了求偶之心，就在蛛网四周，围绕舞蹈，女蜘蛛在网当中随着它舞蹈的脚步，而旋转身子，准备大嚼；双方僵持下去，一直到女蜘蛛终于被男蜘蛛的诚心诚意所感动，男蜘蛛察言观色，才敢进攻。

螳螂亦然，男螳螂跟男蜘蛛一样，也要围着女螳螂频频跳舞，飞媚眼而作丑态，一直等到女螳螂心肠发软，男螳螂才敢乘机而上。不过，苦兮兮的关键就在这里，一旦那个女蜘蛛女螳螂清醒得过早——颠鸾倒凤未毕，而她阁下已悠悠还魂，那男的就完了蛋，她把他捉住，先从头上吃起，直吃得剩下几只肢体才罢。

此之谓“无所惧”也，蜘蛛螳螂求偶如此危险，还照求不误。有些男人胆小如鼠，把自尊心当作肥皂泡一样，战战兢兢，捧之护之，心里想，如果女孩子拒绝了我，岂不丢了大人也哉。于是你既然怕丢人，便只好单身到底，让别人在背后指你脊椎骨，怜你老光棍矣。

有一种现象是我们有老婆的人所不忍言者，年逾四十，而仍未结婚的人，不用到区公所抄户籍誊本打听底细，他准多少有点毛病。当然也有正常的人，若事业心重和求学心重的人属之，但大多数朋友，都有一本伤心泪史，愧对凤凰狮子，亦愧对蜘蛛螳螂也。不是在这方面缺一点，便是在那方面缺一块；不是言语太多，便是言语太少；不是胆子太怯，就是胆子太大；不是性情太凶，便是性情太懦；不是穷得不名一文，便是富得使女孩子不舒服；不是半瓶墨水，便是奇酸学究；不是行为古怪，就是想法离奇；每人皆不自知，只有旁观者看得清楚。

我有一个朋友，已是老家伙矣，苦追车掌小姐，他天天坐那一路车，车子到站，小姐请他下车，他曰："我现在不下，你在哪里下，我也在哪里下。"小姐无法，开到停车场，小姐下矣，他偷偷地塞给她一信，信上曰："我爱你，犹如公猪爱母猪，晚上七时我在大世界等你，请你看电影。"不知者准以为我的朋友是西藏人，盖西藏人对情人的昵称，都是用小猪形容也。这一场求婚之战的结果如何，不卜可知。第二天，该老友向我请教，我训之曰："你还恋爱个啥，不如吃巴拉松算啦。"听说若干年前，有某先生和某女作家打得火热，简直非结婚不可，想不到有一天他给她写信时，忽然心血来潮，想文艺化一点，乃曰："亲爱的小寡妇——"呜呼，这种人一辈子没有太太，有啥可稀奇的。

又有一位朋友，方在中年，和女朋友坐三轮车，平常日子无论在任何情况之下，他都要坐在左边，其理由万分充沛，盖左边靠快车道，万一出事，他有义务代女朋友翘辫子；这种情况都可以假想得出，你能说他的神经系统有没有毛病耶？结果有一次，女朋友先上了车，坐到左边，他坚持她非坐到右边不可，女朋友不愿再行移动，宁愿被汽车撞死；吾友认为他顶天立地，岂可做出逃避责任之事，双方争执半天，坚持不下，拉拉扯扯，观者人山人海；三作牌也加入漩涡，苦劝吾友稍让，可是吾友乃圣人门徒，深知"择善固执"的精义，坐在左边既是善矣，便是原子弹都不能动摇他的意志，气得女朋友大哭而去。一直到今天他仍是一条光棍，去年甚至闹了一场掀女职员裙子的表演，在报上着实出了一阵风头。

4. 半瓶醋·火鸡型

一位女作家写了一篇《失败的月老》，讲了两桩求偶故事，其中一桩出类拔萃，不可不读。原来该女作家有一位中学同学的表弟，最近从美国回来,想讨一位妻子,打听有没有适当的小姐。女作家对人热心,就马上介绍了一位大学堂毕业生,约定某天在女作家住所见面,动人心魄的节目,遂隆重演出。

届时那位先生穿着一身灰色西装,戴着眼镜,大家互相寒暄,最初还有些陌生,过了一会,那家伙忽然用英语谈起话来,小姐脸嫩,且不习惯,一时竟答不出口。女作家无可奈何之余,只好代她回答,于是他竟索性地跟介绍人大谈特谈,而把当事人搁在一边。

该女作家认为那家伙表演得虽已经很半瓶醋,仍原谅他,以为他从小在美利坚,不会讲中国话。可是,谈来谈去,发现他是江苏人,只不过十年之前才去美国,中国话固从小讲到老的也,乃问他为啥不直接用自己的言语乎,该半瓶醋仍以英语笑曰:"怎么?大学毕业生还不会讲英语,台湾的大学教育真糟。"偏偏小姐听是听得懂的,就更汗流浃背。

可是等到吃饭的时候,半瓶醋却讲起中国话来,而且非常标准,这场介绍当然窝囊得很。但该半瓶醋求偶之事,仍未稍息,一个月后,那家伙竟订了婚,对象是个啥?女作家曰:"在那以后不久,我碰上那位同学,她告诉我×××(柏老按:惜哉,姓名不传,否则《儒林外史》又多一章)已经订婚,对象是一位十八岁的小姑娘,高中都还没有毕业,在一个洋机关当打字员,什么都不行,就是爱玩爱闹,会说几句英语。她说:'你说滑稽不滑稽,老远的从美国回来,却娶了这么一位太太!'我说:'那也没有什么,可能这就是他理想的对象,我们这些人实在用不到替古人担忧!'她反问说:'可是你觉得这样的不相称的一对,他们的婚姻会幸福吗?'"呜呼,请女作家的同学不要担心,我敢用一块钱打赌,他们的婚姻包管幸福得很。盖凤凰配凤凰,乌鸦配乌鸦,半瓶醋则一定配半瓶醋。从前有一个酒鬼,上帝特别恩典,把他弄到天堂,他在天堂却痛苦不堪,盖无处可买醉也。婚姻亦是如此,一床被盖不住两样人,那位大学堂毕业的小姐如果嫁了该半瓶醋,无论她或他,谁都不太好过。而那只会讲英语的少女,她如不嫁半瓶醋,而嫁了真正有学问有地位的人,过的是正正派派的高级社交生活,她能应付得了,而不原形毕露哉?

但该半瓶醋可以列入火鸡型十三点之类,此公将来如何,我们不知道,由他那种沾沾自喜的气质,他的前程可推测个差不多也。这一类火鸡型的求偶者比比皆是,数也数不清,我有一年轻朋友,四十五岁,追求一位二十岁少女,我劝他不必一试,他答曰:“自古以来,老夫少妻佳话多得是。”我曰:“自古以来,五马分尸的事也多得是,你能说今天你也会五马分尸乎?”他曰:“她有什么可骄傲的,再过五十年还不是个老太婆?”我曰:“她再过五十年固是一老太婆,你再过五十年成了啥,连老骨头都化为尘土矣。”他曰:“那么,她要嫁给谁?”我曰:“对象至少也得是大学生或留学生。”他曰:“我们还不是从大学生留学生过来的,她嫁那年轻的,将来不见得胜过我们。”我曰:“照你这么一说,到了下一代,中国连总统部长董事长经理都没有啦,全国都成了不能胜过你的小职员啦。你站不起来,不能肯定后辈也站不起来也。”他仍不服,喋喋不休,好像只要把我说服就可以得到小姐青睐一样。悲夫,这是感情问题,不是理智问题,这是爱不爱问题,不是说服不说服问题,最后我建议他买面镜子照照自己的模样,他才大怒而去。

每一个求偶者买面镜子,乃很重要之举,柏杨先生赐以名曰:“座右镜”,和座右铭并列。光棍朋友“抬头望明镜,低头思条件”,然后再去求偶,便聪明得多矣。

该女作家文中那个男半瓶醋能够找到一个女半瓶醋,乃因他本钱充足之故,第一他可把她弄到美国,第二我想他手头多少有几个钱,所以他的思想行为虽然幼稚,两个人的境界却是一般高,也就没有啥嫌弃的。问题是,大多数火鸡型人物连本钱都没有,而只凭一己幻觉,我没有啥缺点呀,我很了不起呀——一个人一旦有这种自满,那就是缺点,那就没有啥了不起,浑身都是毛病。

5. 座右之镜

挑选太苛,是求偶的最大危机。

人类进入青年阶段——一旦女孩子走路时频频低头看自己的脚,一旦男孩子对镜子拼命刮胡子,那就是说,他们已从母亲怀里跳出来,到了求偶年龄矣。一到了求偶年龄,每人都有一套美丽的幻想。哪个女孩子不想嫁一个白马王子?盖王子具备了男人最高的和最多的条件。第一,他年轻焉,女孩子只幻想嫁王子而不幻想嫁国王嫁皇帝者,其原因在此,国王皇帝年纪似乎都很老也。第二,他英俊焉,事实上王子可能其蠢如猪,若晋惠帝司马衷先生者,可是少女们看史书的少,看童话小说的多;无论童话也好,小说也好,王子无不仪态翩翩,风流潇洒,而天下所有的小姐,又哪个不爱俏哉?第三,他有钱焉,这一点非王子不足以尽其妙,普通人辛苦一辈子,等到有了钱时,人已老矣,跳舞跳不动矣,调情无精力矣,有啥意思?只有王子,用不着埋头苦干,一生下来就有的是金银财宝。男人为了赚钱,出外奔波,把娇妻留在家中独守空闺,虽嫁百万富翁,都得受守寡之苦,嫁王子便无此流弊。第四,他有权势焉,一个女孩子对权势的要求,虽没有对"年轻""英俊""金钱"的要求强烈,但如果上面三项统统都有,便自然而然希望有点权势;好比,她去某地一游,大家听说她就是王妃,她就是夫人,皆大惊而立,肃然而敬,她则含其微笑,点其油头,徐步而行,呜呼,这股味道一经尝过,终身不忘。是以女孩子幻想的对象中,公教人员不与焉,文学家不与焉,穷光蛋不与焉,年过四十而无名无利的光棍不与焉。

跟女孩子遥遥相对者,则哪一个男孩子不想娶公主?王子具备标准男人的条件,公主则具备标准女人的条件。第一,她也年轻焉,男人们脑海中的公主，很少超过三十岁者，谁不喜欢有一个年轻的妻子哉。第二，她美丽焉，王子必然英俊，公主必然美丽，此乃天经地义之事，从没有人怀疑到公主还有不堪入目的；男子娶妻，条件虽有一千一万，归根到底，美丽第一，漂亮压倒一切，而所有的公主无不面貌如花，身材如柳，天仙化人，只要看上一眼，便是死都情愿。第三，她也有钱有势焉，嫁一个王子固像嫁一个钱袋，娶一个公主，更像娶一个钱袋，这对中国的知识分子，尤其有强烈的诱惑，只要能巴巴结结和公主结了婚，反正有皇家钱粮可用，不必怕物价上涨，也不必怕十年不加薪矣。如果柏杨先生能娶公主，我每天吃了就睡，睡了就吃，到那时便再也不写一个字，再也不每天伏案，眼花手颤，可怜兮兮地爬格子也。

呜呼，幻想终于是幻想，现实终于是现实，世界上没有几个人嫁王子，也没有几个人娶公主，差不多都是退而求其次，找一个凑数。这跟人生经验有关，年龄渐大，体会渐多，不得不回心转意，向环境屈服。当然，也有些死硬派，抱定决心，非自己幻想中的男人不嫁，非自己幻想中的女人不娶，结果找来找去，四大皆空，或者是找了三十年之久，找是找到啦，自己却老矣耄矣，没人要矣，事不谐矣。

柏杨先生每每劝光棍朋友置一座右之镜，其中有大学问在焉。我住的是一个大杂院，邻居中有一寡妇，日子倒也不错，却只为求偶之事，烦恼了十多年。她的论据是，上一嫁倒了霉，嫁给一个穷鬼——按，该穷鬼是一写稿维生的朋友，死得窝窝囊囊，留下母子二人，受尽折磨。再嫁时非嫁一个有钱的家伙不可。我想这种想法没有错误，这种条件，也属平常。可是她的附件多如牛毛，诸如该男人必须是第一次恋爱焉，该男人必须有相当地位焉，该男人必须谈吐很有风趣焉。现在她年逾四十，而该男人还没有出现。我有一次援例劝她买一面镜子照一下她眼角的鱼尾纹和脸上的雀斑，结果她不但没有照，反而在院子里指桑骂槐地骂了三天"老不死的"，本想帮助她早获幸福生活，却想不到招来无妄之灾。

因为女人太少，供不应求，男人们往往降低条件去适应，有的人真是大彻大悟,没有大学毕业的,则高中毕业、初中毕业,甚至略识之无的也行;没有美艳绝伦的,八十分、七十分、六十分,甚至只要不瞎不麻,看得顺眼的也行。但有些则始终条件累累,立场严正。有一次一个半百光棍朋友前来诉苦,他希望女方年龄不超过三十,须大学毕业,没有结过婚(寡妇或再嫁妇人免议),手中略有积蓄,风度必须绝佳,英语更宜相当流畅……我听了之后,马上就写了一张名片给玛格丽特公主,请他持往伦敦白金汉宫相亲;他最初听说我有一恰当之人可以介绍,惊喜若狂,后来看了名片,大骂而去。我非有意得罪他,实在是忍不住,这种人如果不置一座右之镜,再过五百年还是一条光棍。

照镜子政策,乃是一种使人虽然退而求其次,而仍心安理得的政策,即以柏杨先生而论,一向自视甚高,自以为了不起也,可是每次老妻闹着要离婚,我就严拒,无他,盖照镜子的结果,乃有下列自问自答:我有学问乎?连没有标点符号的书都看不懂。我有人格乎?仿佛也不见得(为保持身家清白,恕不透露,否则,写一本书都写不完)。我有钱乎?一个月薪水九百元,付了房租,连买拉肚子用的草纸都不够。我有积蓄乎?去年曾在邮局办了一份存折存款,现在尚有十二元压底钱,不敢动用,以便有急病时买十滴水,其他便再无一文。我年轻英俊乎?那更是惨重,当大学堂教习的人见了我,都得肃然而立,以示敬老。我有地位乎?更马尾提豆腐,提不起来,从月薪九百元上,可窥知是个啥东西矣。呜呼,柏老假如一时把握不定,中了老妻激将之计,跟她离婚,还有哪个女人肯再瞎眼也。

普通人的婚姻所以能保持较久,而电影明星之所以动辄仳离的原因在此,普通人若柏杨先生者,面对座右之镜,越照越泄气,便是受点诟骂,打闹一阵,也就算啦;女子亦然,即令委屈,算盘一拨,心里一想,也就不再追究。但电影明星则不同矣,她们照镜子的结果,往往越照越理直气壮,“凭我这个模样,岂可老是守着一个?”自然而然地食指大动。幸亏电影明星是人类中的少数,否则社会上将更五光十色。

所以,大体上人总是应该自谦,先看一下自己,再去选择,求偶才有成功的可能性。有一位朋友,二十年前在重庆时,在大学女生群中挑,无一中意者;十五年前在南京时,在高中女生群中挑,亦无一中意者;十年前来台北,在初中女生群中挑,也无一中意者。老妻看他急吼吼而惶张张,乃为他介绍一个,容貌当然不太理想,他像受了奇耻大辱,曰:“我要是娶这样的老婆,二十年前就娶啦。”大概喜欢做媒的人,往往有瘾,老妻吃了没趣,面不改色,过了几天,又介绍一位护士小姐,眼皮下有一黑斑,俗称泪痣,云兆不祥,他拒不来往,一再劝他将就,他曰:“在南京时介绍的那一位赵小姐,比她漂亮得多,我都不要。”言下之意,连赵小姐都不要,一定比赵小姐更美的才行,老妻气得打了三天嗝,我当时就想建议他买一座右之镜,因他的脾气不好,怕挨其揍而未开口。后来他到南部工作,传言结了婚,正在思念,他忽然偕太太前来拜年,太太为他前年在某地以新台币六千元代价“买”来的,不识字,也不知礼,几乎一屁股就坐到我的尊腿之上。呜呼,吾友之所以绛贵纡尊,说穿了再简单不过,光棍了五十八年之久,再挺不下去,只好马马虎虎俘一个凑数。接谈之下,不复当年豪气,我判断他一定在没人处偷偷地照了镜子也。

希腊哲学家柏拉图先生有一弟子,以求偶之事上询,并问以挑选之术,柏拉图先生乃嘱之曰:“你沿着麦垄,从这一端走到那一端,不能回头,摘一朵全垄中最大的麦穗给我。”弟子遵命而行,边走边看,见一朵大的,正要去摘,一想前面可能有更大的焉,乃再往前走,果又见一朵更大的,再要去摘,一想前面可能还有更更大的焉,乃再舍去,等走到最后,发现全是蹩脚货色,比遗留在背后的那些差得多啦,可惜已无法回头,只好随便摘一朵而归。(编者按,柏杨先生乃柏拉图先生的后裔,可知家学渊源。)

据说柏拉图先生那个弟子最后是赤手空拳见他老师的,老师自然训他一顿,不在话下。这是一个极有教育意义的故事,我想年过四十岁的光棍朋友,午夜梦回之际,往事潮涌,势将想到某小姐也,我当初不该那么对她;某小姐也,她对我固一往情深;某小姐也,我若再一努力,便可卜成;某小姐也,我要稍为低声下气,早结连理矣;某小姐也,我应去邀她……如此这般,恐怕无不通身冷汗,辗转反侧,一夜合不住眼。

柏拉图先生最精彩的一点,是他特别指出:“不能回头”,盖摘麦穗固可回头,求偶则决无此可能,时乎不再,形势各异也。年轻的朋友,不可不知其中契机,遇到差不多的,似宜早日决定,不要以为前面还有更大的麦穗,须知摘麦穗的人多,而麦穗甚少也。你稍一犹豫,低头再看,已没有啦,原来半路上杀出一个程咬金,先下手摘走啦。事情既如此严重,再不警觉,真叫我老人家着急,现在还好,可以“价购”一个,等到一旦有行无市,老光棍就更苦也。

柏拉图先生劝那位弟子去摘麦穗,可能因该弟子不肯照座右之镜,不得不心生一计,以启茅塞。聪明的朋友,自然恍然大悟,动定适当。不过天下事往往如此,原则虽好,干起事来,却参差有误。柏拉图先生借麦穗作当头棒喝,以救众生。不过也可能这一棒喝太厉害之故,固然把有些人打得迷梦猛醒,也同时把有些人打得心惊肉跳,一走下田垄,不管三七二十一,把第一眼看见的麦穗,先摘下来再说,盖唯恐怕前面没有另一麦穗也。于是,或马马虎虎地结婚焉,或将将就就地结婚焉,或委委屈屈地结婚焉,或仓仓促促地结婚焉,或窝窝囊囊地结婚焉,或迫不及待地结婚焉,或牺牲一切地结婚焉。怨偶乃由此而成;弱者积郁终身,奄奄以没;强者到了若干时日之后,终于爆发,祸延子女,演出家庭悲剧,成了报纸上的社会新闻,不幸闹到法院,打的也是“桃花官司”。

离婚乃大事也,可是说起来也真奇怪,这种滔天大事,表面看起来,很少因大问题而起,多半由于小小龃龉,一言不合,就互相丑诋,各不相让。本来同床共枕,哥哥妹妹,亲爱的加蜜糖,一旦吵起架来,却好像两个身上背着血海深仇的死敌,谁要先软,谁就此生休矣。这种僵持,经常促成离婚后果,社会学家乃呼吁夫妇们能忍让处便忍让,不要因为一口气咽不下,便作鸟兽之散。

这种三言两语一吵,拍拍屁股就离的现象,解决之道,我想不会如社会学家说的那么简单,盖争吵是"果",还有其促成蛮干到底的"因"也,一向恩爱异常的夫妇,固也有吵得日月变色的,但不容易各自东西。必须是怨偶,一旦爆发,新愁旧恨,一齐涌上心头,才伤心曰:"这样拖下去不是办法,不如趁着现在,一刀两断。"有此一念,遂如黄河决堤,不可收拾。

我们不敢说所有的怨偶都是当初摘麦穗摘得太急之故,但当初摘得太急,无疑是造成怨偶的原因之一。柏杨先生此言,初看跟一般有学问的人见解相似,有学问的人常劝青年男女要多多考察对方的人品如何,性格如何,爱的真伪和程度如何,我老人家却认为关键并不在此。前已言之,爱情并不依逻辑发展,当初一切都一百分,他求婚时甚至把手都剁掉,也不能保证若干年后不变心也。这并不是说求偶之初可以不必慎重,而是说,这不过只是急摘麦穗可能产生的现象之一,并非唯一的现象也。

不分三七二十一,见了麦穗就摘,固然也有瞎猫碰上死老鼠,感情非常之好的,但那得靠祖宗积德,如果贵阁下的祖宗没有做过轰轰烈烈的好事,而只当过大官巨商,还是缓一点摘为宜。大概五年前,台北曾发生一件新闻。一个理发师,其妻是某大学堂校花;我想一定有人尚能记得,当大陆撤退之际,兵荒马乱,该校花困在福建长汀,举目无亲,眼看就要饿死,某排长焉,行伍出身,虽没有受过什么教育,却年轻英俊,校花乃求他携带逃亡。男女之间的事很难说个明白,反正到了后来,她嫁了他,来台后他退伍下来,以理发为业。呜呼,柏杨先生所谓的急摘麦穗者,指此。该校花既嫁之则安之,一心一意过日子,可是该理发师则不然,因其学识太差和自认为地位太卑的缘故,面对娇妻,如芒刺在背,唯恐怕她交上男友,把自己一脚踢掉。一个男人一旦有了这种念头,全家都不能安。他不准她出屋门一步,不准她去看电影,不准她和女同学来往(怕女同学挑剔他),更不准和男同学来往,邻居中年轻的、未婚的、有地位的、有钱的,也同样不准来往,闹得终于怨声载道,上了报纸,后来经人劝解,和好如初。当时柏杨先生就预言他们将来还是非垮不可。真是半仙之体,不幸而言中,有一天和《中央日报·妇女周刊》的编辑女士谈及,她曾和该女大学生有联系,告以他们果然离婚了之。呜呼,当初仓促地摘,没有考虑到双方知识上的程度不同,和灵性上的境界不同,乃不得不有此下场。

天下最残酷的事,莫过于一朵鲜花插到牛粪上,如果仅只旁观者有此观感,还没有太大关系,一旦鲜花自己有此感觉,便成了一颗定时炸弹,糟透了顶。由上一例可以分析出非糟透了顶不可的原因,做妻子的,性格内向的哀怨,性格外向的愤怒,无论哪一种都不好受。而做丈夫的,别人看他拥有如彼美艳娇妻,简直羡慕得要死,却不知他身上那股牛粪味,便是他自己嗅起来都不好受,其时时防变之心,自顾形惭之情,犹如疽痈在背,日子自然难过。

(柏杨先生按:二十世纪六十年代,男多女少,座右之镜和摘麦穗之喻,乃专为男人而设。八十年代,天下大变,忽然间女多男少,座右之镜和摘麦穗之喻,则免费献给女孩子。各位老奶,幸秘密垂鉴。)

6. 月白风清之夜

怨偶之所以形成,往往在于急急地去摘麦穗,初摘下来时,环顾四周,同伴们手中都还空空,心中乃窃窃自喜。可是等到走了一程,发现自己摘下来的那一朵不但是小的,而且是坏的,前面竟有更大的和更漂亮的在焉,只要其稍有人性,非大大地懊丧不可。

有这么一件故事。抗战胜利之初,某先生奉派赴北平接收,英俊年轻,衣服华丽,头发皮鞋,总是光可鉴人,官拜简任,会英日法俄四国言语,学问之大,直冲霄汉,不但有钱,而且还有自用小汽车,住东单金鱼胡同,前途无量,仆从如云。最精彩的是:此公洁身自好,不但没有结婚,而且从不涉足花柳。写到这里,读者可描绘出一个白马王子的画像矣,一时轰动古城,有女儿的人家,都像《傲慢与偏见》里那对老夫妇一样,紧张起来,某先生遂不得不陷入花丛,在名媛闺秀和女学生群中,晕头晕脑地打转。那时有某小姐者,某大学堂应届毕业生,美丽而慧敏,也交了一个男友,该男友老实人也,不善言谈,亦为接收大员,婚期在即,男友奉派赴南京公干,小别数日,她送他到飞机场,哭得死去活来。朋友们为了使她那破碎的心获得安慰,当天晚上,硬邀她参加某先生的舞会,她一见他,听其谈吐,观其举止,霎时间认为他是一个空前绝后的大麦穗。一个女孩子想嫁一个男人,比一个男人想娶一个女孩子容易得多,只须略施小计,便可安全到手。于是,两个星期后,她的男友从南京公干返平,正好赶上接到她的喜帖,这一气非同小可,幸亏他是一个大丈夫,只在没人的地方痛哭了一场,未动刀动枪。

他们婚后的生活,郎才女貌,当然万人称羡。有话即长,无话即短,转眼之间,大陆失守,来到台湾,她已生有二子,初期仍不失往日派头,可是宝岛似乎太小,某先生当初那些一千年都倒不了的钢铁靠山,竟一一崩塌,他遂玩不转矣。无可奈何,就在台中某学堂教书为生,以一个教书匠养四口之家,十年下来,如花似玉的女主角不但蓬头垢面,而且脸色苍老,手如鸡爪,不复当年十分之一丰姿矣。要是有人指出她也曾风靡古都,恐怕一块钱都没有人肯赌也。

十年之后,电影上的镜头终于出现,有一天,她正从街上买菜归来(那份打扮,可想而知),忽然一辆擦身而过的豪华小轿车,以急剧的速度倒车倒到她前面停住,下来一中年绅士,向她含笑招呼。呜呼,那简直是狄更斯的布局,来者正是当年被她一脚踢的男友,如今竟在贫富悬殊下相见,该男友地位已相当高,钱也相当多,尤其使她最不能忍受的,乃是他的太太比自己当初还美,亦比自己当初年轻。不知道他是出于报复,还是出于念旧,他经常来看她,带些食物,有时也邀她出游跳舞,但每次均有其太太参加,他也绝不提北平往事。女主角从此不再言笑,不再关心丈夫儿女,整天对空痴坐,想前想后,无法安排,就在一个月白风清之夜,买了一条麻绳,丢下二子,和睹状后神经失常的丈夫,自缢在她那全家仅一间房子的门框之上。

柏杨先生对该妇女同胞,毫无责备之意,身处那种只有小说上才有的奇境,任何人都会彷徨失措。但假如当初不是她如此急急摘之,可能其悔恨之情,不致如此严重。盖形势所造成的悲剧,较之因自己错误所造成的悲剧,其痛苦要少也。这个故事是真实的,男主角和其子女们仍在台湾,未便举其姓名,但他的同学朋友甚多,多打听几次,可获其详也。

不过,一般女人对这种急急摘之所产生的不如意后果,多半另有解决之道,该女主角如果一开始就拒绝和男友再行来往,耳不听则心不乱,眼不见则心不烦,不但自尊心仍可保持,家庭也可能仍然其乐融融。这和历史上朱买臣太太的故事有异曲同工之妙。朱太太下堂求去,我认为理所当然,但当朱先生阔了之后,做了大官而有了自备汽车,她怎么能想起来再去找他一叙乎?那种脑筋,才真不可原谅。假使我是朱买臣先生,她如不来找我,我还佩她念她,她如来找我,我定也要来一个马前泼水。

稍微有点智慧的女人,遇到这种情况,恐怕都得用相反的一套以自卫,弗兰西斯·培根先生在他的论文集中便指出曰:“有些女人,不顾亲友的反对而选择了坏男人,反而使她们更能表现忍耐的美德,因为她们势必借着这种忍耐的美德,才能为自己愚蠢的行为辩护和掩饰。”

谨转介此语以供一些摘得太快了的太太们参考,如不能再摘,则暗吞苦水,也未必不是一策也。

对一个男人而言,命中注定最大的折磨,莫过于恋爱。当追求女人之战进入最紧要关头之时,简直神经紧张,面黄肌瘦,日夜惧其不成,其状较金蝉蜕壳犹惨。盖蝉之蜕壳也,固然痛苦,却可断定壳之必蜕,蜕后自己身子必更壮大。恋爱则不然,连一点保证都没有,谁也不敢卜其结果是啥。有些恋爱,人人都认为他们非结婚不可,到了后来却硬是你走你的阳关道,我走我的独木桥。有些恋爱,人人认为根本成不了一对，到了后来，却硬是进了洞房，其中各种变化，能把人折腾得奄奄一息。

女孩子也怪，明明心中已接受张先生的追求，却在表面上伪装毫不在乎，而跟李先生看电影焉，而跟赵先生跳舞焉，而跟王先生踏青焉。呜呼，李赵王三位乃陪斩之囚，结果固然一场空，但张先生的日子，也实在不好过也。我有一位在美国的朋友，来函嘱照顾其女，她早已决定嫁陈先生矣，有一次陈先生来访，邀她前往观洋人之剧，她曰："柏伯伯要带我去玩。"不禁大惊，等陈先生懊丧去后，乃斥责之，她笑曰："老头，你懂个啥，我要挫挫他的锐气。"这年头真是大变，年轻人动辄教训长辈，但我当时果然不懂，经我想来想去，才算慢慢地懂了一点。

女人所以如此这般，连她最心爱而且即将托付终身的男人都整得可怜兮兮，似乎跟男人的贱骨头有关。男人追女人之时，其急吼吼之状，简直恨不得一口把她吞下，该时也，女孩子如果没有点学问，而马上答应，他当时固然感激零涕，扬言杀身以报，可是其后患却有点无穷。必须被女人整得颠三倒四，然后结婚，因得来不易，故益加珍视，一旦吵架，妻子便可数之曰："你不像当初追我那时候啦，那时叫你淋两天雨都干，如今叫你买件旗袍都不肯。"丈夫就不得不面有惭色，赶忙把自己的裤子送进当铺。

女人如果轻易答应男人的求偶，其后果每不堪设想。有些小姐为了赶紧摘下最大的麦穗，不惜牺牲色相，那后果就更壮烈。上焉者的艺术是布下天罗地网，把男人绕之围之，牵之吸之，他再翻斤斗都翻不出去，要他自愿上钩。中焉者则稍假词色，鼓起他进攻的勇气，然后忽迎忽拒，忽喜忽厌，当其攻时拒之，当其知难而退，拔腿开溜时诱之，然后他把心一横，往你怀里一撞，你就大获全胜。下焉者乃是急摘麦穗之型，一旦看见一个大麦穗，唯恐怕他会跑掉，乃紧抓住不放，为了抓得更牢更紧，甚至不惜提前上床，剧情发展到精彩之处，她还告诉他怀了孕啦，他只好娶她。贵阁下看过《骆驼祥子》乎？女主角虎妞便是用的这一套，硬生生嫁给了男主角。

一个男人一旦碰到这一类下焉者的女人，算是倒了血霉，乃八辈子坏了良心之报。某一作家焉，租房而居，房东太太有一养女，年方二八，漂亮还相当漂亮，可惜不识一字，且性情暴躁，扭捏作态。有一天家中无人，又是盛暑，她送开水给他（该作家后来诅咒曰："夏天送开水，真他娘该死的开水！"），进得屋来，就坐在床上不走，对该作家百般挑逗，该作家心猿意马，以为飞来艳福。一个月后，房东把他叫到跟前，先臭骂了一顿（那滋味似乎不太好受），然后想出两条路，任他选择，一是他迎娶养女，一是他去吃官司坐牢。该作家当然不愿意吃官司坐牢，只好迎娶，弄得一辈子窝窝囊囊，潦倒而终。

然而，这种下焉者的女人能幸福欤？天下事没有绝对的，我想当然也有非常幸福的，但如果遇到的男人是一个有个性的人物，恐怕她就有天大的本领，都幸福不起来。七八年前车启亮先生枪击其妻，有一句话可供三思，他曰："我们认识了只三天便发生关系。"盖对她心存轻视久矣，只认识了三天便和男人上床，虽然该男人以后成了丈夫，但这不是丈夫不丈夫问题，而是气质高贵不高贵问题，而是对贞操重视不重视问题，如果婚后安分守己，倒还罢了，如果婚后仍跟其他男人交往频繁，做丈夫的想起当初的杰作，怎能不心跳如捣，疑心有顶绿帽子飞到头上来耶？即令他没有手枪，也将动刀子矣。即令不动刀子，她也没有和男人交往鬼混，一旦吵架，或到了她抓不住他的那一天，他攻击她是贱货，辱之用之，她除了哭哭啼啼外，还有啥法？

7. 庸俗是致命伤

巧妇嫁了拙夫，真是人间最大的不公平，人人见了都要跺脚，盖深惜之也。像《断肠诗词》的作者朱淑贞女士，以一代才女，竟嫁了个不识之无的庄稼汉,死后她的丈夫把她的诗稿词草,一把火烧掉,其愚如猪,虽把他碎尸万段,不能消心头之恨。跟那种男人同床共枕,简直是奇耻大辱——我在这里声明,不是说"庄稼汉"便很低级,柏杨先生尚不致如此混蛋,去轻蔑任何一个正当行业;此地所指的庄稼汉,指的是那种僵化了的顽固质量,便是受过高等教育的人,有些照样也是一堆牛粪也。

抗战之前,我有一个朋友,在某中学堂当教习,和一女学生谈起恋爱,女学生的家庭当然反对,她乃弃家弃学,跟老师私奔。此女之美,自用不着说,而她之慧,更无以复加。她最喜欢看小说,有时且也写稿,房间之中,四壁皆书也,丈夫大概是学理工的或其他什么的,对文学毫无兴趣,屡次提出异议无效,有一天,趁她外出,竟把她写的手稿,一把火烧掉。

这种举动如果发生在柏杨夫人身上,顶多大吵大闹,打碎几块窗玻璃而已,想不到那位娇妻一举惊人,她回来一看如此,一语不发,检点东西,拔腿而去,寄住在一亲戚家中,努力用功,暑假后考入交通大学。朋友对她固一往情深,左打听右打听,好容易打听出来,总算把她找到,涕泣悔过,而她不理也。拖到最后,他在校门口徘徊终日,见她偕同学出来,上前跪哭求恕,她昂然而过,仍不理也。该朋友悲悲凄凄前来向我请教,恭聆他的叙述后,想了半天,发现唯一解决之道是他买包巴拉松灌到自己尊肚里。

急定终身,便有这种毛病,那位女学生乃了不起之辈,一经发现错误,立即回头。局外人固可以说:把手稿烧了有啥严重,何至闹得如此之大?这跟刑场观众的嘴一样:"砍了头有啥严重,何必泪流满面?"婚姻之妙,便妙在此,所有的怨偶,其锥心痛苦,都不在大原则上,而在小节目上。当朱淑贞女士灵感泉涌,写成一诗之时,其夫如放下锄头,磨鬓以观,抱之一吻,赞美鼓励,恐怕臭汗也会变成香的。我想那个蠢货,准是倒头便睡,看她挑灯苦思,还吼她不知省油也。如果竟有人认为这也可以忍耐,他照样也是一个蠢货。我的朋友焚稿之举,说它不严重,当然不严重,柏杨夫人识字不多,也曾把柏杨先生写的稿用来生炉子引火，并未出事。不过说它严重，也足可以破坏婚姻，因它显示出来一个基本问题，那就是“俗”。盖啥痛苦都能忍耐，连苦刑拷打都能忍耐，我曾看到拔犯人指甲者，呜呼，那种酷刑，想起来都会发抖，而该强盗仍谈笑风生。天下只有一种东西不能忍耐，那就是“俗”焉，故世有“俗不可耐”成语。我不知道读者先生中有没有俗气冲天的朋友，有时候那股俗劲，能叫人恨不得手执钢刀，照他脖子上喀嚓一声。

俗者，境界太低也。跟知识程度无关，再大的学问，该俗还是俗。我曾听到两个故事，都是女主角玉口亲讲的。一位是女作家，她的丈夫在某大学堂教书，教最时髦的理工，有科学脑筋，亦有科学声誉。有一年八月十五，中秋之日，她要丈夫同至院中赏月，教习当然顺从，可是心中却怎么都想不通月有啥可赏的，女作家正对月遐思，她想如果丈夫能适时地轻拥其臂，闲话当年，呷一口香茗，说一声我爱你，该多么诗情画意；想不到坐了一会之后，丈夫猝然问曰：“嗨，你看完了没有？”好像月亮是一本小儿书，气得她又哭又笑，恨恨而归。

另一位也是女作家焉，丈夫荣任某公司董事长，有汽车洋房，而尤其有钱。某晚，他幸无酒家之约，在沙发上看报，斯时大雨倾盆，檐水如注，只一窗之隔，划分为两个世界，往事如烟，感慨殊深；娇妻情不自禁，吟李商隐诗曰：“问君归期未有期，巴山夜雨涨秋池……”正吟着，猛抬头见她老公头如捣蒜，鼾声如雷，早已梦周公啦。大怒之余，用脚踢他的屁股，他蓦然惊醒，以口吸涎，呼噜作声。她责之曰：“我正和你谈话，你怎么睡着啦？”丈夫急辩曰：“没有睡，没有睡，你说的话我听得清清楚楚。”妻喜曰：“那么我刚才说了些啥？”丈夫搔首曰：“你说要吃拔丝山药！”呜呼，这故事听起来似乎还可以列入幽默小品，但当事人却肝肠都要断尽。这还算好的，如果对方不但俗，而且暴，若《西青散记》上双卿女士的丈夫，动不动就揍一顿，那就更糟。

8. 三心牌

一朵鲜花插到牛粪上，固然是一件始终要天下大乱的危机，一条臭鱼端到筵席上，也同样的总要闹出名堂。唯一相异的是，漂亮的女人嫁给其蠢如猪，其心如狼的丈夫，她自怨自艾，粉泪频弹，还有人同情，骚人墨客，或咏之以诗，或写之以文，野心勃勃之士，则乘虚而入，以慰寂寞芳心。可是一个英俊能干，心怀大志的男人，一旦娶了一个三心牌的妻子——见了恶心、想起伤心、谈到痛心，把自己搞得壮志全消，生趣全无，却很少有人同情；不但很少有人同情，反而会有圣崽者出，责他好色焉，不安分焉，不正派焉，心猿意马焉，简直罪大恶极，一文不值。到了那个地步，真是哭天不应，哭地不灵。

不知道是哪一位有学问的人研究出来的，诸葛亮先生之所以有伟大的勋业，应归功于其妻甚丑，盖他的太太大概属于三心牌之流，诸葛先生既然一看她就恶心，便不如索性不再看她，埋身于军营相府之中，夙夜匪懈，拼命为公。同一道理，当初姒文命先生治水九年，三过家门而不入，大概他的太太也不太高明，假使她娇艳如花，恐怕三更半夜都要溜回去一享温存，说不定影响了公务，一直到今天，大陆仍泡在水底下。

这种有关诸葛先生的学说，有其教育意义，发明此学说的人显然的在歌颂怨偶，并以之安抚一些倒霉朋友。那意思就是说：你不是对太太不满意乎？没有关系，太太乃身外之物，理她干啥，只有荣华富贵，显亲扬名，才是真的，才值得重视，不可因小失大也。

问题是，再强大的安抚，只能安抚其嘴，不能安抚其心。一个人如果根本是一根呆木头，没有感情，便不会有怨偶之事发生。如果有怨偶之事发生，那就证明他有感情，而有感情的人，教他们放弃榻上枕畔,和秀屋闺房的万种风情,可能性不高。

清王朝之前,女人们如嫁了个不满意的丈夫,大多数只好自叹命薄。而男人们如遇到不满意的妻子,却有补救之道,那就是娶个小老婆过瘾。这办法不知道是谁发明的,真可得诺贝尔奖金,盖古代只有出妻而无离婚,朱买臣太太明明把丈夫一脚踢,但她却不能和他离,而只能要他写一"休书",天下名实不符的事,有逾于此者乎?但正可看出男人们的威风。不过也幸亏有娶小老婆之道,如果没有娶小老婆之道,女人们的遭遇将更悲惨,大爷有的是钱,今天娶一个,玩腻啦休之,明天再娶一个,玩腻啦再休之。在女人尚无社会地位,又不能独立生活的时代,恐怕她宁愿过吃醋的日子,不愿过流落街头弃妇的日子也。

男人既有补救之道,往往一开始就不怀好意,圣人云:"娶妻娶德,娶妾娶色。"呜呼,你看这算盘打得多么如意!柏杨先生对此法再赞成不过,盖柏杨夫人"德"是没有问题的,唯"色"则绝无,如果在从前世代,她敢阻止我再娶一漂漂亮亮的小姣娘乎?现在真是年头大变,娶妻不仅娶其德,亦要娶其色焉,没有德固然叫人生气,没有色也叫人生气。古时男人因有补救之道,所以娶妻时可以马马虎虎,大我几岁没有关系,丑如鬼而蠢如猪,也没有关系;盖必要时可以把她冷藏,只要你有办法,娶上三个五个花枝招展,平常之极。所以女人怨男人的多,男人怨女人的少。

现在则大大不然,男人一经结婚,尤其是在急摘麦穗的情形下,抓一个娶之,其命就定啦。女孩子在恋爱时,拼命自敛,望之若淑女然,若美女然,若有学问者然,若高贵不可攀者然。一旦同床共枕,原形毕露,当初看她杏脸含春,原来满布着麻子和雀斑;当初看她柳腰盈握,原来是钢丝束的;当初看她齿若编贝,原来全是假牙,一天不洗都臭而不可闻也;原来看她玉脚如削,原来满是鸡眼,一步一痛;当初她终日沉默,你以为娇羞不胜,寡言必吉,原来她是个咬舌兼结巴;当初她侃侃而谈,跨上单车,如飞而去,你以为她刚健婀娜,原来她是个十三点;当初她手拿洋文之书,满口洋文发言,你以为她至少也是高中学堂毕业生,原来她只会那么几句,洋文书乃借来专门骗呆瓜的;当初她妙喉可歌,玉腿可舞,你以为她多才多艺,原来她学了三年,只学会了一歌一舞,等阿墨林上钩时露那么一露。如此这般,婚已结矣,生米已煮成熟饭矣,你怎么办吧。

这事如发生在十八世纪之前的汉唐盛世,前已言之,根本没有问题,但如今可麻烦大啦。第一,你不能把她冷藏,她有她的社会关系和亲戚朋友,七嘴八舌,她便想被冷藏,也冷藏不住,何况她死也不肯被冷藏乎?第二,你又不能再娶,即以柏杨夫人而论,她的道德修养,使人敬佩,我说啥都行,连吃大蒜都行,可是,只一谈到再娶一漂亮小姐之事,立刻火山爆发。柏杨夫人尚且如此,其他一些差劲的太太,恐怕更要凶猛。何况我最近忽然听说中国法律规定,重婚罪不是告诉乃论的,即令一男二女,大家全同意都不行,检察官仍可提起公诉,这算啥法律耶?真要把有三心牌太太的男人,全都逼上梁山。

年头儿真是有点不对劲,在怨偶所显示的问题上,古今就大大地不同。古时女人哀怨的多,像宫女们的哀怨,便天下皆知,用不着找哪个宫女当面问个清楚,靠想象都可推断出来,几千几万个妙龄少女,守着一个当皇帝的臭男人,怎能不哀而怨之哉。幸亏她们是女人,哀怨一阵也就作罢,如果她们是男人,恐怕早暴动起来,把当皇帝的婆娘撕个稀烂。

除了宫怨,闺怨更是普遍,"悔教夫婿觅封侯",少妇怨也;"商人重利轻离别",主妇怨也;"上山采蘼芜,下山遇故夫",弃妇怨也;"夫婿轻薄儿,新人美如玉",大妇怨也;"波澜誓不起,妾心古井水",寡妇怨也;"坐愁红颜老",老处女怨也;"打起黄莺儿",征妇怨也;"谁怜越女颜如玉",贱女怨也;"苦恨年年压金线",贫女怨也。

看起来好像从前的女人无一不怨,封建制度及农业社会使然。然而从前那些致怨的原因,到如今差不多都风消云散,你只要努力,均有打破之途,不似当年那般绝望。首先是宫女行业已彻底取消,想怨也怨不起来;闺怨的情形固多,但其本质却跟从前不同,丈夫出征或经商,妻子可尾追前往,人情所许者也;离婚或守寡,马上就拍拍屁股再嫁,而且和前夫见面,握手言欢若老朋友;至于贫贱之女,一旦选上中国小姐或是跟某大官大商的儿子恋上爱和结上婚,便有得汽车洋房矣;至于丈夫在外面胡搞,看起来不得了,实际上啥也没啥,普通讲起来,一个公教人员,他连一个太太都养不起,何况多一个太太乎?何况法律人情似乎均站在女人这方面,丈夫把妻子揍一顿,一状告到衙门,全国大哗,可是妻子揍了丈夫,却没人打抱不平。

年头大变的结果是,过去男人怨者少,甚至连一个怨的都没有(有的话只是苦恼),可是今天便迥然不同,男人也同样地会成为怨偶中的主角,这是一个有趣的课题,古时男人顶多嫌其妻"悍",而今男人不怨则已,一旦怨之,一半以上是嫌其妻"俗",悍虽可惧,不悍时还有可爱的一面,唯俗难医,严重者在此。

古时怕老婆的故事甚多,几乎全是因为臭男人存心不良,对妻子不得不怕,怕中有敬,也多少有点抱歉。今日一旦娶了一个不满意的太太,则问题不在怕,也不在惧,心头升起的乃是一种难耐的感觉。《醒世姻缘》对此有一惟妙惟肖的形容,盖不合适的婚姻,犹如用一把钝刀割自己的脖子。真是个中人言,恰恰搔到痒处。《醒世姻缘》上的男主角,他的太太不过仅只"悍"而已,已如此痛苦,现在的男主角,往往遇上的是一个更厉害的"俗",那真是如两把钝刀,同时俱下。

从逻辑上讲,应该非常美满的婚姻——便是请一百个入美国籍的科学家化验分析,都找不出不美满的理由,像徐志摩先生和他的前妻张女士,真是天造地设的一对,两人都受过高等教育,门当户对,又都有的是银子,而男的英俊,女的美丽,简直挑不出一点毛病,可是他们却硬是一对怨偶,终于决裂。世人多半责备徐志摩先生,说他莫名其妙,却忘了婚姻是否美满,只有主观自知,不能客观分析,局外人绝对木宰羊也。诗云:"寒天饮冰水,滴滴在心头!"有些人饮了冰水冻得直发抖,有些人说不定刚赛跑回来,饮了冰水舒服得不得了,有些人喝了会生病,有些人喝之则精神百倍,不能同日而语,一概而论。

柏杨先生有一位朋友,大学堂毕业,任职一家工厂经理,娶一漂亮的留美女学生，乃苦恋而成，这种婚姻，我敢赌一块钱，它非美满不可。却想不到没有两年，竟然告吹。盖朋友每入闺房，便唉声叹气，兴趣索然，娇妻百般慰之媚之，都没有用。后来再娶一妻，亦一大学生也（那个该死的家伙真他妈的有福），婚后半年，他的故态复萌，娇妻大怒，以手掴之，再以高跟鞋踢之，把他的尊腰几乎都要踢断，朋友却喜不自胜，视她为天人，爱之喜之，敬之惧之，若奴隶然，原来他天生的是受虐狂，不挨揍便不舒服也。后来我曾问他曰："兄台，你当初为啥不直讲，请她动手乎？"他答曰："你懂个屁，这玩意儿非自动自发不可，一经请求，便治不了病。"呜呼，那位第二任太太幸亏及时下手，迟则准又有婚变。

受虐狂当然是一个极端的例子，我不主张太太们一试，试不好更糟。但这故事可以说明一点：夫妇之间，一旦成了怨偶，一定有不合适之处，犹如一个人穿上新鞋，痛不痛只有他自己知道。他已痛得双泪齐流啦，而你却在旁拍巴掌曰："这鞋子真好呀，样子好，皮子好，穿到你脚上美观大方，再高贵没有，你喊哎哟干啥，如果说这样的鞋子还不满意，非脱不可，那未免太王八蛋。"我恐怕纵是再写上一百本书，证明那鞋子是合适的，他也穿不下，宁可打光脚板。

语云："求忠臣于孝子之门。"一个人连其生身父母都不爱，都不知报恩，还能爱他的国家，还能爱他的朋友乎？父母养之育之，抱之负之，辛辛苦苦，从孩提照顾到成人，他说叛变就叛变，国家对他的义，朋友对他的情，更算老几？可惜一个人一旦当了大官，父母都亡，每逢母亲节或父亲节，他命令秘书代作一文，悲戚之至，好像他真是一个孝子一样，说不定老人家若真活下去，他会把他们丢到野地里喂狼。

吾友周弃子先生则另有理论，他曰："一个人对婚姻不满意，打架吵架，闹得天翻地覆，离之弃之，闹得身败名裂，这种人具有极端性格，可为国而死，可寄妻托子。如果一个人对婚姻不满意，竟把太太弄得团团转，威吓以镇之，巧言以骗之，要花招以欺之，而自己在外边大搞特搞。到发表言论之时，却又道貌岸然，成了正人君子。这些人性格上专干对自己有利的事,喜妥协而惧艰难,当汉奸的,当叛徒的,皆是这一类人也。"诗人论调,听起来吓人一跳,然仔细一想,再和现实对照一下,从叛徒身上搜集一些数据,可知诗人真是有点学问。

男人对付不满意的婚姻,有一个明显的特征,那就是云游四方。一个男人,如果天天早上离家,一直在外面跑到深夜不归,除非他是政治家,或其他的职业,如出租车司机等等,非跑不可;否则,其家庭多少有点问题。盖男人对付三心牌太太,只此一途,以便眼不见则心不烦,等到深更半夜回家,其累如牛,躺在床上便睡,关灯之后的枕畔人,比较容易将就。在这里,柏杨先生隆重告诫做妻子的,假如你的丈夫有云游四方的毛病,宜立刻提高警觉,但千万不要去和他又打又闹,而是应检讨检讨自己。

家庭离散,婚姻破裂,差不多都由云游四方开其端,开端之后,做太太的再不恍然大悟,想办法把他拉回来,其结果准惨。男人在这上和女人不同,女人总是先有外援,才谋拆伙,如无外援,多半自忍自受。男人则不然,有外援固然搞得一团糟,无外援亦然。开始不愿回家之时,只是对妻子的一种无言的反抗,在外乱跑,并不舒服也。可是等到跑成了习惯,便无所谓啦;等到有另外的女人乘虚而入,他就昏了头;等到那女人给他一种他妻子从未给过他的温存,而且硬要嫁他,恐怕他就非提出离婚不可。

社会是一个战场,家庭则是一个堡垒。一个男人每天都要走出堡垒,和社会作战,受打击,受折磨,受羞辱,以及受种种痛苦,回到自己的巢穴之中,伏地喘息,伸舌舐创,以便明天继续再斗。如果这堡垒巢穴是温暖的,谁不愿回去乎?而有些男人竟不回去,其中的道理便太大。我有一个朋友,家住台北郊区乡间,距火车站尚有里许,均为泥泞小径,他也是属于云游四方之类,有一天,同赴宴会,饭后他非拉我去茶馆下棋不可,下了几局,浓云密布,我劝他回家,他曰:"早得很哩!"不久大雨倾盆,一直下到十一点才算完结,我送他去车站搭最末一班车,他手擎雨伞,面色沉重。等到车开之后,我不禁想到,把丈夫逼到如此地步,妻子能辞其责乎?

丈夫对妻子不满，常由于小的节目。而婚姻成败，也常决定在这些小的节目上。又有一位朋友，常跟他的太太打架，四邻为之不安，他的对策也是云游四方，有一次竟云游了四天之久，太太哭哭啼啼到处诉苦——说她自己如何如何的好，丈夫如何如何的坏，其意在争取朋友对她的同情，以帮她助她。却没有想到，这一下子等于公开宣战，丈夫听了之后，回去把她狠狠地揍了一顿，再出去云游不误，而且扬言非离婚不可，听亲友一再劝解，并询问他到底跟太太有啥不合之处，他说了一大堆，最后等没人之时，我曰："你别瞎扯，要说老实话。"原来是这么一回事，自结婚以来，他太太穿玻璃丝袜，没有一次穿整齐的，亦没有一次线条笔直的，而他烦的就是这个也。我以为简单之极，亲自出马，找他太太谈判，不料那位太太突地跳起来，吼曰："咦，他嫌我穿袜子穿得不好看丢他的人呀？他叫我穿得漂亮，给我钱买呀，我难道不会穿呀，他挑剔到袜子上来啦，哼。"

呜呼，幸亏我不是她的丈夫，如果我是她的丈夫，我不仅要被哼得云游四方，恐怕至少三十年才回一次家，盖她的那股哼劲，难以消受。

9. 危险信号

吾友爱因斯坦先生曾发明了相对论，一时震惊世界，据说内容甚为深奥，地球上只有九个人懂得，柏杨先生似乎不在该九个可敬的人物之列。不过有一点却是有点心得的，人跟人之间，你如果对某人的印象至为恶劣，用不着去打听，某人对你的印象也好不到哪里去。这定律用到家庭和夫妇关系上，虽不见得一定十分准确，但婚姻的破裂，夫妇双方的责任，固往往是相对的也。在外表上，有丈夫非离婚不可的焉，有妻子非离婚不可的焉，看起来好像一方先变了心，和先狠了心,对方真是可怜兮兮。但使其先变了心和先狠了心的,又是谁乎?有人言曰:是某野男人焉,是某烂女人焉,然则使其爱上野男人烂女人的,又是谁乎?

朱买臣太太非跟朱买臣先生离婚不可,她唯一不可原谅之处是她又回头找他。至于她坚决求去之举,一点都没有错。我虽然不认识朱买臣先生,可是此公不事生产,置妻儿的生活于不顾,又自信可当大官,那股酸劲,实在难以承当,怎能怪他太太?《断肠诗词》的作者朱淑贞女士有《生查子》曰:"去年元夜时,花市灯如昼。月上柳梢头,人约黄昏后。　　今年元夜时,月与灯如旧。不见去年人,泪湿春衫袖。"记偷情之欢也,一个可爱的女人竟去偷情,圣崽心里自然别扭,就硬说这词不是她作的,而是欧阳修先生作的,盖男人乱七八糟,仍可受万人崇敬,女人便不行啦。这种论调真使朱女士蒙羞,以她那个集愚鲁俗蠢之大成的丈夫,她之偷情,不但可谅,其勇气且可敬焉。却没有一个人责备她丈夫混蛋,不但太不公平,亦未触及到婚姻问题核心,她的丈夫如果稍有一点灵性,她不至于豁了上去。

据说日本女子出嫁时,老母一定授以房中之术,包括侍奉丈夫之道。摩登一点的说,也就是驾驭丈夫之道。是不是真有其事,我不知也,但我觉得这一着实有其必要。现在女孩子往往有一种错觉,认为既已嫁了人啦,生了儿,育了女,成了老太婆啦,一切都可任性而行,结果逼出来窝里反。柏杨先生说这些话,不是鼓励做妻子的要把丈夫当作活宝一样供养,而是,无论你想改造他也好,安抚他也好,抓住他也好,必须先使他快乐,如果他如坐针毡,就非云游四方不可。

在某一种情形下,再亲爱的夫妇似乎都应该像仇敌一样相待——注意,不是说要捉而杀之,而是说要先求了解,再求征服。有些学问甚大的太太们傲然曰:"我死也不将就他。"抱着这种态度的女人,我想死倒不会的,但她的婚姻生活,谈起来准鼻涕一把泪一把,盖昏庸蛮强,一定有痛苦作为报酬。

爱情不但使人傻,也使人疯,一对天南地北的男女,忽然间同床共枕,要百年好合,这种制度不知道是谁搞出来的,真是危险万状。

双方必须小心翼翼，以求习惯相适，性格相适。丈夫使妻子痛苦，漂亮的妻子则开溜，平庸的妻子则流泪。妻子使丈夫痛苦，则再窝囊的男人都会变得天天在外面乱跑，另觅寄托和另觅温存。

实际上男人比女人好摆布，女人们如果肯用点脑筋，摸清楚臭男人那股劲，就能把他捉个结实。我有一个朋友，名雕刻家焉，其前妻美丽非凡，得过哲学硕士学位，治家则井井有条，社交则雍容华贵，我有那样之妻，虽死无恨（有一次谈此话时，被柏杨夫人听见，大大地跳了一阵高），可是他们终于仳离。而第二任太太，我虽不知其底细，看样子实在并不高级，既不会理家，又不会带孩子，把屋子弄得一塌糊涂，但其夫妇间感情却笃得要命。虽百思也不得其解，这简直不但没有了逻辑，也没有了人之常情也。然而后来我终于发现奥秘，第二任太太对她丈夫，有她的一套。丈夫雕刻时，她常常沐浴更衣，洒上香水，穿上睡袍，歪到沙发之上，使长发垂地，而她口衔香烟，斜眼以望，不时叫曰："那一刀好极啦，对啦，往下再来一点呀。怎么，不能描？哎哟，妙哉妙哉，这个人像栩栩如生，叫人看了连汗毛都舒服。"

该男人就是喜欢这个调调儿，做妻子的能欣赏他的优点，他便爱若至宝，一天打他两个耳光都干；如果不能欣赏他的优点，则叫他一天打她两个耳光，他都不干。太太们似不可不研究研究，以便裁夺。

一个男人一旦云游四方，那便是危险的信号，做妻子的必须自我检讨，否则就要云游到底。

谈起来自我检讨，乃是第一流学问，时代风行的自我检讨，往往是："我太好啦，对方太坏啦。"故做妻子的检讨起来，似乎应特别压压这种时代的气质，否则，越想越气，越分析越找不到毛病何在，自己先用手把大疮掩住，然后专在对方身上找雀斑，其结果不卜可知。做丈夫的不仅云游四方而已，如果对她竟然没有一脚踢，那便算她祖宗有德。

柏杨先生因为年高德劭，为万众所信服之故，经常被年轻人邀去调解他们的家庭纠纷，遇到奇形怪状之事甚多，更深感自我检讨的重要。有一位朋友向不在家吃饭,试想一想,一个家庭中,一日三餐,丈夫兼父亲都不在家,那算个啥? 盖丈夫是南方人,只喜吃米,对面不能下咽,而娇妻为北方人,却非面不饱。恋爱之时,初婚之际,男的发誓随妻吃一辈子面,女的发誓随夫吃一辈子米,天下还有比吃面吃米更小的事乎? 于是,到了后来,太太的拿手好戏出笼:馒头焉,包子焉,花卷焉,大饼焉,火烧焉,打卤面焉,肉丝面焉,蹄花面焉,蒜泥面焉(叫南方人吃大蒜,简直等于要他的命),鳝鱼面焉,猪肝面焉;每到月终,家庭经济周转不灵,则天天阳春面焉,把丈夫吃得面无人色。最初为了爱情,还勉强往肚里硬塞,后来实在受不了,乃进入"见饭愁"阶段,开始云游四方,去小馆吃他的南方口味矣。我就劝该娇妻注意丈夫饮食,一个做太太的如果使丈夫见饭便愁,非闺房之福也。想不到我的话刚刚出口,该娇妻立刻委屈万状地哀号曰:"他还不知足呀? 我为他什么都牺牲啦,大学一毕业就嫁给他,美国奖学金办好了都没有去,一天福都没有享过,蓬头垢面地给他做家事,他还挑这个挑那个;寥寥无几的菜钱,叫我买啥呀? (说到此处,为了增加效果,一把鼻涕就抹到我的新长衫上。)吃面? 是为了省钱呀,省下来的不都是他的乎? 上一次吃'猫耳朵',是我学了一个多月才学会的,结果你猜怎么,高高兴兴地给他端上,他连看都不看,站起来就走。你老人家评评理,这算什么态度? 我不是他买来的奴隶! 何况吃面能使身体好,又节省外汇,何况我也不坚持非吃面不可,去年五月端午,我还特地给他做了一顿米饭,结果他又挑剔说饭糊啦,菜焦啦。他有钱叫他请大师傅,再不然叫他娶一个吃米的太太。"

她侃侃地闹了半天,我发现她已病入膏肓,不可救药,这样的自我检讨,还不如不自我检讨,当时便决心不吭一声。她以为已把我说服,连我这样有学问的人都认为她对,何况她的丈夫乎? 则她丈夫之无理取闹明矣。

人生在世,四大需要,食居第一,各人的口味从小养成,十年二十年吃将下来,习惯牢不可破,在这方面,丈夫改造妻子固然困难,妻子改造丈夫也不可能,唯一调和之法,只有自我克制,先由己身让步,再换取对方的让步。若大家都各趋极端,除了拼个你死我活外,还有啥可说。

无论是多么伟大的女人,即令貌如天仙,男人一见就魂销魄散;即令学问奇大,会发明什么什么弹;即令名望权势再高,咳嗽一声就有人送命。但在目前这个社会结构的家庭之中,却必须注意丈夫的地位,不服这股劲,恐怕不行。固应每日三省吾身。一曰,丈夫吃饭时,吃得香乎?二曰,丈夫看我发嗲时,有笑容乎?三曰,我发脾气时,他心疼心焦乎?思有所得,急起修正,包管他跳不出你的手心。

有女士或曰:你把我当成啥?叫我像下女一样侍奉他哉?如果你有此伟大想法,那么,你就不必三思,继续和他硬碰硬可也。

妻子无不希望她的丈夫具备"三子"之件。曰:其高贵富有若王子焉;给她买东西时若败子焉;做起家事如洗碗洗衣洗地板之类若奴子焉。丈夫亦无不希望他的妻子具备"三妇"之件,曰:社会交际若贵妇焉;在家里干活若仆妇焉;闺房之内,若荡妇焉。当然也有呆木头之人不是如此想法,或者圣崽者流,心里虽然是如此想法,表面上却假装不是如此想法。我们对之均不具论,盖我们论的只是人情之常,对上智和下愚,无可奈何。

这种要求,看起来好像胡说八道,仔细一想,恐怕十分合情合理,我想没有一个女人不愿她的丈夫属于三子之列,跟他上街溜达也好,看电影、看白雪溜冰团也好,共同出席集会宴会也好,丈夫气质高贵,动作大方,应对中节,为万人所瞩目,一一前来致敬,你说这种快乐尚可支乎?一旦妻子要购买洋房一栋(有时二栋,一栋在市区交朋友,一栋在郊区防空袭而兼避寿),汽车一辆,珠宝若干,衣服若干,丈夫统统照买不误,而且买时连眉都不皱,不但有此钱,更有此量;闲来偶想去美国观光,飞机票已定下矣,打牌时输了新台币三千六百万零五十元,银行本票已送到桌上矣。然而该丈夫却驯顺如羊,毫无骄态傲气,更不拈花惹草,回到家中,啥活都干,没有一句怨言。呜呼,有夫如此,真是心满意足,意足心满。

同样心理,哪个男人不希望自己的妻子端庄美丽,若英国女王,若什么伯爵夫人乎？或携手上街，或并肩参加什么会，或接待亲友宾朋，雍容华贵，艳光照人，谈吐高雅，玉齿生香，丈夫侍卫在侧，如坐云雾。可是奇妙之处，还不止此，她一旦回到家中，脱去出门袍，着她家中裳，擦地板，洗被子，煮饭菜焉；给丈夫脱鞋，脱袜，打洗脸水、洗脚水焉；背着孩子打扫厕所焉；快快乐乐，从无怨言。丈夫下班回来，往沙发上一仰，娇妻蹲下为之洗脚，他手执当天晚报，看看女人大腿照片，品着香茗，心旷神怡，问曰："今天啥菜？"娇妻答曰："一盘西红柿炒蛋。"大怒曰："一盘够谁吃的？"娇妻答："是你一个人吃，我咽白饭就行啦。"然后怯怯问曰："今天跟你一道看电影的那个女人是谁？"丈夫喝曰："你管啥？"娇妻紧张曰："我只是问问，不要生气呀。"噫，一个丈夫如能混到这种地步，虽南面王不易也。可是，虽然如此，一旦等到闺房独处，该在外雍容华贵的女王，在家只吃白饭的仆妇，跟丈夫谈起情说起爱，却嗲得要人老命，把迷魂汤一勺一勺往丈夫嘴里猛灌，其中动作，用不着形容矣。

事实上天下没有这种理想的丈夫，也没有这种理想的妻子。这种男女，属梦幻人物，如果去找，八千年都找不到。但有一点却可从这种盼望获得了解，那就是说，夫妇间是不是和睦，是不是怨偶，是不是亲爱如蜜，"三子""三妇"，是一种标准，在这标准上考察，虽不中不远矣。盖丈夫越是接近"三子"，太太越是接近"三妇"，他们的感情越笃；丈夫距"三子"的条件越远，或是太太距"三妇"的条件越远，他们的感情也就越疏。这是柏杨先生集七十年人生经验发明出来的定律，免费以供，诚仁人君子之举，中国同胞不妨一试，便知这药方灵不灵也。

当一个人，本来已不容易，从牙牙学语，便开始要满足别人的欲望，父教之呼爸，母教之呼妈，如硬不开口，准要挨揍。摇摇学步之时，父不准其动电扇，母不准其动火炉，如果动之，准又挨揍。长大了之后，事情就更麻烦，女孩子为了交男友，宁冒着拧断脚踝的危险，也要穿高跟鞋，男孩子更是丑态毕露，对胡子不但剃之，而且拔之，而且穿上领口硬如钢锯般的衬衫。呜呼，满足别人欲望既是不可避免的，则一个丈夫就应该努力去满足自己的妻子,而做妻子的亦然。有些人对社会碰一下都不敢,偶尔穿了个背心,在办公室都不敢脱去港衫,惧人批评之也;可是对他的太太,却蛮横之至,她三年才买一双袜子,就咆哮如雷;怕硬欺弱,典型的懦夫,这种人的家庭如果幸福,真没天理。

10. 消毒作用

爱情是不按逻辑发展的,所以必须时时注意它的变化。爱情更不是永恒的,所以必须不断地追求。有一位洋诗人,惜忘其名,年已七十,理发时总是吩咐理发师把头发留长一点,还要向左稍偏,理发师曰:"这种发式已不流行啦。"诗人曰:"我当初恋爱时,太太最喜欢这样。"理发师曰:"你已经结婚四十年啦。"诗人曰:"可是我还在追求我的太太呀。"呜呼,做这位诗人的妻子,其福气可是上冲霄汉。

洋人谚曰:结婚是恋爱的坟墓,在诗人之事上可看出固不见得。有些人害怕坟墓,一辈子不结婚,那乃是治标之法,根本问题是他用啥观念啥心情去处理他的婚姻。从前有一位老处女,千方百计搞到一个丈夫,新婚第二天,丈夫在床上推她,请她弄杯咖啡,她恚曰:"我嫁丈夫为的是要丈夫照顾我。"这则故事是在一本洋大人书上看见的,作者加按语曰:"那个做丈夫的如果不跳出房间,砰一声把门关上才怪。"该丈夫是不是反应得如此干净利落,我们不便推测,但有一点是可以推测的,她的婚姻非成为坟墓不可。

一个男人虽不可能若王子若败子,但他应有使自己太太温饱安适的义务,关于此,我们可再借"虚荣"加以阐明。一个做丈夫的如果没有钱,不能使妻子儿女吃得饱,穿得暖,或不能使妻子住得安适,不能使儿女接受相当教育,乃是做丈夫的耻辱。孔丘先生曾大大地歌颂颜回先生,我却觉得颜回先生一定有点毛病,从他老师对他赞美的几句话上,可看出他甘受迫害和甘对权贵屈服的气质,穷成那种样子,竟然违反人性,自以为还很快乐,做那种人的妻子儿女,真是苦也。一个丈夫如果无力养家,衣不蔽体的妻子偶尔向他要一件新衣,他就像发了狂犬病似的,狺狺而吠曰:“我为了这个家连命都拼进去啦,简直成了一个无底洞,要不是看你们无依无靠,我早就走啦。”简直是无耻之尤。

柏杨先生记得四年前的一件事,中秋节之日,去乡下看一位老友,一进他的家门,就觉气氛有异,一个大约三十多岁的年轻人,正向敝老友吼曰:“钱! 钱! 钱! 你就知道钱!”而敝老友的幼女则卧在母亲房中,泣不成声。原来二人相恋,老头将年轻人唤来,询问他的经济情况,该年轻人在某衙门做事,月薪九百元,老头嫌其太少,要他等到每月一千五百元时才可结婚,该年轻人乃有此吼。我当时便加入火网,斥之曰:“你这个小子,且听我言,九百元之数,租个六席房子,去四百元矣;两个人的伙食,又去四百元矣;剩下的一百元,买牙膏焉,买牙刷焉,买袜子焉,买肥皂焉,坐公共汽车焉(该年轻人上下班,一天两次,一个月六十元出了笼),万一你得了盲肠之炎,谁给你开刀乎?万一太太怀了孕,你用啥钱送她住医院乎?固然你可以借,但有借便有还,你用啥还乎?固然你可起会,但你一月只剩下一元两元,还起啥会乎?万一生了孩子,你有钱买一只鸡乎?小孩子的衣服尿布又哪里来乎?你的皮鞋已破,又用什么钱再买一双?我这么一位如花似玉的侄女嫁给你,天天洗衣煮饭,手也粗啦,人也老啦,你不是爱她,而是糟蹋她。不自己责备自己,反而骂人爱钱。狼心狗肺,莫此为甚,他妈的,滚。”

我这一番言论,不是专拆穷人的台,更不是作有钱人的帮凶,而只是提醒一点,贫穷是耻辱,即令找上一大堆乱七八糟的证据,证明贫穷不是耻辱,但也绝不能算是光荣。这里再借用一个故事,有人曰:上等人怕太太,中等人敬太太,下等人打太太。我们可套之曰:上等人贫穷时愧对太太,中等人贫穷时麻麻木木地待太太,下等人贫穷时穷气横生，怒气冲天地骂太太。上面那个例子中的年轻人，恐怕应属于下等人之列，对自己的贫穷毫无愧意，而且别人一说到钱，踩到他的痛脚，他就喊叫。后来因为爱情是伟大的缘故，他和老友的幼女仍是结了婚。四年之内，生下两个娃儿，真是到了大的哭，小的叫，既缺米，又无衣的悲惨之境。女的衣冠不整，不复当年丰姿；男的火气一天比一天大，动辄骂人，整天打打闹闹，两人全毁，真是何苦来哉。有一次他来向我借钱（我乃他妻子的父执，转弯抹角到如此程度，可见其已罗掘尽矣），我效其当年口吻，吼之曰："钱！钱！钱！你就知道钱！"彼摇头苦笑，无以应也。

经济学上把人类的生活分级若干，有安适的生活焉，有奢侈的生活焉，一个做妻子的如果要求过奢侈的日子，那当然荒唐；但一个做妻子的如果仅要求过安适的日子，丈夫都办不到，甚至义正词严的斥她"虚荣"，斥她"钱钱钱"，那就混蛋加三级。

当一个男人，如果生在古代，真是享尽人间艳福，不要说汉唐盛世，就是到了清王朝末年，余威仍在，对家事可以毫不关心。圣人不云乎，"男主外，女主内"，说起来二一添作五，男女平等。实际上"外"的范围太大，"内"的范围太小，且繁杂琐碎，焦头烂额。盖家事者，其特质有二，一曰永远做不完，二曰辛苦而不见功，故男人所不屑为。

柏杨先生年轻时，曾秀才及第，戴花而归，那时虽然尚是一毛头小伙，却从不知厨房的门是方是圆，不要说我躬亲做饭做菜、洗衣洗裤，便是扫扫院子，都被视为离经叛道。我这个人对提倡民主，一向不遗余力，有一次从外回家，满头大汗，自己舀了一盆冷水洗脸，立刻被长嫂痛责曰："为啥不叫你媳妇舀？"我曰："我看她很累。"长嫂叹曰："你怎么没有一点男人的尊严。"提到"尊严"二字，心中大乐，盖从此有了理论根据。而柏杨夫人彼时才二十余岁，雌威尚未养成，我就神气起来，着实享了一阵子清福。

惜哉，年头儿不对，一到了民国，便乱七八糟，内外之防尽撤，女人不但不做家事，反而到社会上乱跑，她赚的钱，有时比男人赚的还多(呜呼,若在清代,一个女人能赚钱,她是干啥的,便用不着问),臭男人既没有了钱,经济大权旁落,便不能再充大爷。柏杨先生以垂暮之年,不但自己打水洗脸,还要扫地、扫天花板、擦榻榻米、洗被、煮饭、烧菜、掏厕所、抱着孙女咕里咕哝哄她阁下睡觉。老妻在工厂打杂,下班之后,坐在沙发上哎哟哎哟喊背酸,还要趋前捶之,男人的威风彻底崩溃;据我观察,再想恢复当年,不可得矣。

这趋势是一种潮流,小家庭制度使然,谁都对抗不了也。然而仍有些人硬不服气,暗礁丛生,怨偶乃成,家庭遂随时可以完蛋,夫妻也随时可以散伙。去年报载,美国一个做妻子的,告她的丈夫回家之后,啥事都不肯做,要求离婚,法官一鞫定谳,准她之请。在判决时,法官告诉被告曰:“我认为丈夫帮助妻子做家事,乃是民主生活的一部分,本席在家就是这么干的。”

呜呼,贵阁下可知道一个人何时架子最足,僚气最高,自以为尾大不掉乎?一旦坐上他的办公座位,就跟皇帝坐上龙墩一样,开始发晕,就在那张办公桌上,他有权焉,就在那张办公桌前,有听他训话的小职员焉。于是乎,上帝是老大,他是老二。这种自我膨胀本来已臭而不可闻也,如果一旦成了习惯,带到家里,那股煤烟恐怕非把妻子儿女熏死不可。洋法官又判决了一宗离婚案,丈夫在海军当过舰长,官瘾奇大,退休下来,以家作舰,其妻非经批准,不得入房,其子非喊报告,不得行动,结果离婚之后,他阁下一个人守着一栋空屋,对着墙壁发号施令,成了神经大王。

做家事对一个男人来讲,有一种消毒作用,使他在办公桌上培养了一天的伟大情绪,得到洗涤。否则一天天累积下来,用不了几年,他就自以为上帝是老二,他就是老大啦。从前有一个衙役,伺候老爷坐堂,老爷庄严隆重如木偶;伺候老爷赴绅士宴会,老爷不苟言笑如僵尸;伺候老爷巡城,老爷点头缓步又如蛆虫。衙役指天发誓,他宁愿当一辈子衙役,不愿当老爷也。问其何故,不肯言明,终于有一天,奉命打扫后花园,看见老爷赤膊浇花,又哼小调,和太太小姐有说有笑,始大惊曰:“原来当官的也有人味呀!”盖官性强者,其人性必差,而人性唯有在家庭中才易养成。

做太太的忙了一天,丈夫归来,也插手进去,搬椅子,抹桌子,抱娃子,妻子心中是一种滋味。如果回家之后,横眉怒目,好像他赚的那一点点可怜的钱,就劳苦功高,儿子扑到他身上喊爸爸,他嫌他脏,推而避之。女儿在床上啼哭不止,他嫌她吵,吼以止之。其状若一个绑赴法场途中的死囚,没有他大家便唱不成这一出戏似的。这跟没有钱养妻子而硬斥妻子“虚荣”的心理一样,他如果不把他的家搞得阴风惨惨,我输你一块钱。

夫妻间必须互相以对方为荣,那婚姻才算稳固。丈夫如果觉得他的妻子见不得人,事情便糟;而做妻子的,一旦认为她的丈夫配不上她,结局也准有花样可看的。妻子必须努力的去满足丈夫,丈夫亦必须努力的去满足妻子才对也。

妻子希望丈夫是个啥,丈夫就应该是个啥,便是硬着头皮都得充壳子。有一位女作家,柏杨先生老友,五年前离婚。有一次我问她为啥要离,她曰:“我看不起他!”要她举例说明,原来有那么一次,夜半遇盗,有两个彪形大汉,蒙面持械,破门而入,等他们发觉时,已站到床前矣,一番江湖上的话表过,女作家霍然起坐,侃侃声明他们甚穷,一面说话,一面把手上祖母赠给她的那个贵重钻戒,在被中悄然脱下藏起来,想到那位叱咤风云的丈夫早已抖成一团,把床都抖得吱吱作响,大概平常表演忠贞惯啦,一时劲头上冲,竟把那钻戒摸到手,捧献给彪形大汉曰:“你们拿去,请快走吧。”彪形大汉当然不会快走,结果抢了个空空如也。过了三个月,全案破获,治安单位通知前去辨识强盗面目。丈夫彼时正在训话,勉励他的部下遇事镇静,得讯竟不敢往,盖惧强盗万一不死,向他报复。其妻强之而后可,面对彪形大汉,一时也难确定,可是其中之一向女作家曰:“这位太太当时还骂我哩。”复向该丈夫曰:“脓包,脓包,原来他就是鼎鼎大名的什么长呀。”该丈夫不知从哪里来的勇气,大概看对方的双手被反扣在背后,没有抵抗力吧,勃然大怒,上去便是一个耳光,彪形大汉就顺便在他尊贵的小腹上回敬一脚,把他踢得蹲到地上哎哟了半天,哄堂大笑。

这不过是一个例子，然而这种事件一多，做妻子的再难尊重他矣。千古道理一也，做丈夫的真是得用点方法以满足妻子的荣誉感。她同学的丈夫里，大学堂毕业生甚多，你如果只读过初中，便应该去努力补习，虽不一定也非大学堂毕业不可，但见识与谈吐，总应有大学堂的程度，假若自己仍有那种古老的观念，认为妻子“嫁鸡随鸡，嫁狗随狗”，那就下不了台。没有上进心是爱情的大敌，无论在气质上、学识上、胆量上、见识上，和境界上，都应使自己的妻子在提到你时脸上感到光彩，一个男人如果专门干些使妻子黯然失色的勾当，就太抱歉啦。

反转过来，丈夫如果希望妻子是个啥，妻子也应该努力是个啥，拼老命也得同样的去充壳子。有一点乃宇宙间第一重要的真理，太太小姐不可不知，那就是男人无不愿自己的太太貌如天仙。洋大人对这方面比较坦白，前年美国家庭协进会曾举办一项婚姻测验，问他们理想的妻子如何？那些受调查的洋男人认为妻子必须漂亮的占百分之九十八，只百分之二认为差不多就可。美貌是第一，其次才是学识、干才、做家事和品德。这就跟中国人有点不一样，我们因有五千年传统文化之故，讲仁义而说道德，圣崽特别的多，谁敢说他娶妻只要漂亮便可，准被人斥之为色狼。其实，爱美乃是人类天性，孟轲先生当年便曾叹曰：“未见好德如好色者也。”嗟夫，好色乃是本能，就是孟轲先生，两个女孩子条件相等，一个美如天仙，一个丑如柏老家后院的癞皮狗，他娶哪个乎？如果他竟娶了那个丑的，其心不可测也，那种朋友以不交为宜。

中国人择妻，传统上“德”字为首，古时因有“妾”的“色”可以弥补，妻子长得差劲，无啥关系。而今则妻妾合而为一，容貌的重要似乎超过品德。盖一个人的色一下子就看得出，一个人的德则需要慢慢品味。况且现在社会形态大异，德的标准，跟从前不同，观念也有改变，再好的品德，假使她二十岁便死了丈夫，恐怕也守不了节。再坏的品德，假使她受过高等教育，没有不良嗜好，收入尚丰，地位甚高,也不见得会随便找个瘪三通奸。

问题在于中国人从不敢明目张胆地强调美丽,你如果不信,不妨找一个光棍朋友问问,他的条件如何哉?他准不说要个漂亮的妻子,谈了半天,转弯抹角,仍口紧如瓶,但其心固然乱跳矣。尤其妙的是,一旦他坦率地说他的妻子一定非漂亮不可,你能不笑他十三点乎?是以中国的家庭问题和婚姻问题,总是有一个结打在中间。

一个女人必须了解和谨记,男人——只要他是人而且是男人(禽兽则不然),无论老幼,他都爱漂亮的女人。前天中国小姐候选人在台北宾馆亮相,柏杨先生也前往一观:真是佳丽纷集,美女如云,看得我口干舌渴。老妻见状,照我尊头上就是一记,方如梦初醒。但我发现四周的那些男人——有年高德劭的男人焉,有正人君子的男人焉,有誉满天下的男人焉,有经常训话的男人焉,有经常写文章代圣人立言的男人焉,有大学中学以及小学堂的校长教习焉,一个个眼如铜铃,涎水下垂,偶尔被人推了一下,猛地将涎水吸回,滋滋有声。可谓原形全现的盛典,美的吸引力可忽视乎哉。

11. 爱情是相对的

一个男人希望有一个漂亮的妻子,一个女人希望有一个英俊的丈夫,此出于人类天性,没啥可责备,也没啥不对劲。从前王衍先生,口不言钱,称之为"阿堵物",像是天下第一等清廉之官,实际上见了钱便如痴如狂,史书上虽没有载他如痴如狂之状,但他原来穷得不得了,老爹翘辫子时,借了一屁股债,连安葬的费用都没有,大家看他颇有点前途,除了厚厚地送礼之外,还"所借贷因以舍之"。果然王衍先生不久就阔起来,历任各种大官,贪赃枉法,无所不为,他的老婆竟能把钱堆满了床的四周。呜呼,那要多少钱吧。

我们无意研究王衍先生的历史,但可看出一种现象,凡是嘴巴奇硬,避免不谈的东西,往往是寤寐思之,辗转求之的东西。在对美丽的追求上,中国男人似乎都有点王衍先生的遗风。有一位朋友女儿将嫁,大家前往送礼,并致祝词。有人曰:"你以后成了主妇啦,不能再使性地玩啦。"有人曰:"你要好好照顾你的丈夫,不能仍以追你时的态度待之啦。"有人曰:"你要节省金钱,须知收入有限,不得不量入为出。"轮到柏杨先生,我曰:"你必须拼老命以保持你的漂亮容貌,使点性没有关系,忽略点丈夫也没有关系,稍微多花点钱也没有关系,但你一定要自己一直漂亮到底。"

柏老说这话,不是鼓励小姐太太们去任性乱搞,也不是鼓励小姐太太们对丈夫毫不关心,乱花他的钱,像包法利夫人乱花她丈夫的钱一样,花得他家破人亡。而是特别强调美丽的重要,盖圣崽们的特征是,不肯口吐真言,以示重德不重色者也。我想有很多关于妇女的训戒和箴言是害死人的,这里再引用一个故事,来说明它的症结所在。有一位女作家将嫁女时,其赠言曰:"你只有用一双粗糙的手才能保持爱情。"该阿巴桑如果到女子学堂讲演,说出这种言论,任何人都得频频点头。只有我疑心她说这一段话时,一定有女婿家的人在一旁虎视眈眈,否则这官腔就未免惨无人道。

这种理论发展到极致,会使一个善良的女子堕入十八层地狱而不能自拔。有些受过高等教育的太太,只要生了一个孩子,就性情大变,成了河南曲子戏所唱的,每天"头也懒得梳,脚也懒得裹,三步两步进了灶伙"。真叫人为她的丈夫,为她的幸福落泪。柏杨先生有一远房侄女,有一天抱着孩子来谒,告以她丈夫如何如何混蛋,因她丈夫也是我当年的学生,所以请我老人家伸伸援手。我把她上上下下打量了一番之后,不禁心胆俱裂。她乃留洋归来的学生,有硕士学位,一向虽不太注意修饰,也总算看得过去。可是女别三年,刮目相待,而今她头发乱糟糟的好像爬了一万只蜜蜂;耳根后和脖子上积灰厚得好像三个月都没有洗;未戴乳罩,胸前平平的像篮球场;衣服宽大而不合身,拉链半开,好像刚跟大力士决斗过;没有穿玻璃丝袜,小腿上皮屑斑斑；黑皮鞋磨得太久，再加上我家门口的泥巴，简直要成了白皮鞋矣。诧而问曰：“阿囡，你啥时候成了名士派耶？”呜呼，用不着她宣传她丈夫混蛋，我已经知道他非混蛋不可，有妻如此，要想不混蛋，不可得也。

我们这里所谓美丽，固然是指先天的而言。一个女人如果天生的有沉鱼落雁之容，闭月羞花之貌，论手足则纤纤焉，讲三围则倒悬葫芦，那当然再好不过，具备这样本钱的女人，真是一辈子有吃有穿，所有男人都愿为她弃王位而打世界大战。问题是这种美女不可多得，普通太太小姐，姿色都属中等，有的且实在差劲，那岂不是都该死乎哉。我们所谓的美丽，正是提醒这类女子注意，盖有些虽是天生，有些则全仗人工也，上帝赐给你黑皮肤，固没有办法使它雪白，却可以洗洗干净，洒点香水。上帝赐给你扫帚眉，拔不尽剃不尽，至少可每天细心描上一描。上帝赐给你参差如墓碑林立的门牙，既黄且黑，既洗不掉，也矫不正，就应该到医生处拔而镶上假的。上帝赐给你一脸雀斑，目前虽没有特效药，但你至少应使它不再加重。上帝赐给你巨大如水桶的腰，你就应该注意节食和有恒的运动，不瘦不止。天下无难事，只怕有心人，美者，三分人才，七分打扮，只要清清洁洁，整整齐齐，大大方方，端端庄庄便够啦。不在这上用功夫，而只一味的去拼命洗衣服煮饭弄孩子，你便累死，都挡不住丈夫见了别的女人心中痒痒。

这简直是非常明显的事，一个男人在外工作，所见的女人全是花枝招展，光艳逼人，环肥燕瘦，美不胜收。可是回到家中，黄脸婆当门而立，眼眨眨而气咻咻，倒尽了胃口。直脾气的人觉得窝囊，就向外发展。圣崽们则埋在心头，或气成一场大病，或待机而发，一发而不可收拾。男人固然混蛋，女人的责任也大得很也。

一个女孩子的美，虽是天赋的，皮肤白者天生下来便白，如果天生下来黑漆一团，便是砌上一缸粉都没有用。然而佳人难得，绝色更不易求，所以每年选举的中国小姐，远远看起来还差不多，仔细一瞧的话，有的皮肤粗如树皮，有的鱼尾纹昂然而立，有的牙齿是敲掉了重镶的。不过一经化妆,看起来就十分舒服,美的意义在此。

美国洛克城每年都有一个俱乐部联谊大会,大会上有一个节目,要临时抽签抽出来一个臭男人,由他选出“全城最美丽的女人”,如得公众认可,则有一千元美金的奖赏。大概就在前年,几乎出了大事,一位跟城名相同的洛克先生,年已五十有五,妻子则四十岁左右,当他被抽中发言时,全体会员都以为,他一定会依照俗套,说他的太太是全城最美丽的女人。可是他在环顾一周后,却突然曰:“玛丽小姐——”此言一出,全场大哗,把他太太气得脸色铁青。他不但不安慰她,反而嗫嚅自语曰:“玛丽小姐确实很美丽呀!”经过一番骚乱之后,主席曰:“洛克先生的答案出人意料之外,我们要求他再答复一个问题,如果大家满意他的答复,我们将再加上一千元奖金。那就是:为什么你不说你的太太美丽哉?”洛克先生诧曰:“我太太并不美丽呀,她美丽的时代已经过去啦,十八九岁的女孩子才美丽,那只是一种幼稚的悦目感觉,没有什么价值。而我的太太却是全城最漂亮的女人,一种成熟的和真正有吸引力的美。”

这场演出的结局是戏剧化的,洛克先生和太太,各获一千元奖金,被群众蜂拥而归。呜呼,我想洛克先生的话够明明白白,清清楚楚矣。美不美是一回事,它是上帝安排,非人力所可抵抗。但一个太太小姐有没有吸引力,能不能把丈夫吸到身边,则靠自己的功夫。

我们常批评某一位太太小姐,美则美矣,可惜太“薄”,或者是有点“小家子气”。气质使然,其因素过于复杂,要想她“厚”和“雍容华贵”,不是一朝一夕的事。盖一个女人仅凭上帝赐给她的美无济于事,必须自己造就自己。更何况上帝根本还没有赐给她美乎?

一个女孩子,“年轻”就是资本,少女们身上充满了青春活力,看起来都差不太多。可是一到了既做人妻,复做人母,年华老去时,那就要看各人的苗头。少女时代,玩了一个通宵,第二天只要伏到案上稍睡,虽不梳妆,不掩容光。可是中年妻子便不行啦,如果不结结实实地把脸洗了又洗,不结结实实地把眉描了又描,其模样真是惨不忍睹。洋大人之国提倡夫妻分房而居,有其道理在焉。这年头女人身上一半以上都是假的，第二天早上，睁眼一看，枕畔躺着一个母夜叉，眉毛上的黑墨擦到前额，口红四溢，汗粉交错，满脸皱纹，睫毛也掉啦，眼圈也散啦，义乳义臀也滑到床前，做丈夫的伤心之极，恐怕当场就要气绝身死。

听说日本女孩子出嫁之前，其母对床第之事，必谆谆有所告诫，日本女孩子真是有福之人也。可惜无法知其是否如此。中国女孩子出嫁，做母亲的却像训导主任一样，只会精神训话；训得再多，都训不到问题中心，那就是拴丈夫之法是啥。在这一方面，中国女孩子最苦。结婚之后，如何适应那新的婚姻生活，而且成功，只有全靠运气，或全靠自己的悟性，一旦运气不佳或自己悟性不够，便是十嫁八嫁，仍然无可奈何。

我想每一个女孩子都应拜读《聊斋志异》上那篇《恒娘》，恐怕是中国指出婚姻生活症结最深刻的一篇文学作品，必须一个字一个字地研究，触类旁通，发扬光大。柏杨先生对每个前来请益的女娃，不管她年老年小，都一律劝她看上一看，关系稍近者我更嘱她背之诵之。昨天谈及的那位宣传她丈夫混蛋的侄女，我就劝她不但看之背之诵之，还要写一篇读书心得。她以为那一定是部美利坚洋大人理论之著也，欣然而去，第二天在电话上恚曰："老头，你教我去做什么人？教我像妓女般狐媚他呀！"我曰："阿囡，你真不可救药，气死我也，你将来如果不打离婚官司，我输你一块钱。"呜呼，做一个妻子不兢兢业业，在吸引力上用功夫，偏要硬碰硬，我想天下最糟之事，莫过于此。盖即令你学问大的会发明原子弹，他娶你是当他的妻，不是当他的师也；即令你刻苦得日夜不眠，三天不吃饭，他娶你亦是当他的妻，不是当他的奴也。明白这一点，事情才有转机。他要求妻子者，最高的标准为"三妇"，怎能跟婊子相提并论乎。张敞先生曰："闺房之内，其乐有逾于画眉者。"如果在丈夫面前仍想不开，不嗲他一顿，媚他一阵，把他"吃得死脱"，一旦他混了蛋，你怪谁乎？

无论如何，一个妻子有把自己打扮得漂漂亮亮，以使丈夫赏心悦目的义务，为了家庭而把自己弄成了黄脸婆，韵味全失，不仅是不智的,而且是该死的。

这应该是另一种怨偶产生的原因,谈起真是话长。妻子偷了野男人,丈夫生气,固振振有词;妻子花钱如流水,丈夫生气,固也振振有词;妻子坐麻将桌不下来,丈夫生气,固也可以振振有词。而妻子像牛马一样,在家中团团转,丈夫如果再生其气,恐怕其词振振不起来矣。对这种妻子不满意,还满意啥妻子乎?然而,所谓怨偶者,却恰恰在此,口中虽说不出,或说出而得不到同情,不过其心中硬是窝囊得要命。这种窝囊得自觉使做丈夫的有一种委屈之感,和一种被糟蹋了之感。一有此感,该婚姻便跟从十二层楼上往下跳一样,其不粉身碎骨者,那只能说是运气好,不能说不危险。

前已言之,人生是相对的,婚姻更是相对的。俗语曰:"清官难断家务事",盖家务的纠纷,怨偶的形成,其原因拖泥带水,乱七八糟,循环错综,不足向局外人道,甚至连夫妇自己都搞不清到底是怎么一回事。主要的便在于它有相对性,单独责备某一方面,不能算公平。幸亏我们不是法官,只研究而不判断,只提醒而不判决。呜呼,有一种现象最最普遍,夫妇间闹得非常严重,妻子这一方固没啥毛病可挑,而做丈夫的却硬生生地非离婚或非分居不可,那到底是为啥?

有一位朋友的儿子已结婚六载,生了二子,忽闹婚变,媳妇固是典型的好媳妇,连公婆都无话可说,故对儿子暴跳如雷。儿子不服,该老两口乃请敝老两口前往调解。柏杨夫人一听说男的不要女的,先天的就来了气。进得门来,马上向该世侄发表言论,对他的太太大加赞扬,柏杨夫人好像受过推销员训练,口齿之伶俐,无以复加,把世侄媳的优点滔滔不绝地宣传了两个钟头,最后拍案曰:"她有哪一点不好?她有哪一点对不起你?"问得该世侄目瞪口呆,无言以对,柏杨夫人自以为功德圆满,拉我而回,并大言曰:"我马到成功。"我却觉得并不对劲,此非对柏杨夫人不敬,疑她才华不够,而是说:爱情这玩意儿不是自然科学,而是一种情绪生活,靠理论恐怕很难说服。你说地球是方的,我说地球是圆的,我可把你说得心服口服。可是,你如果不爱那位麻脸缠足,既蠢且悍的老迷死,我就是写上十大本书,以证明她非常可爱,你不爱仍是不爱。

《飘》上有这么一段,郝思嘉女士的父亲当初求婚时,曾事先跟朋友们研究一番,判断敌情,朋友判断没有希望,郝先生曰:“我每次去她家,她父亲都热诚欢迎。”朋友曰:“做一个朋友,他欢迎你,做一个女婿,他就未必了矣。”这话有其启示性的作用,可借来说明一切。即以上述的那个媳妇而言,柏杨先生为了安定社会,发扬固有道德,并表示我是正人君子,也曾说过她无数好话。可是,嘴上固然如此说,假设该世侄曰:“她既如此之好,让给你好啦。”我也不要。

毛病就出在妻子没有一点错处上。她早上天亮即起,丈夫留她稍睡温存,她责任心极大曰:“不行,我要烧稀饭!”建议买豆浆以代之,她又节约心极大曰:“那要五块钱!”丈夫上班后,她在家洗洗浆浆,洒洒扫扫,被孩子缠得天昏地暗,等到丈夫刚从衣香鬓影的鸡尾酒会上归来,妻子还没有洗脸,坐在那里气喘如牛。晚饭桌上,她又滔滔不绝地骂张家之鸡,咒王家之狗,对丈夫事业如何,漠不关心,而且也根本不知道。丈夫偶然提及,她也瞠目不知所对。晚饭后下女带孩子去睡,丈夫希望她化妆一番,穿合身之衣,着合脚之鞋,描蛾眉而抹口红,然后双双出去一游,可是太太弄了半天,牙黄黄无可改也,鞋歪歪无可改也,袜子上破了一个大洞无可改也,见人则掩口嘻嘻小家子之态无可改也。万一碰见朋友,就要脸上挂不住,出去之念乃顿然而消。一个男人一旦不愿带妻子出游,或一旦以跟妻子在一起时为羞,这婚姻就响了警报。该妻子就不得不检讨一下自己,若是徒和他打闹,或求把他说服,那就野地掘井,越掘越深,终于会咕冬一声掉进去,活活淹死。

很多怨偶属于这一种类型,妻子行得正,立得正,简直可以宣付国史馆,谁对她都无话可说。可是却有一股劲硬是别扭,使丈夫消受不了。那股劲便是俗陋,便是自己不知道把自己打扮得漂漂亮亮。

12. 自由恋爱

年龄是人类第一大敌，相传希腊女神雅典娜爱上了一个青年，向宙斯天帝要求赐他不死，天帝慷慨答应。可是问题并不简单，他固然不死，十年二十年，甚至七十年八十年地活下去，他却老啦，满面皱纹，眼睛看也看不清，鼻子嗅也嗅不灵，嘴巴也把不住滑，牙也脱落，发也苍苍，行动也迟缓不堪，坐在沙发上，一天动都不想动，把雅典娜女士气得发疯，只好再向宙斯天帝求情，还是让他死掉为宜。

宙斯天帝是不是准如所请，叫那人死掉，书上没有记载，我不知道。但由此可了解一点，那就是"老"乃可悲之境，叫人伤心落泪之境也。即以柏杨先生而论，无论年轻的女孩子也好，年长的妇人也好，都喜欢与我交往，非因为我是正人君子也，乃因我七十有四，已到了所谓的安全年龄也。呜呼，一个男子一旦到了被女人们认为安全的年龄，活着就没啥意思。

诗曰："自古美人如名将，人间不许见白头。"诚血泪之言，男人之老，尚且如此之惨，女人一旦老啦，就更一惨到底。道貌岸然一再强调重德不重色，恐怕是对女人的一种心战，盖德可恃而色不可恃，我既重德，你可大大地放心了吧。历史上最著名美女之一的李夫人，那位绝顶聪明的女士临死时，皇帝刘彻前往探望，她用被子把头蒙住，硬是不肯露面，怎么恳求都不行，刘彻去后，别人警告她恐怕得罪了刘老儿，她曰："以色事人者，色衰则爱弛。"真是揭穿了底牌，一句话就把臭男人的劣根性抖了出来。

我想对抗"老"的问题，仅只提倡重德不重色是不够的，不但是不够的，有时候还叫人笑掉假牙。从前盛行多妻之制，圣崽们德色双收（我想建议大历史家，真应考证一下孔丘先生是不是也有小老婆。

春秋时也,贵族政治和农业经济结合,正是典型的多妻社会,他老人家恐怕不能例外),而现在流行一夫一妻,前已言之,要想不出花样,对“老”的反应,不能不靠另一套,只宣传“色”不重要,不但不能使人心服,而且容易造成家庭悲剧。

主要的问题是,“老”对“美”固有影响,但并不等于葬送,中国人因为上述的那些宣传,往往有一个误解,认为“十八岁姑娘一朵花”,流行歌曲中不就有这一首乎?实际上一个十八岁的黄毛丫头,除了她的对象也是一个尚不懂事的小伙子,否则她的那一套仅只不过表面上飘浮的那一点,而真正的魅力则产生在年龄较大的女人身上。君不见历史上的美人儿乎?把殷纣帝子受辛先生逼得自焚而死的苏妲己女士,把西周王朝四百年天下断送了的褒姒女士,把唐王朝江山搞得乱七八糟的杨玉环女士,她们当时的年龄都在四十岁左右,就是最年轻的西施女士,范蠡先生发现她在河边洗衣的时候,即令那一年她十八岁,十五年后,到了吴王夫差自杀之日,她已三十三岁,也进入中年了矣。

“老”对女人的威胁并不如一般人想象的那样严重,因为一般人想象得太过了火,以致连谈都不敢谈,甚至希望最好在观念中一笔抹杀,结果因它违反人性之故,既行不通,还矛盾百出,不能自圆其说。一个年轻妻子如果为了避免三十年后“老”时不漂亮,便现在也不讲究,那直是自掘坟墓的怪事。盖人的年龄像一种旅行,到甲地有甲地的良辰美景,到乙地有乙地的良辰美景。柏杨先生十岁时,常为二十岁的人悲,认为他们对“撒尿和泥”都没有兴趣,有啥意思;到了二十岁时,又为三十岁的人悲,认为他们不知道向女学生吹口哨,又有啥意思;以此类推,到了六十岁时,更觉得七十岁简直无聊,并常发表言论曰:“我到七十岁就自杀!”盖万不料能活到那一天也,想不到而今不但活到七十,而且还活过了头,不但没有自杀,简直还快乐无穷。前天和老妻争吵,我又发誓曰:“我要到八十岁不死,就买包巴拉松。”今天气平,看情形届时仍不肯善自罢休。

一个女人的外表美丽可能因时间而消逝,好比她的皮肤不再细嫩欲滴,不再白里透红;她的头发不再乌黑发亮,不再光鉴照人。但她的吸引力却与年龄而俱增,二十岁的女孩子像一朵没有香味的花,年龄渐长,其香才渐浓,才能捆男人绑男人。十八岁女孩子能颠倒众生乎?使英王爱德华先生放弃王位的辛普森夫人,那一年已三十七岁矣,难道爱德华先生是一个白痴哉?还是刚才那一句话,一个女人必须不断培养自己,训练自己,感情意境,才能成熟,身上才有磁性,中年妇人的爱深入骨髓,而少女的爱则如浮光掠影,因她们美的地方不同也。

怎么样稳住丈夫,于此又得一契机。

在古老的婚姻中,没有恋爱,法律和习俗把两个互相陌生的男女衣服脱光,让他们的身和心,同时赤裸裸相见,并且还要过一辈子那种生活,简直不像是真的,而像是一部传奇小说。在洋大人之国,古时候的儿女婚姻,也多由父母包办,但程度上却大大的不同,父母即令再专制蛮横,也总会安排一个机缘,或舞会焉,或宴会焉,使年轻男女能够单独交谈。只有中国不然,大概是圣崽太多之故——呜呼,一个孔丘先生已受不了啦,再加上孟轲先生,后来又冒出程颢、朱熹,那么多的圣人之崽,男女间的关系,便更束缚死人。素不相识的男女,被纳入一个笼中,说它有趣则可,说它戏剧化则可,说它惨无人道亦可也。

但是在表面上,那种婚姻是稳定的。而现在的婚姻似乎有点像儿戏,夫妻们一言不合,随便拉两个人,就可公证拆伙。而从前的离婚却难如上天,妻子要求丈夫离婚固然绝无仅有——五千年来大概只有一位朱买臣夫人,还闹得满城风雨,青史留名。便是丈夫向妻子提出离婚,也不多见,盖他们没有那种必要,看不顺眼时,尽可再娶十个八个。因之现在有很多道貌岸然之徒,或圣崽之辈,每兴怀古之情,认为还是古时父母之命和媒妁之言那一套好。

呜呼,古时那种婚姻,乃血泪婚姻,其所以表面稳定,基础乃建筑在女人对男人的绝对屈服上,女人好像狗皮膏药,一旦黏到丈夫身上,就一辈子紧贴,她自己固然不会脱离,便是丈夫硬要掀之,也掀不下。记得有一同乡，在京师大学堂刚读了一年，便和一个女学生相爱，该女学生言明嫁他可以，但不能作妾，这要求一点都不过分，但实行起来却如赴汤蹈火。该同乡的妻子沿街哭闹，到县衙门用头猛撞石狮子，观者落泪，该同乡亦落泪焉。但他仍要求离异，他的意思是，只要名义上分开，有个交代，实际上固和往常一样。可是妻子则恰恰相反，只求保持名义，你在外面随便搞你的，三千年不回来都没有关系。

我们无意讨论这件悲剧的是非，也无意讨论它的结局，只是想说明一点，古老婚姻之所以是稳定的，全靠狗皮膏药，那狗皮膏药由女人的血和泪组成，没有女人的血和泪，婚姻就很难维持。站在一个男人立场，最欢迎“嫁鸡随鸡，嫁狗随狗”，和“从一而终”。一个大学堂校花一时鬼迷了心，嫁给一个一字不识的强盗，婚后发现他还染有国际梅毒，且有三期麻风，并且每天抽她一顿皮鞭，她如果忍耐，圣崽们认为那才是美德，这种礼教，不是吃人是吃啥。

自由恋爱乃二十世纪新兴的玩意儿，但最初仍是偷偷摸摸。至“五四”而一变，成为半公开状态，未婚男女即令并肩而行，也没有人失惊打怪。至抗战而又一变，女的虽挂到男的臂上，也不保证她一定嫁他。至台湾而又一变，简直可以和美利坚相比，同居者有之，玩一些时作鸟兽散者有之，情奔私奔者有之，形形色色，叹观止焉。这里面有一种自然的趋势，那就是民国初年的恋爱，差不多都是林黛玉、贾宝玉之型，缠缠绵绵，持之以恒。我有一个朋友，他和他的太太相恋达十四年之久，真是惊天地而泣鬼神，叫人吓一大跳。而以后每变一次，恋爱的时间便缩短一次，将来总会发展到早上认识，中午即爱得不可开交，晚上就去法院公证，吹吹打打兼急急忙忙地入了洞房。

婚姻的稳定与否，很多人以为跟恋爱的久暂有关，恋爱的时间越久，把对方认识得越清，善者娶之嫁之，不善者踢之使滚，如此便万无一失。假使只认识三天就行婚嫁，婚嫁后再发现毛病百出，那才真正的“一失足成千古恨，再回首已百年身”，何如当初多想一想哉？这种理论，猛一瞧真可以置诸四海皆为准，俟诸百世圣人而不惑。但问题是,天下根本就没有那种能够四海为准,百世不惑的学问。

记得抗战开始的那一年,柏杨先生在某衙门当官,请了一位专家讲演防空之术,讲了足足三个小时,他讲得满头大汗,台下听众频频昏倒,然无人开小差,盖他口才极好,内容亦极丰富。讲到最后,他指定一同事,问之曰:“当敌机投弹时,你正在马路上,将如何哉?”答曰:“我赶忙跑到路旁排水沟里趴下。”问曰:“然则跑到马路左侧乎?右侧乎?”答曰:“不管左侧右侧,只赶忙趴下。”该专家大怒,厉声斥之曰:“如此你就死定啦,你应该站在马路当中,镇静第一,定神细看,看炸弹如落向马路之左,则你向马路之右躲之;如落向马路之右,则你向马路之左躲之,包管平安无恙。”语毕掌声雷动,我更是佩服得五体投地,窃语同僚曰:“无怪人家当专家,真有一套。”可是,一直到后来,真正挨上了大日本帝国堂堂皇军的炸弹,才知道迥然不是那么回事,不要说站到马路当中,便是站到半空,都看不清炸弹落向何方。婚姻专家的理论,固如是也。

历史上有一项困惑,即“忠臣”与“奸臣”如何区别。哪一个皇帝肯用奸臣乎?他们用的全是忠臣,不要说稍有智慧的皇帝,便是白痴如晋惠帝司马衷先生,他也知道忠臣的可爱,拒不洗掉嵇绍先生的血。再奸的家伙,皆是后世给他的判断,在当时固都忠得不得了也。以明熹宗朱由校先生的昏暴,他之用魏忠贤先生,不是因他奸而用他,乃是因他忠而用他。

女孩子择夫,跟皇帝择臣一样,都是拣好的挑,从没有拣坏的挑。挑来挑去,而竟挑上一个坏的,只能怪自己智慧不够,不能怪别人骗之也。试想只要皇帝哼一声,就有享不尽的荣华富贵,怎么不使天下都疯狂地往里钻耶?有些人拼命读书,以求金榜题名,有些人走门路拉关系,以求一官半职,其方法虽不同,其目的则一焉,只看当皇帝的有没有智慧在那些乱糟糟的人群中挑出忠心而有干才的人,挑对了是他的福,挑错了是他的祸。

女孩子亦然,从前王宝钏女士彩楼择配,楼下人千千万万,那才是真正的公平竞争,哪个男人不想娶宰相之女乎?古之时候,媒婆能把门限踏穿;今之时候,简直更加紧张,一个女孩子只要一读高级中学堂,男人的鼻子便咻咻然,蜂拥而上。写情书给她者有之,帮助她做功课者有之,请她看电影吃小馆者有之,向她保证可把她送到美国去者有之,夸耀自己万贯家财以便买动芳心者有之,力大如牛护花打架者有之,会跳舞又会唱歌以才艺取胜者有之。女孩子好像一个到饭馆里的主顾,对着摆到桌上的各色菜肴,简直不知道该吃哪一样才好。晋王朝的宰相何曾先生,一食万钱,还叹无下箸处,非他的胃口不好,而是菜太多也。

挑出可口菜,全靠经验,跟挑得久不久无关,假使一点经验都没有,便是坐在那里研究三天,也研究不出结论。恋爱的情况与此十分相似,恋爱得再久,不要说十四年,便是四十年,都不能保证婚姻美满,犹如在桌旁看上四十天都不能保证一下筷子便对劲也。柏杨先生抗战时到四川,在街头吃一种"米粥"(实际非粥,乃黄色之浆,忘其名字矣)。见车上有一碗雪白之物,以为是糖也,趁老板不备,抓了一把投入碗中,偏偏被他扭头看见,我以为他要跳高,却不料他恍然大悟曰:"你们下江人真能吃盐。"听了后懊悔不迭,果然咸得我双泪齐流,为了自尊,只好硬着头皮吃光。回到旅馆,整整喝了三大壶茶,都不能解舌根之涩。

这个问题在于,所谓长久的恋爱,都发生在农业社会,移动性小而情绪稳定,没有发现更高级的对象,只好"君子之交淡如水"。而今社会形态大变,持久的谈情说爱遂成为不可能。有一个学生前些日子前来告贷,说要结婚矣,老妻乃一再致贺,盖他的女朋友貌如天仙,学识又好,该学生解释曰:"我已没有力量恋爱下去啦。"原来恋爱也不简单,乃是一宗开支甚大的行业,穷小子真有点负担不起。在洋大人之国,男女真正平等,二人出游,各付各的钱,所以洋女学生最喜欢跟中国男学生一块去玩,因中国流行的是"男人包办制",坐车焉、吃饭焉、跳舞焉、喝咖啡焉、看电影焉,甚至女孩子月经不调医药费焉,男人统统拍胸脯付之,不叫他付他还认为看他不起哩。男女朋友同行,假使由女的付款,世界上还有比这更丢脸更扫兴的事乎?

不仅仅是负担不起而已,基本上长期挑选等于不挑选,凡是有若干年以上恋爱史的人,多半是断断续续,离离合合,乃一"鸡肋",只不过弃之可惜耳。在此漫长时间中,遇到好的,就把他一脚踢,遇不到好的,非结婚不可时,就拣起来结婚,这里面无可奈何的成分多,缠绵入骨的感情少。

柏老说了这些,并不是赞成女孩子仓促便嫁,男孩子仓促便娶。盖恋爱的时间太短,比恋爱的时间太长还要冒险。我们只是说,爱情没有定律,"一见钟情",其结果固然惨的很多,但不是每一个"一见钟情"都非惨不可,我曾亲眼看到至少有四对"一见钟情",相识了只半个月便结了婚,垂三十年之久,他们的生活美满得很。而那位恋爱十四年的朋友,目前正在打离婚官司。一句话可以概括:婚姻美满与否,跟恋爱时间的长短,没有必然关系,如果仅仅根据恋爱时间的长短,就去判断婚姻美满与否,那属于圣崽言论,听不听在你。

13. 老妻少夫

夫妇们的结合,年龄是一个最大的考虑,提倡爱情不讲条件的人,于此又被打一嘴巴。《边疆英烈传》上那个唯一的女主角把男主角赶出房子之后,曾厉声问曰:"假如我是一个七八十岁的老太婆,你也如此殷勤,硬要为我效劳乎?"问得男主角呆了半天也说不出答案。这可说明一点,恋爱也好,失恋也好,甚至成了怨偶,打打闹闹,以至仳离,年龄往往占一个重要地位。是一个沉重的"结",最好是一开始便没有这个"结",不幸而有这个"结",怎么把它解开,就得各显神通。

大概任何农业社会,都流行早婚,而任何早婚社会,差不多都有一种现象,那就是妻子的年龄往往比丈夫的年龄大。中国北方,尤其如此,争取人力故也。盖当丈夫的男孩子,不要看他在结婚之日,头戴金花,身坐大轿,神气得不得了;实际上主角并不是他,他只不过一张领东西的收条,凭该条收到新娘一名。收到之后,便不再重要,而交由母亲支配矣。洗衣烧饭,下田耕种,俗话说,一个好媳妇等于三条壮牛。柏杨先生在家乡时,常见一些少妇收割玉米,禾高没人,禾叶如刀,如果是在台湾,女人们一定浑身密密地包将起来,只露两眼。而北方的农妇则不然,她们的婆婆叫她们把两袖和裤管卷起,问婆婆那是为啥,婆婆曰:"肉割破了会慢慢长好,衣服割破了岂不要换新的?"此固可看出北方之穷,婆婆之恶,但也可看出娶媳妇的主要作用何在。

因之,一个十四五岁的男孩子,其新娘往往是十七八岁,十八九岁,二十岁,二十一二岁,甚至更大,那简直是一场残忍的玩笑。看过中国小姐选拔的人恐怕都有此感,女孩子到了十七八岁,已经相当成熟,知道自己照料自己,俨然的小大人小母亲,此时便是把一个家庭的重担放到她身上,她都能担当得下来。可是,不要说十四五岁的男孩子,便是十七八岁的男孩子,又如何乎?不必逐户调查,只要到一个高级中学堂参观一下,便知梗概。十七八岁的男孩子尚是一个脏兮兮的小泼皮,满脑筋无法无天,不仅不懂得家庭和婚姻是啥,连他自己是啥,他都不知道。

那种婚姻的结局实在用不着预卜,很多做丈夫的结婚时还闹着要跟妈妈睡,柏杨先生的堂兄于光绪十三年中秋节娶亲时,年方十四,被父亲打着骂着,推入洞房,他就滚到地下大哭大号,若死了亲爹然,结果还是隔窗答应明天给他买一匹小马,才由新娘服侍上床,可是堂兄生性胆怯,新娘一挨他他就叫,使得听房的人啼笑皆非。呜呼,做丈夫的固不快乐,做妻子的,其痛苦恐怕更加数百千倍,真是把女人不当人也。

早婚的怪事现在当然已经绝迹,但即令是自愿的,妻子的年龄比丈夫大,也是悲剧。抗战时,兰州某大学堂,有一位女教习,爱上她的男学生。如果反了过来,是男教习爱上女学生,那简直是杏坛佳话,可是女教习爱上男学生，那情形就非常特别，闹了个天翻地覆，恰恰该男生的姐姐也在该大学堂执教，反对最力，曾当众骂那个女教习勾引她的弟弟，但他们仍是结了婚。假如是男教习和女学生结了婚，往往等于开始他们的幸福生活，但女教习和男学生结了婚，不仅不能开始幸福生活，反而更糟，姐姐大人首先训该女教习曰："你虽是一个老太婆，年龄比我还大，但仍是我的弟妇，我要好好管你，你们就住在我家，不准到处乱跑，你应把我弟弟服侍的舒舒服服。"小丈夫的男同学们，每天蜂拥地跑到新房，喊女教习为"大嫂"，叫她泡茶，请她递烟，谐谑百端，而做丈夫的不过是一个未成熟的大学生而已，情绪既不稳定，性格尤其暴躁，女教习服侍他再好，每逢他看到同学们如花似玉的年轻女朋友，而他妻子竟是一个满脸皱纹的阿巴桑，他就生气。起初时尚可自制，久而久之，则委屈之感，积压如山，经常对女教习詈之咒之，打之揍之。抗战胜利的那一年，该女教习已被她心爱的小丈夫折磨得疯疯癫癫，精神恍惚，望之更难入目，经朋友建议，还是离异了事。

这是一幕活生生的警世悲剧，一定有不少朋友知道这故事，并能提名道姓。我想以女教习的学问，她应该知道年龄问题的严重，而她竟不知道，那是她的蠢，吞下自己蠢的果实，固不能怨天尤人。

这并不是说柏杨先生天生的狼心狗肺，对女教习毫无怜悯之情，竟用别人的不幸来证实自己的真知灼见。而是说，我想女教习当初一定也曾考虑到年龄问题，不过她不相信真的会如此严重。就这一点，我就誓不饶她。

有很多事是不公平的，但为了婚姻美满，就必须承认那种不公平。天生傲骨的人，或是像《圣经》上形容的某些人，他以为他的力量可以超过上帝，很多怨偶便由此出笼。中日八年大战时，蒋百里先生曾在汉口《大公报》上发表一篇文章，题目曰《一个外国人眼中的日本人》，其中有一段谈到这一类的聪明人士。手边无书，记得其大意曰："有一个土坑，前边的人掉下去啦，后边的人绕着它走，自以为掉不下去，结果仍是掉下去。"年龄与婚姻的关系也是如此，我就不相信那位女教习竟真的没有想到她和学生间的年龄悬殊问题；如果她竟真的没有想到，那谓之不可救药；如果想到了而认为那问题可以用爱情克服，或可以用化妆克服，那简直是更不可救药。一个女人必须读一读蒋百里先生那篇大作，别人既然跌了进去，自己就实在没有必要再绕着它走。军事冒险，或可成功，年龄冒险，没有一个不溃不成军。因之柏杨先生曰："爱情可以克服任何困难，但不能克服年龄上的困难。"

上个月的某一天，柏杨先生在街头旧书摊上东翻西翻（我最喜欢逛旧书摊，一则买点便宜货，一则趁老板不备，即行顺手牵羊，每次均有斩获），忽然翻到六七年前的《广播》杂志，接连几期，均用大量篇幅介绍"我爱露茜"节目。露茜女士是美国的大明星，年龄比丈夫大得多，他们共同主持这个幸福家庭的节目，意在用事实粉碎如柏杨先生者流伤风败俗的理论。你看，妻子虽然比丈夫年龄大，还不照样地幸福乎？该文当然是翻译的，报导甚详，有该夫妇的起居注焉，早上干啥，中午干啥，晚上干啥，她如何爱他，他又如何爱她，作者气势汹涌，怒目而号曰：一般人都以为他们不久长，而现在不是久长了乎？

柏杨先生六七年前便曾拜读一遍，当时就觉得并不简单，而今再翻旧志，立刻花容失色，盖他们那一对国际闻名的标准夫妇，于去年离了婚啦。再伟大的爱情都抵挡不住年龄的破坏。

上帝似乎专门拆散那些女大男小的婚姻，他不必直接下手，只要玩点花样就如愿以偿。不知道怎么搞的，女人总比男人容易衰老，两人同是二十岁三十岁时，还看不出什么，一旦进入四十，苗头便开始不对，再进入五十，那就悬殊天壤。一个男人，十年八年不见面，再见时仍是那个模样，四十岁不比三十岁更老，五十岁看起来和四十岁差不多。而女人就危险重重，二十岁或三十岁时，固娇艳如花，可是到了四十岁五十岁，除非天生尤物，或是她听从柏杨先生的意见，经常注意修饰和培养自己的吸引力，否则其模样真将不堪闻问。盖男人耐老，坚韧如木，凋零起来不太明显；女人如花，盛开时美不可言，凋零起来却快得很。

柏杨先生曾亲眼欣赏过一幕奇景，三十年前卜居广州时，敝堂兄一天午睡，闻门外唧咕之声不断，乃起来干涉，原来一蛋贩在门口卖蛋，逐之使去，该广东佬曰："我也不是自己来的，是你妈叫我来的呀。"家兄听啦后发昏第十一，该混蛋东西竟把他太太当作他妈矣。当时要不是我一拉再拉，他真要把他的箩筐踢翻。然而仔细一想，能怪该小贩乎？堂嫂虽只比敝堂兄大十岁，初结婚时及婚后二十年间，尚不觉得，可是男的容颜一直如旧，而女的容颜一天比一天不堪，等丈夫四十岁时，望之若三十许人，妻子已五十岁，望之若六十许人矣，在别人心目中，丈夫怎能不成了儿子哉，至少看起来也像她的老弟，做丈夫的心中不如火烧者，未之有也。后来敝堂兄坚持非离婚不可，堂嫂到处哭诉，我本来可抓住这天赐良机，以表示正人君子，对堂兄斥责一番的，可是我无一言，盖离则堂嫂痛苦得发疯，不离则敝堂兄痛苦得也发疯也。

容貌固然使老妻少夫的夫妇不能相配——人家的太太都年轻，只有俺的妻子是老太婆，那股伤心，实在欲绝，便是他追求她时立下血海重誓说受得了，届时仍受不了，宁入十八层地狱，也得换上一换。这不是道德不道德问题，而是幸福不幸福问题。而且即令在感情上，也问题重重。柏杨先生没学过心理学，不知道心理学上有什么解释，可能是男人成熟得较晚，故臭男人的情绪最不稳定。如果你让他负担你的生活，他会天天干嚎，如果你要负担他的生活，他认为你离不开他，会从心眼里看不起你，反正日子都不太好过。

柏杨先生前曾言之，爱情是不按逻辑发展，且无定律的，现在却似乎可弄一个定律出来，曰："女比男大的婚姻差不多都没有好日子，不是一辈子窝窝囊囊，便是男人把她一脚踢，其可能性和年龄悬殊的多少成正比例。"如果有艺高胆大的女士硬不服气，则不妨嫁之试试，灵不灵和准不准，试后方知。

再大的力量都无法拂去生命在脸上刻出的轨迹。那轨迹刻到男人脸上，表示的是他经验丰富和可以信赖的权威。人们生病，如果请来的医生是一个油头粉面的年轻小子，准不放心，如果该医生鸡其皮而鹤其发,就忍不住肃然起敬。可是那轨迹如果刻到女人脸上,那代表的意义只有一个,就是衰老,也就是爱情生活的陷阱。

女人最糟的一件事就是当她进入迟暮之年的时候,却忽然发生了恋爱,而对手又是一个比她年轻的男人。呜呼,即令一条蛮牛撞进瓷器店,所造成的后果,都不能比此更惨不忍睹。我想在太古之初,男女之间的恋爱和婚姻,年龄所占的地位并不重要,只要是一男一女,便可成为夫妇。不过几万年几亿年下来,人们终于发现男人的年龄如果比女人大,婚姻将更容易美满,现在的人看起来男大女小的情侣,认为天经地义,可是在太古时却是一个大的革命,不知道累积了多少痛苦经验,才有此结论。

所以女大男小的恋爱,不能不说是一种畸恋,有异于普通最常见的男大女小的爱情,因之痛苦就在其中。假如女人有钱有势,好比说,一个五十岁的女人爱上一个三十岁的男人,即令那爱情是圣洁的,她所有的邻居和亲友也会在雪亮的眼睛中射出一种足以使她毁灭的光芒,那不是养小白脸以自娱是啥?一个女人一旦被人认为养小白脸,一个男人一旦被人认为他就是被养的那个小白脸,所谓"老马专吃嫩草",日子就尴尬万分。

当然,那种爱情也有幸福的一面,有它入骨的妙处作为报酬,这就又要归根于上帝老爷矣。男人性能力最强的时候是二十岁到三十岁之间,从前是不成熟,过此则日渐减退,这种安排真叫人跺脚,又不知当初造人时是怎么搞的也。当一个男人在生理上发展到高峰,极端需要异性的时候,他还是一个孩子,没有经济基础,不能成家。可是等到他可以成家时,性能力却开始衰微,天公不作美的事,无逾于此。而女大男小在这方面可得到彻底的解决,君若不信,试分析一下身边的这类婚姻或这类爱情,包管你点头如捣蒜。那类丈夫和那类情人,不仅年轻而已,而且多少还十分帅,或十分壮。

年纪大的妻子在家庭里,同时具备两种身份和两种心情,一种,她是她丈夫的妻子,要做妻子的事;一种,她是她丈夫的母亲,有做母亲的气质,主要的是忍受他的暴跳如雷,甚至忍受他遗弃性的恫吓,或真的遗弃。她不但像对丈夫般地爱他，而且还要像对孩子般地容忍他。于是，那个小白脸丈夫有福啦，他回到家来，妻子笑脸相迎，接到大衣挂之，接过皮包放之，他往沙发上一坐，妻子弯腰为之脱鞋，然后打洗脸水焉，然后递上一支香烟焉，然后摸着他发烧的脸，发誓曰："我再也不教你去喝酒啦！"然后摸其胸上排骨，发狠曰："我要把你养得肥肥的如富家翁。"这种情调真是黄金都不换。

一个男人一旦被年长的女人爱过，他对年轻女孩子那一套便很难适应，一个被男孩子群追求的女孩子，简直像一个暴君，男人在她跟前小心翼翼，如临大敌，她一咳嗽他就一心跳，她两天没有信他就疑心她去了巴西，她一发小脾气跟别人去跳舞，他就觉得脑崩肠裂，不如一死。盖年轻的女人以自己的幸福为前提，动辄要求男人牺牲。而年长的女人，小姐时代那一套东西再拿出来，谁还理她耶？她们拿出来的乃是另外的一套，不再要求男人牺牲，而是要求自己牺牲，这其中自包括不少屈辱，但男人也因之如醉如痴。

因此可看出一种现象，一个男人一旦接受了年长女人的爱情，他便算完了蛋，盖在那畸恋之中，他像婴孩一样被供养和被保护，那个业已消失了青春的女人，在他身上找寻青春，照顾周到，无微不至，闺房之中，另有天地，再大的壮志都将被腐蚀得无影无踪。

问题是，这种幸福在精密的心计安排下才有，年龄对女人的意义似乎还不仅是变老，也不仅是爱情生活的警报，而根本上乃是一个悲剧的开始，如果她的丈夫比她年轻漂亮，那种随时被遗弃的恐惧，便更难以忍受，即令上天特别垂怜，使她的小丈夫一直爱她如恒，但心理上的负担，也会使她更快地变老，终有一天紧张成精神病。

14. 傻子乎？疯子乎？

不知道是哪个洋圣人说的："男女结合而顾虑年龄，是傻子；不顾虑年龄，是疯子。"初听起来好像说啦等于没说，实际上却指出年龄问题的严重性，固一言难尽者也。无论恋爱和婚姻，比丈夫年老的妻子所扮演的，往往是悲剧角色，她的演技再好，她的声誉和财产盖天下，都没有用，导演既把她安排成惨兮兮下场，她就得惨兮兮下场，在恋爱上和婚姻上，年龄就是导演，也就是上帝，除非你跳楼自杀，否则便无法抵抗。

在台湾便有一个实例。以武训自居的某教习先生，诚人杰也，既做过官，更创办了一所学堂，翻手成云，覆手成雨，十余年间，出笼的节目均甚精彩，最后他又姘上一位护士小姐，把他太太经常打得身负重伤，躺床不起。有一次他太太过马路时被汽车撞倒，昏迷不醒者三日，他以为她要翘辮子矣，大喜过望，准备好了眼泪瓶，要表演一番伉俪之情。想不到他太太命不该绝，竟然苏醒，在病榻前供出住址，通知前往缴医药费，不禁大失所望，见其妻第一句便骂曰："妈拉巴子，你怎么搞的？"吓得他太太泪都不敢流。

是不是该教习先生天生的就如此辣手摧花乎？如果一追究他们婚姻本身，便不难发现其症结何在。盖二人原本小同乡，当初异地相遇，自分外亲切，女的比男的大二十岁，男的乃以"乡姐"呼之，女的亦以"乡姐"自居。男的彼时正在学堂念书，女的就在学堂附近某校执教，抗战时没有家的学生们一个个穷得要命，而该乡姐却颇有几文，每天晚上及星期日一整天，都以炖牛肉、花生米招待乡弟，乡弟好吹，再呼朋引类，招来些狐群狗党，四十岁的女人对那些毛头学生，简直可以玩之于股掌之上。于是，均称其贤；于是，均称其美；于是，反正有一天,他们忽然宣布要结婚啦。有些朋友便劝二人不可如此,柏杨先生斯时亦分别晓以大义,可是他们爱情之坚,连原子弹都轰不破,年龄相差有啥关系?只要相爱便可。凡是相劝的人统统被赶出大门,以柏杨先生之尊,简直是等于被骂了出去,我当时就以父执身份,站在街心回骂,围观者甚众,着实出了一阵风头。

结婚时她四十五矣,他才二十五;十年后她五十五矣,他才三十五。噫,固然年龄没有关系,只要相爱便可,却不知硬是因年龄之故,竟爱不起来。这跟说不吃饭没有关系,只要不饿便可一样。不吃饭一定肚饿,要想肚子不饿,就必须吃饭。在名词上,二者虽然可分,在因果上,则二者不可分也。刚来台湾时,该乡姐手抱娃儿,前来啼哭,告曰:“他一看见别人年轻的太太,就恨我。”呜呼,对啦,这才是一针见血之言,从做妻子的口中说出,更增伤感。我想建议地方法院公证处,凡是遇到女大男小前往结婚的,应先将柏杨先生的伟大言论,对之宣读,请其激昂反驳,如能拍案大骂我是天下最大的坏蛋则更佳,然后录音存证,等他们有一天打离婚官司时,放给他们听,然后各打其屁股四十大板,枷示西门町,以劝世人。假使能够如此的话,使男女均有所警惕,对社会家庭的安定与巩固,功德无量。

顾虑年龄固被圣人讥为傻子,但傻子往往还可能有傻子之福。不顾虑年龄的疯子,却从没有听说有疯子之福也。女人们所遇到年龄上的困惑,在过去一直是秘密隐蔽,现在才逐渐公开,一个女人必须有勇气接受她的年龄,才能拯救自己。在这方面,我想上帝未免有点不太公平。最常见的是,一个男人,他可以跟比他小十岁,小二十岁,甚至小四十岁的女子结婚,结果都很可能圆满;而一个女人如果跟比她小十岁的男人厮混,便是笑话,如果跟比她小二十岁,小三十岁的男人厮混,那简直是恐怖的笑话。然而女人们责备上帝不公平则可,要求上帝改正待遇则可,硬和上帝碰一碰,准碰得筋断骨折。

这一类的电影最近曾不断上演,《罗马春色》中的斯通夫人,以她的姿色,和她的财富,都不能控制那小伙子,该小伙子最后质问她:“你多大?五十三?”砰的一声关门而去。《金屋泪》中女主角似乎更惨,她那年轻的情夫对她不过是一时寻乐,一旦等到结识了董事长千金,便把她一脚踢开,逼得她竟以自杀告终。

电影固是电影,小说固是小说,但电影和小说提出的是社会上的现象,指出的是一些存在的问题。和年轻小伙子相恋或结婚的年长女人,她的生命像打了吗啡一样,会突然而且空前蓬勃,但她不敢面对镜子,只敢面对小白脸,结果是小伙子掉头而去,留下连铁石心肠的观众都不忍卒睹的凄凉。即令小伙子不掉头而去,由上面举的“乡姐”之例,我看她还不如向丈夫讨几个钱,在台北郊区,买栋房子,以度余年,来得平安。

男女间的年龄应如何配合,才算恰当,言人人殊,柏杨先生胆大包天,敢断言女大男小的婚姻不妙,但怎么样才妙,却是不敢乱开簧腔。

一个女人如果承认自己是一种容易衰老的动物,至少比男人容易衰老,那对她是幸福的。前已屡言之矣,丈夫二十岁,妻子二十岁,固是一对万人称羡的璧人,然而三十年后,丈夫五十岁,尚可冒充小伙子,妻子五十岁,已鸡皮鹤发,再不能陪丈夫跳舞游泳矣。故女大男小固是一种病态婚姻,即令男女二人年龄相同,或男比女仅稍大一岁两岁,其前途也充满了暗礁。

女人易老,固是天意,亦由人力,“生育”“哺乳”二者,如毒蝎的两把巨螯,硬是活生生地把如花似玉的太太小姐,蹂躏成一个不堪回首的老太婆。柏杨先生读京师大学堂时,有一旗籍的女同学焉,天足如削,其艳空前,我有几次下定决心,即令是天打雷劈,也得把她看饱,可是到了跟前,却又不敢仰视,盖她光艳逼人,势不可当,当时便痴痴癫癫地想:“她万一嫁给我,我恐怕天天只有发抖的分儿,连碰都不敢碰她。”抗战前一年,我在湖南教书,有一天到某一小学堂参观,一老媪在台上为儿童讲“弟弟来,妹妹来”,声音甚为熟悉,隔窗睇之,其轮廓尚在,然昔日风韵却全化乌有;课后被邀赴其家,丈夫固高官也,经济景况甚好,她乃是不甘寂寞才去教书的,但她阁下生了四子五女,老大已赴美利坚读打狗脱,小者正读小学六年级,我再向她端详，这时如果我向人说她想当年貌如天仙，恐怕都要一口咬定我乱盖。

对于“生育”和“哺乳”，柏杨先生完全外行，但却知道它的厉害，老妻有一姨侄女，十年前在新竹生其头生之子，拉着我一同前往探亲。该姨侄女乃美国留学生，一切洋派，那时她生产才三四天，我们进门时，她正坐在走廊沙发上纳凉看报哩，老妻急代为关窗闭户，强其上床，她曰：“阿姨，你那一套落伍啦。”她漱口刷牙，劝她不可，她曰：“哪有三天不刷牙的。”她当风而立，劝她不可，她曰：“有啥关系？”有一天她忽然不见，洗头去啦，把老妻急得像一只砍掉脑袋的母鸡，可是一切意见，她均不纳，盖婆婆妈妈，她嫌太烦，而且，最主要的，她曰：“我不觉得有啥不舒服。”

转眼十年，她成了三子之母，端阳节时前来台北，果如预料的不复当年的风致；她年尚不到四十，牙齿已开始下掉，稍受风吹，便头痛如割，坐得稍久，脊背即酸，尤其奇者，她的右手会突然抽筋，必须左手及时握之拉之，才能复原，头发也脱落不止，稀疏如林；精神不继，一天到晚，昏昏欲睡。

该姨侄女因自以为有学问冲天，不知道生产哺乳的厉害，蔑然视之，弄得百病缠身，等于残废。便是知道它厉害的太太小姐，小心翼翼，也不见得承受得住。从一个小小的胚胎成为一个婴儿，其一发一肌，一牙一甲，都要母亲供给，要说母亲不受亏损，天下有此理哉？故法国女人为了保持漂亮，宁可不生子，实在有其苦衷，中国人常常骂之，真是天大的不开眼。何况生产过多，不仅是漂亮没有，便是健康和老命也都没有啦。

女孩子如果有此认识，我想她就不会急急地嫁一个年龄和她相若的小子，电影上这种年龄相若结婚的镜头最多，洋大人的电影当初也是如此，后来才算有了改变。中国电影则一直保持这种狗屎观念，男女结合，必定是女子二十，男子顶多二十三。君不见电影明星乎，如加利·古柏、约翰·韦恩、克拉克·盖博那种性格的男性——丑陋、沉毅、粗野、魁梧，中国电影里从来没有过。中国的男演员，全是小白脸,油滑滑若王府里豢养的相公,他们表现的不是男人的“力”,而是专靠女人吃饭的软骨头。呜呼,那种男女主角在银幕上结起婚来,正代表中国人心目中“珠联璧合”的典型愿望。

每逢我看到男女年龄相等的夫妇,或男比女稍大一点点的夫妇,我便不由得不忧心如捣,盖想到十年后或二十年后,甚至三十年后,那时候丈夫还生龙活虎,而妻子生了几个娃儿,腰粗肚鼓矣,牙齿动摇矣,眼眶酸痛矣,指甲剥落矣,一动不如一静矣。男人的经济基础已立,正当壮年之时,妻子却花衰叶败,你说扫兴不扫兴吧。安分的或没有机会的丈夫,对家的感情不过日渐淡薄;不安分的或有美女投怀的丈夫,则就开始云游四方。

15. 老夫少妻

在婚姻中,年龄是一项最大的困扰,老妻少夫是农业社会畸形的产物,只有农业社会才有其解决之道,在工业社会中便成了一个癌,为任何美满婚姻的致命之伤,终必有一天要发作,群医束手。然则,到底如何才算合适耶?最流行的算法是:“女岁为男岁的一半加七。”男人三十岁,一半为十五,加七得二十二,女人二十二岁就对啦。男人如为四十岁,一半为二十,加七得二十七,女人二十七岁就对啦。这种算法是不是有科学根据,我们不知道,但看起来却颇有点道理,盖这种说法永远坚持男比女大的原则,且随年龄而增进其距离。柏杨先生认为这真是值得参考的意见,年轻的朋友虽不必奉之为金科玉律,但计算下来如果能跟它差不多,则婚姻又多一美满条件。二十二岁的妻子配三十岁的丈夫,二十七岁的妻子配四十岁的丈夫,三十三岁的妻子配五十岁的丈夫,其对社会的适应和对家庭的凝固,最为有力。即以第一例而论,女孩子二十二岁不过才大学堂毕业,尚是一个不知道天高地厚,也不通人情世故的黄毛丫头,如果嫁了一个同样的也是毛头小伙子的丈夫,两个人头上都长满了棱角,在社会上左也碰之,右也碰之,碰了个焦头烂额,再加上没有经济基础,不要说新婚的乐趣全无,到紧张关头,简直是连生命的乐趣都没有矣。而她如果嫁给一个三十岁的男人,该男人至少已在社会上碰了八年,创伤早已平复,路子早已闯了个差不多,自然比较轻松。

读《居里夫人传》的人很多,大家对她有至高的敬意,但兴趣似乎都集中在她的发明上,恐怕很少注意她的婚姻。仔细研究,可发现一点,居里夫人当初如果不是嫁给居里先生而是嫁给别的年轻人,恐怕结果将是两样。盖居里先生虽然穷苦,却是一位受人尊敬的教习,且拥有一个试验室,居里夫人等于一跳就跳到一条早已建造好而且建造得非常坚固的船上,她如果嫁别的年轻人,还得满头大汗先行造船,再航彼岸,就事倍而功半。

然而问题似乎也就发生在男人宜比女人为大这个原则上,"一半加七"似乎是一个足资信赖的准则,不过有时候却偏偏地加过了头,举目四顾,老爹型的丈夫简直如过江之鲫,流行歌曲上就不少这类描写,一个妙龄女子陪着一个老态龙钟的家伙上街,人皆以为他是她的爹,却原来他是她的夫,怎不叫人恨得牙齿发痒?这种畸形的婚姻制度似乎比老妻少夫还要古老。《圣经》上便有记载,戴维王到了八十岁高龄,还娶了一位十七八岁的女子为妻,为了避免误会,《圣经》上还特别声明,他娶她并不是为了性欲,而只是为了取暖,据说人一到八十,再厚的被子或再热的炉子都没有用,而是"非女不暖",有权有钱的老头儿真是艳福不浅。

不仅洋圣人如此,中国历史上,老夫少妻现象和老妻少夫现象,同样普遍,此乃老妻少夫的附产物,用以补救其弊的,故往往是两种畸形婚姻并行于一个家庭,不但没有人以为稀奇,而且视为当然。想当年钱谦益先生跟柳如是小姐定情之夕,钱先生已七十岁矣,而柳小姐才二十余岁,钱先生曰:"你的皮肤像我胡子一样的白。"柳小姐曰:"你的皮肤则像我头发一样的黑。"呜呼,钱老头以将进棺材之年,有此艳遇,真叫人气冲斗牛。某人咏老夫娶少妻诗曰:“今宵扶入罗帏帐,一树梨花压海棠。”不要说真有其事,仅只一读,我就心跳。

这种现象往往被视为佳话,站在男人立场,当然高兴万分,即以柏杨先生而论,固日夜都希望有一个年轻貌美的俏丽佳人作为妻室,只不过为了颜面,不敢朗朗出口。有一则小幽默故事说,一群老头聚集在一起,各言其死,愿得心脏病死者有之,愿一觉不醒睡死者有之,愿一口气接不上死者有之,一位九十岁的老家伙一语惊人,他曰:“我愿被吃醋的年轻丈夫一枪打死。”此公真是了不起的人物,全部男性的弱点,在此一句话上泄了个尽。盖男人都是如此的不争气,年纪愈大,典故愈多,想出的花样愈繁。伤年华之老去,越是想找个年轻女子补偿一番。便是大圣崽朱熹先生,见了名妓严蕊小姐都打主意,动刑告状,弄得丑态毕露,何况一些小圣崽乎哉。

我们可以说,古时候的女人嫁老头,有其不得已的苦衷,盖身不由己,不嫁不行。可是时到如今,没有人再强迫她们,不但没有人强迫她们,甚至还有人加以阻拦,而她们竟然还是硬嫁,使世界上更多彩多姿,其中道理就很大啦。某作家年已四十,和一比他小二十岁,而且已经订了婚的少女相恋,少女父母反对的激烈,用不着说啦,她的未婚夫在美国闻知,更七窍生烟,岳婿双方,立刻采取行动,购买飞机票一张,遣她出国,而她却在上飞机前开溜,其未婚夫之友查访了两天,抓住二人,指男的鼻子谓女的曰:“他当你的爸爸都可以啦,你怎能嫁他?”结果她还是嫁了他,把所有的亲戚朋友都气个半死。

老妻少夫使人身上起鸡皮疙瘩,老夫少妻则使人妒火中烧。马五先生就有一段可资一述的奇遇,他有一次拜访朋友,朋友不在,一位小娘子捧茶捧烟招待,他以为她是朋友之女也,乃端起父执架子,与之温语,并呼之为“小姐”,且询之以“你爸爸何时可回”?等了一会儿,朋友返矣,原来竟是他老人家的太太,马五先生尴尬万分。我想他还算有学问的,谈话尚有分寸,若遇柏杨先生,说不定还自告奋勇,硬为她介绍男朋友,那事情就更难下台。不过有一点请读者先生放心,马五先生的遭遇并不恶劣,甚至反因祸得福。你如把妻子当作丈夫的女儿,两个人虽面有愠色,心中却是猛喜的。你如把妻子当作丈夫的娘,包管两个人一齐跳脚。故马五先生那一次着实吃了一顿上等午饭,饭后还有韩国苹果助兴。

有马五先生这种奇遇的甚多,而且都跟那位嫁作家的女孩子一样,出于自愿,任何一个大一点的机构或大一点的工厂,都会发生一种现象:年纪轻轻的小姑娘硬是喜欢跟一个老得可以当她爹的人搞七捻三,或爱之,或嫁之——老得像她爹,还算客气的哩,有时候简直老得跟她祖父一样,那就更叫人结舌。

无论如何,这是一个畸形现象,有时候简直畸形得不可思议,很多貌美如花的年轻女孩子竟爱上可作她爹,和可作她祖父的男人,即令他已经结婚,儿女成群,还是照爱不误。不过,跟有妇之夫谈恋爱,比嫁给老头更糟,因为结婚乃是美满的结束,而跟有妇之夫谈恋爱,却不容易有此美满的结束,不能给她任何前途。问题却是,年长的男人比年轻小伙子更有吸引力,这种情形跟女人相同,女人必须到了三十岁以上,才能培养出来魅力,男子固也如此。好莱坞电影明星埃仙佛小姐便是嫁给可作她爹的男人的,以埃小姐之美之富,追求她的男孩子多如过江之鲫,但她一个一个陪他们玩了一阵之后,最后均一踢了之,结婚之日,那些年轻小伙子围住她的香闺大闹,要她说明为啥非嫁老头不可。她当时并未说明,事后也永没有说明,但她曾告诉她的密友曰:“跟那些刚从大学堂毕业的青年在一起,你得时时照顾自己,他们的一举一动,一言一语,都幼稚可笑。”

这是一针见血之言,年轻小伙子真得检讨一番。有一次柏杨先生去台北万盛里访友,见一对年轻男女,都穿着游泳衣,男的悻悻而去,女的靠篱而立,浑身发抖,若是年长的丈夫或情人,绝不忍心丢下她也。因忆及抗战前一事,那时上海法租界公园,门口有牌子曰:“中国人与狗不得入内。”(这已成了历史陈迹矣,抗战胜利后中国军队接收越南,据说也如法炮制,在公园门口悬牌曰:“法国人与狗不得入内。”总算拉平),有一对年轻夫妇,都不超过二十七八岁,昂然而入,被赶了出来,争执了半天,仍是不行,丢脸是丢定啦,那男的大怒,一拍屁股,转身就走,丢下佳人,在众目睽睽之下,又急又气,以小手帕掩面而泣,踉跄奔去。他若是一个老夫,绝不致如此对少妻任性也。

美国《皇冠杂志》曾对这种日益严重的老夫少妻现象加以调查,女孩子们认为,年纪较大的男人,跟年轻的男人迥然不同,一旦和一个年长的男人交往,再回头和年轻的男人交往,状如清汤,淡而无味。诗曰:"曾经沧海难为水,除却巫山不是云。"年长的男人便是茫茫沧海和巫山高峰,小伙子那一套算啥。柏杨先生有一个朋友娶一位比他小十五岁的女孩子,她很少跟她大学时的男同学来往,诘之,答曰:"他们的想法太嫩,我们一天比一天谈不来。"

年老固然悲哀,年轻有时候也不吃香,老夫少妻,便是其中的一端。

16. 为啥喜欢老家伙

老夫少妻,似乎已成时代潮流,从好莱坞电影上可以得到启示,理想的丈夫已不再是小白脸矣(中国电影仍停在小白脸阶段,我每看到那些发亮亮而脸光光的小生,就背皮发紧),理想的丈夫脸上不再洁净无疵,而是满刻着生命轨迹的皱纹,和满布着在社会上挣扎蒙上的辛苦风霜。这种婚姻在美国最为普遍,而在中国社会,似乎也日益增多。从前的人,如果有一位比他小十岁二十岁的年轻美貌的太太,用不着打听,准是爱妾无疑。而今则不然矣,马五先生之错,在他的见识仍停顿在十八世纪也。奉劝读者先生,如有马五先生的奇遇,千万不可乱下判断。

年轻的女孩子,为啥喜欢老头,恐一言难尽,而各有各的原因,那

原因在局外人看起来可能屁都不值,但当事人却芳心大动。盖爱情之道,固没有啥道理可讲的。分析起来,似乎勉强可得七点:

一曰有些女孩子认为年长的男人比较厚道。年长的男人是不是比较厚道,只有天晓得,干起骗女人的勾当,年轻小伙子绝对瞠乎其后。问题是,即令是骗,年长的男人也比毛头小伙子骗得她舒服。女孩子只有跟年长的男人为友为妻,才会有一种如坐春风的感觉。前文柏杨先生所举的两例,可窥知女孩子如何向往那些待她们厚道的男人,盖只有中年以上的男人,在社会上碰钉子碰得多了之后,才有如此教养。

二曰有些女孩子认为年长的男人善解人意。这是一点都不假的看法,毛头小伙子每天对镜整装,连自己想的是啥都不知道,何况其女友其老婆乎?年长的男人,做事多年,天天伺候老板或顾客的脸色,自有独得心传。有一句骂人的俗语曰:"一翘尾巴就知道拉啥屎。"盖詈其是狗,在心意刚发之时,就知道它要干啥。这一点对女孩子最最重要。她一皱眉,他就连忙问堂倌曰:"你们洗手间在哪里?"她一咳嗽,他就连忙为她捶背曰:"我陪你去看医生!"她提议坐三轮车,他早举双手而瞪双眼,大声高呼"他哭西"矣;她站在百货店窗前,刚瞄了一下那项链,他立刻甜甜地曰:"颜色真好!"明天送她作生日礼物。呜呼,便是皇帝老爷都会被这种先意承旨,揣摩逢迎的弄臣搞昏了头,何况一个女孩子哉?毛头小伙子就不行,一则他们个性刚强,不肯为;二则他们能力有限,想为也无法为也。

三曰有些女孩子往往爱慕已有成就的男人。这种吃现成饭的心理,说她是虚荣也可,说她是荣誉也可,反正有些女孩子硬是喜欢那些已经有了地位,已经有了钱,或已经有了名望的男人。事业好比一条船,如果嫁年轻的丈夫,就得亲自下手,并肩建造,弄得满头大汗,血流如注,等到好容易把船造好,容颜凋矣,年龄老矣,而且还有一种危险,那就是自己可能坐不上那条船。天下多少夫妇档,共同创造一番事业,等到功成名就,丈夫需要一个"拿得出去"的妻子,竟把太太赶下了船,诚是年龄相若,助夫成功的女子们一大悲哀。如果嫁给那些已把船造好了的年长的男人,便无此弊。柏杨先生今年春天,老兴勃发,曾去阳明山赏樱,见有一年轻女子,很是面熟,乃多看了她几眼,事后方知她乃我在某学堂教书的别班学生,被我看得不好不相认,乃介绍其身旁的老头曰:"这是我丈夫,某局局长!"不禁大吃一惊,非惊他的官衔,局长那玩意儿我见得多啦,而是惊她的介绍之词。我想她实在是掩饰不住她的骄傲,才脱口而出,如果她丈夫是一位卖担担面的,她能不厌其详地告诉我摊子摆在哪里乎?

四曰有些女孩子认为跟年长的男人在一起谈恋爱,能给她们安全感。事实上,女孩子跟年长的男人在一起谈恋爱,反而最容易失身。盖他如果不想得到她则罢,如果想得到她,他会用种种奇计妙策,布置气氛,制造情调,安排情况,然后巧言花语,年轻女孩子知道个啥,未有不忽冬一声跳到井里者也。在此观点上,年长的男人绝不安全。不过,话又说了回来,普天之下,除了父亲对女儿,儿子对母亲那种亲情是安全的外,男人根本就不是安全的东西。不要以为柏杨先生儿女成群,年已七十有余,走不动矣,眼昏花矣,便十分安全。呜呼,那是我没有机会,如果给我机会,照样不太可靠。而且一个男人一旦真的被女孩子认为"安全"啦,那还不如一死了之。因之这里所说的安全,乃另有所指。那就是说:只要她不抛弃他,他很少有抛弃她的可能。我们如去法院调查,定有很大发现。柏杨先生仅就眼前观察,可看出男人的年龄越大,他越珍惜他的女友和年轻妻子。盖年龄就是资本,毛头小伙子三易其妻仍正当盛年,老头便不行啦,他便是想胡搞,年龄也不允许他胡搞。有一则幽默故事可说明此点,一对老年夫妇正在房中对坐,他们的爱犬有一种毛病,每见漂亮的女人在门前经过,一定狂奔而出,汪汪乱叫,以致累得气喘如牛,丈夫怒而吼之,妻子曰:"不要吼啦,它老了就好啦,你过去还不就是这样?"年老给女孩子的安全感在此,固然可悲,却是实情。

五曰有些女孩子觉得跟年长的男人在一起,她才算真正地成了大人。天下再也没有比女孩子更娇嫩的东西,千金小姐真像春天屋檐下的冰溜,日晒不得,一晒便消;风吹不得,一吹便断;手碰不得,一碰便行坠地。父母亲友担心万状，扶之抚之，唯恐她无知受骗，那种永不被当作大人的委屈，遇到年长的男人便没有啦。吃饭时，她说去玉楼春就去玉楼春；买衣时，她说买沙笼就买沙笼；布置房子，她说怎么就怎么。这不是任性，而是被男人发自内心地真正尊重，毛头小伙子都是气大声粗，自以为很有点前途，往往不肯相让。

六曰有些女孩子认为只有年长的男人对她才体贴入微。他会像父亲照料小女儿一样照料自己年轻的妻子。我曾看到很多这样的丈夫，晚上都是自己带孩子，而让妻子静静地在另一床上做其美梦。仅此一点，可知其苦心，盖他只有用体贴入微的方法始可弥补他的马齿徒增。而女孩子就是喜欢这种受用，若换一个毛头小伙子，他自己睡觉都来不及。

七曰大多数女孩子都认为，年长的男人有经济基础，比较年轻人慷慨。这是现实问题，富小开，不若穷老板焉，这并不是说女孩子们都爱钱，而是无论恋爱与婚姻，固都非钱不可，坐出租车，不要钱乎？看电影吃馆子，不要钱乎？买旗袍，购项链，去美国，置房产，均非钱不可。若毛头青年，刚离开学堂，要从一砖一瓦干起，自然不会宽裕。年龄使老丈夫抱着歉意，他们不但不喊节约口号，且以肯花他的钱为荣。

七点分析既毕，似乎仍不尽意。盖爱情本来就囫囵吞枣，无法分析。美国《皇冠杂志》也曾有文研究这种与日俱增的老夫少妻现象，其结论曰："初解人事的少女们，往往遇到过色狼，那可怕的经验使她对一切年轻男人都不信任。而年纪轻轻便遭人遗弃，或离婚的少妇，更希望嫁给一个年事较长的男人，她觉得他会比较负责，会做一个比较好的父亲。"华夷虽国情不同，但男女之情则一焉。

17. 公开的谋杀

接连谈到夫妇间的年龄问题，读者先生的反应似乎非常激烈，但点头的少，摇头的多。一位署名“一读者”先生来信曰：“你写了这么多天，有何用意？”一位铁心先生来信曰：“事实上大谬不然，若某某（其人名气甚大，不便照录）还不是老妻少夫哉？”另有刘月娥、琼森、魏秦诸先生，意思也是如此，其中一部分则曰：“若某某，老夫少妻，日子还不是蛮快乐？”各项问题，咄咄逼人。

然而有一位李桂茨先生的话，给我指出一条明路，他曰：“先生应多惩恶劝善，教人们家庭如何和睦才对，不应只分析现象。”李先生可谓洞察肺腑，盖柏杨先生之志，固只在分析现象，而不在代圣人立言。使别人置诸案头，奉为圭臬，那是大人先生们的事，非柏杨先生的事。善恶应由人自择，一个漠不相关的第三者，惩固惩不完，劝也劝不好，牛不喝水，强按其头，因此救了它一条牛命，它的心仍不舒服。从前孔丘先生辛辛苦苦编了一部《春秋》，啥价值都没有，他的徒子徒孙们脸上挂不住，把良心一横，猛盖曰：“一字之褒，一字之贬，而乱臣贼子惧。”我想世界上最不要脸的谎话，无过于此，便是用显微镜去查历史，也查不出哪一个乱臣贼子惧了一下。革面洗心，靠自己的大彻大悟；说教的东西，只能升官发财，不能救世。

关于“若某某”的实例，似乎都有点钻牛角尖，年龄上如果悬殊很少，女子比男子只大三岁两岁，似乎还不太严重；男子比女子只大十岁八岁，似乎也不太严重。这种划分法，不能用自然科学实验室的态度去追究，有些人曰：大三岁不算老妻，大四岁算老妻乎？大十岁不算老夫，大十一岁算老夫乎？如此一问，天下至少有一半以上的东西都要被推翻。宪法规定年满二十岁的人有选举权，难道人一过了二十岁便一定成熟乎？十九岁最末一天跟二十岁最初一天，其间有啥魔术乎？如此诘责，则连宪法都可取消矣。年龄之相差，固看岁月，亦看二人间的心灵距离，如果只斤斤计较数目字，便难为死人。

年龄悬殊太大，是家庭不幸福的一个主要原因，也是形成怨偶的一个重要原因。但并非说他们一定非离婚不可。读者先生来信举的例子，几乎全是曰：若某某，并未离婚呀。呜呼，若他们离了婚，倒是幸福的矣。不离婚不就象征幸福，很多夫妇间的谋杀案，或夫杀妻，或妻杀夫，他们固都没有离婚者也。当那些丈夫害妻子，妻子害丈夫的消息在报上发表时，我就长叹，叹他们何不早早散伙？

我们研究的原则是不评是非，不讲善恶，而只分析现象，当作社会问题提出，若某君辜负他的娇妻，若某妇欺骗她的老实丈夫，自有天理国法人情去判断。我们不能说因某人一文不值，他所造成的现象便不是问题，不屑去研究他，对耶？不对耶？

老妻少夫，固然很糟；老夫少妻，如果年龄距离太大，其情形同样很糟。用不着举实际例子，仅从文学作品上去看，便可发现老夫少妻的家庭，乃产生悲剧、丑剧，甚至惨剧的温床。天老爷安排万事，总是祸福相连，以便有智慧的人取舍，李耳先生在《道德经》上便有言曰："祸兮福所倚，福兮祸所伏"，洞察事理，一针见血。年轻人和年长人共同追一小姐，结果年轻人竟然惨败，眼睁睁看着自己心爱的人投入那老家伙的怀抱，稍微有点血性，恐怕不杀人就得自杀。

盖年轻人的资本只有两个，一曰"年轻"，一曰"前途"，在某一个角度看起来，年轻等于不成熟，前途根本不可恃，哪一个悲哀的老头不是从有前途的年轻时代过来的乎。但老家伙的玩意儿却多啦，有汽车、有钞票、有事业、有社会地位。至少他有一条业已造好了的生活之船，年轻女孩子跟他们携手而去，固然气死人，却无可奈何也。小伙子唯一的报仇之法，就是跳脚而骂，骂她"拜金"，骂她"没有理想"，骂她"嫁了个老爹"。

一个年长的男人娶了一个年轻美貌的太太，固然被年轻小伙子恨入骨髓，固然自己乐不可支，然而如果在年龄上超越得太过了分，结局就很难说啦。上帝绝不对任何幸运的人照料到底,都得人神同工,他自己必须爱惜自己。天下美女本来就少,他以老迈之年,竟也讨了一个,即便上帝本人不好意思嫉妒,他手下的人若天使者流,也酸辣交集,玩个花样整之,盖福和祸,总呈平衡状态。

所以老夫少妻的家庭中,无论多么有钱,多么有势,夫妻间多么恩爱,总有一片可怕的阴影,黯然笼罩,拨之不开,驱之不去,大家口中不言,甚至发誓没有那种阴影,但心里却不能释然。那是啥乎?曰"死",曰"寡"。世界上唯有年龄是无情之物,对任何人——上自帝王,下至掏茅坑的,都不宽恕。老家伙有美艳娇妻,乐固乐矣,女孩子一切都享受现成的,舒服固舒服矣。可是老家伙会不知不觉中想到死,"我死之后,娇妻归向何人?"年轻的妻子会不知不觉中想到寡,"他死之后,我将如何?我今年才三十妙龄,为他守寡下去乎?抑或以他的遗产为资本,再嫁一个小白脸乎?"

柏杨先生有一朋友,在台北拥有一个大家庭焉,前年忽然动了少年之心,娶了一位二十岁的姣娘,爱她爱得简直不可开交。他告我曰,她的每一呼吸都使他心动,该女士一下子拥有巨资,今天买皮鞋,明天买项链,既可去美国,又可去巴西,爱他也爱到极点。可是,每当朋友外出,把她一人留在家中,她想前想后,便禁不住泪落如雨,有一次向柏杨先生哭曰:"他那么大年纪,还能再活几年?一旦有个好歹,教我怎么办?"

教她怎么办,我怎么知道。

上面例子之中,双方都有高贵的情操,尚且如此,如果没有那种高贵的情操,才真是冰箱里的狗屎,眼前虽然冻结,将来终仍要弄得臭气四溢。某一富翁,年已八十,向一位二十岁的女孩子求婚前夕,对着镜子大刮其胡,又跑到理发店把头发染黑(这种染发之术,可谓人间一绝,虽八十岁高龄,一经染之,望之若四十岁人,年轻女孩子如只爱俏而不爱钞,则宜留心该男人的头发)。但仍心焦如焚,向朋友请教曰:"我向她谎说我今年才六十岁,如何?"朋友曰:"你若说你今年已经九十有九,成功的可能性更大。"呜呼,这就是一个公开而残酷的谋杀矣。有些女孩子嫁年长的男人,为的是她爱他。有些女孩子嫁年长的男人,其目的只是希望他早早的魂归天国,以便继承他的财产。这种婚姻,还能有好结果乎?《笑林广记》上有一则故事,内容甚黄,似乎难登大雅之堂,但对这种明显而残酷的谋杀,却予以无情揭发。该故事曰:某老翁娶少妻,恩爱逾恒,一天晚上做了一梦,梦见他在一只鼓上大掷骰子,醒而告人,求判吉凶,那人想了半天,叹曰:"我看你这一把老骨头,迟早要断送到那两片皮上。"悲夫,每一个将跟年轻貌美女郎结婚的老头朋友,都应仔细一想。

不过,一个人如果走上了桃花运,不要说劝告的话挡不住,便是原子弹都挡不住。这也难怪,妻子是年轻时的爱人,老年时的伴侣。臭男人年轻时打光棍,无妻无家,固然痛苦,但还可以到外面乱跑,打麻将、去北投,三五成群,呼朋引类,总有一个表面热闹,以打发寂寞良宵。可是一旦老境骤至,朋友们各人有各人的事,各人有各人的家,且死者死矣,病者病矣,即令仍然健在,恐怕也无复当年豪兴。即令有当年豪兴,为了社会地位,为了在晚辈面前冒充圣人,也不敢再明目张胆地胡搞。

当一个老家伙,白天道貌岸然,已够吃力,晚上独对孤灯,更增凄凉。贵阁下有没有读过歌德先生的大作《浮士德与魔鬼》?浮士德先生活到了六十岁,著作等身,名满天下,真可以踌躇满志。可是到了晚年,却惘惘然缺少一件东西——那就是爱情。于是魔鬼先生乘虚而入,保证赐他一个年轻漂亮的妻子,浮先生大喜之余,就把灵魂卖给魔鬼。我想浮士德先生的道德学问比你我都大,到时候尚且不顾一切,连出卖灵魂都干,则"生命被谋杀,财产被没收",又算个啥?吾友伊莉莎白女士在临终时,悲恸曰:"谁要能使我多活一分钟,我就把我的大英帝国给他。"一个年长的人一旦获得爱情,那就是说,一旦获得一个年轻女孩子的青睐,便是这种心情:"只要叫我爱一分钟,我就把我的生命给她。"

另一个笼罩着老夫少妻家庭中的阴影,则为性的不调和,以及因性的不调和而发生的红杏出墙。中国人因受理学道学的影响,圣崽特多,虽然心里奇痒难熬,却在表面上硬是装得像木头人一样,见人谈之,也表示痛心疾首,非如此不足以宣传他的道德学问也。不过问题始终是问题,不因有人不谈就不成问题。

我老人家前已言之,据生理学家的研究,男人性能力最强时是二十岁至三十岁之间,逾此则渐衰;到了七十八十,简直要全部报销。如果年轻时不知保重,则六十岁后,性生活便可能宣告结束。而女子则不然,要到三十四十,才能适应,在此之前,上床便入梦,瞌睡多而胡思乱想少;在此之后,则老矣衰矣,没有意思矣。上帝硬是和他的子民开玩笑,当初他老人家一定和亚当夏娃在一起赌输了钱,因而大迁其怒,以示报复。如果他稍发慈心,使男人的性能力延长,以便和经济能力配合,使女子的性兴趣提早,以便和她的青春配合,天下岂不从此太平乎哉?弄成现在这种局面,真是害人不浅。当丈夫的年已七十,连睡觉都感觉到腰酸背痛,而漂亮的太太才三十许,那场面真是不说也罢。吾有一友,便是如此,一次赧然见告,他的娇妻把他从她身上愤然推下,然后掩面而泣,朋友羞愧得要上吊。事情到了这种地步,纵有千言万语,黄金美钞,以及美国的居留证,都没有用。娇妻不是积郁一辈子,身心俱悴,便是另谋发展,绿帽横飞。

18. 越想越糊涂

《雷雨》一剧因有人批评它乱伦之故,因而禁演,但四十岁以上的朋友,恐怕都看到过,那不仅是单纯的乱伦问题,如看作单纯的乱伦,未免只触及到表面,那才真正的是老夫少妻问题。过去的社交不广,女人接触的范围也不广,最容易者莫过于勾搭丈夫前妻的儿子,《雷雨》中的儿子不是比后母年龄还大乎?现在小家庭逐渐普遍,用不着背上乱伦的招牌,向男同事、男同学中物色,各式各样,应有尽有,任其挑选。不过这一类的事无不危险重重,不仅绿帽沉重,王八难当,使拥有少妻的快乐和骄傲全化乌有。而且野男人在一旁虎视眈眈,娇妻恋奸情热,高级一点的离婚求去,差劲一点的买包巴拉松放到你碗里,或者在床上用点工夫,逼你旦旦而伐之。社会问题由此而生,小说家新闻记者亦因此而忙。

然而,老家伙们也不都是傻瓜,昔熊希龄先生和毛什么女士订婚时,他的朋友送了他一个喜幛,上面赫然四个大字,曰“谋财害命”。胡适之先生未死之前,亦曾函电交加,劝一位古稀以上高龄的老友,不要轻于尝试。结果无不大败。盖天下所有的男人,没有一人能接受这种劝告,一旦坠入情网,都会奋不顾身,赴汤蹈火。不过问题是,说他们不听劝告则可,说他们不知道利害则不可,老家伙们集学问经验于一身,垂六十、七十、八十,啥不知道?一旦他劝起别人,还劝得更为精彩。

于是,很多年长的丈夫乃采取三项对抗之策,一曰分房睡觉。一曰自己掌握经济大权,打破头也不交给她。一曰拼命吃补药,注射荷尔蒙,天天早上打太极拳。眼前很多朋友,都是如此这般,如果举例,真能写出一本名人录。不过我们研究的不是他们的人,而是他们的事。呜呼,如果上述三项对策完全成功,老丈夫每天唯一的想法便是严防家贼,恐怕快乐顿减。分房睡,娇妻为啥要守活寡?那简直是逼她非上梁山不可。经济封锁,她不天天吵架乎?至于努力滋补,如果不是天生异禀,吃什么药,打什么拳都没有用。

人的衰老,乃是天意,人力无法拒抗。洋大人之国,有研究一种血清者,注射之后可以返老还童。柏杨先生虽已年迈,但对该血清却无兴趣,盖老年人如果不死,这世界恐怕还要更糟下去,该死的就应该死。

科学万能,不过自我陶醉罢啦。科学如果万能,还要哲学文学干啥?从前张飞先生力大气壮,吹牛啥都不怕,诸葛亮先生曰:“你怕不怕病乎?”张先生竟为之失色,如果换了柏杨先生,则准问曰:“你怕不怕老乎?”他也会张口结舌。这不是意志所能克服的东西,全属被动，由老天，不由自己也。

真正的老翁少女的婚姻，悲剧还少，如果是出于恋爱结合，悲剧更少。老翁行将就木，女人们都把他当作“安全人”啦，竟还有少女爱他，内心充满了感恩之情，而少女既被老翁的吸引力系住，她会用一种类乎着了魔的高贵情操，像爱她父亲一样的爱她的老丈夫，而且以自己的牺牲为荣；那种感情简直是不可思议的，但却是真实的。歌德先生少年时追夏绿蒂小姐，碰了大钉子，乃写了一本《少年维特的烦恼》，疯狂一时，名重世界，等到他当了国务总理，夏绿蒂小姐已老得不像话，携子往谒，两个人心头那一股滋味是啥，谁也不知，但有一点是可以确定的，歌德先生已古井不波矣，你说爱情能千古如一乎？不过歌德先生仍不枉一生，有一位十八岁的美丽少女硬是爱上了他，他那时已八十余岁，乃询之曰：“老年如夕阳，即将落山，有啥可爱之处？”该少女曰：“我就爱那夕阳的抹红。”呜呼，有学问的人说她少不更事也可，说她鬼迷心窍也可，但由于这种情操，老翁少女间的结合，问题也比较少。

真正发生问题的不是少女，而是三十左右四十左右的少妇，如果她是再醮，那就更为明显。女人们初嫁无不希望嫁“爱”，再嫁无不希望嫁“钱”，当然也有初嫁便唯钱是视的，那属于怪杰者流；也有再嫁仍愿嫁爱的，那就更是难得的情圣。二者总占少数，大多数都跳不出那个圈了也。老丈夫的三大对策如果能使她们就范，恐怕鬼都要白天到大街上唱歌。柏杨先生之友每晚采用上锁之术，把自己孤独地锁在自己的房子之中，娇妻不要说肉体上难堪，仅只精神上便难以忍受，经过一番挣扎，结果仍是投降。三年之后，一病不起。呜呼，无论如何，老夫少妻，其年龄相差得越大，少妻的欲望越复杂，也越不奥妙。盖高贵的情操植根于高贵的心灵，可遇而不可求。不能责之于普通人，普通人都相差不多。我们必须了解，爱情包括性欲。没有性欲，则只有亲情、友情，而无爱情。且一个年轻貌美的女子，嫁给一个老家伙，她如果不是为了生活舒适，难道她发了疯啦？老夫少妻这个问题，真是越想越糊涂。

19. 刀铡陈世美

京戏有《秦香莲》一剧，最为家喻户晓，因其大快人心故也。陈世美先生，乃十一世纪宋王朝时的穷措大，可是上帝偏偏看顾他，使他娶得贤妻秦香莲女士，他在秦女士鼓励之下，发愤读书，为了专心，家事由秦女士一人坚苦操作，若换了别的女人，早离婚去美国嫁留学生矣。而秦女士却一心一意为丈夫牺牲，如此艰辛地过了若干岁月，那一年，乃大比之年，陈世美先生理应赴当时的首都开封考试，可是他连吃饭都没有钱，哪里来的盘费？秦香莲女士乃把家产及身上所有可以典当的东西，统统典当净光，不足之数，再向亲友借贷，受尽羞辱，才把他打发上路，夫妇二人，在十里长亭分手，抱头痛哭，固生生世世勿相忘也。

陈世美先生的学问真有一套，到了京城，一下子考取了状元，事情发展到这一地步，你说下文将是如何？用不着赌一块钱，任何人都会猜他一定衣锦还乡，把父母妻儿接到任所，共叙天伦之乐。如果是这样，那京戏便没得唱矣。一个大转变在此发生，皇帝老爷看陈世美先生堂堂仪表，又是双料打狗脱，龙心大悦，乃派人问他是否结婚？陈世美先生虽是宋王朝之人，却有现代化头脑，深懂奥援的重要，如果能成为驸马爷，有了生殖器的关系，这一辈子就有官做的矣。遂硬说自己尚是一条光棍，乃和公主成亲。他阁下是何等聪明，公主既是衣食父母，乃荣华富贵的能源，自然努力伺候，伺候得公主甚为满意，陈公自然也做了很大的官，不但忘了他的贤妻秦香莲女士，也忘了他在故乡受苦的爹娘。

这时候最可怜的当然是秦香莲，路途遥远，她听说丈夫在京为官，又听说已经再娶，风言风语，不敢置信。恰逢家乡大旱，实在活不下去，乃上奉公婆，下携二子，一路上哀哀乞讨，向京城出发。走到半途，公婆年老，不堪颠簸流离，双双病故，只剩秦女士孑然一身，将公婆安葬后，仍继续前进，这一段戏最为凄凉，观众看到这里，每每泣不成声。好容易到了京城，驸马府是何等威严，最初连通报都不可能，又费了很大劲，陈世美先生才算知道。可是，他越想越不对，这岂不是犯了欺君和重婚两种大罪，而且即令啥罪都不犯，他也不能舍弃天仙化人的公主，而去就黄脸婆。乃把心一横，一口咬定不认识秦香莲女士，因之也不得不连带否认他的两个亲生幼儿，并且为了根绝后患，索性一不做二不休，派了一位杀手，前往灭口，事情就闹大啦。

盖那杀手是有良心之人，诘得详情，不但不忍心动刀，反而给秦香莲女士出主意，叫她去告状。那个时代似乎是司法一片黑暗，你便屈死，也没有人敢问，幸而有个包拯先生（这一点跟现代不一样，现代没有包拯先生那种硬汉矣），不怕权贵，把陈世美先生请将过来，叫他收留秦氏母子，陈世美先生口硬如铁，包公勃然大怒，乃抬出钢铡，陈公那时还吹牛曰："你敢和我金殿面君?"包公乃将其一铡两段。

柏杨先生介绍剧情，便介绍了这么多，好像在写"本事"，实在是深感每一个男女都应对此"本事"熟悉，故不厌其详。当包公下令开铡的时候，戏台上刀光闪闪，一铡下去，还有血流出。台下掌声如雷，女观众固然高兴，男观众也觉得非如此不足以尽其罪。那件事的真相恐怕不见得会和舞台上相同，以今测古，包拯先生便是吃了豹子胆，恐怕也不敢杀皇帝的姑老爷。不过真相如何，是另一回事，艺术乃表达人类的愿望，那出戏是很多这类戏的其中之一，代表一个家庭的和社会的严重问题。这类问题，最易为艺术家们所取材，元曲中有《琵琶记》一剧，情节与《陈世美》一模一样，女主角赵五娘，作者高明先生写到她饥饿难忍，不得不吃糠一节，曰："糠和米，本是两依倚；谁人簸扬你作两处飞？一贱与一贵，好似奴家与夫婿，终无见期。"连自己都不禁泪如雨下，桌上灯花，霎时合而为一，盖一句话便道出了问题的真相，和悲剧的主要成因。

刀铡陈世美，我想没有一个人反对，但反对不反对是一回事，照着做不照着做又是另一回事，便是把陈世美先生本人弄去观看该剧，他也会认为铡得好铡得妙。三年之前，台北某局有一小职员弃妻再娶，他的妻子和他大闹，拖着两个孩子，到处哭诉，闻者均泣不成声，局长大人更气得义愤填膺，在会报上痛斥该小职员没有天良，中华民族五千年传统的优良道德，全被该小职员毁于一旦，对自己结发妻子都能翻脸无情，无恩无义，行如禽兽，那种人还能交朋友乎？那种干部还能用乎？本机关若仍收留该败类，何以表率群伦？着即开革，以示本局长维风纪而敦人心之意。通知发出后，该小职员指着该局长的鼻子曰："唉，老哥，你别发凶，老子已不干啦，你管不着老子啦，但老子得告诉你，你以为我不知道你把第一个太太怎么搞离的乎？而你第二个太太被一脚踢时，还不是到处请愿，骂你阁下贱胚流氓狗娘养的，你都忘啦？老子存有剪报，咱们关二爷马上观《春秋》，走着瞧。"结果局长正人君子了一半，不得不复了他的职，另送一万元了事。

现代因恋爱自由之故，这种风气比以前更烈。从前固容易解决得很也，不但有妻妾之制，且有"平妻"之制，两个太太，都是正式夫人，咱们一般的身价，连领眷粮时，都可名正言顺地多领一份，法律习惯，都允许这种怪事。故陈世美先生实在没有抛弃秦香莲女士的必要。秦女士饱经沧桑，早已看破世情，假如她也是大学堂毕业，有自立能力，可能径去找个工作。惜哉，她只是一个没有受过教育的女子，且在十一世纪那个时代，女子便是学问再大，也没有用，陈世美先生不收留她，她母子只有饿死。如果他阁下稍微有一点慈悲之心，像现代的大官名流一样，另备一屋以居之，或另觅一地以安之，岂不皆大欢喜。然而陈世美先生计不出此，难道是他蠢欤？我想他不致蠢到那种地步；难道是他禽兽心肝欤？戏台上演出的都是典型，看起来定是禽兽心肝，实际上他良心上绝不会太戏剧化也。问题是，陈世美先生虽生为十一世纪之人，却处着二十世纪人的环境，宋人可以纳妾，公主肯为妾乎？宋人可享平妻，公主肯跟一个乡下黄脸婆共一夫乎？现代女孩子一发现被骗，除了大哭大闹之外，首先干的，就是去衙门告状，重婚之罪，至少坐牢三年五载，谁肯去冒此险耶？何况公主的状不是告到衙门而是告到皇帝那里，那才真是吃不了兜着走，陈公若是娶的小家女，当不致若是之挨铡也。

抗战胜利那一年，国立四川大学堂便闹过一场“陈世美”，教务长某先生，拥有一如花美眷，把人的眼睛都要羡瞎。却忽然有一天，一位乡下妇女驾临，她乃真正的发妻，从湖南原籍，历穷山，渡恶水，万里寻夫而来，教务长先生也跟陈世美先生犯了同一毛病，嘴硬如铁。呜呼，陈世美先生后台如彼之硬，尚且冒出一个莫名其妙的包拯先生。若教务长者，算啥？首先援助其发妻的是大学堂的女学生，让她住之吃之；继起援助的是新闻界，把教务长形容得一钱不值。结果虽然没有一铡两段，但该教务长却不得不丢盔掼甲，夤夜潜逃。——注意的是，大家痛快了一阵之后，问题并没有解决，到了暑假，女学生各奔东西，无人再管，且即令生活有人管，发妻的婚姻问题，固仍在也。

20. 痴心女子负心汉

社会上有一种最普遍的现象，年轻的男子，或二十岁，或三十岁，相貌堂堂，谈吐不俗，心怀大志，且颇有点聪明和学识，唯一的缺点是穷兮兮。于是有一个千金小姐在茫茫众生中发现了他，怜其才而爱其人，认为他一定有光明灿烂的前程。亲友们都警告她不要嫁他，因他家徒四壁，身无一文，岂不是活受罪，一辈子不得翻身？千金小姐独具慧眼，硬是嫁啦。嫁了后的狼狈之状，在意料之中，吃啥没啥，穿啥没啥，玩没得玩，乐没得乐。但二人含辛茹苦，努力不懈。年轻的妻子到某机关或某公司谋一个很小差事，生了娃儿，连吃奶的钱都没有,仍以其微薄的收入,使丈夫读大学焉,去美国焉。丈夫对妻子的感激,真不是言语所可形容,而且指天发誓,非杀身以报不可。而妻子在艰苦中所得到的安慰,也就是这种感激之情,以及将来他飞黄腾达的希望。于是二十年后,妻子因长期的营养不良和操劳过度,指甲脱矣,牙齿落矣,眼无神矣,头常痛矣,皮肤粗矣,皱纹布满一脸矣。反正是一切一切,不复当年,这都是为丈夫而付出的神圣牺牲。

而做丈夫的因妻子之助,完成学业,且成了大官大商,于情于理,他都应该更爱他的妻子——用不着杀身以报,只要不把她甩掉就可以啦。悲夫,我不知道有没有人统计,到了这个时候,恐怕硬是甩之的多,更爱之的少也。陈世美先生露的那一手,不过是一个典型,戏台上他当然被包拯先生一铡两段,人心大快。实际上,温故知新,我想准有点两样。贵阁下如果不信,不妨睁开尊眼上下四周,仔细一观,陈世美先生恐怕多得很。他们一定没有挨铡,而且还管着你,向你训话,教你四维八德哩。而你不但不敢动铡之的脑筋,恐怕在听训之余,还要猛点自己之头,以表心服口服。

我有一个表弟,民国初年结婚,执教于我们县的小学堂,为人沉默寡言,有儒者风,大家均目之为圣人,虽因家贫,而年龄又长,未能继续求学,但上进之心,固未戢也。抗战军兴后,夫妇逃出,他已将近四十,竟辗转进了某大学堂,家乡沦陷,自没有接济,教育部的贷金根本不够餬口,笔墨纸砚,以及衣服鞋袜,全靠其妻为人洗衣服做针线收入维持。他三年级时,我道经该校,时已深夜,表弟仍在一盏如豆的油灯下苦读国际公法,而表弟媳则在月下为人洗涤,脏衣如山,诚不知要洗到几时也。做丈夫的告我曰:"表哥,我读书,却苦了太太!"言毕泪下。

夫妻情浓到这种程度,可以说把人羡慕得要死。丈夫对妻子的感激,恐怕再不能有逾于此。他们恩爱终身,白头偕老,固敢预卜也。独柏杨先生心中有一个结,在他们那里坐得越久,此结越是沉重,终于掩面告辞。回到旅店,把见闻告知同行的某教习,教习赞叹不已,我曰:"你看他们将来如何?"教习曰:"妻子对丈夫如此,仁至义尽,将来丈夫一旦出人头地,他真不知要如何相报也。”我曰:“我看不是如此,将来丈夫幸而没有出人头地,她还有得快乐,如果一旦不幸而出人头地,恐怕她哭都来不及。”教习惊问何故,我曰:“十年之后,表弟年才五十,只要有钱,仍可风流一阵;且地位既高,酬酢必繁,彼时他太太已五十有五,小其脚而白其头,黄其牙而皱其脸,又不甚识字,他能一直带她在身边耶?”一语未了,教习大怒曰:“想不到你阁下竟有如此禽兽想法,使人毛骨悚然,我算认错人,咱们的友情到此为止,你这种人实在可怕。”言毕唤茶房结账,另辟一间去住,把我搞得无地自容。此教习后来弃教从政,着实做了几任大官,我方悟出一个人必须随时随地,以卫道姿态出现,才有前途;若柏杨先生者,好口吐真言,属于时代渣滓者流,理应弄到今天饥寒交迫。

自从和表弟上次一晤,战乱频仍,音讯渺然。五年之前,我赴日本办事,在大阪街上东张西望,以开眼界,竟忽然碰见,他当上了领事之类的官,异地相逢,自十分亲切,把我请到他家,临进门时,附耳曰:“表哥,慎言,慎言!”正惊讶间,一个娇滴滴的北平女高音在里面呼曰:“阿秦,你回来啦?我在门口望了你两三次哩!”阿秦,表弟小名也。言毕一少妇穿着三寸半高跟鞋,噔噔噔噔而出,观其年纪,不过三十,雍容华贵,美丽逼人。那一顿饭吃得可以说别天下之大扭,该表弟媳知我为表兄也,一再殷勤探询她丈夫的家世,我只好撒一大谎包之,曰表弟家有千顷之田,守身如玉,而眼眶子真高,视普通女子蔑如也,如今果然得一绝色佳人矣。她得意地笑嘻嘻,拼命给我夹菜,临走时还送了我一套和服,以便浴后穿之。呜呼,谁说谎话没有好处耶?

表弟送我归去,悄悄告曰:表弟媳为某大官之幼女,大学堂毕业生也。

我问他从前那个太太安在?他曰:“离了婚啦。”离婚二字,本含平等之意,二人意见不合,各人走各人的路之谓,然而独独在这种情形之下,却有点不同。用旧名词,是他“休”了她;用新名词,是他把她甩掉,把她一脚踢也。用不着打听,我那前任表弟媳不会另攀高枝。不禁叹曰:"畜生,畜生,你怎么忍心?"他曰:"表哥,先别瞎嚷嚷,你如果也有像我这样的境遇,你敢保证不变心?"我气馁曰:"然则,你和她硬离之后,茫茫人海,她将何以为生?"他曰:"我仍暗中接济。"我曰:"何不谋和平共存?"他曰:"你看我现在的太太肯和她平妻乎?"谈到这里,他忽然说老实话曰:"我不是要离,实在是她太拿不出去。"

这又是一个陈世美,但前面已经说过,从前的陈世美要挨铡,现代的陈世美却舒舒服服地飞黄腾达,古今之不同,有如此者。可惜的是,那个把我不当人子的教习,未曾亲眼见此一幕,否则他虽上吊都不足以弥补他的无知也。这不是说柏杨先生的眼光远大,而是说,这里面有一个基本问题,不能靠铡解决,亦不能靠道德力量解决。如果杀剐可以解决,则陈世美以后无陈世美矣,为何现代的陈世美反而更多?不但现代的陈世美更多,我跟你赌一块钱,陈世美这种人和上帝一样,无时无刻在人类社会,地球不毁灭,陈世美不绝种,将来说不定还要更为精彩。而且你假使稍微有点脑筋,千万别大声骂陈世美,说不定你有一天也成了陈世美,也说不定你的顶头上司便是陈世美,听得受不了,请你卷铺盖。而道德上的力量又如何哉?首先我们要认清,现代社会的特质是"笑贫不笑娼",只要有钱有势,不要说他只不过抛弃了一个妻子,便是他抛弃了三打五打,都不妨碍大家捧着他玩。倒霉的只是些没钱没势的人,如四川大学堂那个教务长,被舆论打击得体无完肤,不得不抱头鼠窜。如果往深处一想,我真为他叫不平,很多有力量封报馆、关记者或杀记者的伟大官崽,他们露的一手比那教务长更凶,谁敢龇牙?道德标准如果因钱因势而异,就没有制裁力量。

故柏杨先生曰,此问题似乎另有所属,那就是,感恩固可能促进爱情,却不一定能稳定爱情。

21. 爱情老套

希腊神话上有这么一个故事,普罗米修斯先生,因为盗了天上的火给地下可怜的人类,天帝宙斯大怒(这位天帝宙斯也真他妈的,看见别人过好日子就不舒服),乃趁着普先生的弟媳出嫁之便,赠她一个小箱,嘱她洞房花烛之夕打开,里面装着“疾病”“嫉妒”“战争”“弑逆”“死亡”“冤狱”等等有翅膀的小虫,一见盒盖打开,蜂拥而出,从此人类遂一天比一天糟。可是,幸亏那位新娘子机警,在群虫乱飞的时候,急忙关住,把一个最可怕的家伙关在里面,那就是“预知”,所以人类虽有百种灾难,幸而尚不能预知,否则痛苦就更大。

人类如果有了预知,用不着去摸骨算卦,一眼就可以看到十年二十年后的事,甚至可以看到百年以后的事,那真是一件残酷的惩罚。试问有多少夫妻,禁得起往将来一看?秦香莲女士如果当初预见她那最爱她的丈夫,要杀她灭口,恐怕她不会吃苦吃得那么香;我那表弟媳如果预见到敝表弟到时候竟然硬生生地把她遗弃,恐怕她干得也不会那么起劲。或许说不定早散了伙,免得丈夫动歪脑筋。

有一个例子可帮助我们了解,民主政治的主要内容为自由选举,没有自由选举,说啥都是假的。而自由选举则也有其毛病,那就是当竞选之时,花言巧语,把选民搞得头昏眼花;而一旦当选,则视选民如公共汽车上的“脚凳”,既上了车,还管脚凳干啥?呜呼,为丈夫牺牲的妻子,岂也是脚凳欤?做丈夫的像一头阴险凶恶的巨猩,踩到妻子身上,把妻子踩得血肉模糊,然后爬上高崖,呼啸而去,固较脚凳更悲更惨。柏杨先生每逢看到一些可敬的太太小姐,为了帮助丈夫和情人成功扬名,不惜拼掉老命之状,心中便戚戚焉,痛如刀割。老妻有一侄女,年已三十,其男朋友和她年纪差不多,为了他去美国,侄女将她所有积蓄，连同耳环金戒，又偷了她母亲的十两黄金，全部卖掉。有一次我在街上遇到她，她正拿着伪造的她爷爷的信，去她某一父执处借五百元美金。太阳炽烈如火，她连三轮车都舍不得坐，盖她少花一文，他便可多带一文。爱到如此程度，真是无话可说。而今该男朋友去美国已经三年，既不言返国，又不言接她前往，只在信上表示爱她爱得不得了，索钱甚急，可怜那位侄女，真是连玻璃丝袜都要卖掉啦。

有一天我实在忍不住，提醒她注意，那家伙不可靠，劝她另找出路，侄女大怒之余，骂我老而不死是谓贼，写了一封航空双挂号，把我的话不但一句不漏，反而添枝添叶地告诉了该男朋友。她写那封信，我一点也不惊奇，盖这是情侣们的老把戏，最喜欢采取此法，以表忠贞。尽在不言中的表情曰："嘿，你瞧，别人如此这般说你坏话，我都不听，看我对你多真心痴情呀，你如稍有一点天良，至少也得同样报我，不应变心！"该男朋友我是认识的，他果然暴跳如雷，直接给我一函，信上当然精彩，其警句云："只要有此一念，便如禽兽，吾丈竟以之教侄女，并以之而诬其男友，是何等人哉！"呜呼，是何等人哉！我不过被那个普罗米修斯弟媳的"预知"小虫钻到脑子里，钻昏了头，说了出来而已。到了前天，我害感冒甚重，躺在榻榻米上哼哼，该侄女踉跄而至，向老妻哭诉那家伙已在美国搞上一个学音乐的女学生，结了婚啦。我当时便想问她："贤侄女，你不是说我老而不死，而今如何哉！"后来一想，这岂是长辈之道，也就饶她一马，如是同年龄之人，我就非拉着她的耳朵，请她解释清楚不可。

看样子普罗米修斯的弟媳，真是人类恩人，如不是她当初那么一关，人人皆有"预知"，那简直要世界大乱。即以柏杨先生而论，我不过仅担忧可能有某种倾向发生，便搞得不当人子，如果真的能够看准未来，好比说，有一对恩爱得不像话的夫妇，我预言曰："别羡别羡，十年后准打离婚官司。"或曰："别敬别敬，女的五年后准买包巴拉松放到丈夫碗里。"噫，你想有啥结果乎？恐怕天天都有揍可挨的，这真是有学问人的一大悲哀。因记得一个故事，一位秀才得奇人传授，卜卦极灵。有屁精焉,变化成正人君子往访,秀才掐指一算,惊曰:“阁下速去,不久你就要臭屁连天。”屁精大怒曰:“我岂放屁之人,空言污蔑,饶你不得。”一拳下去,把他打得鼻破血出。秀才不服,尾追其后。该屁精走到山坳,实在忍不住,就放了一个大屁,其臭冲脑,把秀才熏得昏迷不醒,如非过往行人抬到医院急救,定驾崩无疑。

这便是预知的苦恼,虽然预知实现,但仍不免鼻破血出,尤其是常常指出丈夫要忘恩负义,不是挑拨离间是啥?

这里涉及到基本问题,即:爱情是爱情,感恩是感恩也。爱情可能包括感恩的成分,若某小姐,被某老头屡拯其危,屡救其命,由感生爱,索性嫁给他,这种事固多得很。若某小伙子,被某女士屡助其难,屡援其困,由感生爱,求婚而娶了她,这种事也多得很。但感恩图报的情愫,只是一粒种子,可能产生爱情,但不一定必然地产生爱情;可能增加爱情,但不能完全靠它维持爱情。婚姻的美满,夫妇的结合,以及家庭的幸福,建筑在吸引力上,不建筑在某一单纯的因素上。爱情这种东西,是一纯感情的玩意儿,理智的成分较少,男女二人爱到极点时,甚至双双服毒,或双双跳河,连自己的老命都不要啦。恩人也者,比自己的老命又如何哉,自然抛到脑后;他对自己的生命都不惜,自也不惜辜负他的恩人也。

看过陈世美那出戏的人往往有一种错觉,使我们很难一时地把它滑清,盖戏台上的秦香莲女士,虽年已四十,而又经过贫苦入骨的穷困生活,但她却毫无憔悴之状,脸蛋俊俏俏而眼睛水汪汪,唇红如血,齿白如雪,唱起来悠扬悦耳,身段做工,更不用说啦,雍容华贵,娇弱婀娜,叫人又怜又爱。呜呼,那当然如此,秦女士是女主角,戏班老板如果不物色一位色艺双绝的名旦扮演,岂不连裤子都赔进去哉?于是,问题就在这里,如果真正的秦香莲女士能有戏台上秦香莲女士一半那么漂亮,恐怕陈世美先生不致那么乱搞,即令受不住公主财色权势的诱惑,也不致那般绝情。

我想用不着重金礼聘考古学家去研究,凭常识判断,就可想象得到秦香莲女士绝非戏台上那种模样;长年累月的狼狈,她不得不成为一个黄脸婆。"黄脸婆"三字,被我们日常乱用,渐渐冲淡了它的严重含意,实际上黄脸婆本身就是一个悲剧,无论如何,她不能和公主相比。如果玛格丽特公主跟台北街头穿着木屐,敷着半寸厚铅粉,满嘴"干你娘"的村妇站在一起,你要娶哪一个吧。如果你是那位村妇的丈夫,而玛格丽特公主却硬是爱上了你,问你结婚了没有,如你尚未结婚,她便嫁你。噫,请指天发誓,你将如何回答乎耶?村妇待你再恩重如山,恐怕你都要跃跃欲叛,便是将来挨铡都干,何况又自信不但不至于挨铡,反而会飞黄腾达哉。

22. 富易妻

一世纪时,东汉王朝第一任皇帝刘秀先生的姐姐新寡,看上了宋弘先生,刘秀先生乃把她藏在屏风之后,找了宋弘先生来,挑之曰:"俗话说:'贵易交,富易妻',人情乎?"宋弘先生曰:"贫贱之交不可忘,糟糠之妻不下堂。"这一个钉子把皇帝老爷碰得脸上挂不住,乃扭头向他姐姐泄气曰:"事不谐矣。"事不谐矣者,意即"不行啦"也。

宋弘先生是个怎么样的人,姑不具论,可能真的像史书上说的那么好(中国正史,说一个人好时便好得不像话,不太可信),也可能他阁下当时还以为皇帝老爷在考他的人品哩。我想刘秀先生似乎有点不太热心帮姐姐的忙,否则问得何以如此咄咄逼人?便是用这种话问陈世美先生,恐怕陈先生也会这样回答,他敢在皇帝面前冒险哉?否定那个谚语,即令没有好处,至少可以没有过失,而且还露了一手:"你看,俺一肚子正人君子思想。有啥大官,赐给俺干,准没有错。"宋弘先生如果听了之后,竟频频点头,万一皇帝老爷翻起脸来曰:"你原来如此没有天良,来人呀!"那真是祸从口出矣。也或许宋弘先生当时不知道刘秀先生问他那些废话的目的,他若知道要把公主嫁他，柏杨先生以小人之心，度君子之腹，恐怕他将另是一套论调。史书上没有记载他事后懊悔了没有，如果换了柏杨先生，一旦发现竟因端圣崽架子而失去有钱有势的美貌佳人，立刻就自打嘴巴。

其实宋弘先生并不简单，他后来因为乱七八糟给人家考绩，不该免的免之，该降的反而升了起来，终于垮台，可知他不见得正派到哪里去。我想他大概没有摸清刘秀先生的行情，如果摸清刘秀先生的行情，恐怕在回答那话时，要老实得多矣。盖刘公当初啥也不是的时候，有大志焉，曰："做官当做执金吾，娶妻当娶阴丽华。"看样子爱阴丽华小姐爱得发狂。可是当了皇帝，规模不同，固也娶了阴丽华，然而皇后一职，却落到郭圣通小姐之手，后来阴小姐虽然也做了皇后，但那股别扭，也够受的。而且，主要的是"多妻之制"救了她，如果那时也跟现在一样，只能有一个太太，刘秀先生恐怕非甩掉她不可。做丈夫的如果刻薄，便成了陈世美；如果厚道，则现代这种镜头多得是，另租屋以居之，另拨钱以养之。可是，不管如何，怨偶已成，悲剧已定，她就永远打不倒郭圣通，永远登不上皇后宝座。

但我们宁愿相信宋弘先生当时那一番答话是出自真心，在婚姻关系上，"富易妻"只是一个人类常情的趋向，不是一个定律。有高贵情操的人，有他高贵的观念和行为，此有些人之所以成为陈世美，有些人之所以成为宋弘也。世有陈世美先生那样把共患难助功成的妻子一脚踢，就有宋弘先生那样硬是恩爱如一，终身不渝，连皇帝姐姐的账都不买。现代人中，包括那些参加孔孟学会的学者名流，以及有权教你道德仁义，而你也口服如仪的大小官崽，如果调查一下他们的婚姻关系，恐怕能气出羊痫风。然而，在千千万万现代陈世美中，却昂然有一位宋弘，和爱妻的感情历久弥坚，那就是胡适先生，仅这一点，胡先生便为千载立下榜样，有些人的成就还没有达到他千分之一，便嫌黄脸婆不堪入目，非娶一个大学生或留学生不可。想到这里，顺便向胡先生的信徒，以及靠胡先生吃饭的大人先生们建议，别的不说，能在这上面学点高贵的情操，就了不起啦。

问题是，中国五千年传统文化中有这种高贵情操的人并不太多，古时候得一人焉,曰宋弘先生;今时候得一人焉,曰胡适先生。而大多数人们,都是见了新的忘旧的,见了美的忘丑的,见了年轻的忘年老的,见了识字的忘了不识字的。刘秀先生引用的是一世纪时谚语,呜呼,大人先生常叹"人心不古",一世纪距今一千九百余年,不能算不古吧,而谚语乃长期观察世情的结晶,恐怕公元前二十三世纪尧舜之世,便已如此。这种感情的毛病,植根于生物的本性之中,与生俱来,根深柢固,简直很难医治得好。记不得是什么书上,有这么一则故事,一对恩爱异常的丐夫丐妇,男的吃了一顿饱饭后,躺在破庙台阶上呼呼大睡,梦见一位神仙,普度众生,就上前哀求,神仙曰:"你想要啥?"乞丐曰:"我吃残茶剩饭,太苦了嘴。"神仙乃赐给他一张吃山珍海味的嘴。乞丐曰:"我穿破烂衣服,太苦了身。"神仙乃赐给他穿绫罗绸缎的身。乞丐曰:"我东奔西走,太苦了腿。"神仙乃赐给他两条坐轿子和坐汽车的腿。乞丐曰:"我没有学问,太苦了脑。"神仙乃赐给他学富五车的脑。他正打算再要什么,忽然惊醒,见丐妇正偎其傍,乃用英语问曰:"壶啊尔油?"既惊自己果然学富五车,乃大恚曰:"我已了不起啦,马上就去美国讲学,回来后领学术奖金,和洋人打高尔夫球矣。陪伴我的乃如花似玉的美人,不能再要你这个黄脸婆,要滚快滚,免得我动杀机。"

丐妇给了他一耳光,他才恍然大悟,竟是一个梦,诘得其由,丐妇叹曰:"可惜那神仙没赐给你飞黄腾达的命。"吁,险哉,幸亏那神仙没赐给他飞黄腾达的命,夫妻仍是夫妻,恩爱仍然逾恒,否则丐妇准宣告破产。

这则故事的意义深而且长,往仔细处一想,忍不住为天下所有为夫牺牲的女人,洒一把辛酸热泪。柏杨先生说这些,并不是专门干泄气勾当,煽动太太小姐们不要帮助丈夫和男友上进,一则我的目的并不是如此,二则即令我的目的是如此,也煽动不了。盖爱情能使人发昏,包括秦香莲女士在内,哪一个太太小姐事前知道恩爱丈夫会动脚乎?她们不但不相信有这个可能,而且还认为她丈夫或男友是天下唯一的情种,绝不会变心,一旦抖了起来,自己便有福可享,而且还可以向人骄傲曰:“人人都说他没有出息,独我慧眼识英雄。”对柏杨先生的话,则嗤之以鼻曰:“我的丈夫明明是胡适,你硬要说他是陈世美,你不是混蛋是啥?”

我们的目的在于说明世界上确实有这种对妻子忘恩负义的丈夫,而且颇为普遍。诚如刘秀先生所云:这是人之常情。防止这种人之常情的法宝,靠钢铡没有用,靠道德的制裁也没有用,不是说没有小用,对懦夫固有小用,而是说没有大用;靠丈夫指天发誓也没有用,盖天下只有爱情的誓最不值钱,五分洋钿就能买一火车,不可不察;尤其糟糕的是,他发誓的当时,却是真心真意,所以就是察也无从察。

问题在于丈夫成功之后,形势比人强,他需要的不再是刻苦耐劳,蓬头垢面的妻子;而是花枝招展,雍容华贵,“拿得出去”“不丢他的人”的妻子。在华盖云集之际,国宴私聚之时,飞机场上,促膝室中,他要他的太太继续助他一臂,不但增其光彩,并且如虎添翼,进而跟高阶层,甚至跟洋大人拉上关系,以便更阔。共患难之妻,彼时色衰气粗,往往难当此重责大任。古之人妻不出门户,而且有“如夫人”制度可以补救,问题还小,今之人短兵相接,恐怕只有请她走路一途。

柏杨先生不是故为男人开脱,幸福和开脱不开脱没有关系,而只是说明人性如此。解决之道,在于做妻子的自身。呜呼,当你为夫牺牲时,千万要在牺牲中努力保持自己的容颜和不断提高自己的知识水平,以便等他阁下耀武扬威时,派上用场,否则恐怕是非被驱逐出境不可。

23. 霹雳般问题

《夏日烟云》是一个好电影,演的是一个老处女的形成和她的挣扎，为世人提出很多霹雳般的问题，身为父母的人，不可不看；身为儿女的人，更不可不看；未结婚的女孩子们，无论如何，都要去欣赏；结了婚的朋友，即令卖掉袜子，也应去挤上一场。假使你还没有穷到看不起两场的话，则不妨再看一场，包你有重要收获。

柏杨先生最欢喜看的电影，第一西部武打，第二侦探间谍，第三战争，第四科学怪片，如北极有一个千年毒龙等等，看了便非常过瘾。"等而求其上"，才看文艺片焉。但誓死不看悲剧，有些人可从悲剧中产生喜感，柏杨先生却没有这种道行，看悲剧准老泪纵横，三天都不舒服。故敢向有同一毛病的朋友推介《夏日烟云》，它只叫你叹，绝不惹你哭。

据说有这么一则故事，满清王朝中叶，两江总督陶澍先生的女婿胡林翼先生，当他尚是一个年轻秀才时，见了岳父大人，当然规规矩矩地作圣贤状。但背了岳父大人，却心猿意马，跃跃欲试，自有人把小报告打给老头；任何人都以为老头一听，一定勃然大怒。可是陶澍先生不但没有勃然大怒，反而命贴身家人，领着他的女婿，去娼寮乱嫖，去赌场乱赌，去和流氓交朋友花天酒地。老太太和女儿站到一条战线，向"老糊涂"大兴问罪之师，陶老先生答曰："你们懂个啥，男人总要有一个荒唐阶段，乱七八糟，无所不为。大清王朝严禁大臣涉足花柳，而女婿将来一定位至一品，现在应叫他荒唐个够，使他成为过来之人，将来视任何刺激诱惑都如尘土矣。如果不让他荒唐，一旦他当了大臣，受不了刺激诱惑，无人可以管他，到那时荒唐起来，就打碎沙锅啦。"

这故事是不是仅是传说，抑或真有其事，我们不知道，但他的理论和《夏日烟云》给我们的启示，却是一致的。对人情世路没有勇敢而入微的观察，那就是说，一个脑筋已僵化了的酱萝卜，他便是活到三千岁，对人生都不会有什么见解。柏杨先生有一个侄孙女焉，今年二十有四，她父母为她的婚姻着急，我也经常催她快嫁，她曰："我要找一个从没有恋过爱，从没有赌过博，从没有跟别的女人泡过，从没有打过架，从不说谎，也从不吸烟喝酒的男人，迄今尚未遇到。"柏杨先生大惊曰:“看样子你不是挑个男人结婚,过幸福生活。而是挑个男人送到圣人庙吃冷猪肉。你一定得罪了托塔李天王,才把这可怕的观念放到你脑子里,让你完蛋。”

举了这个例子,并不是说柏杨先生主张每一个年轻朋友都要去荒唐如仪,不荒唐的话便痛打三十大板。而是说,年轻时荒唐,并不影响年老时伟大。几乎每一个伟大人物,都有其不堪写到传记上的荒唐往事。《夏日烟云》里的男主角,是一个典型的乱七八糟,可是一旦父亲去世,责任落到肩上,便成为迥然不同的另一个人,对过去他死都不肯去的传染病医院,毅然前往,俗云:“浪子回头金不换”,此之谓也。

我不知道世人注意到一点没有,“少年老成”是一种不妙的现象,那种人最为上一代的老头所欣赏,其行必规,其动必矩。别的人去泡女人,独他道貌岸然,若不闻焉,挑女婿也好,嫁丈夫也好,找到这种人头上,难道还有错哉?可是,问题往往就出在这种人头上。盖少年老成的人,将来只有两条路好走,一条路是庸庸碌碌,到老到死啥出息都没有,盖他对刺激之来,反应迟钝,且胆小如鼠,一个平凡的中级职员便到了头矣。一条路则是“倒开花”,到了临老,竟荒唐起来。昔韩复榘先生归顺中央,政府把他接到汉口小住,那份招待不用说啦,韩公叹曰:“俺如今才知人间还有艳福也。”呜呼,我有一个朋友,在洋大人之国时,见了女人脸都会红,别人花天酒地,独他闭门读书,众人对他,无不起敬,如此这般,一直到他官拜某省厅长之职,竟跟他办公室的下女恋起了爱,大概和韩复榘先生当年之叹一样,活了一辈子才知道人生竟有如此奇妙乐趣,不要说厅长算屁,便是江山都算屁。结果他垮了台,天天偕下女和其夫人打架度日。

任何男人都有瑕疵,没有瑕疵的男人不但是不存在的(假使有这种男人的话,他必须感谢上帝替他保密得好),且如上面所言,也是危险之物。一个女孩子竟打算挑一个没有瑕疵的丈夫,那种怪念头不是害她是啥?而一个做父亲的挑选女婿,如果不能回想自己当年种种,也打算挑一个无瑕疵的男人,那就更糟糕。《夏日烟云》女主角之父,就是这种典型的道貌岸然老头,谁都不能说他不爱他的女儿,然而爱之恰恰害之,他以苛刻的条件,把女儿活生生地逼成老处女,到后来更逼得她像妓女一样跟不三不四的野男人勾搭。此类老头是幸福婚姻的最大障碍,而现社会上此类老头固多得是,所以天下总不能太平。他们如果能看一下这场电影,当面戳穿了假面具,还许能好一点。

世界上没有圣人,无论择夫择婿,都宜不咎既往。苦苦记住他当年某一件坏招,终身不忘,那是法官的事。不是老丈人丈母娘的事,也不是妻子的事。

我不认识《夏日烟云》的导演是谁,假使我认识他的话,一定推荐他去领诺贝尔奖,盖他挑选女主角真是挑得奇妙。没有见过老处女的人,看一下该电影,就知道老处女的嘴脸是啥。老处女和老光棍一样,有很多麻烦,不过男人消遣去处较多,心理影响尚少。女人的生活天地较小,一旦过了三十五(我敢和你赌一块钱,那女主角绝在三十五以上),便像吃了耗子药,非紧张不可。老处女跟传统圣崽有异曲同工之处,那就是满脑子都是对"性"的憧憬。在"性"感受方面,较普通凡夫俗子的反应更为敏锐。好比说,普通人看见女人穿四角裤,啥也没啥,老处女和圣崽,便双手掩面,脸色大变,盖心里受不了也。年轻的男女在深夜僻静的地方谈情说爱,天晓得他们搞些啥,老处女和圣崽,立即失惊打怪,斥他们为"禽兽",小题大做,事情就非复杂不可,正常人怎能不一见老处女和圣崽便烦哉?幸好现在台湾男多女少,女人最吃得香,对此总算尚可无惧。

父母自己的好恶或自私,强插一脚到儿女的婚姻之中,有时候还拼其老命,甚至出卖人格去破坏,我们称之为亲情的谋杀。《夏日烟云》女主角有一次向其母哭号而言曰:"我为了你把青春都埋葬啦。"真是一字一泪,那位当牧师的老头看不惯男主角的荒唐,其顽强的程度,叫人咬牙。当男主角改邪归正,回乡受到盛大欢迎时,别的人都很欢喜。即令站在牧师立场,对找回来的迷途羔羊,也应高兴。可是老头不然,那位身为圣职的人,叛变了基督。身为父亲的人,陷害了女儿。他竟“嫉恶如仇”地继续敌视,遂使我们有电影可看。

女主角明明是牧师的女儿,因母亲害病之故,几年来一直担起牧师妻子的责任,在那三口人冷落的家庭中,父亲离不开女儿,于是老头就千方百计留女儿不嫁,留女儿不嫁当然说不出口,他只好大放烟幕,对男人左挑右挑,一直挑光为止,真是狗娘养的也。

然而,即令老头不是那么心怀叵测,他想找一个毫无瑕疵的男人也不可能,当男主角浪子回头后去拜访女儿时,他竟不招待;当女儿问他男主角问她了没有,他竟答没有。一片私心,怕女儿嫁他。如果那时老头像一个真正基督徒一样,展开双臂欢迎重新做人的世侄;或像一个真正的父亲一样,考虑到女儿的幸福,使他们见面,当另是一个局面。

24. 阔易夫

关于“贵易交,富易妻”,实在是一种使人泪流满面的悲剧,古典小说上常有的“花园赠金,高中状元,奉旨完婚”的夫妇,我总担心他们婚后的生活如何。做丈夫的一旦抖了起来,当日视为天仙的小姐不过是一个土豹子,再在官场中一混,眼界大开,势将春色四溢。男人对发妻的负义,几乎属于天赋异禀,越是大家伙越是喜欢干些对不起贫苦老伴的勾当。连司马相如先生跟卓文君女士之恋,都跳不出这个窠臼。卓女士为了司马相如先生,可以说受尽委屈,司马先生穷得连送到绞架上都绞不出一滴油水,逼得卓女士不得不去当女招待。我想如果把他们花前月下,牛衣对泣时的海誓山盟录音下来,仅录音带恐怕都能装一卡车,其中一定有许多:“我永远爱你!”“我不但爱你,还感激你!”“你是我的爱人,更是我的恩人!”“海枯石烂,爱你的心不变,我愿为你死。”卓文君女士听了后如醉如痴,才欣欣然为他团团转。如果不相信他那一套,她能为他抛头露面,又能跟他过穷日子哉?然而,司马相如先生一旦有了官兼有了钱,照样冒出臭男人的老毛病,虽没有恶劣到把她推出门外,却硬是想讨一个更美更娇的小老婆,卓文君女士乃写了一篇《白头吟》,以诗代泪,你说惨不惨也。史书上说司马相如先生看了那首诗后,良心发现,不再胡思乱想;柏杨先生却觉得恐怕还是问题重重,盖臭男人一旦动了歪念,简直是连城墙都挡不住。

女孩子嫁人,好像瞎子下山,天老爷都难预卜下一步如何。依老头们之意,嫁给一个已经有相当成就的男人,乃上上之策。如果不肯服气,拣一个穷小子,助他名成利就,大主意既然自己拿,谁都无话可说,但危险就实在是太大啦,必须有高度的智慧才可出此。如果那穷小子只一味拼命地骂柏杨先生混蛋,以证明他不同凡品,当初庄周先生的老婆骂的也是那一套,就更要千万提高警觉。

然则,是不是男人都是天生的贱骨头,吃不得三天饱饭乎?一位朋友太太看了柏杨先生的大作,有了理论根据,就把她的丈夫骂得叫苦连天。该丈夫暑后要去美国接受某学堂的名誉博士,他从未出过国门,这一下子既出国又有学位,诚一举两得。但朋友太太不肯,盖他现在大体上尚算安分,如果一举两得之后,或有了官,或有了钱,或有了点知名度,别的小姐一追,朋友太太之垮,固指日可待。朋友太太向我请益,问她做得对否,呜呼,以她自己的幸福而言,她原则上是对的。

这是女人们的最大苦恼——对丈夫不助之则于心不忍,助之又怕他跑掉,吾无他辞。然而若谓男人天生的贱骨头,则只能算对了一半。年头大变之故,从前只有"富易妻"一种学说,好像只有男人才不是东西,实际上如果把夫妻换一换位置,女人同样当仁不让,而表演起来,甚而比男人还要叫座。男人之所以首当其冲者,在于五千年来,中国社会向以男性为主宰,女人们虽有"易"一下之心,却无"易"一下之力。于是,所有的罪过都落到男人头上。时至今日,男女平等,女人可以单独闯出天下,事情才渐渐别出了苗头,男人固"富易妻”,女人又何尝不是“阔易夫”哉?从前的人福气太薄,看到的全是“弃妇”,洒泪者有之,同情者有之,叹人心不古者有之;而今“弃夫”大批问世,形势乃大变。

妻子助丈夫功成,乃是世界上第二等冒险,因其固有平平安安,圆圆满满,恩爱到底的。如果反了过来,丈夫助妻子成功,那乃是世界上第一等冒险,柏杨先生还没有听说过谁有好结果的。往往有些自信心非常顽强的丈夫,认为有绝对把握,用尽全力把年轻美貌的妻子捧得光芒四射——或为明星,或为歌星,或为声乐家,或使她读大学堂,或使她出国读洋学堂,或用血汗钱供她搞上一个打狗脱什么的焉。到了最后,她向他一声“鼓得白”,其惨状固比比皆是。

中国历史上最先公开露一手的女人,是七世纪时南北朝的山阴公主,有一天她向她那当皇帝的哥哥抗议曰:“我与陛下,虽男女有殊,俱托体先帝,陛下后宫数百,我唯驸马一人,事不均平,一何至此?”皇帝一想对呀,就为她挑选了五十个年轻力壮的男人,当她的“面首”。呜呼,山阴公主虽没有换丈夫,其情况却比换丈夫还更上层楼。她之如此,和“阔”字有关,她如果不是公主,她敢弄那么多小白脸哉?便是心里胡思乱想,也只好忍耐下去。但一旦有权有钱,弱者变成了强者,跟陈世美先生一样,狞狰面貌便露了出来。

柏杨先生积七十年的经验,发现丈夫帮助妻子当明星,乃自掘坟墓的唯一妙法,我们如果跟谁有仇,不妨去劝他的太太演戏,只要她忽然上了瘾,忽然成了什么“全国第一美人”“全球最大肉弹”“人类最细之腰”等等,他们的婚姻如果不破裂,我输你一块钱。我有一位颇有点名气的朋友,从大陆来台时,带来一个不太认识几个字的丫头(不是骂人时用的“丫头”,而是真正的丫头),后来收为太太,教她读书,教她应对,然后魔鬼钻到他肚子里,灵机一动,教她演起电影。我当时就预料她将来一定要飞,他偏偏不信柏杨先生的邪,夫妻俩联合咒我出天花。然而结果又如之何哉?前些时她在香港登报和他脱离了关系。

电影明星是一个具有代表性的行业,凡是靠自己美貌,以及靠别人投资才有办法的女人皆属之。美貌是基本要件,不漂亮啥都不用谈。如果遇到柏杨夫人之类,便是拼老命也搞不出啥名堂。但仅是漂亮,如果没有别人投资,也同样轰动不起来,必须有人肯拿钱聘她演电影,她才能当上明星;必须有人肯拿钱为她开音乐会,她才能当上声乐家;必须有人肯为她保镖,打一个电话或写一封信,就可免税,或可判决无罪,或可见颇大的官,或可应美国国务院之邀,或可得奖金奖状奖章以及其他各式各样乱七八糟的奖,她才前途辉煌。古人云:"食人之禄,忠人之事",受男人之助愈大,陪男人上床的可能性愈大,离婚的可能性也愈高。望妻成凤的丈夫正在洋洋得意,而玉足已暗暗伸出,要抹油开溜矣。悲夫,有些女人固然没有做到这一点,但对她的丈夫却讳莫如深,无论啥辰光,她从不提她的丈夫,这里面便有点阴谋矣,一个口不言妻的男人,或一个口不言夫的女人,迟早都要豁上啦。

我们可以说,欢场中的女人,本不足道,所谓婊子无情,戏子无义。既把老婆捧成戏子,再要她义,岂不是既要她黑,又要她白乎?其实,便是学问再大的女人,一旦被捧成功,也同样有可能不安于室。

名闻中美两国的女作家赛珍珠女士,写了很多以中国为背景的小说,我们不好意思说她啥。但前已声明矣,"富易妻"和"阔易夫",乃人性中的一环,故对她的敬意固丝毫未减。赛女士由华回国后,她的大作谁也不要,她那个还不知道大祸就要临头的丈夫,天天气喘如牛地手执原稿,为她东奔西跑,结果把她跑出了名,她跟那个出版商眉来眼去,妻子写稿,丈夫出书,那不是天作之合是啥?事情发展到如此地步,自然不可收拾,读者先生中如果有人幸而见到赛女士,千万别问她丈夫有关中国的事,盖原来那个在一旁殷勤服侍她写稿的丈夫,早已三振出局。

柏杨先生有一忘年交的小朋友,年方四十,六年前和一女子结婚,该女子刚高中学堂毕业,家贫无力继续求学,婚后恩爱异常。该朋友忽发奇想,以自己未受过高等教育,而妻子既漂亮又聪明,何不鼓励她上进乎。乃实行避孕,送她进大学堂焉,后来大学堂毕业,真是天作孽犹可逭,自作孽不可活,他再发奇想,又要送她到美国;柏杨先生努力劝阻,小夫妇一齐骂我鄙卑无聊,只好拉倒。于是,今年年初,朋友来舍下鼻涕一把泪一把,他的太太把他敲骨吸髓之后,嫌他碍事,非离婚不可。呜呼,俗语曰:“不听老人言,吃亏在眼前。”该朋友之谓也。

25. 山阴公主万岁

爱情是感情的一种,不是理智的;是直觉的,不是知识的;二加二等于四,七岁时学得,到八十岁都不会更改,再变化多端的人,都不能说到了八十岁,忽然发现二加二等于六。麻烦就出在这上,无论男的爱女的,女的爱男的,二十岁时爱得要命,三十岁时可能恨得要命,四十岁时如果不把对方甩掉,简直非出凶杀案不可。“富易妻”也好,“阔易夫”也好,每个人心坎深处都有这粒种子,不过有的被高贵的情操遏住,有的被道德观念和严厉的舆论压住,有的一肚子怨愤之气,只苦于没有机会去“易”,有的则不管三七二十一,硬是拼上啦。形形色色,均没啥可吹胡瞪眼,更没啥可叹息斥责的也。盖这种“富易妻”“阔易夫”的现象,随着人类文化的进展,一天比一天普遍,一天比一天被人容忍。主要的是,被“易”的一方,往往也有其被“易”的条件存在,即以你阁下而论,固冷若冰霜的高贵女士也,如果忽然成了山阴公主,有置面首的可能,恐怕也要芳心大动。

山阴公主真是了不起的人物,她不但有超时代的见解,也有男女不平等的自觉,而且她不把丈夫杀掉,实在是厚道之至。圣崽们对她百般嘲笑,但对皇帝们的乱搞,却不敢多置一词。盖抨击一个女人最安全不过,如涉及到有权的大爷,便有杀头灭门之祸,圣崽们乃最怕权势的动物也。可惜历史上像山阴公主这种女子不多,八世纪唐王朝出了一个武曌女士,亦人杰也,未阔之前,委委屈屈守着两个老头——李世民先生讨她进宫时,已老矣耄矣,李治先生乃一司马衷型的昏庸人物,嫁给他们父子,简直要作呕三天。一个臭男人一旦当官,就要三妻四妾,武曌女士当了女皇帝,自然有权弄几个漂亮年轻的小伙子玩玩,幸而她丈夫当时已死,否则她不干掉他才怪。

女人一旦狠起来,往往比臭男人还狠,法国有一位皇后(名字惜忘之矣,洋名别扭而长,怎么也记不住),妓女出身。未阔之前,她有丈夫,并生一子,我们虽没有见过那个丈夫,但可想象得出,恐怕不太高明,后来不知道是他死啦,抑是她背着他溜啦,史书上言人人殊,不必深究。反正是她到了巴黎之后,美丽加聪明,再加上好运气,竟坐上了皇后宝座。她的儿子那时贫困交加,到巴黎找她,呜呼,我打赌一块钱,你绝猜不出那场母子会面的结局是啥。她跟陈世美先生露的一手一模一样,但比陈公更为凶猛,陈公不过杀其妻,妻子终非骨肉,而那位法国皇后却是杀其子,把一个活生生的孩子消灭得无影无踪。

然则,果真是"最毒妇人心"乎?

我想发明这句话的人,当初一定吃过女人的大亏,即以圣人而言,孔丘先生便恨恨有词曰:"唯女子与小人为难养也。"为啥最难养乎,他曰:"近之则不逊,远之则怨。"翻译成白话,便是:"亲热一点,她疑心你打她的主意;疏远一点,她又觉得你这个家伙瞧她不起。"看情形孔老头准在女人跟前栽过斤斗,没有深刻入微的体验观察,没有血淋淋的教训,发不出如此肯定的言论。

可是,无论如何,女人不一定比男人更毒,即以对异性的残酷上,男人就凶狠得多矣。世界上母亲杀儿子的并不常见,洋大人之国,有上述的法国皇后焉;中华礼仪之邦,有武曌女士连杀二子的壮举。然而父亲杀儿子的事,却多如牛毛,尤其是当皇帝的父亲,最为危险,杀起自己的亲生儿子来,简直好像杀王八蛋一样。历史上最精彩的一幕杀子之剧,出在六世纪后赵皇帝石虎先生身上,他杀他的儿子石宣先生时,把他囚到囚车里,用铁环洞穿他的面颊,锁到车轴上,叫人拔他的头发,抽他的舌头,断他的手足,剜他的眼,剖他的肠。呜呼,无论如何,如果说到天下最毒的是妇人之心,石虎先生第一个就不同意。而女人同样也有此论调,柏杨夫人每逢不如意时,便詈曰:“世界上的男人没有一个是好东西。”女人一旦阔了之后,把丈夫一脚踢之,和男人一旦富了之后,把妻子一脚踢之的情形一样,都是那股劲作祟。男人对助他成功的妻子,忘恩负义,有其可以解释的原因;女人对助她成功的丈夫,忘恩负义,也有其可以解释的原因。

一个丈夫用了九牛二虎之力把妻子造成明星,一旦成了明星,即令在理论上,她也不单地属于家庭,而同时的也属于社会。某处有晚会,请她表演,表演后大官大商(全是衣食父母)请她消夜,深夜二时,汽车嘟嘟归来,做丈夫的受得了乎?而丈夫平常所望尘莫及,见面就得毕恭毕敬的官崽圣崽,妻子可以坐在他们腿上,提其耳而拧其脸,叫他喊爹他喊爹,叫他喊娘他喊娘,妻子又怎么能看得起丈夫乎?妻子在外,美丽加名气,自有各色男人绕之围之,玩之谄之,她只要嘤咛一声,群男无不惊惶而动。回到家里,又要抓屎,又要叠被,而那位用了九牛二虎之力的丈夫,满心劳苦功高不合时宜的想法,她还不得不看他的颜色,甚至还要表示一次又一次的感恩,她又何恋于那个家哉?

知识的悬殊,境界的不同,是幸福婚姻的最大礁石,孔孟之徒害人最深的一种学说是“女子无才便是德”,圣崽们固非常希望别人娶一个大字不识的土豹子。轮到自己,他却最欣赏“才姬”,而且常教其最美最慧最可靠的姬妾读书写字,以能代抄他所作的歪诗为荣,使别人又羡又妒,视为天仙艳福。如果配偶的一方程度太低,俗而且蠢,恐怕便是朱熹先生,都会觉得生趣全无。贵阁下一定读过《金石录序》,一定也读过《浮生六记》,他们的家庭乐趣,全建筑在女主角的意境上,如果李清照女士是个三心牌,如果芸娘是一个目不识丁的灶头婆,他们恐怕就很难高兴起来。

不过,一旦妻子的知识和境界超过了丈夫,那个家庭准亮红灯。台北市前数年曾发生过这么一桩事,丈夫小学程度,妻子则是大学生焉,乱世鸳鸯,每不自然,谁也看得出,男的爱女的,爱得要死要活,但自卑感在心里作怪,整天提心吊胆,怕她开溜,结果她还是开溜。前面说的那位朋友,把娇妻硬往大学往美国送,我们不是说任何一个读大学到美国的年轻妻子,都非跑掉不可,有些人其心固坚贞者也,但跑掉的机会却是大增。我的朋友和他的妻子原来程度相等,可是妻子忽然成了大学堂毕业生,忽然成了美国硕士博士,在社会上鹤立鸡群,咏西施诗云:"贱日岂殊众,贵来方悟稀。"她一想,我原来天生稀货,家里那个丈夫,不过初中学堂程度,老又老矣,仍是一个小职员,有啥前途?他的头目见了我都称我"打狗脱",报上也称我归国学人,而他土头土脑,上不得台盘,来生变马犬相报可也,现在却非换一换不可。某大官大学问家不是向我猛追乎?只要嫁给他,名位金钱,一样不缺。呜呼,女人们一旦拿自己的丈夫和别的男人加以比较,做丈夫的能立住脚的甚少,盖丈夫必须是妻子的骄傲,她才甘心情愿,如果提起丈夫她就不好意思,那就离卷铺盖不远。

诗曰:"蝉曳余声过别枝。"乃"阔易夫"的最好批注,非她心狠,形势逼得她无回转余地。今年在台北选中国小姐,柏杨先生有一世侄,力劝其未婚妻参加,我心大惊,盖父母可如此,亲友可如此,独独男朋友不可如此。当她落选时,世侄也唉声叹气,如丧考妣,我乃训之曰:"蠢材,蠢材,她如果当了选,那时候所有不三不四的男人全都冒了出来。她飞美飞英,周游世界,连国王总统都和她拉手,届时见都见不到她,你看哪个中国小姐不是把她当选前的男朋友未婚夫一脚踢哉?"该世侄大悟,再拜而去。前天大风雨中,他们结婚,请我作证婚之人,以示感激涕零,噫。

26. 危险的投资

无论如何,妻助夫成功也好,夫助妻成功也好,都是一种危险的投资。有二位不肯具名的读者来信,斥责柏杨先生简直是人伦败类;盖如照柏杨先生所言,天下夫妇还有啥意思,岂不是太令人寒心?我想该二位读者先生一定是儒家正统,否则不致如此义正辞严。夫妇间有意思没意思,是他们自己的事,寒心不寒心,也是他们自己的事。陈世美先生高中头名状元,定是孔孟之徒,他却把糟糠之妻甩掉,我有何法?罪恶和孔孟无涉,反而落到我的尊头之上,誓不敢当。

柏杨先生只研究现象,不研究道德,早已一再声明在案,不信邪的人尽可不信邪。有漂亮妻子的,不妨捧她试试;有年轻丈夫的,也不妨助他试试,柏杨先生的高见,灵不灵试后方知。有些人认为我把病态太过于夸大,呜呼,夸大啦还有人不在意,不夸大岂不是更有人不在意乎?柏杨先生不是圣崽,不能说违心之论,亦不能见死不救。

然而我的意思不是劝天下所有的夫妇都不要互相鼓励上进,不互相鼓励上进的夫妇,简直比互相鼓励上进的夫妇还要糟,那不是一对猪是啥?甘于在既臭且小的圈子里终其天年,较之轰轰烈烈而垮,还要差劲。我的意思是婚姻中有各种毛病,一旦爆发,即不可救药。要想毛病断根,不在于不帮助丈夫或不帮助妻子,而在于自处之道,综观历来那些破裂的婚姻,似乎有几点是共同的,值得研究。

人间俗不可耐的嘴脸甚多,以"恩重如山"的嘴脸,最叫人无法消化。张先生偶尔帮助了王先生,或介绍工作,或借钱渡过难关,或作了一次保。呜呼,这下子他的恩德简直报不完矣,叫你写告密信你就得写告密信,叫你给他倒马桶你就得倒马桶,跟你太太睡一觉你也得让他睡一觉,否则的话,他到处搥胸打跌,声泪俱下,宣传你忘恩负义。历史上很多叛逆事件,都由此而生,终于逼上梁山。夫妇之间,如果也发生这种情形,妻子当衣押被,把丈夫供奉到大学堂毕业,其功固可上凌烟阁,可是一旦她居功而骄,或居功而怠,动不动就嚷:"没有老娘,你有今天?"结果恐怕是只剩下老娘,而没有今天矣。一个丈夫抛掉一个妻子,或一个妻子抛掉一个丈夫,绝不如报纸上写的那么简单。

恃功而骄,在政治上有杀身之祸,在家庭之中,轻则打闹,重则被踢,反正没有啥好结果。最糟的是,做丈夫的用妻子的钱上进,那简直等于自己买条麻绳套到自己脖子上而让她牵着,局外人往往羡慕他艳福不浅,人财两得,实际上过的却是丧尽自尊心的日子。妻子初出茅庐做事,拿到薪水,给丈夫买一双袜子,置一套西服,无论施者受者,都其乐无穷。可是妻子大阔特阔,购洋房,买汽车,送他出国考察,带他见大人物,猛升其官,他便活在她手心之上。可是做丈夫的如果一旦借此翻身,而妻子却继续以为她栽培了他,那不是逼他反乎?

故第一则自处之道曰:必须使双方的感恩程度平衡,莫名其妙的嘴脸少露。宁可使对方想,不要自己说,说出来便反作用矣。

从井救人,为圣人所不取,盖忽冬一声跳将下去,即令把人救起,你岂不跌断了腿?丈夫帮助妻子或妻子帮助丈夫,拼老命则可,从井救人则需要研究。丈夫阔了之后,美女如云,温柔入骨,刚从宴会上回到家里,赫然有个大恩人黄脸婆在,形状恶劣,跷其二郎之腿,猛吸洋人之烟,瞪眼怒问曰:"你去干什么啦?"呜呼,她恐怕是非没落不可,这是属于凶猛的一型。还有可怜的一型,整天蓬头垢面,补袜洗被,有好吃的给丈夫吃,有好穿的给丈夫穿,结果自己憔悴不堪,芳龄不过四十,望之却如六十许人,这乃天夺其魄,无药可救。

古时有这么一个故事,某一青年才俊,每逢出门进门,必先歪伸其头,大家觉得奇怪,问他为啥,他曰:"你们不知,我现在做的是准备工作,将来一旦当官,要戴乌纱帽,乌纱帽有左右两翅,我如不练成习惯,届时岂不撞坏?"这当然是一个笑话,但笑话可给我们启示,为了减少丈夫将来飞黄腾达后被踢的可能,在帮助他时,一定得同时地注意到自己——注意自己的姿色,注意自己的手不要太粗,注意自己的营养不要使自己太衰老,注意丈夫搞的是啥,如果他将来是要靠洋文吃饭,你就该努力向他学一点洋文;如果他将来要靠化学吃饭,你最好努力向他学点氢是啥,氧是啥,以便他阔了之后,无论哪一种场合,都可和他并肩参加;无论哪一种集会,你自己也能感到兴趣。

故第二则自处之道曰:配偶者,配偶也,一旦不配,便不能偶矣。做妻子的必须时常想到丈夫阔了后,她所充当的角色是啥,然后努力保持自己的容貌,培养自己的风度。尤其少提“想当年”,盖丈夫对你的大恩大德,一旦感到怎么报都报不完时,只有拉倒。

曾国藩先生有言曰:“择媳宜不如我家,择婿宜胜似我家。”天底下最倒霉的男人,莫过于嫁一个有钱的老婆,他固可因此而不愁吃不愁穿,但那是他嫁了她,而不是她嫁了他,麻烦就出来了啦。一个男人如果能跟女王结婚,可以说爬到了顶尖。可是当上了王夫,又如何哉?若柏杨先生有当王夫的机会,便是每天挨一百大板都干,但对一个有资格当王夫的人,他也有资格建立一个比王夫更美满的家庭。呜呼,女人似乎是天生比男人柔顺,从生下来便要找一个权威去佩服,一个小学生一定要嫁中学生,一个中学生一定要嫁大学生,你听说哪个女孩子愿嫁不如她的人乎哉?女人物色丈夫,体格要强,口才要好,学历要高,地位也要高,银子则越多越不嫌多,跟他坐在一起,听他东南西北地瞎盖,好像美国总统亲自骂了他一顿啦,他在奇异电器公司的周薪七万八千美元啦,接着又猛拍胸脯说他至少可活九百岁啦,女孩子自然非爱之不可。如果他说他不识字,以掏阴沟为业,癞头而缺唇,口吃而微瘸,她能理他哉?

妻子一旦发现丈夫既穷且蠢,不能使她生爱生敬,她的第一个反应便是怨气冲天。如果妻子是被丈夫捧起来的,这里有一则故事可说明她的感觉。柳宗元先生不是有一文章乎,贵州从来没有过驴,那一天忽然来了一驴,道貌岸然,一脸圣崽之相,甚为威严。老虎见了大惊,试探着接近,驴先生仰颈而鸣,把老虎吓了一跳。想巴结它,壮胆再行接近，驴先生又仰颈而鸣，老虎笑曰："你阁下伎俩不过如此耳。"把它隆重下肚。呜呼，妻子低潮期间，看丈夫东奔西跑，左吹右拉，浑身都是解数。一旦发迹，再看丈夫，伎俩也不过此耳。你如果再不知趣，死硬到底，还是要仰颈而鸣，她当然也要把你隆重下肚。

故第三则自处之道曰：做丈夫的必须自强，这强不是说打她骂她，打她骂她更加速瓦解。而是你必须承认今非昔比的形势，少露夫权。而最最上策者，莫过于你帮助她时，千万别把她帮助得越过你所能游刃有余的圈圈，一旦逸出那圈圈，你只好瞪眼。

27. 眷属宿舍

提起来毒蛇窟，谁的毛发都会猛竖，一个人一旦掉到毒蛇窟里，那真是死也死也。据说公元前十世纪时，殷纣帝子受辛先生便发明了这种苦刑，在地上挖个巨坑，满装毒蛇，然后把不顺眼的人扔到里面，看他在群蛇中辗转哀号而死，乃龙心大乐。仅从这一点上，洋大人的那一套，就比我们含有较多的灵性，罗马帝国把不顺眼的人放到斗场中，面对着的尚是猛兽，死在猛兽之口较死在阴森森的毒牙之下，似乎要高级一点。何况如果遇到《你往何处去》中那位侍从先生，力斗巨牛，竟而获胜，还有生还的可能性。如果把他们主仆掷到毒蛇窟里，便是再大的英雄，都得凄凄惨惨地哭爹叫娘，了却残生。固然，中外华洋不过五十步与百步之差，但我羡慕那"之差"的五十步。

现在当然没有这种盛况矣，到过罗马的人如果想看一场人兽搏斗的场面，准失望而归。而来中华礼义之邦，如果也想瞻仰一下子受辛先生的精心杰作，也同样打听不出啥名堂。可是，天下事有时候固很难说，据柏杨先生考察，子受辛先生自焚身之后，阴魂不散，经过三千年的随风飘荡,终于仍来到人间,当他按住云头,俯身下望,发现人间既没有因他的死而悲悲戚戚,又没有因妲己女士的死而抢天呼地,乃不禁大怒。他大怒后的嘴脸如何,我不知道,但我知道他大怒已毕,立刻念动咒语,把他老人家当初发明的那种绝妙苦刑,重新赐给世界,以报一箭之仇。呜呼,哀哉,于是大杂院式的眷属宿舍,纷纷出笼。某公司焉,有员工三千,子受辛的御魂乃附到老板身上,使之忽生灵感,盖了一片房子,也把有眷属的职员集中起来,住在一起。某衙门焉,有员工三百,子受辛的御魂也附到首长身上,使之也忽生灵感,也盖了一片房子,也把有眷属的职员集中起来,住在一起。其中自有些人是慈悲心肠,为部下们解决住的问题,也有些人则是为了过瘾,集中起来,以便管理(用当代最流行的术语说,是为了"以便服务")。反正不论目的是啥,建造眷舍而集中以住之的观念,实在如台风波密拉。如果我们问,为职员们起屋,分散开不可乎?官崽准大怒曰:"不可!"理由足可装两节火车。但有一点不知道注意到没有,凡是头目,以至副头目,却从没有一个住进去的。眷属宿舍假如甚好,他们为啥如此之傻?仅此一点,你就可看出不对劲。

柏杨先生每到眷舍访友,或走路时偶尔经过眷舍之旁,听到彼起此落的大人吵闹声,"妈的屁""干你娘"声,孩子哭叫救命声,稀里哗啦指桑骂槐声。我就觉得子受辛先生正在云端,莞尔而笑,这正是他的成绩。盖大杂院式眷舍者,现代化毒蛇窟也。

一个家庭一旦住进眷舍,那就跟掉到毒蛇窟里无异,有孙悟空的本领,都得受到伤害。盖眷属宿舍跟中国目前的社会一样,只讲势利而不讲是非,只讲表面而不讲实际。运气好的也要被咬得发昏,运气不好的则会被活生生地咬死。在眷属宿舍里的家庭,柏杨先生敢和你打一块钱的赌,没有一家是快乐的(他自己硬说他快乐则例外),住得久了之后,不但在气氛上悲悲惨惨,无论大人小孩,也都会变得神经兮兮,比子受辛先生当初所预料的惩罚,还要加倍。

当初上帝割下亚当先生的肋骨造成女人,我想他的刀一定太钝,一不小心,多割了一块烂肉,那块烂肉遂化作女人的舌头,使它在她们的口中非常非常地难过,必须不时地动之摇之,晃之摆之,才觉得舒服。否则必被闷出喉癌,非死不可。女人既有爱哇啦哇啦的奇癖,平常大家住得既远且僻,像住在住宅区的朋友,和邻居们很少相识,即令相识,也很少来往。住在有街坊小门小户区的,邻居们虽有来往,但因丈夫们的职业不同,有些甚至根本没有谋过面,女人们即令再要好,因缺乏一种共同了解和共同发生兴趣的谈话资料,其威胁自不严重。必须到了眷属宿舍,那舌头才算如鱼得水,像长坂坡上的赵子龙先生一样,东杀西砍,南冲北突,如入无人之境。盖眷舍大家密集在一起(有天良的眷舍尚有院落,院落乃悲剧的缓冲地带,一门之隔,能隔断不少是非。没有天良的眷舍则屋门即家门,昵语之声相闻,张家在床上翻身,李家在隔壁都听得清清楚楚),每天至少要见十次以上的面,然而这尚不是要糟的关键,要糟的关键在于她们丈夫都在同一个单位做事,有先天的媒介因素。长舌妇对长舌妇,自然一拍即合。我常看见许多天南地北的太太们,一住进眷舍,用不了三个小时,就成了刎颈之交。张太太一天不去李太太家则不欢,王太太一天不和赵太太碰面就像害了痔疮。那种结合顶自然不过,甲妇曰:"你先生在哪一处?"乙妇曰:"在第十三处。"甲妇曰:"我先生也在第十三处。"于是十三处遇到十三处,再不幸十三点碰到十三点,就更如漆投胶。

如漆投胶之后,魔鬼遂开始努力作工,我俩既是如此要好的朋友,我岂能不为你的幸福着想?你丈夫如果在外面乱搞,我自有提醒你的神圣义务;甚至为了友情,还贡献出种种奇计妙策。忠义之气,固可上薄霄汉。于是,用不了多久,小报告雪片一样,在"一切都是为你好"的大帽子之下,涌向你的家庭,不把你的幸福多少断送一点,决不罢休。

中国文字之妙,在"舌"和"蛇"上,可看得出来,两者根本风马牛不相及,却发音相同,盖害人的程度相同也。唯一不同的是,凡是蛇到之处,大家都拔腿开溜;而凡是舌到之处,大家却趋之若鹜,世界上几乎没有一个人不愿听人家隐私的,白川厨村解释这种心理曰:"你瞧,他的丑事拆穿啦,而我比他更肮脏的丑事却风雨不漏。”这里面就隐隐地有一个定律,越是喜欢传播耳语的人,他自己越是有更不可告人的烂污;越是有杨梅大疮的人,越是喜欢指摘别人有粉刺。眷属宿舍最大的特点是,到处是“舌”。古人形容舌的厉害,曰“一言丧邦”,在眷舍中因无邦可丧之故,只好退而求其次,“一言丧家”矣。洋大人形容舌的厉害,曰“其锐利可以修剪门前的小树”,在眷舍中则更为万能,它可以伸到人家的灶底,把人家的锅都搞翻砸碎。《圣经》上不云乎,上帝当初造蛇时,曾命令它专咬女人的脚跟,乃是对女人的一种惩罚,但他老人家却赐给她们一条尖而利的舌头,再去伤害别人,真不知是啥居心也。

眷舍是舌的天下,或麻将桌上,或菜市场上,或东串门西串门,群舌乱舞,习习生风,一切怪事都源源而出。于是,“张先生一个月才多少薪水,他太太竟每天都要买十块钱的肉。张先生管木材进口,不是贪污是啥?”那就是说,天天吃肉不行。“王太太那个瘦鬼,从没有见她买过肉,真可怜。”真可怜者,口中惋惜,而内心暗暗得意。自然有人相反地曰:“她不买肉,哼,故意装穷!前天我还看她下馆子,王先生虽是闲差事,不怕没有外快。”那就是说,不吃肉也不行。“别看李太太土豹子,她吃东西挑拣着哩,买菜一天换一个花样,今天吃肉,明天吃鱼,后天吃虾,好像是个大富翁,嘻嘻嘻。”那也就是说,间隔着吃肉也不行。一个人掉到毒蛇窟里,怎么躲都躲不过一咬。

对吃饭如此,对穿着也是如此,赵太太如果新买一件大衣,准有人气得呕血;李太太如果新买一只戒指,也准有人开小组会议秘密打听钱的来源——是她丈夫贪污来的乎?是她去火车站当暗娼来的乎?如果一旦打听出是她写了一本书卖稿的钱,则立刻就有志一同的誓不相信。即令相信,也判断她准和书店老板睡了一觉,否则凭她那模样,还能写文章呀?

这仅是涉及到太太者,看起来群舌乱舞,没啥关系,实际上却影响太大。每天丈夫下班回来,刚往饭桌前一坐,太太们便迫不及待地报告起张家长李家短,连谁家生个小狗,都能说上半天,而男人们津津有味地洗耳恭听,听见在办公室给他气受的那家伙的小孩生了病,脸上则露出满意的一笑;舌头受到鼓励,就更一发而不可收拾。

28. 缝　刑

一个人要一天不舒服,不妨喝几杯早酒,包管终日昏沉,分不清东西南北。一个人要一辈子不舒服,不妨住进那种监牢式的大杂院眷舍,包管轻者怨气冲天,重者家破人亡。

舌头一到眷舍,便化作毒蛇,左咬右噬,前挑后拨,即令遇到英雄好汉,有天赐奇能,或有天赐的好运道,能躲过正面的攻击,也躲不过谣言的纠缠。不知道哪一天你会忽然发现,谣言竟像第一特奖一样,猛地砸到你头上,把你砸得七荤八素。而你越七荤八素,那谣言越是往你头上猛砸;由小谣言而大谣言,由大谣言而成了钢铁事实。于是,凡属于家庭风波的任何一个镜头,都可能在眷舍里看到。

大概是中国近百年来一直战乱的缘故,也大概是玩把戏的地方越来越少,越来越小的缘故,人心实在是越来越狭,看不得人家好。这是一种典型的弱者心理,嫉恨到极点时,谣言就会自动自发地脱口而出。张家新买了一辆摩托车,看了固大生其气;李家新加盖了一间厨房,看了也不舒服。而最尖锐的是,不幸福的家庭最看不得别人夫妇和睦,尤其是别人的太太再貌如天仙,出类拔萃,那就更成了血海深仇。柏杨先生在某眷舍附近住家,曾目睹一场奇剧演出。蔡先生者,大学堂毕业生也,历任大学教习和中学校长(现在仿佛也是什么长),其妻比他年纪大十岁左右,蔡公平常恒以他的老妻为傲,实际上固苦在心头。其对门有一对刘姓夫妇,刘公和蔡公年龄相仿,但其妻却年方二八,美艳绝伦,二人本有通家之好。一天,蔡太太找到刘太太,吞吐半天,啼哭而言曰:“阿妹,以后刘先生下班回来,拜托你不要在门口接他，挽臂进家啦，你蔡大哥见不得年轻夫妇亲热，一见就跟我闹气。”这件事似可纳入“老妻少夫”那一章，但我们要谈的固在它的结尾。

问题是刘太太无论如何收敛，都不能解蔡公心窝之结，于是蔡太太为了自卫，遂造起刘太太的谣。每当其夫其友之面，就装腔作势曰：“刘太太那种人，看她长得倒不错，就是心术有点不正，她婆婆在台南住救济院，前些时阿定，嗨，阿定就是王太太那个远房弟弟的姨妹呀，她不是在报馆做事乎，去救济院参观，老太太还向她哭哩，可是刘太太把她丈夫扣得很紧，一分钱不准寄。”或挤眼撇嘴曰：“那种女人，我和她再要好不过，按理不能说她啥，可是她也太不像话，前天还托我把她丈夫送给她的钻戒卖掉，寄给她在美国留学的男朋友哩。女人最怕变心，我看她们的婚姻不长。”丈夫听啦，觉得有了自慰的借口，乃表甚乐，他越表甚乐，他太太的舌头越卖力，于是，不久就出了事情。

闯祸的那一次是她说刘太太和王先生有染，盖王先生家既有电冰箱，又有电唱机，更有录音机、照相机，以及其他等等之机，均为蔡太太所没有者，看到眼里，心都要炸。有一次王先生偶尔瞟她一眼，老骨头都酥了半天，结果王先生并未再进一步，自然于心不甘。乃采一箭双雕之策，把自己的心理状态原封不动地扣到刘太太头上，曰：“刘太太那人，真是，一清早就到门口站着，和王先生点个头都是好的。”（按，刘太太每天早上扫地，和邻居自然招呼。）又曰：“刘太太自以为漂亮，却暗嫌自己丈夫年老，还不是看人家王先生潇洒英俊。”（按，蔡太太自己动了春心啦。）又曰：“这年头，电冰箱、电唱机、照相机真是重要，它虽引不动我们正派人，却引得动像刘太太那种骚女人！”（按，好像她自己在写自传。）不出三个月，越演越真实，她起初不过亲眼看见刘王二人眉来眼去，终于不得不再亲眼看见他们去开旅馆。结果刘太太起而揍之，当开揍之日，三十余娘子军随刘太太出动，男人们则作壁上观，打得她哭天号地，发誓啥都没说，但从此眷舍不能立足，只好全家搬走。事后王先生恨恨告柏杨先生曰：“我真想用针线把她的嘴缝住。”呜呼，他的灵感触发我的灵感，我想华洋各大医院似乎均应专门设一“缝嘴科”，不管是男是女，只要一旦成了“广播肉台”，经过被害人控诉，法官鉴定，得处以“缝刑”。

可惜天下像这种快乐结局的不多，大半都是恶无恶报。更糟的是，天下造谣之人，像蔡太太那种型的，空穴来风，固多如牛毛，但差不多都有一点影子，虽然仅仅是一点影子，也同样受不了。一犬吠影，百犬吠声，只要有一条狗看见了那影子，在眷舍里汪汪一叫，全眷舍里的毒蛇都高仰其头，伸舌露牙，严阵以待。你说它空穴来风乎，它固无风不起浪；你说它是真的乎，它又不是真的，于是乎事情就严重非常。

天下女人大概都有同一毛病，就是缺少安全感，对再亲爱的丈夫都不信任，不但对自己的丈夫不信任，对别人的丈夫也不信任，一旦发现某人有点不对劲，便像阿基米德先生当初发现了阿基米德原理一样，大喜若狂，连裤子都来不及穿，奔走相告。如果某先生是她平常最恨或最不屑的，她就更洋洋得意。有些人天生地喜欢参观别人打架骂架，眷舍里一天平静无事，准有人大失所望。

称监牢式的大杂院眷属宿舍为“毒蛇窟”，为“是非窝”，谁曰不宜。

眷属宿舍是谣言的温床，喜欢搬弄是非的人真是得其所哉，等丈夫上班之后，张太太到王太太家，李太太到赵太太家，聊了起来，遇到其中有一个是新潮派，讲起和她丈夫的性行为，简直有声有色，讲罢之后，照例嘱咐在场诸妇：“千万别对你先生讲。”于是，当天晚上，所有男人都知道了个满堂彩。这当然是小小者焉，一旦有了可借以发挥的据点，那就更惊天地而泣鬼神。

柏杨先生认得一位武太太，便是眷舍群舌之下的牺牲品。有一天，周太太咬其耳朵，神秘告之曰：“我有一句话不得不告诉你，听说武先生在外有了女朋友啦。”过了两天，郑太太如法炮制，也咬其耳朵，神秘告之曰：“妹子呀，有一件事，叨在知己，不能不讲，武先生那个女朋友听说是一个酒家女哩。”又过两天，冯太太照样来一套；再过了两天,陈太太有更逼真的小报告。接着周太太有新的消息,郑太太也有新的消息焉,由“听说”发展为“孩子爸爸说”,再发展为“人家都说”,最后则成了“我亲眼看见的”。呜呼,以曾参先生之贤,有人向他母亲接连打了三个小报告,说他杀人,老太太都照信不误,何况一个年轻太太乎?证据既如此确凿,武太太自然大发雷霆。

问题就发生在这里,如果武先生确实清白,闹了一阵子也就可能算啦,然而武先生固不十分清白也,他果然有一个泛泛女友,如果没有闲言闲语,绝不可能再进一步,然而一旦太太被挑拨起来,大兴问罪之师,做丈夫的良心一横,索性胡搞,该武太太只好败阵,以离婚为结局。

这年头每个人都喜欢看别人的笑话,一则作闲谈资料,二则愿别人都苦不堪言,如此,自己才觉得舒服。一个拆烂污的女人总希望隔壁那位高贵的少妇跟人通奸,仅通奸还不足以解心头之恨,而必须再被人发觉,丈夫痛加殴之,闹得全新村的人都拥来观之劝之,才能过瘾。人心如此,被挑拨的人如果再没有智慧处理,若斗牛场的牛然,人家红布一摇,它就鼻孔冒气,低头挑角,拼命地乱撞。谣言越炽、小报告越多,她越气呼呼地撞得厉害,终于把一个好好的家撞得稀里哗啦,完蛋大吉。

武太太当初对那些向她告密的太太们,感激非常,认为她们真是道义之交,不避嫌疑,为她耳目。前些日子她来看我,哭哭啼啼,把那些小报告专家们恨之入骨,也把眷舍恨之入骨,然而为时已晚。

29. 舌和利刀

俗云:“清官难断家务事。”盖家务事错综复杂,千头万绪,谁都断不清。而且家庭之内,乃世界上唯一只讲情而不讲理的地方,不要说清官无法断,便是上帝都无法断。丈夫在外面另筑香巢,太太或许可以容忍,但丈夫一旦把一口痰吐到地板上,太太却大闹起来。太太打牌,把丈夫卖血的钱输光,固没有事,但吃饭的时候,她没有喊他一声"亲爱的",他却暗生闷气,三天都不说话。关于这一方面,后当再行论及,现在所要说明的是,家庭之内,夫妇之间,如果一旦讲起"理"来,那个家庭就成法庭,那对夫妇就非散不可。且举一则故事以说明之。柏杨先生有一次为人管闲事,妻子告她的丈夫在外面乱搞,手握真凭实据——丈夫亲笔写的"悔过书",我一看该臭男人既如此之坏,非拔刀相助不可,乃去拜访台北一位鼎鼎大名的朋友兼律师,那律师听了后曰:"柏老,柏老,你真头脑不清,现今之世,除了混蛋,有几个不向他妻子立悔过书哉?如果这算证据,天下男人都绞死啦。即以在下而言,我几乎一个月都要立上一张。"

呜呼,一点也不假,我的另一个朋友,家有录音机一架,问他干啥,他说他最喜古典音乐,收音机上一有播放,他便录下。听来如读文告,固堂而皇之也。可是前天到他家拜访,夫妻二人同看电影去啦,恰有一盘磁带在抽屉中,叨在老友,不管下女抗议,装上听听,却是一段惨不忍闻的悔过词也。该朋友说他那一天整天都待在办公室,如果撒谎,他就是狗;如果哪一天他去会"小红",他出门就跌断腿;如果他再和"小红"来往,他就不得善终;接着向贤妻道歉,是鬼迷了心才叫他认识"小红"的,从今天开始,每天下午七时前一定返家,逾时则太太有打耳光之权,即令把脸打肿,他发誓连哼都不哼……悲夫,外人看起来事大如天,但夫妻间一咬耳,一拥抱,一说销魂的话,固啥都没啥。而外人看起来事小如芝麻,简直拿不到桌面上,夫妻们却重视得不得了。很多恩爱夫妇终于闹离婚者,皆由此而起,探讨起来,其冲突往往不是基本上的,而又往往不在于"是""非",几乎全在一口"气"上,既有了"气",就讲不得"理"也。

眷属宿舍住户密集如蜂,对别人的家务,大家都硬是兴趣盎然。太太也好,先生也好,对于邻居,动不动就据理判断。张太太挨了张先生一拳,嗨,那还了得,全体长舌妇立刻就包围张太太,把张先生攻击得狗头喷血。

大家所以把张先生攻击得狗头喷血,一部分人固是安慰张太太,表示有这么多朋友和她站到一条战线。一部分人则恐怕是借着这个机会挑拨挑拨,希望张太太越想越委屈,然后跺脚而起,把事态扩大,如此才有戏好看的,才有数据可以唧唧咕咕谈一些时。

夫妇间的事,有一半以上不足为外人道,有他们所特有的秘密,也有他们所特有的对问题的解决方法,局外人不知道内幕,最好不加干涉。我有一朋友女儿,当初非嫁某甲不可,某甲那人,实在不敢恭维,她父亲尤其反对,但女儿硬是要嫁,他也无可奈何。过了不久,有一次某甲把她打了遍体鳞伤,痛哭而归,老父一见大怒曰:"这还得了,到法院告他。"女儿也泣曰:"非告他不可,他不念我对他一往情深,竟把我打得这么惨。"父女二人立刻到医院验伤,验伤时老父一把鼻涕一把泪,哭曰:"从小我就不忍心打你一巴掌,那畜牲竟如此狠心,跟他离婚。"当下按铃申告,如临大敌。可是当天晚上,女儿一想不对,伤害罪岂不是要坐牢乎?她爱某甲爱得入骨,怎能离婚?想了一夜,不能安枕,第二天畏畏怯怯探听老父口气曰:"阿爸,你真要告哉?"其父曰:"那还用说。"女儿曰:"叫他来赔礼算啦。"老父跳高曰:"不行,不行,你太懦弱,我非教训教训他不可,不把他教训好,我死了你有罪受的矣。"女儿大急,悄悄跟某甲来向我求救,我往访该老头,训之曰:"郭子仪先生有言,不痴不聋,不作阿家翁,儿女闺房之言,何足听也。他们小两口打架,自愿和好,你老头硬不肯拔腿,要知道你是他们的父亲,不是他们的邻居也。"

该老头被我一训,垂头丧气,不再说话。但若是眷舍里的邻居,如果逢到这一类的纠纷,毒舌出笼,我便再训得厉害,都没有用。盖无论从哪一方面,某甲都站不住脚。定有些人曰:"某甲太太对他恩重如山,他那样待她,这种人狼心狗肺,岂能饶他。"说这种话的人自以为很圣崽,实际上他犯了两个错误,一是他对有权有势的别的"某甲",却一反常态,恭敬忠贞得很。一是他变成一条光滑的蛇,到别人被窝里乱窜。夫妻间的事该由他们自己解决,局外人少往里插脚,柏杨先生有这么一个经验,写出以供参考,我去人家做客,一遇他们夫妻口角,第一步反应便是脚底抹油,两个人站到门口都堵不住我英勇告辞。盖我只要一走,便会大事化小,小事化无。我若不走,有第三者在场,夫妻双方的脸都磨不开,准小事化大,大事化得不可开交。

盖家庭乃讲"情"之地,夫妻间更全属讲"情"之人。当其有了冲突的时候,唇枪舌剑,啥绝情绝义的话都说得出,男的骂女的祖传奇贱,女的骂男的把骨头剉成灰都臭而不可闻也。文明一点的虽不致如此上不得桌面,但出口的也尽是使对方脸上挂不住的话。等到吵了一阵,闹了一阵,都觉没趣,女的掩面饮泣,委屈万状;男的一看,觉得心有内愧,话头也就一软,女的听啦,心里也跟着一软,气就消了不少。于是乎,他让一寸,她退一尺;她退一尺,他让一丈。他说他不对,她说她也有错处;她说她因小孩子闹火气旺,他说都是他那顶头上司不是人害他心情恶劣。一番自咎自责之后,说不定丈夫要下跪,要到处找纸找笔写悔过书。如果确实是女的错,则做妻子的或天良发现,或觉得形势不利,她也会像理屈的丈夫一样,做出种种哆态,而且还更多一副眼泪。只要该婚姻在基本上没有问题,任何纠纷,由夫妻自己解决来得最快。一旦不幸有第三者介入,事情就容易越闹越大,即令解决,也得脱一层皮。此何故乎?曰:有第三者介入,便不得不摒情而讲理,夫妻间一讲理,非糟不可。

更主要的一点是,在第三者面前,双方都要面子,都要维持一种合乎自己身份的自尊,不但不会拿出来单独相处时自我责备的那一套,反而像两个敌国的宣传部长一样,各人努力宣传自己的好处。丈夫说他如何挣钱,如何养家,如何忠实,简直好得天下无双;妻子说她如何育子,如何持家,如何助夫,也简直好得天下无双。说起痛苦来,丈夫固然水深,妻子亦同样火热。到了这种程度,第三者如果稍有天良,则应效法柏杨先生,拔腿就跑,丢下烂摊子交他们夫妇自己去收拾,包管第二天该两个不共戴天的家伙,笑嘻嘻地请你吃油大。

问题是,眷属宿舍固盛产"第三者"之地,普通情形下,邻居相识不易,相识后交往亲密也不易,独在眷舍之中,因先天的关系——丈夫和丈夫是同事,距离会平空缩短若干。赵家闹家务,钱家、孙家、李家、周家、吴家、郑家、王家,以及上官家、诸葛家,各家舌头一拥而上,而且"为了正义""为了公理""为了人道""为了五千年传统文化"——总之都是"为了别人好",硬不肯退出,悄悄地打小报告者有之,鬼鬼祟祟地咬耳朵者有之,出主意献计谋者有之,一个个心内惶惶然,唯恐怕赵家夫妻和好如初,非把他们搞得鸡犬不宁,甚至家破人亡,不过瘾也。

30. 第八大祸

《新约圣经》上有救世主耶稣先生惋惜法利赛人的话,曰:"法利赛人有祸了,因为你们如何如何。"前后共有七祸。可惜耶稣先生不生在今日,如果生在今日,准再加上一祸,曰:"你们这个家庭有祸了,因为你们住在眷属宿舍。"柏杨先生每看到新婚夫妇,必问其卜居何处,年轻人不知轻重,往往轻松而得意地答曰:"住在眷舍。"我就勃然色变,眼看他陷入毒蛇之窟,却无法搭救。我并不是说一住进眷舍,就铁定家破人亡,如果真的那般灵光,世界上早无眷舍矣。家破人亡乃不幸的极致,不是每个家庭都会如此也。但大多数家庭却是因为住进眷舍之故,招来或多或少的无妄之灾,或吵架,或生气,或夫妇间不睦,或父母子女间不睦。当然也有些人非常喜欢眷舍的,那属于长舌妇之流,她如果住的是普通住宅区,她的舌头就英雄无用武之地矣。另外则属于"广播肉台"型的男人——有些男人固天生的三姑六婆胚子,威力比长舌妇更为惊人,他往张家拜访时,先把李家的锅底翻了个够,张先生听啦,偶尔插几句嘴。该肉台乃再到王家,除了照翻李家锅底外,附带把张先生插的那几句嘴,也加倍翻出。套得王先生几句口风,复去拜访赵先生。呜呼,任何广播肉台都像张献忠先生的滚雪球战术,谣言越滚越多,再经努力广播,虽内容大变,却全国皆知矣。于是,打架的打架,反目的反目,一个“新村”里只要有一男一女,有此神通,可怜的老百姓便无噍类。

还有一个不舒服的地方,也足以使人得神经之病者,有些阶级稍高的官崽,回到家里,也照端其架子不误。柏杨先生有一朋友,官拜科长,就有那种癖好,夏日炎炎之际,他回到眷舍,拉着娃儿到巷口溜达,遇见他的部下,简直若在办公室中然,架子会突的冒烟,龇其牙而躬其腰,作伟大状,无论对方和自己,都不会开心。尤其糟的是,官崽毛病一旦传染到太太身上,那就更能把人气得肚胀。柏杨先生有一次到某新村拜访朋友,朋友外出,由他太太接待,还没有谈两句,一个花枝招展,口叼香烟,足拖烂鞋的婆娘,昂然而入。她看我衣服褴褛,自然不当人子,就往上座一坐,鼻孔咻咻然。朋友太太问曰:“刘太太,你跟谁生气呀!”该婆娘曰:“哼,跟谁生气,还不是跟你们的刘处长!老东西在办公室像人,一回家就像畜牲。我拜托你马上去啥街几号,替我跑一趟,看看他在不在那婊子家。”呜呼,我当时就想向她动粗,真是驴大啦,驴的尾巴也大啦。

我所以没有动粗的原因,一则避免为朋友惹麻烦,一则也怕人责备我这么大岁数还如此沉不住气,但我发现有这种观念的男女可以说真多。丈夫是小职员,连妻子儿女都成了小职员;丈夫是官崽,连妻子儿女也都成了官崽。这种逻辑一旦根深柢固,小职员就苦啦。我邻近的某新村里,张科长的婆娘买菜买煤看孩子,统统都叫李科员的太太为之,而李科员太太虽不愿意,为了丈夫差事,不敢得罪她也。

如果住处分开,上班时不过一个人受窝囊气,下班后各走各的,尚有恢复自尊的时候,如果住在眷舍,遇到混蛋的头目,那就难逃天罗地网。一会儿工夫,局长隔篱笆呼曰:“李先生,拜托你代我去台北买床凉席。”李科员是否有客人,是否正在办私事,不顾也。又一会儿工夫,局长婆娘隔篱笆呼曰:“李太太,请开门,我们几个小孩去你家玩哩。”李太太是否正在洗衣服,有无时间代为照看,亦不顾也。那种无期徒刑的日子,不是祸是啥?

因为“穷”的缘故,台湾目前所有眷属宿舍的特点之一是“挤”,门挨门焉,窗对窗焉,好像一个密集的动物园,于是孩子们得其所哉,下学之后,或是例假礼拜之天,有男孩子焉,有女孩子焉,有十几岁的孩子焉,有七八岁的孩子焉,有刚会走路一摇一晃的孩子焉,有被学校开除的孩子焉,有年年功课不及格的孩子焉,有年年得模范生的孩子焉,有专偷父母钱的孩子焉,有上树上房的孩子焉。和孩子同样种类繁多的,有脾气不好的父母焉,有一听孩子被打便暴跳如雷找上门去闹的父母焉,有一听孩子揍了人便一笑置之,对找上门的人反唇相讥的护犊子父母焉,有孩子吃了亏就关门大骂的父母焉,有索性自己下手把别人孩子揍一顿的父母焉,有一面打自己孩子,一面骂别人的父母焉。反正是,各式各样的孩子,加上各式各样的父母,统统集结在一个眷舍之内,能不出乱子乎?

报上前刊一则新闻,某新村里,一些大孩子把一个小男孩手脚绑住,割掉了他的生殖器,惹起全村公愤,将他全家驱逐出村。然则该小男孩残废终身,固无可救也。前不言乎,驴大啦,驴的尾巴也大啦,太太如此,孩子有时亦然,处长的孩子揍了科员的孩子,科员夫妇只好忍气吞声,若科员的孩子揍了处长的孩子,恐怕事情就不太轻松,他若不磕头如捣蒜,他的考绩恐怕三十年都得不了甲等。

一个公务人员,这年头只要不住眷舍,便算有福。耶稣先生七祸之后,固增一祸。在七福之后,听说也增了一福,曰:“你们家庭有福了,因为你们没有住眷属宿舍。”

31. 订婚也好

“订婚”这玩意儿真是最有意义的举动,盖订婚者,以结婚为目的而订定的预约也。好像分期付款似的,先付出一部分,等到结婚之日,再付出剩下的一部分。古之时候,在拘束力上,订婚和结婚简直没有分别,尤其在孔孟之徒及儒家当权之下,做女人大苦特苦,订啦就等于结啦,从未谋面的未婚夫一旦翘了辫子,未婚妻不但得悲哀逾恒,还要守节不嫁,才算得上"节妇烈女",除了人人称赞外,政府还要表扬。《儒林外史》上那个小女孩甚至被活活饿死。呜呼,斲丧人性,真是把女人糟蹋得到了底。

当初是谁发明了订婚的,史无专书,考察不出,但他的脑筋十分聪明,固可断言。男女两个不懂事的孩子,被父母一言为定,硬生生地拉在一起,一辈子都打不开,诚绝妙之思。不过到了近代,订婚之风大减,差不多的婚姻都是直截了当结之了事。订起婚来,不但花钱,而且费事。依柏杨先生观察,人身上有一件废物焉,曰"盲肠";社会上有一件废物焉,曰"订婚"。古时候的订婚,真有它的作用,如今的订婚算啥?结了婚到时候都不算,何况只是订之乎?柏杨先生年轻时,朋友辈将订婚比着单挂号,将结婚比着双挂号,意思说双挂号信永丢不了,盖有回执在手,可以大大地放心。单挂号虽无回执,但凭着对邮局的信赖,固相信它不会丢也。这当然是清末民初的想法,现在时代进步,订婚不再是单挂号矣,不但不是单挂号,有时候连封平信都不是,不过是一张未填日子的支票,看着它固叫人心跳,但能不能凭票兑出爱情,兑出结婚,却只有听天由命。常常有几种现象会突然发生:到时候自己忽然变了卦,不去兑现;或到时候自己热热烈烈去兑现,对方却忽然变了卦,不肯支付,成了一张空头,惨遭退票。幸而双方都仍然觉得恩恩爱爱,一齐兑了现,但又何必各拿支票一纸,等得那么久耶?

有些人常把订婚看得过于严重,认为既订婚矣,她便属于我矣。我有一年轻朋友,他女友想出国想得要疯,该朋友东奔西跑,头上都碰出了血,钻营成功后,又东凑西凑,连脚踏车都送进当铺,把事情搞成。柏杨先生警告他曰:"根据阔易夫之律,小心,小心。"他不服曰:"我们已订了婚矣。"还拉我去旅馆参观他们的小房间,女的笑脸相迎,呼我为伯。订婚而同居,在感情上和结婚固无异,但在法律上却硬是有异得很,她终于随天主教朝圣团出去,朝到了美国,遇见一位有钱的大爷,立刻就嫁,把年轻朋友气得两眼冒火。他如果结婚,还可以胡缠,如今连胡缠都没有资格。

订婚固然没有法律上的拘束力,也没有道义上的拘束力,订和不订,分别既没有,而硬要订之,岂不是脱裤子放屁,多此一举?柏杨先生和老妻当初便没有经过这种莫名其妙的手续,双方看得对眼,就马上结而婚之(媒婆说,老妻嫁我的前一年,还不算太丑,简直可以说很有几分姿色,理合声明,以免误会),固不知订婚为何物也。结婚之后,我发现她简直叫人伤心,她也发现我乃是人类中最不可救药的恶棍,但既然结了婚,也就只好将就。日子既久,我把她骂我的话当作骂河边那块石头,她也把我骂她的话当作骂对门那个阿巴桑,家庭之乐,固可勉强维持。

但我却是拥护订婚的焉,圣人既发明了订婚,必有其道理。古道理与今道理可能有所不同,在古之时,大概和买东西订金一样,某家的那个女孩子,俺儿子订下啦,十八年后前往迎娶,其他任何臭男人不得打歪主意。《礼运·大同》不云乎:"男有分,女有归。"大家的命运既经注定,就不能再胡思乱想,想谈恋爱也无从谈起。张女也,是李家的媳妇,你去谈一下试试,不但张家揍你,李家也要揍你。其实只要你不至贫无立锥,脖子上会拴一布条,上写"某家女婿"?圣人发明订婚之礼,和圣人发明其他礼教一样,在婚姻爱情上,把年轻人捆得结结实实,一切由老年人做主,那乃老人是活宝的时代。

但柏杨先生不以人废言,订婚似不宜彻底取消。年轻男女在一块恋爱到不可开交时,一旦谈到婚嫁,便直截了当像柏杨先生结而婚之,固然甚佳。但如果能经过订婚阶段,似乎对将来的幸福,更有帮助。这一点虽非圣人本意,甚至大出圣人意料之外,但其道理却不容抹杀。盖订婚的主要特质是,可以随便散伙是也。有些洋大人主张"试婚",把男女二人搞在一起,同吃同睡,共同生活若干时日,看看合适不合适,合适就过下去,不合适就拉倒。这种主张在原理上似乎还说得通,但在事实上却很难办到,因和现社会的距离太远,不易被接受。如果采用订婚,效果固是一样的也。

订婚则有试婚之妙,而无试婚之弊。这里说的试婚,毫无猥亵之意(圣崽们对性最有兴趣,反应也最灵敏,故特别声明)。盖恋爱生活,多彩多姿,晕头涨脑,云天雾地的生活也;而家庭生活,平淡无聊,烦死腻死,葬送青春,油盐柴米的生活也。二者乃两个极端,订婚是其桥梁。

无论男女,一旦陷于恋爱,内分泌就在身上乱冒,所起的变化大矣,吾友莎士比亚曾曰:“天下只有恋爱和咳嗽是掩饰不住的。”一切想不到的行动都会出笼,君又不见孔雀开屏乎?平常它是缩在一起的,一旦恋爱,就展览出来。君又不见你家的狗先生乎?平常懒得踢它都不动,一旦恋爱,不是跳到房上叫,就是跑到门口咬,闹得一塌糊涂。人类亦然,不要看平常日子死气沉沉,一旦有了意中姣娘或意中白马王子,立刻就判若两人。

前已言之,爱情和亲情不同。亲情爱其强,更爱其弱,一个断了腿,又瞎又聋的孩子,父母爱他会更加倍。而爱情就不然矣,爱情乃爱其强,不爱其弱。呜呼,谁要是不服,我就跟谁打赌,不妨去找一位如花似玉的小姐问一下,她爱柏杨先生老东西乎?抑爱年只二十有八,大学堂毕业,又是马死脱兼打狗脱,腰缠美金七千万,性情温柔若羊焉,学问庞大若仙焉,身体健壮若牛焉——那个年轻人乎?如果我输,我就给你一块钱,然后你就给我那个小姐。

爱其强既是爱情的要求,则表示其“强”,乃成了恋爱的第一大课,一旦恋起爱来,噫,你看吧,胆小的忽然胆大,打防疫针时连眉都不皱。懦弱的忽然成了大英雄,拍胸脯要为她而死。吝啬的忽然慷慨大度,请女朋友既看电影又吃馆子又坐出租车。视书如仇的忽然爱书如命,满口恩比西敌,谈啥他都知道。至于女孩子,也同样颠之倒之,你看那邋遢的忽然整齐清洁,一天坐到化妆台前至少四个小时。沉默的忽然话多了起来,哇啦哇啦好像刚下了蛋的老母鸡。保守的忽然大讲摩登,宁冒摔断腿的危险也要穿四寸高跟鞋。粗鲁的忽然作小白兔状,平常见老虎都不怕的,这时见了老鼠也要尖声大叫,以示娇弱。

大家既努力使自己成为强者,便不得不蒙上一层伪装。我有一个朋友,当其女友无理取闹时,如依他本来性格,早就给她一巴掌,但却硬是不得不忍气吞声,以示绅士。呜呼,订婚这个桥梁便有此功,订婚之后男女在心理上会自然而然有一种观念:“她是我的矣”或“他是我的矣”。有此一念,戒备便不若以前森严,用不了两年工夫,再狡猾的狐狸,都会露出尾巴,届时一张支票在手,看情形以定行止,愿兑现则兑现,不愿兑现就退票。若不经过订婚这个阶段,便不能有这种冷静。

32. 剥掉伪装之功

俗云:“热情如火。”不要说年轻男女在恋爱期间会被该火烧昏了头,便是老头老太婆,一旦恋起爱来,也会被该火烧得分不清东西南北。盖脑海已经沸腾,啥都看不见,啥都听不进也。也许有些人作虚怀若谷之状,向你打听:“你看我那位小姐如何?”这时候就要看你有没有学问,你若照着他的意思,大加称赞,五分漂亮的说她十分漂亮,只会烧水煮鸡蛋的说她做的红烧牛肉真不错,而且既大方,又雅淡。他准交你这个朋友,马上请你吃小馆。如果你一本忠贞,说了实话,曰“她的皮肤太黑太粗”,曰“她的嗓子像破锣”,曰“她连小学堂都没有进过”,曰“她性情怪僻,将来你有受罪的”,恐怕势将和你决裂。盖任何人一旦恋了爱,他都是借“商量”之名,想听你说些顺耳顺心的话。

使沸腾的脑海冷静之法甚多,但最正常的莫过于订婚。我有一个朋友,他当初恋爱之时,简直像赤手捧冰,既怕她化啦,又怕她掉啦,放不下,也拿不稳,小心翼翼,心如捣蒜(当女孩子的,一生中恐怕以那时候最最神气)。二人感情突飞猛进,非马上结婚不可。但女方家长坚持先行订婚,把朋友气得大骂老顽固。想不到订了婚后,形势大变,朋友忽然发现女孩子有点斗鸡眼,而且嫉妒心大得要命,见他看了别的小姐一眼,就大发脾气,一发起脾气来,至少板三天面孔,尤其是她一板面孔,下唇向外猛烈突出,实在不堪入目。而女孩子也忽然发现该朋友原来薪水一个月只一千一百元,西装只有一套,连个脚踏车都没有,过去花钱如流水乃两分半利息借来的,而且骨瘦如柴,还有点咳嗽,不是肺病是啥?如此这般,真相大白,两人平平安安地分手。如果当初不经过订婚阶段,硬去拆散他们,准闹出罗密欧朱丽叶。

那么,有人问啦,订婚之后,岂不是照样可以继续伪装乎?呜呼,在理论上固然可以,在事实上却难了也。谚不云乎,"江山易改,禀性难移",禀性者,包括先天的个性和后天的习气。个性不必解释矣,天生心直口快的人,再大的修养,有时都忍耐不住,硬要开口说出来,甚至招来杀身之祸,都不在乎。而男女间顶多不过解除婚约而已,比起杀头差得远啦,他怎能一直装着沉默寡言哉。天下只有圣人才能作伪到底,大英雄大豪杰都经常露出其本色者也。

习气固可变更,但在未变更前,会泄尽底牌。

从前有一个朋友,好人也,但毛病也自不少,提心吊胆恋爱了三年,女方对他的印象至佳,我也曾被朋友拉到女方之家作过一次客人,见朋友温文尔雅,举止中节,循循然若君子,不禁大惊。盖我知道他拥有种种怪癖,固和女孩子格格不入者也。后来他们订了婚,恋爱等于打仗,一场鏖战之后,既已大获全胜,只等待清扫战场,他自然很快地松懈下来,原形乃渐渐出现。他过去饭后从没有什么异状的,后来忽然用牙签剔起牙来,再后来大剔特剔,以舌吮洞,吱吱作响,有时还用手捏捏剔出的牙秽,送到鼻子上闻之,于是女儿岳父一齐皱眉矣。他过去每天中午都精神勃勃,订婚之初,还勉强可以照样支持,不久就打起瞌睡,后来硬是非睡午觉不可,天大的事都不能变更,盖三十年来都是如此也,于是女儿岳父一齐愤怒矣。该朋友过去一向吹得很大,张部长请他便饭,王局长请他打牌,李教授请他无论如何看一下他的画展,赵法官请他专门拉官司接线头,固一世之雄也。订婚后小姐去办公室找他,见他独坐在墙角一张小办公桌上,其长官呼他某科员,若唤奴仆。后来又有一次该朋友单位郊游联欢,女眷女友一律参加,更觉得滋味不对,于是女儿岳父联合调查矣。用不了半年,全盘清楚。一天该朋友去未婚妻家谈结婚日期,被赶了出来。呜呼,这是十年前的事,忆之恍如目前。我们在这里检讨的不是得失问题,也不是该朋友糟不糟问题,更不是该女孩子父女对不对问题,而是订婚固有此奇迹,可使热恋中的男女,眼睛稍微一亮。

再厉害的人在订婚期间都会露出原形,是善良乎,抑是邪恶乎?是直性子的人乎,抑是曲曲折折的人乎?是心直口快,抑是十棒子都打不出一个屁乎?是喜上进,抑是花花公子乎?都可一一看得明白,只要订婚后和订婚前一样耳鬓厮磨,日常一起,不怕他伪装到底。《伊索寓言》上有一则故事可以借用。蝎子过河,想请乌龟带它一带,乌龟曰:“我带你没有问题,可是你可不能螫我呀!”蝎子曰:“这算啥话,我螫了你,你一痛,翻身下水,我岂不要淹死?”乌龟一听,着实有理,乃带它过河。想不到过了一半,蝎子仍然螫了它一下,乌龟痛得要命,潜身入水,蝎子也就沉入河底。后来还是乌龟够朋友,仍把它救出,责问它为何如此,蝎子叹曰:“我明知道螫不得,可是忍不住还是要螫一下。”盖禀性——个性和习气使然也。

订婚之后,如果是蝎子,总会螫一下,不愁不露出真面目,而自己也因同样道理之故,容易被对方看得更为清楚。订婚除了给对方提供一个“照妖镜”外,别无其他作用。从疯狂的不顾一切的热恋之中,经过订婚,等于开画展时贴上了红纸条,写曰“某某先生定”,或写曰“某某女士定”,别人一看,纵然喜欢,也只好作罢。从前管你张三李四,来则不拒;既贴上红纸条矣,别人因有了顾忌,自己行动也就有了拘束,生活乃开始往平淡的方向走。有些臭男人,有财有势时浑身都是办法,玉皇大帝跟他结拜兄弟他都不肯。然而一旦恢复平凡,便丑态毕露。土耳其总理门德尔先生当初何等凶猛,德国总理艾德诺先生劝他改变经济计划，他答曰：“他妈的，你说啥？”固伟大人物也。可是一旦到了法庭判处死刑，却浑身发抖，那股伟大劲没有啦。男人如此，女人亦然。女孩子往往认为男朋友的钱是取之不尽用之不竭的，在恋爱期间固然如此，男人即令去卖血当被，也要花到她身上，小焉者看电影、吃小馆、坐汽车，大焉者买钻戒、买洋房，再大焉者不用说啦，去美国焉，买加州地皮焉，一百万美元爱情保证金焉。但无论如何，订婚之后，生活渐趋平淡，男人再有钱，其供应也不会再如从前汹涌，她能不能安于这种生活，用不了太久时间，就会露出马脚。

但订婚的生活似不宜过得太久，太久就会百病丛生。如果说订婚是单挂号，寄出单挂号而一直没有接到回信，事情准有问题。如果说订婚是一张期票，逾期太久，即令有存款在，银行也不会兑现，必须再去加盖一章。如果说订婚是照妖镜，那就更糟。

盖人总是人，免不了缺点密布，如果订婚时间太久，爱火渐冷，则所看的将全是缺点，越想越不对，就非收摊子不可。婚姻生活者，半睁眼半闭眼的生活也，天下没有十全十美的男女，如果眼睛睁得太久，或用照妖镜照得太久，恐怕连上帝身上都能挑出毛病。有些人一订婚就三年五载，既不把那张画拿回家，却早早地贴上红纸条，万一遇到有个家伙也看上了那张画，出了比你高百倍的巨价，你只有跺脚。

圣人们没有规定订婚与结婚间的距离，实是遗憾，有人主张最合适的为一年到三年，柏杨先生认为大可参考，订婚不到一年便结婚，等于没有订，如果超过三年，那就未免太长。超过三年而仍能结婚不误的夫妇，我看那爱情大概固若金汤。

33. 最好是不

男女们在结婚之前,是不是应该有性行为,恐怕答案都是一致的,没有一个人不认为婚前乱搞,后患无穷。便是最低级的流氓恶棍,在这个观点上,都会正直可观,主张非维持贞操不可。如果不信,不妨打听一下试试,上至圣贤,下至愚劣,包管有志一同。即令他是新潮派,谈起来或写起来蛮不在乎,一旦他女儿和别人表了那么一演,他立刻就会大脑充血。

然而问题之妙却正在此,自从风行自由恋爱,婚前的性行为与日俱增。据金赛博士的调查,美国男女婚前便丧失贞操的,约占三分之二。而瑞典因性教育更为普及的缘故,比例数也更高。这是洋大人堕落的证据乎?当然非也,假使把中国人也加以调查,可能还有更精彩的比例。不过同胞们习于伪善,可能没人承认婚前有过荒唐;而女人们的贞洁,更一个比一个有资格吃冷猪肉,我们常听到的是:"结婚的前一天,我才叫他吻我一次。"事情是不是到底如此,只有自己知道。抗战前柏杨先生在长沙,有一个朋友,结婚之日,看着就有点不对劲,盖新娘的纤腰,何其粗耶?当时大家就开了几句不伤大雅的玩笑,想不到该朋友乃圣人门徒,认为有损尊严,绷起尊脸,严斥我们小人之尤,一面叫工友买纸帛花烛,要烧香赌咒,把我们搞得打躬作揖,落荒而逃。结果婚后五个月,生了个胖娃娃,他还以为我们不知道哩,到十一个月时才做弥月,我们乃联合送一对联,联曰:"一夜提前,小心小眼;五月生子,大富大贵。"送去后喜酒也没吃成,被轰了出来。

两个相爱得要死要活的男女,而且发了滔天大誓,我非你不娶,你非我不嫁,在花前月下,或是没有人的黑暗之处,爱抚谈情,久而久之,要想不发生关系,简直不太简单。除非他们不是人,而是两块冰冷的石头。这跟道德不道德扯不上关系,完全是一种生物本能,没有这种本能,人类早绝种啦。犹如孩子们在开饭前先到厨房捞一块肉到嘴里,你说他道德乎不道德乎?他不过把一定给他的东西,早一点支取而已,那本能往往难以控制。记得有一个电影,穷光蛋的男主角发了脾气,富家女的女主角去安慰他,他曰:“只有一件事是你可以给我安慰的,然而你不肯。”她既爱他入骨,还有啥不肯的,于是就如此这般安慰了他,结果闹了个鸡犬不宁。我们斥责那男人乎?曰:不。到了那个环境,每个男人都会那样。我们埋怨那个女孩子乎?曰:也不。只要她有一丝爱心,每个女人也都会那样。

结婚之前就发生性关系,如果一定能做到她嫁他,他娶她,还不十分严重。严重的是,一旦她不嫁他,他不娶她,问题就会冒出来。当隆重上床的时候,固然是非嫁非娶不可,男人不打算娶那女孩子而胡乱求爱的,虽不能说没有,但女孩子如果不打算嫁那个人,却很少会把身体给他。不过爱情本质多变,当初那股真诚之劲,连泰山都能推垮,可是到了后来,一月两月,一年两年,或女的遇见一个更英俊的焉,或男的遇见一个更漂亮的焉,从前说的海誓山盟便统统不算数啦——呜呼,谁能记得三岁半时在幼儿园发表过的言论乎,那都是很远很远以前的事,不但记不得,纵然记得,也再打不动心弦矣。

婚前的性行为,不冒出问题则已,一旦冒出问题,吃亏的多半是女孩子。不要说到时候娶不成嫁不成,便是娶得成嫁得成,也留下一敲便碎的裂缝。阁下记得车启亮先生枪击他的太太李女士乎?一个男人向女人开枪开炮,实在高明不到哪里去。柏杨先生还是老脑筋,老婆真的不像话,揍之可也,离之可也,甚至怒之可也,似乎不必全盘西化,搬出新式武器去干。但车先生有句话却发人深省——尤其发女人深省,他曰:“那贱女人,我和她认识第二天便发生关系。”其对李女士的轻视和不信任之情,卓然可见。夫妻之间,或爱人之间,一旦在人格上瞧不起对方,爱情就要取消。好比一个贫穷之家,瓮中已经无米,孩子且发高烧,丈夫有贪污的机会而不贪污,把送到门上的银子都扔出去，妻子固恨他入骨，但无论恨到什么程度，甚至一辈子不跟他讲一句话，爱的基础仍在，她对他固仍有敬意。如果百万富翁的太太忽然发现她丈夫竟是小偷，而且不时被县太爷打屁股，她能不轻视他乎？

男人乃天生的莫名其妙的动物，女人如果不轻易答应他，会把他气得发疯，大骂她不爱他。但一旦女孩子爱他爱到极点，用不了三言两语，就把身子贡献，他却又觉得她不值钱。女孩子在这方面如果不能把握得住，便是再如意的结局，像车李二人，结了正式之婚，都拂不掉满身膻腥。我在广州任职时，有某朋友，夫妇间百般恩爱，后来不知道怎么搞的，男的忽然疑心太太红杏出墙，大闹特闹，邻居街坊，都为之不安，一些老朋友，包括柏杨先生在内，闻讯后纷纷前往劝解。我曰："老弟，你未免太低看了她，你太太端庄圣洁，岂是随便苟且之人？"想不到他大怒曰："她端她娘的庄，我认识她第三天便搞了她。那时她的男朋友是个穷教员；而今那臭男人有汽车有洋房，她恐怕用不到第三天便跟他上了床。我上辈子不知道造了啥孽，叫我碰到这种女人。"我看苗头不对，仓皇撤退，一路上不禁为那个千娇百媚的太太难过，她当初如果不那么温顺，便是再嫁三嫁，任何男人都不敢对她瞧不起。后来他们终于离了婚，如果不离婚，丈夫既如此看妻子，并公开嚷嚷，感情已无法恢复，痛苦势将更深。但离了婚后，那少妇背上了容易脱裤的名儿，也不好过。

人间的悲剧，可以说五花八门，各式各样，没有一桩不使人伤心落泪，仔细考察原因，会发现多数悲剧，都不是一朝一夕造成。喜剧可能刹那间发生，悲剧往往是累积的，尤其是人伦悲剧，差不多都需要长时间的培养，造孽造够啦，才结出果实。妻子买包砒霜放到丈夫碗里，绝不会是她一时心血来潮，而一定有其酝酿过程，和入骨之恨也。但是有一种悲剧用不着费多大劲便可发生的，那便是婚前有性行为而结不成婚，这种情形最为普遍，廉价小说上几乎全是这类故事，只要一念之差，便好像从楼顶往下扔鸡蛋。

上帝当初造万物时，其心理状态，值得研究，人类如果能像鸟类或鱼类一样，生孩子时，或下蛋，或产卵，世间将抹去多少眼泪乎？可惜他老人家硬是叫人类怀胎十月，而且把这桩重担放到女人身上。别的不说，仅婚前发生性行为一点，女人真是冒天下最可怕的危险。一个未婚女孩子向男人献出身体，简直应得最佳勇气奖。问题是一旦男的对她变了心，而她又怀了孕，呜呼，便是服下十斤巴拉松都没有这般严重，它足可以毁灭一个女孩子，更足可以毁灭一个家庭。女孩子一旦到了这种地步，那不仅是一幕悲剧，而且是一幕惨剧，啥安慰都没有用，纵然不自杀，她这一生都不能忘记这场羞辱的创伤，会影响到她对整个人生的看法，因而种下别的悲剧的种子。

有一天，柏杨夫人去看她的表妹，回来后面色凄凉，好像刚被三作牌修理过。原来她表妹的幼女，最近常和男朋友外出，一夜一夜不回家，把妈妈愁得茶不思饭不想，可是女儿还训妈妈哩："他不是那种不负责任的人，我既不是傻子，也不是瞎子，你为啥不放心？"这种论调，流露出至爱和至诚，掷地有金石声焉，真应刻到石碑上，令天下所有薄幸男人一读。该女郎的前程如何，目前还在发展阶段，尚不知道，也不敢预料。老妻见过她的男朋友，看样子跟柏杨先生差不多，亦有学问的人也，而且表妹之女又美又慧，可能成为幸福佳偶。但问题是，并不因她幸福就没有研究余地，我们要弄清的是，哪一个悲剧的女主角当初不是如此这般，顽强地自信乎？有几个明知对方不可靠而仍答应他哉？皆以为自己非常不傻、非常不瞎，结果才肚子膨胀。故该表妹之女如果幸福非凡，固然很好。如果一塌糊涂，狼狈万状，我也不觉奇怪。

柏杨先生绝不认为婚前的性行为有啥不道德，但却认为在全部爱情生活中，只有这一件事必须用点理智，必须有点功利主义。证明爱得要死之道，不一定非陪他上床不可，如果能随时想到那可爱的男人可能一下子会翻脸无情不认账，那么，柏杨先生建议你："最好是不。"记此四字，受用无穷。

34. 治弃妙法

一个女孩子如果肯定地知道她已属那个男人,而那个男人也肯定地知道他一定要娶她,两个人在婚前要想保持君子风度,不动手动脚,恐怕比登天都难。柏杨先生有一位朋友,北方人也,全家住在一条长炕之上,有一天,他们的未婚女婿来访,白天当然盛大招待,晚上当然上炕安眠。民国初年,虽然仍很闭塞,但风气总算渐开,且小门小户,也无地回避,小两口难免谈了几句话,丈母娘看到眼里,急在心头,入睡之后,她老人家一会坐起来,吸一口旱烟,停一会再坐起来,再吸一口旱烟,表面上是吸旱烟,实际只是借着点烟的微弱火光,观察观察那对年轻的未婚夫妇挤到一个被窝里没有。后来被我知道,就对她大开训戒。该老太婆幸亏生在民初,如果生在现代,眼睁睁地看着她的女儿和男朋友出去谈恋爱,谈到深更半夜还不回来,准得心脏之病。

老太婆的行动看来有点顽固,但其用心甚苦,值得做儿女的洒泪。老年人的顾虑总较周密,一个人年龄越大,所见的奇事也越多。热恋中的女孩子死都不会相信那可爱的男人会变心,事实上大多数女孩子的看法都没错误,据洋大人的调查,婚前发生性行为的男女,有百分之九十七结为夫妇。这真一项好的消息,盖结为夫妇之后,固然仍有前述的被揭疮疤的危险,但并不每个人都要揭,不到恨极,绝不会那么狠心伤害自己的妻子也。一旦丈夫不爱妻子,纵然没有那疮疤,他照样有别的借口。所以差不多的夫妇,都恩爱到底。柏杨先生便遇到很多这样佳偶,他们结婚前明明开过旅馆,可是硬是发誓绝对清白。抗战前有一位同事结婚,我悄悄问他曰:“你们婚前有没有过关系?”他大怒曰:“你说的啥话,怎能以小人之心,度君子之腹,我们岂是禽兽?”我不禁大惊,盖他婚前一年,情书往返,多如牛毛,有一封落到同事手中,大家偷偷瞧之,内有女孩子的警句曰:“我愿明年此日,生下你的孩子。”这一类的事太多啦,读者先生中如果有兴趣的话,不妨逐个朋友打听一下,恐怕一律都是圣崽,赌咒二人在婚前连挨都没有挨。我们无意斥责他们说谎,这样做恰是正常,而且足以说明婚前性行为并不铁定的非招来恶劣结局不可,该幸福的仍照样幸福。

问题只在那百分之三,如果按照比例数来讲,百分之三真是微乎其微,但这玩意儿比不得买马票,买马票的人中了固高兴,不中时也不致伤筋动骨。而婚前性行为的赌注却是终身幸福,而这赌注还有奇怪之点,赢了的时候不过赢得一个丈夫,而丈夫的好与坏,如意和不如意,一时还说不定。但一旦输啦,那就惨矣惨矣,非常之惨矣。报纸上对这类新闻,用词都是一样,法院对这类官司的判决,用词也是一样的,曰“始乱终弃”。这四个字研究起来,颇有点教育作用,盖要想终不被弃,最好是始不被乱,这是我老人家发明的避免爱情悲剧的妙法之一,立此存照。

从前结婚,都是奉父母之命,现在结婚,很多是奉儿女之命。一对年轻恋人,恋着恋着,女孩子的肚皮凸了起来,根本没有结婚打算的,不得不结婚;本来不预备马上结婚的,也不得不特别提前。运气好的怀胎一年,运气不好的,结婚才五个月,便降下麟儿。报上不是有过这么一个新闻乎,台中某姓结婚,新娘抱着绝大的一束鲜花,轻移莲步,正进礼堂,忽然肚子作怪,全体宾客都以为她发了绞肠痧,只有新郎明白是怎么回事,急招产科医生,才算彻底解决,大家乃改吃喜酒为吃红蛋,两件大事并作一次举行,皆大欢喜。

上述的还是普通小民人家,若电影明星,恐怕更有绝招,有一个什么后的女士,不是先到美国产子,再回香港嫁人乎?丈夫是不是那儿子的父亲,言人人殊,我们无法考究,但有一件事却很有意思,她结婚才一年,孩子已三岁有余,可见这种风气果真摩登得很也。

很显然的,很多人认为婚前的性行为是“拴”对方的奇计妙策,一个热恋中的男人，尤其情敌甚多的时候，心神不宁，六魂颠倒，必须搂女人怀，才会觉得河山已定。我在某衙门做事时，曾住过一个时期的单身宿舍，同房间有一位陆先生焉，正在苦追一位校花，追得天昏地暗，日月无光，常常半夜爬起来团团转之。可是有一夜他忽然平安无事，第二天还蒙头大睡，把他叫醒，他一面揉眼一面哼曲子哩，我曰："你准和你的女朋友上了床。"他曰："胡说。"我曰："好小子，你瞒不了我老头。"他才俯首认罪，从此国泰民安，结而婚之，一对神仙夫妇。男人似乎总觉得女人如果决心嫁你，一定会献上身体，否则便不可靠，而使多变的女孩子唯一不变的妙法，莫过于获得她的贞操。

在女孩子方面，往往也有这种观念，《骆驼祥子》上那个老板的女儿虎妞，便是用性行为拴祥子，她向他厉声曰："我肚子里有了你的孩子。"然后再向父亲哀号曰："我肚子里有了他的孩子。"做生意的人凭条取货，虎妞女士者流，则凭胎取夫。其实虎妞女士啥胎都没有，只是急着要嫁人而已。不过这诚是女人最厉害的一着，男人如果走了霉运，被诱进圈套，那恐怕是铁定的要砸锅，盖任何人胆敢拒绝和大肚子女友结婚，全世界都会要他的老命。

不过，用性行为拴对方，乃天下最罗曼蒂克的冒险，比大吃河豚还教人心惊肉跳。沉淀于爱情而做出那事，已经够糟，里面再埋伏着阴谋诡计，好结果的不多。

35. 压　舱

船舶最怕空舱，盖空舱容易翻覆。无论其大无比的远洋油轮，或是小得只能在内河航行的小火轮，一旦把货卸净，不能马上就拉起汽笛，一走了事。而必须弄点什么东西到空舱里压之，或用海水，或用石头，或用沙土，或用其他任何有重量的东西，术语曰"压舱"，使船平衡稳定,在航行中仍保持吃水线。否则的话,万吨巨轮,像半个鸭蛋壳一样浮而飘之,上半截重,下半截轻,大风一吹,巨浪一涌,马上就会表演倒栽葱。

婚姻乃是一条空船,靠着两种东西为它压舱,一是爱情,一是子女。没有爱情而又没有子女的婚姻,势必被风浪打翻,葬身海底。爱情和子女如果能同时都有,合力压住空舱,婚姻之船当然是一条快乐的船;如果不幸而不能两者具备,只剩下了一个,船就开始摇晃,介乎沉与不沉之间。

单靠爱情去维持愉快的婚姻,固然可能,却十分艰难,这和道德人格无关,千万别往那上面拉,一拉便拉到埃塞俄比亚,离题太远。很多夫妇恩爱到极点,可是,二十年后,如果仍无子女,你悄悄地进入他们的家,准会发现使你毛骨悚然的场面:丈夫坐在沙发上以报压面,知之者知道他正读得津津有味,不知之者还以为他已断了气,盖着压面纸哩。而太太则坐在遥远的另一角落,织她的毛线,或许有一只猫或一只狗,卧在足侧,除了她的手指还有点动作外,其身子固僵硬如尸。大概至少维持数小时之久,鸦雀无声,然后其中一人恍然大悟,缓缓立起,有气无力曰:"睡吧!"另一人亦有气无力地应曰:"睡吧!"呜呼,那家庭简直像个幽灵聚会所。如果有小孩子,在其中打之闹之,喊之叫之,就完全两样。

上述那对夫妇还是高等人物,只不过像两个幽灵般苦苦对坐,既无眼前之欢,复虑身后之事,各把烦闷埋在心中,于是五天一大病,三天一小病,戚戚不可终日。遇到稍微活泼一点的夫妇,那问题就会窜出到家庭之外,丈夫云游四方,妻子则整天坐在麻将桌上,两人见面,不要说情话绵绵啦,连看一眼都懒得去看。盖没有孩子,爱情会跟着褪色,一直没有孩子,爱情会一直褪下去,而终于褪尽,使婚姻成了没有压舱物的空船,稍遇风浪,准稀里哗啦,分崩离析。最简单的是太太遇到另外一位懂得温存的家伙,或丈夫跳舞跳上一位女士,最初逢场作戏,以消苦闷,后来不知道怎么搞的,发现她很会生儿子,尤其怪的,她竟真的给他生了儿子,啼声洪亮,又白又胖,年近半百才身为人父,其高兴的程度,恐怕是非明媒正娶跟孩子的母亲结婚不可,那家中的太太便危矣。

没有孩子的家庭始终濒于破灭的边缘,这道理比二加二等于四还明显,盖甜言蜜语的情话,终有说完的一天——其实用不了太久,蜜月过去,就已说得差不多啦。当蜜月之前,他夸奖她的头发如云,她赞美他的前途似花;他发誓说只要有她他一辈子就满了足,她也发誓说他真是一个好丈夫,她真庆幸没有嫁给别的男人;如此这般,其乐无穷。可是十年二十年下来,这些话便索然无味,情话如果没有新的内容,便等于开电唱机,不切合实际。好比一个女人到了柏杨夫人那么大的年龄,如果再说她漂亮,她势必伤心欲绝。而一个男人到了柏杨先生这种阶段,再说他有前途,那真是想挨老拳。于是日久天长,两个老家伙四眼相对,变成两只没啥话可说的木鸡。

我们早已隆重声明,爱情是感情的一种,变化多端。有高潮焉,为了爱情愿为她死;有低潮焉,想当年愿为她死的美人儿,今天看见她就讨厌,恨不得她马上驾崩;有不高不低的潮焉,平平凡凡地过日子,可能转好,也可能转坏。没有孩子,爱情会日渐空虚,因无新的刺激,必将归于平凡,而终于风消云散。有了孩子就似乎两样,柏杨先生一代还常常高呼曰:"养儿防老",其实不过是一种借口,农业社会尚有一星点被养的希望,而今进入工商业社会,年轻人视老头若眼中钉,恐怕没有几个人能有那种福气。而人们的观念也同时跟着大变,已经知道养儿育女,不是投资,父母更不是放账的债主也。

现代人需要孩子,养之育之,吹牛一点地说,是为责任,实际原因恐怕只是为了压舱。俗云"有子万事足",乃中年人才有的心情。柏杨先生曾看见一位早婚朋友的一首诗,记其警句云:"有妻万事足,无子一身轻。"风流潇洒,倜傥不群,真名士也。盖哪一对年轻夫妇一结婚就希望凸起大肚皮乎?可是,那位朋友一直到今天,仍"身轻"如故,急得吐血。老头老太婆一看见别人的孩子,便爱不忍释,抱了又抱,眼都发直,而且最怕人家问他们膝下如何。呜呼,冒冒失失问绝后的先生太太几个孩子,那种尴尬场面,真应列入世界十大奇观之一。有一次我便露了这么一手,询问已毕,朋友赧然曰:“没有孩子。”我曰:“你说啥?没有孩子?不要客气,我不信你没有孩子。”朋友夫妇的脸色此时乃呈奇妙的变化,厉声曰:“没有就是没有,你想怎么?”我想怎么?我想跳井。只好结巴云:“对不起,那太好啦,没有孩子比较清静,你看,真的,清静就是清福。”语未完而汗流浃背,从此学得一种学问,对中年以上的夫妇,如果还没有摸清他们的底细,是空舱乎,抑有压舱乎之前,千万别乱开簧腔瞎问他有几个孩子,弄得大家都下不来台。盖有孩子的人,永不知道没有孩子的人,其心是多么苦也。

不能怀孕的夫妇有一法宝,那就是可以人工受孕。可惜中国目前还不太流行,行之必有人大惊小怪。记得民国初年,生孩子都是请的产婆,有些老年人宁愿媳妇难产而死,也不准动手术,盖与名誉有关,他们家的孩子,几千年都是生出来的,从没有拿出来的。至于请男医生接生,那更是奇耻大辱,谈都不要谈。可是现在年头大变,有些老爷太太还非请男医生接生不放心哩。不要看现在的人一听人工受孕,先掩耳朵,将来总有一天普遍得很。不过柏杨先生站在男人的自私和自尊立场发言,告诉当太太的女士,你们如果去人工受孕,千妥万妥之计,别让任何一个人知道,也别让别的女人知道,一个人悄悄地独来独往最妙。我敢打一块钱赌,如果该事一旦传到丈夫耳朵之中,发现膝下可爱的孩子是你人工受孕得来的,不是闹得天塌地陷,准是心灰意冷。呜呼,别看男人又臭又凶,一旦对自己妻子在性行为上抱歉,那才是最大的抱歉。无论不满足也好,不能生育也好,其打击之大,真是连大力士参孙先生都挡不住。所以不孕的夫妇中,往往做丈夫的总是强烈反对自己也去医院检查,认为只要太太检查就够啦。盖一旦检查出来毛病在自己而不在太太,这一辈子都抬不起头矣。历史上的传统如此,不孕之症,其责任向来都全在女人肩上。凡是不肯前去检查的丈夫,不用打听,准是心里有数,不是想当年得过风流之病,便是自己偷偷地已去检查过。反正任何臭男人都死要面子,不肯栽到太太之手。一旦太太乃因别人的精子而受孕,那还得了哉？他对子女的爱会陡地降低，一家人都要跟着上吊。

领养孩子似乎是目前最普遍的一种压舱良法，这对父母对孩子，都是有益之事，一个愿意出卖或愿意出让孩子的家庭，不管其生身父母爱之不爱之，如果仍留下来，痛苦一定多于幸福。如果他是私生子，精神上的压迫会使他发疯，如果他是穷苦家庭的孩子，营养不良和缺少教育，也会使他被社会牺牲。如果有人领养，那真是一步登天，三十年后，大多数都比他同血统的兄弟姐妹有苗头。

不过一个人一旦到了绝后这个阶段，就一定非常古里古怪，最尖锐的现象之一是，无论家里身上，均一尘不染，而且什么东西摆到什么地方，都属铁定，比美国宪法还不可侵犯。柏杨先生最怕遇到这种场合，到了他家等于到了滑铁卢，非大败不可。你一不小心动了一下桌布，他马上就搬之正之。再一不小心抽了他架上一本书，他至少要用其尊嘴吹三分钟之久，以吹去你手上的污秽。而且俟你仓皇告退，老夫妇起码要忙三天，把你坐过的，挨过的，碰过的，瞧过的东西，一一捡起，又拂又洗，又煮又扔，搞得乌烟瘴气。这种人属死硬派，如果建议他们去领养一个孩子，准魂不附体。

36. 亲情同样深

一个人没有孩子而又不肯领养孩子，等于一口气吃十斤巴拉松，观世音菩萨下凡都救不了他。人性也者，包括对种族繁衍的强烈要求。孟轲先生曰："少慕父母。知好色，则慕少艾。"慕少艾者，见了漂亮小姐心就跳，非娶之不可，娶不到便失恋，便发癫，便骂大街之谓。一旦娶之，到了中年之后，乃进一步"慕儿女"起来，这是一种与生俱来的本能，没有人教导而自然发生，一旦发生，没有其他东西可以代替。不信的话，不妨找一位年轻朋友，问问要他放弃那美丽绝伦女朋友的代价是啥，恐怕把地球给他他都不干。慕儿女之劲亦然，儿女绕膝之乐，更是两个地球都不换。穷措大有时穷得眼睛冒火，卖儿卖女，但一旦等他塞饱肚子，第一个想到的仍是远离的孩子，有很多到了后来变成富有，花去全部家产去寻找当年穷困时卖掉的娃儿。

很多阴阳怪气的夫妻，一旦领养了孩子，往往恢复了人生，变得和蔼可亲起来。柏杨先生有位朋友，死硬派之一，和他交往，真是动辄得咎。记得有一次并肩而行，我停下来为孙儿买小火车，偏偏好心肠的店老板推荐七巧板，推让还价声中，他在一旁发了脾气，跺脚而去，盖认为我故意向他示威，使他难堪也。可是三年前有一天我遇见他，他也在摊子上买玩具哩，不禁大奇，趋而询之，他热情如火地拉着我帮他挑选，我问曰："送朋友乎？"他答曰："给我自己的小孩。"我吃惊曰："恭喜恭喜，嫂夫人年龄和老妻相若，真是老蚌生珠矣。"他悄悄曰："我抱了一个女娃儿。但千万莫乱讲，邻居都知道是我太太生的。"前几天我去他家，小女孩已读幼儿园，娇小可爱，下学后叫一声"爸爸"，老家伙马上丑态毕露，抱着她猛吻，一会爬到地上做马叫她骑，一会躲到椅后逗她学狗叫，小女孩永远想不到她赐给老两口那么大的幸福。我在一旁虽有点肉麻，但他们的天伦之乐，不因不是亲生而稍减。

现在有一条法律，规定领养的子女，户籍上不得写为亲生，真是一种天杀的规定，柏杨先生便是死啦，当鬼都要反对。以人子作己子，当然不是亲生，硬在户籍上写为亲生，官崽圣崽之类，平常没风还要掀起三尺浪，遇此良机，势必更振振有词。问题是家庭之间，讲的是情而不是理，将来孩子一旦知道他是领养来的，变化便平地而起。十年之前，看过一场美国电影，片名曰《亲情似海》，演的是一个家庭，姐妹二人，父母爱她们若掌上明珠，过着快乐日子，姐姐常管教不成才的妹妹，妹妹总想伤害姐姐一下，出出怨气。而父母偏对姐姐支持，妹妹火气上冲，自不在话下。于是，有那么一天，妹妹翻母亲的箱子时，忽然翻出姐姐的出生纸，原来姐姐竟是领养来的，妹妹立刻欢喜若狂，就在某一次姐妹吵嘴当中，妹妹宣了出来。妹妹的原意，不过使姐姐难过一阵,晓得自己厉害,却不知道那伤害触及到根本,惹下滔天风波。

盖姐姐一旦知道自己不是父母的亲生女儿,有一种化外之民的感觉,心情乃突然大变,对一向爱她而她也至爱的父母,竟如陌生路人,一心一意去寻找她的亲生父母。经过种种周折,终于找到。呜呼,闭着眼睛都可以想象得出,一个遗弃亲生女儿的母亲,再高级也很难高级到哪里去。果然,在喧闹的火车站旁一座肮脏吵闹的赌窟中,女儿紧张地摸索进去,全场流氓都吹起口哨,原来她的亲娘就是那里的老板。这一次会晤粉碎了姐姐的幻梦,在幻梦中,她把亲娘和养母相提并论,却想不到亲娘竟如此那般,见女儿漂亮,第二度地打起不良主意。

姐姐重回到养父母怀抱中之后,恰逢她大学堂毕业,戴上了方帽子。她代表毕业同学致词曰:"我们多半是这个国土上的移民,虽然不是祖先留给我们的土地,我们既到这块土地上来,就要爱这块土地,离开这块土地,就闻不到芳香。"

讲词大意如此,已记不太详矣。那部影片不可不看,除了剧情高度发挥了人性的善良而外,还同时提供了很多问题。主要的是,坚持着把领养的子女一定写明领养,对国家社会,父母家庭,以及自身,似乎都没有好处。幸亏亲娘不正派,假定亲娘正派,女儿脚蹬两只船,留在养母家则于心不安;回到亲娘家,生活习惯,个性脾气,都不了解。而且稍不如意,便会想起卖儿之怨。养父母恩情,又无法彻底忘掉,那岂不更可悲乎?电影上的结尾是一场喜剧,父母女儿姐妹和好如初。但柏杨先生心中却窃有疑窦,我就不相信她们能真的和好如初,至少她恐怕不会再管教妹妹矣。而妹妹也要时时提心吊胆,免触其疮疤。对亲生父母,儿女大吃大喝,又花又穿,觉得理有应得,不给就闹,毫无愧色。一旦发现自己是个养女,那份感恩之情,便把气氛弄得疙疙瘩瘩。

所以,遇到有朋友领养孩子,我总是自动自发地前往建议,一定要报"亲生"的户籍,否则宁可不要领养。反正红包满天飞,买张假出生纸,包管易如反掌。如果真的所有医生都像他们在报上说的那么好,无法买到,则不妨做个假的,便是因此吃伪造文书官司,也十分值得。前天看报,见人伪造孩子的出生纸,被法院提起公诉,法官执法,案件送到门前,自不得不办,我们无话可说。但那告发人为的啥?硬把一片可怜的亲子之情生生断送,一脸公报私仇的圣崽嘴脸。噫,幸亏那法官不是柏杨先生,如果是柏杨先生,先把他打四十大板,再送他一顶大匾,上写四个大字,曰"离人骨肉"。

37. 养育之恩

父母对孩子的关系,显然的分为两个阶段,一是出生,一是养育。两个阶段可以截然划开,张先生张太太出生,王先生王太太养育,不但不冲突,而且相辅相成,两者都同样重要,缺一不可。不过一定要比较一下的话,似乎出生之事没啥了不起,而养育之恩,重如泰山。古时有人提倡"非孝",说父母生子,乃不得不生,根本无感情可言。这种论调,我们不赞成,盖他们只把问题说对了一半,那一半就是仅仅出生这个阶段,固没啥可称道的,但养育那个阶段,却不然矣。报上每遇奸情新闻,总是把性欲冲动称之为"兽性大发",在记者看来,那是谴责之词,实际上那是上等的描写,盖人因生物的本能而怀孕,很少有谁在上床敦伦前焚香祷告曰:"上帝,请赐一子。"不管你愿意不愿意,不管你高兴不高兴,到时候不知道怎么搞的,肚子就会忽然膨胀,如果不立即加以阻挡,或阻挡不住,两三个月后,便无法阻挡,只好让它继续膨胀下去,而终于有那么一天,腹痛如绞,送到医院,生出一个白胖娃娃。虽不想生,不可得也。

把孩子生出来,可以说完全是生物本能阶段,以兽性始,以不得不生终,父母有啥德啥恩乎?电影上常常提出这方面的争执,一个奸夫曾向人大吼曰:“我赋给他生命!”真是肮脏而又无耻,但那却是真的,盖生命来自人的生物本能,不来自人的意志。

父母真正的恩德在对孩子的养育,那才是报不完的亲情所在。自呱呱坠地,到长大成人,有一股神秘的线牵在父母和子女之间。没有孩子,父母的心灵不能充实。没有父母,孩子不能生存发展。就在上述的那部电影中(该电影惜忘其名字矣,系法国片),奸夫正在夸耀他赐给孩子生命时,孩子的父亲指孩子而问曰:“他从生下来到今天五岁,什么使他长大?”该臭男人曰:“父母用钱养他。”其父曰:“不然,父母用爱把他养大,孩子身上每一寸肌肉都是父母的爱的堆砌。”那部电影并不好,但此语感人。呜呼,养育子女,才显出父母的真正情操,父母为儿女牵肠挂肚,儿女在父母怀中躲风避雨,世界上所歌颂的父爱母爱在此,虽杀身都不能报答于万一。

然而,奇怪的是,抱养的孩子却从不肯想到这一点,往往是一旦发现秘密,便怀念那不得不生自己的亲生父母。柏杨先生有一个世侄,已是大学生矣,有钱得很,平常汽车来往,见我则“哈啰”焉,从没有把我这个老头看到眼里。我气他不过,也不理他。可是有一天垂头而来,毕恭毕敬,让之再三而后肯坐,老妻为他端茶,他竟然也知道欠屁股,神情大异往日,就知道必有毛病,详询之下,他吞吐了半天,果然出事。

原来他的老父正在为他办赴加拿大手续,竟从香港寄来一张皇家医院补发的出生证,而该世侄知道他父母根本没有到过香港,甚至长江以南任何省份都没有去过。他曾问他的母亲,老娘回答得仓皇含糊,不但不能消除心中困惑,反而更启疑窦。因之忽然忆及小学时,有人骂他是“野孩子”,对镜自照,他的头发是卷的,而父母的头发却硬而且直。怪哉怪哉,显然不是亲生的。陡的心灰意懒,乃来向我打听,要我“说老实话”,并指天发誓,保证即令他是抱来的,他对父母的养育之恩都报不完。我听了后,大怒而训之曰:“好个混蛋小子,不能体贴老人之心。香港出生的人到加拿大不需要签证,老两口为你去买个假出生纸,为的使你以后行旅方便;只要是不列颠协和国,想去哪里就可去哪里,不用捞什么其他文件。这叫投机取巧,舞弊营私,与平常训子那一套大异。你贸然一问,问得一时磨不开,怎不支吾其词乎?”该世侄大喜而去。呜呼,现在他在加拿大已读了打狗脱之位,我当时如果真的说了“老实话”,他是他父母从保定府专车赴港,以五百元港币买的,恐怕他的家庭和他本人这一生都阴风惨淡;生身父母的影子将一直出现心头,越拂越浓,越发誓不在意,越是在意。他将千方百计探听亲生父母的消息,如探听不出,那心灵上的石头会把他压得忧郁终身,使性格与人格都发生变化。如果天老爷忽然高兴,使他探听出来,那更要麻烦,生身父母如果很阔,他会看不起现在父母,把养育之恩一笔勾销(有时候则分成几笔勾销);生身父母如果很差劲,好比竟是一个照片上过报被处绞刑的强奸杀人犯,他势必产生严重的自卑感,后果如何,不可预料。

另外还有一个朋友,二十年前,已有三子,后来在垃圾箱旁,拣了一个女婴,遂抱回养育,视如己出。那时上海还没有户籍,乱说亲生,没人计较也。可是三个男孩却是知道的,他们天生忠厚,对妹妹非常之爱,不过遇到吵架,像争皮球,争座位,男孩子吃了亏后,便掀妹妹的底牌,说她是抱来的。父母对这一点特别把握得住,谁要说妹妹是抱来的,无论何时何地,准一顿臭揍,把男孩子们揍得迷迷糊糊,久之也认为是亲生的矣。现在一家六口,均在台湾,去年女儿出嫁,她一直都不知道自己的身世。

在领养子女上,柏杨先生誓死主张消灭真迹,即令因之犯法坐牢,都没有关系。要领养就领养三竿子都拉不上关系的孩子,最好在千里以外,一手交钱,一手抱娃,第二天见面都不认识,了无迹痕。亲戚朋友的孩子千万抱不得,盖这种感情实在太微妙,也太奥秘。大道理人人皆知,问题是再大的道理都不能解心头上那个结,那个结看不见焉,也摸不着焉,他甚至赌咒没有那个结,但那个结如故,否则他便是禽兽,不是人类矣。人性使他怀念亲生父母,乃是一种高贵的情操,不能妄加责备,而只能从根本上设法,免得它破坏另一种也是高贵的情操。

无论如何，孩子还是亲生的好，有些摩登的母亲硬是不肯生孩子，盖生一次孩子，人就老了一岁，腰就粗了一圈。本来窈窕得若杨柳焉，五六个孩子生过之后，和五十加仑汽油桶就差不多。《飘》上的女主角郝思嘉小姐，何等漂亮，可是作了三个孩子的母亲后，不得不叫姆嬷把带子绑到柱子上拼命地勒。而且牙齿、皮肤、丰姿，都会受到严重影响，故生子是美丽的第一大敌，摩登母亲往往竭力反抗，有的甚至彻底避孕。那种干法对不对，言人人殊，我们不必去研究，但将来她自己吞下自己种下的果实，可断言也。女人是上帝特别规定的传种动物，你不传种，你便要付出代价——那是中年时心灵上的寂寞，和老年时心灵上的空虚，任何东西都不能代替。然而，生起孩子来，应以多少为宜，却是一门很大的学问，盖有些女人连一个都不肯生，而有些女人却是生起来凶猛无比。柏杨先生有一位朋友，一年一个，他们结婚十五年竟生了十六个，盖其中有一年两头各生一个的，真叫人咋舌。该朋友酒酣耳热之际，每每骂大街曰："我老婆奇怪之极，连挨都不敢挨，挨一下就生一个。"不过骂大街固骂大街，日昨见他太太的肚子又鼓起来，可能要和周文王姬昌先生比赛，姬昌先生不是百子乎？这是一个严重问题，似乎不可不提高警觉。盖生孩子和养孩子，乃是天下最辛苦的工作，十月怀胎不但可以毁灭母亲的美丽，且可毁灭母亲的健康。柏杨先生办公室里，有一位女职员，年方二十有三，却已生了四个娃儿，在结婚之前，固花样人物，把臭男人搞得一个个神经失常。可是现在牙齿几乎掉光，吃东西靠牙床咀嚼，说话靠牙床把风，头发也脱落得稀稀疏疏，满脸皱纹。最有趣的是，太多的孩子为她带来太多的雀斑，纤腰之粗，更不在话下，而且再也直不起来，无论坐立，其背如弓。该小姐姓赵，我们戏呼之为"赵老圆"，讥其腰弯得太厉害也。她也不怪，盖连脾气都没有啦。一个女人到了如此地步，实在活着没啥意思。然而这还是高级的多子分子，其状不过惨兮兮而已。如果遇到低级的多子分子，那才更惊心动魄。山肯夫人有一次去拜访贫民窟，发现拼命生孩子，实在是一种自杀之道。有一个妇人，年才五十，已拥有二十七个子女，那简直不是女人生孩子，而是母猪下崽子矣。不过问题不在于生得多少，而在于那种下崽子的干法，母亲身体受得了乎？能把孩子养得很健康乎？能使他们都受到很好的教育乎？山肯夫人目睹那些孩子虫豸一样爬在厕所、屋角、马路上、水沟旁，任其害病生疮，呻吟啼哭，饥时拣满是虫蛆的面包屑塞在嘴里，不禁泪下。这促使她毅然献身于节育工作，呼吁尽量少生。无止境地生下去，害了孩子，害了自己，也害了国家社会，有百弊而无一益。

38. 猛生瞎生

《三字经》上曰："养不教，父之过。"有的人只拼命地生孩子，生下后任其自生自灭，不能使他们接受相当教育，其"过"实在是不能宽恕。所以山肯夫人提倡节育，是一种悲天悯人的神圣壮举。盖一对夫妇有几个孩子为宜，应以他们身体的健康，以及他们有没有力量，有没有时间，有没有方法教育子女为准。如果父母体壮如牛，家有黄金五千万吨，爱子女入骨，又有窦燕山先生那种教子之道，则不妨努力猛生，便是生上一千两千，都没关系，对己对人，皆一桩善事。可是，如果母亲身体糟了个透，像前面推荐的那位"赵老圆"女士，再生两个孩子恐怕实在是活不下去，届时撒手西归，丢下几个孩儿给丈夫，那一堆烂摊子，叫谁替她收拾乎？丈夫如果再婚，后娘的滋味总不如亲娘的滋味，丈夫如果不再婚，孩子谁去管也。

一个人的经济情况，如果自估不能使子女受相当教育，则生那么多干啥？我有一个朋友，大学堂毕业，四个儿子，全都读到高中为止，一个女儿初中毕业后便嫁了人。前天相遇，我就诘之曰："老哥，你父母供你到大学堂毕业，你就应该供你的子女也如此，你把孩子弄得上不上，下不下，算啥？你念过《三字经》乎？"他叹曰："实在是力量不济。”我曰：“那么，你为啥生得那么多？如果只有一子一女，把钱集中起来，岂不是就可以啦。”该老哥无言以对，嗒然若丧。时代的精神是：一切要有计划，打仗要有计划，烂仗不可打也；经济要有计划，乱搞徒招危机；生育更要有计划，不能像猪一样，一孕便生，管他生后如何。我并不是说一定非把孩子支持到大学堂毕业不可，而是说，至少应该有力量使他国民学堂毕业。孩子受的教育无论如何不能低过自己受的教育，否则便是丧尽天良。立法机构似乎应该制定一条法律，在户口普查时附带普查一下，一旦查出这种情形，不管做父母的老到什么程度，一律当场责打四十大板，打得他皮破血流，方达到救救孩子的目的。

柏杨先生从没有说过有钱的人有福啦，可以多生孩子，穷光蛋只有绝种。叫穷光蛋绝种，似乎太残，于心不忍，但穷光蛋绝不宜多生，乃千古不易的真理，违反这一真理，无论自己孩子，和国家社会，都有罪受的。以柏杨先生为例，家无恒产，靠苦写维生，便只配生一子一女。本来是只有一个儿子的，民国初年，公教人员，老是欠薪，有时官恩浩荡，发下来也不过八成七成，养一个孩子已冒了大险。后来堂祖逝世，遗下稻田四十七亩，生活转佳，多生两个没有关系，才又生一男一女。结果是把我这个老头敲骨吸髓，又把那四十七亩田卖掉，才使他们受大学堂教育（女孩不成才，考上了个私立学堂，花费奇大，哀哉）。我若只有一个孩子，该多么轻松。然而若是拥有十二个孩子，恐怕国民学堂都读不完，能对得起他们乎。

没有足够的经济力量，而凭着一股生物的本能猛生，那不叫生子，而叫造孽，阎王爷都不饶他。贵阁下读过动物学乎，鱼太太生子，一生就是成千成万，能长成小鱼的百不得一；幸而长成小鱼，再长成为大鱼的又百不得一。人非鱼也，不可能制造百不得一的现象，应该生一个算一个。然而精彩的却是，越是贫苦的夫妇，子女越是奇多。有些人说跟缺乏娱乐有关，经济宽裕人士，时间可多方面支配。贫苦夫妇似乎只有上床一途，遂不得不大生而特生，终于生得车载斗量。不过，这似乎只是有钱大爷钦定的原因，事实上是因为他们无知，既不知为何节育，也不知如何节育。

虽有足够的经济力量，但没有教育子女的时间，其生子也叫造孽。呜呼，君不妨抬头四望，有几个大官富商的子女成才乎？佛家讲报应，说那是他们做官有钱坏良心的报应，柏杨先生向不相信有啥报应，但却相信大官富商之子多半要坏，非关弥勒佛发脾气，而是由于大官富商虽有教育子女的钱，却没有教育子女的时间也。大官富商最大的特点是忙，不外乎忙开会焉，忙主持会报焉，忙批公文焉，忙打高尔夫焉，忙和女人瞎泡喊妹喊娘焉，忙受更大的官更富的商蹂躏焉，忙见了洋大人发抖焉，忙训勉别人杀身报国焉，忙表演忠贞焉，忙吸民脂民膏焉，忙想办法把弄来的钱存到美国巴西或瑞士银行焉。悲夫，他哪有时间教育他的子女哉？我有一个朋友的女儿，有一天骑着屁股撅得奇高的脚踏车，来柏府串门，我托她告诉她父亲一件事，该女儿甩头发曰："还是你自己办吧，我已两个星期没看见老头的面。"惊问其故，原来孩子们早上起来上学时，老头仍在梦中，或早已出发开会听训或致训，这一天犹如肉包子打狗，一去不回；必须等到午夜一时二时，搞了一天之后，才拖着疲倦的身子归来。斯时子女均已入睡，他连问一声的力气都没有矣。所谓家庭教育，所谓考查子女学业，所谓天伦之乐，全化一屁。即令偶尔在家，所谈所想，又实在无高明之处，这种人的子女，如果竟然也成佳儿，我们穷苦朋友的子女，岂不都得上吊？

孩子们没有管教，却有大量老子昧良心弄得来的银子，只会使其成为一颗定时炸弹，危险万状。

虽有足够的经济力量和足够教育子女的时间，而没有教育子女的方法，同样也是造孽。有一位受过高等教育的母亲，一高兴就把脚趾让她的婴儿吸吮，这种对子女的辱弄行为，大概起于权力欲望不能满足，平常我不太值钱，现在有人甘愿接受我的辱弄，也是一种补偿。其心理是不是这般变态，我们不管，反正对子女这种态度着实有点问题。她阁下一共有四个孩子，其中三个是哑巴（不能说得再详细矣，说来说去可能有人认出是谁，那柏杨先生就要挨揍），我就一直有这么一个怀疑:孩子们哑巴和母亲的辱弄可能有关,盖她那尊贵的脚趾上可能有一种足以使声带失效的细菌或有刺激性的玩意儿,在脚趾上没有妨碍,一旦入喉,便出毛病。医学上有没有如此学说,我们不知道,但理论上却是可能的。如果真的是这样,那才使人肝肠寸断。

某一个大官,一天正和全家共餐,其子踞靠椅上,挑鱼不好吃焉,挑肉不好吃焉,大官怒斥之,该儿子不声不响,从腰里掏出一把弹簧刀,像一个侠客对付恶棍一样,指其父而言曰:"我警告你这个老东西,以后少管我的闲事。"只听得咕咚一声,该老东西气昏过去矣。但在被救醒后,其母却帮儿子说话曰:"吃饭是吃饭,不是管教孩子的时候呀,你高兴起来就是一阵风,也没有想孩子年纪还小,不过才读高中,别人的孩子读高中都出国当博士啦,你也不想点办法,只知道端老太爷架子,你把孩子气跑,我给你拼命。"后来那儿子果然"跑"啦,非老东西气他跑,而是他动刀子杀人,警察局要找他,才暂时避寿去也。每月由老母寄一千元,如少一文,该孩子便扬言要打道回府,老母立刻吓得喊司机去银行办电汇。然而消息终于被记者探悉,虽然因该官甚大,各报不敢也不愿捅马蜂窝,未能刊出,但已流传人间,闻者无不叹为观止。

其实这种刊不出的消息多矣,比这还要精彩的儿子众矣,等到大官们失势之后,自有人会写出来,以供欣赏,我们现在不宜去碰。但仅在小人物间,也有足够的数据供我们说明。我有一个年轻朋友,在某报当记者,该报每周有一画刊,每期都要介绍一个美人,有一次他奉命往访某名歌女,此女年约二十二三,美而且慧。她爹是一位中级附员之类的闲官,能讲会道,精明过度,该爹眉飞色舞地畅言曰:"读书有啥用?我大女儿读到高中便不读啦,现在是台北一流歌星,一个月八千元,比老兄当记者多十倍。二女儿念初中二年级,我叫她改读美尔敦补校,只要能讲一口流利英文,交上美国朋友,不怕没钱没势。三女儿还小,我等她小学一毕业就去信天主教,将来可以参加朝圣团出国。只有男孩子是赔钱货,我让他们统统当海员,当海员带私货最方便不过。"记者朋友因受惊太甚,出门时几乎撞到墙上。呜呼,这种教子有方的父母,最好绝后,否则应该是生的孩子越少越好。

39. 太多太早

子女来得太多太早,不但足以毁灭一个女人的美丽,而且足以消灭一个男人的前途。孔丘先生曰:"三十而立。"一个人不到"而立"之年,便结了婚,而又没有办法不生孩子,那简直等于拿刀往自己脖子上猛砍,不把脑袋砍掉,也会砍得鲜血淋淋。我每看到有些青年朋友,才二十二三岁,便急得像发了疯,找一位漂亮的或不漂亮的小姐,吹吹打打入了洞房,便不禁为他担心。两个孩子生下来,他就有天大的本领,恐怕都很难闯出万儿。若干年前,柏杨先生有一位朋友的侄女,还在读高中一年级,就跟同班同学,年龄还比她小一岁的英俊小子恋上了爱,而且不知道怎么搞的,肚子有发达之象,被伯父伯母揍了一顿,哭哭啼啼来向我请教,并把那小子的照片拿给我看,说二人已海誓山盟。我既不看照片,也不听誓言,便告之曰:"我怀疑你肚子是不是真大。可让你伯父母检查一番,如是真的大啦,则马上去打胎,只用请一个星期病假,就说害了重伤风,再不然说害了流行性感冒,谁都不会疑心。"她失望曰:"他爱我呀。"我曰:"现在他爱你,可是将来他会恨你,你和孩子埋葬了他。"该侄女一听我言出无状,显然问道于盲,乃悻悻而去。后来二人如愿以偿地结了婚,并且连生三个孩子,那小子才二十三岁,自己还不太懂事,便做了三个孩子的爸爸。勉强高中毕业之后,不得不找一份差事,狼狈餬口。有一年参加联考,考取大专,无法入学。其长官对他很是器重,要送他出国进修,他不能抛下妻子儿女,也只好干瞪眼。但他的怨气却大得像一门冲天炮,结果是天天打孩子,打得性起,连当初碰一根汗毛都舍不得的娇妻,也一并开揍。于是女的来哭曰她后悔,男的也来号曰他也后悔。呜呼,男人好像板车夫,板车上多坐一个娇滴滴的妻子没啥关系,如果坐的是黄脸婆和一个二个三个以至若干个儿女,甚至还要坐上丈人丈母娘,小姨大姨,小舅大舅表姨舅等等,他便拉不动,非口吐鲜血,倒地而死不可。无论男方女方,婚前不想到孩子问题,婚后又没有计划去生儿育女,有悲惨镜头可看的。不服气的青年朋友,尽管横冲直撞可也。

然而子女也有其意想不到之妙,那就是可使家庭稳固,做父亲的有机会远走高飞而不能远走高飞,在他本人固然很是窝囊,但在家庭的立场,却因之而安如泰山,假如没有入骨的亲情拖住他的脚,他早奔他的前程去啦。尤其是到了父母患上了七年之痒,或十三年之痒,互相看着不顺眼,恨不得对方忽然患个什么脑充血之类的奇症暴亡,使他们不暗下毒手,不闹离婚者,只靠子女。我一位朋友,和他的太太有不共戴天之仇,一提起那婆娘便咬牙切齿,痛苦万状,有一次气得头昏眼花,连十字路口的红灯都没有看清楚,几乎被汽车撞死,可是他不肯离婚,他曰:“我不忍见三个孩子们痛苦。”呜呼,孩子真是魔术,不善生不善养,是定时炸弹。善生善养,又活像万能胶。

不良少年是工业社会的副产品,工业越发达,不良少年的现象越严重,台湾不过才刚开了一点头,伟大演出还在后面,可是台湾同胞已受不了矣。某大官之子仅持枪抢劫了一次,闻者便大摇其头,如果看见美国不良少年横行的气焰,恐怕非把头摇掉不可。盖洋人之国,大人们固然凶猛,发明洋枪洋炮,所向无敌。便是他们的孩子,也有不同,不良起来,岂止小抢而已,简直大抢特抢,轰轰烈烈。或者坐着自备的或偷来的汽车,手执冲锋枪,击毙警卫,恐吓行员,运走一大捆一大捆钞票。或者是找一个漂亮而倒霉的女郎,轮奸后肢解而埋葬之。中国不良少年和他们比起来,简直小巫见大巫,羞都要羞死,台北的一些不良少年干的都是些鸡毛蒜皮的玩意儿,不足挂牙。

不过美国不良少年和中国不良少年不同,美国的不良少年是工业社会的产物,天然的也。中国不良少年是特权社会的产物,完完全全是人为的现象。美国不良少年的“不良寿命”不会太长,一旦犯法,准吃官司,一旦到了就业年龄,找到一份职业,就被纳入钢铁一般职工组织之中,想“不良”也不良不起来,毛病往往不治自愈。而中国则不然,犯了法不见得吃官司,而且其父的官越高,该尊贵的儿子女儿便是搞出再大的乱子,都会平安无事。而中国又没有职工一类的组织,他会一直不良到底,谁都管不了他,遗祸就无穷无尽。

世界上没有一个孩子是天生的太保太妹,也没有一个孩子愿意去做太保太妹,他们之所以搞得一塌糊涂,父母不得辞其责焉。我有一个朋友往某官崽之家应征家庭教师,该官崽表面上倒还尊师重道,临走时硬要送到门口,正推让间,只听砰的一声,一粒石子击中他的后脑,起了一个大包,痛得双泪齐流,原来是他的学生表演弹弓,给他的见面礼。该官崽当时就向其子大喝曰:“这成什么话,怎么连老师都敢打。还不快去洗手,看两只狗爪脏死啦。”这是一例。还有一位朋友的太太,也在某官崽家当家庭教师,孩子活泼得出奇,经常把尿撒到她高跟鞋里,父母好像没有看见,而且把她这个老师当成阿巴桑,有客人来,呼她端茶;送煤斤的来,呼她看秤;该官崽早上高卧床上,呼她坐在床前读报。有一天她的学生放了一架捕鼠机在床底下,骗老师曰,他的铅笔滑进去,请她代为摸出。一摸之下,正中机关,打得她五指红肿,三个星期都没有消下去。老母听见她的悲叫,不但没有揍她的儿子,还说他聪明伶俐,有脑筋哩。这又是一例。

有一个故事,人人皆知,但为了帮助我们研究,不妨炒炒冷饭:某江洋大盗伏法时,法官问他有无最后要求,他说要吃他母亲的奶,老母在法场外早已哭成泪人一样,听说儿子要吃奶,当然照办,想不到她儿子在吃时把她的乳房一口咬掉,该大盗曰:“我小时候偷人家东西,她如果管我教我,而不鼓励我,何致今日?”看了这个故事,责任何在,明显得很,盖天下只有不良父母,没有不良少年。凡是不良少年,无论是太保焉或太妹焉,考察家庭情形,父母之中,至少有一个是不可救药的鸭子屎,或者两个全是鸭子屎。我敢和你打赌,如果不良少年的父母竟都是贤明的,我输一块钱。

报上常有不良少年犯案后,其父母大生其气的消息,有的记者先生还替老两口打不平，说爸爸既有道德又有学问，而母亲更是一个典型的主妇，怎会生出如此逆子？呜呼，对于这种不知自责而徒出卖子女的做法，更证明他们二老非是鸭子屎不可。我可断言，做父母的如果是如彼之好，其子女绝不会如此之坏；做子女的既如此之坏，其父母绝不会如彼之好。圣人云："种瓜得瓜，种豆得豆。"瓜藤下绝长不出豆子来，如果竟真的长出豆子来，保证那是豆藤而不是瓜藤也。竟有混蛋老头老太婆瞪着眼叫："我明明是瓜藤，孩子成了豆子，真叫不肖，气死我啦。"对这一类的父母，再简单不过，只要用锄头把它的根挖出来看看，也就是只要查查他们的历史，翻翻他们的底牌，便见分晓。

前天报上就有一则，儿子在学堂受到处罚，老娘领了大批娘子军前往大闹，把教习打了三个耳光，教习气得要辞职。她一想不对呀，教习一辞职岂不泄漏天机？就又威胁他不准辞职，该教习只好不辞职矣。但从此以后，该学生当然瞧教习不起，教习当然既不敢也不愿再管那位学生老爷。噫，父母是不是不良，看他们是不是"护犊子"便知。也是前天的消息，不良少年已被抓到警察局，老娘亲自往救，进得门来，抱着儿子大哭不放，口中念念有词，好像《红楼梦》里的王夫人，她的儿子是宝贝，妙不可言，一切坏事都是别人引诱的，连警察也骂了进去，骂得警察敢怒而不敢哼，知该婆娘有点来头也。果然不出十分钟，上司的电话来曰："你们抓了一手狗屎啦，那小子是啥啥的儿子（接电话的警员此时才吓了一跳）。快放快放，用车子送他回府，向老家伙表示歉意。好啦好啦，你们的委屈我全知道，等他老子垮了台，咱们再抓。"父亲母亲如果护犊子到这种程度，自己不管教，也不准别人管教，那就是"自作孽，不可活"。这个责任固在父母，而不在子女；固在老的，而不在小的也。所以要根绝不良少年，在柏杨先生看来，再简单不过，只要根绝不良父母就行。太保太妹犯了事，第一次先公布其父母姓名，第二次提其父母，当众把屁股打烂，包有奇效。不过目前连对持枪抢劫的家伙都没有办法，警察局还不是乖乖放掉乎，只好求阎王爷做主，或等他们窝里烂也。

40. 治灾之法

最近世界上发生了两件大事，一般人都不太注意，很多报纸也都没有刊载，少数刊载的也不过当做花边新闻，好像只是很有趣而已，真叫人着急。盖那不单单是有趣的新闻，而同时是严重的社会问题。一件大事发生在台北，有几位圣崽一听说有人要提倡节育，勃然大怒，帽子满天飞；一位立法委员还要向美国告洋状，扬言曰："你们如果节育，我就发动停止美援。"凶焰之张，使人肉皮发紧。另一件大事则发生在美国，一对夫妇因误服了一种安胎之药，腹中胎儿成了怪物，势不能生下来，乃向法院申请堕胎，结果被拒，只好跑到瑞典去动手术，整个美国舆论着实轰动了一阵。

呜呼，世界上只有禽兽才不知道节育，而只凭着生物本能，一生就是一窝。人之所以可称之为人，而异于禽兽者，似乎就在这上面有点苗头。禽兽生存的目的只有两个：一曰吃饭，一曰性交。用吃饭以维持自己的生命，用性交以延续种族的生命，混混沌沌，毫无意识，你听谁说哪一头猪崽在吃了饭，并且性了交之后，又开山破土，著书演讲，为万世开太平乎？只有人的花样最多，故人不能和猪崽一样，也混混沌沌，毫无意识，一味拼命地下小崽也。反对节育的人企图把人类驱回禽兽境界，简直是标准的母猪型圣崽。我们虽不好意思提倡人人得而诛之，但我们却应该提倡人人得而咒之。有一次我和一位这种圣崽朋友去访问一位打官司的当事人，走错了门，走到一座大杂院中，房子十间，却住着七家，每家孩子少者六个，多者十四个，一个个面无人色，骨瘦如柴，有的正在垃圾箱里拣东西吃，有的正在粗野地对其弟妹"干你娘"，女人们蓬头垢面，若溺鬼然。我向朋友曰："老哥，他们如此悲惨，正合尊意，你高兴了吧。"他当时不答，但后来仍反对节育如故,盖圣崽终是圣崽,不反对到底,不够面子也。现时代的人,如果不能有计划生儿养女,简直罪过。幸而大家有此见识,却有人以圣崽面目出现,硬加阻拦,世界便永世不得太平。可庆幸的是,节育不节育,属于闺房秘闻,一对聪明的夫妇会有自己的安排,圣崽就是再凶,不要说告洋状,便是告到月球上,都没有用。

不节育不但是自己的灾害,也是孩子的灾害。因为人并不是猪崽,猪崽下了小崽,有人捉而杀之,一了百了,人类则必须长期养之教之也。又岂仅只如此而已,罗素先生认为,无计划地瞎生简直是全人类的灾害,几乎所有的战争、瘟疫,都由贫困和愚昧而起,而造成贫困和愚昧,莫过于不知节育。人口一天一天地增加,生活一天一天地困难,他们纵是宁愿饿死沟壑,也不乱搞,恐怕也有大人物悲天悯人,利用他们乱搞也。人再不从兽性中跳出来,真不知如何结局。

一个人必须有应该生几个孩子的自觉,有此崇高的一念,才是上等之人。现在科学发达,避孕之药,和拒孕之方,多如牛毛,在在都可利用。情操高级一点的朋友,还可将兴趣升华,夫妇间除了性,有得是别的娱乐,谈谈天,踏踏青,游游泳,唱唱歌,跳跳舞,听听收音机,看看电视。接触一少,孩子自然亦少也。反对节育的母猪型圣崽们最大的理由是,减少性交是逆天行事,用药物避孕,则是鼓励人类纵欲,这种理论乃母猪理论,盖天下只有畜牲才顺天行事,不能控制自己的性欲。至于鼓励纵欲,圣崽们的意思是说,你节育不节育全都有错,他都要反对,最好的办法是找一张纸把这桩严重的问题盖住,大家不要去碰它,使表面上一片洁白。

仅仅不过“节育”而已,便有人使出绊马索。如果谈到堕胎,那更是晴天霹雳。美国那对申请堕胎的夫妇,把问题赤裸裸地提出来,法院之拒绝批准,自系受法律条文拘限,一点都不奇怪。但奇怪的是,反对堕胎的圣崽群中(洋大人之中也有圣崽,可见天下之恶一也),最努力的为宗教人士,某神父曰:“我非常同情她的遭遇,但上天不允许毁灭一个生命。”胎儿是生命不是生命,我们不管,不过按现在各国的立法基础,胎儿就是胎儿,和真正的“人”有相当差别,毁灭一个胎儿是堕胎罪，毁灭一个婴儿则成了杀人罪矣。但这不在我们讨论之列，我们讨论的是，圣崽们似乎都是如此的恶毒，看不得别人好，对消除祸患于无形的任何举动，都拼命反对，硬是要等别人生下一个畸形婴儿，也才快乐非凡——真正的内心快乐非凡，可不是表面快乐非凡。那个畸形婴儿生下来，或三只眼，或其耳朵生在鼻子的位置。如果生下便断了气，也就算罢，如果他如此这般活下来，我想用不着一块钱打赌，恐怕没人相信他会有幸福的日子，他的归宿恐怕不是自杀，就是杀人。目睹别人身受痛苦，圣崽们才眉开眼笑。

反对堕胎比反对节育，更振振有词，且有法律为其后盾，前些时不是有一位女医师为某名女人堕胎，被判了徒刑乎？再加上美国的例子，好像堕胎是现代文明所不许，那才是真正活见了鬼。如果现代文明是建筑在这一点上，瑞典就成了野人国啦。禁止堕胎乃人性的逆流，和古中国女人的缠小脚文明一样，是一种积非成是的邪劲，只为了取悦某种堕落心灵，而不惜使他人遭受惨重牺牲。这种文明，乃没有灵性的文明，标准的圣崽文明。

世界上最倒霉的动物是私生子，假如把贵阁下身份证上的"父亲"一栏，改成"不详"，恐怕你非动老拳不可，如果事实上竟真的如此，那就更活不下去。以柏杨先生为例，幸而有父不误，如果我是一个私生子，父亲既不详矣，祖父曾祖父更详不起来，这种羞辱，实在有点难受，不但我难受，便是儿女孙儿女，他们也要难受。呜呼，对一个私生子而言，恐怕巴不得当初没有出生。而一个女孩子，未婚怀孕，其悲惨的程度比游泳时抽了筋还要糟。尝看到一则小幽默，医生向一位妙龄女郎曰："太太，我报告你一个好消息。"女郎曰："我还没结婚哩！"医生曰："那么，小姐，我报告你一个坏消息。"该医生一矢中的，那种消息，真是可怖。

圣崽们反对堕胎的主要借口，似乎是要戴维其古老的"道"，如果人人可以随便把孩子打掉，男女关系岂不更滥？前面举的美国夫妇一例，表面上看来反对堕胎的力量大矣，其实他们争取的只是合法的堕胎。如果只是堕胎，不要说在美国，便是在中国，刮一次子宫大洋三百元,哪一个少妇不知道?即令不知道,到时候也自然找到所在,由男友,由母亲,或由丈夫,陪同前往,小者刮之,大者割之,如果凡是堕胎的一定犯法,奉劝你不妨打听一下,恐怕一半以上中国的少妇都要坐牢。

柏杨先生誓死都赞成堕胎,盖堕胎如不合法化,使得一些年轻的男女,发急乱钻,万一钻到庸医之手,胡搞一下,贻害终身,不但不人道,也无此必要。如果说不准堕胎便可严肃男女关系,那真是大风里吃炒面,亏得他张口。低级者,欲火可以焚身;高级者,爱情可以牺牲一切,皇后都敢跟人通奸,她不知道事发后连老命都要送掉?但该干的照样干。准不准堕胎,谁顾得那么远?不准堕胎徒增加悲剧,不能消灭丑剧。我有一个朋友,颇有点影响力之官也,他反对堕胎最力,有一次和我抬杠,抬到激烈之处,地头蛇气质冒了出来,挑其三角眼曰:“不管你怎么说,我对这种伤风败俗的行为,誓死反对。”我曰:“老哥息怒,容我一言,如果你那位正在大学堂的女儿被一个身染杨梅大疮的流氓强奸成孕,你教她堕胎乎?抑非叫她硬生生地生下来养之乎?”他气得张口结舌,半天才想了一句话曰:“你举的例子不合实际。”我曰:“要不要我雇个流氓给你露一手,你才有答案。”他大怒而去。

无条件地一味反对堕胎,像美国那样,即令他们船再坚炮再利,而且发明了原子之弹,我也不服气。中国人整天吹牛,要“迎头赶上”,此正其时,此正其事。

我们认为那些碰上困难的母亲,有天赋堕胎之权,不允许被人剥夺。可能有些人大吃一惊,其吃惊模样如同一个可怜的老处女在大庭广众之下,看见了一只老鼠一样——大声尖叫之后,假装昏倒,而示其娇弱,并博取他人的怜爱。首先注意的是,堕胎必须合法才能减轻罪恶,否则只有使人性一天比一天更为堕落。美国那对夫妇不是不能堕胎,而是他们要政府承认合法的堕胎,这种奋斗精神,便值得获美国国会奖章。即以台北而论,哪个穿高跟鞋的不知道堕胎之处?偏偏那却是犯法的,蒙上一层薄纸,逼得人鬼鬼祟祟,摸摸索索,何必多此一番虚伪哉？

前些时看了一部电影，是西班牙片，片名已忘之矣，主题是反对堕胎的。一个未出嫁的妈妈要求堕胎，医生不许，而且宣称他自己也是私生子。接着倒而叙之，他的母亲乃一位未出嫁的妈妈，孕了他后，虽受万般责难，她硬是不肯堕胎，后来把他生下，由黑人姆嬷抱到外埠抚养，一直养他到十四五岁。那时老母已进了修道院，偶尔相会，一家终获团聚，而现在他阁下身为万人敬重的医生，有漂亮之妻，又有可爱之子，不亦乐乎。那位大肚子小姐听了他的劝告后，欣然地去生她的私生子矣。

该片小节目已记不清，故事大意如此，天下反对堕胎的理论精华，都集中在上面。我想，那个医生真有点运气，但他一个人有运气，不能以例其余地肯定其他私生子都有运气。他的私生父幸亏是个健康的道德之士，假如那家伙有梅毒而患麻风，生他时淋菌入眼，恐怕他这位私生子便不能在那里发表言论。假如他生下后没有那位好心肠的黑人姆嬷，把他养育十四五年之久，或者他竟是一个女孩子，所托非人，把她当养女卖掉，恐怕他这位私生子也不能在那里发表言论。假如他的母亲不是那么有钱，而穷得跟柏杨先生一样，无法供养他读书，不得不掏阴沟拣面包皮维生，恐怕他这位私生子也不能在那里发表言论。

然而，即令如此，不堕胎所付的代价也使人战栗，那个一时不慎的少女不得不以女尼度其余生。如果当初她便堕胎，岂不赐给她终身幸福？胎儿尚未出生，亲子之情尚淡，只要生理上没有损伤，心理上不致有太大损伤。不此之图，硬生生逼得她去冒险，真不知是何居心。如果只为了报复她的不贞，然则孩子何罪，定要生下他？

维持家庭的和平繁荣，节育和堕胎，为不可或缺的两个巨轮。

41. 人生可恋

前些时台北上演过一个法国电影曰《春江花月夜》,老头儿临死时,朋友前往病榻送终,他曰:“我留恋的是人生那些小小情趣。”这句话道破了人生趣味的奥秘。有时候,我们常想,若某种人,活着有啥意思?——小孩子以为中年人没意思,中年人以为老年人没意思;但各有各的天地,各有各的境界。中年人虽不能撒尿玩泥,却可跳舞追女人,胆大的还可搞搞政治,甚至搞搞革命,其乐至少可跟撒尿玩泥相埒。老年人看起来如槁木死灰,但回顾小伙子们跳来跳去,也实在幼稚可怜,且几个老头儿聚在一起,比少年们聚在一起,还要荒唐。人之所以能有勇气活下去者在此。柏杨先生于清王朝末年,旅行河西走廊,发现当地人民奇苦,“全家都在土炕上,冬天棉裤未剪裁”。盖河西一带,自乌鞘岭直迄星星峡,流沙千里,扃不见人,偶有人家,谋生困难,冬天时男女老少一齐蹲在土炕上,炕上铺着细沙,大家屈着双膝,以羊皮裹身。必须出户时,炕头置有棉裤,才可穿之,公干已毕,回家后第一件事便是脱下来,放回原处。呜呼,这种情形,一直到1939年仍是如此,没有太大的改善,惨绝人寰。有一次和一个官崽提及,他竟前仰后合,看样子我如果不承认恶意造谣,他就要笑断了筋也。

但他们照样快快乐乐地活下去。柏杨先生曾在某一家住了一星期之久,初则觉得他们简直不如去集体上吊,可是后来该地下棋之风甚盛,我的象棋很有一手,到今天都无人可敌,把他们杀得血流成河,后来就不断被邀应战,往炕头一坐,一局在前,简直南面王不易也,输了的人便来请教秘方,赢了的人则欢天喜地。回到北平,正想找某教习详陈种切,他却先告一事曰:“刚才和一位美国大亨谈话,他参观了我们教职员宿舍,告我曰:想不到你们过着如此简陋生活,不如死了好也。贤弟,我却觉得活得也蛮好呀。”听了之后,心中一惊,那美国佬把北平也当作河西走廊矣。后来在美国,看见洋大人那种孤寂而紧张的干法,不但无味,也实在可怕,虽给我一块钱我都不干(叫我改成美国的生活方式我不干,叫我去美国当寓公我干)。

每个环境都有它的生活情趣,靠那种情趣维持生命,也靠那种情趣使感情平衡,一个没有情趣的人,往往难以接受人生;而一个有情趣的人,他的弹性就大得多啦。对一个家庭而言,更是如此,夫妇间如果有的是小小情趣,他们一定是和睦的焉(但不能说不打架),一定是温馨的焉,一定是碎不了离不了的焉(发起脾气闹着非离不可,则不能免),也一定是快快乐乐使人称羡的焉。

昨天一个朋友警告我曰:“你怎么总是反对传统?须知反对传统便是思想有问题。”着实吓了我一大跳,特此隆重声明,我并不“总是”反对传统。有些传统很好,我还誓死拥护;但有些传统过分地斲丧灵性,便忍不住挣扎一下,岂敢“总是”“反对”乎哉?目的只在掀开那张薄纸往里瞧瞧,到底是啥花样,把几亿中国人搞到今天这种境地,实在叫人想不通。

斲丧灵性,首先自家庭始。大人先生率领鱼鳖虾蛑,用种种办法,把家庭中夫妻父母子女间的情趣,剥夺个净光,只剩下赤裸裸的“名分”,弄得从根部往上烂。不知是哪一个家伙发明的,曰“寝不语,食不言”。真是杀人不见血的恶毒手段。柏杨先生小时候,有一次去表舅家串门,表舅书香门第,礼乐传家,标准的大儒是也,在别的方面他乱搞不乱搞我不知道,但在寝不语食不言上,却是谨遵圣人之训,认为是齐家、治国、平天下的不二法门。悲哉,你看那种进餐场面吧,好像他们家里有谁强奸杀人,刚破了案,饭后就要绑赴刑场处决似的,一个个垂头丧气,呆呆看饭,颤颤挟菜,如临深渊,如履薄冰。我忍耐不住,当时便叫曰:“表舅,你看那猫拉屎拉到锅子里啦。”全家大惊,非惊猫拉屎也,惊我没有教养也。不过那一天幸亏我没有教养,如果我也有教养,他们全家都要吃猫先生的大便。晚上入寝,我本来想跟表兄谈点离情,想不到所有的人上了床便同一块烧焦了的木头,虽然有气有味,却硬是不讲话,叫人元气尽泄。第二天便仓皇告辞,发誓永不再来。想不到该表舅反而向我父亲打小报告,说我许多差劲之处,他妈的。

一个家庭一旦进入"寝不语,食不言"之境,那就惨绝人寰,盖世界上只有两处是"寝不语,食不言"的,一处是军营,一处是监狱也,温暖的家庭竟成了军营监狱,弄得每一个人都得严守纪律,诚惶诚恐,连一分钟松懈都不能有,不如跳河算啦!

实际上饭桌和床头乃是最最充满情趣之处,夫妇一天不见,晚上可能还有约会应酬,只有饭桌和床头是安安静静谈心的地方,不但可以谈儿女情长,而且还可以谈天下大事,若明天你投谁的票乎?若下个月买不买电视机乎?尤其是,丈夫下得班来,往饭桌旁一坐,一面狼吞虎咽,一面倾听妻子咭咭呱呱报告孩子的动态:"他会叫爸爸哩。""他呀,淘气得要命,今天爬到桌子上哩。""你说怪不怪,他还说梦话哩。"然后你就告诉她办公室内发生的各种奇情异景,若某官崽端架子端垮啦,某小姐和某组长某科长以及某什么长起冲突啦,某件事情闹大啦,如此这般。其心旷神怡,恐怕是孔丘先生家里所从没有的。

家庭里充满着层出不穷的小小情趣,才是一个正常的和健康的家庭。小小情趣者,外人看了会肉麻,会嫉妒,会羡慕,反正是不太顺眼。但当事者却有无穷受用,饭桌上谈谈风情的话,谈谈爱情的话,心里一舒服,说不定就多下肚两碗。柏杨先生邻居有一对夫妇,已生儿女二人,可是吃着吃着,丈夫忽然拧一下妻子的脸蛋,惹得小女儿大吼曰:"打死爸爸。"有时候两个人的赤脚在桌下相搓,一面笑,一面吃。隔着窗子,看得我老眼发直。在我的办公室里,有一位女同事,年龄二十四五,漂亮得不像话,丈夫却是四十五六岁的中年男人,两人感情好得也不像话。有一天,星期日加班,我听她打电话,最后曰:"你乖乖的在家,等我回来,我给你买了一包萨其马。"我问曰:"打给谁?打给你小儿子?"她曰:"不,打给我丈夫。"呜呼,那个当丈夫的家伙,不但娶了一个漂亮之妻,还娶了一个懂得风情之妻,夺尽人间精华,你说他该死不该死吧。当时柏杨先生便双目流下虎泪,盖敝老妻俗而且顽,此生只好休矣。

形容闺房之乐,有一句话最为结实,曰"温柔蚀骨",如何才能蚀骨？那就完全靠小小情趣。夫妻相爱,与阅兵大典不同,不能一本正经。一个人如果在家里也道貌岸然,端其嘴脸,不必分尸研究,他可能是一个圣人,但他绝不是一个好丈夫好父亲和好儿子,因他满身都是圣味官味,独没有人味也。尤其是蜜月一过,"老夫老妻"的劲开锣,能使人伤心欲绝。君不见有那么一则幽默对话乎,新婚夫妇下火车时,新娘告新郎曰:"亲爱的,别那么挤,叫人以为我们像老夫老妻才好。"新郎曰:"就这么办,你提着这箱子。"提箱子不过是一个开始,接着便进入哑巴阶段,"寝不语,食不言"矣。差不多的家庭都是这样,除了孩子们叫闹,大人之间简直没有啥可交通的。我有一位女学生,在某单位任职土壤调查,单独出动时,就借居亲友家中,有时一住就是两月三月,短者也在一月左右,前些时她来聊天,告曰:"有一件事真是奇怪,我住过的不下二十余家,发现了一个问题。"问她啥问题,她曰:"二十余家中,至少有十余家,夫妻子女间落寞如路人,下班下学之后,沉沉闷闷吃饭,然后在客厅中呆坐如木瓜。或看报,或听收音机,或跟客人勉强应酬,然后默默上床睡觉,没有几家谈谈天的。"

呜呼,该女学生真是有头脑之人,她指出的是一种普遍的现象——家庭之中,成了哑巴世界,连谈谈天都没有,更不要说别的啥花样矣。在那种气氛中过半辈子,定是前生作孽之报。盖这类家庭乃是婚变的温床,亦是产生怪癖孩子的温床也。不遇外力震荡,则苦兮兮窝囊一生,遇到外力震荡(如做丈夫的碰见美女,做妻子的碰见有情调的男人),恐怕是非砸锅不可。

42. 滚到十八层地狱

晋王朝有清谈之风，把王朝都谈亡，那股谈劲使人起敬，无论大人先生和鱼鳖虾蚧，无论官崽和圣崽，无论武夫或文棍，每天坐在榻榻米上，前面放着一个吐痰用的唾壶（他妈的），手里拿着一柄戏台上诸葛亮先生拿的那种拂尘，或两三个人，或一大群人，一言不合，就谈将起来，谈到兴起之处，把唾壶都打得稀烂。一旦遇到敌手，你不服我，我不服你，便用拂尘猛敲桌子，甚至大打出手，打得"麈尾尽脱"。不过最精华的部分，却不是这些，而是谈话的内容——事实上根本没有内容，只不过在词锋上兜圈子，兜来兜去，不过"杀时间"罢啦，时间统统被清谈杀光，无心管理众人之事，怎能不把政权谈没有了乎？

然而，在很多地方，"国"和"家"是两个对立的东西，对国家有害的玩意儿，对家庭却颇有益，清谈便是其中之一。此物固可把姓司马的晋王朝谈垮，但用到家庭中来，不但谈不垮啥，反而能使家庭更为兴旺，更充满活泼和盎然的生意。古之家训，以读书声和机杼声来判断该家的盛衰，在农业的而且是封建的社会，固然如此。现在看来，似乎得另有说法，机杼声早已没有啦，读书声属于恶性补习，正常教育不会逼着孩子回到家里仍死啃书本。真正温暖而兴旺的家庭一定有两种新的"声"焉，那就是笑声和谈话声。有些家庭一进去就好像进了千年古墓，三年五载听不到一声哼唧，那准是一个不知温暖为何物的家庭也。夫妇间的感情，也准是其淡如水——君子之交固可淡如水，但夫妇之交如果也淡如水，那股滋味便够消受的。淡如水和甜似蜜是两个极端，夫妇虽和情人不同，不可能整天抱在一起，又亲嘴又乱摸，无休无止地卿卿我我，但却可以一直清谈。或沙发上，或饭桌上，或床头上，谈谈一天不见面时各人做的事，有文学素养的朋友，睹景思情，再谈谈诗词，谈到会意之处，相视而笑，或相偎而报以深获我心的一捏或一拧，情趣洋溢，那才真正是理想的夫妇。

"看报"是家庭幸福不幸福最锐敏的寒暑表，一个家庭是不是有其可羡可恋的情趣，从丈夫看报的举动上可以推测。西洋有一幅漫画，丈夫在餐桌上一面吃饭一面看报，太太唤他他不应，踢他他不动，大怒之下，整理东西，逃回娘家。老母听说女儿回来，急忙出迎，女儿一见，一肚子委屈，哭了起来，可是抬头一看，不禁大张其口，盖她爸爸也正在餐桌上看报看得津津有味，连她进来都木宰羊哩。呜呼，无论何时，都拿报纸像遮死人脸似的往自己脸上一遮，乃是对家庭对妻子厌倦的信号，对爱情已感觉到淡而无味的信号。试想夫妇二人吃饭，做丈夫的猛看其报，做妻子的被冷落在一旁，独自吃自己的，难堪还在其次，主要的是双方已不关心，如果不恍然大悟，想办法抢救，这种冷清场面，可能发展为一场世界大战。夫妻间离别了一天，见面竟没啥可谈的，也没啥意见可交换的，还说啥"百年好合"。

柏杨先生有一同窗，大学者焉，在他搞的那一行中，颇有点地位。女儿已嫁，只剩下两老，古板人也。有一天我把我的意见告诉他，大力提倡家庭中应风趣横生，并假造一个例曰："老赵你认识乎，连一句幽默话都当成真的，争辩得面红耳赤。"该同窗猝然应曰："我这个人就一向严肃，向不跟人开玩笑，包括我的妻子。"呜呼，这句话扫天下之大兴，一个人竟然严肃到家庭床第之间，理该滚到十八层地狱，为阎王老爷挖煤。

我们再强调一次，爱情乃感情的一种，而感情是变化多端的。柏杨先生早上起来，接到一信，一位妙龄女郎对我甚为倾慕，约请吃咖啡焉（这是每个文人都幻想的一幕，我何能免俗），心中自然大乐。然而上午上班，老板训曰："你这么大年纪还不知自爱，把公家的热水瓶带回家。"心中便不得不勃然大怒（不是大惭，盖这年头流行的是"闻过则怒"）。下午有朋友来访，猛往我头上戴高帽，心中则窃窃自喜。晚上有朋友警告我曰："你以后宜少开簧腔，否则准有未便。"

则复大恐。感情如此多变,爱情何能坚硬如铁?人们必须认清这种本质,才有希望使爱情永恒,否则恐怕任你指天发誓,歃血为盟,到时候仍稀里哗啦,打得粉碎。

爱情既不稳定,想使它稳定,要靠小小情趣去培养,没有不断的和新的刺激,爱情即陷于平庸和俗而不堪之境。于此我们乃发现有一种观念,曰:"反正我们已是夫妇啦,还讲究个啥?"那才是天杀的观念,有此观念的人,就容易成为悲剧或惨剧的主角。悲剧者,像丈夫变了心,或太太跟野男人睡觉,甚至跟野男人跑啦之类。惨剧者,就是我们前面所述的,过着默默寡欢的僵尸生活,青春逝去还不知道是怎么逝去的,一辈子等于一盘馊了的蛋炒饭。

"反正我们已成了夫妇",有此一念,爱情就岌岌可危。除非做妻子的运气好,遇到的是一个没有出息的丈夫,一辈子既硬又酸,混不出一点名堂。或者除非做丈夫的运气好,遇到的是一个三分麻木的妻子,没有人打她的主意。否则,迟早都要冒出点乱子,轻则一肚子气,重则一辈子气也。这乃是人性的自然发展,全用围堵的办法不行,必须要有适当的宣泄才是良策。我常看见有些太太们,仅仅头发,就几乎一个星期一小变,一个月一大变,这周梳的是玛丽莲,下周梳的是奥黛丽·赫本,再下周梳的是东洋仕女装,而再再下周却成了清汤挂面马尾式,便不自主地由衷钦佩。盖男人多是贱骨头,经常叫他们耳目一新,是做妻了的第 要义,头发不过是小焉者也。

不知道是哪一个丧尽天良的家伙,发明了"荆钗布裙"的理论,劝年轻妇女在家不要打扮,一些木瓜型的女人,为了孩子和丈夫,家里搞得如难民收容所,自己也搞得蓬头垢面,脸黄肌瘦,指甲里污垢盈尺,辛苦得像一条刚犁过田的老牛,未开言先打呵欠,既没有工夫看报,更没有工夫看书,偶尔非发表点高论不可时,说出来也是纽约城张飞战岳飞的高论,自己即令不在乎,做丈夫的却在乎也。

情趣是性格和智慧的化合物,有此境界与否,和知识水平没有必然关系。有些不认识几个字的夫妇,穷苦不堪,其乐却硬是无穷,这类例子太多,举都不胜枚举。柏杨先生逃难到广州时,见一对类似乞丐的夫妇,挤在一间小房之中,连大门都没有,只挂了一张白布门帘,女的俯在一盆水上照映梳头,男的还在唱哩。但相反的有些大官富商夫妇,却经常一个月两个月不说一句话,而说起话来也庸俗得叫你浑身发烧。

妻子为了孩子或为了丈夫,而忽略了自己,无论她牺牲到什么程度,都等于在那里玩火,终有一天把自己老命烧掉(当然也有结果安全,别人还赞美她玩得好哩!)。我常看到有些太太们,简直贤惠得不像话,天不亮就起床,准备早餐,丈夫上班时,连穿鞋系鞋带都是她服侍,孩子们上学,再为孩子们穿衣洗脸整理书包,然后上菜市场,买菜、做菜、打扫清洁,丈夫孩子睡午觉时,她则洗衣服、缝衣服,如此这般,天黑下来时,她才发现还没有梳一下头。柏杨先生有一天去侄女家,托她办一件事,时已下午五点,我看她不但没有梳头,而且也没有擦口红,两只臭脚丫拖着木屐呱答呱答乱跑,谁要告诉我她十年前是个美人儿,我准把他当作大骗子。呜呼,她不注意修饰,把自己糟蹋成那种样子,实在太出人意料之外。目前他们夫妻间的感情甚好,她的丈夫还到处炫耀他妻子刻苦耐劳,任劳任怨,柏杨先生自不便预言什么,但我总觉得她的那种干法有点危险,当时便劝她几句曰:"贤侄女,且听我讲,当一个太太,无论年轻年老,无论在家在街,切忌名士派。太太就是太太,不是诗人,诗人可以把自己搞得脏兮兮,太太则绝不可。"侄女曰:"我丈夫晓得我就是为了他才这样的。"我曰:"你不能盼望用感恩代替爱情,三思三思。"她三思的结果如何,不得而知,看情形她三思之后,仍会照着她的原样。盖天杀的观念一旦在脑筋中作祟,人都是走自己认为对的路也。

人类从孩提时候起,便喜新厌旧,如果说喜新厌旧是一种人性,也不过分。小孩子喜欢小布熊,喜欢得日夜不离,睡觉都要抱着睡,吃饭也要拿着吃,可是过了几天,便是摔到地下都不睬,目标转移到电动小汽车上矣。你能说那孩子天生的不是善类,扑杀之才甘心乎?爱情也是如此,当初爱那位小姐爱得入骨,只要对他轻轻一笑,他就如坐春风,可是结了婚后,一览无余,她就是把牙笑掉,他都觉得没啥了不起。可是见了别的女人,虽是三流四流货色,却怦然心动。这种情形,你说他贱也好,不道德也好,没有责任心也好,混蛋加三级也好,什么都好,但再严厉的指摘只可使这种趋向减轻,不能使之彻底根除,使之彻底根除的唯一方法是不断使自己蜕旧变新。嗟夫,假使闭眼一想,便可发现症结所在,男人们在社会上做事,所看到的女人,全是花枝招展,整整齐齐(她们回到家后可能也弄得不像样子,但出门在外,却漂漂亮亮,你奈何她!),一个个粉脸白白的焉,嘴唇红红的焉,指甲尖尖的焉,高跟鞋噔噔的焉,真是心旷神怡,越看越爱。可是等回到自己府上,夜叉般的黄脸婆,蠢蠢然蹲在那里洗地板,一天都没有刷牙,有奇味从口中出焉,而且十年如一日,天天如此,那种情绪上的打击,能使人精神崩溃,很多丈夫都是被这种太太赶到别的女人怀里去的。

43. 爱情如作战

柏杨先生有一句话,说出来准使正人君子和天真纯洁的朋友们寒心,但如果不说,又觉得实在忍不住。盖不但人生如作战,不但追求异性如作战,不但谋职做事如作战,即令在爱情上,在家庭中,以及夫妻之间,无一不是作战。这作战有两种意义,一是要征服丈夫(借此补充一个隆重声明,我们谈妻子时,没有抛弃不谈丈夫之意,不过同时谈两方有点麻烦,敬请举一而反二),使丈夫死心塌地,心服口服。二是要击败其他女人,使她们在丈夫眼中,不占席次。如果自以为天下已定,老娘不必再战战兢兢,不必再杀得血流成河,那么她的江山真是危如累卵。如果上帝和她特别有交情,没有人碰她,那是万幸。如果上帝一时照顾不到,竟有人碰她,稍微一碰,恐怕再多的蛋都要稀烂。

一个有头脑的太太,永不会忘记修饰自己,不知道修饰自己的女人乃一头伟大的母猪,它以为它连老命都奉献啦,应该被爱了吧。人类却是爱猫者有之,爱狗者有之,爱金丝雀、画眉者有之,而爱母猪的似乎不太多也。盖人之异于禽兽者,在于人有审美眼光,禽兽则无。人类间之爱,不完全基于实用,有时候甚至和实用根本一点关系都没有,而只求悦目。像一幅图画,像一首音乐,它能疗饥疗饿乎?一个做妻子的人必须了解这一点,才算孺子可教。你为他做饭,洗衣,带孩子,他睡觉时你为他打扇子赶蚊子,他病了你三个月都不睡觉——呜呼,这一切都是对的,也是可感可佩的,但仅仅如此这般还不够,必须再有点别的才行。如果能穿得整整齐齐,长得漂漂亮亮,举止缠缠绵绵,那将更无懈可击,大获全胜。有些太太坐在梳妆台前,一坐便是三十分钟,坐得老爷叫苦连天。噫,对于那种叫,当太太的千万不要介意,孟轲先生曰:"其辞若有憾焉,其心乃窃喜之。"便是说的这一类的事。世界上没有一个丈夫不愿自己太太美如天仙,但又不敢明目张胆鼓励她在脸上身上乱搞,抓住一点埋怨埋怨,乃人性之常。有些三心牌太太,丈夫对她固没啥可挑剔的,甚至还到处宣传她贤惠,不过心里总有点不是味道,尤其是面对别的娇娃,那股劲就更难排遣,家破人散的危机乃在赞美声中埋伏生根。

女人们修饰自己,也就是说,女人们爱漂亮爱美,是正当的,也是她们的特权。呜呼,不但是特权而已,依柏杨先生之见,那简直是她们应负的严正义务——她必须有适当的打扮,以使她的丈夫爱她,她的子女敬她,她的朋友以她为荣。她至少也应使她的丈夫儿女和朋友们不厌恶她。她如果作不做这一点,就是没有尽到一个女人或一个妻子应尽的本分,她就要付出代价。

一个女人,美丽不美丽,是天生的。漂亮不漂亮,却是后天的培养。天生的黑皮肤,吃啥药都不能使之变成雪白,但应想办法使之润泽;天生的箩筐腿,走起路来若鸭子散步,应靠毅力板之使正;天生的笑时露出牙床,自不能从此不笑,但不妨少大笑而多微笑;天生的有点驼背,怎么也弓不直,则应经常地穿高跟鞋,同样可以刚健婀娜也。

有些女人,生了一个孩子之后,便理直气壮地开始糟蹋自己,真叫人在旁为她捏一把汗。前月有一位朋友发生婚变,太太留学生也,读的还是目前最吃得开的美国语文,在某学堂教书。丈夫是个爱面子的人(谁又不爱面子乎?),若干年前,有一次一起去参加婚礼,两人约定在礼堂会齐,届时太太抱着孩子驾到,玻璃丝袜扭在腿上不算,还有一只重叠而下,堆在脚面上,一双平底鞋,鞋底烂而四溢,鞋面上东一块泥,西一块灰,丈夫顿觉脸上无光,便悄悄告诉她快去把袜子提好。她觉得他挑剔她,愤愤不理,丈夫不愿看她的嘴脸,便躲到休息室和新娘的爸爸聊天,十分钟后,该太太尾追而至,冲着他勃然曰:"袜子提好啦,你可以消气了吧,我找你不容易,请也抱抱孩子,何如?"该丈夫站起来,夺门而逃。那一次便闹了个天翻地覆,柏杨先生是居中调解人之一,该太太悻悻曰:"我就是穿袜子穿得不整齐,也犯不上发那么大的脾气呀。"呜呼,她念书虽多,却是把书念到狗肚子里去啦,竟不知道问题不仅在于袜子,而在于她的那种没情调,不懂风趣的气质。即以当天而言,她虽然提上袜子,而鞋子的灰仍在也,其腰仍弯如虾也,其脸上的粉仍东一块西一块也,其头发仍是一个半月以前梳洗的也。尤其在大庭广众之下,她那些奇妙的举动,不但不能争回自己的荣誉,且徒使两个人都无地自容,我当时便警告她自我检讨。事后我一直为她担心,前些日子,她果然把家捣散。

真正天生的美女不太多,而且怪的是,天生的美丽女了,如无训练,往往索然无味。有吸引力的女人并不是全靠她们的美丽,而是靠她们的漂亮,包括风度、仪态、言谈、举止,以及见识。任何女孩子们都应注意的是,妻子就是妻子,既不是主人,也不是奴仆,既不是女儿,也不是娘。丈夫对她有各种矛盾的要求,当伴他外出时,她应是公主;当在家做家事时,她应是佣工;当谈情说爱时,她应是姘妇。最简单的一个例子可举出来,当她洗衣洗碗时,他希望她洗得又勤又净,可是当赴宴会和别人握手时,他却希望她的手又白又嫩。男人心理竟如此之怪,甚至如此之坏,做一个妻子的真应该恍然大悟,有所抉择。

以中国人而论,大体上说来,南方籍的夫妇,比北方籍的夫妇,要有情趣得多,盖北方人爽朗敦实的性格,他们内心虽如火烧,却缺少表达的能力,给人的印象是木讷无味。在北方,一旦成为好友,危急时他真能两肋插刀,为你卖命,但感情越笃,他和你在一起越是没话可说,盖他认为两人既属知己,就不必再巧言花语啦。这种气质固有其长,但在夫妻关系上,却实在别扭。柏杨先生有一位朋友,年龄已逾四十,太太大学堂毕业,且有两个可爱的男孩,去年硬是离了婚。问他为啥如此胡搞,他不回答,但日子既久,一直等他和那个介入的女孩子结了婚,酒余茶后,口风不紧,才略露若干。他曰:"那女孩有一次把脸埋到我怀里,呓语般地说:'我爱你!'老天,我结婚十五年,太太从没有讲过这种话,我以为这种话只电影上才有。"呜呼,所谓情调风趣,都离不开行动,诚于中而形于外,如果不能形于外,不出两个原因,一是根本不诚,一是呆头鹅,不知如何去形也。这两种原因,无论哪一种,都会在家庭中造成阴影。名作家程大城先生曾说过,北方人不要说搞政治搞不过南方人,即是恋起爱来都恋不过南方人,盖北方人处理感情的方法实在是有点落伍。如果不信,有柏杨夫人为证。她年轻时固一时之杰也,清末之时,读洋学堂,虽是小脚,却会骑脚踏车,头披红巾,驰腾过市,路人为之侧目,我当初拍她的马屁,硬说她是"女侠飞红巾"。可是,结婚之后,粗线条不退,入了民国,被坏风气所染,更讲起来男女平权,情况就一天比一天糟。悲夫,一个女人粗线条再加上误解男女平权的真谛,真会搞得臭而不可闻也。女人终是女人,除非像虢国夫人那样的美如天仙,她便没有不施脂粉,不涂口红,不打扮漂漂亮亮的自由。在美国,凡是不涂口红的女人会被认为是一种失礼,啥地方都不敢去,而在中国,却有人颇为欣赏,认为那是朴实无华。一个妻子,她有义务使丈夫看着她舒服。她不能做到这一点,她就是个不可救药的母大虫。

——我们前已言之,当指妻子时,也指丈夫;当指女人时,也指男人。盖把同样的话,只换了两个字就再重复一遍,实在辛苦。但在这里,柏老仍要重复这一段:一个丈夫,他有义务使妻子看着他舒服。

他不能做到这一点,他就是不可救药的臭狗屎。

44. 嗲

一位署名“不具名”的女读者(我想一定是女读者)来了一封限时信,责备我说得太严重,她曰:“妻子是妻子,固不是主人,也不是仆人,但也不是姘妇、娼妓。”并用两张十行纸的篇幅,写尽了下流的话,最后索性疑心柏杨先生出身不正。要说柏杨先生的出身,我可奉告的是,绝对不正,这一点不必再加怀疑。不过,我如果说二加二等于四,难道因我出身不正便忽然等于五乎?谈到学问,我可不懂,谈到人身攻击,固内行得很。我只是劝做妻子的在她丈夫跟前有姘妇般的温柔,不是劝她对别的男人也纵体入怀,这一点先弄清楚,才能进一步地了解。

“不具名”女士的来信甚长,除去下流的话,倒也确有很多问题,值得提出研究,柏杨先生再声明一遍:我们向不做道德上的教训,那是圣崽的事;也向不做法律上的恐吓,那是官崽的事;而只做现象的分析,妻子对丈夫的态度,有她的自由,她柔若姘妇也好,她凶若野狼也好,甚至神圣若玛利亚也好,我们统统没有意见。我们只是观察,如果她柔若姘妇,她会有一个美满的婚姻,和一个美满的家庭。如果她像野狼,像玛利亚,恐怕她有得踢腾的。

当年维多利亚女皇,她的地位如何乎?权威又如何乎?虽然英国是君王立宪,但她打一个喷嚏,仍足抵我们喊叫十年的。可是有名的逸事就出在她身上,有一次她的丈夫兼表兄阿尔伯特先生大发脾气,把自己关在屋子里,维女士敲门要进去,阿先生在内问曰:“你是谁?”维女士盛气曰:“英国女皇。”阿先生大怒曰:“你是谁?”仍盛气曰:“维多利亚。”阿先生更大怒曰:“你是谁?”维女士才发现苗头不对,乃答曰:“你的妻。”呜呼,维多利亚女皇不但是一个成功的国王,而且是一个成功的妻子,看她对阿尔伯特先生“你的妻”那股嗲劲,便是中国目下家庭中少有的温柔情趣。呜呼,哪一个因此便看不起维女士乎哉?有一种现象似乎非常特别,越是美丽绝伦,仪态万方,在大庭广众下凛然不可侵犯的女人,她在闺房之内,越能销人之魂,蚀人之骨。其媚其柔,其风趣横生,其把男人弄得俯首帖耳,比姘妇还胜一筹。越是其貌不扬,越是学识不太高级,看起来随随和和,平平凡凡的女人,在闺房之内,越是呆如木瓜,觉得她的身份比维多利亚女皇还高。如果她的丈夫问曰:“你是谁?”她绝不会嗲曰:“你的妻。”更不会嗲曰:“你的女儿。”“你怀里的小女人。”准悻悻然冲口曰:“俺是玉蛾!”“你少装洋蒜!”那就啥情调都要报销,恐怕当丈夫的身虽在家,心却早逃之夭夭。

关于“嗲”,值得专书研究,此字乃江南朋友发明的,连《辞源》字典上都没有,真要把洋大人难住。它的意义是啥,没人为之下一界说,大概是“一种向异性或向长辈表达的,基于爱和温柔的,博取对方欢心的功夫”。若维多利亚女皇露的那一手“你的妻”是也。有一次柏杨先生送一年轻而又漂亮的少妇回家,她丈夫开门出接,她立刻飞奔而上,站在那个该死的家伙身旁,双手抱住他的上臂猛摇,又把玉体硬往他怀里塞,一面娇笑一面仰面看他的脸,旁若无人地悄悄问曰:“你真叫我操心,怎么穿得这么薄呀!”好像他们已分别一十八载似的,叫我看了生气,那个做丈夫的,真是他妈的应该叫汽车撞死。

“嗲”不是“贱”,贱是没有骨头,对任何人都可以。嗲则源于高贵气质,只对丈夫一人而发。别人看起来可能不顺眼,但“嗲”本来不是表演给别人看的。别人偶尔碰上,只好自认倒霉。不过,旁观者的表情,却可使我们测量该旁观者的婚姻是不是美满。如果他别扭得很厉害,甚至还要愤愤然,悻悻然开咒开骂,他的婚姻准有点问题,因他从没有尝过那种蚀骨的滋味,忍不住妒火中烧。如果旁观者是一些太太们,也别扭起来,她真该回家从头反省,徒开咒开骂,骂那女人骚货,骂那男人不庄重,不能救自己之危,解自己之困也。

柳永先生《雨霖铃》词曰："人生自古伤离别，更那堪冷落清秋节。此去经年，应是良辰美景虚设。便纵有千种风情，更与何人说。"呜呼，夫妻间如果能有千种风情，历二十年三十年而不衰，福气之大，可上与天齐。盖女人的美色最不可恃，一则美色终有衰老的一天，一则便是再漂亮的容貌，做丈夫的甚至当初为她大疯特疯，看得太久之后，效用也会递减。即令觉得一直了不起，那股刺激之劲，亦不若想当年矣。这种可悲的趋向，有赖千种风情去补充。千种风情到底是哪千种，柳永先生没有明白地指示，我们想它至少要包括下列数项，曰"嗲"，曰"缠绵"，曰"温柔"，曰"戏谑"，曰"风趣"，曰"谈心"，曰"打打闹闹"，曰"吻之拧之"，曰"抚之拥之"。据说日本女儿临嫁时，母亲一定要送她一套春宫照片。有没有此事，我不知道，说出来似乎有点太黄，至为抱歉。但如果真有其事，其中三昧，可获而得之。我并不是建议家政学堂和家政科系也如法炮制，但家政内容，至少要包括做妻子的种种待夫之道的学问，才算完整。这种学问，目前只有从个人的领悟和电影上的观察学习，未免太薄待年轻人也。

好比说，夫妻间如果能常说"我爱你"，对那枯燥的家务生活，真是一副滑润剂。家政学堂不知有没有这种课程也。东方人的嘴似乎天生奇硬，很少有人如此如此，认为那岂不是巧言花语。于是除了米面油盐孩子外，夫妻间相对如路人。那种夫妻，他们上床敦伦时，我想可能都一语不发，那才真是白活了一场，恐怕死都不能瞑目。从前舞蹈家邓肯女士追求大诗人叶赛宁先生，特地请了一位家庭教师，教她俄语，学了几天，不禁大烦，便对教师曰："我只要你教我俄国话'我爱你'就够啦！"呜呼，一声诚恳热情的"我爱你"，抵得住千言万语，能消灭多少阴影。一个女人或一个男人，如果嘴硬得连这一句话都不会说或不肯说，那就是一个生了锈的铁钉。

45. 婚姻的大敌

我们不能把"我爱你"当作油腔滑调之词,妻子们常理直气壮地曰:"我嫁给他不就说明了一切乎?"没有人否认这种说明,但如果能再缠绵地把那份深情表达出来,似乎就更臻仙境。父母对子女乃先天的爱,为孩子送掉老命都干,可是你不妨到街头巷尾瞧瞧,那股肉麻劲就够你抽筋的。做母亲的把婴儿搂在怀里,又扭又晃,又叫又嚷,曰"妈妈愿为你死",曰"看你的小脸蛋多乖",曰"你是我的小火炉"。呜呼,叫做丈夫的在一旁看啦,和婴儿的际遇一比较,想想自己可怜的身世,真要怀疑他的太太,对丈夫为啥那么含蓄,对孩子为啥那么热情。

然而这并不是说在家里开了廉价的爱情市场,只要付出"我爱你"三个字,就可得到一切。千万种风情只不过是一种滑润剂,没有这种滑润剂,再大的机器齿轮转动久啦,都会发生摩擦,生烟生火,搞得铁也软矣,钢也熔矣,一败涂地,不可收拾。不过如仅仅靠着滑润剂,而没有动力,那滑润剂便不值个屁。君不见婊子乎,她一见面就坐在你膝上,拉你的胡子,硬说爱你,那算干啥?呜呼,任何情趣都不是廉价的,你抱一下妓女曰"我爱你",你付出的代价是一百元二百元。你抱着你妻子曰"我爱你",你付出的将是你的终身。

恋爱生活是多彩多姿的,尤其是当一个女孩子,一旦进入恋爱之年,简直是妙不可言。你走路,有人前呼后拥。你一龇牙,有人睡不着觉。你说你眉毛痛,马上有七八个医生匍匐而至。你一不小心哼唧一声,就有人满脸忠贞之象,嘘寒问暖。男孩子精彩的程度也差不多,看着眼前那位如花似玉的美人儿,魂都要飞,隔着五里路他都听得见她的咳嗽——他把这种现象叫心心相印。可是一旦结婚,大局已定,生活就开始平淡,由平淡而进一步地俗不可耐,她看他没啥了不起,他看她也没啥了不起;十年之后,她不要说咳嗽没有人理,便是腰痛得哎哟哎哟,做丈夫的都不在乎。遇到粗线条,说不定还“干你娘”哩。

这种刻板而平庸的生活,乃是爱情生活和婚姻生活的大敌,克服它要在每一个小的地方,都提高警觉。噫,于是我忽然想起女人的内裤。有些妻子不但对自己外面穿的衣服不注意,对自己贴身的衣服更是邋遢。迄今为止,仍有些女人穿着十八世纪那种古老的长到膝盖的内裤,更有些女人的三角裤脏而且破。呜呼,她以为那玩意儿没人看见,没啥关系;却不知看见那玩意儿的人,一旦作呕,便要砸锅,固严重得很也。

财富固然是婚姻的基础,一有变动,就生危险,前不言及之乎,“富易妻”“阔易夫”,事情发生前,谁都不相信(连当事人自己都不相信);事情发生后,谁都挡不住。钱似乎是唯一的重要东西,但事实上并不尽然也。衣饰容貌同样也是爱情的基础,一有变动,立生危险,前不也言及之乎(这种情况连皇帝的老婆,像刘彻先生的太太李女士,都知道色衰必定爱弛,偏偏仍有人坚硬其嘴,不肯承认,或仅用道德去拴,叫人好不心焦)。美色似乎也是唯一的重要东西,不漂亮的女人只好上吊矣,但事实上也不尽然也。男女间的事如果真的如此简单,这社会早就跟现在的不一样啦。

我们说过,家庭是一个只讲爱情而不十分讲道理的地方,一定要把权利义务,是非曲直搞得明明白白,那只有天天吵架打架。但有一点却是存在的,它和“财富”“漂亮”鼎足而立,甚至有的时候还可以代替,盖夫妻子女间固可不讲“道理”,却不能没有“尊敬”。爱情那玩意儿的变化极大,有时候因爱生恨,简直巴不得把对方分尸才舒服。有一对结婚六十年的夫妇,大张筵席,庆祝他们的金刚钻婚。席间有记者问老太婆曰:“你们婚姻如此美满,不知六十年间,也有吵架之时?”老太婆吃惊曰:“吵架?有时真想谋杀!”但再大的恨都有回心转意的一天,可是一旦变成了轻视,爱便夹尾而逃。《笑林广记》上有那么一则故事。某巨公有一妻一妾，高楼大厦，仆从如云，夜出早归，为国家办事，俨然忠臣孝子。可是日子一久，太太起了疑心，那时既没有干报馆的行业，他搞些啥名堂乎？于是有那么一天，扮成县太爷，追踪而往，见她那伟大的丈夫刚从一家富宅中偷了一包东西，从狗洞中爬出，乃把他捉住，结结实实地打了一顿板子。该夫不知事败，仍昂然而归。我想用不着再打听，他的幸福生活恐怕要隆重结束。这不是说他不应做小偷，而是说他已被自己的妻子轻视。

男女之间，获得爱易，获得敬难。哪个人不爱卷毛狗乎？又哪个人不爱金丝雀乎？柏杨先生最爱花狸猫，吃饭时它卧在饭桌上，写稿时它躺在我怀里，睡觉时它跟我睡一个被窝，简直是须臾不可离也。柏杨夫人每天上市，如果忘记买猫鱼回来，我必定义正词严地痛加抨击。于是乎问题就出来啦，我爱它固爱得紧（老妻前天踏了一下它的尾巴，我就骂了半天大街），但我对它恐怕没有啥敬意，世界上很少有人见了卷毛狗或见了金丝雀而双膝下跪的。夫妻间如果仅仅有爱而无敬，那种爱再浓都没有用，都有变淡变无的一天。崇拜和轻视只隔一张薄纸，一旦瞧之不起，便也爱之不起。

46. 敬意和爱心

轻视是破坏幸福生活的凶手。因权势而结婚，或因金钱而结婚，痛苦的多，快乐的少，原因在此。我有一个女学生，年龄二十有三，她曰："我要嫁的人，不一定是我爱的人，我要找个有钱的，我要享受。"因之硬嫁给某一个纺织厂老板的大儿子。婚前父执辈知我学问甚大，拜托前去开导，我没有去，盖别人都认为那小子无一技之长，完全靠老头产业，而老头表面甚好，其实亏损累累，可危可惧。我却认为如果断言有钱的小开都是坏种，将来都要穷兮兮，甚至那个"爱好虚荣”的女子，将来一定或被踢焉，或讨饭焉，或沦落焉，那是廉价言情小说上的公式，不是人生的公式也。有一点必须弄明白的，那种婚姻，一塌糊涂的固然很多，若赵家、若钱家、若孙家，历历可数。但不一塌糊涂的也着实不少，若李家、若周家、若王家，也历历可数。我当时就觉得这不是问题的症结。问题的症结是：金钱固然是一种享受，有了钱啥事都可干，你一抖钞票，别人立刻会撅起屁股，请你随便打板子。那股滋味，尤其对于一个穷苦惯了的人，真是窝心得很。可是，不知考虑到一点没有，爱情的本身岂不也是一种享受乎？我说这话不是说穷得连胃都翻了过来都可不管，而只管爱情，那是鬼话。而是说，如果一个是生活舒适而有爱情，一个是生活奢侈而没有爱情，前者的享受似乎更大，后者便不见得必然快乐，盖有轻视在内。记不得哪一年的世界小姐矣，嫁给一个美国开百货公司托拉斯的小开，结婚不到一年就拆伙。该小开对记者曰：“她见了啥东西都要，恨不得把俺爹公司里的东西都搬回家。”该两位活宝的名字记不得矣，但管资料的朋友定可查出，报纸上当时登得甚详细也。我们不评论她乱买东西对不对，而只是指出她丈夫看不起她。我的那位女学生，别的我不担心，我只担心她的丈夫看不起她：“嗨，你嫁我的钱，我娶你的美，我无钱时你当然另行高就，你不漂亮时，我当然再找别的女人。”这似乎也嫌太武断，主要的是，和一个自己不爱的男人也好，不爱的女人也好，整天睡在一起，吃在一起，不恶心乎也？不委屈乎也？

不知道哪个圣人说过，娶一个有钱的妻子是对自己的一种毁灭。柏杨先生年轻时颇不服气，心里想，娶一个有钱的太太真是人生最大的幸运，假使有一位如花似玉的小姐，像新疆歌曲所唱的，带着她的万贯家财，还有美丽的妹妹，坐着她的马车来——如今则是坐着她的汽车来。那我真要猛往上撞，千军万马都挡不住；可惜白白断送年华，始终没有遇到这种天赐良缘。但圣人之所以成为圣人，有他的一套，这句话固有它的道理。我们想象中的妻子，至少有两个要点，一曰“爱我”，一曰“敬我”，没有一个光棍梦中的情人其凶如虎，其恶如狼，每天整他一顿的。那个坐汽车带妹妹而来的漂亮妻子，一定温柔入骨,你花她的钱她不在乎,你打她妹妹的歪主意她也不在乎,甚至还可能效法娥皇女英哩。呜呼,如果你知道你每用她一块钱她都要面孔铁青;你多看她妹妹一眼,她就叫她的佣人给你一顿臭揍,恐怕那胃口就不见得太大。

太太一旦对丈夫没有敬意,便算糟到了家。我有一位最知己的小朋友,初来台湾时,年方三十,英俊雄壮。有一个有钱的独生女儿看上了他,而且和他结了婚。因他一人在台,无亲无友,经济力量又不足,乃索性住在她家,老两口视他如子,婚后请我们吃酒,住所堂皇富丽,跟皇宫一般,有三四个妙龄侍女担任招待。吾友昂然上座,新郎新娘,望之和神仙差不多也,看得大家心迷痰壅,加上地板既光且滑,有一个没有见过世面的家伙,还当场摔了一跤。回来后你也叹气,我也发喘,不知该朋友哪一代祖先积的福,由他小子承当。

但不久我们就发现有点不对劲,不到三年,该朋友渐渐地由昂然而不昂然,原来其中出了学问啦。他在某衙门是中级职员,月薪两千元,在我辈小民,是一个天文数字,可是他拿回去,太太睬都不睬,而且不时带他上街,做西装焉,做大衣焉,买皮鞋焉,买汽车焉,有一次且以他的名义在银行开了一个户头,先行存下十万元,并告那个屁股撅得奇高的银行经理曰:“我先生如果要透支,打电话给我。”(意思是曰:“透支可以,我得批准。”)又对该朋友曰:“十万花光没有关系,但你要叫我知道你每笔的用处。”遇到星期天加班,太太必发脾气,她曰:“一个月挣那一点可怜钱,买草纸都不够,辞掉算啦。”他最初不辞,后来太太打电话给他的老板,要把他买回来,他才不得不走。结果太太带他周游了世界列国,喝了不少洋水,增了不少见闻。不过他的发言权也逐渐降低,有一次他想买一件绒晨衣,太太不知是心境不好,抑或其他别的原因,硬是不肯,最后她吼曰:“用你的钱买去!”把他气个半死。盖他如果是妻子,尚可向丈夫闹,而他竟是丈夫,除了自顾形惭,实在闹不起来。他经常向太太提议招待招待他的老朋友,一提起他的那些老朋友,连个部长厅长什么长什么主任都没有,清一色的低级货色,他太太便有气,尤其是所谓老朋友的太太们,一个比一个寒酸,没有一个人手上有五克拉钻戒的,那种朋友算啥?有一次她曰:“我们斐家,七代以降,往来无白丁,你难道没有几个像样的朋友,看他们上次来吃饭时的那种吃相,实在不敢领教。你要请,去馆子请去,但我告诉你别花我的钱。”八年前我有一事要托他,先用电话约定了时间后,硬着头皮往访,却发现该太太正在和我的顶头大亨某部长吃咖啡。依我跟朋友的交情,应喊她一声“弟妹”,即不那么结实,也应叫她一声“大嫂”,可是那天我却结结巴巴了半天,弄得面红耳赤。部长在一旁解围曰:“柏同志,你找斐小姐有什么事呀?”我曰:“没……没……”该斐小姐曰:“你一定找青彦,对不对?我刚才叫他开车带孩子去金山玩,他说他有事,可能是等你。柏同志,青彦像你这样的好朋友,共有多少,怎么帮忙都没有个完?”我紧张过度,头大如斗。好容易逃出网罗,连姓啥都记不起来啦。

《聊斋》上有这么一则故事,题目曰《仙人岛》,叙述王勉先生的艳遇。王勉先生“有才思,屡冠文场,心气颇高,善诮骂,多所陵折”。有一天,和他的岳父大人,未婚妻芳云小姐,妻妹绿云小姐,共坐一堂。岳父大人要考考他,他当然毫不在乎,当时就诵诗一首,顾盼自雄,中有二名句云:“一身剩有须眉在,小饮能令块垒消。”未婚妻芳云小姐低告曰:“上句是孙行者离火云洞,下句是猪八戒过子母河。”一座鼓掌大笑。王勉先生又吟《水鸟诗》云:“潴头鸣格磔”,忽然忘了下句,芳云小姐向妹妹嘀咕低语,掩口而笑,绿云小姐告父曰:“姐姐为姐夫续下句矣:狗腚响弸巴。”合座粲然。王勉先生心里想,世外人一定不知道八股是啥,何不唬之,乃炫其冠军之作,为“孝哉闵子骞”二句,破云:“圣人赞大贤之孝”,绿云小姐顾父曰:“圣人从没有喊门人别号的,孝哉一句,是别人说,不是圣人自己说。”连碰三次钉子,王勉先生意兴索然,岳父大人仍令其往下念,他念到佳处,还把主考官的评语都念了出来,有云:“字字痛切。”绿云小姐告父曰:“姐姐说,宜删切字。”王勉先生背诵完毕,又述主考官总评,有云:“羯鼓一挝,则万花齐落。”芳云小姐又和妹妹嘀咕,两人皆笑不可抑,绿云小姐曰:“姐姐说,羯鼓当是四挝。”众人不解,她不能忍,乃曰:“去切言痛,人身上一痛,则血脉便不通矣。羯鼓四挝者,其云不通又不通也。"众人立刻哄堂。王勉先生初以为他是中原才子,目中无人,到而今才发现大势不好,只好流汗。

结了婚之后,发现妻子房中啥书都有,略致问难,响答无穷。王勉先生闲来无事,便摇头吟哦,妻曰:"我有良言,不知肯见纳否?"问何言,她曰:"从此不作诗,也是藏拙之一道也。"书上曰:"王勉先生因屡受诮辱,自恐不见重于闺门。"幸好芳云小姐温柔敦厚,日子才过得下去。

这个故事诚多彩多姿,惜结尾太如意算盘。柏杨先生推测,如果他们是活生生的人而不是云来雾去的神,恐怕王勉先生婚后的日子有可瞧的,盖他的自尊心全被摧毁,赖以直起脊梁的玩意儿全被否定,动辄都要担心妻子的轻视,除非他改行不读书而去做木匠,他能安然地无动于衷哉?芳云小姐肯听天由命"巧妇常伴拙夫眠"哉?这种知识水平不能配合的现象,也是灾害之一。知识相差太巨,好比,太太大学堂毕业,丈夫不识字;或是丈夫大学堂毕业,太太不识字,都不容易恩爱到底。自二十世纪初叶以降,社会上经常发生丈夫抛弃小脚娘的悲剧,多半起因于做妻子的在知识上得不到尊重。因不识字之故,气质上、风度上,以及应变能力上,自然跟着差上一截。柏杨先生有一位族弟,他在二十世纪初就当上县长(那时叫"县知事"),太太要他带她上任,他恚曰:"你没照照镜子,看你的模样拿得出去?"把太太气得要上吊。其实不仅太太如此,像王勉先生,照样也要上吊。很多女孩子一旦读了大学堂或去了番邦,哪一个还再回去守那庄稼汉的丈夫过一辈子乎?用不着举例,读者先生不妨抬头四望,数一数当前的和过去的女作家、女政治家,以及女什么家,查一查她们的历史,不难知症结所在。

47. 不被欣赏

诸葛亮先生对刘备先生最感激的是，刘备先生到他家去了三趟，请他当官。此之谓三顾茅庐，这故事终于成了典故，说明了知遇之恩，是人生中最幸运的遭遇，也是虽杀身都难报万一的感情也。诸葛先生如没有刘先生，他还不是跟柏杨先生一样，默默无闻，与草木同朽乎。知遇之恩，乃只有人类才有的至高情操，诸葛亮先生之始终忠心耿耿，连刘备的蠢子阿斗先生都捧到底，爰此一线之念而已。

"知遇"，换一个现代化名词，曰"被欣赏"，那就是说，自己的长处被欣赏，自己的短处被原谅。一个人能有这种际遇，真是一连八代老祖宗都做好事，修下来的福。政治上如此，家庭中更是如此。闺房之内，最凄凉的事，莫过于自己的长处不被欣赏，自己的短处不被原谅。有一个小女孩淘气万分，妈妈责备她，说她是一个"坏女孩"。小女孩于是决心学好，有一天特别乖，到了晚上就寝时，见妈妈仍没有啥表示，不禁哭曰："我这样做还不能成为一个好女孩呀？"做母亲的憬然而悟，赶忙搂到怀里夸奖她，小女孩才含笑入睡。

该小女孩的例子值得我们深思，那不仅是儿女们的需要，夫妇间亦同样的需要。有一件真实的故事可以加强这种印象。若干年前由美国赴西班牙的一艘客船，途中遇到飓风沉没，大家纷乘小艇逃难。其中一个小艇漂流到非洲海岸，触礁再沉，所有同伴统统淹死，只有一位金发碧眼的漂亮女郎被当地土人救起。从后来报上她的照片上，可看出她真长得沉鱼落雁，闭月羞花。可是当一个白种女人落到黑种朋友的世界之中，三围算啥？学识算啥？她的美又更算啥？搞得她实在活不下去，只好嫁给当地社会地位很低的一个砍柴的（那黑家伙竟有如此艳福，真是该死），生下一个孩子。有一天她去海滨游泳，望见有轮船经过，大声呼喊，被救了出去，她编了一套在荒野中流浪的谎话，大家自然相信，无人疑心其他。回到美国后，再结了婚，可是仍念念不忘她的亲生之子，就怂恿她丈夫前去非洲探险。以后的事不必说啦，不外是她看见了她的孩子，虽只远远地瞥了一眼，不能接近，但心已安矣。

不被欣赏，真是人生最大的痛苦。做妻子的貌如天仙，才华绝代，丈夫却俗陋凶暴，不知道啥叫怜香惜玉，能使人口吐鲜血。宋王朝诗人朱淑贞女士，以她的美和她的才，竟嫁给一个市井庸夫，对她作的诗词，不但不欣赏，反而说女子无才便是德，责她哼哼唧唧乱画符哩。《断肠诗集》说她："一生抑郁不得志，故诗中多忧愁怨恨之语，每临风对月，触目伤怀，皆寓于诗，以写其胸中不平之气。竟无知音，郁郁抱恨而终，自古佳人多命薄，岂止颜色如花，命如叶耶？观其诗，想其人，风韵如此，乃下配一庸夫，固负此生矣。"呜呼，红颜薄命者，红颜不被欣赏也。

不被欣赏是一种被剥了皮而又不准流血的凄凉悲剧。妻子不被欣赏，谓之红颜命薄，谓之一朵鲜花插到牛粪上；丈夫不被欣赏，谓之窝窝囊囊，谓之一堆狗屎倾到山珍海味上。前文所述的金发女郎和朱淑贞女士，都属于鲜花之类，这一类的例子太多，写出来可写一火车。于是乎，夫妇之道，千言万语，似乎可归纳两个原则，一曰"努力使自己被对方欣赏"；一曰"努力去欣赏对方"，不宜一日懈怠。只要朝着这两点去做，虽不能使夫妻感情臻于尽善尽美之境，但包管家庭中的气氛是和睦的也。如果毫不在乎，我敢赌一块钱，只要有一方稍微有点情调，恐怕就要成为怨偶。谢道韫女士的丈夫王凝之先生，饭桶一个，谢女士回娘家对她爸爸叹气曰："天下之大，竟有王凝之这种人。"呜呼，那时候如果流行自由恋爱，恐怕王凝之先生给她提鞋她都不肯。闺房中的落寞寡欢，不卜可知，因为不能离婚之故，她顶多发发牢骚，如果是现在，早就去了美国矣。

做一个妻子应不断使自己美——前已言之，包括风度的美，智慧的美。我侄女有一位女同学，有一天来我府上串门，摩登得一塌糊涂,那时候恰是英法为苏伊士运河打仗,大家忽然谈到生命线等等,该女士曰:“他们真不通窍,苏伊士运河不能走,走巴拿马运河还不都一样。”我以为她在幽默哩,看她一脸学问,显然不是幽默,不仅大惊。幸哉,她真得感谢上帝使她的丈夫不是柏杨先生,否则当时就可能把她一脚踢出。我这一生最不喜欢和老妻去看电影,她孤陋寡闻,啥都不懂,一会问曰:“嗨,那男人不是死之乎,怎么又活啦?”一会又问曰:“嗨,怎么他的枪打得那么准?”越看到紧张之处,她越问得兴奋。我要不是看她年迈力衰,前途渺茫,早一棒打到大街之上。

一个女孩子一旦当了太太,容貌衣饰上固然容易忽略。更严重的还是,她们都以为从此弄到手一张长期饭票,不必在学识上再进修啦。这种知识上的不长进,比衣饰上的不长进,更为要命。从前罗马时代,当一个仆人很简单,有体力就行,但现代当一个仆人,便复杂得多。如果你在实验室当仆人,恐怕你至少懂得那些瓶瓶罐罐里装的玩意儿是啥。如果你在工厂当仆人,你至少得了解何者是马达、何者是警铃,否则你便干不下去。从前当一个妻子,只要会烧菜做饭,洗衣洗被生孩子便可,而如今却是一天比一天沉重。知识水平,必须跟着丈夫的发展而进步,丈夫如果是外交官,你至少要懂得礼炮为何,不致临时听到忽冬忽冬乱响,吓得尿屁直流。如果你丈夫是动物学家,你就必须知道毒蛇的特征为何,才不致伸手乱抓。如果丈夫是柏杨先生,你就必须知道啥是稿纸,啥是稿费,更必须知道编辑老爷和报馆老板的尊号,见之未语先笑。否则,做丈夫的触目伤怀,灾难就大矣。

48. 不贞的恐怖后果

不贞,是破坏家庭,破坏感情最大的力量。一个男人,一旦发现他的太太竟心甘情愿地和别的臭男人上床,准拍案而起,不是告状,就是动刀子。一个妻子亦然,一旦发现她丈夫和别的野女人上床,也会又哭又闹。古人把这种反应,名之曰“吃醋”,可谓绝妙之喻。不信的话,不妨买一瓶喝口试试,当发现丈夫偷人的时候,胸中所感觉的,便是那种滋味,既非纯粹的痛苦,也非纯粹的愤怒,更非纯粹的羞惭,乃各种化合之物,若醋在胃中发出来的那股凶劲和酸劲。

在我们目前这个社会上,女人不贞,较男人不贞,要严重得多,这不是公平不公平的问题,而是现象问题。差不多的情杀案都是因为妻子不贞,很少因为丈夫不贞的也。但情杀并不能阻止不贞,即令是下油锅,该偷人的还是照样偷人。世界上最危险的事,莫过于皇后红杏出墙,一旦被皇帝丈夫捉到,那才真是灾情惨重。但历史上皇后偷人,却比比皆是。柏杨先生从前住昆明时,邻居有一少妇,明媚可喜,有一天听她在家里哭,她丈夫在石砧上霍霍磨刀,大声曰:“你再和那小子去看电影,我杀了你。”过了不到半年,她竟席卷所有,和那小子逃到九天之外。呜呼,连皇帝都不能靠他的恐怖政策拒戴绿帽,何况小民哉。从前的丈夫还有点意思,只要当场把奸夫淫妇捉住,一刀两段,可以无罪。现在则不行啦,当场捉住等于白捉,说不定还要被奸夫照小肚上踢一脚;即令告到法院,闹得满城风雨,结果判上三个月五个月的牢,变了心的妻子还巴不得如此解决。

夫妇当初结婚之时,丈夫发誓说要爱妻子爱到底,妻子也发誓说要爱丈夫爱到底,可是爱来爱去,竟爱到别人身上,这种巨大的变化,属于顶尖的学问。有一种现象想起来便叫人害怕,再忠实的夫妇,在他们的婚姻生活中,都潜伏着不贞的种子,问题是大多数不贞的种子没有萌芽,或仅萌了芽而没有开花,或仅开了花而没有结出果实。有些人被自己所受的教育和修养所限,有些人被自己绝对强大的理智所压。从前有一位少妇,十八岁守寡,等到八十岁寿终正寝时,将她的子孙唤到床前,嘱曰:“后辈如果有丈夫早死掉的,便可遣嫁,勿令守也。”那种离经叛道的话出自老节妇之口,众人无不瞪眼,老妇乃叫人捧出一把铜钱,告曰:“在过去漫长的岁月中,每逢月白风清之夜,我有所念,就把铜钱撒到地上,然后再一一拣起,不拣到筋疲力尽不止,后辈能受此苦乎?”我们举这个例子,不是赞扬她为夫守节,而是说明不贞的意念真是最顽强的冲动,有些人守身如玉,不是其内心槁如死灰,而是诉诸理性,有所不为;或有所畏惧,不敢乱动。一旦拉下脸来,啥都不怕时,绿帽自然飞出。

另外还有一种原因,使有些人不得不老老实实过一辈子,那就是自己缺少吸引力,或缺少机缘,以致终身都没有碰到桃花运。以柏杨夫人为例,既老且丑,便是猪八戒先生都不会打她的主意,自没有人悄悄地约她去看电影或去跳舞,她纵然想弄个绿帽子叫我戴,都弄不到手。又像柏杨先生,实际上并非善良之辈,但因所交朋友,全是男性,即令偶有女孩子来往,又无人爱慕老汉。若是有那么一天,我由海路赴美,途中船沉,仅只我和另外一个美丽小姐漂流到一个孤岛之上。呜呼,到那时,我看柏杨先生虽道德辉煌,恐怕也非挺身而上不可。

我们说了这么多,好像故意在揭人类的底牌,非也,底牌人人皆知,乃上帝的安排,不管它对不对,都无可奈何。而我们之所以这么大声嚷嚷,乃是要强调一点,任何恩爱夫妇,都应注意到不贞的可怕和不贞的可能。一个人,尤其是一个女人,如果被视为,或自以为除了配偶外,对别的异性都无兴趣,或别的异性再诱惑都不在乎,那真是天下最大的地瓜。《谐铎》上有一则小故事,是这样的焉,妻子对丈夫曰:“对门那个老王总是看我。”丈夫曰:“不要理他。”妻子曰:“我告诉你你不管,等一旦被他看上啦,你可别怪我。”看此幽默对话,人人皆会一笑,但问题却在其中。妻子一旦发现丈夫是块木头,而有别的男人欣赏她,她最初尚能克制,但生物的本能是不易彻底降伏的,天长地久,就很难说啦。美国有一个探险家,和他的娇妻,以及他的朋友前往非洲打猎,他妻子坚决反对他的朋友一同前往,他问何故,她也说不出,丈夫笑她莫名其妙。可是六个月后,他一人返美,不再笑他妻子莫名其妙啦,盖他的妻子和他的朋友,在非洲同居了矣。

任何人都要了解自己的生物本能,不了解就一定蒙受伤害。有些丈夫,像上了报的魏平澳先生,他对妻子有人类中最大的信心,深信以她对他之爱,其浓其烈,绝对不会有啥意外,不要说和朋友看戏、跳跳舞没有关系,便是睡到一张床上都没关系;结果动了刀子。这固是他妻子辜负了他,也是他朋友辜负了他,但起因却在于他之对生物本能的轻视。呜呼,一旦欲火攻心,啥叫恩爱,啥叫道义,啥叫利害,都顾不得啦。有些妻子,像一位美国医生所说:"她们深信不疑地以为她们不会有意外,因为她只是和好朋友和好邻居在一起玩玩,不过偶尔用轻松的接吻和拥抱来提高她们的自尊心而已,但她们很可能发动一次自己都无法控制的暴烈行为。"该医生曰:"我曾经为许多因这种暧昧而出生的婴儿接生。"

呜呼,很多不贞,不是因为不爱她的丈夫,而是"我当时实在没有办法呀!"但她们固可早早防止。在美国,常有这种情形,大家集体回城的时候,太太们往往同意换着丈夫开车。在中国,最流行的是太太和男朋友看看电影跳跳舞。呜呼,不是说那准出毛病,而是说那最容易出毛病。

49. 有点异样

以男性为中心的社会,女人几乎负担起"不贞"的全部责任,一说到贞操,准是指女人而言,如果说某位男先生不贞,定有人连嘴都要笑歪。张先生背着张太太,和女朋友开旅馆,被人碰到,顶多尴尬一阵,通常大家还羡慕他高竿,要向他学习哩。然而,张太太背着张先生和男朋友开旅馆,被人碰到,那就会立刻战云密布,跟着而来的可能是刀光血影。太太小姐们如果每个人都束紧自己的裤带,硬是不解,世界上会太平得多。这不是说男人的责任小,他一点也不小,风流男女在一起乱搞,出了事情,男人的责任至少跟女人的责任相等，甚至过之。但是有一点却不可不知，男人的责任虽不小，但受到的社会责备，却是小也。一个男人每年换一个姘妇，都没关系，一个女人如果每年换一个姘夫，岂不被认为烂货乎。太太小姐们必须知道我们是啥模样的社会，才不致轻易答应男人的混账要求。

“不贞”不仅是指肉体上的不贞，也指感情上的不贞。陪丈夫以外的男人上床，固是不贞。即令还没有到陪他上床的阶段，而只在心里觉得必要时陪他睡睡也没关系，同样的也是不贞。我并不是效法道学家理学家，猛发诛心之论，柏杨先生以为道学家理学家最糟的一点，就在他们的诛心之论。不去鼓励一个人的善良行为，而去搜索他们的恶劣动机，一定清算得乌烟瘴气。我们是说，如果没有感情上的不贞，便没有身体上的不贞。一个女人可能做出一些局外人认为不可能的事，好比，她和那个跛子怎么发生关系了乎？但如果研究研究，她潜意识上固先有那个想法。贾宝玉先生是天下第一情圣，他的恋爱方法是有名的，那就是“意淫”，不必真个销魂，只要想想女孩子的缠绵镜头，就过了瘾。可是，天下“发乎情，止乎礼”的事少得不能再少，甚至根本没有。意淫的次数太多，程度太浓，一遇见懂事的花袭人小姐，就出了纰漏。情圣尚且如此，别的人更不用说啦。若前面所说的告诉丈夫对门老王看她的女人，若魏平澳先生的贤妻，都是在感情上先已不贞了也。

若干午前，柏杨先生有一位远房姨妹，她和丈夫当初也是自由恋爱结婚的，转眼一十五载，她虽半老徐娘，而姿色不衰。有一年夏天，丈夫去瑞士开什么国际会议，丈夫的朋友经常前来探望，那是真正的友情探望，有时她寂寞无聊，就一块去看看电影。后来几个月过去，就改看看电影为跳跳舞。于是乎，姨妹感情上起了一种无法化验的变化。她和该朋友在一起时，会感觉到非常舒服，有时候促膝谈天，谈到三更半夜还不觉得晚。有时候并肩出游，就好像丈夫在旁一样。有时候去跳舞，她就愿享受他的那种拥抱。尤其是，到了后来，她听他说“他的太太不了解他”，她就更有点异样。

姨妹心里异样，行动也跟着异样，有时候和朋友拉拉手，有时候偶尔面颊也接触一下，但两人仍没有乱七八糟。可是丈夫回来后，看到眼里，自然大发雷霆，闹了个鸡犬不宁；丈夫平常一向异常驯服，这一次却拍案如雷，大张挞伐，姨妹自以为没有做出不可告人之事，不肯相让。纠纷遂不可开交，气呼呼地前来诉苦，和其他任何女人的诉苦一样，其目的有二，一是宣传自己的清白，二是宣传丈夫变啦，变得跟从前判若两人。柏杨先生誓死都相信该姨妹守身如玉，盖如果拆了烂污，她便不致如此理直气壮。有一次丈夫扬言要邀请所有亲友来评理，他曰："讲给大家听听，我太太竟和别的男人泡咖啡馆，跳舞时勾肩搭背。"她冷笑曰："你招待新闻记者我都不怕，我立得正行得正，他是你的朋友，我们没有过分。"——姨妹叙述已毕，我曰："阿妹，我看你这个家马上就要完。你如果已决心不要这个家，不要你的丈夫，我无意见，打之闹之，离之去之，悉凭尊意。但如果你本意并不如此，则赶紧回头。上帝当初造女人时，便只允许她有一个丈夫，不允许她在丈夫以外再同时有一个听她顺她，供应她快乐的情人。如果丈夫能兼情人，那是该女人三辈子修来的福，否则就得放弃一个。"姨妹曰："他不是我的情人呀。"我曰："那是名词问题，我不和你争，反正是你对丈夫已经在感情上先走了私啦。这跟偷东西一样，最初一点一点地偷，以后大批大批地偷，最后就明火执仗一下子偷个净光。你现在是第一阶段，只把感情输出一点，如果再不制止，接着就是身体输出。"姨妹曰："你说得太严重，你们写文章的人好过甚其词，你把我说成什么人啦?"我曰："我把你说成一个普通的女人，具有生物本能的女人，既不是圣人，也不是白痴，更不是被你朋友歌颂的什么'超人'，那叫我肉麻。不要以为你有智慧可阻挡一切，那股劲和从高山上往下踢石头一样，一经发动，谁都阻挡不住，连当初踢石头的那家伙都没办法，唯一阻挡之法是千万别去踢它。你如果认为我过甚其词，不妨继续搞你的。你敢和我打赌乎，你将来不弄到那个结果，我输你一块钱。"姨妹大怒，甩发而去，后来夫妇和好如初，朋友仍继续来往，但已不再单独外出矣。

一提起来不贞，人们往往想到和别人颠鸾倒凤。其实，感情上的走私,是同样的不贞,其危险性不亚于颠鸾倒凤,而且因它是一种有意志的行动,所以比仅仅失身还要严重。盖那有公式在焉,第一步是她觉得和他在一起时快乐,他或是丈夫的朋友,或是自己的同学同事,大家光明磊落玩玩,也欢迎丈夫参与其间,满室生春,浑身细胞都像注射了荷尔蒙,舒而且服,那朋友不时地再送她点礼物,她就火上加油,更加精神百倍,快乐无穷。第二步则由公开的谈谈笑笑,变成偷偷摸摸的唧唧咕咕,和隐隐藏藏的约会,丈夫被摒在圈子之外矣,见面时两个老风流俨然一对小儿女,男的说太太不了解他,并感叹曰:"相逢恨晚。"然后摸女的手。女的说丈夫也不了解她,相逢不算太晚,要他安心工作(天哉,他怎能安心乎),努力前途,然后也接过他的手摸之。第三步,丈夫发觉风紧,或叹气,或打骂,或吵闹,或打官司,把女的搞得头昏脑涨,心里一想,我并没有和人发生肉体关系呀,为啥如此对我乎!胸中一激动,再加上外力一怂恿,芳心一横,豁上啦,于是乎,悲剧开锣。

50."有限"的付出

使该姨妹开始感到异样的,前已言之,是该男朋友的一句话:"我太太不了解我。"实际上他太太也真的不了解他,不仅仅在知识上不了解他,在灵性上也不了解他。盖他是一个留法学生,而太太固只读到小学为止,且天生的不长进,每天只知道打麻将说闲话,因丈夫留学是花她父亲的钱,她就成了大恩人,有时丈夫曰:"你连世界上有个匈牙利都不知道,朋友来谈时,请别乱插嘴。"她曰:"你还不是用了我爸爸的钱才知道的。"至于谈情说爱,更不必提,朋友内心空虚得跟泡泡糖一样,遇到大学堂毕过业的姨妹,只要聊聊天,他便觉得像吃了人参果。

问题是,真是“太太不了解我”的,固有得是。冒牌“太太不了解我”的,更车载斗量。任何已经结过婚的男人,只要想向外发展,最最无懈可击,最最具有征服性的理由,莫过于该一句话:“太太不了解我。”女人们一听眼前的那家伙愁眉苦脸,甚至珠泪双抛地说他的太太不了解他,她伟大的母性,和慈悲为怀的菩萨心肠,就油然而生,即令是臭而不可闻也的男人,都会随着他太太不了解他的程度,而逐渐地发出香味。盖男人们平常都是雄赳赳而气昂昂,以女人的保护者自居,有时候还俨然君子,俨然英雄,叫人眼花缭乱;一旦竟在女人跟前变成一个被太太虐待,或被太太冷落,成为世界上最寂寞的苦命之人,那真是妙哉妙哉;而且只要女人稍予慰藉,就可使该男人欢天喜地,哪个女人肯吝啬此一颦一笑乎?某故事书上云,有一位漂亮的女郎独自乘船,远渡重洋,第一天致其父母电报曰:“那个英俊的船长追我。”第二天曰:“他向我求婚,我已拒绝。”第三天曰:“他说我如果仍然拒绝,他就把船炸沉。”第四天曰:“我救了一船人。”普通女人大概都有“救了一船人”的高尚情操,一船人都可以救,则救一个人更轻而易举。况且并不要真刀真枪地嫁之,而只不过陪陪他,说两句劝解的或温柔的话,必要时去游玩一番,自己付出的固有限得很。

美国查普曼报告上有一个女秘书和老板的故事,两个人起初清白如水,老板给她很多很大的帮助,有一天她感激之余,吻了一下老板(注意,美国之吻,没有中国之吻的含意严重),老板就顺势抱住她,而且不老实地摸索起来,女秘书察觉到他的动作,但她想:“他给我的既是如此之多,而要求我的又是如此之少,有啥关系?”一直等到他摸到她的乳房,她才觉得有点不对劲,挣扎而起。太太小姐们在感情最丰富之时,或是出于感恩,或是出于怜悯,极易觉得自己付出的“有限”,却不知道仅仅那一星星“有限”的玩意儿,便足够“伏尸二人,血流五步”。

“太太不了解我”真是征服女人包藏祸心的已婚男人,最有效的武器,好像唐僧先生的紧箍咒,别看孙悟空先生顽强泼皮,只要唐僧先生念念有词,他就心服口服。臭男人也是如此,对着其貌如花的太太小姐,口中念念有词曰:“太太不了解我,太太不了解我”,那比唐僧先生的紧箍咒还灵,该太太小姐痛彻心髓之余,恨不得把他抱到怀里,用舌尖舐去他的眼泪。据柏杨先生考察,这是屡试不爽的手法,有志之士,不可不知也。相反的凡是红杏出墙的太太亦然,“丈夫不了解我”,同样是一个极端奇妙的能源,有此项能源,再巨大的机器都转得动。如果把天下所有的有外遇的男女加以调查,恐怕每一对当初所说的话,都以此句为主题。前些时一少妇慕名来访柏杨先生,一定要单独和我谈话,气氛严重,我就知道她的困难是啥。果然她爱上了一位有妇之夫,而且怜之悯之,不可开交。我曰:“他一定向你说他太太不了解他,你因同情他才爱上他。”她大惊曰:“柏老,你怎地得知?”我曰:“我说这话,不含批评之意,可能他是说谎,也可能他太太真应该碎尸万段,我都不管,我只觉得那句话的力量太大,你是否也向他说过你丈夫不了解你?”她曰:“没……没……”我曰:“糟啦,糟啦,害死人啦,这种话一句已够受的,现在冒出了两句,男的一句,女的一句,简直非要老命不可,你们若不快散,就应该立刻和配偶离婚,否则准出官司。”呜呼,爱情的事,岂能像柏杨先生说得如此简单,她垂头丧气,呜咽而去,我真为她担心也。于是乎,我想起来一事,不管是太太也好,小姐也好,如果有一天遇到柏杨先生向你诉苦,说柏杨夫人不了解我,请你赐予同情,你最好是上来就打一嘴巴,否则芳心一软,看我唉声叹气,或陪我看看电影,或陪我散散尊步,那你的麻烦就大啦。

妻子的神圣天职,是要抓住男人,抓不住男人,再厉害都没有用。妻子不贞,丈夫有一半责任。丈夫不贞,太太也有一半责任。如果把对方逼得落荒而逃,责任就更大。柏杨先生所见多矣,被敦请调解家庭纠纷的次数亦多矣,有些丈夫在外另筑香巢,有些丈夫日夜不回家,有些丈夫整天对妻子怒目而视。做妻子的哭哭啼啼,在我面前对丈夫又闹又跳,又号又叫,看起来形形色色,男人都不是东西。其实只不过一点,那就是太太不知道她如何去做一个好妻子也。想了很久,想出十大信条,开列于后,那是避免丈夫不忠的良剂,也是一团棉絮，塞住丈夫的口，使他永说不出“太太不了解我”，太太们便可安如泰山矣。婚姻是一种艺术，这十大信条，只是提纲；运用之妙，存乎一心。

第一，妻子必须信任丈夫。即令丈夫做出糟糕之事，也得信任，有没有学问就看此矣。盖丈夫一旦发现他改好了而仍然得不到信任，他就会把心一横，再露一手。家庭中的柔顺温暖，全建立在互相信任上，夫妻间一旦不信任，啥情调都告完蛋，不把他逼走，把谁逼走乎？

第二，一个太太，必须知道感谢她的丈夫，而且必须知道如何表达这份感谢。有些女人简直像呆头鹅，即令丈夫恩重如山，她都不会在情调上给他满足，一切灾祸便从此呆头鹅的态度而生。我尝看到一位太太，丈夫给她买一个别针回来，她都要高兴半天，丈夫对她任何一个小小殷勤，像赴宴归来从筵席上带回银丝卷啦，像发薪水时给她买十元三条的小手帕啦，她都感激涕零，拉着他的手摩擦自己的面颊，口中喃喃而言曰：“谢谢你，谢谢你。”柏杨先生一旁看啦，肉皮发紧，但那混蛋丈夫却被搞得如醉如痴，昏昏迷迷。

第三，有些妻子，似乎一辈子都不知道丈夫到底是干啥的，想了解都无从了解。有一个太太，有一天心血来潮，去参加她丈夫主持的一项关于羊毛脱水的讲演会，该头秃秃而肚胖胖的丈夫，讲起他的业务，议论风生，真有一套。不禁大吃一惊，原来羊毛那一行竟如此的兴趣盎然，而她那沉默寡言的丈夫竟也如此的万种风情，对他崇拜之心，乃油然而生。呜呼，丈夫是做官的，妻子应晓得做官之道。丈夫是做商的，妻子应晓得做商之道。则丈夫不但有一种被欣赏的感觉，且二人由感情上的溶化为一，进而在理智上及知识上也溶化为一。

第四，常常对丈夫称赞，是驭夫的重要秘诀。说句老实话，所谓“了解”也者，最大的意义就是称赞，你了解他是一个伟大的艺术家，他准高兴得连屁都放出来。俗语曰：“人比人，气死人。”那是指的普通情形，而妻子们必须做到“人比人，喜死人”，才算第一等高手。时常把自己丈夫和别人的丈夫比较，然后发现自己丈夫的优点，而称赞他，而夸奖他，而以他为荣，除了自己确信他确比别的男人有一手外，还要使他相信他在妻子眼中有崇高的地位，他自然会服服帖帖若老牛。

第五，太太们穿衣打扮，应该以丈夫的喜爱为主。有些女人一意孤行去追求摩登，真叫人为她出汗。有一位朋友最讨厌女人画蓝眼圈，他说那只有妓女舞女乃至明星以及名女人才如此，可是他太太却非画不可。又有一位朋友最讨厌女人在头上扎白带子，他说扎红带黄带岂不也一样乎？可是他太太硬是要扎。不必打听，他们的日子不会心旷神怡。

第六，女人乃是一种厨房动物，以柏杨先生考察，上帝创造女人，叫她们双乳巨大，是为了奶孩子也。叫她们的身腰细小，是为了不让碰着锅炉，以策安全也。叫她们有美丽的大腿，是为了只有那一部分可以不受油溅的威胁也。呜呼，柏杨先生此论，不是说我忽然加入了纳粹党，和希特勒先生交了朋友，而是说，无论女人们说啥，即令位尊而多金的伊丽莎白二世女王，她都会烧几样她丈夫喜欢吃的拿手好菜。否则，一旦丈夫陷于"见饭愁"之境，等于炸弹开始冒烟，有些太太小姐常自己吹自己啥也不会做，以示她不同凡品。噫，如再继续不同凡品，终有一天要轰然一声，烟屑四崩。

第七，做一个妻子，不但应该尊重自己的丈夫，更要紧的是，还应该尊重丈夫的父母兄弟姐妹以及他的亲戚。半吊子的女人最容易瞧不起丈夫的家人，那是致命之伤，盖那将使丈夫在家庭中没有地位；除非他是软骨头，自愿断绝父母兄弟姐妹骨肉之情，龟缩闺中。否则他一定反抗，一次反抗失败，会再来一次，终有一次，把家庭反抗得风消云散。即令太太是博士加三级，而丈夫的表兄不过是乡巴佬，太太也不能提起该表兄就嗤之以鼻。丈夫自己嗤之可也，太太如果嗤之，他的自尊心受到打击，就危机四伏。时常说些他家人的好话，惠而不费，效果却丰。

第八，我的一个朋友女儿结婚时，她母亲训之曰："你要喜欢你丈夫的朋友。"女人们的心理往往非常矛盾，一方面希望丈夫飞黄腾达,一方面又希望丈夫一直在自己掌握之中,不和别人来往。天下能有如此妙哉之事乎?有些妻子把丈夫的朋友一律看成狐群狗党,也或许真是些狐群狗党,但一个男人在社会上不可能专交些高阶层,也不可能一天到晚讲仁义道德。有时候轻轻松松,露露尾巴,并伤不了大雅。呜呼,妻子有使丈夫朋友们觉得她欢迎他们的义务,她必须和丈夫共同会见客人,必须端茶拿烟拿瓜子,亲切招待。有些太太遇到丈夫的好朋友来时,就亲自下厨房,弄点什么小玩意儿吃吃,那就大大地对了劲。

第九,天下平凡的男人多,伟大的男人少,故太太们对丈夫的前程,不宜太过于苛求。柏杨夫人向不责备我为啥没出息,有一次她曰:"人家肯尼迪先生,四十多岁就当了总统,你这么一大把年纪,还啥都不是。"我当时就口吐白沫,建议她去嫁老肯。自那次以后,她便再没敢乱挑剔矣,盖不尊重丈夫目前的事业,除扰乱军心外,别无任何好处。不但对丈夫那小小前程要尊重,而且还应该尊重丈夫脑筋里的奇想,和尊重他的信心。奇想为发展之本,信心为成功之本。任何人在伟大之前,都是平凡的。有些妻子提起她那平凡的丈夫,会把他说得一文不值,悲夫,那个丈夫就倒霉定啦,一辈子不能翻身。

第十,这是最后一条,归根到底,仍是老生常谈的一句话,一个妻子如果能常在适当的场合,用适当的表情,告诉丈夫说她爱他,三个字足抵得千军万马。万万不要因它是老生常谈,谈得早烦死啦而忽略之也。有些人反对如此,曰:"那不是太虚伪乎?"非也,虚伪不虚伪全在内心,如果心里爱他爱得要命,说了出来,难道就成了假的乎?不说出来,只不过是嘴硬,而嘴硬实在不是啥美德。如果心里早不爱他,难道口中不言,就会变成真的乎?婚姻是一个新艺综合体,"我爱你"是画龙点睛之笔。

——以上十大信条,是说给妻子听的,稍微改几个字,就变成说给丈夫听的,请举一反二,柏老可不是一面倒也。

51. 五个问题

半年以来,我们谈家庭焉,谈爱情焉,谈夫妇焉,谈子女焉,陆陆续续,颇使读者先生五体投地。柏杨先生上通天文,下通地理,中通人情,也真是很有点前途的人物。因之赐勉的信和请教的信,纷至沓来。看到夸奖之词,当然舒服万状。看到责骂之词,则一概不理。然而有若干封信却提出若干问题,那些提出问题的信多半是私人的困扰,像他的女朋友如何如何啦,她丈夫如何如何啦,关于此,我建议去请教台北《征信新闻报》的《兰夫人信箱》。兰夫人才高八斗,学富五车,比柏杨先生高明多矣,对问题之解决,能直抵核心。柏杨先生只对原则有研究兴趣,同时这也是自私之道。曾有位女士因经常被丈夫用烧红的铁条抽打,寄限时信问我如何办。呜呼,我如果劝她离婚,她丈夫烧红的铁条恐怕立刻就落到我身上,圣崽们也会群起而攻之。然而我如劝她继续过下去,看她受虐待的情形,实在下不了那股狠心。故我避重就轻,只拣容易的干,把难题隆重推给兰夫人,该夫人真有一套,众生有难,向她求救,是最好不过的也。

整理来信,综合为五个问题,每一个问题都严重得要命,不得不发发议论,一俟这五个问题议论完毕,便告结束。

一

王越默先生等对夫妇间吵架的事很注意,认为夫妇们总是吵架,恐怕要糟。我想婚姻糟不糟,与吵架没有定律性的关系。甚至我们可以说,婚姻固吵不垮的也。凡是表面上吵垮的婚姻,都有他非垮不可的内在主要原因,那是因要垮才吵,不是因吵而垮也,便是不吵,仍照垮不误。甚至因积恨太深，垮得还要更惨。我常看到有些人自傲曰："我们夫妇结婚到现在，连脸都没有红过。"我便不禁心如刀割。悲哉，夫妇们乃是上帝特别制造的吵架动物。一个是男，一个是女；一个来自天南，一个来自地北，硬用感情和法律把他们拴在一起，便是把两头毛驴同拴在槽头上，它们还要又踢又咬，何况拴两个人哉？

凡是夫妇不吵架的家庭，准是一块阴森之地，既没有冲击，故也没有快乐。他们不能没有委屈（有些人曰，他们相爱太深，故没有委屈，那是瞎抬杠的说法也），有了委屈，不能或不敢或不肯发泄，闷得久之久之，不是把自己闷成了精神病，便是一旦爆发，天摇地动。而且平常日子还要强颜装欢，丈夫骗妻子，或妻子骗丈夫，那种家庭，连鬼都不留。

我说这话，不是劝人以吵架为乐，而是说，吵架不一定是一件坏事，不吵架不一定是一件好事。有时候还怪得很哩，夫妇间吵一次架，反而更多一层了解，更多一分爱情。夫妇等于两块都有棱角的石头，放到一个罐子里，怎能不摩擦生响乎？只有吵架才可使双方学习到适应之术，故偶尔小吵，不足为虑，且趣味盎然。盖吵过之后，男的向女的下跪，女的向男的道歉，那份热闹，固金不换的情调，整天假面孔相对的家伙，有屁福气。

不过吵架本身便是一种艺术，一旦过了限度，也会伤到感情，有些家伙大怒时啥绝情的话都说得出，有些家伙则尚考虑到后果。俗云："打人不打脸，骂人不揭短。"夫妇间如果互相揭起短来，自尊心会全部瓦解，还能过日子哉？一旦把对方逼得"不顾一切"，那便要宣告收摊矣。在此我特别提出"咆哮公堂"的节目。若干年来，常有一种现象，丈夫在外面乱搞，或被疑心在外面乱搞，太太一气之下，便去丈夫的办公室大闹，或一气之下，去另外那个女人的家或办公室也大闹。她们之意，以为我这一闹，岂不使对方害怕——男的怕摔掉饭碗，怕断送前程；女的怕丢人，怕父母亲友师长责备羞辱。妙哉，这种如意算盘，真乃是天下第一等狂想曲。爱情那玩意儿在本质上是无所惧的，不要说你大闹，便是刀子架到脖子上，都照干不误。如果他们的爱情是假的,你不闹也会自灭;如果他们的爱情是真的,你不闹时,或许还有消失的可能,你一去闹,抓破了脸,准家破人散,不可收拾。

我们可举一个例子加以说明。有一位朋友的太太,便犯了如此毛病,不知道是哪个心怀叵测的人向她献计,叫她去找另外那个女孩子算账,于是她头也不梳,脸也不洗,抱着孩子,跑到该女孩子就读的学堂,径找校长。在她的参谋人员看来,以为这一下该女孩子为了顾及学业,非屈服不可。不知道对女人而言,迫得她们不顾一切时,那才是一种真正的不顾一切,不要说学业,连父母子女都抛到脑后。于是女的走出学堂,女父大怒,也如法炮制,向男的主管老板提出控告,男的也只好走出办公室。呜呼,古有成语曰:"为渊驱鱼。"正此之谓。用不着再继续打听,两个同病相怜的人物,一个背叛其父,一个背叛其妻,均被搞得无依无靠,自然结婚了事。当初若不逼得那么凶,固不见得有此结果。故一旦吵吵闹闹,发展到"咆哮公堂"的程度,便成了无药可救的绝症。

二

"一读者"先生等以"离婚"问题见示,以为离婚是悲剧,应极力防止。柏杨先生似乎只部分同意这种说法。盖离婚可能是悲剧,却不一定非是悲剧不可,离婚是解决错误爱情和错误婚姻的最妙良法。我们常看到的往往是男人甩女人的离婚,或女人踢男人的离婚,总觉得简直应该活埋。如果我们也看到有些被天天苦刑拷打的妻子脱离魔掌,有些被骑到头上的丈夫走出樊笼,恐怕也会鼓掌称快。

不知道是哪个颇有点名气的家伙说过,"男女因误会而结合,因了解而离开"。该家伙一定吃过女人的苦头,才发此牢骚,但这牢骚却是用血泪换来。一对夫妇既已搞得貌合神离,看见对方便如芒刺在背,恨不得分尸灭迹,不管它的原因是啥,与其将来真正发生社会新闻,丈夫杀妻子,或妻子杀丈夫,不如早一点你走你的阳关道,我走我的独木桥。

视婚姻如儿戏的人到底不多,尤其是女人,多半都打算嫁人一次。这种观念加上法律的保障,遂使一个家庭稳如泰山。如果有人一旦发作起来,非离婚不可,则一定有基本问题在那里捣鬼,像朱买臣先生的太太,闹着硬要和朱先生散伙,一般人都说他太太混蛋,我想混蛋不混蛋是另外一回事,整天和一个书呆子在一起,贫苦不堪,前途茫茫,恐怕就是换了批评最厉害的那些正人君子,都会一哭二闹三上吊。我们所研究的是,她在离婚后不是嫁了一个屠夫乎,以小人之心,度君子之腹,我猜她不会是离婚后才嫁的,恐怕在跟朱买臣先生还是夫妻的时候,已经暗度陈仓矣,否则的话,在那个时代,再泼再辣的女人,都不至于逼着丈夫非“休”自己不可,没有外援,便没有那么大的劲。

不仅两千年前如此,即在现代,似乎也跳不出这个圈圈。太太们闹离婚是家常便饭,她们心中多少仍残留着少女时代被追求时那种余威,动不动便吼曰:“我和你离婚。”好像想当年只要她不点头嫁他,便可把对方整惨了似的。这不过是孩子们咬人的姿态,丈夫多半安抚一番,自化干戈为玉帛。问题是,一旦丈夫当起真来,你说离婚,好吧,一言既出,驷马难追,说离就离。果真弄到那种地步,做妻子的固然伤心欲绝,那个当丈夫的也一定内容复杂。反过来,一个漂亮的妻子(没有姿色的女人,想红杏出墙都没法出),一旦搞得说啥都得和丈夫离婚,连孩子都可以舍弃,也不必再往深处打听,内容也不简单,必有外援在也。那外援或许是一个百万富翁,或许是一个小白脸,也或许是一个什么莫名其妙的家伙,他在外发号施令,叫她闹则她闹之,叫她哭则她哭之,他买包巴拉松则她就放到丈夫饭碗里。呜呼,外援不断,家不得安,外援不除,内乱不止。

离婚的学问仅次于结婚,不可不察。

三

魏某某先生等不耻下问，问的是初恋是不是最美？女孩子是不是一直怀念她的初恋爱人？魏先生的太太动辄流泪满面曰："当初嫁给某某就好啦。"深感痛苦，不知她们是怎么个想法。

初恋是最美的，乃廉价小说上的笔法，我想有些小说，真叫害死人。初恋可能是最美的，却并不见得一定是最美的也。主要的是，在初恋没有啥结果之后，才把它硬想象为美不可言，一旦有了结果，丈夫天天揍她，她便美不起来矣。俗云："这山望着那山高。"人和人最怕比较，一比较便不可收拾；你说岳飞先生好乎，抑关羽先生好乎？你说文天祥先生好乎，抑史可法先生好乎？那真是很难分析。一个女孩子一旦有选择的机会，稍不如意，就免不了要想起另外那一个来，如果岳飞先生的太太在婚前和关羽先生也恋过爱，恐怕她有时候也后悔没有嫁给关二爷也。

这种悔不当初的情形，在恋爱越自由的社会，越是普遍。盖女孩子只要有两个以上的男朋友，她便有资格到时候懊悔一番。柏杨先生曾看到一幅洋大人画的漫画，一个衣冠楚楚的中年人在电话亭里打电话，另外一个潦倒不堪，连鞋子都没得穿的家伙，一脸尴尬面孔，站在亭外。衣冠楚楚在电话中曰："亲爱的，你不总是说当初如果嫁给约翰就好了乎？他刚才来找我，我现在就带他回家和你聚聚。"那个漫画讽刺得恰到好处，可惜上帝不能把她们所有怀念的男人一一打入地狱，事情之麻烦，也就在此。据洋大人统计，美国妇女至少有百分之七十五以上都在想念她过去的恋人，这不关她婚姻生活幸福不幸福，即令幸福，她也会为了好奇而推出种种幻想。不过在那百分之七十五之中，有百分之九十以上并不愿意认真地采取行动，一旦气消怨散，也就拉倒，纵然那家伙真的出现，也会相安无事。幸亏有此一着，女人们想得太多而做得太少，否则那真是要发生世界大战。治想之法，当然最好是像上面那幅漫画，那家伙不但落魄，而且还送上门来亮相。如果没有这么好的运气,则当丈夫的只有拼命努力,做犬做马的一途。

四

另外一个问题,读者先生问得最多,那就是,夫妻间是不是要绝对地诚实相处。一位读者樊云先生并举了很多例子,他曰,在很多讨论家庭的书籍上,都是主张夫妻间要绝对诚实的。问柏杨先生的高见如何。

柏杨先生曰:大哉问也,夫妻间当然应该诚实,这一点谁都没有啥可嚷嚷的,可是千万别绝对诚实,提倡绝对诚实的人真应该送到三作牌那里修理修理,以示薄惩。盖绝对诚实一定绝对垮台,婚姻是最高艺术,其妙无比,如果一板一眼都不放弃,那成了"匠"矣,还能入目乎?必要时玩点小花样,甚至必要时死都不承认,才是良策。有些倒霉的家伙就是误信了绝对诚实而吃尽了苦头,不可不提高警觉也。

前些时看到某报上有个什么妇女信箱,登了一个问题,一个快要结婚的新娘,写信问曰:她在十七岁那一年,曾跟一个恶棍上过床,当时父兄出面把那家伙饱揍了一顿,未予声张。可是她现在要结婚了矣,爱丈夫爱得要命(丈夫爱她自然也爱得要命),但她恐怕丈夫发现她不是处女轻视她,焦急万状,不知如何是好。那个信箱的主持人隆重答曰:他既然爱你,自然会原谅你,不应欺骗他,应该诚诚实实告诉他。

柏杨先生看了之后,心如火焚,呜呼,愿上帝保佑她没有告诉他,她要真的傻里傻气告诉了他,我敢赌一块钱,她这一辈子有苦吃的。爱情不能建筑在希望对方原谅上,爱情的污点是永远的污点,他便是当时指天发誓,做圣崽状,说得天花乱坠,原谅她啦。可是偷了五十万美金他可以忘记,和别的男人上床一事,他便不会忘记。嗟夫,她为啥不向柏杨先生请教乎?她为啥不咬定牙关说她是骑脚踏车伤了处女膜乎?该信箱主持人真是天下第一混蛋。柏杨夫人有一表侄女发生了同类问题,丈夫大疑,惜未抓到证据,她看苗头不对,决心改过,想向丈夫求恕,被我知道,急曰:“又是一个混蛋,而且加三级混蛋。这秘密只有自己独享,说了之后准糟。”她不服气,结果她在家中变得没有丝毫地位,连大门都不能出,盖她丈夫一句话就堵住她的尊嘴,曰:“我不相信你!”弄得愁云密布,何苦来哉。

我说这话不是鼓励大家去乱搞,而只是说,适当的隐瞒可以消灾去难,夫妻间为了爱,为了怕对方生气而撒点小小的谎,乃高级艺术。

五

最后一个问题,恐怕没有人可以解答。那就是,爱的价值到底如何?提出这个问题的朋友多矣,柏杨先生也同样的一直在感到困惑。有时候爱情高贵得像一尊天神,有时候似乎又不如一只破鞋,差不多的纠纷都因此而起。《三国演义》上赵云先生有一句话,曰:“大丈夫只患事业不立,何患无妻?”这句话真叫男人舒服,把女人说得不值一文。只要老子有事业,或有钱,或有高官可以训话,或可以抓人关人,娇滴滴的美女自会向我低头。我纵是狗屁不通,也会照嫁我不误。这种看法乃是把爱情当作事业的附属品,高贵不到哪里去。

自古以来,在爱情上受攻击最激烈的莫过于“商人”,古之时也,“商人重利轻离别”,为了做生意,经常远行,而且一去就是两年三年,音讯隔绝。复因交通不便,不能携带太太,只好把娇妻放到家里冻结。大家看到眼里,惜在心头,乃拼命开骂,骂他们一脑筋的钱,为了钱,连爱情都抛掉。

于是问题就出来啦,柏杨先生有一位女同事,六年之前,年方二十,便订了婚,当时尚绝妙青春,脸红红而眉黛黛,漂亮得不像话,她的未婚夫先生于订婚后即去美国,而今她已二十有六,未婚夫刚刚取到博士学位,还要再等一段时间,弄个像样的职业,积蓄点钱,方可把她接去。最乐观的看法,她二十八岁时能和他同床共枕,已算走运。这一类例子甚多,柏杨先生朋友中,丈夫去美国十年者有之,妻子去法国十五年者有之，呜呼，为了挣钱而远离，固是俗种，为了读书而远离，又算啥种乎？读马死脱，读打狗脱，固可列入求学之类。然而，如果“远离”是一种罪恶，为挣钱远离或为求学远离，其远离的事实固一也。何况读了马死脱或打狗脱之后，目标并不一定太高级，只不过希望到啥啥公司，多拿几文而已。那位二十八岁才有希望做新娘的小姐，这几年的空虚日子实在值得研究，女人过三十结婚，连生孩子都得冒生命危险，何况其他乎。诗云：“夕阳无限好，只是近黄昏。”即令全是好景，也惜其不久也。

男女以心相许时，最重要的是终身相爱，其次是终身相守。常有些人发言曰：“我去求学，你等我十年。”他妈的，女孩子一辈子有几个十年？为钱而等，还有人笑，为“求学”而等，其凄惨却没有人注意，是何故哉。

柏杨先生不是鼓励年轻朋友只图眼前欢，图眼前欢更糟，而是觉得爱情有时候与事业不能并存（并存的人有福啦，其祖宗至少积十世之德，才有好报，可遇而不可求，急也没有用）。妻子如果一方面要把丈夫紧紧抱到怀里，一方面又要他出人头地，天下根本没有这种便宜的事。现在交通方便，太太可以随着丈夫乱跑，没有被冻结在故乡的危险，但仍有被冻结在房子里的危险。前年法国内阁阁员某部长的太太，把丈夫一枪击毙，便是恨他在家的时候，太少也。悲夫，这问题真是大而且巨，恐怕各人有各人的看法，各人有各人的解决之道，尤其是各人有各人的运气，柏杨先生少插嘴为宜。

52. 爱情与金钱

家庭的基础有两个焉，一曰爱情，一曰金钱，缺一不可。有些男女鬼迷心窍，一味崇拜爱情，认为只要相爱，三天不吃饭，只喝凉水都能不饿,都是少不更事的看法。呜呼,有一点说穿了准叫人发脾气。贵阁下仔细研究过没有,离开金钱,便没有爱情,至少也要影响爱情,而终使之破灭。有些爱情如火的少女,除了爱情,啥都不要,可是一旦爱情到手,固仍是啥都要也。柏杨先生总是在想,王宝钏女士苦守寒窑十八年的事,实在大大地可疑,恐怕根本没有王女士那个人。这不是我瞧不起爱情,而是我不敢瞧不起金钱。

和这恰恰相反的,也有些人昂昂然自以为深得人生三昧,见了钱眼睛就花,认为只要对方有钱,我便快乐,爱情算个屁哉。这是一种聪明透了顶的看法,没有钱绝对痛苦,但如果把快乐单独建筑在金钱上,那比单独建筑在爱情上还要危险。这不是柏杨先生忽然板着面孔乱训人,而是,一个人的欲望如果只是追求金钱或权势,他便永不能获得满足,而不满足便不能快乐。

爱情和事业间的矛盾,是人生最大的痛苦,根本无法调和。一个男人如果不努力上进,那算个啥东西?可是一旦努力上进,或负笈海外,或天天不在家,都无法跟妻子长相厮守。某一美国杂志上曾著论曰:美国太太们俱乐部之风最为流行,因她们太孤寂啦,甚至想偷情都没有对手。盖所有的男人都忙,为激烈的生活竞争而挣扎,有偷情工夫的人不多也。不过,一提起"事业",容易使人生出一种肃然起敬的伟大之感。赵先生开了一家工厂;钱先生开了一家公司;孙先生竟然造了七八条船;李先生留学美国三十载,回国后当了大官;周先生的官更大,二十年前还是科员,如今当了部长,不但一呼百诺,而且又是供给制;其他武先生、郑先生、王先生,无不位尊而多金。这就是一般人心目中的事业矣。赵云先生所谓"事业",大概不外如此。对于这些,我们一点也不轻视。问题是,聪明透了顶的人常攻击爱情算个屁,事业第一,嗟夫,其实上述的那些玩意儿,恐怕也只能算个屁,如果那也叫事业,也值得煞有介事的洋洋自得,那才是黑无常见了白无常者也。我想没有几个人的事业比得上吾友恺撒大帝,但恺撒大帝临死时,念念不忘的不是他的事业——罗马帝国,而是他的娇妻爱子(帝国这玩意儿比起一个工厂,或一个公司,或一个官,如何了哉?)。有一首元曲真该看看,曰:“袖遮银灯,手掩书卷,带笑呼郎听妾言。天到这般时候,你还不眠。不见那铁甲将军夜渡关,不见那朝臣侍漏五更寒。全部是为功名辜负了鸳鸯枕,为富贵忘却了艳阳天。郎啊,你纵有钱,难买妾的青春美少年。”

呜呼,爱情和金钱——也就是事业,像两个翅膀,缺少一个,便不能起飞,硬要它起飞的话,准跌得头破血流。一脑筋幻想的爱情至上主义者,和视钱如命的拜金主义者,都不能产生幸福的婚姻。如何使二者平衡发展,或二者冲突时,要哪一个,弃哪一个,那就要看各人的智慧,和各人的运气矣。